U0437062

金色笔记

[英国] 多丽丝·莱辛 / 著

王智涵 / 译

Doris
Lessing

译林出版社

图书在版编目（CIP）数据

金色笔记／（英）多丽丝·莱辛（Doris Lessing）著；王智涵译. —南京：译林出版社，2024.9
（莱辛作品）
书名原文：The Golden Notebook
ISBN 978-7-5753-0156-5

Ⅰ.①金… Ⅱ.①多… ②王… Ⅲ.①长篇小说－英国－现代 Ⅳ.①I561.45

中国国家版本馆CIP数据核字（2024）第088007号

The Golden Notebook
Copyright © 1962, 1972 Doris Lessing
This edition arranged with Jonathan Clowes Ltd.
through Andrew Nurnberg Associates International Limited
Simplified Chinese edition copyright © 2024 by Yilin Press, Ltd
All rights reserved.

著作权合同登记号 图字：10-2023-457号

金色笔记　［英国］多丽丝·莱辛／著　王智涵　译

责任编辑	王　玥
装帧设计	金　泉
校　　对	梅　娟　施雨嘉
责任印制	闻嫒嫒

原文出版	Fourth Estate, 2014
出版发行	译林出版社
地　　址	南京市湖南路1号A楼
邮　　箱	yilin@yilin.com
网　　址	www.yilin.com
市场热线	025-86633278
排　　版	南京展望文化发展有限公司
印　　刷	南京新世纪联盟印务有限公司
开　　本	850毫米×1168毫米 1/32
印　　张	23.5
插　　页	4
版　　次	2024年9月第1版
印　　次	2024年9月第1次印刷
书　　号	ISBN 978-7-5753-0156-5
定　　价	138.00元

版权所有·侵权必究

译林版图书若有印装错误可向出版社调换。质量热线：025-83658316

contents　　　　　　　　目　录

作者序　　　　　　　1

自由女性　其一　　　1

笔记　　　　　　　61

黑色笔记　63	黄色笔记　176
红色笔记　161	蓝色笔记　236

自由女性　其二　　263

笔记　　　　　　　293

黑色笔记　295	黄色笔记　319
红色笔记　309	蓝色笔记　345

	自由女性 其三	385		
	笔记	431		

黑色笔记	433		黄色笔记	475
红色笔记	472		蓝色笔记	496

	自由女性 其四	539		
	笔记	561		

黑色笔记	563		黄色笔记	570
红色笔记	564		蓝色笔记	581

金色笔记	657	
自由女性 其五	697	
译后记	723	

作者序

这部小说的结构如下：

其骨骼或者说是框架部分的标题为《自由女性》，这本是部常规的中篇小说，约六万英文单词的篇幅，可以独立成篇。但是这篇文字被拆分为了五个部分，中间还插入了黑色、红色、黄色和蓝色的四本笔记的内容。这四本笔记属于安娜·伍尔夫，《自由女性》的核心人物。她之所以要分别记四本笔记而非一本，是因为她害怕混沌、模糊——以及崩溃，所以不得不把事情都分门别类。在内心以及外界的压力的共同作用下，笔记一本接一本地完结了，每本笔记在结尾的地方都被画上了一道粗粗的黑线。虽然这四本笔记完结了，但是在它们留下的碎片之中又有新的事物应运而生，那就是《金色笔记》。

在这些笔记里，角色们进行着讨论，他们构建着理论，宣扬着教条，贴着标签，归类着一切，有时他们的声音还极具普遍性以及代表性，你随便给他们安个名字都能够成立，例如：道德剧老爹、一本正经先生、我浪故我自由先生、我要爱情和幸福小姐、我必须做一样会一样太太、好女人都到哪里去了先生、人生就是什么都要经历小姐、我革命故我在先生、我们只要解决这个小问题然后大概就会忘了我们不敢直面大问题夫妇。这些角色彼此映照，组成对方的某个部分，并孕育对方的一些思想与行为——此**即**[1]彼,局部构成整体。在作为独立章节的《金色笔记》这一部分中,这些东西又集合到了一起,它们之间的藩篱也被彻底打破,而随着碎片化的终结,一种不确定性诞生了,第二个主题——统一——获得了胜利。安娜和美国人索尔·格林"崩溃"了,他们疯了,癫了,魔怔了,你想怎么形容都行。他们"崩溃"成了彼此以及其他人的样子,他们为了保住自己以及对方的自我而杜撰出了一套说辞来解释过往,接着他们就沿着这虚假的套路崩溃,瓦解。他们能听到彼此的心声,能从对方身上看到彼此间相像的地方。索尔·格林一度对安娜满心嫉妒并想毁了她,但是后来却给了她支持、建议,以及她下一本书的主题,即"自由女性"——一个讽刺的标题,而《自由女性》的开头则是:"这两个女人正在伦敦的一间公寓里。"而安娜也一样对索尔满心嫉妒,她一度丧失理智,充满占有欲,并极尽刻薄之能事,但后来却不仅把她之前一直不愿给索尔的那本漂亮的新笔记本——金色笔记——送给了索尔,而且也给他定了下一部作品的主题,并在笔记本里为这部作品写下了开头的第一句话:"在阿尔及利亚一片干旱的山坡上,一名士兵注视着他步枪上反射着的月光。"本书《金色笔记》这个章节由他们俩共同写就,你将无从区分索尔和安娜,无从区分他俩和本书中的其他人。

至于"崩溃"这一主题(有时"崩溃瓦解"是一种自愈的手段,这一过程意味着人的自我正在摒弃那些虚假的对立与分裂),其他人当然写过,我在此之后也写过,但是除过此前寥寥几个短篇,这本书还是我首次正式写这个主题。这本书对这一主题的呈现未经太多修饰,因而更接近于现实中的体验,以及这种体验被转化为思想或模式之前的原貌,所

---

[1] 文中的黑体字,对应着原著以斜体表示强调、重音的字句。——编注

以才更显得珍贵。

但是这个核心主题却几乎没什么人留意到。这本书甫一问世就遭到了或友善或敌对的评论者的轻视，他们要么认为这不过是本讲两性战争的书，要么觉得这本书被两性战争中的女性拿来当武器了。

从那时起，我的立场就一直被误解，尽管我自然是站在女性一边的。

最后再多说几句女性解放运动[1]的话题吧——我当然支持女性解放运动，因为就像很多国家的女性激情而又在理地诉说着的那样，她们都还是二等公民，至于她们的行动能取得多大成功，这完全取决于她们的话语有没有被认真倾听。之前还对她们咬牙切齿或无动于衷的人现在会说："我支持她们的诉求，但我讨厌她们刺耳的声音还有神经兮兮的手段。"这场运动现在很显然已经进入了一切革命运动都无可避免的一个阶段：人们一边尽情享受着变革者们为其争取到的一切，一边随时准备着要和变革者们划清界限。不过我也不认为女性解放运动能为这个世界带来多大的改变——这倒不是因为其目标有什么问题，而是因为世界正在被一场场浩劫塑造成全新的样貌，或许我们能挺过这一切，届时，今日妇女解放运动的目标只会显得微不足道且"古色古香"。

这部小说并非要为女性解放运动吹响号角。这本书描绘了女性的诸如敌对、仇恨、愤慨之类的情绪，并将其化作铅字。这些个女人的想法、感受以及体验大大超出了很多人的认知范围，于是有不少人立刻请出了"上古神兵"，其中最为主力的一款果不其然，仍旧是："她一点都不女人""她厌男"。这种条件反射模式真可谓根深蒂固，早在20世纪初，男性——以及很多女性——就指责那些为妇女争取选举权的女性不男不女、

---

[1] 此处特指西方世界在20世纪60年代晚期到80年代发生的女权主义运动。——本书脚注如无特殊说明均为译注

彪悍凶蛮,而就我接触过的材料来看,不管女性生活在怎样的国家、怎样的社会,她们一旦开始争取自己理应享有的东西,男性——以及部分女性——都会做出与上述言论大同小异的表态。很多女性都对《金色笔记》有些恼羞成怒,因为女人绝不会将自己和其他女人之间的闲言碎语或是从自己的受虐情结中体悟到的道理大大咧咧地往外说——她们生怕被男人知道了。很长时间以来女人一直都是不完全意义上的奴隶,以至于她们如今还是唯唯诺诺,那些愿意在自己爱着的男人面前捍卫自己的想法、感受与体验的女人依旧是少数,大多数女人只要被男人说上一句"你还是女人吗""你太强势了""你让我很没面子"之类的,就会像被人丢了石块的小狗一样落荒而逃。要是还有女人愿意嫁给喜欢说这种话的男人,或者至少愿意拿他们当回事,那么我认为此后这个女人遭遇的一切都是自食其果。如此恶劣的男人对于当下或是过去的现实自然是无知的——过去的时代存在过各种各样的男人,也存在过各种各样的女人,如今亦然——他要么真不知道,要么就是随大流装不知道。这种男人就是懦夫。我写下上面这段话时感觉自己正在写一封今人根本看不懂的信,因而只能寄往遥远的过去。按现在的势头发展下去,我非常确信那些现在被我们视作理所当然的一切,十年后一定都将被扫除得干干净净。

(既然如此干吗还要写小说?是啊,为什么呢!因为我觉得我们还是要继续生活下去,就**仿佛**会……一样。)

有些读者没有意识到自己手头的作品写于怎样的年代,他们以为今天众所周知的道理在过去也一样众所周知,这也就导致了他们对这些作品的解读不免有偏差。我这本书乍一看仿佛诞生于女性解放运动已然开花结果的年代,然而事实上它却是在十年前的1962年问世的。这本书要是真的诞生于现在的这个时代,那它也许就不至于仅仅被当成供人争论的谈资,而是会被真的当作一本书去看了,时代的变化就是这么的日新月异。有些事情现在已经很难见到了，比如十年前乃至五年前——当时还是性解放运动的前夜——那些对女性充满愤恨与不满的男性（尤以美国人居多，不过英国人也有）创作了非常多的小说和戏剧，将女性刻画得飞扬跋扈、两面三刀、吃里扒外，而当时的人普遍都认同他们的这种刻画，根本就不会有人觉得这些作品厌女、偏激或者神经错乱。当然了，时至今日这一现象也没有绝迹，但是毫无疑问已经比以前要好了。

我在写这本书的时候全情投入，根本没想过它会引发怎样的反响。我倾注了如此多的心血，不仅仅是因为这本书不好写——虽说把脑袋里的全部构思都按部就班地写下来确实不容易——更是因为整个写作的过程中都有全新的认知在源源不断地往外冒。也许你越是给自己设置这样那样的条条框框，新的东西就越是会从你最料想不到的地方钻出来。我写着写着，就感觉各种我前所未见的想法和体验开始喷涌而出。于是这样的创作过程和在笔端涌现的东西携起手来，给我带来了极大的创伤——我已经不再是以前的那个我了。我的认知在这一过程中逐渐清晰了起来，在我将稿子交到出版商与友人的手里的那一刻，我才发现自己为两性战争写了本宣传册，而且很快就意识到不管我说什么，都不可能再改变这一论断了。

然而这本书的主题、架构，以及全部的内容都在或间接或直接地说：我们不要把完整的东西都分割得支离破碎。

"束缚。自由。好。坏。是。非。资本主义。社会主义。性。爱……"安娜在《自由女性》中明确无误、声嘶力竭地点出了这些主题……至少我之前是这么以为的。同理，我之前还以为在名为《金色笔记》的小说里，同名章节《金色笔记》也理应作为整本书的核心、重点，以及宣言而存在。

然而并非如此。

我写这本书的过程中其他主题不断涌入，这对我来说意义非凡：我多年来在脑海中积攒的想法和主题都慢慢汇聚到了一起。

其中的一个想法就是，没有哪位一百年前的英国作家，像同时代的托尔斯泰之于俄国、司汤达之于法国那样，写出过一本能够充分表现19世纪中叶的英国的思想以及道德环境的小说。（这里有必要发表一下免责声明：以下仅为个人意见。）《红与黑》以及《吕西安·娄凡》能让读者身临其境地了解到当时的法国，而《安娜·卡列尼娜》则能让读者了解彼时的俄国，然而维多利亚时代的英国却连一本这样的小说都找不出来。哈代告诉了我们一个囿于逼仄年代的眼高于顶的穷人过的是怎样的一种人生；乔治·艾略特[1]在她的能力范围内也可圈可点，但我认为她身为一个维多利亚时代的女人还是为自己的这个身份付出了代价——她虽然从不屑于与当时虚伪的仁义道德为伍，但还是不得不以一个正经女人的面貌示人，于是有很多事情都对作为正经女人的她关上了大门；被严重低估的梅瑞狄斯[2]大概是所有人里距离这一标准最近的那个；特罗洛普[3]有所尝试，但他的格局不够。没有哪本小说能够拥有一部好的威廉·莫里斯[4]传记那样的在实践中迸发的活力及思想冲突。

这部小说就是我做出的尝试，当然了，它建立在女性看待生活的视角与男性一样真切这一假说之上……我暂时把这个假说的论证工作搁置

---

[1] 原名玛丽·安·埃文斯（1819—1880），英国作家，维多利亚时代最负盛名的作家之一。

[2] 即乔治·梅瑞狄斯（1828—1909），英国诗人、小说家，代表作包括长篇小说《利己主义者》以及模仿莎士比亚十四行诗的诗集《现代的爱情》。

[3] 即安东尼·特罗洛普（1815—1882），英国小说家。

[4] 威廉·莫里斯（1834—1896），早期社会主义活动家、设计师、诗人，英国工艺美术运动的代表人物之一。

到了一旁——或者说我压根都没去细想，而是决心要还原出我们所在的世纪中叶的一种思潮的"味道"。这也就意味着我必须要讲一个社会主义者和马克思主义者相关的故事，因为关于这个时代该何去何从的所有重大讨论，都发生于社会主义运动的坐标系之内。各种运动、战争与革命都被其参与者看作是或进步，或保守，或倒退的各种不同的社会主义或马克思主义的表达。（我认为我们至少得承认未来的人看待我们这个时代的方式可能会有所不同——这就好比我们今天看待英国内战、法国大革命，乃至不久前的俄国革命的方式就跟彼时的人不一样。）人们口中的"马克思主义"及其各个分支在所有地方都以野火燎原之势激发出了各种各样的思潮，落地生根，并迅速被吸纳为日常观念的一部分。一些思想在三四十年前都还只局限于极左派，但到了二十年前就已经传播遍了整个左派阵营，十年前则更是席卷了所有的左派右派，成了普遍意义上的社会共识。一个意识形态一旦被主流社会彻底吸纳就会失掉所有锐气——但是它已无所不在，以至于我如果要写这么一部反映时代的小说，它必须处于核心位置。

另一个我酝酿了很久的想法就是这个故事的一个主要角色应该是个艺术家，而且还是个遭遇了"瓶颈期"的艺术家。正面的艺术家角色——无论是画家还是作家、音乐家——已经盛行了有一段时间了，大作家每个人都写过，小作家大多也写过。艺术家与生意人互为镜像——这对原型在我们的文化中你方唱罢我登场，一方创造新的东西，另一方则市侩而麻木。艺术家极其敏感、痛苦、自私自利，但看在他作品的分上这些都可以被原谅——就像你可以看在商品的分上原谅生意人一样。这样的艺术家形象在我们这个时代虽然屡见不鲜，但其实却是一个比较新的东西，一百年前的作品里的英雄人物往往不是艺术家，而是士兵、野心家、探险者、教士或政客——在那样的时代里历经磨难才总算成了弗洛伦斯·南丁格尔的女人们真可谓生不逢时——艺术是只有怪胎才会想要从事的行当，而且这条路还很不好走。不过考虑到是要在现今这样的环境下描写这样的一个"艺术家"或"作家"的角色，我决定给这个角色设置一个瓶颈期，并在故事里探讨这个瓶颈期的起因。战争、饥荒、贫困这样一些重大的问题，与想要在作品中展现这些问题的这样一个渺小的人类之间，在尺度上显然存在着悬殊，而这个角色的瓶颈期与这种悬殊息息相关。话说回来，这种艺术家角色说到底还是太与世隔绝、孤芳自赏、高高在上了，而这也是这类角色最让现在的人受不了的一点。年轻人好像都注意到这一点，并以自己的方式带来了改变。他们营造出了自己的文化模式，现如今成百上千的年轻人都在拍电影，或参与拍电影，办五花八门的报，做音乐，画画，写书，摄影。他们通过将这类孤独、敏感、富有创造力的艺术家角色大规模复制出成千上万份，而使其寿终正寝。一种风潮发展到了其顶峰后自然也就迎来了下坡路，人们就是会对极端流行的事物产生厌倦和抵触心理。

"艺术家"这一主题还能牵扯到另一个话题，那就是主观性。我刚开始写作的时候作家们都还面临着不要太"主观"的告诫。这种对于主观性的排斥，其源头则可以上溯至19世纪俄国的一批有识之士所倡导的社会文学批评传统，这群人里头最为有名的当数别林斯基[1]，他们通过艺术——尤其是文学——来反抗沙皇的专制与压迫。这一主张很快就传遍了世界各地，甚至到了1950年代还能在英国激起所谓"社会责任"的回响，而在社会主义国家则更是保持着旺盛的生命力。当人们现在想要在日常生活中对你表达类似的评判的时候，他们就会说"大厦将倾，汝犹自怜"——如果说这话的还是那些你最亲近的，或是投身于抗击南非的有色人种歧

---

[1] 维萨里昂·格里戈里耶维奇·别林斯基（1811—1848），俄国哲学家、文艺评论家。

视这种你尊崇备至的事业的人时,这几个字就会让人尤其难以承受。尽管如此,包括小说在内的各类艺术形式依然在变得越来越个人化。在蓝色笔记里,安娜写下了她曾经在讲座里说过的话:"'中世纪的艺术是集体性的,非个人化的,诞生自集体意识,并不具备资产阶级时代艺术强烈而痛苦的个体性。终有一日,我们将会摒弃个体性艺术强烈的自我中心倾向,回归到之前的那种艺术之中去,那种艺术表达的将不再是人类个体自绝于他的同胞的尝试,而是他对于同胞以及兄弟手足的责任。西方的艺术正在变得越来越像是表达苦痛与折磨的尖叫,而苦痛正在成为我们最深层的现实……'我一直以来说的都是类似的话。大约三个月前,我开始在讲座的中途舌头打结,无法继续讲下去……"

安娜舌头打结的原因是她正在逃避着什么。然而风潮一旦涌起,你其实是无处可避的,在那样的一个时代**没有**任何人能够真的避免强烈的主观情感,你也可以说这就是安娜那个时代的作家必须要面对的问题。你没办法假装它不存在,就比如说你不可能在写一本关于造桥或是修坝的书的时候,不去想到或共情那些修筑工程的人。(你以为我在夸大其词吗?真不是,这种主观与客观的**非此即彼**目前仍然是社会主义国家文学批评的核心。)后来我才明白,突破这种两难的处境、克服这种对于书写"你芝麻大的那点事"的不安情绪的方法,就是要认识到没有任何事情是纯粹个人的,也就是说一个人身上并没有任何东西是独属于他一个人的;而当你在写你自己的时候,你也在写其他人,因为你的艰难困苦、你的喜怒哀乐——甚至你那些不同凡响、振聋发聩的思想——都不可能全世界只你一个人有。人有时候就是会在专注于小我的时候被卷入周遭世界恐怖而壮丽的各种可能性的大爆炸,这就是所谓"主观性"的难题。一个人若是想要解决这一难题,那他就必须视自己为一种宏大命题的缩影,从而突破主观性的小我,抵达普遍性的大我。每个人的人生不也是这样吗，年轻的时候会说"**我**恋爱了"，"**我**有了这样那样的情绪，这样那样的想法"，成熟以后则会将这些私人的体验转化为一种更为开阔的认知，而所谓的成长，其实不就是理解了自己独特而奇妙的体验实为全人类所共有吗？

另一点则是，如果这本书的发展方向正确，那它自动就会演进为一种对小说这一文体的评价。当代的学术著作可能给人一种印象，即与小说相关的论战是相当晚近的事情，然而事实却并非如此，这样的论战从小说诞生的那一日起就有了。若是要把中篇小说《自由女性》里巨量的信息概括为一句对小说这种文体的总结，那就是："我说出的真实是多么的寥寥，我抓住的复杂是多么的稀少；我亲身经历的现实既是这般的未经雕饰与不成形状，那这一沓小巧而工整的玩意又怎么可能是现实的体现呢？"这番话同样可以出自一位不满足于自己刚完成的作品的作家之口。

但我主要的目标还是想要让这本书能够自己发声，做出无言的声明：用它的结构形态来传达理念。

可惜就像我之前说过的，没人注意到这件事。

一个原因在于这本书更多地遵循了欧洲而非英国小说的传统——我这里所说的"英国小说的传统"更确切地说是现在人们认知中的英国小说的传统，而事实上英国小说里也有《克莱丽莎》[1]《项狄传》[2]《悲剧的喜剧演员们》[3]——以及约瑟夫·康拉德[4]的作品那样的案例存在。

---

[1] 英国作家塞缪尔·理查逊（1689—1761）创作的书信体小说。
[2] 英国作家劳伦斯·斯特恩（1713—1768）创作的小说，全称为《绅士特里斯舛·项狄的生平与见解》，被认为是元虚构作品（metafiction）的开山之作。
[3] 前文提到的乔治·梅瑞狄斯创作的小说。
[4] 约瑟夫·康拉德（1857—1924），波兰裔英国小说家，被视为现代主义文学的开创者之一，代表作有《黑暗的心》《吉姆爷》等。

但毫无疑问的是，尝试创作一本由理念构成的小说无异于自断筋脉，而英国的文化正在越来越坐井观天。比如现在的大学培养出的一茬又一茬的青年男女都无不骄傲地表示："德国文学？那是什么？"英国人历来如此。维多利亚时代的英国人对德国文学倒是如数家珍，但又故意对法国文学保持一无所知的状态。

至于其他的嘛——好吧，一点也不意外的是，我之前还受到了一些当时仍是，或当时已不是马克思主义者的人的睿智批评。他们看出了我的意图，毕竟马克思主义者看待一个事物会从宏观的角度以及该事物与其他事物之间的关系入手——或者试图如此，但我现在并不打算深入探讨意识形态。一个受马克思主义思想影响的人势必会觉得西伯利亚发生的一起事件，必将导致博茨瓦纳的另一起事件。我觉得马克思主义有可能是我们这个时代在宗教以外，在普世思想、普世道德层面做出的首次尝试。它没能阻止自己像其他宗教一样不断分化出越来越多、越来越小的派系，但终归是一种突破。

他们看出了我的意图后，我就被批评家盯上并被卷入了无聊的口舌之争。这种创作者与批评家之间可悲的嘴仗在公众眼中早就变得跟小孩子打闹一样寻常了——"啊，这些小可爱又要开始了。"或者："你们作家收获了鲜花和掌声——或者至少也收获了万众瞩目——你们委屈个什么劲啊？"公众是对的，这样的争吵确实不值得理会。出于某些我并不打算在此展开的缘由，我写作生涯早期那些宝贵的经验培养了我对于批评家及评论员的某种预判能力，然而在这本《金色笔记》上我的这种预判能力却失灵了，针对这本书的大部分评论都超出了我的预料范围，荒谬到了不可理喻的地步。在调整完心态以后，我总算理解了问题出在了什么地方。作者们总会期望批评家是他们的**另一个自己**，他们会寄希望于这个比他们本人更加睿智的"自己"能够看出他们的意图，并依据作者是否达成了这个既定目标而对作者做出评判。本真的批评家是珍稀物种，我没遇到过哪个作者会在遇见这样的批评家以后不立刻放下自己的被害妄想并对对方感激涕零——他终于得到了他认为自己想要的了。然而这个作者的需求是不现实的，他凭什么觉得自己就一定能够遇到完美的批评家这种极其稀有的生物呢（的确偶尔会有一两个这样的人的存在）？他为什么非指望其他人能够理解自己的意图呢？作家的作品就是他结出的独一无二的茧，这个世界上不可能存在他自己以外的人能告诉他该怎么去结这么个茧。

不管作者们如何可笑而幼稚地翘首以盼，批评家和评论员们都不可能做到他们看似能够做到的事。

因为他们受过的教育注定了他们非但满足不了作者们一厢情愿的期许，甚至还会扮演与之截然相反的角色。

这一切还要从他五六岁的时候第一次去学校讲起，这时起他就开始接触到分数、奖状、排名、分班、小星星——而很多地方甚至现在还有臂章等级的存在。这种赛马似的成王败寇的思维表现为："作家甲领先了作家乙几步。作家乙被甩在了后面。作家丙用他的新作证明了自己比作家甲更为优秀。"孩子们刚进学校就学会了要去跟其他人一争高低，知道了何为成功，何为失败。这就是套优胜劣汰的系统，弱者会遭到打击，被淘汰出局，而胜者们即便在芸芸众生中脱颖而出，他们之间也还是得继续无止无休地比拼下去。我的看法是——虽然不便在此多做展开——每个孩子都有着与他的"智商得分"无关的禀赋，只要这些禀赋不被人拿来当作能在成功学市场上明码标价的商品，它们就能成为财富，伴随这个孩子终生，并惠及他自己及周围所有人。

学校和老师从开学第一天起还教给孩子另一件事，那就是要去怀疑自己的判断。孩子们学会了向权威低头，学会了顾及他人的意志，学会了引经据典、言听计从。

在政治方面，学校和老师还会告诉这个孩子，他是个生而自由、支持民主、拥有着自由的意志与思想、能够自主做出抉择并生活在一个自由国度的人。但他实际上却是他所处的时代的主流价值与信条的囚徒，没有人会告诉他这种东西的存在，他因而也从未生出过任何的质疑。这样的青年人到了文理分科（时至今日我们仍然认为这样的二选一天经地义）的时候往往会选择文科，因为他觉得文科代表着人文精神，代表着自由与选择。他并不知道自己已经受到了体制的规训，更无从得知自己的这个选择本身就是一种子虚乌有的，根植于我们文化核心之中的错误的二分法所导致的结果。那些对此有所察觉，不愿再受规训的人倾向于主动退出，然后在半无意识的状况下本能地去找份无需自我分裂的工作。我们从警队到学校、从卫生系统到政坛的一切体制都很少会去在意那些主动退出的人——优胜劣汰的机制昼夜不停地运转着，很早就会驱除那些与众不同、求新求变之人，并留下那些早就接受了同化，并且会被同化了他们的东西持续吸引的人。一个年轻的警官不喜欢那些自己不得不去做的事情，于是离开了警队。一个年轻的教师的理想遭到了环境的冷落，于是离开了教育界。这种社会机制悄然运行着，有力地维系了我们所拥有的一切死板而压抑的体制。

在这样的教育系统之中浸淫多年的孩子，最终成长为了批评家和评论员，这样的他们自然不可能像作家与艺术家天真地企盼着的那样，写出富有想象力与原创性的评论。他们能够做到并且还颇为擅长的是告诉作者，他的某本书或某部剧是否符合当下的公众情绪与认知以及舆论环境。他们是石蕊试纸，他们是风速计，他们是最最精密的舆论气压计，除了政界的人就数他们对舆情的变动最为敏感，他们所接受的教育一直以来都不外乎是拾人牙慧、看权威人士的脸色说话做事、听取"众所周知的观点"——真是个发人深省的说法。

或许这世上并不存在其他教书育人的方式——有这样的可能，但我不信。不论如何我们至少应该实话实说。从孩子们入学的那一天起，我们就应该告诉他们：

"你正在接受的是一种填鸭式的教育。我们大人还没有找到其他的教育方式，我们对此深感抱歉，但我们真的已经尽力了。你被灌输了当下流行的偏见以及我们这个文明有意为你拣选的东西，而你只要对历史稍有了解就会明白这些东西根本经不起时间的考验。给你灌输这些东西的是一群对他们更上一代的人灌输给他们的那一套东西无条件服从的人，这就是个无尽的循环。你们中间那些意志更为坚定、人格更为独立的人不妨撂挑子走人，寻求自我教育，学习自主判断。那些留下来的人则永远都要谨记，这个社会一定会为了其特定而狭隘的需求而不舍昼夜地把你们规训成为它想要的样子。"

跟所有的作家一样，我时常会收到世界各地寄来的想写论文分析我作品的年轻人的来信，其中又以美国的来信居多。很多信里都说："请问都有哪些较为权威的文献论及过你的作品呢？"他们还会问及书中成百上千的无关紧要的细节，他们接受过的教育已经让他们变得跟移民局的人一样完全搞不清重点。

我的回复如下："亲爱的同学：你一定是疯了，这世上等着你去看的书浩如烟海，你却要在一本书或一位作者身上花费这么多的时间和精力。我们的教育体制真是害人不浅啊。你要是必须就我的作品写些什么的话——请相信我很感激你能觉得我写的东西对你有用——干吗不以你自己的想法与生命体验为准绳来验证我写的东西呢？别去管你的教授，他们的意见不重要。"

"亲爱的作者，"他们回信道，"但我还是得有一些权威的文献，没有半点引用的话教授会直接判零分的。"

这套体系遍及全球,不管是乌拉尔山脉还是南斯拉夫,不管是明尼苏达还是曼彻斯特,所有地方的教育系统都像是一个模子里刻出来的。

而问题就在于,对此我们早已习以为常,对其危害自然也就视若无睹。

我还没有习以为常,因为我十四岁就辍学了。有段时间我对此还颇为遗憾,当时的我认为自己错失了一些宝贵的经历,但现在的我却很感激自己逃过了一劫。在《金色笔记》出版后,我决计探询一下文学教育系统是如何运作的,批评家或评论员又是如何诞生的。我翻阅了数不清的考卷,却无法相信自己的眼睛;我坐在了写作课的课堂里,却无法相信自己的耳朵。

你可能想说:"事情哪有你说的那么夸张,而且既然你自己都说了你从来没有真正融入过这个系统,你又哪来的资格这样指手画脚呢?"但我认为我完全没有危言耸听,局外人的反馈自有其价值,因为这些反馈不仅鲜活,而且还不会因受到利害关系的掣肘而有所偏袒。

经过调研之后我就可以顺利地回答自己提出的诸多问题了:这些批评家为什么会如此固执、促狭而且偏颇?他们为什么总喜欢本末倒置地执着于局部与细节,却对整体视而不见?他们为什么对"**批评家**"这三个字的理解就是要吹毛求疵?他们为什么认为作家之间就非得是你死我活的关系,而不可以互补互助、共同进步……答案很简单:他们接受的教育就是这样的。那些能够理解你的行为以及意图,并给你提供建议以及真正的批评的贵人,几乎无一例外都来自文学系以外,有些人甚至连大学都没上过,此人有可能是个刚入学不久、仍然深爱着文学的学生,也可能是个热爱思考、博览群书、听从自身直觉的人。

对那些不得不花费一两年的时间围绕一本书写论文的学生,我是这么说的:"这世上只存在一种合理的阅读方式,那就是只看图书馆或书店里那些你感兴趣的书。如果你看到一半的时候觉得无聊就可以放弃不读，那些让你觉得拖沓的部分你也可以直接跳过，但是绝对不要因为义务感的驱使，或者为了跟风而去看某本书。你要记住，你二三十岁的时候觉得无聊的书有可能会在你四五十岁的时候为你开启新的可能性，反之亦然，所以没必要非得在时机不合适的情况下硬着头皮去看一本书。你要记住，这世上有多少得以刊印发行的书，就有多少未能付梓或写在稿纸上的书。即便我们如今早已处于一个对于文字、历史乃至社会伦理都推崇备至的时代，这件事也仍然成立，因为在我们不争气的教育系统的影响下，人们已经习惯于只将那些印成铅字的东西纳入他们的思考范围，却对眼前鲜活的世界视若无睹。比如说，现在真正了解非洲历史的仍然仅限于黑人他们自己的说书人、贤者、史家与医者，非洲史目前还是一种尚未遭到白人觊觎与掠夺的口述史。只要你能保持开放的心态，你就能在一切地方发现书本**以外**的真实。所以永远都不要沦为印刷品的奴隶。最重要的一点是，你要意识到自己不得不把一两年的人生都花费在一本书或一个作者身上，这意味着你正在接受一种糟糕的教育——学校和老师应该教你如何依据你对他人的关切而去读书，如何听从自己的直觉发现自己的需求。这样的能力才真正值得培养，引用其他人的观点并不重要。"

但不幸的是，这样的话几乎总是于事无补。

最近发生的学生运动曾一度看上去有希望改变些什么，学生们对于学校里那套死气沉沉的东西之忍无可忍好像真的可以给教育体制带来一股清新务实的新风气。但是现在这些运动好像都不了了之了，真是悲哀啊。在美利坚仍然骚动着的日子里，我在收到的各种各样的信件里都读到了各个班里的学生如何抵制他们的教学大纲，将他们能感觉到与自己的生活息息相关的书籍带进课堂。这样的学生是感性的，有时更是暴烈、激愤、迸发着生命力的。当然了，这一切得以实现的前提是这个班的老师同情自己的学生，准备和学生站在一起和权威作对——并且承担随之而来的后果。有些老师知道自己身不由己所采用的授课方式糟糕且无趣——而且所幸美国这样的教师为数众多，只要他们的运气别太差，哪怕学生们都已经偃旗息鼓，单凭这些老师自己的力量也足以对这套体制拨乱反正。

至于另一个国家嘛……

三四十年前，一个批评家写了张私人的单子，里面只列入了他个人认为文学界最具价值的作家与诗人。他在书刊中写了篇很长的文章为这张单子的合理性进行了辩护，然后就引发了大规模的辩论，正方与反方你来我往了上百万字，各有千秋的理论流派也在辩论中应运而生。现在这么多年都过去了，但这场论战却还在持续……而且没有一个人觉得这件事可悲或荒谬……

现在这个时代存在着一些诘屈聱牙的文学评论专著，这些书对原作——不管是小说还是剧本——的分析往往都建立在第二手乃至第三手资料的基础上。这些书的作者在全世界的大学里构成了一个特定的阶层，他们超越了国别和地域的限制，占据了文学研究领域的最顶层。他们一辈子都在批评，并且也会批评彼此的批评，而这群人基础的共识是：批评比原作更为重要。文学系的学生花费在阅读这些批评以及对批评的批评上的时间，甚至有可能超过他们阅读诗歌、小说和传记的时间，而非常多的人都会将此视作理所当然，感觉不到半点的可悲或荒谬……

我最近读到了一个即将参加高中毕业考试的男生写的关于《安东尼与克莉奥佩特拉》[1]的论文，全文充斥着他独到的见解以及激情的悸动，这才是真正的文学教育应当培养的直觉。老师对这篇论文的批语是：你

---

[1] 莎士比亚创作的悲剧作品。

没有引用文献，所以我只能给你判零分。现在这个时代几乎不会有任何老师会觉得这可悲而荒谬……

现在这个时代有些人会觉得自己受过教育，因此自认为比那些没读过书的老百姓优越高贵。他们会走到一个作家面前祝贺对方的作品在某本刊物或某张报纸上收获了好评，却没有自己独立的判断，更没有意识到自己真正关注的只是世俗意义上的成功而已……

现在这个时代每当一本书出版面世——就比如说这本书的主题是观星吧——一下子就会有十几个不同的大学、协会、电视栏目组给作者致信，邀请他来谈观星，但这些人却想不到要去亲自读一下这本书。所有人都觉得这很正常，感觉不到半点的可悲和荒谬……

现在这个时代的一位作家可能在其二三十年的职业生涯里出了十五本书，而某些年轻的批评家——不论男女——却可以在只看了其中一本的情况下就写篇评论摆出一副或不胜其烦地例行公事，或像老师批改作文的态度，这还不算，他还非要指导一下这个作家下一部作品该写什么，怎么写。不会有人觉得这件事不对劲，这位这么多年以来都在学习该如何居高临下地对莎士比亚以降的一切进行排名的年轻批评家，就更不可能察觉其中的荒谬之处了。

现在这个时代要是一位考古学教授在提到南美洲的某个部落拥有先进的植物学、药学以及心理学知识时却非得要加上一句"令人大为惊奇的是，他们并没有发展出任何书面语言"，也不会有人觉得这位教授少见多怪。

现在这个时代，为了纪念雪莱逝世一百周年，三本不同的文学期刊可以在一个星期内各自刊发一篇评论雪莱的文章，这三篇文章的三位年轻的作者可能有着相同的教育背景，连上的大学都是同一所，而他们会不约而同地在自己的文章里勉为其难地给予雪莱一丁点肯定，口吻更是如出一辙,就好像雪莱应当对他们愿意提他一句而感恩戴德似的——但是都这样了也不会有人觉得我们的文学界存在任何严重问题。

最后呢,时至今日这本小说仍然能够时不时对我有所启发。举例来说,在我写完这本小说十年后的今天,我仍然能在一个星期内收到睿智而博学、不吝花时间给我写信的人寄来的有关这本小说的来信三封。可能一封来自约翰内斯堡,一封来自旧金山,一封来自布达佩斯,而我坐在伦敦的家中,或是同时阅读这三封信,或是一封接一封地看。这些信跟之前所有的信一样,感谢我写了这么一部启发了他们,抑或是困扰了他们的作品。然而其中有一封信只谈到了两性战争,信里不是在说男性对女性的戕害,就是在说女性对男性的戕害,洋洋洒洒写了好多页,一个字都没有提到上述内容以外的东西,毕竟她——有时也可能是他——并没有在这本书里看到别的东西。

第二封信谈了政治,来信者大概跟我一样也曾经是个赤色分子,他或她在这么多页的篇幅里就只写了政治,其他的主题则完全没有提及。

这本书刚问世没多久的时候,我收到的信大多都跟这两封信一样。

而像第三封那样的信在一开始的时候相当稀少,但是目前正呈赶超前两者之势——信里只论及了心理问题这一个主题。

这三封信说的是同一本书。

这三封信再次导向了那个问题:人们读一本书的时候究竟会读到些什么?为什么有些人会只看到其中的一个主题,可以完全无视其余的内容?为什么明明作者对一本书有着无比清晰的规划,但在读者眼里却完全是另一幅图景?

在这些想法的基础上我得出了一个新结论:作者如果指望读者能看到作者所看到的东西,理解作者对小说的设计以及意图,那他不仅是幼稚,他还没能理解一件最最根本的事情——一部作品**唯有**在其设计与意图并没有得到理解的情况下,才能够维持生命力并持续引发人们的思考与讨论。要是所有人都吃透了这部作品的形式、构想与意图,那就不可能再有任何东西从中生发出来了。

若是读者跟作者一样能够看穿一本书的某种内在纹理,那么也许就是时候将这本书丢到一旁,然后去开启某些新篇章了。

多丽丝·莱辛

1971年6月

Free Women

1

自由女性 其一

1957年夏,分别了一段日子后,安娜和好友莫莉又见面了。

这两个女人正在伦敦的一间公寓里。

"重点在于,"当朋友在楼梯间打完电话回来后,安娜说,"重点在于,我可见范围内的一切都崩溃瓦解了。"

莫莉是个经常煲电话粥的女人。刚才电话铃响,她接起来就问:"喂?所以有什么新八卦吗?"现在她对安娜说:"是理查德,他马上来。他好像这个月就今天一天有空,至少他是这么说的。"

"我可不打算走。"安娜说。

"别走,你给我坐好。"

莫莉打量了一下自己——她穿着长裤和毛线衫,都不怎么好看。"不管我现在是个什么样,他都只能照单全收了。"她下了决心,然后坐在了窗边,"他不肯说这次过来的目的——我估计又是为玛丽昂的事。"

"他没给你写信吗?"安娜试探道。

"他和玛丽昂都写了——字里行间很是**友好**。挺奇怪的,不是吗?"

这句"**挺奇怪的,不是吗?**"正是她俩亲密地聊八卦时的标志性"乐句"。虽然莫莉已奏响了这个乐句,但她还是转移了话题:"现在说什么也没用了,反正他说了现在要过来。"

"他要是看到我也在这儿,怕是会扭头就走。"安娜说道,语气愉快归愉快,但却带着些许攻击性。莫莉敏锐地瞥了她一眼,问:"哦?

为什么？"

安娜和理查德给人一种彼此不大对付的印象，此前安娜每次得知理查德要来，都会选择回避。莫莉说："其实我觉得他心底里还是挺喜欢你的。问题是，他原则上得努力喜欢我——但他又是那种对人只有'喜欢'或'讨厌'两个选项的傻子，因此他把自己不愿承认的那些对我的讨厌全都转嫁到了你身上。"

"那倒没关系。"安娜说，"但你知道吗，你不在的那段时间里，我发现在很多人眼里咱俩是可以相互替代的。"

"你**才**发现啊？！"莫莉颇为得意地说。每次安娜想明白那些显而易见——在莫莉看来显而易见的事情时，莫莉就是这种语气。

她俩的关系先前就已显现出了一种平衡：莫莉整体上更通人情世故一些，而安娜则悟性更胜一筹。

安娜把嘴边的话咽了回去。她此时只是微笑着承认了自己的后知后觉。

"咱俩各方面都如此不同，"莫莉说道，"所以这还挺奇怪的。我估计是因为咱俩过的是同一种生活——也不结个婚什么的。他们就只看得到这些部分。"

"自由女性。"安娜苦笑道。她接下来又补充了一句："他们仍在用我们和男性之间的关系来定义我们，就连他们之中最优秀的人也不能免俗。"她语气中带着一丝莫莉未曾见过的愠怒，因而引得对方对她从头到脚好一番打量。

"所以呢？**我们**不也一样吗？"莫莉有些尖刻地说。"不这么去定义咱俩可太难了。"她留意到安娜投来的意外的眼神，于是有些迟疑地又补了这么一句。接着她俩沉默了片刻，其间没有任何眼神交流。与此同时，她俩意识到：一年的分别的确太久了，即便对她们这样的老友来说。

最终还是莫莉先开了口，她叹了口气说："自由。你知道吗，我不在的这段时间，我一直在想咱俩的事，我的结论是：我们是全新的一类女人。咱俩肯定算是,对吧?"

"日头底下无新事。"安娜试着用德国口音说了一句。莫莉有点恼了——她熟练掌握好几门语言——她开口道:"日头底下无新事。"完美模仿了某个德国口音的精明老太太。

安娜做了个鬼脸,甘拜下风。她学不来外语,自我意识又过强,扮不了其他人,而莫莉一瞬间甚至看上去酷似"糖妈",也就是马克斯夫人,她俩都找她做过精神分析。对方那套煞有介事的痛苦仪式让她俩直犯嘀咕,这种感受也从"糖妈"这一昵称中渗了出来。随着日子一天天过去,这昵称所代表的不再只是一个特定的人,而是一整套看待人生的方式——这套人生观虽然对超越道德层面的一切都带着一种可耻的熟稔,但是依然传统、顽固以及保守。这两方面之间**"虽然但是"**的转折关系,是当初安娜和莫莉谈论精神分析时得出的结论,但近年来安娜却愈发地觉得这两方面之间更像是**"因为所以"**的因果关系,而这也恰恰是她期待接下来能与她的朋友一起探讨的。

但跟以往一样,莫莉一旦在安娜的话里嗅出一星半点批判"糖妈"的味道,她便会立即回复道:"不打紧,她很好,是我那时候的状态太糟了,也不能怪她。"

"她以前会说'你是厄勒克特拉'或者'你是安提戈涅'[1],这就是她对你的盖棺定论了。"安娜说。

"她也没有把话说那么死。"莫莉嘴硬地维护着两人都经历过的那段煎熬时光。

"她有。"安娜出人意料地强硬,引来了莫莉第三次好奇的打量。"她有。哦,我并不是说她没给过我任何帮助,我很确定如果没有她,那些不得不去面对的事情,光靠我自己根本不可能应付得了。但话说回

---

[1] 厄勒克特拉和安提戈涅均为古希腊悲剧中的人物,在心理学中分别用以指代有恋父情结和恋母情结者。——编注

来……我还特别清晰地记得某天下午,我就坐在那儿——偌大的房间,微弱的墙灯、大佛、照片和雕像。"

"所以呢?"莫莉的语气变得十分尖刻。

莫莉虽未挑明,但显然不愿意谈这个。但安娜依然说:"之前的几个月里我一直在琢磨这件事……不行,我还是得跟你谈谈。不管怎么说,这是我们共有的经历,面对的是同一个人……"

"所以呢?"

安娜继续说道:"我记得那个下午我就已经确定自己再也不会去那里了,那地方到处都是该死的艺术品。"

莫莉趁她换气,见缝插针道:"我不明白你想说什么。"见安娜不接茬,她发难道:"我不在的这段时间你写东西了没有?"

"没有。"

"我一直怎么跟你说的?"莫莉的声音开始变得刺耳起来,"你要是把自己的天赋都给荒废了,我永远都不会原谅你,我没开玩笑。我以前没珍惜自己的天赋,我受不了就这么眼睁睁地看着你也——我接连荒废了绘画、舞蹈、表演和涂鸦,现在我……你这么有天赋,安娜,**为什么要这样?**我真不明白。"

"你一张嘴就要教训别人,让我怎么跟你解释?"

莫莉刚才痛心疾首地斥责自己的朋友时眼里一直含着泪,她艰难地开口道:"我内心深处时常会想,行吧,我反正是要结婚的,所以就算是荒费了所有那些我与生俱来的天赋也无所谓。最近我甚至开始憧憬多生几个孩子了——对,我知道这个想法很蠢但我真这么想。我现在已经四十了,汤米也已经长大成人。但问题是,如果你仅仅是因为想着结婚,所以才什么都不写的话……"

"但是咱俩的确都想结婚。"安娜让自己的语气轻松幽默,这为她俩保留了继续对话的空间。她痛苦地意识到,有些话题没法和莫莉讨论。

莫莉挤出了一丝笑容,凌厉而幽怨地瞥了朋友一眼,接着说道:"好吧，但你以后会后悔的。"

"**后悔**？"安娜突然笑出了声，"莫莉，你为什么从来不相信别人跟你一样也是有弱点的呢？"

"你的幸运之处在于你只在一件事情上有天赋，而不是四件。"

"说不定我的单一天赋比起你的四种天赋，反倒带来了更大的压力呢？"

"我现在这种心情没法跟你说话。要不我先给你泡杯茶，然后咱们一块等理查德过来？"

"我还是更想喝啤酒什么的，"她又挑事儿般地补了一句，"我一直在考虑以后要不要也酗个酒。"

这把莫莉的大姐脾气给激了起来："别开这种玩笑，你知道酗酒会把一个人变成什么样——看看玛丽昂。不知道我不在的这段时间她有没有酗酒。"

"我可以老实跟你说，她还是在酗酒——而且她还来找过我。"

"她还来找过**你**？"

"我刚正打算说这个呢，就是我说完咱俩可以相互替代之后。"

莫莉是个很有占有欲的人——如安娜所料，她愤愤道："我猜你还打算告诉我理查德也来找过你？"安娜点了点头。莫莉干脆地说："我去给咱弄点啤酒。"她从厨房拿了两个啤酒杯，杯子表面凝结着细密的水珠。她说："你是不是最好在理查德来之前把事情给我交代清楚？"

理查德是莫莉的丈夫，应该说，曾是她的丈夫。莫莉是她所谓的"1920年代婚姻"的结晶。尽管短暂，但在波希米亚式的知识分子圈里，在舞台正中聚光灯下的赫胥黎、劳伦斯、乔伊斯等人的周围，莫莉的父亲和母亲也曾发出过自己的光芒。莫莉的童年就是场灾难，因为她父母的那次婚姻只维持了几个月的时间。她自己则在十八岁的年纪结了婚，新郎理查德是她父亲朋友的儿子。她现在明白自己当初之所以结婚，是出于对安全感乃至尊重的渴求。他们的儿子汤米则是那次婚姻的结晶。

理查德在二十岁时，就已展现出了日后将摇身变为成功企业家的种种迹象，而莫莉和他两人对于彼此间的不契合也就忍了一年出头。理查德之后娶了玛丽昂，又生了三个儿子。汤米则一直跟着莫莉。理查德和莫莉离婚后成了朋友，之后玛丽昂也成了莫莉的朋友。这就是经常被莫莉形容为"挺奇怪的，不是吗？"的情况。

"理查德之前来找我是想谈汤米的事。"安娜说。

"什么？为什么？"

"唉，太蠢了！他问我汤米成天发呆到底是不是件好事。我说如果他所谓的发呆指的是思考的话，那么我觉得对于任何人而言，愿意思考都是件好事；而且汤米已经是二十好几的大小伙子了，也由不得我们来管了。"

"哼，也就只有理查德会觉得这不是好事。"莫莉说。

"他还问我，如果他带汤米去德国出差，对汤米会不会有好处。我让他别问我，直接去问汤米。汤米果然拒绝了。"

"那肯定，不过我也觉得有些可惜。"

"但他来找我的真正原因，我感觉是为玛丽昂。玛丽昂当时刚来找过我，我和她有约在先了，所以我不可能跟他聊玛丽昂。我感觉他这次来找你，也是为了谈玛丽昂的事。"

莫莉盯着安娜问："理查德来找过你几次？"

"五六次吧。"

沉默了一阵之后，莫莉爆发了："真是太奇怪了，他似乎指望我来控制住玛丽昂。为什么非得是我？或者你？也许你还是马上离开为好，情况已经够复杂的了，我还得瞻前顾后的，太难了。"

安娜坚定地说："不，莫莉，我就在这儿。不是我让理查德来找我的，也不是我让玛丽昂来找我的。不管怎么说，其他人觉得咱俩的角色可以相互替代，这不是你我的错，我只是说了你会说的话——至少我是这么觉得的。"

这句话里包含着一些幽默乃至孩子气的告饶意味,安娜显然是有意这么说的。大姐姐莫莉笑道:"行啦,行啦。"她仔细打量着安娜,而安娜也小心地装作自己对此浑然不觉。她现在并不打算告诉莫莉自己和理查德之间的事,至少在她能够开口倾吐出自己过去一整年的惨淡经历之前,她是不会说的。

"玛丽昂酒喝得还是那么凶吗?"

"嗯,我猜是的。"

"她都跟你说了?"

"没错,说得还很细致。但奇怪的是,我敢保证她跟我说话时的状态就好像正对着你说话似的——她甚至会用你的名字叫我,会犯这种口误。"

"好吧,这我可真**没想到**,"莫莉说,"谁又能想到呢?你我可是天差地别的两个人呢。"

"或许差别也没那么大。"安娜佯装严肃地说道,但莫莉发出了不买账的笑声。

莫莉是个高个子女人,骨架也大,但却显得苗条,甚至有些男子气。这要归功于她那一头粗野而杂乱的男孩子似的金发。这种气质跟她的着装也有关系,她对于服饰搭配有种天然的直觉。她乐于在多种多样的装束之间切换:举例来说,当她想扮作一个野丫头的话就穿一条长裤配毛线衫,想显得妖媚就涂上大片的绿色眼影,再在颧骨上扑些修容粉,最后再穿一条很能凸显胸围的连衣裙。

对莫莉来说,这不过是她跟人生私下玩的一场游戏,对此安娜颇为嫉妒。然而莫莉自我批判时会告诉安娜,在不同角色之间切换的过程让她无比享受,以至于她会因而感到羞耻:"我好像真的脱胎换骨了——你知道吗?我甚至感觉自己成了另一个人。这种改变有时很伤人——那个男的,就是我上周跟你提过的那个人,跟他第一次见面是在一家餐厅,我穿了条旧休闲裤,套了身旧运动衫,姗姗来迟,跟个**蛇蝎美人**似的,而他根本不知道该怎么应对，一整晚愣是一句话都没说出来，而我还挺乐在其中的。怎么了，安娜？"

"你是乐在其中。"安娜本应笑着这么说。

然而安娜没出声，她瘦小，着装暗沉，气质高冷，长着一对又黑又亮充满戒备的大眼睛，还有一头蓬松的头发。她对自己大体上是满意的，但太过一成不变这一点除外，她妒忌莫莉能随心情转换装扮的能力。安娜总是穿着整洁服帖且面料上乘的衣服，但这样的着装在她身上要么显得古板，要么有点儿古怪。她能给人留下印象，主要靠的还是她漂亮而白皙的双手，还有尖尖的下巴和匀净的小脸。但她内向，没办法在人前展现自我，她觉得自己很容易被人忽视。

当这两位女性一起出游时，安娜总是有意识地隐藏自我并且配合爱表现的莫莉；但当周围没其他人时，她又总是拿主意的那个。然而在她们的友情刚开始的阶段，情况却完全不是这样。莫莉行事唐突且毫无分寸感，明显压制着安娜，但渐渐安娜学会了捍卫自己，"糖妈"在这里也发挥了积极作用。虽说即便是现在，面对应该向莫莉发起挑战的情况，安娜有时仍会主动放弃。她承认自己懦弱，比起主动制造冲突或是把场面弄得难堪，她宁愿妥协。她俩每吵一次架都能让安娜消沉好几天，但却只会让莫莉无比振奋，莫莉会兴奋得流泪，说些人神共愤的混账话，然后在不到半天的时间里把一切都忘得一干二净，而在此期间安娜只能瘫倒在自己的公寓里恢复元气。

她俩都"缺乏安全感"且"不安定"，这两个形容词可以追溯到"糖妈"的时代，对此她俩都爽快地表示认同。但安娜近来学会了换个角度使用这些词语——不再将其视作缺陷，而是将其视作另一套理念的旗帜。她以前幻想过自己能对莫莉说：我们之前的态度整个儿就错了，这都是"糖妈"造成的——安全感和平衡性凭什么一定是好的？在这个飞速变化的世界里，以一种今朝有酒今朝醉的心态活着又有什么错？

但是现在，安娜坐着听莫莉说着话，她就像过往上百次一样对自己说：为什么我总是这么渴望别人能与我观点一致呢？这也太幼稚了，人家凭什么？这说明我害怕独自面对自己的感觉。

她们身处的房间位于二楼，俯瞰着一条窄巷，窗外是花盆和刷了漆的百叶窗，人行步道上躺着三只晒太阳的猫咪和一条京巴犬，还停着一辆运奶的推车。运奶推车之所以这么晚才出现是因为今天是周日。运奶工卷起白袖管，他十六岁的儿子把闪亮的牛奶瓶一个个地从铁丝篮里放到订户家门口。当那个男人从她们的窗户下经过时，他抬眼点了一下头。莫莉说："昨天盖茨先生来家里喝了杯咖啡。他可得意了，儿子拿了奖学金，所以特别想让我知道。他刚要开口，我就插嘴说：'我儿子家境这么优渥，该上的学也都上了，但你看看他，自己将来想干啥他心里完全没数。你家孩子就不用你花钱，还有奖学金拿。''是啊，'他说，'话是这么说。'然后我心想，要我就这么坐以待毙把气都往肚子里咽可不行，于是说：'盖茨先生，你的儿子就要一跃成为我们这样的中产阶级了，到时候你俩可就不是一个世界的人了，这你应该是知道的吧？''没错，'他说，'这个世道就是这样的。'我说：'这根本就不是世道，而是咱们这儿该死的阶级社会的运作机制。'盖茨先生是那群混账工人阶级托利党人[1]中的一员，他说：'可世道分明就是这样的啊，雅各布斯小姐，你说你儿子对未来没有规划？那确实太不幸了。'然后他就继续送他的牛奶去了。我走上楼梯看到汤米坐在自己的床上，就只是那么坐着。要是他现在还在家的话，这会儿没准还在那儿坐着呢。盖茨家的孩子是自恰的，他会去争取自己想要的东西。但是汤米——自打我三天前回到家起，他就这么坐在床上想事情。"

"莫莉，别担心太多，他会没事的。"她们倚靠着窗台，观察着盖茨先生和他的儿子，一个是矮小精悍的糙汉，另一个是人高马大的俊

---

[1] 托利党（Tories），即英国保守党，以反对政府干涉经济、反福利制度的自由主义政策为基本纲领的政党。

俏大小伙子。女士们看着小伙子拎着空篮子回到运奶车后面，又拎出一篮满的，听父亲说了几句，然后朝父亲微笑着点了下头。**他们之间存在一种完美的相互理解，这使得这两位单身母亲带着些许羡慕相视而笑。**

"重点是，"安娜说，"咱俩都不会只图让孩子有个爸爸就去结婚，所以现在就只能承担后果。如果真的会有什么后果的话。凭什么就非得有后果呢？"

"对你来说的确没什么后果，"莫莉酸溜溜地说道，"你什么事儿都不担心，你选择放任自流。"

安娜强打起精神——她在某一刻几乎就要放弃做出回应了，随后又鼓起勇气开了口："我不认同你的说法。我们都一样，两头的便宜都想占。我们拒绝了按规矩生活，生活不按规矩回应我们也很正常，该来的迟早会来。"

"你又开始了，"莫莉有些抵触地说道，"我不是理论派，而你却一直都是——一旦遇着什么事了，你就开始发明理论。我只是单纯在担心汤米而已。"

安娜这下接不上话了，朋友的语气委实有些生硬。她的注意力又回到了巷子里，盖茨先生和他儿子在街角拐了个弯就消失在了视线里，红色的运奶车紧随其后也消失了。这时巷子的另一头出现了一个新的关注点：一个推着手推车的男人。"乡下的新鲜草莓喽！"他高喊着，"今天早上新摘的，早上摘的乡下草莓喽……"

莫莉望向安娜，安娜点了点头，露出了小女孩般的微笑。（她虽有些不确信，但仍意识到自己小女孩般的一笑可能是为了柔化莫莉刚才对她的批评。）"我给理查德也买些吧。"莫莉一边说着一边从椅子上拿起了手提袋，跑出了房间。

安娜仍然靠在窗台上，在一个照得到阳光的位置看着莫莉，后者已经精神抖擞地和卖草莓的开始了对话。莫莉一边笑着一边打着手势，那个男人摇了摇头表示不同意，与此同时他把沉甸甸的草莓倒在了自己的磅秤上。

"你又不用交管理费，"安娜听见，"为什么还要卖和店里一样的价格呢？"

"店里可没有大清早新摘的草莓卖啊，小姐，没有的。"

"拉倒吧，"莫莉一边说着一边带着她白碗里的草莓走开了，"奸商，你就是个奸商。"

那个卖草莓的男人很年轻，面黄肌瘦，看起来有些营养不良。他抬头龇牙望向莫莉再度现身的那扇窗，当瞧见这两个在一起的女人时，他一边别扭地摆弄着他反着光的磅秤，一边说道："什么叫管理费，你们真的懂吗？"

"那就上来喝杯咖啡，跟我们说说呗。"莫莉一脸挑衅的神色。

他低下了头，冲着地面说道："如果有些人可以不干活，那另一些人就得干。"

"拉倒吧，"莫莉说，"别在那儿跟个怨妇似的，上楼来吃点你家的草莓吧，算我请。"

他不知道该如何应对，只是呆立在原地皱起了眉头，在一头出油的长发下，他年轻的脸庞写满犹疑。"我不是怨妇，你才是。"末了，他憋出这么一句，显然已无心恋战。

"那你一定比怨妇还怨。"莫莉说，然后离开了窗边，问心无愧地冲着安娜笑。

然而安娜却从窗户里探出身去，从那个男人倔强而怨恨的双肩上确认了自己心中对刚才这一幕的判断，然后低声说："你伤了他的自尊。"

"去他的吧，"莫莉耸了耸肩，"英国又开始这样了——大家连个屁都不敢放，还总觉得自己被冒犯，我一踏上这片苦寒之地就想逃跑，想大喊，想尖叫，我一呼吸到这里圣洁的空气就想自闭。"

"随你怎么说，"安娜说，"他觉得你在嘲笑他。"

另一个顾客从对面的屋子里走了出来，那是个穿着周日休闲套装的女人，便裤、宽松的上衣，一条黄围巾包着脑袋。卖草莓的男人没多费口舌就跟她做完了买卖。他握住车把将推车往前推之前，又抬头看了一眼窗户，却只瞧见了安娜。她尖尖小小的下巴埋藏在前臂的环抱中，黑色的双眸注视着他，脸上挂着微笑，而他故作幽默地说："你听见**她**说什么了吧，管理费……"然后略带厌恶地轻哼了一声。他已经原谅她们了。

他就跟在那堆红红软软、在阳光下闪闪发亮的草莓后边，沿着街道继续前进，吆喝着："早上摘的新鲜草莓喽，今儿早上刚摘的！"渐渐地，他的声音被几百米开外的主街上的喧嚣给吞没了。

安娜转过身，发现莫莉正在把水果分装在碗里，往里头搁了点奶油，然后摆在窗台上。"我决定不给理查德留了，"莫莉说，"反正他啥也不喜欢。再来点啤酒？"

"草莓自然还是要配红酒的。"安娜不知足地说道，把勺子在碗里搅动，感受草莓表面柔润的阻力，以及一小撮砂糖下奶油丝滑的触感。莫莉利落地将红酒倒进杯中，然后把酒杯搁在白色的窗台上。阳光穿过杯子，在窗台的白漆上映射出混杂着绯红和橙黄的菱形光影，微微颤动着。两个女人坐在阳光中，愉悦地叹了口气，然后在微微的暖意中伸展双腿，观赏着浅色小碗中水果的色彩，还有红色的酒浆。

然而此刻门铃响了，两人立即本能地将坐姿调整为一个更加端庄的状态。莫莉再次将身体探出窗户大喊："小心头顶！"然后把旧围巾包裹着的钥匙丢了下去。

她们看着理查德弯腰将钥匙拾起，都没有抬头看一眼，他知道莫莉一定是在楼上的。"他讨厌我这么做，"她说，"是不是挺奇怪的，明明都过了这么多年，而他表明自己态度的方式依旧是装作什么都没发生。"

理查德走进了房间。他作为一个中年人，显得年轻了些，在初夏的意大利度完假后晒出了一身古铜色。他穿着一件修身的黄色运动T恤和一条全新的淡色长裤；每个周日，无论冬夏，理查德·波特梅恩都是一身适合室外活动的着装。他是好几个高尔夫和网球俱乐部的会员,但如果不是为了谈生意,他从来不会真的去打球。以前有那么几年,他在乡间有栋小别墅,但多数时候都只会将自己的家人安置在那里,除非是为了在周末讨一些生意上的伙伴欢心。他是个天生的都市人,周末他会在夜店、酒馆、酒吧间赶场。他是个矮小精悍、发色暗沉的男人,身材略微有些发福。他的圆脸一笑起来就别有魅力,不笑的时候则会给人留下固执甚至阴郁的印象。他整个体态——脑袋前伸,眼睛一眨不眨——都给人一种执着的印象。他有些不耐烦地将钥匙递还给莫莉,钥匙外包裹着她鲜红的围巾。她接过钥匙,将柔软的围巾从她线条硬朗的白皙手指间缓缓抽出,问:"你是刚在乡间度过了健康的一天吗,理查德?"

对这样的调侃他已有准备。他生硬地笑了一下,望向白色窗户附近炫目的阳光。当发现安娜时他不禁皱了皱眉,僵硬地点了下头,然后有些迟疑地远离她俩,坐在了房间另一边,说:"我不知道你这儿还有客人,莫莉。"

"安娜可不是客人。"莫莉说。

她有意等理查德将她俩从头到脚观赏了一遍,然后在阳光中慵懒地动了动,把脸转向他,投以亲切问询的眼神,然后提议道:"来杯红酒吗,理查德?还是啤酒?咖啡?茶?"

"如果有苏格兰威士忌的话,我不介意来上一杯。"

"就在你旁边。"莫莉说。

但他有意识地显示完自己的男性气概之后,却没去动酒。"我来这里是为了谈汤米的事。"他盯着安娜,后者正在享用最后几颗草莓。

"我听说你已跟安娜详谈过这事儿了,所以咱们仨可以再讨论一下。"

"所以安娜跟你说了……"

"什么都还没说呢,"莫莉说,"我俩这才刚有机会碰上面。"

"看来我打搅了你俩的交心时刻。"理查德说,他确实在尽力表现得随和,然而语气听上去却很浮夸,两位女士对此都是一脸又好气又好笑的表情。

理查德倏地站了起来。

"这就要走了吗?"莫莉问道。

"我去叫汤米。"他已经在肺中积攒了足够的空气,眼见就要高喊出声了,但莫莉却打断了他:"理查德,不要吼。他已经不是小孩了,而且我估计他不在家。"

"他在家。"

"你怎么知道?"

"因为他刚才一直在楼上往窗外望。我真是没想到,你居然连自己的儿子在不在家都不知道。"

"我凭什么就得知道?我又不会每时每刻盯着他。"

"没问题,所以这让你收获了什么好果子吗?"

他俩剑拔弩张,怒目而视。针对他那句"所以这让你收获了什么好果子吗?",莫莉说:"我不打算跟你争论教育抚养的问题,咱们就等你家那三个孩子长到足够的岁数,再来比比。"

"我不是来跟你讨论我家那三个的。"

"这又有何不可呢?那三个我们都讨论过上百次了,我估计你肯定也找安娜讨论过。"

这时两人突然陷入了片刻的沉默,暗自控制了一下肚子里的火气,同时又诧异于彼此之间的火药味竟已如此之浓。他俩的历史如下:相遇于1935年,那时莫莉密切关注着西班牙共和国的局势,理查德也是。(但莫莉认为他每次谈论这个话题都是出于一种政治上的媚外猎奇。那年代又有谁不是如此呢?)波特梅恩作为豪门望族,轻率地认为这是理查德有共产主义倾向的证据,切断了对他的经济支持。(莫莉是这么描述的:我的天,真的一个子儿都不给他了!理查德自然是高兴的,他们之前从没拿他当回事,这事儿助推了一把,他迅速拿到了党员证。)理查德没别的天赋,就只会挣钱,但当时这个天赋并未得到发掘,于是他靠莫莉的接济过了两年，准备从事写作。（莫莉——当然是在几年过后——说：你还能想到什么比这更俗气的选择吗？不过当然了，理查德处处都很平庸。所有人都想当大作家，我是说所有人！你知道党内最不为人知的秘密——真正可怕的真相是什么吗？那就是，每个老同志——就是那种你觉得他长年累月满脑子都是党组织，此外什么都不会去想的那些人，他们每个人都随身藏着一本诗集或者一沓诗稿，每个人都想成为我们这个时代的高尔基或者马雅可夫斯基。这不可怕吗？这不可悲吗？他们一个个的都成了失意的艺术家。他们的这种趋同性一定存在某种意义，但又说不清是**哪种意义**。）莫莉因看不起理查德而跟他分手，但之后仍然供养了他好几个月。他与组织的反目来得很突然，与此同时也对莫莉下了结论，认为她道德败坏、因循怠惰且哗众取宠。还好当时他和某个女孩之间的婚外情虽短暂但却够广为人知，以致他没法像他之前威胁的那样可以主动选择离婚并攫取对汤米的监护权。他随后被波特梅恩家族重新接纳，然后接受了被莫莉蔑称为"城里的工作"的职位，她到现在都不清楚理查德从家族那里接手的职位给他带来了多大的权势。理查德后来娶了玛丽昂，一个非常年轻、贴心、娴静、出身于一个中等宽裕家庭的女孩，他们生了三个儿子。

与此同时，多才多艺的莫莉跳过一段时间的舞——但她的身体条件并不适合跳芭蕾，她表演的主要还是针砭时弊的歌舞剧——她后来又觉得舞蹈毫无意义，于是开始学画，然后在战争爆发后又放弃了，转职成了记者；后来又放弃了新闻报道，参与了党组织外围的文化工作；后来她又离职了，理由和她的同类别无二致——这份工作无聊得要死，着实令她难以忍受；她又成了个小演员，然后在经历了诸多不如意之后开始跟自己和解，承认自己骨子里就是没天赋。她骄傲于她没有（用她自己的话说）投降并躲进某个安全的庇护所，没有藏身于一段安全的婚姻中。

而私底下她的不安则来自汤米，她为了汤米跟理查德进行了好几年的战争。她此前一整年都不在家,把儿子一个人留在家里,理查德对这件事尤为不满。

他这时愤愤地开口了:"你去年把汤米独自留在家里一整年,我经常来看他……"

她打断了他:"我一直在跟你解释,至少尝试去跟你解释——我走之前认真考虑过了,独自生活对他是有好处的。你为什么总要把他当成孩子?他已经成年了,我留给他一间舒服的房子,钱也够,一切都打点好了。"

"你为什么就不愿意承认你把汤米留在家中,就是为了不让自己被束缚住手脚,这样一来你就可以在欧洲尽情浪荡,寻欢作乐了,不是吗?"

"我的确寻了欢作了乐,我凭什么不可以?"

理查德不快地放声大笑。莫莉不耐烦地说道:"看在上帝的分上,这是我生了孩子以来头一回拥有可以自由支配的时间,我当然会快乐了,我凭什么不能快乐呢?你呢——你有了玛丽昂,一个贤惠的小女人,她要负责照料家庭和儿子,而你却可以想干吗就干吗——这还没完,我一直试图跟你解释,但你从来都不听,我不希望汤米长成那种英国妈宝男,我希望他能不被我左右。是的,别笑,我跟他一起生活在这间屋子里,我俩要是亲近到了相互一览无余的程度,那可真不是什么好事。"

理查德面露不快:"是的,你在这件事情上的小理论我怎么会不知道呢。"

这时安娜插嘴道:"并不只有莫莉这么觉得——我认识的所有女人——我的意思是,真正的女人,都会担心自己的儿子长大后变成那样……她们有足够的理由担心这件事。"

理查德的敌意转向了安娜。莫莉密切地观察着他俩。

"比如**什么理由**呢,安娜?"

"我的意思是,"安娜故作乖巧地说道,"比如她们对自己的性生活有些许不满?或许你想说这言过其实了,嗯?"

理查德脸上浮现出暗沉而难看的红晕，他转向莫莉，对她说："好吧，我也不是说你是故意去做那些不该做的事。"

"谢谢。"

"但是这孩子到底他妈的怎么了？他考试就没拿过像样的分数，也不想去牛津，现在就干坐着发呆，然后……"

在他说出"发呆"这个词的时候，安娜和莫莉都笑了。

"我很担心他，"理查德说，"我真的很担心。"

"我也担心他，"莫莉通情达理地说道，"咱们不正打算商量这事儿吗？"

"我三天两头邀请他去各种可能遇见对他有好处的人的场合。"

莫莉又笑了。

"笑吧，你尽管笑吧，但现在这个情况，咱们可真不该还能笑得出来。"

"当你说对他有好处的时候，我脑子里想到的好处是指情绪上的，我时常会忘记你是个爱把牛吹上天的势利眼。"

"光靠言语可伤不了我，"理查德说，带着意料之外的尊严，"你想怎么说我都行，你走了你的阳关道，我过了我的独木桥。我想说的是，我有能力给他——好吧，任何他想要的东西，但他就是提不起兴趣。但凡他以前跟你们那伙人干成过哪怕一件有建设性的事，他也不至于变成现在这样。"

"你总是说得好像我在怂恿汤米针对你似的。"

"你就是怂恿了。"

"如果你所谓的怂恿指的是我对你的生活方式、价值观、成功学游戏之类的有看法并直言不讳，我倒不否认。我凭什么不能说真心话？但我也总跟他说，你父亲就是这样一个人，你必须去了解这个世界，不管怎么说这个世界都存在在那里。"

"你真了不起。"

"莫莉一直鼓励他多去了解你,"安娜说,"我可以作证。我也是这么鼓励他的。"

理查德不耐烦地点了点头,潜台词是她俩刚才说的都不重要。

"你对孩子太无知了,理查德,他们不喜欢分裂的事物,"莫莉说,"瞧瞧他跟我一块认识的人——艺术家、作家、演员等等。"

"还有搞政治的。可别把你的同志们给忘了。"

"这又有什么?随着他的成长,他对自己所生活的这个世界的了解将会远超你家那三个——伊顿公学和牛津大学,这将会是他们世界的全部。汤米见过形形色色的人,他看到的世界可不是上流社会的小小鱼塘。"

安娜说:"你俩照这么聊下去就没完了。"她的语气听上去透着些愠怒,于是她打算讲个笑话来掩饰过去,"这件事表明,你俩当初就不该结婚,但是你们却还是结了,或者至少你们不该生孩子,但是你们还是生了——"她的语气里再度透出愠怒,接着又软了下去,"你们意识到你们好些年都在重复同样的话题了吗?你们为什么就不能接受你俩永远都无法达成共识,别有事没事就这么吵呢?"

"事关汤米,我们怎么可能不吵?"理查德怒吼道。

"你有必要吼吗?"安娜说,"万一你刚才说的话都被汤米听见了怎么办?他也许就是因此才出了问题,他一定觉察到自己成了你俩争执的根源。"

莫莉快步走到门边打开了房门,倾听了片刻。"瞎说什么呢,我能听到他在楼上打字的声音,"她坐回之前的座位上说道,"安娜,我真受够了你英国式的轻声细语。"

"我讨厌大喊大叫。"

"可我是犹太人,我就喜欢大喊大叫。"

理查德再次坐不住了。"对——你还自称雅各布斯小姐。小姐,你这样自称是为了说明你是独立女性,证明你的个人身份吧?算了!**随便你**。可是汤米的母亲居然自称'雅各布斯小姐'。"

"你无法接受的不是小姐这个称谓,"莫莉愉悦地说,"而是雅各布斯这个姓氏。没错,你之前就反犹。"

"妈的。"理查德不耐烦地骂了一句。

"告诉我,你有几个犹太人朋友?"

"依你的标准我是没朋友的,只有生意伙伴。"

"以及女友。我注意到一件有趣的事,你在我之后的三个女人全是犹太人。"

"我的天,"安娜说,"我要回去了。"她从窗台上站了起来。莫莉笑了,又把她按了回去。"你得留下,当会议主席吧,我们显然需要一个主席。"

"很好,"安娜下了决心,"那我就留下吧。不过别这么拌嘴了,这有什么意思呢?事实上我们之间是存在共识的,我们给汤米的建议也都是一致的,不是吗?"

"是吗?"理查德说。

"是的。莫莉认为你应该在你的那些个差事里挑一个给汤米干。"安娜的语气里也自带和莫莉类似的、对理查德所在的世界的轻蔑,理查德气恼地咧了咧嘴。

"在我的那些个差事里挑一个?你赞同吗,莫莉?"

"如果你问我,是的,我同意。"

"看吧,"安娜说,"都没什么可争论的。"

理查德这会儿给自己倒了杯威士忌,看上去耐心得有些刻意;莫莉静观其变,看上去耐心得也有些刻意。

"所以问题都解决了?"理查德说。

"显然还没有,"安娜说,"还得看汤米是不是也赞成。"

"所以我们又回到了原点。莫莉,我能问一句,你为什么不反对自己的宝贝儿子跟万恶的资本家混在一起?"

"因为我是按照一个好人的标准将他培养成人的,他应付得来。"

"因此他不会被我带坏?"理查德笑着克制着怒火,"请容我问一句,在过去的两年里你的信仰遭受过沉重的打击,对吗?在此前提下,你对自己信仰的那种高度自信又是打哪儿来的?"

两个女人交换了一下眼神,潜台词是:他果然还是说出来了,咱们还是快把这个话题给结束了吧。

"你没意识到,汤米真正的问题在于,他人生中有一半的时间都被一些共产党员,或所谓的党员包围着——他认识的人大部分都是两者的混合。现在这些人不是打算退党就是已经退党了——你不觉得这会对他造成影响吗?"

"当然会。"莫莉说。

"当然会,"理查德愤怒地咧嘴道,"正是如此——但你的宝贝信仰的代价又是什么呢——汤米在伟大的精神祖国苏联的阳光雨露中茁壮成长。"

"理查德,我不跟你谈政治。"

"当政治变得关键的时候,你怎么反倒不想谈了?"

"因为你根本不懂政治,"莫莉说,"你只会复述报纸上的口号。"

"行,那我能不能这么说:两年前你和安娜忙着参加你们身边几乎所有的会议和活动……"

"我可没有。"安娜说。

"别狡辩了,反正莫莉肯定有。现在呢,苏联的名声坏了,党内的同志们又付出了怎样的代价?就我所知,他们大多数人要么精神崩溃,要么飞黄腾达。"

"问题是,"安娜说,"社会主义事业在我们国家陷入了低潮……"

"在其他地方也一样。"

"好吧,如果你的意思是,汤米的困境之一在于他是被当作一个社会主义者培养长大的,然而现在又是个对于社会主义者来说无比艰难的时代——那我们可以赞同你的观点。"

"你说的'我们'是指高贵的你自己？还是社会主义者？抑或是只包括安娜和莫莉？"

"鉴于本次讨论的目的，'我们'指社会主义者吧。"安娜说。

"但在过去的两年里你俩的观念发生了一百八十度的大转弯。"

"不，我们并没有。这取决于看待生活的方式。"

"你是指望我相信，你们看待生活的方式虽然在我看来是某种无政府主义，但其实是社会主义？"

安娜看了一眼莫莉，后者以几乎不可见的幅度摇了摇头，但理查德还是注意到了，说："'不足为外人道'，你们是这个意思吧？你那惊世骇俗的自负可真让我震惊。这样的自负是哪儿来的，莫莉？你又是个什么东西？你出演的那部杰作叫什么来着，《丘比特之翼》？"

"我们这些小演员是没资格挑拣剧目的。此外，我已经游手好闲了一年了，没有任何收入，已经破产了呢。"

"所以你的自信来自于游手好闲的生活方式？反正它肯定不可能来自于你所从事的工作。"

"停，"安娜说，"我是主席——这段讨论到此为止。接下来谈汤米的事。"

莫莉无视安娜，发起了进攻："你对我的评价也许有道理，也许没道理，但**你的**自负又来自哪里呢？我不希望汤米成为一个生意人，你也绝对算不上是什么人生楷模。人人都可以成为一个生意人，你老跟我这么说。饶了我吧，理查德，你为什么老是要隔三岔五地来找我，大谈自己的生活有多空洞、多愚蠢呢？"

安娜短促地做了个警告的手势，莫莉耸了耸肩："好吧，我是不够圆滑。但我凭什么要圆滑呢？理查德觉得我的人生不值一提，这点我同意，但他的人生呢？你家可怜的玛丽昂，一直被当作家庭主妇和管家婆，却从未被当人。你家孩子在上流社会的机器里加工了一遍，单纯是因为你的意志，他们没有别的选择。再不就是些男女间的破事。我凭什么要对你高看一眼呢？"

"我知道了，你们已经在背地里议论过我了。"理查德注视安娜的眼神已掩藏不住敌意。

"我们并没有，"安娜说，"我们已经好几年没说起过你了。还是说说汤米的事情吧。他来找过我，我跟他说他应该去找你。理查德，看看他能不能做些专业性质的工作，非商业的那种，纯商业的工作就太俗了，我指的是有建设性的工种，比如联合国或者教科文。他可以靠你的关系入行，对吧？"

"没错。"

"他自己怎么说？"莫莉问安娜。

"他说他要一个人想想。有何不可呢？他二十好几了，如果这就是他想要的，为什么就不能由着他在自己的人生中思考并试错呢？我们为什么就非得逼迫他呢？"

"汤米的问题就在于他从没有被人逼迫过。"理查德说。

"我谢谢你的意见。"莫莉说。

"他从来都没找到过方向。莫莉一直把他当作成年人一样不管不顾。你觉得一个孩子要怎么理清这些头绪呢：一边是'自由''自主决定''我不给你压力'，另一边是'同志''纪律''牺牲小我''服从上级'……"

"你需要做的就是，"莫莉说，"在你的那些个差事里头，找一个不是只管推高股价，或商业行销，或创造利润的职位，挑些有建设性的工作，然后让汤米在里头选。"

理查德的脸气得通红，深黄的上衣绷得紧紧的。他把一杯威士忌捧在两手之间不停地转动着，视线一直停留在杯子里。"谢了，"他最终开口了，"我找找看。"他的语气带着一种固执的自信，那是对于他能替儿子找到的那份工作的质量的自信。这股自信的劲儿引得安娜和莫莉朝彼此挑了挑眉毛，意思是之前跟理查德的沟通都白做了，一如往常。理查德也领会了她们眼神里的意思,说:"你俩简直天真得要命。"

"我们在哪方面天真了,生意吗?"莫莉开怀大笑道。

"大生意。"安娜忍俊不禁地轻声说道。她此前和理查德聊过,然后才对他的实力有所了解,并为此惊讶不已。但这并没能使理查德的形象在安娜眼中变得高大,反而在国际资本的背景板前显得更为矮小了。尽管他事实上贵为英国金融界的大鳄之一,莫莉却对她这位前夫不屑一顾,而安娜也因此愈发喜欢莫莉了。

"哦……"莫莉不耐烦地拖长了声。

"而且是特别大宗的生意呢。"安娜大笑道。她本指望莫莉能接住这个话茬儿,但这位女演员就这么眼睁睁地让这个话题过去了,唯一的反应是她标志性的动作:大幅度耸了一下肩,白皙的双手向两边一摊,手掌外翻,然后再搭回到膝盖上。

"我待会儿会跟她说说你的生意,"安娜对理查德说,"至少我会试试。"

"你们说什么呢?"莫莉说。

"没用,"理查德愤懑地挖苦道,"你知不知道这些年来她甚至连问都懒得问?"

"你帮汤米交了学费,我对你就这点要求。"

"你这些年逢人就把理查德描述为——自傲的杂货铺老板之类的精明小商人,"安娜说,"但事实上他是个豪商巨贾,真的,一个商业大亨,我们没法不仇视的那一类人——原则上来说。"安娜说完就自顾自地笑了起来。

"真的假的?"莫莉饶有兴味地观察起自己的前夫来,略微惊讶于这个普通又(在她看来)不怎么聪明的男人,居然还有那么点儿能耐。

安娜读懂了她的眼神——她也深有同感——于是大笑了起来。

"老天爷,"理查德说,"跟你俩对话简直是对牛弹琴。"

"不然呢?"莫莉说,"我们得表现得顶礼膜拜吗?你的财富和地位都不是自己白手起家挣来的,而是家里给的。"

"这又有什么关系?世道就是这样,这也许算不上是什么好的制度,对此我没什么好争辩的——尤其是跟你俩。你们对于经济学的无知程度堪比猿猴,但我国的发展靠的就是经济学。"

"那当然了。"莫莉说。她的双手并未抬起,仍掌心向上搭在膝盖上,此时却又无意识地合拢,十指交握地搁在腿上,就像是小孩等待说教时的姿势。

"既然如此,你们怎么还瞧不起商业?"显然理查德本想进行下一个话题,但此刻却停下了,因为他瞧见了莫莉的双手嘲讽地摆出了表示顺从的手势。"我的天!"他不打算往下说了。

"我们并没有瞧不起商业啊,商业太不具体了,我们没法瞧不起那么不具体的事物。我们真正瞧不起的是……"莫莉把"你"字给咽了下去,她似乎对自己的冒犯感到惭愧,于是双手不再摆出先前无声戏谑的姿势,而是把它们藏到了身后。安娜在旁看着心里直乐,心想,就算我告诉莫莉:"你仅凭一双手就把他嘲弄得闭了嘴。"她也肯定不明白我在说什么。有这样的天赋可真好,她可真幸运……

"我知道你们瞧不起的是我,但你们凭什么?你不过是个半吊子演员,安娜不就出过一本书吗?"

安娜的双手本能地从身体两侧抬起,下意识地搭在莫莉一侧的膝头,说:"唉,理查德,你这人真是无聊透了。"理查德望着她们皱起了眉。

"我们的职业不影响我们的判断。"莫莉说。

"确实。"

"我们之所以瞧不起你,是因为我们自己还没有妥协。"莫莉正色道。

"还没妥协?对什么妥协?"

"如果你不知道答案的话我们也无可奉告。"

理查德坐在椅子里,眼看整个人就要炸了——安娜可以看到他大腿上的肌肉紧绷并颤抖着。为了避免争端她赶忙开口吸引他的火力:"这就是问题所在了。你一直说个不停,却没有切中——要害,你什么都不懂。"

她成功地吸引了对方的注意力。理查德转向她,身体前倾,如此一来她便直面着他温热而光滑的、覆盖着薄薄一层金色体毛的棕色臂膀、裸露的棕色脖颈,以及褐里透红的发热的脸。她稍稍往后缩了一下,脸上无意间浮现出一丝厌恶的神情。理查德说:"好吧,安娜,我有幸比以往更了解你一点儿了,而我感觉你并不知道自己要什么,在想什么,以及如何待人接物。"

安娜意识到自己脸红了,她勉力让自己直视他的目光,然后又有意识地移了开去:"或者你不喜欢的恰恰在于我知道自己想要什么,总愿意去试错,从不自欺欺人说那些不入流的其实是入流的,更知道该什么时候拒绝。你说对吗?"

莫莉在两人之间来回打量,她一边呼出一口气,一边用双手发出惊叹:那双手先是分开,然后又充满共情地放回膝盖上。她还下意识地点着头——一方面是因为她证实了自己此前的猜疑,另一方面是因为她很认可安娜表现出的无礼。她说:"嘿,这算怎么回事!"她目中无人的语气使得理查德转而朝向她,"你要是再攻击我们的生活方式,那我只能说,你还是少说两句为妙,先想想自己的私生活吧。"

"我行得直,坐得正。"理查德说这句话时一本正经的样子跟她俩预料的一模一样,于是两人不约而同地爆发出一阵大笑。

"是的,亲爱的,我们知道。"莫莉说,"玛丽昂最近怎么样?我很想知道。"

理查德第三次说道:"我知道你们私底下已经议论过了。"安娜说:"我跟莫莉说了你来找过我,我还跟莫莉说了一件我没告诉你的事——玛丽昂也来找过我。"

"嗯,咱们说说这事儿吧。"莫莉说。

"唉!"安娜就当理查德不在场一样说了起来,"玛丽昂的事让理查德很是头疼。"

"这不是什么新鲜事了。"莫莉用同样的口吻说道。

理查德静静地坐着，依次看着两个女人中正在说话的那位。她们在等待，等着他放弃，等着他站起身离去，等着他自我辩解。但他一言不发，似乎在认真听她俩唱双簧。她俩就像是一个仇视他的讽刺喜剧组合。他甚至还点起了头，似乎在说：你们继续。

莫莉说："我们都知道，理查德只跟地位低于自己的对象结婚——哦，当然不是说社会地位，他在这方面很小心，而是，前引号，她是个善良又平凡的女人，后引号，不过又很幸运，因为在她家谱的各条分支上都是各种贵族老爷和小姐遍布，我相信这些名字放在公司信笺抬头上肯定很管用。"

安娜这时噗嗤笑了一声——在理查德掌握的财富面前，这些贵族老爷和小姐的头衔基本上不值一提。莫莉无视了她的笑声，接着道："当然了，实际上每个男人都会娶一个善良平凡又和气的女人，真是悲哀。巧的是，玛丽昂是个好人，而且一点都不愚蠢，但她却嫁给了一个在过去的十五年里一直让她觉得自己愚蠢的男人……"

"要是没了他们的笨媳妇儿，这些男的可怎么办啊。"安娜长叹一声。

"哦，我可无法想象。我要是真想跟自己过不去，我就会去想我周围所有那些娶了笨老婆的优秀男性，这样的现实足以让人心碎。说到愚蠢又平凡的玛丽昂，当然了，理查德对她一直都忠贞不贰，就如同大多数男人一样，直到她为了生第一个孩子而进了产房。"

"你翻那些旧账干什么？"理查德不情愿地高声道，就仿佛这本该是一次严肃的对话，而两个女人再次爆发出了笑声。

莫莉打破了僵局，严肃但不耐烦地说："得了吧，理查德，你干吗还要装傻充愣呢？你只不过是因为玛丽昂成了你的拖累所以万分自怜而已，你还好意思问我为什么要翻旧账？"她极其严肃地对他厉声道，"当时玛丽昂刚进产房……"

"那都是十三年前的事了。"理查德痛苦地说道。

"你直接来找了我。你当时好像还以为我会跟你上床，而就因为我没答应你，你的男性自尊还挺受伤，你没忘吧？现在我们**自由女性**知道了，当我们男性友人的妻子进产房后，亲爱的汤姆、迪克和哈里就都找上门来了，他们总惦记着要跟自己妻子的某位朋友上床，天知道为什么这么多人都有这样的心理，但现实就是如此。我当时反正没搭理你，所以也不知道你后来去找了谁……"

"你凭什么断定我又去找了其他人？"

"因为玛丽昂知道，事情闹到这个地步真的很难看。你后来接连找了好几个女孩，你还跟玛丽昂认了罪，所以她们的事玛丽昂全都知道。如果你当初没认罪的话，事情就没那么有趣了，对吧？"

理查德似乎准备起身离去——安娜注意到他大腿的肌肉一会儿绷紧一会儿放松，不过他最后还是改变了主意，一声不吭地继续坐着。他的嘴角露出了一丝奇怪的笑意，就像是面对鞭子时的那种强颜欢笑。

"与此同时，玛丽昂一手带大了三个孩子。她过得并不开心。你时不时地向她坦白自己的情事，也许她也该找个情人——这样就能跟你稍稍扯平了。你甚至将她描述为一个乏味而平庸的中产阶级妇女……"莫莉在这里停顿了一下，对理查德咧嘴一笑，"你真是个满嘴漂亮话的伪君子。"她几乎是友善地说道，但是种带着蔑视的友善。

理查德再度不适地移动了一下四肢，像被催眠了似的说道："继续。"当他觉察到自己刚才的语气听起来有些像是在挑衅，又犹豫地补了句："我想听听你的看法。"

"你真的想听？"莫莉说，"关于我怎么看你对待玛丽昂的方式，我印象里就从来没跟你讳言过。你们结婚一年以后你就一直在冷落她，几个孩子还小的那几年她都很少能见到你，除非你需要她来帮忙讨好你生意上的伙伴，或者做筹备盛大晚餐派对之类的破事，但这些事都与她本人无关。有个男人的确对她产生了兴趣，而她又太过天真，还以为你不会介意——毕竟当她因为你外面的那些女人而埋怨你时，你老说：你为什么不自己也找个情人。可事到临头你却接受不了，于是开始威胁她。当那个男的表示想娶她，并且愿意接受三个孩子，对，他就是这么在乎她。但是不行，突然之间你一下子正气凛然了起来，暴怒得有如《旧约》里的先知。"

"他对于她来说太年轻了，这段感情注定不会长久的。"

"你是想说，她就算真的跟他在一起了也未必会幸福？你还在乎她幸不幸福？"莫莉满脸鄙夷地笑了，"不，是你的虚荣心受伤了。你殚精竭智地想让她再度爱上你，于是不断地吃醋，示爱，亲吻她，直到她和他最终断了关系。这时你已收复失地，于是你又没了兴致，再次回到了你漂亮又宽敞的办公室里的豪华沙发椅上的秘书们身上。你觉得玛丽昂不应该感到不快，不应该大吵大闹，摄入的酒精也不应该远超对她来说合适的量——或者我应该说，远超对一个如你这般身居高位的男人的妻子来说合适的量。对了，安娜，我不在的这一年里玛丽昂那边有没有什么新进展？"

理查德发怒了："你别没事找事。"安娜一旦介入了对话，这就不再是一场他和前妻之间的较量了，因此他生气了。

"理查德专程来问过我，他把玛丽昂单独送出去住，是否合乎情理，因为她对孩子的影响并不好。"

莫莉倒吸了一口气，问："理查德，**你没真这么做吧**？"

"没有，但我觉得这个方案也不是不行，当时她酗酒相当严重，这对孩子影响很不好。保罗——他现在十三岁，有天晚上他起夜喝水的时候发现她倒在地上不省人事。"

"你真想把她撵走？"莫莉的语气里所有的情绪都褪去了，甚至包括谴责。

"行了，莫莉，差不多得了。要换作是你，你又会怎么做呢？别担心——你旁边的队友那时跟你现在一样震惊，她当时就已经让我感到十分良心不安了。"他又露出了半笑不笑但有些悲伤的表情,"其实离开你之后我问过自己,我是不是活该这么被人从头到脚彻底否定?莫莉,你就喜欢夸大其词,你把我形容得就好像是蓝胡子似的。我是有过那么几次无伤大雅的出轨经历,我认识的大多数结婚有些年头的男人都这样,但他们的妻子都不酗酒。"

"你当初要是娶个驽钝的女人就好了,对吧?"莫莉说,"或者你不该总让她知道你偷吃的事?愚不可及!她比你要好上千倍!"

"你说的都对。"理查德说,"你总是想当然地觉得女人就是比男人要好,但这对我没什么意义。是这样的,莫莉,玛丽昂信任你,麻烦你尽快见她一面,跟她好好谈谈。"

"谈什么?"

"我不知道,也不在乎。谈什么都好。你想怎么骂我都行,但劝劝她吧,让她别酗酒了。"

莫莉夸张地叹了口气,然后盯着他看,露出半是同情、半是蔑视的神情。

"唉,我真的说不好,"她终于开口道,"这真的还挺奇怪的。理查德,你自己就不能做点什么吗?你至少能让她感觉到你是喜欢她的呀。带她去度个假什么的不好吗?"

"我带她去过意大利。"他的声音还是不自主地透出了不情愿。

"**理查德!**"两个女人同时说道。

"她并不喜欢与我结伴,"理查德说,"她无时无刻不在盯着我——我能清楚觉察到她一刻不停地盯着我,留意我有没有看别的女人,等着我上吊自尽。我受不了了。"

"你们度假的时候她喝酒了吗?"

"没有,但……"

"那不就得了。"莫莉摊开了她白得发光的双手,意思是,答案不是显而易见了吗?

"你看,莫莉,她没喝酒是因为她把那当比赛,你还不明白吗?类似打赌:你只要不看女人,我就不喝酒。我都快被逼到崩溃的边缘了。男人不论如何都会有些现实的困扰——对你们这类无拘无束的女性来说或许不成问题,反正我是没办法和一天到晚跟监狱看守似的盯着我的女人做那事……在这次假期里某个怡人的午后跟玛丽昂上床就像是场'有本事你就证明自己'杯大赛。简单来说,我对玛丽昂就是硬不起来,说得够清楚了吧?我们刚回来一个礼拜,到目前为止她状态都还行,我每天晚上都回家,就像是个尽责的丈夫,跟她相敬如宾。她小心翼翼,没问我此前干了什么,见了哪些人,而我也小心翼翼,不去瞟威士忌瓶子里酒的高度,但她一离开房间我就会立即查看酒瓶,而我也能听见她脑海里的声音:**他先前一定是找别的女人去了,因为他不想要我。**这简直就是地狱般的体验,这么说一点也不夸张。好了,"他身体前倾,绝望里带着真诚地流下了眼泪,"好了,莫莉,你没办法两全其美。让婚姻继续下去,也许你是对的,你可能真是对的。我没见过哪段婚姻是接近于婚姻本该有的状态的。而你就很谨慎,没再进到婚姻里头,这他妈的不过就是种制度,我同意。但我已经涉足其中,而你却能置身其外,安全地冲着里头评头论足。"

安娜冷冷地看了一眼莫莉,莫莉挑起了两边的眉毛叹了口气。

"怎么说?"理查德的口吻很是友善。

"我们正在思考置身事外到底能有多安全。"安娜回应了他的友善。

"别瞎扯了,"莫莉说,"我们这类婚姻之外的女人会遭受怎样的打击,你心里完全没数吧?"

"这个嘛,"理查德说,"我确实一无所知,但恕我直言,这都是你们自找的,我干吗要关心呢?但我知道有个困难是你们不会碰上的——一个纯粹的生理困难:该如何对一个你已经娶了十五年的女人勃起呢?"

他说这话的语气里带着一种同袍之谊,就仿佛他在最后时刻亮出了自己的底牌。

安娜沉默了片刻后说:"如果你将其培养成一种习惯,是不是会轻松一些呢?"

莫莉这时插话了:"你说是生理问题?真是生理问题吗?这分明是心理问题。你之所以结婚没多久就开始到处睡女人,就是因为你心理上出了问题,跟生理无关。"

"无关吗?还是做女人简单啊。"

"错,做女人可不简单。我们起码更有常识些,不会把'生理'和'心理'视作两个毫无关联的词,还拿出去到处乱用。"

理查德往椅背上重重地一靠,大笑了起来。"行吧,"他终于开口了,"我当然是过错方啦,还用说吗,我早该知道的。但我想问你俩的是,你们真觉得这一切全是我的过错吗?在你们眼里我就是个恶人。为什么?"

"你本该爱她的。"安娜言简意赅地答道。

"是的。"莫莉说。

"我的天,"理查德已经不知说什么好了,"我的天哪。得得,我放弃了,我跟你们苦口婆心了这么久——这可不轻松——你俩给我听好了……"他说到这里时几乎已经形同威胁,而这两个女人却爆发出一阵大笑。他涨红了脸,道:"对女人坦白地谈性本就不容易。"

"我不明白怎么就不容易了,你说的这些也不新鲜啊。"莫莉说。

"你可真矫情,"安娜说,"搞得跟揭示神谕一样。我估计你只有在和美女单独相处的时候才会谈性,既然如此你何必要在我们两个女人面前玩你在夜店里的那一套呢?"

莫莉赶紧说道:"汤米的事情我们还没有定论呢。"

有人在门外,安娜和莫莉都留意到了声响,但理查德却浑然不觉。他说:"行吧,安娜,你可真是老于世故,敝人心服口服,已经没什么可说的了。我现在需要你们二位尊贵的女士做些准备。汤米要是愿意屈尊的话,我想让他搬来跟我和玛丽昂一起生活。他不是挺喜欢玛丽昂的吗?"

莫莉一边望着门一边压低自己的音量道："这倒是真的，上回玛丽昂来找我的时候，汤米跟她聊了好几个钟头。"

门外再次传来了声响，有点像是咳嗽，又有点像是敲门声。三人不再言语，门开了，汤米走了进来。

不好说他有没有听到什么。他先是跟他父亲一本正经地打了个招呼："父亲你好。"然后又对安娜点了点头，此时他想起了上回自己在面对她充满共情的好奇心时敞开了心扉，因而很快垂下了视线。之后他对自己的母亲报以友善又嘲讽的一笑。在这一切之后，他朝他们背过身去，一边自行享用白碗里剩下的草莓，一边问道："玛丽昂怎么样了？"

所以说他都听到了。站在门外将一切尽收耳中，安娜相信他能做出这样的事来。是的，她都能想象出他当时脸上挂着的嘲讽笑容，应该就跟刚才他面对自己母亲时的笑如出一辙。

理查德有些无措，所以并没有接话，于是汤米又问了一遍："玛丽昂情况怎么样了？"

"还好，"理查德热情地说，"非常好。"

"那就好。我昨天跟她喝咖啡的时候，她看上去状态很差，所以我才问你来着。"

莫莉对理查德飞快地挑了一下眉毛，安娜小幅度做了个鬼脸，而理查德则公然瞪了她俩一眼，意思是这一切都是她们的错。

尽管汤米没跟他们发生任何眼神交流，但当他坐下来慢悠悠地吃起草莓时，他所有的肢体动作都在表明这些大人低估了他对他们每个人的了解及敌意。他长得跟他父亲很像，也就是说他精悍的体格、圆圆的脸蛋、深色的皮肤跟父亲简直是一个模子里刻出来的，全然没有莫莉身上一丝的神采和活力。但他跟他父亲也有些区别：理查德有股顽强的韧劲，那股韧劲无时无刻不在他深色的双眼中燃烧着，在他高效但欠稳重的行事风格中闪现着；而汤米看上去就要内敛得多，给人一种被困在了自己的天性之中的感觉。今天早上他穿了深红色运动衫和蓝色休闲牛仔裤，但如果换上一身正式的商务西装应该会更好看。他的言语和动作都像是开启了慢速模式,莫莉以前还揶揄过他,说他讲起话来就像是发过毒誓说每次开口前都得数十个数似的。他在某年夏天开始长出胡须时莫莉还揶揄过,说胡子在他神色凝重的脸上简直就像是他自己拿胶水粘上去的似的。她一再开着这些聒噪又乐呵的玩笑,直到有一天汤米说:"我知道你希望我能长得跟你一样,更标致一些,但是很不幸我遗传到的是你的性格,也许最好是能互换一下,能拥有你的相貌和我爸的性格——至少多多少少能有他的力量感——是不是就会好点呢?"从此他就像逼着莫莉直面某件她想要糊弄过去的事情一样,抱定了这个论调。莫莉为此担心了好几天,甚至还给安娜打过电话:"完蛋了,安娜,你敢信吗?就好比你这么多年以来一直对某件事耿耿于怀,但你终于下决心翻篇的时候,突然有人把这件事给捅了出来,然后你发现对方也一样耿耿于怀。"

"不过你肯定不希望他变得跟理查德一样吧?"

"不希望,但在力量感这一点上他是对的,让我在意的还有他表述的方式——他说:很不幸我遗传到的是你的性格。"

汤米把草莓一个一个都吃下了肚,这中间他没说话,他们也没说话,就仿佛意念被他操控了似的干坐着看着他吃。他吃得很仔细,嘴巴咀嚼的动作就跟他说话时一样,他说话时是一字一顿,吃草莓时是一个草莓一停顿。他一蹙眉,柔软的深色眉毛就会拧在一起,就跟个正在做功课的小男孩似的,而在吞咽之前他的嘴唇甚至会轻微地往前噘一下,这个动作又跟个老太太似的。抑或是盲人,安娜心想。她记得这个动作,以前坐火车的时候她曾坐在一个盲人对面,当时对方的嘴上也有这个动作。那不是大口又自信的吞咽,而是先绵软又专心致志地噘一下嘴。那个盲人连眼睛都跟汤米一样,即便在看向别人的时候都像是在向内看着自己。安娜顿时感到一阵惶恐,就仿佛她正坐在一个盲人对面,望着那失去了视觉的双眼。那双眼睛仿佛被自我审视的阴翳所遮蔽。她知道理查德和莫莉也一定有同样的观感,他俩也都皱起了眉头,举手投足皆惶惶不安。

他这是在霸凌我们，安娜有些气恼地心想，他正在以惨绝人寰的方式霸凌着我们。她再次开始想象他站在门外偷听的画面，时间大概还不短，她现在已经有些偏执地认定了这个猜测，接着对汤米心生反感，毕竟他逼得他们就只能这么干等着。

安娜挣扎着想要与汤米周身散发出来的阻力相抗衡。她刚想说些什么来打破沉寂，汤米却在这时放下了碗碟，将勺子工整地架在碗沿上，然后平静地说："你们三个人刚才又在议论我。"

"我们绝对没有。"理查德的语气显得诚挚而有说服力。

"对啊。"莫莉说。

汤米对他们两人宽容地一笑，对父亲说："你来是为了让我接受你公司里的某个职位。我的确听从你的建议认真考虑过了，但我要是拒绝的话，你应该不会介意。"

"哦，汤米。"莫莉绝望地叫道。

"妈，你这就太前后矛盾了。"汤米虽然朝母亲的方向望去，视线却并没有落在她身上。他看人的方式就是这样，视线虽然朝向对方，但眼睛却似乎一直朝内望着他自己。他总是一副凝重甚至愚钝的神色，就仿佛总在拼命思考该如何合宜地对待每一个人。"你也知道这不仅仅是份工作，对吧？这也意味着我必须得跟那些人拥有同一种人生。"理查德挪了一下双腿，然后重重呼出一口气，但汤米继续说道："爸，我并没有任何针对你的意思。"

"如果连这都不算针对的话，还有什么算针对呢？"理查德愤愤地笑了。

"这不叫针对，只是价值评判。"莫莉得意地说。

"**真见鬼。**"理查德说。

汤米没管他们，而是对着他母亲所在的位置继续着他的论述：

"姑且不论好坏吧，从小到大你对我的教育让我对一些事情产生了信仰，现在你却要我去波特梅恩家的企业里工作。为什么？"

"你是想问我,"莫莉有些自责地说,"我为什么不能给你一些更好的选项吗?"

"也许并不存在更好的选项,错不在你——我没有要怪你的意思。"这句话说得柔和却又一锤定音,于是莫莉只好大大方方地大声叹了口气,然后耸了耸肩,摊了摊手。

"我并不介意成为你这类人,我都跟你那些朋友打了这么多年的交道了,你们所有人都感觉现状一团乱,就算实际上并非如此你们也仍这么觉得。"他又开始将自己的眉毛拧在了一起,然后审慎地一字一句道,"我是无所谓,但那对你们来说实属意外事故,你们从没有在某个时间节点上对自己说:我要成为特定的某类人。我想说的是,我感觉你跟安娜都是等到后来的某个时刻才意识到:'哦,原来我是这类人?'就连你们自己都感到意外。"

安娜和莫莉先是彼此相视一笑,然后也对他一笑,表示的确如此。

"好啦,"理查德得意了起来,"这不就得了。如果你不想成为安娜和莫莉那类人,你还有另一个选择。"

"并没有,"汤米说,"我还没解释清楚我的意思。我不会接受的。"

"但你总得挑样事情做吧。"莫莉喊道,语气中不见了幽默感,反倒带着些许的尖刻与恐惧。

"不需要。"汤米的口吻就仿佛这是个理所当然的答案。

"但你刚才还说你不想成为我们这类人。"莫莉说。

"我不是不想,而是觉得自己做不到,"他又转向他的父亲,耐心地解释说,"妈妈和安娜的情况是没人可以给她们下定义说,安娜·沃尔夫是位作家,莫莉·雅各布斯是位演员——除非你压根就不认识她们。她们无法——我想说的是——她们**无法**被各自的职业所定义;但假使我真的去你那里上了班,我就会被我的职业所定义。你不明白吗?"

"不明白。"

"我是说,我宁可……"他有些犹豫,于是抿着嘴唇皱着眉头沉默了片刻。"我思考这件事已经有段时日了,因为之前我就预料到了有朝一日我需要跟你们把事情都解释清楚,"他耐心地说着,对于父母可能提出的无理要求他已经预备好了要去应对,"像安娜或莫莉这样的人,永远不是单一的某种类型,而是好几种类型的混合。我倒不是说他们本性多变,我是说他们并不囿于什么固定的模式。如果世界发生了什么大事或是变革,比如革命什么的……"他耐心地停顿了一会儿,直到理查德因"革命"这个词而变得急促的呼吸恢复平缓,他才继续说道,"这些人也会变成另外一副样貌。但是爸,你就永远都不会变,你永远都只会像现在这样活着,而我可不想成为你这样的人。"他总结完毕,嘴唇一噘,似是对刚才的阐述表示不满。

"你这样下去是不会幸福的。"莫莉的语气几近呻吟。

"对啊,但这就是另一个话题了。"汤米说,"上回咱们聊了许多,你最后也说,'但你这样下去是不会幸福的',就仿佛这是最坏的结局一样。不过说到不幸福,我也不觉得你或者安娜有多幸福,但至少比我爸要幸福得多了。更别提玛丽昂了。"他小声补了最后一句,矛头直指他的父亲。

理查德情绪激动地说:"你怎么就不听听我的说法,或者玛丽昂的说法呢?"

汤米没搭理他,接着说道:"我知道我这话听上去很滑稽。我无需开口就料到这话一旦说出来,就会显得我太过天真。"

"你当然天真。"理查德说。

"你一点都不天真。"安娜说。

"安娜,上次我跟你聊完,到家之后就在想,唉,安娜肯定觉得我太天真了。"

"我当时真没这么觉得,但这也不是重点。有一件事你好像没能理解,那就是我们都希望你能得到比我们更好的发展。"

"我为什么就该得到更好的发展呢?"

"也许我们都应该拥抱变化,让自己更好。"安娜的话里带着对这个年轻人的迁就，当她注意到自己的语气后也笑出了声，"我的老天啊，汤米，你知道你给了我们多大的压迫感吗？"

汤米头一回表现出了一丝幽默。他认真地看着她们，先是安娜，再是他妈，其间一直保持着微笑。"你们忘了我这一辈子都一直在听你们说这说那了吗？我是了解你们的，对吧？有时候我真觉得你俩都挺幼稚的，但我更喜欢你们这样，而不是……"他既没有看向他父亲，也没把话说完。

"你一直都不给我发言的机会，遗憾。"理查德带些自怜地说道。汤米固执地继续对他保持回避，他对安娜和莫莉说："我宁可跟你们一样一事无成，也不愿意在那种事情上取得成功。但我不是说我要主动选择一事无成，没人会主动选择一事无成，对吧？我清楚自己不想要什么，但是不清楚自己想要的是什么。"

"我想问一两个现实的问题。"理查德说。安娜和莫莉此时正龇牙咧嘴地玩味着"一事无成"这个词，汤米对这个词的使用跟她俩别无二致，她们都不会把这个词套到自己的头上——至少不会那么简单粗暴、盖棺定论地套到自己头上。

"你打算靠什么为生？"理查德说。

莫莉被激怒了，她刚为汤米营造出了片刻的可以让他安全思考的氛围，她不希望汤米被理查德的冷嘲热讽拽出这样的氛围。

但汤米说："如果我妈不介意的话我还是想靠她的收入过一阵子，不管怎么说我的花销其实非常低。但如果我必须得出去挣钱，我可以随时找个地方去教书。"

"那种日子将会比我现在想提供给你的辛苦得多。"

汤米感觉到了尴尬。"我感觉你并没有理解我想表达的意思。也许我的表述方式有点问题。"

"你想成为那种成天泡咖啡馆的文艺流浪汉。"

"我不这么看。你只喜欢有钱人，所以才会这么说。"

三个大人都陷入了沉默。莫莉和安娜之所以沉默是因为她俩再也不用担心汤米无法捍卫自己的立场了，而理查德之所以沉默是因为他担心自己会招来汤米的怒火。片刻后汤米说："我也许可以当个作家试试。"

理查德叹了口气，莫莉克制着不予置评，而安娜喊出了声："天哪！汤米，这么多话我都跟你白说了吗？"

他真诚地望向她，固执地回应道："你不记得了吗，安娜，对于写作我没你那么多复杂的想法。"

"什么复杂的想法？"莫莉敏锐地问道。

汤米对安娜说："你说的那些我全都思考过了。"

"你们到底在说什么？"莫莉锲而不舍地追问道。

安娜说："汤米，对你的了解越深入，你就越让人害怕。别人说点儿什么你都会特别当回事儿。"

"但你那时**确实**是认真的吧？"

安娜遏制住了自己想要用玩笑话来结束话题的冲动，说："没错，我当时是认真的。"

"我知道你当时是认真的，所以我才认真思考了你说的。你的想法有些自负。"

"自负？"

"对，我是这么觉得的。我来找过你两次，然后你说了你的想法，我把你说过的所有话都放在一起理解时就嗅到了自负的味道，这种自负接近于某种轻蔑。"

另外的两人，莫莉和理查德，现在都被排除在了对话之外，他俩正靠着椅背坐着，笑着点了支香烟，彼此交换着眼神。

而安娜却回忆起了汤米彼时向她求助时的真诚，于是决定继续将她的老友莫莉排除在对话之外，至少暂时如此。

"如果我的话听起来带些轻蔑的味道，那可能是我没解释到位。"

"这意味着你对他人没有信心。我觉得你在害怕。"

"害怕什么？"安娜说。她感觉自己暴露了，尤其是在理查德面前，她忽然感到自己的喉咙又干又疼。

"害怕孤单。是的，我知道这话在你听来很可笑，当然了，因为你宁愿选择单身也不愿为了避免孤单而结婚，但我说的不是那种孤单。你害怕书写自己对生活的看法，因为这样一来你可能会将自己置于一个被人一览无余的位置上，你可能会暴露你自己，你可能会孤单一人。"

"噢，"安娜阴郁地说道，"你是这么觉得的吗？"

"是的。如果你并不害怕这个的话，那你的那种态度就只可能是轻蔑了。我们聊政治的时候，你说你从入党的经历中明白了一件事，即这世上最糟糕的莫过于政治家不讲真话，你说一个无关紧要的小谎很快就会引发一连串的谎话，贻害无穷——你还记得吗？这个话题你聊了很长时间……扯远了。你对政治抱着这样的看法，你写了这么多书却从没给人看过，你说你相信世界上存在很多摆在抽屉里的书，这些书都是人们写给自己看的——其分布范围并不限于那些会因言获罪的国家。你还记得吗，安娜？这就是种轻蔑。"他并没在看她，而只是将认真、阴郁而内省的目光投往她的方向。这时他注意到她脸上泛起红晕并露出了受伤的神色，于是收起了锋芒，犹犹豫豫地问："安娜，你当时说的的确是你自己心里所想，不是吗？"

"是的。"

"所以，安娜，你真觉得这些话我听了会不往心里去吗？"

安娜闭眼沉默了片刻，苦笑道："我想我低估了——低估了你对待我所说的话的认真程度。"

"说话跟写作是一回事，我凭什么不认真对待你的话呢。"

"我都不知道安娜这些日子居然还在写作。"莫莉强势地介入了对话。

"我没在写。"安娜不假思索地答道。

"你又来了，"汤米说，"你为什么要这么说？"

"我记得跟你说过，我一度深受厌倦与徒劳感的折磨，也许我并不想传播这种情绪。"

"安娜要是真能把她对写作的厌倦传染给你,"理查德笑道,"那我以后就再也不跟她吵架了。"

这句话委实太不合时宜,汤米直接无视了理查德,并礼貌地克制住了自己的尴尬,继续说道:"如果你觉得厌倦,那就厌倦呗,为什么要掩饰呢?但问题是,你聊到了责任感,我也有同感——现在大家都不愿意为彼此负责了。你说除了少数几个人,社会改革派们现在已经不愿意再担负道德责任了,你是这么说的,没错吧?然而你一直在写笔记,记录着你对生活的想法,但你却把这些想法就这么一锁,这恰恰就是不负责任。"

"非常多的人又会说:这是传播负面情绪、混乱无序。或者说:暴露内心的彷徨才是不负责任。"安娜的口吻似笑非笑,哀伤又懊悔,她试图唤起汤米的认同。

而汤米马上令她落空了。他关闭了心门,往椅背上一靠,一副被她辜负的模样。他不急不躁但却固执的坐姿表明:她和其他人并没什么两样,都注定会辜负他的期望。他撤回到了自己的防御工事中,说:"随便吧,我下楼来就想说这个:我打算继续这么无所事事一两个月,再怎么说,也比像你们期望的那样去上大学省钱。"

"钱不是重点。"莫莉说。

"你会发现钱恰恰是重点。"理查德说,"你要是改主意了就给我打电话。"

"不管怎样我都会给你打电话的。"汤米给了父亲他应得的尊重。

"谢谢。"理查德简洁又忿忿地说。他从座位上起身站了会儿,没好气地冲着两个女人咧了咧嘴道:"莫莉,我之后再找一天过来吧。"

"随时欢迎。"莫莉乖巧地回应道。

他冷冷地向安娜点头致意,接着双手在儿子肩上稍稍搭了片刻。见对方无动于衷,他便离开了。汤米当即也站起身说:"我回房间去了。"

他走到门边,脑袋前伸,一只手扭动门把,将门打开到门缝刚好与自己身体等宽的程度,然后像挤牙膏一样把自己从门缝里挤了出去,随后她俩就听到了他上楼时一如往常的咚咚的脚步声。

"**好吧**。"莫莉说。

"好吧。"安娜说,准备迎接质询。

"看来我不在的这段时间发生了不少事。"

"其中之一就是我好像跟汤米说了不该说的话。"

"又或者有些话题跟他说得还不够。"

安娜强打精神,开口道:"好吧,我知道你希望我多谈谈在艺术上遇到的问题什么的,但对我来说问题不在这里……"莫莉只是听着,一脸狐疑,甚至还有些怨恨。"如果真的只是艺术层面上的问题的话,事情反倒简单了,不是吗?然后我们就能开展有关现代小说的学术讨论了。"安娜的语调里已满是火药味,但她仍试图通过微笑来缓和自己的语气。

"那些日记写了什么?"

"那些不是日记。"

"具体是什么不重要。"

"那是混沌,问题就出在这里。"

安娜眼看着莫莉瓷白的手指紧紧交握在一起,它们像在说:你为什么要这样伤害我?——不过如果你坚持要这样,那我也会忍受下去。

"你既然已经写出来一本小说,我不明白你为什么就不能再写一本。"莫莉说。安娜情不自禁地笑出了声,但她的朋友此刻眼中却突然噙满泪水。

"我不是在笑你。"

"你怎么就不明白呢,"莫莉决然地拭去眼泪,"就算我自己没有产出,我也希望你能有,这对我来说一直都非常重要。"

安娜差点就固执地说出"可我不是你的附属品"这句话了,但却意识到这应该是对自己母亲说的话,于是又咽进了肚子里。安娜对自己母亲的记忆非常之少：她很久以前就去世了，但每逢这样的时刻，她就会在脑海中构想出一个强势而独裁，她需要与之战斗的形象。

"你在有些话题上实在太过易怒了，我都不知道该怎么起头。"安娜说。

"没错，我是易怒，我是愤怒，我会对所有虚掷自己才华的人感到愤怒，也不光是对你，我对不少人都这样。"

"你不在的这段时间里有件事情引起了我的兴趣。你还记得巴兹尔·莱恩吗——就是那个画画的？"

"当然，我认识他。"

"他在报纸上刊登了一篇启事，说自己再也不会拿起画笔了，因为这个世界已经乱成了一锅粥，艺术已经无关紧要了。"莫莉沉默着没搭话，安娜只好追问道："你就没什么感想？"

"没有，特别是从你嘴里说出来的情况下。不管怎么说，你不是那种只会写些悲春伤秋的东西的人，你写的可是现实。"

安娜险些又笑出声来，但还是淡定地说道："你有没有意识到咱们嘴里说出来的话有多少不过是鹦鹉学舌？你刚才那句话就像是来自某篇马克思主义文艺批评——而且还是最糟糕的段落。天晓得这句话是什么意思，反正我不懂，也从来就没搞懂过。马克思主义如果真的要评论文学，它也会说一篇悲春伤秋的东西应反映着'现实'，因为情绪是社会的一种功能及其产物……"当她注意到莫莉的表情，她顿了一下，"别做出这副表情，莫莉，是你自己说想听我说这个的，所以我才说的。还有，理想，如果破灭时不那么伤人就好了。咱们现在身处1957年，覆水难收，木已成舟，罢了。但是突然间英国的艺术界却出现了一种现象，谁能料到呢——有一大票之前跟党不搭边儿的人忽然跳出来叫嚣，人云亦云地说那些悲春伤秋的小说和剧作都不能反映现实。而他们所谓的现实一定会让你大吃一惊，他们所谓的现实就是经济，或是正在收割反抗新秩序的人生命的那一挺挺机枪。"

"我说不过你,我觉得这么聊天不公平。"莫莉语速飞快地回应道。

"我也不过就是写过一本小说而已。"

"要是有一天这本小说不再能给你带来收入,你又该怎么办呢?能写出那么一本是你运气好,但这不可能长久的。"

安娜克制着说话的冲动。莫莉刚才这么说纯粹是出于恶意,她真正想说的是:我很高兴你马上就要跟我们一样屈服于现实的压力了。安娜心想:我宁可自己从来都不会巨细靡遗地对每句话、每个弦外之音都这么敏感。要是放在以前,我是不可能注意到这些细节的,但现在每一次对话、每一次与人的接触都像穿越雷区,哪怕是最好的朋友有时都会朝你的胸口重重地扎上一刀,我为什么就不能接受这个现实呢?

她差点就要反唇相讥:"你不过是在期盼听到我的收入快要见底,我很快就得去找份工作的消息罢了。"然而她只是以愉快的口吻回应了莫莉那句话的字面意思:"我也觉得入不敷出对我来说不过是时间问题,到时候我就得去找份工作了。"

"而我不在的这段时间你却什么都没干。"

"也不是,我招惹了不少麻烦事。"莫莉脸上再度浮现出狐疑的神色,安娜于是决定不再隐瞒。她轻松幽默而又哀伤地说道:"我这一年过得很不顺,首先,我险些跟理查德发生婚外情。"

"果真如此。你居然连理查德的主意都想打,可见这一年对你来说确实相当不顺了。"

"你看,特别有趣的是整件事都无比混乱,这一定会让你大吃一惊的——不过你为什么从来都不跟理查德聊他的生意呢,这也太怪了吧。"

"你是想说,你之所以对他感兴趣是因为他有钱?"

"天哪,**莫莉**,你想什么呢?很显然不是啊。我刚才告诉过你,一切都崩裂成碎片了。英国人已经不再信仰任何事情了,他们让我想起了中非的白人——他们以前会说:'再过五十年黑人就要把咱都赶到海里去了。'这么说的时候他们还嬉皮笑脸的。换句话说就是:'我们也清楚自己当下的所作所为是不对的。'事实证明五十年的预期还是太乐观了，变天的时候还远不到五十年。"

"先交代理查德的事儿。"

"他请我去了场豪华晚宴，算是庆祝吧。他当时刚控股了欧洲的某个产业，好像是铝锅，要不然就是洗洁精或者是飞机螺旋桨制造业之类的。当时在场的有四位商业巨头和四位美女，我也是美女之一。我就坐在座位上观察着那几张脸，老天爷，那场面可太瘆人了，我瞬间退行到了共产主义者最初始的状态——你懂的，那阶段的人会觉得自己的首要任务就是开枪打死这帮王八蛋——不过，之后他会看清己方阵营相同位置的家伙其实也是一样混账。我注视着那些面孔，就只是坐在那儿这么注视着。"

"但对我们来说这都是老生常谈了，"莫莉说，"有什么好大惊小怪的？"

"这还是我第一次有了切身体验。他们对待自己女人的方式——当然他们很大程度上都是无意识的。我的天，咱们也许会有为自己的人生而感到自惭形秽的时刻，但咱们这群人还算是走运的，至少没野蛮成他们那样。"

"先交代理查德的事儿。"

"哦对，不过也没那么重要，他就是个小意外。他开着他那辆全新的捷豹送我回了家。接着我请他进门喝了杯咖啡。然后他的箭就上了弦。我当时琢磨着，跟我睡过的一些个白痴比，这个人好像也差不到哪里去。"

"安娜，你脑子里究竟在想些什么？"

"你难道从没有过那种道德感耗尽的时刻吗？你会心想，这他妈的能有什么大不了的呢？"

"我是说你讲话的方式，你以前从没这么讲过话。"

"我想也是。不过我意识到一件事——我们如果真的想要过那种可以称之为自由的人生，即男人们所拥有的那种人生，那我们为何不使用跟他们一样的语言呢？"

"因为我们跟他们不一样，这是关键。"

安娜笑道："男人。女人。束缚。自由。好。坏。是。非。资本主义。社会主义。性。爱……"

"安娜，理查德后来又干什么了？"

"什么都没干。你也太在意这件事了。我坐着边喝咖啡边盯着看他那张愚蠢的脸，心想我要是个男人就会想睡他，很有可能单纯就是因为他笨——我是说如果他是个女人的话。然后我就感到自己特别特别特别的提不起劲儿。他也感觉到我没了兴致，但还是决定挽回一下，于是站起身说了句'好吧，我最好还是直接回普雷恩大道16号吧'之类的，并期待我会说：'哦不，我无法眼睁睁看着你离去。'你懂的，这些惨遭自己妻儿绑架的可怜已婚男性，他们一个个的都会说这种话。可怜可怜我吧，我必须回普雷恩大街16号，那沉闷而无需我做家务的市郊的家中去了。他刚才就已经说过一遍了，后来又说了足足三遍——就仿佛他根本不住在那里，从来没结过婚，普雷恩大街16号的小房子和里头的太太，一切都与他无关似的。"

"纠正一下，那可不是什么小房子，而是一栋大得要死的位于里奇蒙[1]的豪宅，屋里有两个女佣三辆车。"

"你必须得承认他身上散发着一种专属于市郊的气息，很诡异，但是那些人身上都有——我是说那些有钱人，他们都有这种味道，在那股味道里你能瞧见一件件帮人省时省力的家电，还有他们身着睡衣的孩子们下楼来和爹地亲亲说晚安。这群人一个个的净是些自以为是的猪头。"

"你说话跟个婊子似的。"莫莉说。她脸上的神色表明她意识到了什么，然后出于对自己用词的惊讶，她露出了微笑。

1　里奇蒙（Richmond），伦敦西南郊的一个区，富人占相当比例。

"也够怪的,我每次都得调用极大的意志力才能不感觉自己像个婊子,而那些富豪们每次都全力以赴地——当然他们是无意的,这就是他们的成功之处——让人感觉自己是个婊子。无所谓了。我当时说:晚安,理查德,我困了,感谢你向我展示了上流社会的生活。他杵在原地,思索着自己是不是该说上第四遍'苍天啊,我得回到家中那个黄脸婆身边去了',心里肯定还在想,安娜这个不开窍的女人怎么就无动于衷呢。我几乎都能听见他在心里嘀咕:果不其然,她就是个臭知识分子,我当初怎么就没在另外几个女孩里挑一个呢,可惜了。于是我就坐等着——看他打算怎么报复我的无动于衷。他说:安娜,你应该对自己好一点,你看上去比实际年龄还要老上十岁,整个人越来越干瘪了。于是我说:但是啊,理查德,我要是说,噢快来吧,快快钻到我的被窝里来,那时你又一定会称赞我有多么美丽,所以事实一定介于这两种说法之间咯?……"

莫莉刚才一直把一个靠枕抱在胸前,她此刻抱着靠枕大笑了起来。

"于是他说:可是安娜,你邀请我上楼来喝杯咖啡的时候,心里一定清楚这意味着什么。我是个血气方刚的男人,他说,我要么和一个女人发生关系,要么永远井水不犯河水。我这时候已经受够了他,说:唉,你快走吧,理查德,你可太他妈无聊了……所以你明白了吧,现在我跟理查德之间注定会有种——**芥蒂**,是这个词吗?"

莫莉的笑声止住了,说:"你和理查德一样,你们一定是疯了。"

"是的,"安娜非常严肃地说,"你没说错,莫莉,我当时已经离彻底疯掉差不了多少了。"

这时莫莉倏地站起身,语速飞快地说:"我做午饭去。"她望向安娜的眼神带着些内疚和悔意。安娜也站起身说:"那我跟你一起去厨房。"

"你可以跟我说说八卦。"

"噢——"安娜很是松弛地打了个哈欠,"我仔细想了想,跟你还有什么新鲜事可讲?一切还不都是老样子。"

"一整年都没新鲜事？第二十次代表大会[1]呢？匈牙利[2]呢？苏伊士运河[3]呢？人们关注的焦点按照自然规律也会不停转换吧，真一点儿变化都没有？"

小小的厨房洁白一片，井然有序，各种颜色的杯子碗碟码得齐齐整整，墙上和天花板上凝结的水珠晶莹闪烁，窗玻璃上结了层雾，烤箱仿佛在内部热气的作用下晃动着。莫莉将窗户猛地往上一推，热气腾腾的烤肉香味立刻窜上了潮湿的屋顶，窜进了泥泞的后院，与此同时一小团阳光高高地越过窗台，蜷缩着落在了地板上。

"英国啊英国，"莫莉说，"我这次回来感觉比以前还要糟糕，我还在海上的时候就已经感觉到自己体内的能量正向外流失。我昨天去了好几家店铺，瞧见一张张和善而体面的脸，每个人都这么的温柔，这么的礼貌，这么的无聊至极。"她瞥了一眼窗外，随后又决绝地转过身去，背对着窗户。

"我们，以及所有我们认识的人都将用一辈子来抱怨英国，可大家依旧在这里生活着。咱们最好接受这样的现实。"

"我很快又要出国了，要不是为了汤米，我明天就走。昨天我在剧院里排练，有戏份的男人全是怪胎，只有一个例外，他才十六岁。所以我回来干吗呢？我在国外的时候，一切都那么自然，男人女人对你的态度都一个样，这种感觉就很好，我从不需要记得自己的年龄，从不需要考

---

[1] 指苏联共产党第二十次代表大会，1956年2月14日至26日召开，赫鲁晓夫在会上做了《关于个人崇拜及其后果》的报告，批判了对斯大林的个人崇拜，对国际共产主义运动产生了深远影响。
[2] 指匈牙利十月事件，始于1956年10月23日布达佩斯学生街头抗议，后来抗议活动迅速扩散，民众组织"工人委员会"提出政治变革的要求，一度成立了新政府，后来苏联派兵干预，约两千七百名匈牙利民众与七百多名苏军士兵死亡，二十万匈牙利人流亡海外。
[3] 指第二次中东战争，1956年英国、法国、以色列与刚宣布将苏伊士运河收归国有的埃及纳赛尔政府间发生的武装冲突。

虑性。我交过几个女朋友，一切都是那么的无忧无虑。然而从你踏上这片土地的那一刻起，你就得严阵以待，提醒自己说，从现在起得多留个心眼了。除去少数例外，这些男的可全都是英国人，然后你整个人就会格外充满自我意识与性别意识。一个烂人遍地的国家有什么好的？"

"你再过一两个星期就会定下来了。"

"我不想定下来，我都按捺不住想要逃跑的冲动了。还有这间屋子，本该重新粉刷一遍的，我现在就是不想开工——刷墙也好，装上帘子也罢，我都不想干。为什么一回到这里，一切就变得如此艰难？这不是欧洲，在欧洲大家每天晚上睡几个小时，第二天就能很开心，在这儿每个人睡觉起来还得继续拼命……"

"好啦好啦，"安娜笑道，"我敢肯定咱们以后但凡从国外回来就会重复一遍这样的对话。"

一列地铁从附近地底下经过，屋子开始震动。"另外你得处理一下天花板了。"安娜抬眼道。这间屋子的房顶在二战期间被炸弹炸出了个窟窿，战后整个被空置了两年，在此期间各个房间都饱受风雨的洗礼，后来这个窟窿才被补上。每次地铁经过的时候，光洁的漆层表面下建材颗粒发出的沙沙声都清晰可闻，而天花板上则开了道大口子。

"妈的，"莫莉说，"我不想处理，但也许我应该处理一下。为什么唯独在这个国家你认识的所有人似乎都知道该怎么摆出一副好脸，每个人都那么勇于承担。"泪水模糊了她的视线，她用力眨了眨眼将泪水挤出眼眶，然后回到了烤箱前。

"因为我们熟悉这片土地，我们思考问题的时候身处的是这个国家而不是别处。"

"这分明是扯淡，你心知肚明。行了，你最好赶紧说新闻，再过一分钟我就要把午饭端上来了。"现在莫莉身上反而开始散发出一种孤单的、未能被人理解的气息，她那双手正悲伤而又坚忍地控诉着安娜，而安娜与此同时在想：我要是此刻加入这场"男人到底有什么毛病研讨会"，我就甭打算回家了,我会留在这儿吃午饭,再搭进去一整个下午,莫莉和我之间的关系又会再度变得温存而友好,所有芥蒂都会消失,但我俩一旦分别,愤恨之情又会骤然升起——毕竟我俩各自都只会忠诚于男性,无法忠诚于女性……安娜眼看就要乖乖坐下了,但是并没有,她心想:我受够了,受够了男女**对立**,受够了抱怨、指责和背叛,此外,这样也不实诚,我们选择了某种生活方式,也知道这种生活方式可能产生的所有恶果,就算当初不知道,现在也该知道了,既然如此那为什么要怨声载道喋喋不休……还有,如果我不留个心眼,莫莉和我两人都将堕入某种老处女伙伴的关系中,我们将对坐着说:你还记得那个男人吗,那个谁那时候说了句特别缺心眼的话,肯定是1947年的事……

"好了,咱们开饭吧。"莫莉故作轻松地对安娜说。安娜已经在原地呆立了好一会儿了。

"好。你好像不太想听党内同志的事?"

"法国和意大利的知识分子全在没日没夜地讨论第二十次代表大会还有匈牙利,分享着各类观点及能从其中吸取的各种教训。"

"英国的知识分子也是一样的<u>反应</u>,不过谢天谢地他们已经开始腻味了。既然如此,我就跳过这个话题吧。"

"很好。"

"但我想我还是会提及三名同志——哦,只是顺带一提,"见莫莉一脸苦相,安娜犹豫了一下,"工人阶级及工会干部的三位好儿子。"

"哪三位?"

"汤姆·温特斯,伦恩·科尔霍恩,鲍勃·富勒。"

"我认识他们。"莫莉干脆爽利地说道。她向来什么人都认识,或者说她以前什么人都认识。"然后呢?"

"在代表大会以前,咱们圈子里就已经闹出了些动静,出现了各种阴谋论,还有南斯拉夫之类的,我就是那时候认识他们的,起因是他们看不起的所谓的文化工作。当时我跟和自己立场相同的人花了不少时间进行党内斗争——我们这群人太天真，还妄图说服大家承认在苏联发生的事，而不是一味地否认。我有一天突然就收到他们三人的信——当然了，那三封信是各自寄出的，他们之中没人知道另外两人也写了信。他们三人都十分坚定，在他们看来莫斯科方面的任何丑闻，或者"慈父"斯大林曾经犯过错的论调，全都是工人阶级的敌人散布的谣言。"

莫莉笑出了声，但是纯粹是出于礼貌，她对于这类事情有些不太好的回忆。

"这还没到重点，重点在于，这几封信彼此之间几乎难以分辨。当然了，是在无视笔迹的前提下。"

"笔迹可不是什么能随便无视的东西。"

"作为消遣，我把这三封信在打字机上都打了一遍——都还挺长的——然后将它们并排摆好。这三封信从措词、文风到情感基调全都一模一样，你根本不可能分辨出这封是汤姆写的，那封是伦恩写的。"

莫莉忿忿道："你这么折腾就是为了写你和汤米一起隐瞒的笔记什么的？"

"不是，只是出于我的好奇。我还没讲完呢。"

"行吧，你继续。"

"然后代表大会就开始了，我几乎立马就又收到了三封信，这三封信字里行间的歇斯底里、无地自容、悔不当初和妄自菲薄简直像是一个模子里刻出来的。"

"你又把它们打了出来？"

"对，然后并排摆在一起。简直就像是出自同一个人的手笔。**你还不明白吗？**"

"不明白。你到底想说明什么？"

"有个想法在我的脑子里蹦了出来——我自己又是什么类型的人呢？我到底从属于哪个未知的集体呢？"

"怎么就蹦出这种想法来了？反正我不会这样想。"莫莉想说：你要是觉得自己这么无足轻重,那请便,别拉上我。

安娜很失望,因为她最期待能与之讨论这一发现以及随之而来的想法的对象就是莫莉。安娜立刻说:"哦,好吧,我自己还觉得挺有趣的。这跟后来发生的一切都息息相关——后来出现了一段可以被概括为大彷徨的时期,有一部分人退党了,或者说**所有人**都退党了——'所有人'指的是那些心理上已经到达极限的人。那个星期都还没过完,突然间——就发生了件不得的事情,莫莉……"尽管安娜并不愿意这样,但她又开始试图引起莫莉的兴趣——"那个星期内我又收到了三封信,字里行间再也没有任何犹豫,且义正词严,充满目标感,当时匈牙利事件才刚过一个礼拜,换言之,又有人把鞭子给抽响了,听到鞭响的人又重新列队站好了。这三封信依旧一模一样——我当然不是说每个字都一样啦,"随着狐疑的表情慢慢在莫莉脸上浮现,安娜也有些失去了耐心,"我是说文风还有遣词造句的方式一模一样,就仿佛第二次寄来的那些歇斯底里、妄自菲薄的信从来没存在过一样。事实上我敢肯定汤姆、伦恩和鲍勃一定都选择性遗忘了自己写过那些信。"

"但那些信你还留着?"

"我当然没打算拿这几封信去对簿公堂,如果你是这个意思的话。"

莫莉站起身,拿起一块粉紫相间的布缓缓地擦拭起了杯子,然后将杯子依次高高举起,对着光照了一下,然后再放下。"我已经烦透了这些个破事,不想再被牵扯进去了。"

"但是莫莉,咱们应该不至于真的撒手不管了吧?这么多年来咱们一直是共产主义者或准共产主义者,你想怎么称呼都行,咱们没办法一拍脑门说:行吧,我受够了。"

"可笑的是我的确受够了。是,我知道这很奇怪,两三年前我还会因为自己没能拿出全部的业余时间来组织活动而感到内疚,现在我下班以后就会一直无所事事却感觉不到半点内疚。我已经不在乎了,安娜,真的。"

"问题并不在于感没感觉到内疚,而是思考其中的意义。"

见莫莉没搭话,安娜赶忙接着往下说道:"你想听听'殖民者'的消息吗?"

她俩用"殖民者"来指代一群美国人,这些人都是因为政治原因[1]才客居伦敦的。

"我的天,不想听,我也受够他们了,算了算了。我想知道纳尔逊怎么样了,我还挺喜欢他的。"

"他正在写美国史诗。他跟他老婆分了,因为对方是个神经病。然后他邂逅了一个女孩,那女孩人挺好的,结果他又觉得对方是个神经病,于是跑去找他老婆复合,然后又跑了,邂逅了另一个女孩,目前这个女孩还没有发神经。"

"其他人呢?"

"大同小异,差不多一个德行。"

"好吧,那就略过吧。我在罗马也遇到了美国'殖民者',一群天杀的可怜虫。"

"没错。你还想打听谁?"

"你的那个朋友,马特龙先生——你知道我说的是谁吧,就是那个非洲人?"

"当然。鉴于他现在正在吃牢饭,我估计明年这个时候他应该能成为总理。"

莫莉笑出了声。

"还有你的朋友德·席尔瓦。"

"我跟他的友谊已经是**过去时**了。"尽管安娜的口吻已经严肃了起来,莫莉还是再次笑出了声。

"他的状况如下:他和他妻子一起回了锡兰——你大概还记得,他妻

---

[1] 可能是指1950年代席卷全美国的麦卡锡主义,在此期间美国大批左翼人士遭到迫害。

子原本是不愿意回去的。他之所以写信给我是因为他给你写过信却没得到任何回音。他在信里说锡兰美不胜收，处处风景如画，他的妻子正准备生第二胎。"

"然而她却并不想生二胎。"

安娜和莫莉蓦地同时笑了起来，她俩的默契突然又回来了。

"接着他又说自己想念伦敦以及这里自由的文化。"

"那我估计咱们随时都可能会收到他已经回来的消息。"

"他已经回来了好几个月了，妻子显然被他丢在了锡兰。他说自己配不上她，说的时候一把鼻涕一把眼泪的，考虑到她现在跟两个孩子一起被困在锡兰，而且还身无分文，那不过就是几滴鳄鱼的眼泪罢了。反正他现在安全上岸了。"

"你跟他已经碰过面了？"

"是的。"但安娜发现自己没办法继续跟莫莉讲述究竟发生了什么。告诉她这些又有什么用呢？她俩到头来只会像过去时常发生的那样，一整个下午都在进行沉闷而痛苦的对话，而她已经发誓不想再和莫莉重复这样的交流了。

"你自己又有什么新闻呢，安娜？"

莫莉总算问了个安娜可以回答的问题，这还是头一回，于是安娜立刻答道：

"迈克尔来找过我了，大约一个月前吧。"她以前跟迈克尔同居过五年，两人的关系在三年前宣告结束，安娜当时其实并不想分手。

"情况如何？"

"某种程度上，就跟完全没分过手一样。"

"那还用说，毕竟你俩彼此都那么知根知底了。"

"但他表现得就好像——我该怎么形容呢？就好像我是他的老友。他开车带我去我想去的地方，谈论起他某个同事的时候他会说，你还记得迪克吗？你不觉得很奇怪吗，他都不确定我是否还记得迪克这个人，我们当年经常和迪克见面。他说,迪克在加纳找了份工作,带老婆一块儿去了。迈克尔还说,迪克的情妇也想跟他一块儿去。情妇就没一个省油的灯,迈克尔这么说着就笑了起来。他很直白,你知道的,他身上有种潇洒不羁的劲儿。但这句话伤到了我,他也露出了尴尬的神色,因为他记起了我也曾是他的情妇,所以他涨红了脸,满面愧疚。"

莫莉一言不发,只是注视着安娜。

"大概就是这样。"

"男人都是猪头。"莫莉的语气很是轻快,还有意在那个能把安娜逗笑的音节上重读了一下。

"莫莉?"安娜痛苦地恳求道。

"怎么?这个话题还有继续聊下去的必要吗?"

"我一直在想一件事,那个,咱们有没有可能犯了一个错?"

"什么?才一个?"

但安娜笑不出来。"不,我说认真的。咱俩都对自己坚强的品性深信不疑——不,你先听我说,我是认真的。我想说的是——婚姻告吹了,我们说,反正我们的婚姻是残次品,真糟糕。男人把咱甩了——真糟糕,我们又说。但无所谓,我们没男人的协助,自己将孩子带大——我们说,这也没什么,我们能应付。我们入党那么多年,然后我们说,好吧好吧,我们犯了个错,真是糟糕。"

"你想表达什么?"莫莉很是机警,对安娜也充满了距离感。

"唉,你难道不觉得有一天咱们可能会遇上一道死活都过不了的坎?这种可能性至少是存在的吧?因为当迈克尔出现在我面前的时候,我才发现他对我来说从来就没有翻篇。我觉得自己已经完了。唉,我也知道,我也许该说的是,行吧行吧,他甩了我——五年就五年吧,生活还要继续。"

"但也没有别的办法,生活只能继续啊。"

"咱们这样的人为什么从不承认自己的失败呢?从不。大大方方认栽说不定对咱们更有好处呢。我指的并不单单是爱情和男人，为什么我们就不能这么说：我们是人，由于我们凑巧身处某个特定的历史时期，因此我们作为某个宏大理想强有力的一部分——尽管这只是我们自己的想象——而存在，而现在我们不得不承认这一宏大的理想已然逝去，真相摆在眼前——我们已经毫无价值了。毕竟，莫莉，这也没多大损失，所以有些人，为数不多的某类人，承认自己受够了，已经结束了。这又有何不可呢？不承认自己的失败多多少少是种自负。"

"唉呀，安娜！你说了那么半天不就是因为迈克尔吗，兴许哪天他又会回来找你，然后你俩就又能再续前缘了，就算他没回来，你又有什么可抱怨的呢？你还有你的写作啊。"

"我的天，"安娜叹息着，"我的天。"一段时间过后她的语气又恢复了镇定："我是说了不少怪话……好了，我现在得赶回家了。"

"我记得你不是说詹妮特正跟她的朋友在一起吗？"

"是，但我自己还有事情要处理。"

她们干净利索地亲吻了对方，而她们没能达成的交流则借由手部温柔的，甚至是俏皮的轻轻一握，传达给了彼此。安娜走到了大街上，朝家的方向走去，从这里到她的住所只消步行几分钟，她家就在伯爵宫[1]一带。她转弯踏上自己住的街道，这时她的视线不自觉地避开了整个街区。这条街道不能被称为家，甚至连那栋房子也不能被称为家，只有她自己的公寓才能被称为家，而在自家房门在身后关上之前她都不愿意主动看外面的街区哪怕一眼。

她家位于一座联排寓所最顶部的两层，有五个大房间，底下两间，顶上三间。迈克尔劝安娜找个自己的地方搬进去，那都是四年前的事了。他说，就这么住在莫莉家里，一直在大姐姐羽翼的庇护下对她不是什么好事。她说自己负担不起搬出去独自住的费用，他跟她说可以把其中的

---

[1] 伦敦中心偏西的一个地区，得名于曾持有这块土地的华威伯爵。

一个房间租出去。于是她搬了出去，憧憬着他会和自己一起生活，但他没过多久就离开了她。之后好长一段时间里她的生活仍循着他为她设定的轨迹继续着，一个大间里住着两个学生，另一个房间里住着她的女儿，而她自己的卧室和客厅都是照着两个人——她自己和迈克尔——的需求布置的。后来走了一个学生，她懒得去另寻一个租客，对自己这个本打算和迈克尔共住的卧室也日趋厌恶，遂搬去了楼下的客厅，她就在里头就寝并整理自己的笔记。楼上还住着个学生，一个威尔士来的年轻人。有时安娜会心想：自己也可以说得上是和一个小伙子共处一个屋檐下了。但那人其实是个同性恋，而他俩也鲜有矛盾，因为两人都很难遇见彼此。詹妮特在几个街区外上学时，安娜就只需料理好自己的生活，詹妮特在家时她就将自己的全部精力和爱留给她。每个星期都会有个老太太上门来打扫卫生。安娜的收入起伏不定，都来自于她唯一的一本小说——《战争前沿》。这本书一度十分畅销，现在给她带来的收入还足够她日常花销。她的公寓布置得赏心悦目，白色的墙壁，亮色的地面，楼梯的栏杆与扶手在红色墙纸的映衬下勾勒出白色的花纹。

这就是安娜日常生活大致的状态，但唯有孤身一人身处那个大房间时，她才能做最真实的自己。那是个长方形的房间，里面放置着一张窄床，床的四周堆满了书籍和纸张，还摆着一部电话机。房间临街一侧的墙壁上开着三扇长条形的高窗，而接近壁炉的一侧则搁了一张办公桌，桌上放着一台打字机，她经常在上面处理信件，偶尔撰写书评和文章。房间另一头摆了一张刷了黑漆的长桌，抽屉里存着四本笔记本，桌面上永远干干净净的。房间的墙壁和天花板都是白的，但却被伦敦阴沉的气氛衬得黯淡了，地板被漆成黑色，床上罩着块黑布，而长长的窗帘则是暗红色的。

安娜此刻一个接一个地经过那三扇窗边，观察着微弱而褪色的阳光，阳光无法直射到高耸的维多利亚时代建筑间形同峡谷底部的街道上。她拉上了窗帘，愉快地听着窗帘滑轮在轨道上滑动的声响，还有沉重的丝质面料相互刮擦时发出的窸窸窣窣声。她打开了长桌上的台灯,黑色的桌面开始反光,倒映出了近旁帘子的红色。她将四本笔记依次拿出,并排摆放好。

她在这张桌子上伏案工作时会用到一张老式的练琴椅。她将练琴椅的坐垫调到几乎与桌面齐平的高度,然后坐了上去,俯视着这四本笔记,如同一位将军从山巅俯视着下方山谷里整装待发的大军。

笔 记

【四本笔记一模一样，约十八英寸见方，封面光滑可鉴，材质有点像廉价的丝绸。这几本笔记外观上唯一的区别在其颜色——黑、红、黄、蓝。一旦翻开封面，露出四本笔记的扉页，之前的秩序感便消失不见了。每一本笔记的头两页上都是胡乱的涂涂画画以及各种只言片语，接下来是标题，就仿佛安娜自觉地将自己分成四份，然后根据其中的内容给这四部分分别命名。事实也的确如此。第一本，黑色笔记，开头先是涂鸦、四散的乐符、从高音谱号转换成£然后又再次变回高音谱号的画符，紧接着是好几个圆圈环环相扣构成的复杂图样，然后是如下的文字：】

黑

暗，如此黑暗

黑暗

这里存在着一种黑暗

【下面的笔迹变得更为凌乱：】

每次我坐下书写的时候，我会先放松自己的精神，文字是如此黑暗的事物，或者说是与黑暗存在某种关联的事物。恐怖。这座城市的恐怖。害怕独自一人。唯有一个方法可以阻止我跳起身尖叫着跑去给某个人打电话，那就是想象自己再次回到了那片炽热的光亮之中……白色的光亮，

63

光亮,闭上双眼,眼球也还是能感受到的炽热的红色光亮。花岗岩内部的热量粗糙地搏动着,我的手掌平铺其上,抚弄着地衣。地衣的种子,渺小,就像是最微小的动物的耳朵,我的手掌仿佛在摩挲着一张温暖而粗糙的丝绸,一粒粒种子持续不断地摩擦着我表皮上的毛孔。好烫,滚烫的岩石上有阳光的味道。又干又热,我脸颊覆着尘埃的丝绸,太阳的气味,太阳。经纪人有关小说的来信,每来这么一封我都想大笑——出于恶心的大笑。坏笑,无助的笑,一种自我惩罚。信件都不真实,我想到毛孔蒸腾出热量的花岗石斜面,我的脸颊紧贴着滚烫的岩石,我眼睑上红色的光亮。和经纪人的午餐,不真实——小说会渐渐变成一个拥有自己生命力的生物。《战争前沿》现在已经与我无关,这部小说已经是其他人的所有物了。经纪人说应该改编成电影。拒绝。她很有耐心——这是她的天职。

【此处潦草地标注着一个年份——1951年。】

(1952年)和一个电影业的男人吃了午饭。讨论了《战争前沿》的演员人选。太离谱了我都想笑了。我拒绝了。后来发现自己被绕了进去。很快站起身终止了对话,我甚至能看见电影院门外《战争前沿》几个大字。当然了,对方希望能更名为《绝恋》。

(1953年)我一整个上午都在试图让意念中的自己回到马肖比附近沼泽地的树下坐着,失败了。

【此处应该是这本笔记的标题或章节名:】

黑暗

【这几页被正中一道笔直的黑线一分为二,左右两侧分别写着:】

素材　　　　　　　钱

【在左边那个词底下,是支离破碎的语句、记忆中的场景、贴在页面上的来自中非朋友的信。另一侧则是《战争前沿》相关的转账记录、翻译稿费、商务采访记录等。

几页过后左侧的条目就到头了。三年间,黑色笔记里只有商业及现实的条目,这些条目仿佛已经把物理意义上的非洲都包含在内了。左侧条目再次出现内容时,同一行的右侧贴着一张打印出来的宣言式样的纸。左侧的条目是《战争前沿》的剧情提要,现在已经更名为《绝恋》了,由安娜亲自口述,并得到了她经纪人办公室的剧情提要专员的批准:】

彼得·卡雷风度翩翩、风华正茂,他在牛津的学术生涯本来前途一片光明,但却被第二次世界大战打断了,他和皇家空军其他身着蓝色制服的小伙子们一同被调往中非接受飞行训练。年轻的彼得理想主义且血气方刚,他震惊于这座小城的骚动,以及这里种族主义的盛行。他与本地鲜衣怒马的左派们一拍即合,后者则利用了他的少不更事与理想主义。在工作日这些人尚且高声抗议着对黑人的种种不公,一到周末他们却在城外的豪华旅店里纸醉金迷。旅店的主人是约翰牛[1]派头的店主布斯比和他的漂亮太太,他俩十几岁的女儿爱上了彼得,彼得身上年轻人的单纯撩拨着她。布斯比太太一直得不到她酗酒又贪财的丈夫的关注,她也对这位英俊的年轻人萌生出了热烈而隐秘的激情。彼得厌恶这群左派周末的放浪形骸,他私底下和一伙本地的非裔革命煽动者搭上了线,这伙人的头目是旅店的厨子。这名厨子因沉迷政治而常年忽视他年轻的妻子,彼得却爱上了这个女人,然而这段恋情却触及了白人移民社会的道德禁忌。布斯比太太意外撞见了他俩的密会,

---

[1] 原文 John Bull,英国的拟人化形象,指典型英格兰男人。

于是妒火中烧，向当地皇家空军指挥处告发了此事。指挥处允诺会将彼得调离殖民地。布斯比太太的女儿当时对此尚一无所知。布斯比太太告诉了女儿，彼得的心上人到底是谁，她女儿则因自己白人女孩的自尊遭到践踏而病倒了。某次她母亲怒吼道："你连让他正眼瞧你一眼都做不到。他不喜欢你，他喜欢那个龌龊的黑女人！"她女儿则宣告说要离家出走。厨子从布斯比太太那里获知了他年轻的妻子出轨的消息，他把她赶出了家门，叫她回娘家。然而这个骄傲而叛逆的女孩却去了最近的镇上，一了百了地沦入风尘。彼得心碎了，一切梦想也随之破灭，在殖民地的最后一晚他喝得酩酊大醉，却在某个破败酒馆里与他深色皮肤的爱人不期而遇。他们在彼此怀抱中相互依偎着度过了最后一晚，栖身在这座小镇的污水河边的妓院里，这里是此地白人与黑人唯一可以产生交集的地方。他们纯粹的爱情夭折于这个国家的严刑峻法与肉食者的妒火之下，不可能有未来。他们无望地说着等战争结束后在英国重聚，但彼此都心照不宣这不过是善意的谎言。清晨彼得与这群本地"进步分子"告别，他青涩而凝重的眼中尽是对他们的鄙夷。与此同时他深色皮肤的年轻爱人正混在站台另一边她的同胞中间。当火车喷着蒸汽驶离站台时，她朝列车招手，他却没看见她，他的眼中已经开始闪现出在前路候着他的死神的反光——他是王牌飞行员！——而她挽着另一个男人的手臂回到了黑暗中的小镇的街头。她放肆大笑着，借此来掩盖她悲怆的屈辱。

【另一侧的纸上写着：】

剧情提要专员对此很是满意，开始讨论如何让这个故事在"金主"眼里看起来"不那么消极"——比如说，女主人公不能出轨，这会使她得不到同情，不妨将她设定为厨子的女儿。我说我原本这么设定就是为了增加气氛嘛。他一度显得有些恼怒，片刻后却大笑了起来。我亲眼看他戴上了一副用来唬人的好好先生面具，这副面具在这个时代就是堕落的象征（例如，X同志谋杀了三位被关在苏联监狱里的英国人，事后他说"唉，我们从来都没能为人的天性保留足够的空间"时，脸上就是这副面具）。他说："好吧，伍尔夫小姐，你如果能有机会和恶魔一起吃饭，到时候你就会明白一把勺子非但要够长，最好还得是石棉做的[1]——这篇剧情提要写得特别好，如果能满足他们的要求就更好了。"我仍寸步不让之后，他压着火，脸上保持着持久的笑容，非常大度地对我说："尽管电影工业存在着种种弊端，但您是否同意这世上还是有好电影，以及价值观进步的电影呢，伍尔夫小姐？"他为自己能想到一个铁定能收买我的表述方式而欣喜，当即就把这张牌打了出来，脸上既有沾沾自喜的神色，同时又写满了犬儒的残酷。我回家以后察觉到的恶心感要远超平日，于是坐定后逼自己去看自己的小说，这还是书出版以来我头一回看自己的小说。这本书现在读上去就好像是别人写的一样。如果有人要我在1951年这本书刚出的时候写一篇书评，我会这么写：

"这部处女作小说展示了真正意义上的资质平平。设定的新意：罗德西亚[2]稀树草原上的一个军营，以受压迫的阴郁非洲人为背景的、背井离乡的、拜金白人移民；故事的新意：被战争丢到殖民地的年轻英国男子与一个半开化的黑人女子的爱情。而人们容易忽略的事实则是，该主题毫无原创性可言，几乎没能提供什么新思路。安娜·伍尔夫简洁的风格是她的优势所在，但这到底是艺术技法上有意识的简洁，还是放任强烈的情绪左右小说样貌之后，无意间达到的、常具有欺骗性的一种形式上的犀利，想要断言还为时过早。"

---

1 因为石棉是一种防火隔热材料，故有此说。
2 津巴布韦在1965—1979年间的旧称。

如果是1954年以后，则会这么写：

"又是部以非洲为背景的小说。《战争前沿》的叙事是成熟的，对夸张的两性关系也有相当有力的洞见，但在黑人白人间冲突的主题上几乎没什么新意。写得最好的部分是那些基于肤色的仇恨和暴戾，而这篇来自于种族边疆的最新报告所提出的最有意思的问题在于：在被白人殖民的非洲，种种的压迫与对立早就以它们当前的形式持续了数十年，为何直至1940年代晚期、1950年代才爆发式地成为了艺术表现的主题？我们若能知晓这个问题的答案，就可以对社会与社会所孕育的人才之间的关系，以及艺术与催生艺术的张力之间的关系有更深入的理解。安娜·伍尔夫的小说的驱动力基本上仅限于她对不公的义愤之情，这当然是好的，但只是杯水车薪……"

在为了写书评每周至少读十本书的三个月间，我发现了一件事：对于某些书而言，我读之前对它们的兴趣与我真的读它们时的感受毫无关联——就比如说托马斯·曼，所有老派作家中的最后一位，小说是他借以表达人生哲学的工具。我想说的是，小说的功用好像正在发生改变，现在小说已经成了新闻报道的一个前哨站，而我们今天阅读小说的目的就是为了获取我们自身缺乏了解的领域的信息——尼日利亚、南非、美国陆军、某个煤矿村、切尔西[1]的小圈子等等，我们想通过阅读来**了解这世上到底在发生什么**。每五百乃至一千部小说里只有一部具备小说之所以为小说的特质——即哲学的特质。我发现我阅读大多数小说时抱持着和阅读报告文学时**一模一样的好奇心**。大多数小说——但凡能算是成功的话——其独创性往往在于描绘了某块还没有被主流知识界认知到的社会领域或是某类人，小说成了分裂的社会与分裂的观念的博览会。人类已如此分裂，并且还在继续分裂，**分裂出来的子集仍在接着分裂**，这也反映了这个世界的情势，人们在毫无意识的情况下绝望地伸出了手，就

---

[1] 伦敦西部的一个片区，是上流社会聚集地，也是文艺界人士聚居之处。

连本国内的其他群体的消息都会让他们感到如获至宝,更别提海外的消息了。这是种对他们自身完整性的盲目追求,而小说-报道共同体则是实现这种追求的途径。在英国国内,中产阶级不了解工人阶级的生活,反之亦然,而相关的新闻、专稿和小说随处可得,能给人带来的新鲜感与对食人部族的调查报告无异。苏格兰的渔民和生活在我周围的约克郡的矿工属于不同的物种,而相对于这两类人,伦敦市郊那些有房阶层又是另一个世界的物种了。

然而我又写不出唯一能引起我兴趣的那一类小说:那种小说必须要在智识或道德上具备足够的热忱,而这种热忱要强烈到能创造出秩序,开辟出一种看待生活的全新方式。而我之所以写不出来还是关注点太分散了。我都已经决定再也不写小说了。我有五十个可写的"选题",这些选题的质量也足够优秀。有件事是我们能确信的,那就是质量优秀且内容丰富的小说还是会继续源源不断地问世。在写作所必需的诸多特质中,我只拥有一项,那就是好奇心,一种记者式的好奇心。由于我本人的生活方式、教育水平、性别身份、政治立场、所属阶级,很多领域的大门将对我永远保持关闭,我也因而饱受一种无从满足以及不完整的感觉的折磨。这也是我们这个时代最优秀的一批人的痼疾,其中一部分人承受住了这样的压力,另一部分人则被击垮了。这是一种全新的心理机制,一种为了达成新的创造性的理解而做出的半无意识的尝试。但这对于艺术却是灾难性的,而我也只是对在生活中尽可能地全力延展自身感兴趣。当我这么和"糖妈"说时,她心满意足地微微颔首,这是人们在听到无可辩驳的真相时一般都会做出的反应。她说,艺术家在生活中的无力感才是他们灵感的源头。我现在还能回想起当时听到这句话后的那一阵反胃,现在写下这句话时那种想吐的感觉依然梗在我的胸口。我之所以会感到恶心,是因为现在艺术行当及艺术家们竟然已经贬值到了如此的地步,以至于随便来个不学无术的外行人都能朝他们这么心满意足地微微颔首,脸上还挂着自鸣得意的微笑。面对如此的反应,换了任何一个真正以艺术为志业的人都会恨不得夺门而出，跑上一百里地。另外，对这个问题的探讨其实已经非常彻底了——这不仅是本世纪艺术的主题，甚至还沦为了某种阴魂不散的陈词滥调，使人不禁好奇，事实果真如此吗？一个人要是想到了"生活中的无力感""艺术家"之类的字句，并且还要让这些字句在自己意识中不断回响与稀释，他就必须要抵抗随之而来的恶心感及腐臭味，就像那天我坐在"糖妈"面前时那样。然而一旦这样的陈词滥调从精神分析师的唇间说出来，它又显得如此令人耳目一新，如此不容争辩，这着实叫人惊叹。"糖妈"只能算有那么点儿教养，在欧洲受过些艺术浸淫，她就跟个巫医似的喜欢喋喋不休地说些老生常谈的话，这些话要是跟着她离开咨询室，在她和朋友一起时从她嘴里冒出来，她就会想找个地缝钻进去了。她平时在生活中是一副模样，坐在咨询椅上却是另一副模样。我受不了这个，这是根本性的问题，因为这意味着她在日常生活里秉持着某个道德基准，面对来访者时却切换成了另一个道德基准。我很清楚我的小说《战争前沿》来自于我自身的哪条基准线，还在写的时候我心里就有数。我当时憎恨它，现在也憎恨。因为我体内的那个部分当时太过强大，眼看着就要把其余的部分吞噬殆尽，我只好两只手捧着自己的灵魂去找了巫医。然而当"艺术"这个词突然在我们的对话中跳出来的时候，巫医反倒扬扬自得地笑了起来。艺术家就如同神圣的动物，他既可以正当化一切，他的一切行为也都能得到正当化。并不是只有具备那么点儿教养的巫医或教授才会如此自得地微笑，宽容地领首，这些表情和动作也是"外汇黄牛"、出版商的走狗以及敌人所常有的。当一个电影大亨想要买下一个艺术家——他在这个活人身上寻找创作的才能和灵感的火花恰恰就是为了亲手毁灭这些才能和火花，他不会意识到这才是自己真正的意图，他想要通过摧毁真实来正当化他自身——他会称呼牺牲品为艺术家。你当然是一个艺术家了……但在更多的情况下你就是个牺牲品，假笑着，将恶心感咽下去。

如今这么多的艺术家都热衷于政治和"誓言"之类的东西，他们之所以会如此，其背后真正的动因在于他们急着想被某种秩序收编，而随便哪种秩序都能将他们从敌人口中有毒的"艺术家"一词中拯救出来。

我现在仍然对小说诞生的那一刻记忆犹新。我的脉搏先是剧烈地跳动了一阵，然后当我知道自己将提笔写作的那一刻，我就已经想好了自己要写什么，而主题具体是什么并没有那么重要。然而与其打磨一个脱胎自原材料却最终与原材料毫无关系的"故事"，我为何不直接记述真实发生过的事呢？这才是我现在真正感兴趣的事情。当然了，平铺直叙的记述既算不上是"小说"，也不可能出版，但我真的对"成为作家"乃至赚钱都缺乏兴趣。我现在说的并不是作家在创作过程中会跟自己玩的那种心理学伎俩——我笔下的事件可都来源于真实的事件，角色也都移植自现实生活，人物关系也有心理学意义上的原型；我只是想问我自己：为什么非得虚构一个故事——不是说这个故事不好，不写实，或贬低了什么——为什么，不直接，书写现实本身？

我一看电影公司来信中的剧情提要就会感到反胃，但我同样明白的是，电影公司之所以会对将这本书改编成电影的前景如此期许，以及这本书作为小说之所以能够成功，两者都有着同一个原因：这是本"关于"种族问题的小说。我的书里并没有任何不实的内容，然而其中却蕴含着可怖的情绪：战争时期独有的病态，亢奋而又背德的激情，自欺欺人的怀旧，对放纵、自由、丛林和虚无的向往。很明确的一点是，我现在读这本小说的时候没办法不感到羞耻，这种羞耻感就仿佛我正在裸着身子招摇过市。然而似乎其他人都没有注意到这点，书评家没有注意到，我文化修养卓绝的知识分子友人们也没有注意到，这是本堕落的小说，因为其中的每个句子都闪烁着那该死的自欺欺人的怀旧。我知道我一旦需要再度动笔，写那五十篇我已经攒够了素材的社会报告，我就必须再次有意识地在自己心中唤起这样的怀旧之情，而这种情绪则会把这五十篇文字变成小说，而非报告文学。

只要我想要回忆那段时光，在马肖比旅店和那群人共度的那些个周末，我就必须先把自己体内的某个开关关掉，而当我现在要开始动笔写那段时光的时候，我也必须得把那个开关关掉，否则写出来的就会是"故事"，就会是小说，而非真相，而这个过程就好比是要去追忆某次干柴烈火的禁断之爱或者肉欲的痴缠。随着怀旧情绪的加深，"故事"也随之成形，激情开始增生，就像是显微镜下的细胞，与此同时这种情绪的烈度又如此之高，以致我一口气只写得出几句话。没有任何事物的烈度能超越这种虚无主义，后者是随时准备好抛弃所有的愤怒的决绝，是对成为消亡的一部分的渴求。这种情绪也是战争之所以还存在的最为重要的原因，而《战争前沿》的读者也都吸收了这种情绪，尽管他们并不自知。所以我才会感到羞耻，所以这种羞耻感会像我犯了什么罪一样持续伴随我左右。

这群人聚在一起纯属偶然，他们都清楚只要等战争落幕，他们就再也不会重逢。他们彼此之间没有任何共同点可言，这点他们所有人都知道，也从不讳言。

不论战争在世界其他角落催生出了何种热情、信念和骇人的迫不得已，在我们这里，战争从一开始就带来了自相矛盾的感受。我们刚开始就察觉到，战争将会带来极大的好处，这并非什么复杂到需要专家来解释的事情。经济繁荣肉眼可见地降临在了中非和南非的大地上，突然间每个人都能分到更多的钱了，而且尽管这个经济体系在设计之初就只考虑以最低限度确保黑人的生计，但这次黑人却也拿到了更多的钱。能用钱买到的生活必需品在当时也没出现短缺，至少没有短缺到影响你享受人生的地步，而本地的制造业也开始生产之前需要依靠进口的产品。这又以另一种方式证明了战争的两面性——本地的经济过去既懒散又粗放，依托的又是最低效、最落后的劳动力，它需要某种外界的推力，而战争正是这股推力。

愤世嫉俗的情绪则另有源头——没有人生来就愤世嫉俗，只有当人们对羞耻感到厌倦，他们才会开始愤世嫉俗。这场战争以一场针对希特勒邪恶的理念以及种族主义等的圣战的样子出现在我们面前。然而，这片广袤大地，约占整个非洲一半，却正是建立于希特勒的理念之上，即：有些人类个体就因为人种便可高人一等。当白人主子整装待发准备讨伐种族主义恶魔时，非洲大陆上稍受过一点教育的黑人都被这无比讽刺的场景给逗乐了。白人老爷摩拳擦掌地准备从各个战线向那些他们在自己的土地上反而会誓死捍卫的理念发动进攻的画面让他们看得津津有味。战时各大报纸的通讯专栏中都充斥着关于把鸟枪交到非裔士兵手里，他们是否会当即掉转枪口对准他们的白人主子，或日后将这些战争经验用于对付白人之类的讨论，最后得出了结论：没错，的确有这个风险。

正是因为以上两点，在我们眼中，这场战争打一开始就成了讽刺的喜剧。

（我又陷入了这种错误的调子之中——尽管我讨厌这种调子，但不仅是我，我们所有人都长年浸淫其中，我敢肯定它同时给我们所有人都造成了巨大的伤害。这是种自我惩罚，是感受上的自我封闭，是对于将水火不容的事物整合在一起的无力或逃避，而如此一来无论情势有多糟糕，人都能栖身其中把日子接着过下去。逃避意味着当事人既无法改变也无法毁灭，而对个人而言这从根本上意味着死亡或枯竭。）

我会尽量只表述事实。对于大众而言，战争分为两个阶段：第一阶段局势一塌糊涂，随时都存在战败的可能，这个阶段最后结束于斯大林格勒；第二阶段不过是熬到胜利的那一刻罢了。

对于我们而言，此处的"我们"是指左翼以及与左翼携手的自由派，战争却分为三个阶段。第一阶段苏联置身于战争之外，此举确保了我们所有人——五十到一百个先苏联之忧而忧、后苏联之乐而乐的人——的忠诚。这一阶段随着希特勒对苏联发动进攻而结束，积攒已久的热情瞬时就爆发了。

人民对共产主义，或者说对他们本国的共产党，还是太过情绪化，以致他们根本就没去思考某个现象，而这日后将成为社会学家的研究课题，即：共产党或直接或间接引发的社会变革。当时甚至连共产党是什么都不知道的个人或团体都因共产党而得到了启迪、鼓舞或新生，只要是存在共产党的国家——哪怕本地的党组织规模很小——情况都莫不如此。就在苏联参战后一年，我自己所在的小城里的左翼就因苏联参战而得以恢复，也因此催生了（此处不包含共产党直接组织的那些活动，这不在我的讨论范围内）一个小型交响乐团、一个读书会、两个戏剧小组、一个电影协会、一次针对市区非裔儿童状况的业余调查——调查结果甫一公布就激发了白人的良知，沉睡已久的负罪感也开始苏醒——以及好几个非裔问题的讨论小组。这座小城历史上第一次出现了能称得上是文化生活的东西，成百上千对共产党人仅有负面情绪的人也都受惠于此。当然了，其中不少活动共产党人自己反而并不认可，彼时他们的精力和教条的程度都处于巅峰状态。但共产主义仍然启迪了人，因为对于人性坚定的信仰就是会像涟漪一样，朝四面八方扩散。

于是我们这座城市（以及我们所在的这部分非洲的所有城市）活跃起来了，而这个阶段十分明确地结束于1944年的某刻，刚好在战争结束前。这次改变与外界的事件——比如苏联"战线"的变化——无关，而是发生在内部，是种自我蜕变，现在回想起来，我似乎在"共产主义"小组成立的第一天就注意到了这个过程的开始。俱乐部、讨论小组等等，自然都是随着冷战的开始而消亡的，而彼时与中国和苏联相关的任何话题非但不再时兴，而且还显得可疑。（纯文化的组织，比如交响乐团、戏剧社等，还继续存在。）然而当"左派"或"进步"或"共产主义"情绪——从遥远的今天看来，到底哪个词更贴切还不好说——在我们那儿达到高潮之时，当初这些活动的核心发起者反而陷入了怠惰或是迷惘之中，表现得最好的也顶多是出于一种使命感而勉力支撑着。彼时当然没人能理解到底发生了什么，但这本就不可避免。现在看来答案再明显不过，党或左翼小组的组织架构内部就有某种自我分化的机理，各地组织的存续乃至繁荣都依托于开除某些个人或团体的程序，这无关被开除者品行的好坏，而是基于决策者对于某时某刻组织内部变量的考量。在我们这种又小又业余又荒唐的团体里发生的一切，本世纪初共产主义刚开始组织化时，在伦敦的《火星报》[1]小组里也一样发生过。如果彼时我们对自己身处的运动的历史脉络能有所了解，我们就不会陷入后来的怀疑、挫败和迷惘了——但我现在想说的并不是这个。在我们这个事例中，"集权"的内在逻辑使得分裂无可避免，我们与当时的黑人运动没有一丁点儿的联系——当时尚不存在任何民族主义运动，也没有任何工会组织，有的不过是一些在警察眼皮子底下秘密接头的黑人，可他们并不信任我们，因为我们是白人，就算他们中偶尔会来那么一两个人向我们征求技术上的建议，我们也无从得知他们内心到底是怎么想的。当时只有一群高度军事化的、掌握各类革命理论的白人政治活动家组织着一些不接地气的活动，因为广大黑人群众直至未来的几年内都不会有任何动静，而南非的共产党面对的也是一样的情况。我们团体的内部冲突与论战使得情况更加恶化，我们要不一个个都是异族的血统、无根的浮萍，事情也不至于会到这般田地。我们组织内部充斥着各色小团体、叛徒和一个忠诚的死硬派，此人的亲信除了一两个固定人员其余的都在不停更换，结果不到一年，组织就发生了分裂。我们由于不理解发生了什么，于是很快便一蹶不振了。即便我现在已经知晓这个自毁的进程在组织诞生的那一刻就已启动，我却依然无法精准地找到那个我们所有言行的气场发生质变的时刻。我们还是像以前一样勤勉，只是多了些日趋加重的愤世嫉俗，一旦身处正式会议以外的场合，我们就会说些与从前的言辞及理念相悖的玩笑话。我正是从人生的这个阶段才开始懂得该如

---

[1] 《火星报》(Искра)是俄国社会民主工党在德国创办的报纸，首次发行于1900年年底。

何看待人们的玩笑，哪怕只是略带恶意的话语，不出十年，那里头愤世嫉俗的锋刃都可能化作足以毁灭某人整个人格的癌症。我时常得以目睹这一过程，其中还有多次是在政治团体或党外的场合发生的。

我想要记述的这个团体是在"党"内的一场十分严重的内斗后应运而生的。（我不得不加上引号，因为这个"党"从没有过正式的党章，实际上更像是个建立在私人关系上的团体。）"党组织"就为了一些无关紧要的事一分为二——这些事情是如此不重要，以至于我都不记得具体是什么了，这么无足轻重的问题居然能引发我们如此强烈的憎恨和苦痛，这还真是个可怕的奇迹。分裂出的两个团体都同意继续合作——这便是我们仅存的理智了，只是双方有着截然不同的方针。我现在仍会因某种程度上的绝望而笑出声来——当时这一切都已经无所谓了，事实上我们这群人就像是一伙被驱逐出来的人抱团取暖，只好在一些无关痛痒的琐事上展现出流亡者特有的激昂与怨怼。我们二十几号人就因为理念领先于这个国家目前的发展阶段太多，所以全部沦为了流亡者。我现在想起来了，争端的起因是组织里有一半人埋怨某些成员没能"扎根于这个国家"。这么几句话就导致了我们的分裂。

现在可以介绍一下我们的小团体了。我们有三个空军基地的，保罗、吉米和特德，他们还在牛津时就认识了；乔治·豪恩斯洛，道路养护工；威利·罗德，德国流亡者；我自己；玛丽罗斯，本地人。我在这个团体里显得格格不入，因为我是唯一的自由身，自由身指的是当初来殖民地是我自主的选择，因此现在只要我想走随时就能走。那我为什么还不走呢？我是讨厌这里，而且自打我1939年嫁来这儿，成了烟草农场主的妻子之后，就一直讨厌这里。我是在结婚前一年在伦敦认识史蒂文的，他那时正在休假。我到了农场之后才意识到，我喜欢史蒂文是不假，但也绝不可能忍受这样的生活。不过我并没回伦敦，而是到市区当秘书去了。那些年我参与了很多活动，一开始我不过就是三心二意地当临时工作应付，结果却一直坚持了下去，而这些活动似乎也构成了我那时生活的全部。就比如说,当时在我们那儿只剩左派人士还秉持着某种程度的道德追求,还会认为种族歧视是非道德的,因此我才选择了成为"共产党人"。然而我身体里一直都存在着两个人格,一个是"共产党人",一个是安娜,安娜对共产党人的评判一刻都不会停歇,反之亦然。所谓的倦怠大抵就是如此了吧。我虽然知道战争即将打响,而到那时就很难找得到路子回国,但我还是选择了留下。我既不享受日常生活,也不享受任何娱乐,但还是会去喝夕暮酒[1],会去跳舞,会去打网球,会去晒太阳。这一切都感觉太过久远,以至于我对自己做过的这些事都没了**实感**。我已经"想"不起来当坎贝尔先生的秘书,以及天天晚上都去跳舞是怎样的体验,仿佛一切都发生在别人身上一样。尽管我能记起当年的自己,但在某天我找到一张老照片之前,我都不确定自己的记忆是否属实。照片上是一个洋娃娃似的脆弱又瘦小的女孩的黑白影像。我自然要比殖民地的女孩更为世故,但人生经历却远不如她们那般丰富——殖民地的居民有更大的空间去做自己爱做的事,这里的女孩可以顺理成章地去做我在英国需要通过争取方能去做的事情。我的世故是智识以及社会意义上的世故,而虽说玛丽罗斯是那种让自己全部的脆弱一览无余的人,她却还是能将我衬托得就像是个婴儿。照片里的我站在俱乐部的台阶上,手里握着一支球拍,看起来愉快而刻薄,一张小脸上写着犀利。我一直都没学到殖民地人一项令人羡慕的特质——好脾气。(其实这有什么好羡慕的呢?但我确实还挺喜欢。)但我已然不记得自己那时任何具体的心情了,除了天天都会对自己说一遍"我必须要预订回国的票了",战争爆发后也依然如故。我就是在那时遇到威利·罗德,并开始投身政治的,不过我当时也并非全无经验。虽说西班牙内战的时候我年纪尚小,但我有些朋友是参与过的,因此共产主义也好,左翼也好,对我来说都算不上什么新鲜事。我不喜欢威利,他也不喜欢我,但我们仍旧选择了同居,

---

[1] 原文 sundowner,指一种一般在日落时喝的酒。

至少对于几乎就没什么秘密可言的小地方来说就是如此。我们住同一家旅店的不同房间，平时一起吃饭，共同生活了近三年之久，但我们从来都不喜欢对方，也不了解对方，甚至连一起过夜都丝毫谈不上享受。我当时确实没什么性经验，此前也就只和史蒂文睡过，而且加起来也没几天，但即便如此，我那时就已经明白我和威利并不合适了，威利也有同感。我自从对性有了了解以后，就明白了"不合适"这个词有多现实。这个词并不意味着两个人不相爱，或者不共情，或者没耐心，或者后知后觉，性生活并不合谐的两人也不一定意味着各自的能力有问题，可能一旦换了对象就能立刻拥有完美的性体验，而唯有他俩身体的化学元素水火不容。威利和我对此都心知肚明，所以我俩都不认为这有什么伤自尊的，而我们也就只会在这方面对彼此展现出一丝感性了。我们对彼此抱有些许怜悯，而鉴于无法取悦彼此，我俩一直以来都饱受着一种悲哀的、无助感的折磨。其实从来就没有任何客观因素阻止我俩各自去找寻其他伴侣，但我们却没去。我没去另寻新欢倒是很正常，因为我身上被我称作倦怠但也许其实是好奇的特质，总让我长时间逗留在早该离去的处境中。这算是种软弱吗？我在写下这个词以前，从没料到这个词居然也能用在我自己身上，但我觉得这么形容我也算恰如其分。但威利却并不软弱，而且还正相反，他是我认识的最铁石心肠的人。

　　我还是被自己刚才写下的这句话震惊到了。我在说什么呢？他可是个有着大爱的人。我现在想起来了，好多年前我就发现，一个词但凡能用来形容威利，其反义词也总是同样适用。我在以前写的东西里翻了一下，找到了一张单子，上头写着：

威利

铁石心肠	宅心仁厚
冷酷	和善
感性	现实

一页纸都是此类内容，我在底下写着："在写下有关威利的这些词语的过程中，我意识到自己对他一无所知。对于你真正了解的人，你是不需要把词语列成清单的。"

尽管我没能第一时间意识到，但我当时知道：在描述任何一种人格时，这些词语全都没了意义。你可以这么去描述一个人："威利僵硬地坐在桌子那头，圆框眼镜朝盯着他看的人反着光，他一本正经地带着生硬而笨拙的幽默感说道……"差不多是这样。但关键是，我对此是真的着迷（原来我那么久以前就已经着迷于列这个无用的反义词清单了，而且当时我并不知道它将来会怎样），当我嘴里的好／坏、强／弱这类词语统统变得无关紧要时，我也就接受了非道德性，在我动笔写"故事"，写"小说"那一刻便是如此，因为我真的无所谓，而我真的有所谓的是该怎么描写威利和玛丽罗斯才能让读者感觉到他们是真实存在的人。我在左派队伍的内部也好，外围也罢，生活了那么多年，这意味着在这二十年里，我的心思都被艺术是否存在道德性这样的问题所占据，而这一切留给我的答案却在别处。所以我想说的其实是：人类的人格是一团独一无二的火焰，对我来说是如此神圣，以至于其他一切与之相比都显得无关紧要了。这就是我要说的吗？如果真是如此，这又意味着什么呢？

先说回威利。他是我们小团体的精神核心，在更早以前，他也是分裂前那个稍大的小团体的核心，在更更早以前，他更是分裂前那个大团体的核心——现在还有另一个类似威利的强人正领导着另一个小团体。威利之所以能成为核心是因为他总是确信自己正确。他是辩证法的大师，在分析社会问题时经常会有十分机敏与睿智的表现，但在下一句话里又可能立马表现出某种愚蠢的教条主义。随着时间的推移，他心绪也变得愈发沉重，但奇怪的是人们仍在围着他转，连那些思路比他快得多的人也不能例外，哪怕他们知道他在胡说。即便后来我们跟他已经熟到可以在他面前笑话他及他那些夸张的诡辩的程度时，我们仍在围着他转，仍在依赖着他。这是事实，想来确实可怕。

比如说，他头一次跟我们介绍自己时为了让我们接受他，便说自己之前是反希特勒地下抵抗组织的一员，后来甚至还传出了他在干掉了三个党卫军并秘密埋掉了尸体之后去往战争前线，最后逃去了英国这样的奇闻。当时的我们当然是信的，我们有什么理由不信呢？他在约翰内斯堡有个旧交——山姆·凯特纳，即便山姆从约翰内斯堡来亲口告诉我们"威利在德国时就只是个自由派，从来就没有过除此以外的任何身份，也从来没有加入过任何反希特勒的组织，他离开德国也只是因为当时的年龄可以被征召入伍了"，我们却也依旧对此前的传说深信不疑。是因为我们相信威利就有这样的本事吗？反正我信。还是简言之，我们只是单纯需要一个传奇人物？

我无意讲述威利的成长史——就那个时代而言，他的经历并无任何不凡之处。他不过个来自优雅的欧洲的难民，战时被困在了这个与世隔绝的地方。我想描述的是他的特质——如果我能做到的话。他的出众之处在于，他可以坐下来列出未来十年所有可能发生在自己身上的事情，并提前做好预案。对于大多数人来说，没什么比一个为接下来五年的全部可能性事件未雨绸缪的人更费解的了。用一个词来概括他这个特点就是机会主义，然而很少有人能真正够得上机会主义者的标准。光对自己有清醒的认识还不够，做到这一点的人并不少见；执着与冲劲也同样必要，这才真的少见。举例来说，战争持续的五年间，他每周六上午都会和（他鄙视的）一个英国刑事调查局（CID）的人喝（他讨厌的）啤酒，究其原因不过是威利发现此人有望在自己需要的时候升职为高级长官。威利赌对了，战争结束后，此人动用了些手段，让威利远早于其他难民拿到了英国国籍，威利也因此领先别人好几年得到了离开殖民地的机会。结果到头来他并没有移居英国，而是回到了柏林。等他想去英国，这英国国籍就有用了。他举手投足都透着股精打细算的劲儿，而对此他也从不藏着掖着，反而没人信他真那么势利。比如我们就会以为他真喜欢这个 CID 的人,但又耻于承认自己对"阶级敌人"有好感。威利要是说:"但他将来对我有用。"我们就会善意地笑话他,就仿佛他是有意抹黑自己,以显得更平易近人。

当然了,我们也觉得他不大有人味儿。他总表现得跟个"政委"似的,像个党内的文职干部,然而他却是我认识的人里头最中产的人。我是指,他全部的本能都服务于世间万物的秩序、正义与存续。我还记得有一次吉米笑话他,说如果他领导的革命周三取得成功,周四他就会组建一个公序良俗部。威利对此的回应则是,他是个社会主义者,而非无政府主义者。

他丝毫不怜悯那些在情感上脆弱、失落,或是无法适应大环境的人,也瞧不起那些任生活被情绪影响的人。倒不是说他从来都没有陪伴过遭遇困难的人一整晚,并给予对方建议,只是他提的那些建议很有可能让当事人感觉自己无能且一文不值。

威利是以你能想见的最典型的上层中产阶级的方式抚养大的。尽管他会用"堕落"来形容柏林 20 世纪 20 年代晚期和 30 年代的氛围,但他本人很大程度上又浸淫在这样的时代氛围之中:十三岁时随大流经历了同性之爱;十四岁时遭到一个女仆的勾引;接下来就是派对、跑车,当卡巴莱[1]歌手;现在回想起来他虽会嗤之以鼻,但曾感性地劝一个妓女从良;他对希特勒抱着一种来自贵族阶层的鄙夷;他从不缺钱花。

他有着无可挑剔的着装品位——即便他已身处殖民地,一周只能挣个几镑钱——一身在一个印度裁缝那儿花十先令订制的西服衬得他风度翩翩。他中等身材,体形瘦削,有些驼背,一头密发乌黑油亮,但发际线正在快速后撤。他额头很高,肤色苍白,极其冷峻的绿眸经常对焦稳定地隐藏在眼镜之后,异军突起的鼻子甚是威严。别人说话时他都会耐

---

[1] 一种在餐厅或夜店现场表演的歌舞。

心聆听,眼里同时闪烁着光彩,然后他会摘下眼镜,露出他的眼睛,而这双眼睛起先会因为焦距的改变而柔弱地眨巴几下,尔后蓦地眯起,瞬时就严厉了起来,而他的嘴巴一张开便是自负而简单粗暴的言语,足以惊掉所有人的下巴。这就是威利·罗德,一位职业革命家,他后来(因没能在一家伦敦的公司里得到预期中的高薪职位)去了东德(他一如既往地直白:听说那儿的生活水平相当不错,给大家都配了车和司机),成了一个大权在握的官员。我敢肯定他是个工作效率极高的官员,我也敢肯定情势允许时,他也会展露出人情味。但我却还记得在马肖比时的那个他,我记得在马肖比时的我们大家——那些年我们作为政治生物时所有彻夜的谈话与活动,现在看来都比不上我们在马肖比时的状态更能反映出我们真实的样貌。不过当然了,就像我之前说的,我的这个观察之所以能够成立,还是因为我们当时身处政治的真空之中,一直没什么机会以政治上负责的态度来表达自我。

那三个空军基地的男人,虽然之前在牛津时就已经是朋友了,但实际上他们是因为那身军装才玩到一起的。他们都清楚战争一结束,他们亲密无间的关系也就到头了。他们有时甚至能从轻浮、生硬而自嘲的语气里察觉到彼此之间并不存在任何发自真心的喜爱,而那个时候我们所有人可都是这么讲话的——这里说的所有人并不包括威利,当时他对于这种讲话方式最大的妥协便是没去干涉其他人这么说话,这就是他践行无政府主义的方式。那仨在牛津时都是同性恋。当我写下这个词然后盯着它看的时候,我意识到了其中令人不安的力量。在我回想起他们仨,回想他们具体的为人和性格时,我完全不会感到惊讶或不安,但当我写下**同性恋**这个词的时候——我却必须和心里的厌恶以及不安做斗争。神奇。我得补充说明一下,当时他们离开大学才十八个月,就开起了各种"我们搞同性恋那会儿"的玩笑,自嘲地说当时他们单纯是跟风。他们当时加入了一个约二十人组成的松散社团,所有成员都勉强算左翼和文人,彼此之间以各种组合发生过性关系,这已经算是比较温和的说法了。当时还是战争初期，他们全在等着被征召入伍，从今天的眼光来看他们当初就是在有意营造一种放浪形骸的氛围，这是他们的抵抗，而性是其中的一个方式。

三人组中最引人注目的就是保罗·布莱肯赫斯特，不过单纯就是由于他的个人魅力而已。他就是我在《战争前沿》里那位激情澎湃和理想主义的"风度翩翩，风华正茂的飞行员"的原型。而在现实中他身上并不存在任何激情，他之所以会给人留下这样一种错误的印象，主要是因为他对所有道德和社会意义上的出格之举，都秉持一种热烈的赞赏态度，而他实际的冰冷则掩藏在他的魅力以及举手投足间的优雅之下。他是个高个儿的年轻人，体格匀称而健壮，动作却透着机敏和轻快。他长了张鹅蛋脸，眼睛又圆又蓝，皮肤尤为白皙光洁，但在俊俏的鼻梁上却覆盖着些许雀斑。他一头秀发浓密而柔软，总会不时垂落在额前，在阳光的照射下会显出纯粹的淡金色，而在阴影中则是暖暖的金棕色，轮廓分明的眉毛也同样泛着柔光。他跟任何人打照面时，眼里都会闪烁着紧张而认真、礼貌而好奇、乐观而温润的淡蓝色光芒，他甚至会为了传达诚挚的欣赏之情而微微弓背前倾。很少有人能不倾倒于这么一位身着制服，全身上下满是感染力（尽管这非他所愿）的年轻人，而大多数人都要花很长时间才会意识到他其实是在嘲弄他们。当他叩响他们的家门，冷酷无情地来秋后算账时，我曾亲眼目睹过女人，甚至男人因震惊而脸色煞白，他们会不可思议地盯着他，不敢相信他开诚布公时居然会带着如此刻意的粗蛮。他其实特别像威利，不过也就只有在自负这方面，那是一种上层阶级的自负。他是英格兰人，上层中产阶级，绝顶聪明。他的双亲都属于士绅阶层，父亲还是个爵士什么的。他对自己的身心素质有着绝对的自信，那来源于一个吃穿不愁的优质传统家庭对他的培养，而这样的"家庭"——当然了，他每次提起这个词都带着嘲讽——遍布全英国各地的社会顶层。他会拖着调子道："十年前我会声称整个英国都属于我，因为我就是知道！当然了，现在战争就要断送这一切了，对吧?"他脸上挂着的笑表明他并没有把自己说的话当真,他同时还指望我们也足够机灵,不至于把他的话当真。他家里帮他打点好了一切,战争结束后他就会回城里生活,他也哂笑着提过这件事。"如果我能和一个条件不错的人结婚,"他这么说的时候就只有他诱人的嘴角透露出些许揶揄的味道,"我就能当上工业领域的'上尉'。我要智识有智识,要学历有学历,要出身有出身——我就只缺钱。要是我讨不到好老婆的话,那我就当'中尉'——这条路要有趣得多,当然了,同时也要看人眼色,而担的责任也要少得多。"我们都清楚他少说也是"上校"的级别。但不寻常的是,即便那是我们"共产主义"小组最踌躇满志的时期,他却还是爱讲这种话。他在会议室里是一个样,散会后在咖啡厅里又是另一个样。保罗其实并不像表面上那样靠不住,他要是能遇上一场能让他发光发热的政治运动,他还是会义无反顾地投身其中。威利也一样,他没能当上(他简直为之而生的)商业顾问,而是成了党的干部。在我回望过去时我意识到,这些异常与愤世嫉俗只不过是当时的各种可能性投下的影子。

与此同时保罗还会揶揄"体制"。他完全不相信体制,无需赘言的是,他对此的嘲讽也都发自真心。然而一谈到他未来的"中尉"身份时,他会用清澈的蓝眼睛盯着威利,拖着调子说:"我把自己的时间都有效地利用了起来,你不觉得吗?我一直在观察我的战友,一旦起跑,我就能瞬间甩开同我竞争的平级,是不是?我将会对敌人了如指掌,这个敌人说不定会是你,亲爱的威利。"威利一般会勉为其难地回以一丝感激的浅笑,而某次他甚至说:"这对你来说是件好事,你也算是有个归宿。我就是个难民。"

他们当时享受着彼此的陪伴。尽管保罗打死都不会承认(作为未来的工业长官)自己会对任何事产生兴趣,其实他还挺喜欢历史的,因为他在智识上享受反直觉的命题——对他来说历史即反直觉的小概率事件。而威利也有着同样的热忱——我指的是历史,而非反直觉的命题……我记得他对保罗说过:"只有外行人才会觉得历史是由一系列的小概率事件所组成的。"而保罗回应道:"但是我亲爱的威利,作为一个正在消亡的阶级的一员,我对历史的认知充其量也就到这个程度了,这点就算其他人无法理解,你总能理解吧?"保罗成天和那些在他眼中与白痴无异的军队士官关在一起,即便他不可能明说,但其实还是怀念严肃的对话。而我想他当初之所以会加入我们,其原因之一就在于我们能为他提供严肃的对话,而原因之二在于他爱上了我。然而当时我们所有人都在不同的时期爱上过彼此,按保罗的说法就是:"在咱们所处的时代,你有义务爱上尽可能多的人。"他之所以这么说倒不是因为他预感到了自己的死亡,他从来就没有担心过自己会死。他之前计算过自己生还的概率,在不列颠战役期间这个概率比起先前已经高了不少。他驾驶的是轰炸机,这比战斗机安全得多。除此以外,他的某个叔叔和空军高层有关系,这位叔叔打听完之后确定了(或者有可能是促成了)保罗会被派往印度而非英国,印度战场的伤亡率相对来说并不算高。我觉得保罗是真的"脑子里缺根弦",换句话说,他脑子里的那根弦自打他出生起就被人在底下铺上了垫子,没有培养出向他发出警报的习惯。跟他一起飞行过的人告诉我说,他一向冷静、自信、精准无误,简直就是个天生的飞行员。

在这方面吉米·麦克格拉斯就不像他,吉米同样是个优秀的飞行员,但却总在担惊受怕。当时他会在结束了一天的飞行后来旅店,说他已经紧张到不行,并且坦白说自己已经有好几天晚上因为焦虑睡不着觉了,还会阴郁地向我透露说,他有种自己明天就会死的不祥预感。第二天他会从营地给我来电话,说他的预感成真了,因为他的"飞机险些倒栽葱杵地上",他没死纯粹是狗屎运。飞行训练对他来说就是场持续不断的折磨。

然而吉米驾驶轰炸机的表现显然相当不错,他在战争的最后阶段驾驶着轰炸机飞翔在德国的上空,彼时我方正系统性地将德国的城市一个接一个炸成废墟。他接连飞了一年多的时间,并且幸存下来。

保罗死在了离开殖民地的前一天。他的确被派往了印度,所以他叔叔并没有说错。他最后一晚是在与我们的聚会中度过的。他一般饮酒都很节制,即便所有人都在牛饮,他也只是装个样子而已,但那天晚上却喝大了,只能由吉米和威利把他抬去旅店的浴缸里等他慢慢醒转。日出时他回基地去和那里的朋友告别。我后来从吉米那儿听说,保罗当时就站在飞机跑道上,酒还没完全醒,初升的太阳直射着他的眼睛——不过当然了,他可是保罗,他是不会暴露自己的真实状态的。这时有架飞机刚着陆,就停在离他几步远的地方。保罗转过身,仍因阳光而目眩,他径直朝螺旋桨走去,螺旋桨当时在阳光的照射下一定几近于不可见,他胯部以下的双腿生生被切了下来,当场就毙命了。

吉米也是中产,不过是苏格兰人,而非英格兰人。他身上没什么苏格兰人的样子,只有醉酒后才会激动起来细数英格兰人的暴行,例如格伦科[1]。他讲话也受到了牛津腔的影响,这种腔调在英国本土就足够让人费解了,到了殖民地则更显荒谬。吉米对此心知肚明,他会有意在他讨厌的人面前更加拿腔拿调,以期惹恼对方,而在他喜欢的我们面前,他则会跟我们道歉。"但不管怎么说,"他会说,"我知道这很蠢,但这口音很值钱,战争结束后可是能拿来当饭吃的。"所以吉米和保罗一样——至少在他性格的某个方面——并不相信他所投身的社会主义事业的未来。他的家族在各方面都不及保罗的家族那般显赫,换言之,他属于一个正在没落的家族旁支,他父亲是个不称职的印军退役上校——吉米之所以强调他的不称职是因为"他不是个真正的军人。他喜欢印度人,他就是冲着人道主义和佛教才去的印度——这叫什么事啊!"吉米一边死命灌自己酒,一边说道,但我觉得他是为了打圆场才这么说的,因为他还给我们看过他老爹写的诗,他私底下很有可能还是为他爸而骄傲的。他在

---

[1] 指1692年的格伦科惨案(Massacre of Glencoe)。

家中是独子,他深爱着的母亲生他时已四十多了。乍看上去吉米在外形上和保罗属于同一类型,若是从一百米开外看过去,他俩简直就像是出身于同一个人类部族,难分彼此,可一旦近距离观察,形似的两人却有着截然不同的质感。吉米身上的肉看上去很沉,接近于笨重,行动起来也不大灵活。他有双大手,但手指粗粗短短的,就像小孩子的手。他的肌肤和保罗一样白皙光洁,眼睛也是一样的碧蓝,但稍逊优雅,而他的眼神总是可怜巴巴的,里面满是孩童般的对爱的希冀。他的头发接近白色却不怎么反光,油腻地结成了一绺一绺的。他的脸,如同他乐于指出的那样,是一张颓废的脸,太过饱满,太过成熟,几近于蔫软。他没什么野心,除了在大学里当历史学教授之外别无他求,而他后来的确当上了历史学教授。和另外两人不同的是,他是货真价实的同性恋,尽管他宁可自己不是。他爱上了保罗,而他又鄙视保罗,而保罗也总会被他惹恼。很久以后他娶了一个大他十五岁的女人,去年他给我写了封信,信里描述了自己的婚姻——这封信显然是在他醉酒的情况下写下并寄出的,就仿佛寄往的是过去。他们夫妻俩一起睡过,她有那么一丝享受的体验,但他却毫无享受可言——"尽管我对这件事是上心的,这我可以跟你保证!"——这个情况持续了几个礼拜,然后她就怀孕了,于是他俩的性生活到此结束。简而言之,这是段不算少见的英国式的婚姻。他的妻子好像就丝毫没有怀疑过他是个不正常的男人,而他对她也颇为依赖。她要是死了,我怀疑他要么会自杀,要么会酗酒。

特德·布朗是最本真的。这个男孩来自一个工人阶级的大家族,一辈子一直都在拿奖学金,最后去了牛津。他是三人组里唯一的真正的社会主义者——我是说他在血液里、骨子里就是个社会主义者。威利曾经抱怨过特德的行事风格"就好像他此前一直生活在一个成熟期的共产主义社会,或者在某个该死的基布兹[1]里",特德则会十分困惑

---

[1] 一种以色列特有的集体农场或工厂。

地看着他,发自真心地感到困惑,因为他不理解这有什么可批评的,然后他会耸耸肩,决定在对某个新发现的热爱中忘掉威利。他性格活泼,身形瘦削,头发乌黑浓密,眼珠是棕红色的,精力充沛,总是没钱——都给别人了;他自己穿得邋邋遢遢——他因为没时间捯饬自己,衣服干脆也送人了;他的时间没留给自己,而是奉献给了所有人。他热爱音乐,多是靠自学;他热爱文学,也热爱人类,在他眼中他所有的人类同胞都和自己一样,已经沦为了某个巨大的乃至笼罩世界的阴谋的受害者。有人想要剥夺人类真正的天性,而他眼里人类的天性自然应当是美丽、慷慨而善良的。他有时会说自己要真是一个同性恋就好了。他这么说是因为他接二连三地收过不少门生,而他无法忍受那些年轻人跟他同处一个社会阶级,却没赶上他享有的种种机遇。他会在军营里找寻脑袋灵光的机修工,或者在市里的公共集会上找寻那些看上去是出于兴趣而非百无聊赖才到场的青年人。他会按住对方,让他读书,教他音乐,跟他解释说生活是一场光辉的冒险,然后到我们跟前宣布:"要是发现石头底下压着一只蝴蝶,你就应该把它救出来。"他经常会带个质朴而又一头雾水的小伙子冲进旅店,说我们应该所有人共同"带他上道",而我们也总是会照办。特德在殖民地两年救了十二只蝴蝶,他们所有人对他都抱有一种又觉好笑,又觉亲昵的敬重,而他则一视同仁地爱着他们所有人。他改变了他们的人生。战争结束后回到英国他还继续和他们保持着联系,让他们学习,引导他们加入工党(那时他已经不是共产党员了),并且确保他们不会(用他的话来说就是)"陷入冬眠"。他的婚姻也十分浪漫,他克服了万难和一个德国女孩结了婚,后者带着三个孩子在一所学校教后进生英语。他是个合格的飞行员,却做了很符合他个性的选择——故意没通过最终的测验。因为他当时正在和一个曼彻斯特来的犟骨头年轻人较劲,此人拒绝学习音乐,并顽固地偏爱着足球而非文学。特德跟我们解释说:黑暗中拯救一个人类要比战场上多一个飞行员重要,不论是否反法西斯。

所以他没去开飞机，而是被调回了英国本土的煤矿，这也对他的肺造成了永久性的影响。讽刺的是他为其做了一切的那个年轻人成了他唯一的失败案例。

在因无法胜任煤矿的工作而被辞退后，他找路子去了德国，在那里当老师。有个德国妻子对他来说无疑是件好事，她务实且尽责，也很会照顾人，而此时的特德需要照顾。他难过地抱怨说他肺部的状况逼得他只能"陷入冬眠"。

但即便是特德也受到了当时大环境的影响。党内的争斗和仇恨本就够让他不堪忍受了，而组织分裂更是成了压垮骆驼的最后一根稻草。"我显然不配当共产主义者，"他对威利阴郁地说道，"所有这一切吹毛求疵的行为在我看来没有任何意义。""你确实不配，"威利答道，"我之前还在琢磨你得过多久才能察觉到呢。"特德此前是因为威利在辩论中展现出的逻辑能力才决心加入这个小团体的，而威利的逻辑能力现在却让特德深感焦虑。另一个小团体的领导者是一名空军基地的下士，同时也是位老资格的马克思主义者，特德尽管认为对方不过是"一个干瘪的官僚"，但相较于威利，特德还是更喜欢他的为人。然而特德却还是追随威利……这倒让我想到了一些之前没想到的东西。我反复写下"团体"这个词，意即人类个体聚集在一起，让人自然联想到集体情谊——我们的确在几个月内日复一日地见面，每天一聚就是数个小时，但现在回想起来，这也并非事实的全部。比如说我就不记得特德和威利进行过什么真正意义上的对话——他们不过是偶尔开对方的玩笑而已。不对，他们真正意义上的互动就一次，那是一次激烈的争吵，就发生在马肖比旅店的游廊上，虽然已记不得具体的起因，但我仍能回想起特德大喊道："你就是那种早餐前枪毙完五十人以后还能吃下六道菜的人。不对，你会下令让别人替你行刑，你绝对干得出来。"威利的回答则是"没错，有必要的话我确实会这么干……"之类的。他俩这样的对话持续了一个小时或更久，在此期间一辆辆的牛车在沙草甸上碾过，车轮卷起白色的尘埃；一列列火车轰鸣着疾驰而过，从印度洋驶向首都；农户们穿着他们土色的衣服，坐在酒吧里啜饮杯中物；正找活干的非洲土著们久久地徘徊在蓝花楹下，耐心地等待着大老板布斯比先生来这里挑人。

那其他人呢？保罗会和威利讨论历史——一开始就停不下来。吉米会和保罗争论——一般都是历史问题。吉米一次又一次挑起论战为的是证明保罗轻浮、冷血、没良心。而保罗和特德彼此间并不存在联系，他们甚至连架都不吵。至于我，扮演的是"老大的女友"——这种角色类似于粘合剂，也确实算是个上古时代就存在的角色了。当然了，我跟这些人的关系若再深入一点儿，我给这个团体带来的就是毁灭而非团结了。还有一个玛丽罗斯，拒人于千里的美人。所以这究竟是怎样的一个团体？把大家整合在一起的到底是什么？我认为让大家聚在一起的是保罗和威利之间无解的对彼此的厌恶和痴迷，他俩是如此相像，却又注定有着截然不同的未来。

没错。威利说起话来一板一眼，带着喉音，而保罗吐字清晰，优雅而冷静——两个声音不绝于耳，此起彼伏，回荡在夜晚，回荡在盖恩斯伯勒旅店。这是我有关这个团体在这个时期最为清晰的记忆。我们后来转移去了马肖比，在那之后一切都发生了改变。

盖恩斯伯勒旅店实际上是个出租公寓，可供人长住。城里的大多数出租公寓都是私宅改建的，住起来肯定更惬意，但却古板得令人不适。我在那样的一间出租公寓里住了一个礼拜之后就搬走了，外头是质朴的殖民地风格城市，屋子里头却一派沉闷气息，住满了大概是头一回出国的英国中产阶级，这两者之间的落差超出了我能承受的范围。盖恩斯伯勒旅店则是栋新近修建的又大、又喧闹、又难看的建筑，挤满了找不到地方住的流亡者、文员、秘书和新婚夫妇。因为战争，这座城市的住宿已经爆满，房租正在疯涨。

虽说威利是德国人，而德国人论理属于敌国侨民，但他在这家旅店里还没住足一个礼拜就取得了特别待遇,而这对他来说早就是家常便饭了。其余的德国难民要么假装自己是奥地利人,要么就夹着尾巴做人,但威利在旅店登记的信息直接就是"Dr.[1] 威廉·卡尔·戈特利布·罗德,此前居于柏林,1939 年"。旅店主人詹姆斯太太对他很是敬畏,他旁敲侧击地让她知晓了他的母亲是位女伯爵,而事实的确如此。她以为他是个医生,而他则没费神去跟她解释 Dr. 在欧洲的意思。"她蠢又不是我的错。"面对我们的批评,他这么说道。他为她提供免费的法律建议,对她屈尊纡贵,不顺心的时候又会无礼起来,简而言之就是引得她为他鞍前马后,用他的话说"就像条吓坏了的狗"。她是名矿工的遗孀,丈夫死于兰德[2]的一场塌方事故。她五十多岁,体态臃肿,特别容易心烦和焦虑,另外也没什么能力可言。她为我们提供的吃食包括炖肉、南瓜和土豆。她老受黑人仆人的骗,旅店也一直在亏钱,直到威利在第一周最后一天不请自来地教她该如何运营这个旅店。之后她又经威利指导大赚了一笔——他在市里挑了几处房产让她去投资,等威利退房时她已经是个富婆了。

我的房间就在威利隔壁,我俩同桌吃饭,而友人们则日以继夜地上我们这儿来拜访。宽敞又难看的餐厅原本八点打烊(晚餐时间是七点到八点),但对我们甚至会开放到午夜以后。我们会在厨房里自己泡茶喝,詹姆斯太太至多会穿着她的睡袍下楼,满脸堆笑请求我们小点声。访客按照规定是不能在房间里留到晚上九点以后的,然而我们每周都会有好几天晚上在自己房里组织学习到凌晨四五点。我们爱干吗就干吗,与此同时詹姆斯太太也正变得越来越有钱,而威利会当着她的面说她是只毫无商业头脑的大笨鹅。

---

1 Doctor 的缩写,指博士,或医生。
2 全称威特沃特斯兰德(Witwatersrand),南非豪登省与西北省之间的一座山脉,有金矿,南非货币兰德就得名于此。

她却会说:"是的,罗德先生。"然后咯咯笑着,坐在他的床上羞怯地抽着烟,跟个女学生似的。我记得保罗说过:"你身为一个社会主义者却要通过愚弄一个大妈来达到自己的目的,你真觉得这样没问题吗?""我可帮她挣了不少钱。""我指的是男女方面。"保罗说。威利说:"我不明白你在说什么。"他的确不明白。在运用自己的性魅力这件事情上,男人既不如女人自知,更不如女人坦诚。

所以说盖恩斯伯勒旅店对我们来说就如同左翼俱乐部及党组织的一个延伸,与艰苦奋斗相关联。

我们第一次去马肖比旅店属于临时起意,是保罗倡议的。他当时在该区域飞行,飞机因一场突如其来的风暴迫降,他和他的教练员坐车回基地,半途在马肖比旅店吃了个午饭。当天晚上他便兴冲冲地来了盖恩斯伯勒旅店,跟我们分享他的喜悦。"你们不会相信的——在树丛之中,孤丘、野人与异域风景环伺,马肖比旅店拔地而起,酒吧里有飞镖和打硬币游戏,端上桌的牛肉腰子派上插着指针指向九十度的温度计,除此以外还有布斯比夫妇——他俩他妈的简直就是盖茨比夫妇的分身——记得吗?那对在艾尔斯伯里[1]开酒吧的夫妻俩?布斯比夫妇的灵魂绝对从未离开英国,我敢保证布斯比先生一定是个退役的军士长,不存在别的可能性。"

"那布斯比太太以前一定是个酒吧女侍,"吉米说,"他们一定还有个漂亮的闺女,而夫妻俩一定正在给她物色婆家。你还记得吗,保罗?在艾尔斯伯里时那个可怜的女孩的眼睛一刻都没法从你身上移开呢。"

"你们这些殖民者肯定欣赏不来这种别扭又突兀的精致优雅。"特德说。在这类调侃里,威利和我就会被称为殖民者。

"如果你能别老是这样把自己关在盖恩斯伯勒,出门走一走看一看,你就会发现,"我说,"这位精神上从没离开过英格兰的前军士长经营着

---

[1] 位于英格兰东南部,是白金汉郡的郡治。

此地半数的旅店和酒吧。"

为了开这类玩笑,特德、吉米和保罗有意表现得对他们知之甚少的殖民地十分鄙夷,但其实他们消息灵通着呢。

那天差不多晚上七点,快到盖恩斯伯勒的晚饭时间了。炸南瓜、炖牛肉、烩水果又要上桌了。

"咱们上那儿瞧瞧去,"特德说,"就现在。咱们可以喝上一杯,然后搭巴士回基地。"他以他惯常的热情建议道,就仿佛马肖比旅店注定成为我们人生中最美好的体验一般。

我们看向威利。晚上还有一场会议,主办方是彼时正如日中天的左翼俱乐部。我们原本计划全员参加,此前更是一次都没缺席过。然而威利却轻描淡写地点了头,就仿佛这根本不是个事儿:"当然可以,詹姆斯太太的南瓜就留给别人吧,一晚上而已。"

威利开来他那辆廉价的五手车,我们五人全部挤进车里,一溜烟开去了六英里开外的马肖比。我印象中那是个晴朗而闷热的夜晚——繁星密布,远处沉闷的雷声正在迫近。我们的车行驶在孤丘之间,而所谓孤丘就是堆在一起的花岗岩,属于这个区域的典型地貌。这些石块已经蓄满了热和电,于是在我们经过这些孤丘时,灼热的气流就像柔软的拳头直扑我们的面颊。

我们抵达马肖比旅店时大约八点半,发现酒吧灯火通明,里面的都是些本地的农民。地方不算大,但很亮堂,抛光过的木料锃亮,黑瓷地砖也反着光。如保罗之前所说,酒吧里的确有个久经沧桑的飞镖靶和打硬币游戏的板子,吧台后站着的是布斯比先生,六英尺高[1],体态魁梧,挺着个大肚腩,后背跟一堵墙似的,流淌着酒精的青筋密布于他宽阔的脸盘之上,关隘处镶着双沉着而精明的眼睛。他还记得中午光顾过的保罗,于是询问起飞机维修的进度来。飞机压根就没坏,

---

1　约合 1.82 米。

但保罗却开始编起故事来，说机翼是怎么被闪电击中的，然后他又怎么把教练员夹在胳肢窝下跳伞掠过了树梢——他胡诌的痕迹是如此明显，以至于布斯比听到他嘴里吐出第一个字时就一脸不耐烦了，但保罗讲述时又透着股诚挚而谦恭的风采，直到他最后总结说："我从不去质疑为什么，我只知道去飞，哪怕牺牲。"——然后拭去一滴假惺惺的泪水，布斯比先生只得勉强从喉头挤出一声干笑，然后提议他喝上一杯。保罗之前还指望酒水能算在店家账上——作为对英雄的犒赏，但布斯比先生一边伸出手要钱，一边眯着眼意味深长地看着他，仿佛在说："好了，我信你，但你也别以为能把我当猴耍。"保罗付了钱，气定神闲地继续聊了下去。几分钟后他神采奕奕地朝我们走来，说布斯比先生以前是英属南非的警官，在英国休假时和他太太结的婚，那时她还在酒吧里当侍酒，他俩现在有个十八岁的女儿，而这个旅店他们也经营了有十一年了。"而且经营得有声有色，如果我可以这么形容的话，"保罗这么说道，"今天的午餐我就吃得很愉快。"

"然而已经九点了，"保罗说，"餐厅就要关门了，我的东道主并没有提出要为我们提供餐食。所以我失败了，咱们要饿肚子了。还请见谅。"

"我来想想办法。"威利说。他朝布斯比先生走去，问他点了杯威士忌，五分钟内就成功让餐厅专门为我们重新开了张。我不知道他是怎么做到的，真要说的话，首先在这个满是深色皮肤、身着土色布衣的农民和他们姿色平平的妻子的酒吧里，他本就是个鹤立鸡群的存在，而自打他进门那刻起，所有人的视线就一再聚集在他身上。他那天穿着一件考究的奶油色的柞蚕绸西服，晃眼的灯光把他的头发照得乌黑油亮，他的脸也显得白皙而文气。他用他准确过头的英语——这点德国得不容置疑——说他和他的好朋友们从城里一路风尘仆仆赶来这里，就为了品尝他们常有耳闻的马肖比珍馐美馔，他相信布斯比先生一定不会让他失望而归的。他字句间暗藏着残酷的自负，与讲跳伞故事的保罗别无二致。布斯比先生一言不发地站着，冷冷地盯着威利，他按在吧台上的那双大手一动也没动。威利接着平静地掏出钱包，拿出了张一英镑的纸钞，我的感觉是这么多年以来应该还没人敢给布斯比小费。布斯比先生没有立即做出反应。他缓慢而刻意地转过头来，眯眼打量了一下此刻人手一个啤酒杯的保罗、特德和吉米，估算了一下他们的财务状况，这使得他的眼珠益发凸起。他随后道："我来看看我太太能不能做些什么。"然后转身离开，把威利的一镑纸币留在了吧台上。威利本来是想把钱拿回来的，但终究还是没拿，然后回到我们身边。"易如反掌。"他宣称道。

保罗已经赢得了一个农民的女儿的注意，她大约十六岁，很可爱，胖嘟嘟的，穿着条镶花边的平纹细布连衣裙。保罗站在她跟前，高高的啤酒杯稳当地端在手里，他用轻柔而悦耳的声音说："我从进酒吧的那一刻就想告诉你，自从三年前的雅士谷[1]以后我就再没见过你身上这种款式的连衣裙了。"这姑娘被他迷得神魂颠倒，双颊绯红，但我觉得不需要多久她就会明白他其实并没有把她放在眼里。此刻威利的手搭在了保罗的胳膊上，他说："行了，这种事等一下再做也不迟。"

我们一起去了游廊。路的另一侧矗立着一棵棵桉树，叶片反射着月光，一列火车停在铁轨上，向外喷着蒸气和水。特德恼火地小声道："保罗，在所有我认识的人里头，你最是有力地证明了上层阶级应该统统拉去枪毙。"我当即表示同意。这样的口角已经不是头一回了。差不多一个星期前保罗的自负就让特德怒不可遏，特德冷着脸厌恶地说他再也不想搭理保罗，"还有威利——你俩是一丘之貉"。我和玛丽罗斯好说歹说了个把小时才把特德劝了回来。保罗轻飘飘地说道："她就没听说过雅士谷，等她知道雅士谷是什么以后只会觉得受宠若惊。"在一段很长的沉默之后，特德只是说了句："不，她不会的。不会的。"沉默，我们看着银色的树叶大片地泛起涟漪，接着又听到一句："管他娘的。你们一辈子都

---

[1] 英国伯克郡雅士谷的一个马场，与英国王室关系密切，最出名的是每年六月的皇家雅士谷赛马日。

不会明白的，你俩都是。我无所谓了。"我从没从特德嘴里听到过像这句"**我无所谓了**"这般近乎于轻率的话语。接着他又大笑起来，我也从没听他这么大笑过。我感觉很糟糕，而且很迷茫——因为此前我和特德一直都是盟友，而现在我被他遗弃了。

旅店的主建筑就坐落在主路边，由酒吧、餐厅和后厨组成。建筑前有一个木柱环绕的游廊，木柱上生长着植物。我们一言不发地坐在长椅上打着哈欠，突然间觉得又乏又饿。被丈夫从家里叫来的布斯比太太很快招呼我们进了餐厅，然后再把门关上，以免有别的旅客进来点吃的。外面这条路是殖民地的主干道之一，车流一直络绎不绝。布斯比太太是个人高马大、体态丰腴的女人，长着一张暗红色的脸蛋和一头格外卷曲的淡色头发。她身着紧身胸衣，臀部突兀地翘起，胸部高耸得跟个货架似的。她和善而亲切，急于讨好他人但又自持。她道歉说，由于我们来得太晚了，她没办法为我们提供全套的晚餐，但她会尽自己所能，然后点了一下头，道了声晚安，就将我们托付给了侍者。侍者正因为被迫加班而生闷气。我们吃掉了好几盘优质的厚切烤牛肉、烤土豆和胡萝卜，接下来是苹果派、奶油和本地奶酪。这些都是英国酒吧的菜肴，也都经过了精心的烹调。偌大的餐厅里寂静无声，所有餐桌都一尘不染，准备迎接明天的早餐，门窗都覆着镶花的厚亚麻布帘，过往车辆的头灯接连不断地照亮布帘，勾勒出其上的纹路，当炫目的车灯扫过窗户后沿路照向城市时，帘子上花朵的红色和蓝色就会发出尤为耀眼的光芒。我们都困了，不大想说话，但过了这一阵我感觉好多了，因为我发现保罗和威利又跟平常一样把侍者当家仆使唤，一通颐气指使，而特德顷刻间就振作了起来，开始姿态平等地跟侍者说话——甚至比平时还要亲切，他这是在为自己在游廊上的表现而羞愧。当特德询问起这个人的家庭、工作和生活，并告知对方有关自己的信息时，保罗和威利与他们以往在这类场合时一样，只管闷头吃饭。他俩很久以前就表明过自己的立场："特德，你莫非是觉得自己能通过善待仆人来推动社会主义事业吧？"

"对。"那时的特德说。"那我就爱莫能助了。"威利耸了耸肩说道，意思是这人已经没救了。这会儿吉米还想接着点酒，他已经醉了，他醉酒的速度比我认识的所有人都要快。布斯比先生很快走了进来，说作为客人我们有权喝酒——这也解释了当初为什么明明都已经这么晚了，我们还能有东西吃。但我们并没有如他所愿点烈酒，而是点了葡萄酒，他给我们上了冰镇开普白葡萄酒[1]。是款好酒，我们虽然本不想喝布斯比先生推过来的生开普白兰地，但还是开瓶喝了，接着又喝掉了更多的葡萄酒。后来威利宣布说下周末我们会再次全员光顾这里，问布斯比先生能不能为我们备好房间，布斯比先生说完全没问题——然后给了我们一张我们勉强凑够钱付清了的账单。

威利没问我们任何人下周末是否有时间来马肖比，但再来一次好像是个不错的主意。我们驾车穿过带着凉意的月光，冰冷苍白的雾气盘踞在谷地间，时间已经很晚了，我们都有点醉，吉米已经断片儿了。等我们回到市区，三人组已经来不及回军营了，于是他们仨在我的房里休息，而我去了威利的房间。这种情况他们会起得很早，差不多四点左右走去这个小城的外围，等车把他们送回基地，然后他们都要在六点日出时开始飞行。

下个周末我们都去了马肖比，威利和我，玛丽罗斯，特德、保罗和吉米。我们出发时已经是周五的深夜了，因为此前我们在党务会议上讨论了"路线"的问题，主题跟往常一样：如何动员非洲群众进行武装斗争。因为我们两个团体早已公开决裂，任何讨论会到头来总会吵得昏天黑地——但那一晚这倒也没影响我们自视为一个整体。与会的大概有二十人，末了我们都同意现有的"路线"是"正确的"——也同意我们并没能取得任何进展。

我们拎着各自的箱包上了车以后，所有人都不发一言。我们就这么

---

[1] 酒名称中的开普（Cape）是南非地名，位于非洲大陆南端，意为"海角"。——编注

沉默不语到了郊外,结果有关"路线"的争论又重新开始了——在保罗和威利之间。他们说的无非是会上已经发表过的长篇累牍的言论,但我们所有人都在听,指望能有新的想法,好将我们带离泥淖。"路线"是单纯而可敬的,在这么个受肤色观念支配的社会里,与种族主义做斗争,社会主义者义不容辞。因此,想要开拓"前进的道路"就必须团结进步的白人与黑人先锋。谁该成为白人的先锋?答案显然是工会。那谁该成为黑人的先锋?答案自然是黑人工会。但此时尚不存在任何黑人工会,因为黑人工会属于非法,黑人群众还没发展到能采取非法行动的阶段。而出于对黑人本土优势的羡慕,白人工会对黑人的敌意甚至远超其他白人群体。鉴于无产阶级的第一原则就是引领通往自由的道路,关于未来,我们脑海中虽然有着几步走的理想图景,但现实中却看不到它任何影子。然而第一原则神圣不可侵犯,黑人民族主义在我们的圈子里属于右倾(对南非共产党来说也是),是斗争的对象。第一原则仿佛基于最合理的人本主义思想,让我们充满了无比舒适的道德感。

我发现我又再度落入了自我惩罚和愤世嫉俗的调子之中,然而这种调子又多么令人宽慰啊,就仿佛在伤口上涂抹膏药,因为这绝对是一道伤口——我和成千上万的人一样,在组织内部或外围时刻体会着一种纯粹的折磨。而这种折磨引发的疼痛像极了危险的怀旧之痛,后者是它的表亲,其致命性却不遑多让。等我能直抒胸臆时我会继续这个话题的,但不会用这种语气。

我记得玛丽罗斯用一句话结束了这场争论:"但你们现在说的都是之前讲过的内容。"她经常如此,就是有种让我们所有人闭嘴的能力,但男人们在她面前仍居高临下,轻视她的政治思辨能力,就因为她不会或是不愿说那些术语。然而她总能迅速抓住重点,然后用简单的语言完成表达。有些人的思维,比如威利,就只有在对方采用跟他相同的表达方式时才能接受对方的想法。

她说:"一定是哪儿出了岔子,不然我们也不至于像这样一个小时接着一个小时地讨论这件事。"她的口气相当自信,而男人们这会儿却不为所动——她感觉到他们是在忍让自己,于是愈发地不安起来,继而退让道:"我没表达好,但你们明白我的意思……"她既已做出退让,男人们于是又恢复了常态,而威利大发慈悲道:"你表达得挺好的,像你这么漂亮的人怎么可能会表达不好呢。"

她坐在我旁边,这时她在黑暗中转过头来冲我笑了一下,我们常对彼此微笑。"我睡会儿。"她说,然后将脑袋枕在我的肩膀上,像只小猫一样沉沉睡去。

我们都倦了。我觉得从没参与过左翼运动的人不会理解富有献身精神的社会主义者们能日复一日、年复一年付出多大努力。不论如何,我们首先得先养活自己,而军队营房里的,至少是正在受训的那些人还得承受持续性的精神压力。每天晚上我们还得组织各种会议、小组讨论,以及辩论。我们还要读很多书,熬夜到凌晨四五点对我们来说都是家常便饭。除此以外我们还需要治愈他人的灵魂,特德在这一方面更是做到了极致,对他来说任何人遇上的任何麻烦都是我们义不容辞的责任,而向任何灵魂里还带着一些火花的人解释说人生是一场光辉的冒险,也是我们肩上义务的一部分。回顾过往我应该能想见,在所有那些我们付出过匪夷所思、艰苦卓绝的努力的事情中,唯一有成效的就只有这样的私人布道了。我不相信我们带上道的人会忘却我们对生命之荣光的那种纯粹而强烈的信仰——如若我们天生不具备它,我们便用信念让自己具备它。种种往事又开始浮现——例如,威利思索了好几天自己能为一个因丈夫出轨而郁郁寡欢的女人做些什么,而他最终决定送她一本《金枝》[1],因为:"若一个人因个人原因而难过,正确的解决途径就是让他从历史的宏观角度看待这件事。"她把这本书还给了他,道歉说这本书超出了她的

---

[1] 即苏格兰人类学家詹姆斯·弗雷泽爵士所著的《金枝:巫术与宗教之研究》,是一本人类学与比较宗教学的作品。

理解力,但不论如何她都已经下定决心要离开自己的丈夫了,因为她确信对方带来的麻烦要远超他自身的价值。但在离开我们所在的小镇时,她常会给威利写信,行文礼貌、动人而感激。我想起了那糟糕的措辞:"谢谢你对我感兴趣,你对我真的很好,我会永记于心的。"(虽说当时这句话并没给我留下什么印象。)

我们所有人都按照这样的节奏生活了两年多——我想我们可能都纯粹因精疲力竭而有些疯癫了。

特德为了让自己保持清醒唱起了歌,而保罗则开始用一种与他和威利争论时截然不同的声线讲述一个荒诞的幻想故事。这个故事发生在一个想象中的有白人定居的殖民地,故事里非裔们揭竿而起。(当时距离肯尼亚和茅茅[1]尚有十年。)保罗讲述了"两人半"(威利在此处抗议了保罗对陀思妥耶夫斯基的引用,后者在他眼里就是个反动作家)是如何花了二十年的时间让本地的野人认识到他们应该担当先锋队的角色的,而另一个在伦敦政治经济学院总共待了六个月的半吊子煽动家一夜之间就发动了一场群众运动,口号是:"白人滚出去。""两人半"作为有责任感的政治家,对此深感震惊,但一切为时已晚——煽动家公然指责他们跟白人是收钱办事的关系。白人们着急忙慌地编织了煽动家和"两人半"的罪名,将他们一同丢进了监狱;而群龙无首的黑人群众撤进了森林和孤丘间,开始打游击战。"当黑人军团渐渐不敌白人军团之时,跟我们一样的几十位心地纯良,受过高等教育的小伙子从英国大老远赶来这里维持法纪。他们在黑魔法和巫医面前逐渐败下阵来,这渎神的恶行将所有心怀正义感的人都彻底排除在了黑人的斗争之外,而那些如我们一般纯洁善良的小伙子心中燃着道德的怒火,对他们施以痛击和严刑,然后吊死了他们。这是法律和秩序的胜利。白人们释放了'两人半',不过吊死了那个煽动家。黑人民众被赋予了最低限度的民主权利,但至于'两人

---

[1] 指茅茅起义,1956至1960年间肯尼亚本地的尤基库人反抗英国殖民统治的战争。

半',如此这般,如此这般,如此这般……"

在这趟奇幻之旅中,我们没人说过半句话,这个故事距离我们自己对于未来的预判是如此之遥远,此外我们也被他的叙事风格所震惊。(当然了,我现在发现故事里有种受挫了的理想主义——我现在竟然把这个词和保罗联系在了一起,这令我颇感惊讶,我还是头一回相信他有这一面。)他继续说道:"还有另一种可能性。假使获胜的是黑人的军队呢?一个聪明的民族主义领袖能做的只有一件事,那就是强化民众的民族主义情绪,并发展工业。如果这种可能性在咱们这里成真了,民族主义国家将会推行我们深恶痛绝的资本主义的不平等道德观,而同志们,我们作为进步分子是否有义务支持这样的国家呢?这种事真的有可能发生吗?我看见了,是的,我在我的水晶球里看见了——我们只能全力予以支持,哦,没错,因为到时候不会有任何别的选择。"

"你需要喝上一杯。"这时威利说话了。

但这个点所有路边旅店的酒吧都已经歇业了,保罗只好睡觉。玛丽罗斯睡着了,吉米睡着了,特德还醒着,他坐在威利旁边的副驾上,用口哨吹着某支小曲。我觉得他刚才根本没在听保罗说话——他吹口哨或者哼歌一般就是他无法苟同的表现。

我在很久以后回想起,在这些年所有无止无休的分析和讨论中,唯一一次我们真正意义上接近事实真相(尽管实际上仍离得很远)就是保罗用忿忿却不正经的语气讲这段故事的时候。

等我们抵达旅店的时候,屋里已是漆黑一片,一个打着瞌睡的服务员正在游廊上等着把我们领去房间。住宿区就建在餐厅和酒吧所在的那栋楼几百码开外处,二十间房间共享同一个屋顶,背靠背排两排,两边各一道游廊,每十间房共享一道游廊。虽然房间内没有对流,但气温依然凉爽宜人,每间屋子里都有电风扇和大窗户。其中四间房是留给我们的,吉米和特德睡一间,我和威利睡一间,玛丽罗斯和保罗各睡一间。这样的安排此后就成了惯例,而鉴于布斯比夫妇从没说过什么,威利和我在马肖比旅店总是同住一间房。第二天早餐时间过了很久以后我们才都睡醒,那时候酒吧都已经开张了,我们喝了点酒,都没怎么说话,然后吃了午饭,也都没怎么说话,除了偶尔来句"我们怎么会这么累,真是奇了怪了"。旅店的午餐向来都是不错的,有足够多的冷餐肉以及你能想象得到的各色沙拉和水果,之后我们又都回去睡觉了。我和威利醒来时太阳已经落山,我俩只得去叫其他人起床,晚餐结束后半个小时我们又各自回到了床上。第二天是周日,情况几乎没什么变化。事实上这个周末是我们在那里度过的最为愉快的一个周末,我们当时都因为极度的疲乏而陷入一种平静的状态,几乎就没怎么喝酒,而布斯比先生对我们很是失望。威利变得尤为寡言,我想他就是在那个周末决定了要退出政治,至少要尽可能远离,然后投身于学术中。至于保罗,那个周末他对所有人都发自真心地单纯而友好,特别是对布斯比太太,而后者已经喜欢上了他。

由于我们都不愿离开马肖比旅店,周日我们很晚才驾车回到市区。离开前我们在游廊里喝了点啤酒,旅店在我们身后一片漆黑。月光是如此耀眼,以至于每一颗被牛车的车轮溅到柏油碎石路另一头的白色沙粒我们都能看得一清二楚。桉树的尖头叶片沉甸甸地下垂着,就像微小的枪头一样反着光。我记得特德说:"瞧瞧咱们,在这儿就这么坐着,一句话都不说。马肖比这个地方太可怕了,我们一个周末接着一个周末地过来这里,在啤酒、月光和美食的包围下冬眠。我倒是想知道,这一切会在何时画上句点呢?"

我们之后有一个月的时间没回这里。我们都清楚自己到底有多疲倦,而我想我们都很害怕自己绷着的那根弦断了之后会发生的事。那个月我们过得异常忙碌,保罗、吉米和特德的训练课已经快结束了,他们每天都得飞行。天气不错,有非常多的准政治活动,比如讲座、学习小组和调查项目,但"党"组织就碰了一次头,另一个小团体又折了五名成员。有意思的是在唯一的那次官方会面期间我们面红耳赤地争执到了第二天拂晓，但在那个月其余的时间里我们却一直在以私人的身份聚会，愉快地聊着各自负责的准政治活动，与此同时我们自己的小团体还是照旧在盖恩斯伯勒碰头。我们拿马肖比旅店以及与之相伴的充满罪恶感的闲适开着玩笑，将其视为世间一切奢靡、颓废和软弱的标志，连我们那些虽然没去过那里但却知道那里不过是个寻常的路边旅店的朋友们都说我们疯了。我们上次造访马肖比之后的那个月份有个从周四晚持续到下个周二的长周末——殖民地人民相当看重自己的假期，而我们在那个长周末又在马肖比组织了一场派对，参与者除了原先的六人组之外还有特德的一个新门生，曼彻斯特来的斯坦利·勒特，特德后来放弃自己的飞行员生涯为的就是他，还有约翰尼，一位爵士钢琴手，他是斯坦利的朋友，我们还让乔治·霍恩斯洛在目的地与我们会合。我们各自乘坐汽车或者火车，在周四酒吧打烊前抵达。这个周末显然将会与上一次大不相同。

由于是长周末，旅店里已经挤满了客人。布斯比太太多开放了一栋建筑，里面有十二个房间。旅店里办了两场盛大的舞会，一场对公众开放，一场是私人舞会，因此旅店里早就显现出了迥异于平日的愉快的错位感。我们的派对进行到宵夜的环节时已经很晚了，一个侍者正在拿彩纸还有串着灯泡的绳索装点着餐厅的各个壁角，结果我们吃到了为第二天晚上准备的冰布丁。后来布斯比太太派了个特使过来，询问"空军男孩们"明天是否介意帮她布置大房间。而这位特使是琼·布斯比，她之所以会愿意跑这么一趟，明显是出于对收信的小伙子们的好奇。她母亲大概之前提过他们，而同样明显的是他们并没能入她的法眼。那些从英国来的男孩子，很多殖民地女孩只消看上一眼便会失了兴趣，她们会嫌弃他们太过娘娘腔、太过文弱，琼就是这样的女孩。那天晚上她把消息带到，然后听保罗过分礼貌地表示会"代表空军"接受她母亲善意的邀请后，当即就离开了。保罗和威利拿这位到了适婚年龄的千金开了几个玩笑，但仍旧是他们"布斯比先生和布斯比太太，酒馆老板和他夫人"这个笑话的思路。在这个周末接下来的时间里，以及之后的一整个周末,他们都对她的存在熟视无睹。他们显然觉得她太过平平无奇,以至于他们就连避免提及她都是出于怜悯,或者甚至有可能是出于——尽管这两个人大体上就没怎么展现过这一面——骑士精神。她是个高挑的大个姑娘,硕大而笨拙的胳膊腿上的皮肤发红。她的脸蛋跟她母亲一样暗红,头发也是和母亲一样的淡色,垂在她那显得不很聪明的面庞的两侧。她没有任何外貌特征或性格特点能跟魅力沾得上边,但身上的确有一种闷闷不乐、大坝决堤、寻寻觅觅的能量,因为她身处很多女孩都会经历的一个阶段——思春期,整个人是一种恍惚的状态。我十五岁仍和父亲一起住在贝克街的时候,有几个月就处在这种状态中,以至于我现在途经那个地区周边时还会回忆起来,半是好笑,半是尴尬,而这种情绪又是如此强烈,足以将步道、房子和商店窗户都吞噬进去。琼的有趣之处在于:她遇到的男人们本应对她烦扰的缘由有所了解,然而事实却完全不是这样。第一天晚上玛丽罗斯和我就不自觉地交换了个眼神,我俩都恍然大悟,既觉得好笑又觉得可怜,因而险些笑出声来。不过我俩还是把笑憋了回去,因为我俩都清楚,即便种种迹象已经显而易见到了这种程度,但对于男性来说却并非如此,而我们希望保护她,不想让她遭他们的嘲笑。旅店里所有的女人都留意到了琼。我记得一天早上我跟拉蒂摩尔太太一起坐在游廊里,她是个一头红发的漂亮女人,跟年轻的斯坦利·勒特调过情。这时琼进入了我们的视野,她在桉树下沿着铁路漫无目的地游荡着,我们仿佛正在看一个人梦游。她迈了几步,然后看向山谷对面的青山,抬起双手来捋头发,于是亮红色的棉布紧紧包裹着她的躯体,勾勒出了曲线,也露出了她腋下深色的汗迹——接着她又放下了手臂,双手攥拳垂在身体两边。她一动不动地站了会儿,然后又走了几步,再停下,仿佛还在梦境里,然后又用亮白色凉拖里的大脚趾将煤渣踢起,直到她慢慢走到树叶反射着阳光的桉树丛的更远处,消失在了我们视野中。拉蒂摩尔发出了一声意味深长的长叹,然后是一声轻微而恣意的笑,说:"我的天,你就算给我一百万英镑,我也不愿意回头再当一次年轻姑娘了。天,要我再经历一遍这种事情的话,多少钱都不够。"玛丽罗斯和我都表示赞同。然而尽管在我们眼中这个女孩的一颦一笑都让我们深感难堪,但男人们对此却浑然不察,而我们也尽量谨言慎行,没有出卖她。这是一种女性的骑士精神,女人保护女人,不输于所有其他的忠贞不贰;又或者,我们只是想遗忘自己周围的男人想象力都无比匮乏这一事实。

布斯比家在距离旅店的某一侧几百码开外的地方,琼大部分时间都是在那间屋子的游廊里度过的。为了防范蚁群,屋子建在了十英尺深的基台上,游廊的纵向很深且阴凉,整体刷着白漆,墙面布满了藤蔓植物和花朵,显得尤为明亮和美丽。琼就躺在里头覆盖着印花布的老沙发上,一个钟头接一个钟头地听着便携式留声机,在内心深处想象着那个她愿意让对方把自己带离梦游状态的男人。几个星期后,她想象中的画面强大到了让这个男人在现实中现身的程度。玛丽罗斯和我当时就坐在旅店的游廊里,一辆向东行驶的货车在附近停了下来,从车里下来了个壮硕粗犷的年轻人,他的大腿发红而壮实,晒伤的手臂粗如牛腿。琼正好从她爸屋子那头沿着碎石路溜达了过来,一边还在用她的尖头凉鞋踢着碎石。他朝着酒吧行进时,一颗卵石溅到了他的脚上,他停下了脚步看到了她,然后一边反复回头向她投以中了邪一般茫然的眼神,一边走进了酒吧,而琼尾随其后。布斯比先生正在给吉米和保罗斟金汤力[1],同他们谈论着英国,丝毫没有注意到自己的女儿正坐在角落里拿姿作态。她的视线恍惚地穿过玛丽罗斯和我,望向燥热的上午的尘土与光亮,而那个年轻人端着他的啤酒坐在了离她一码远的长椅上。半个小时后当他爬回自己的货车里,琼已经跟他在一起了。玛丽罗斯和我不约而同地陡然爆发出了无法自制的大笑,直到保罗和吉米从酒吧里向外瞧,好奇我们到底在笑什么时,我们才停了下来。一个月后琼和那个男孩就正式订婚了,

---

[1] 一种由奎宁水和杜松子酒混合而成的调酒。

那时所有人才恍然发觉她原来是个这么安静、友善又聪明的女孩，那种仿佛被下了药般的呆滞从她身上完全消失了，而同样直到那时我们才知道，布斯比太太因为女儿此前的状态到底有多气不打一处来。在同意让女儿在旅店里帮忙，母女俩重归于好，商议婚礼方案时，布斯比太太给人的感觉都太过愉悦和如释重负了，就仿佛她正在为自己当初的态度感到愧疚，而或许也正是如此长时间的怒气导致了她后来情绪和行为的失控。

那天晚上琼离开不久后，布斯比太太走进了屋，威利请她落座加入我们，保罗急忙附和了一声，他俩的语调在我们其他人看来非但夸张，还更是客气到了冒犯的地步。她和保罗上一次共处还是在我们都累瘫了的那个周末，他那天聊起自己的父母和"祖国"时言简意赅且平易近人。不过当然了，英国之于他俩分明就是两个截然不同的国家。

我们自己人会开玩笑说，保罗就是布斯比太太的心头肉。我们没人真这么觉得，不然就不至于会开这样的玩笑了——至少我真心希望我们不会如此，因为这个时期的我们都很喜欢她。布斯比太太也的确醉心于保罗，而她同样也醉心于威利，其原因恰恰是他俩身上最招我们痛恨的特质——他们礼貌的面具之下的无礼以及自负。

我是从威利那儿才了解到有许多女人就是喜欢被人欺凌。现在想来不免有些丢脸，我一度是拒绝接受这个事实的，然而却一次又一次地目睹。如果有个女人让我们其余人都觉得难以对付，让我们不得不去迁就她，体谅她，威利就会说："你们什么都不懂，她就是欠一通收拾。"（"一通收拾"是殖民地的说法，白人经常这么说："卡菲尔人[1]就是欠一通收拾。"——但威利自行决定将其作为日常语汇使用。）我还记得玛丽罗斯的母亲，她是个专横而且神经质的女人，她消磨掉了自己女儿全部的生命力，这个五十岁上下的女人像只老母鸡一般，既不知疲倦又难以

1　原文 kaffir，在南非是白人对黑人的蔑称。

取悦。我们看在玛丽罗斯的面上对她一直很客气,哪怕在她撺着自己的女儿来盖恩斯伯勒的时候,我们也允许她加入我们。只要有她在场,玛丽罗斯就会陷入躁郁和力竭的状态里。玛丽罗斯也知道她应该和自己的母亲进行抗争,但就是缺乏道德驱动力。然而这个我们随时准备着去忍受和迁就的女人,被威利几句话就打发了。她有一天晚上步入盖恩斯伯勒,见我们所有人都在餐厅里围坐成一圈说着话,便高声说道:"你们怎么还是老样子啊,都这个点了,也该去睡觉了吧。"她刚想落座加入我们,威利这时并未提高音量,只是让自己的镜片朝她的方向反了一下光,然后说了句:"富勒太太。""怎么了威利?你又想说什么?""富勒太太,怎么,你一路追着玛丽罗斯来我们这里就是为了当个讨厌鬼?"她倒抽了一口气,然后脸涨得通红,站在她原先打算入座的椅子边目不转睛地盯着他。"没错,"威利说,"你个老不死的东西,想坐下的话随意,但你给我把嘴闭上,别再乱说话了。"玛丽罗斯为她母亲感到了惊惧和痛苦,脸色也因而蓦地煞白。但富勒太太沉默了一阵后短促而慌乱地笑了一声,然后坐了下来,此后便一直不发一言。从此以后但凡她出现在盖恩斯伯勒就总是会看威利的眼色,就像是个蛮横父亲面前的乖女儿。喜欢被人欺凌的并不只有富勒太太和盖恩斯伯勒的女主人。

还有布斯比太太。她分明不是那种愿意让人欺凌的,对他人的冒犯也非麻木不仁,但当她凭借自己的直觉而非智慧——她并不是个聪明的女人——意识到自己正在被欺凌时,她却总是一次又一次地回到原地寻求更多的欺凌。在遭到"一通收拾"之后,她既不像富勒太太那样屈服于手足无措的感觉,也不像盖恩斯伯勒的詹姆斯太太那样变得像个忸怩的小女孩,她会耐心地聆听,然后反驳,不过只针对谈话字面上的意思,而无视其底层的傲慢和无礼,她有时甚至能以这种方式有礼有节地反过来羞辱威利和保罗。然而我确信她私底下肯定有时也还是会红着脸,握紧拳头咕哝:"没错,我想打他们。没错,他这么说的时候我就应该打他的。"

那天晚上保罗几乎一上来就开始玩他最喜欢的把戏之一——戏仿殖民者陈词滥调的对话,并且要露骨到被他戏仿的殖民者能反应过来这是在讽刺自己。威利也加入了其中。

"你的厨子肯定跟了你好多年了吧——你想来根烟吗?"

"谢谢你,亲爱的,但我不抽烟。没错,他是个好小伙子,我必须得承认,他一直以来都忠心耿耿。"

"我想,他几乎都能算得上是你的家人了吧?"

"没错,我的确是这么觉得的,而且我确定他也很喜欢我们。我们向来待他不薄。"

"也许相比友人反而还是更像孩子?"(现在是威利在说话。)"因为他们不过就是些大孩子。"

"没错,当你真的理解了他们,他们就不过是群孩子了。他们喜欢你像对待孩子一样对待他们——严格,但却正确。布斯比先生和我都坚持善待黑人,这才是正途。"

"但从另一方面来说,你绝不能容许他们占你的便宜,"保罗说,"因为如若不然,他们就不会再尊重你了。"

"很高兴听到你这么说,保罗,因为你们英国的小伙子们大多数对卡菲尔人都有着各式各样天真的幻想。不过你没说错,他们必须心里有数,有条线是他们绝不该跨过的。"如此这般,如此这般,如此这般。

保罗以他最喜欢的姿势坐着,他端着啤酒杯,蓝眼睛迷人地直视着她的眼睛,然后说:"当然了,我们和他们之间还差了好几个世纪的进化呢,他们现在还只是群狒狒而已。"直到这时她才红着脸移开了自己的视线。彼时"狒狒"这个词在殖民地已经算是种粗鄙的说法了,尽管五年前这个词还是可接受的,而且还会出现在报纸社论里。(就像**卡菲尔人**这个词在这个时间点的十年后也将成为一个脏词。)布斯比太太不敢相信一个"在英国最好的大学里受过教育的年轻人"居然会说出"狒狒"这样的词,但当她再次看向保罗,她诚挚的红扑扑的脸蛋已经准备好要面对痛楚,而他就这么坐着。他一个月前无疑只是个思乡心切又渴望母爱的小男孩,此刻他无邪的笑靥就和那时一样迷人。她站起身,礼貌地说:"请原谅我的唐突,我要伺候老头子吃晚饭了,布斯比先生喜欢在深夜用餐——他整晚都在酒吧里忙前忙后,自己却一直顾不上吃晚饭。"她向我们道了晚安,然后轮番向威利和保罗投去了受伤而又诚挚的长长一瞥,然后才离我们而去。

保罗脑袋后仰,笑着说道:"他们不可思议,他们如梦似幻,他们就不像真实存在的人。"

"土人。"威利笑道。土人是他对殖民地的白人的称呼。

玛丽罗斯静静地说道:"我不理解这么做的意义,保罗,你简直在戏耍别人。"

"亲爱的玛丽罗斯,亲爱的、美丽的玛丽罗斯。"保罗咯咯笑着把啤酒杯端到嘴边。

玛丽罗斯确实是美丽的。她是个苗条而娇小的女孩,一头蜜色的鬈发,一对棕色的大眼睛。她上过开普敦的杂志封面,当过一段时间的时装模特。她没有半点的虚荣心。她不厌其烦地笑着,以她慢条斯理又好脾气的语调坚持自己的观点:"我没说错,保罗。不管怎么说我都是在这里长大的,我理解布斯比太太,直到像你这样的人指出我这样不对之前我也一直这个样。你光这么取笑她是不可能让她改变的,你只会伤了她的心。"

保罗又大笑了一阵,坚持己见说:"玛丽罗斯啊玛丽罗斯,你也一样,善良得都不像真实存在的人了。"

但当晚晚些时候,她却成功地让他感觉到了羞愧。

乔治·霍恩斯洛是个养路工,他跟他的妻子、三个孩子和四个老人一起住在大约一百英里之外的小镇上,他将会在半夜驾着自己的货车抵达。他之前提议说周末晚上再跟我们聚,白天他要去主路上干活。于是我们离开了餐厅,在铁路附近的桉树丛下坐着等乔治。树下摆着张粗糙的木桌和几条木质长椅,布斯比先生送来了十几瓶冰镇开普白葡萄酒,我们那时都喝得有些微醺。旅店笼罩在一片黑暗中,很快布斯比家的灯火也都熄灭了,只剩车站里的一小点光线,以及几百码开外的住宿区透出的微弱光芒。我们坐在桉树下,冰冷的月光穿过枝叶的罅隙照在我们身上,夜风将我们脚边的尘土刮起又吹落,我们就好像坐在四下无人的热带大草原上,旅店融进了花岗岩堆砌的孤丘、树木、月光所构成的旷野之中。几英里外穿过斜坡的主路上,一道纤薄而苍白的光线穿过了黑漆漆的树木,桉树干燥的油脂气味、尘土干燥而恼人的气味、葡萄酒冷冽的气味,都使得我们更加恍惚。

吉米睡着了,他靠在保罗身上,保罗的一条手臂环抱着他。我半梦半醒地枕着威利的肩膀。斯坦利·勒特和钢琴手约翰尼并排坐着,带着一种和善的好奇观察着我们。他们没有丝毫要掩盖事实的意思,事实就是无论是在此刻还是在别的时刻,我们而非他们才是被容忍的对象,因为他们之前已经明确说过,他们此刻是工人阶级,也将永远是工人阶级,然而他们并不介意亲眼观察因战争爆发而流落至此的一群知识分子的行为。"工人阶级"这个词是从斯坦利嘴里说出来的,而且他还一直叨叨个不停。钢琴手约翰尼从没说过话,他一个词都没说过。他总坐在斯坦利的左近,在沉默中和他站在一条阵线上。

特德已经开始因为斯坦利就如"石头底下压着的一只蝴蝶"而感到煎熬了,可后者不认为自己需要被拯救。他坐在玛丽罗斯身边搂着她以寻求宽慰,玛丽罗斯则好脾气地微笑着待在他环抱着的胳膊里,但却仿佛让自己跟对方以及其他所有的男性都脱开了关系。非常多长得好看的女孩子都有着这样的天赋,她们容许自己被人触碰、被人亲吻、被人拥抱,就仿佛这就是她们必须为天生丽质而付出的代价。她们在顺从男人时脸上会浮现出体谅的微笑,看起来有点像在打哈欠或是难以察觉的叹息。但玛丽罗斯的情况还不止这些。

"玛丽罗斯,"特德低头看着靠在自己肩上的那颗明艳动人的小脑袋,直言道,"你为什么就不爱我们中的任何人呢?你为什么不让我们中的任何人爱你呢?"

玛丽罗斯只是微笑了一下,即便在被树枝和叶片切得支离破碎的天光下,她棕色的眼睛仍显得硕大,散发出柔和的光芒。

"玛丽罗斯的心已经碎了。"威利在我脑袋上方说。

"心碎只属于老派小说,"保罗说,"并不适用于我们生活的这个时代。"

"正相反,"特德说,"如今心碎者的数量要远超以往,恰恰是因为我们生活的这个时代。说实话我敢肯定咱们现在能遇上的人,心一定都支离破碎、七零八落得像团瘢痕似的。"

玛丽罗斯羞涩而感激地冲特德笑了一下,然后认真地说道:"确实是这样的。"

玛丽罗斯有个她深爱的亲兄弟。他俩脾性相近,但更为重要的是,他们在与蛮横无理、恃强凌弱、令人难堪的母亲抗争时支持着彼此,因而缔结了最为温柔的联结。她的兄弟一年前死在了北非,事发时玛丽罗斯正在开普敦当模特。她自然因自己的相貌而追求者甚众,其中有一位年轻人长得像极了她的兄弟,我们见过他的照片——那是位纤瘦而富有侵略性的年轻人,留着漂亮的八字胡。她对他一见钟情。她对我们说——我还记得我们当时那种震惊的感觉,这种震惊一如往常,都是由于她一贯的那股子彻底而不经意的坦率:"对,我知道我爱上他是因为他长得像我的兄弟,但这又有什么不对的呢?"她总是在问,或者说是在表明立场:"这又有什么不对的呢?"而我们从来都不知道该如何回应。不过那个年轻人与她兄弟的相像之处就仅限于外貌,他很愿意和玛丽罗斯约会,却不愿意娶她。

"也许确实如此,"威利说,"但这样很不明智。你知不知道如果你不留个心眼,等待你的会是什么吗,玛丽罗斯?你会陷入对你这位男友的个人崇拜,而且时间拖得越久,你未来就会越不幸福。你会让很多本可以跟你结婚的优秀男性无从接近你,而到最后你只能找个人为了结婚而结婚，你将成为我们身边随处可见的不快的已婚妇女中的一员。"

插一句，这的确一语成谶了，在接下来的几年里，她仍旧美丽动人，脸上保持着像打哈欠一般甜美的微笑接纳别人对自己的求爱，耐心地坐在这个那个男人的臂弯里，最后突然和一个已育有三个孩子的中年男人结了婚。她并不爱他，她的心在她兄弟被坦克碾成肉泥的那一刻就死了。

"所以你觉得我该怎么做呢？"她带着过分的和善，询问一小片月光对面的威利。

"你应该跟我们中的一个上床，越快越好。针对你这种迷恋的病症不存在更好的解药了。"威利在以一个世故的柏林人的身份说话时就会使用这种愉快而残忍的声调。特德扮了个鬼脸，然后松开了自己的手臂，表明他不打算上这艘犬儒主义的贼船，就好像他如若真的要跟玛丽罗斯上床，那就非得是出于最纯洁的浪漫似的。当然了，那还用说吗。

"不管怎么说，"玛丽罗斯说，"我不明白这么做的意义。我一直在想念我的兄弟。"

"我还从没见过谁对于乱伦这般直言不讳。"保罗说。他这是在开玩笑，但玛丽罗斯一板一眼地回应道："是，我知道这是乱伦，但可笑的是我当时就从来没把这件事往乱伦上去想。我兄弟和我确实是彼此相爱的。"

我们再次被震惊了。我能感觉到威利的肩膀紧了一下，我还记得自己当时想到，前一刻他还是个放浪形骸的欧洲人，但玛丽罗斯和她的亲兄弟睡过这件事把他一下子打回了清教徒[1]的原形。

众人一阵沉默后，玛丽罗斯开口了："是，我知道你们为什么会感到震惊，然而那时我会经常思考这件事，我俩没有伤害过任何人，不是吗？所以我不觉得这有什么不对的。"

又是一阵沉默，保罗在这时接过了话茬，语气甚是轻快："如果连这

---

1 清教徒是道德观极其严格保守的人的代名词。

对你来说都无所谓,那你为什么不试试跟我上床呢?这没准能治好你的心病。"

保罗仍然坐得板正,支撑着跟小孩似的倚靠在他身上的吉米的重量。他耐心地支撑着吉米,正如同玛丽罗斯容许特德搂着她。保罗和玛丽罗斯在这个团体里分别从性别壁垒的两端扮演着相同的角色。

玛丽罗斯平静地说:"如果我那位开普敦的男友都不能让我忘了我的兄弟,你又凭什么能呢?"

保罗说:"到底是什么导致了你没办法嫁给你那位爱人呢?"

玛丽罗斯说:"他出身于开普敦的一个不错的家庭,他父母是不会同意我嫁给他的,因为我不够好。"

保罗又发出了几声迷人的轻笑。我倒不觉得他是有意要这么笑的,但他一定很清楚这是他魅力的一部分。"一个不错的家庭,"他嘲弄地说道,"开普敦的一个不错的家庭。很有钱,肯定是。"

这句话并不像它听上去那样自命不凡。保罗的自命不凡都是以间接的方式表达出来的,比如笑话,或者文字游戏。他这会儿实际上是在纵容激情来左右自己,纵容自己对于不一致性的享受。我没有任何评判的立场,因为我在不用继续留在殖民地之后许久,还继续留在这里,我想真正的原因是这个地方可以容纳这类享受。当保罗发现马肖比旅店是由布斯比夫妇——化身为真人的约翰牛和玛丽牛[1]——操持着的时候,他会邀请我们所有人都来此尽情享乐。

但玛丽罗斯静静地说:"我猜对你们来说可能很可笑,因为你们对英国的不错的家庭已经司空见惯,当然了,我知道那肯定跟开普敦的不错的家庭不大一样,但这两者对我来说并没有什么分别,不是吗?"

保罗仍继续维持着脸上怪诞的表情来掩盖心中的不适。他甚至——仿佛是为了证明她对他的抨击不大公平似的——本能地调整了一下坐姿,

---

[1] 玛丽牛(Mary Bull)是约翰牛的女性版本。

好让吉米的脑袋能更舒服地枕在自己的肩膀上,以此来显示他的温柔。

"如果我选择跟你上床的话,保罗,"玛丽罗斯说,"我觉得我一定会喜欢上你的,但你跟他——我开普敦的男友——一个样,你永远都不可能娶我,我还不够好。你这个人没有心。"

威利干笑了起来。特德说:"可算把你给收拾了,保罗。"保罗没说话。刚才保罗调整坐姿导致了吉米的身体慢慢向下滑落,保罗此刻只能用腿架住他的脑袋和肩膀。现在保罗托着吉米,就像怀抱着婴儿。在那天晚上剩余的时间里,他望着玛丽罗斯时脸上总挂着一丝安静而懊恼的微笑,从此以后他跟她说话时一直很温柔,试图让她放下对自己的蔑视,但他没能成功。

接近午夜时,货车的头灯发出的强光吞没了月光,然后转下了主路,在铁路边一片沙地上停了下来。那是辆很大的货车,货舱里满满的都是货物,后头还拖了辆篷车。那辆篷车在乔治·霍恩斯洛沿着路监督工作的时候就是他的家。乔治从驾驶座上跳下,朝我们走来,迎接他的是特德递去的一整杯葡萄酒。他站着一阵牛饮,在每一口的间歇咕哝着:"醉鬼们,白痴们,晕乎乎的迷糊蛋们,坐这儿大口喝酒呢。"我还记得那葡萄酒的气味,冰爽而浓烈,当特德另拿了瓶给他满上时,酒水洒了出来,渗进了尘土里。尘土的气味立刻变得浓稠而甜腻,仿佛下过雨。

乔治上前亲吻了我。"美丽的安娜,美丽的安娜——但我不能拥有你,都怪这个该死的威利。"他随后赶跑了特德,吻了玛丽罗斯的侧脸,说:"全天下的漂亮女人这么多,咱们这儿就只有俩,真叫我欲哭无泪。"男人们都大笑了起来,玛丽罗斯冲我笑了一下,我也冲她笑了一下作为回应。她的笑容里满是突如其来的痛楚,我也因此意识到自己的笑容亦是如此。她意识到刚才在无意间暴露了自己的感受,因而不自在了起来,于是我俩很快转移开了视线,以离开这个自我暴露的时刻。我觉得我或者她都不会愿意去分析我俩感觉到的痛楚。这时乔治往前坐了一下,手里端着装满葡萄酒的酒杯,说:"讨厌鬼们,同志们,别躺着了,是时候该和我汇报一下新闻了。"

我们振作了起来，突然有了生气，没了睡意，在威利跟乔治讲述城里的政治局势时我们一直听着。乔治是个极其严肃的人，而他对威利——对威利的头脑——抱着很深的敬意。他坚信自己是愚钝的。他坚信自己能力不足，长得也难看，这种想法很有可能已经跟了他一辈子了。

事实上他长得相当好看，至少女性总愿意对他做出回应，尽管她们并不承认。红发美人拉蒂摩尔太太就是一例，她经常大声说着自己有多么嫌弃他，但她的视线一刻都没办法离开他。他个子还挺高的，但因为他总向前佝偻着宽大的肩膀而显得没那么高。他的身体从宽大的肩膀往下就开始迅速收窄，一直到腰胁。他就像头公牛，一举一动都透着股倔劲儿，莽撞中又带着被他勉为其难压抑着的暴怒。这一切都是因为他家庭生活的不易。这么多年以来，他在家的时候不得不保持耐心以及自我牺牲与约束，我敢说他的天性绝不包含以上任意一点。也许这就是为什么他会需要自责，为什么他会缺乏自信。他本可以成就一番远比生活给予他的空间更大的事业，我觉得他自己也是清楚的。故而他会因自己的家庭环境而感到挫败，继而私底下又会对此心生愧疚，所以他的自轻自贱便是某种相应的自我惩罚吗？我不知道……还是说他的这种自我惩罚是由于他对妻子持续的背叛？一个人必须得年长当时的我很多，才能理解乔治和他妻子的关系，他对她有着一种强烈而忠诚的怜悯——一个受害者对另一个受害者的怜悯。

他是所有我认识的人里头最讨人喜欢的人之一，他绝对是最搞笑的。他的搞笑发自真心且无可抵挡。我亲眼目睹过他让一屋子的人从酒吧关门一直笑到太阳升起，我们倒在床上或者地板上笑到连动都动不了。当我们第二天回想起那些笑话倒也不会觉得特别好笑，可当时还是笑到不行——一部分原因在于他的脸，那张脸帅气归帅气，但却是种一板一眼的帅气，五官端正得乏味，因此你会指望他说些一本正经的话；但我觉得最主要的还是他那薄薄的上唇把他整张脸衬得木讷甚至愚笨固执，结果他却吐出一串串悲伤、自嘲、无可阻挡的话来。然后他就看着我们笑得满地打滚,自己却从不跟他的受害者一起笑,而是用一种乐观而惊讶的眼神看着我们,仿佛在想:既然我能让这群聪明人笑成这样,那我应该不至于像我以为的那样不可救药吧。

他约莫四十岁,也就是说,比我们当中最年长的威利还要大十二岁。我们从没把年龄这件事放在心上,但他就是无法忘怀。他总盯着年历一页页地翻过,就仿佛宝石正一颗颗地溜出他的指缝,掉进海里。这是因为他对女性的情感。他另外的热忱则在于政治。他是父母带大的,而他的父母又成长于一种英国的老式社会主义传统中。那是种19世纪的社会主义——理性、实际,最重要的是如信仰宗教般反宗教。而他所受的教育并非是为他能适应殖民地而量身打造的。他孤独而寂寞,生活在一个小且落后,还与世隔绝的镇上,我们这群比他年轻很多的人是他这些年第一批真正意义上的朋友。我们都很爱他,但我不认为他有任何一刻意识到过这件事情,或允许自己意识到这件事,他的自卑——确切来说是他面对威利时的自卑——太过严重了。我还记得有一次他就连坐姿都在表达着对威利的崇拜,而彼时威利却在为某些事情颐气指使。我恼了,说:"看在上帝的分上,乔治,你是个很好的人,我受不了看你这么趴在地上舔威利这号人的鞋子。"

"但我要有威利这样的脑子,"他回应道,不出意外,他没问我为什么会如此评价一个再怎么说也是自己同居伴侣的人,"我要有他这样的脑子,我就会是这个世界上最快乐的人了。"然后他上嘴唇自嘲地向上弯起:"你说的'好'是什么意思?我是个讨厌鬼,你知道的。我都跟你说了那些事,你还夸我好。"他指的是他只跟我和威利吐露过的,他搞外遇的事儿。

从此以后我经常思考这件事,我是指"好"这个字,或许我想说的是善良。当然一旦你开始细想,这些词就失去了意义。人们会说,一个善良的男人,一个善良的女人,一个好男人,一个好女人。口语表达当然没问题，但你不会把这些词用在小说里。我最好留个神，以后别再用这些词了。

但在那个团体里，我就不会做更多的分析，而只会简单地说，乔治是个善良的人，威利则不是，玛丽罗斯、吉米、特德、钢琴手约翰尼都是善良的人，而保罗和斯坦利·勒特则不是。而且，我敢打赌，如果从大街上随便挑十个人，让他们去见这群人，或邀请他们参加那天晚上的派对，跟我们一起坐在桉树下，他们立马就会同意我的划分——如果我就这么用"**善良**"这个词，他们会明白我的意思。

而通过对这件事无数次的思考，我发现自己经后门绕到了另一件让我着迷的事情上，我指的当然是"人格"这件事。天知道到底为什么，我们怕是永远都无法遗忘"人格"已经不复存在这件事了，世间的小说有半数在讨论这一主题，社会学家和所有的其他学家也在研究这一主题。我们时常被告知说，在我们全部知识的压力下，人格已经被分解得什么都不剩了，我甚至一度对此深信不疑。然而当我回想起树下的那群人，并在我的记忆中对他们进行重塑，我突然明白这个说法就是扯淡。假如我现在要准备见玛丽罗斯了，在这么多年后，她会摆出某个姿态，或以这种方式移动视线，这就是她了，玛丽罗斯，坚不可摧。或者假设她真的"分崩离析"了，或疯了，她会分解成她的各个部分，而她的姿态、移动眼神的方式仍不会变，即便很多联结已经消失了。所以当我在体内积攒了足够的情绪能量并在记忆中生出某个我认识的人时，这种人格并不存在的反人类的说法对我来说就变得毫无意义了。我坐了下来，记起了尘土的气味和月光，看见特德正将一杯葡萄酒递给乔治，以及乔治对此过分客气的回应。我还看见，就像在慢镜头电影里，玛丽罗斯转过头来，露出她耐心得可怖的微笑……我刚刚写了电影这个词。是啊，我记忆中的时刻都有着一个笑容、一个眼神、一个动作绝对的锚定，就像是在一幅画作或一部电影中。所以这是否意味着我依赖的确定性是属于视觉艺术的，而非小说，根本和小说没任何关联，而小说已经在分裂和崩溃面前沦陷了？一个小说家既然对其背后的复杂性如此了解，那为何要拽着一个微笑或一个眼神的记忆不放？可若非如此，我可能就一个字都写不出来了，就像我过去为了让自己不至在这个寒冷的北方城市疯掉，我会有意识地唤起灼热的阳光照射在我的肌肤上的记忆。

既然如此我就接着写了。乔治是个善良的人，我受不了他在听威利说话的时候就成了个笨拙的小学生的样子……那天晚上他谦卑地听着城里左派正面临麻烦的消息，然后点了一下头，意思是他回去之后会好好想想，更完整的意思是——因他太过愚笨，所以要是没好好想上个把小时，他是拿不了主意的，而我们其余人又是如此聪慧，根本就不需要花时间去思考这个。

我们所有人都认为威利在他分析问题时绅士风范尽显，他说得就好像他之前真的出席了委员会似的，但与此同时却没有向乔治提及我们新近的担忧，也没有使用新的那种难以置信和冷嘲热讽的语气。

而保罗不同意威利的意见，他选择以自己的方式告诉乔治事实的真相。他开始与特德对话，我还记得自己看着特德，心想他是否愿意接受这一轻松而古怪的挑战。特德犹豫了，看起来不大舒服，但最后还是接受了。而因为这既不符合他的天性，也有违他的信仰，所以他说话时都带有一种夸张的感觉，这给我们带来的冲击可比听保罗说话大多了。

保罗开始讲述，在一场委员会会议上，"当然了，在没有询问非裔意见的情况下"，"两人半"决定了整个非洲大陆的命运。（这自然是种背叛——在斯坦利·勒特和钢琴手约翰尼这样的外人面前承认我们对自己的信仰存疑。乔治先是疑虑地看着这俩人，然后断定他们肯定已经入伙了，不然我们不至于这么口无遮拦，于是因我们有了两位新成员而露出了欣慰的微笑。）保罗接着又开始讲述，发现自己身处马肖比的"两人半"，准备"引领马肖比走上正确的行动路线"。

"我认为旅店是个合适的起点，你觉得呢，特德？"

"在酒吧附近全是现代化的便利设施。"（特德不怎么爱喝酒，当他这么说的时候乔治困惑地朝他皱了皱眉。)

"但问题在于,这里并不能作为发展工业无产阶级的中心。当然了,你也可以——或者事实上我们大概应该——承认这句话也适用于整个国家?"

"千真万确,保罗,但从另一方面来说,这个地区倒不缺落后而且吃不饱饭的农业劳动者。"

"而他们只需要上述的无产阶级的指导,如果后者真的存在的话。"

"啊,我想到了。有五个该死的穷老黑在这儿的铁道线路上工作,他们个个都贫困潦倒,他们肯定能胜任吧?"

"因此我们要做的就是对他们循循善诱,让他们对自己的阶级立场形成正确的认识,然后在我们说完'你们这就是种幼稚的精神病症'这句话之前,整个区域就会掀起革命的骚动。"

乔治看着威利,等着他表达抗议,但那天早上威利就跟我说过他想把时间都投入在学术上,他已经没有多余的时间可以浪费在"所有这些花花公子和恨嫁女孩"身上了,他之前还重视这些人到了愿意与之共事多年的程度,现在他却可以如此轻易地抛下他们。

乔治这时非常不安,他感觉到我们信仰的主心骨已经不在了,而这也意味着他此后的孤独成了板上钉钉的事。他跳过保罗和特德开始和钢琴手约翰尼说话。

"他们还挺能扯的,对吧,哥们儿?"

约翰尼点头表示同意——但针对的不是他说的话,我觉得他很少听具体的话语,他只是能感觉到别人对他是否友善。

"你叫什么名字?咱们之前没见过,对吧?"

"约翰尼。"

"你是英格兰中部的?"

"曼彻斯特。"

"你俩入伙了?"

约翰尼摇了摇头。乔治的下巴慢慢地向下掉，然后一只手飞快地拂过双眼，重重地瘫坐了下来，不再说话。这时约翰尼和斯坦利仍并排坐着，一边观察着周围，一边喝着啤酒。乔治突然无望地试图打破隔阂，他举着瓶葡萄酒一跃而起。"剩的虽然不多了，但还留了些。"他对斯坦利说。

"这无所谓，"斯坦利说，"我们就喝啤酒。"他拍了拍自己的口袋还有无袖上衣前侧，一个个啤酒瓶以各种角度凸显了出来。斯坦利的天赋异禀在于总能为约翰尼和他自己"筹备"无限量的啤酒供给，即便在殖民地的所有酒精饮料的库存都已经耗竭的情况下——之前的确时有发生——斯坦利也能从他在城市各处的暗窖里头搬出成箱的啤酒，在"酒精旱灾"持续的时间里卖了赚钱。

"没错，"乔治说，"但我们这些该死的殖民者自打断奶后就已经习惯了开普敦的猪食。"乔治是喜欢葡萄酒的。但即便是这种程度的示好也没能让这两个人放下戒备。"你不觉得这两个家伙的屁股欠踹吗？"乔治问道，他是指特德和保罗。（保罗笑了笑，特德看起来是觉得丢脸的。）

"我自己无所谓这些。"斯坦利说。乔治刚开始以为他还是在指葡萄酒，但当他意识到他指的是政治，他飞快地看了一眼威利，请求他的指示，但威利把脖子一缩进了肩膀里，正自顾自地哼着小曲。我知道他现在想家了。威利不通音律，不会唱歌，但在他追忆柏林的时候，他会一遍又一遍地哼着不入调的小曲，那是布莱希特[1]的《三毛钱歌剧》：

哦**鲨鱼**有着

吓人的**牙齿**

他会把它们**保养**得

---

[1] 即贝托尔特·布莱希特（1898—1956），德国戏剧家、诗人，运用马克思主义理论阐释社会问题，代表作有《三毛钱歌剧》，曾任民主德国艺术科学院副院长，获列宁和平奖。

又白又亮……

这首歌几年后成了首流行歌曲，但我头一回听到却是在马肖比，从威利那里。他告诉我们这首歌："小时候我们经常唱——作者是一个叫布莱希特的人，我不知道他后来怎么样了，他那时候很好。"我还记得在听过威利悲伤而怀旧的哼唱后，我在伦敦听到这首歌成为流行曲时那种强烈的错乱感。

"发生什么事了，伙计们？"在长得让人不适的静默后，乔治质问道。

"我觉得在某种程度上大家开始感到气馁了。"保罗深思熟虑道。

"哦不。"特德说，但又克制住了自己，蹙着眉头坐下了。他接着又跳了起来，说："我要去睡觉了。"

"我们大家都准备要睡了，"保罗说，"所以先等会儿。"

"我要回床上去，我是真的困了。"约翰尼说了句我们从他那里听到过的最长的话。他晃晃悠悠地站了起来，一只手搭在了斯坦利的肩上。看起来他刚才一直在想事情，现在他觉得有必要做出个声明。"是这样的，"他对乔治说，"我之所以来这个旅店是因为我是斯坦利的哥们儿，他说那里有台钢琴，周六晚上还有人跳舞。但我不碰政治。你是乔治·霍恩斯洛，我听他们说起过你，很高兴认识你。"他伸出手，乔治热情地跟他握了一下。

斯坦利和约翰尼步入了月光之中，走向了住宿区，然后特德站起身说："我也是，而且我以后再也不会来这里了。"

"哦，别这么矫情。"保罗冷冷地说道。特德对这突如其来的冷言冷语有些惊讶，他看向我们所有人，眼神茫然、痛楚而窘迫，但他还是再次坐下了。

"这俩小伙子来咱们这儿干他妈什么来了？"乔治粗暴且不悦地问道，"是好小伙子，这我知道，但咱怎么就在他们面前讨论起我们自己的问题来了？"

威利仍然没有做出任何回应。哀婉的浅吟低唱正继续着,就在我耳朵上方几英寸的地方:"哦鲨鱼**有着**,吓人的**牙齿**……"

保罗刻意又漠然地对特德说:"我感觉咱们错估了马肖比的阶级形势。我们忽略了一个显而易见的关键人物,他一直近在我们的眼前——那就是布斯比太太的厨子。"

"你他娘的什么意思,厨子?"乔治质问道——语气有些太过粗暴了。他既显出侵略性又受伤地站起身,而他的酒一直在杯子里晃荡,洒进了尘土里。我们都以为他这么剑拔弩张的姿态就是为了吓唬我们。我们已经好几周没见他了,我觉得我们此刻都在估量自己在这段时间里的变化,因为乔治就像是几周前的我们,通过他我们头一次亲眼看到了之前那段时间里的自己的样子,此外也是因为我们内疚于自己对乔治的怨恨——居然到了想伤害他的地步。我很清楚地记得,那时我坐在那儿看着乔治耿直而愤怒的面庞,接着对我自己说,老天爷啊!我觉得他太丑了——我觉得他太逗了,我不记得之前有过这样的感觉。后来我才理解了自己为什么当初会有这种感觉,但当然了,那都是我们了解到乔治为何如此反应之后的事了。

"很明显是厨子,"在他内心升起的想要挑衅并刺痛乔治的欲望的驱使下,保罗有意说道,"他能读书,会写字,有想法——布斯比太太还为此抱怨过,因此他是个知识分子。当然了,等想法造成实际的妨碍时,他就会挨枪子了,但届时他已经完成了自己的使命。不论如何,我们都会陪他一起挨枪子的。"

我还能记起乔治望向威利的那个长长的困惑的眼神,然后又继而看向特德,后者的脑袋向后靠着,下巴向上抬起冲着树枝的方向,正在望着在树叶的缝隙间闪烁着的星星。他然后又忧心地看了一眼吉米,吉米仍是一具躺在保罗怀中的醉醺醺的尸体。

特德轻快地说:"我受够了。我们送你去你的篷车里吧,乔治,然后就不管你了。"这其实是和解与友善的姿态,但乔治突兀地说:"不用。"

保罗因为他的反应蓦地站起身，任凭吉米瘫倒在长椅上，然后以一种冷静的坚决说道："我们一定要送你回去休息。"

"不用。"乔治重申了一遍，语气中有些许怯意。他自己也注意到了，然后变了个调："你们这群笨王八，臭醉鬼，你们过铁路都会被铁轨绊倒的。"

"我说了，"保罗轻松地说道，"我们要把你塞回你的车里。"他有些晃晃悠悠的，但他稳住了自己。保罗跟威利一样，能在喝了很多以后让人完全看不出来，但他这会儿的确是喝醉了。

"不用，"乔治说，"我都说不用了，你没听见吗？"

这时吉米醒了，他摇摇晃晃地从长椅上站起，然后勾住了保罗的肩以维持平衡，这两个小伙子在原地晃了会儿，然后跟跟跄跄地朝铁轨和乔治篷车的方向走去。

"回来！"乔治大喊，"冒傻气的白痴。喝高了的蠢蛋。呆瓜！"他们已经走到了几码开外，不听使唤的双脚勉力支撑着身体的平衡，胡乱舞蹈着的腿在闪着光的沙地上拉出一道轮廓分明的黑影，几乎能够到乔治所站立的位置。他俩看起来像极了抽了风的提线木偶，在身后抛下了长长的黑色绳梯。乔治皱着眉头看了他们一会儿，然后高声怒骂着追了上去，这时我们其余的人都一脸体谅地互相扮了个鬼脸——乔治这是怎么了？乔治追上了他俩，抓着他俩的肩膀将他们掉了个个儿，让他们面朝他。吉米摔倒了，铁轨边上有一溜碎石，他踩在这堆松松垮垮的石块上的时候直接滑倒了。保罗还站着，挣扎着保持着平衡。乔治在泥地上蹲下，使劲想将他笨重的身躯连同那一身行李箱似的厚重制服一起拽起来。"傻兮兮的讨厌鬼，"他对这个喝醉的小伙子说，语气里是种粗糙的温柔，"我都叫你回来了，我跟你说了吧？我是不是跟你说过了？"即便在他带着最温柔的怜悯想把他扶起来的时候，他还是窝火得险些就要直接摇晃吉米的身子了，不过他还是控制住了自己。这时我们其余人已经跑了过去，围在了吉米的身边。吉米正仰面躺着，双眼闭着。他的额头被碎石划伤了，深色的血流过

123

了他白色的脸。他看上去仿佛睡着了。他平直无光的发丝头一回企及了优雅的标准，呈波浪状起伏着横跨过他的前额，一根根地反着光。

"哦，妈的。"乔治说，语气里满是绝望。

"所以你当初何必要这么小题大做呢？"特德说，"我们刚才只是想送你回篷车而已。"

威利清了清嗓子，声音永远都是这么的粗重且笨拙。他经常发出这种声响，从没有任何一次是出于紧张，有时候这是种迂回的警告，有时候这是种声明：我知道一些你们不知道的事情。我意识到这次是第二种情况，而他打算说的是：乔治之所以不让任何人靠近他的篷车是因为有个女人在里头。威利在清醒时是不会把别人的秘密往外说的，哪怕是间接的那种，所以这意味着他这会儿已经醉了。为了帮他打掩护，我对玛丽罗斯耳语道："我们总是不记得乔治比我们年长这件事，在他眼里咱们肯定就跟一群小朋友似的。"我说话时的音量足以让所有人都听见，乔治也听见了，他回头冲我感激地一笑。但我们仍然对吉米束手无策，只能都干站着俯视着他。午夜已经过去很久了，土地里贮存着的热量已经消散，月亮低悬于我们身后的山峦之上。我记得自己当时在琢磨，吉米在平日清醒时举手投足间无不透着股不修边幅的可悲劲儿，但偏偏就这一次，在他喝醉酒躺倒在一片脏兮兮的碎石上，额头上还留了个黑黢黢的伤口时，却突然显得威严而动人了起来。另外我还在想，那个女人会是谁——到底是某位粗俗的庄稼汉的老婆，还是到了婚配年纪的女儿家，又或者是那天晚上同我们一起在酒吧喝酒的某位旅店的客人？她偷偷溜进了乔治的篷车内，并企图将自己隐藏在如水般澄澈的月光之中。我记得自己当时在嫉妒着她。我记得自己在那一刻是爱着乔治的，那是种带着剧烈疼痛的爱恋，我在那一刻意识到了自己之前的愚钝，因为我在过去拒绝了他太多次。出于我当时无法理解，直到后来才有所领悟的理由，我在人生的那个阶段没有办法接受那些真的渴望我的男人的求爱。

我们最后还是成功把吉米给扶了起来。我们全员上阵，又拖又拽，可算让他站起来了。然后我们连扛带推地扶着他穿过桉树，踏过花圃间的漫漫长路，最后把他送进了旅店客房。他一躺床上就立刻翻了个身睡着了，在我们给他处理伤口时也完全没醒。保罗说他会熬夜留在边上照看吉米："虽说我讨厌当弗洛伦斯·南丁格尔。"然而他刚坐下没多久也睡着了，到头来还是玛丽罗斯一直坐在边上照看他俩直到早晨。特德简短而几近于生气地道了声"晚安"就回了自己的房间。（但到了上午他又会摇摆回自嘲和犬儒的情绪中去。在之后的几个月的时间里，他频繁地在较真的愧疚情绪与怨怼的犬儒主义之间切换——之后他会说这是他一生中最引以为耻的时期。）在已然昏暗的月光下，威利、乔治和我一起站在台阶上。"谢谢。"乔治说。他严肃而关切的目光先是投向我，随后又投向威利，欲言又止了一阵，最后还是没能把想说的话说出口，只是生硬地说了句惯常的玩笑话："下次我也这么帮你。"他又回到了那个老于世故的状态里，脸上挂着心照不宣的笑容，讲起话来不紧不慢，然而我这时却在一门心思地嫉妒着那个女人，根本无心回应他，于是我们仨很快便在沉默中睡着了。我们本来非常有可能会一觉睡到中午，但空军三人组手里头端着餐盘把我们给叫醒了。吉米脑袋上缠着绷带，看上去病恹恹的。特德欢脱得有些莫名其妙且不合时宜，而保罗魅力四射地宣布道："我们对厨子的策反已经开始见效了，他刚才准许我们为你们准备早餐，安娜宝贝，以及你附带的确有其必要的拖油瓶威利。"他招摇地让餐盘滑行到了我的面前，"厨子正在忙着为今晚准备各式佳肴。我们带的这些吃的你还满意吗？"

他们带来的食物够我们所有人吃的，我们就着番木瓜、牛油果、咸肉、鸡蛋、热腾腾的面包和咖啡饱餐了一顿。窗户都开着，屋外是灼热的阳光，吹进室内的风是温热的，带着花香。保罗和特德坐在我的床上，我们相互打着情骂着俏；吉米坐在威利的床上，因前一天晚上喝醉的事情而满心愧疚。然而时候已经不早了，酒吧已经开张了，我们很快就换上衣服穿过了花圃，花圃将阳光熏染上了正因热浪而萎蔫的花瓣的那股干燥而辛辣的气味。我们朝酒吧走去。旅店的游廊里已经挤满了喝酒的人，酒吧也已爆满。保罗挥着他手中的啤酒杯，宣布了派对的开始。

但威利却有所保留。他不认同在卧室里吃饭这种波西米亚风的做派："我们要是已经结婚了的话，"他抱怨道，"那倒还可以接受。"我笑话他时他说："你就笑吧，但老规矩也是有道理的，能免除麻烦事。"他因为我笑话他而感到气恼，说像我这种身份的女性尤需注意自己的风度和举止。"身份？"我感觉到了女性在这样的时刻往往会感觉到的束缚感，突然间异常生气。"你没听错，安娜，男女终有别，世道一贯如此，未来仍会如此。""一贯如此？"——我在请他回顾他所钟爱的历史学。"但凡不是鸡毛蒜皮的方面，世道就是如此的。""那是你的标准——而不是我的标准。"我们以前发生过类似的争吵，我俩都清楚什么词该用什么词不该用——女性的软肋、男性的占有欲、古代女子，诸如此类，叫人腻烦。我俩也清楚这是双方本性上的冲突，光靠词藻不可能改变我俩中任何一方——事实上我俩总是在最深层的感受以及直觉上震惊于对方的言行。这位未来的职业革命家先是僵硬地冲我点了一下头，然后就在旅店游廊上坐下，开始专心地学起俄语语法来了。然而留给他独自学习的时间不多了，因为乔治正穿过桉树朝这里大步走来，一脸严肃的神情。

保罗招呼我道："安娜，来瞅瞅厨房里的好东西。"他一只手臂搂着我，我知道威利能看见，这也正合我意，然后我俩沿着石制的步道朝厨房走去。厨房在旅店后侧，是一个宽敞而低矮的房间，厨房的桌子上堆满了吃的，罩着防蝇的网罩。布斯比太太站在厨子边上，很显然，她在思忖她怎么就这么偏爱我们这些客人，甚至让我们如此随心所欲地在厨房里进进出出。保罗一进门就跟厨子打了个招呼，并问询了他家人的近况。此举自然是让布斯比太太感到不快的，但这仅仅也只是因为这么做的那个人是保罗罢了。厨子回应保罗的方式跟他的白人雇主一个样——既警觉，又疑惑，还带着些微的不信任。他被弄糊涂了，不仅仅是因为这五年来殖民地来了成百上千的空军士官，而一些非裔带回的诸多的消息中有一条就是：白人也有可能把黑人当人看。布斯比太太的厨子识得封建社会人际关系里的亲近感，也清楚更为新式的非私人关系的残酷之处，但他现在却在跟保罗以完全对等的关系聊着他家孩子的事。由于还不习惯，他每次开口前都带着短暂的犹豫，然而又出于与生俱来却又时常遭忽视的自尊，他很快就进入了与人平等对话的状态。布斯比太太听了几分钟后插嘴道："保罗，如果你真想帮忙，可以跟安娜一块去布置大厅。"她的言外之意是她知道前一天晚上他一直在取笑她。"当然，"保罗说，"乐意之至。"他跟厨子提议说待会儿再接着聊。厨子英俊得有些不寻常——他是个体格结实的中年男性，面孔和双眼都充满生气。殖民地有相当多的非裔都是一副营养不良、疾病缠身的样子，但他却得以和自己的妻子还有五个孩子住在布斯比家后面的小屋里。这当然是违法的，法律规定了黑人不得居住在白人的土地上。他的小屋相当破旧，但仍比一般非裔住的棚子要好上二十倍不止，四周种着花朵和蔬菜，养着鸡和珍珠鸡。我推测他应该对自己在马肖比的工作相当满意。

保罗和我离开厨房时他用当地的方式向我们致意道："您早，恩科。您早，恩科西卡斯——我的意思是，早安，酋长与酋长夫人。"

"我的老天爷。"我俩走到屋外时保罗恼怒地说道。过了会儿，他又以一种怪异而冷静的语调自我辩解道："但是好奇怪啊，这又有什么好在意的。既然上天有兴致把我召唤到人生旅途中如此契合我品味和天赋的一站，我又有什么好在意的呢？还不都一样……"

我们顶着炎炎烈日朝大厅走去，脚下的尘土温暖且正散发着香味。他再次搂住了我，此刻我心生愉悦，但却并不是因为威利正盯着我们看。我还记得保罗的手臂施加在我背上的亲近的压力，当时我在想，像我们这样生活在一个团体里，好感的火花可以在片刻内点燃又熄灭，剩下的就只有温柔及尚未得到满足的好奇心，还有些许让人啼笑皆非但并非不愉快的失落感；而我觉得最主要的还是未竟的可能性所带来的那徐缓的痛感将我们维系在了一起。在大厅边上生长着的巨大蓝花楹树下，在威利的视线不及之处，保罗让我面朝他，然后低头冲着我笑，于是甜蜜的疼痛一而再再而三地将我击穿。"安娜，"他说道，或者说是吟咏道，"美丽的安娜，荒唐的安娜，疯狂的安娜，我们荒原中的慰藉，眨着宽容又乐呵的黑眼睛的安娜。"阳光穿过树木厚厚的绿蕾丝化作根根金针，我们沐浴其中，朝对方微笑着。他这句话揭示了我未来的命运，因为那时候的我还时常会感到困惑、不满、不快，被信心不足所折磨，为各种不可能发生的未来而骚动，能被描述为眼睛"宽容又乐呵"的那种状态，离那时的我尚有好几年的距离。我当时并不能真的看见他人，顶多只会将对方看作自己需求的附属品。直至今日我在回望过往时才看清了这件事，而当年的我正身处于耀眼的烟雾弹中，它伴随着我的欲念而变化、摇曳。当然了，这只是对于年轻的一种形容。然而"乐呵的眼睛"我们之中就只有保罗有，在我俩手拉着手步入大房间时，我一边看着他一边心想，这么一个宠辱不惊的年轻人有没有可能也跟我一样感到不快与煎熬，而如果我也能跟他一样有双"乐呵的眼睛"——到底什么叫乐呵的眼睛？我瞬时坠入了一种剧烈而暴躁的沮丧之中，我那一阵常常如此，整个过程只消短短一秒钟。我把保罗晾在一边，独自走到了窗边。

我想，那是我一生中去过的最为怡人的房间了。布斯比夫妇修建这个房间的起因是旅店里没有公共大厅，之前每每举办舞会或政治集会，他们都需要把餐厅给清出来。他们出于善良的本性开辟了这里，他们将此当作是给街坊的礼物，没有考虑商业上的利益。

这里跟一般的大厅差不多面积，看上去却像是个客厅，墙面是抛光过的红砖，地板是暗红色的水泥，八根柱子支撑着高高的茅草屋顶，柱体都是未经抛光的橙红色砖块。两头壁炉的大小都足够用来烤全牛。屋椽用的是荆棘木，散发着些许苦涩的气味，基调会随着空气的湿度发生变化。房间的一侧有个小平台，上头摆着有一架巨大的钢琴，而房间的另一侧则摆着一台收音电唱两用机，还有一摞唱片。房间的两侧各有十二扇窗，一侧的窗外是火车站后的花岗岩孤丘，另一侧是几英里乡野外的青山。

约翰尼在另一头弹着钢琴,斯坦利·勒特和特德陪在他的身边,他却对身边两人的存在浑然不觉。他的双肩随着爵士乐的节奏上下耸动,双脚也打着拍子,他望向远处的山峦时,浮肿而白皙的脸蛋上没有任何的表情。斯坦利并不介意约翰尼无视自己:约翰尼就是他的饭票、派对的请柬、美好时光的护照。他毫不遮掩自己跟约翰尼绑定在一起的原因——他是最为坦荡那类的无赖。相应地,他会为约翰尼"筹备"香烟、啤酒和姑娘,分文不取。虽然我说他是个无赖,但这并非实情。他自始至终都很清楚,法律对待富人是一副嘴脸,对待穷人则是另一副嘴脸。我对这件事的理解一直停留在理论的层面,直到我真的住进了伦敦的工人区,到那时我才理解了斯坦利·勒特。他在内心最深处、在本能上就蔑视法律,简而言之他蔑视我们经常挂在嘴边的国家大计。我想这大概就是他能吸引特德的原因?特德过去会说:"但他真的特别智慧!"——他的意思是,如果这种智慧真能被有效利用起来,斯坦利就能为革命事业鞍前马后了。我想特德的判断也不能算错,工会里有一类干部跟斯坦利就很像,他们坚毅、克制、高效,且寡廉鲜耻。我从没见斯坦利哪怕有那么一刻卸下过他那种精明的自持,他将这种自持作为武器,用来榨干那个他确信是为另外一群人的经济利益服务的世界。他让人惧怕。我当然也惧怕他,惧怕他那壮硕的身躯、轮廓分明的五官,以及一双冷冷的审时度势的灰眼睛。他又为什么能忍受得了热情而理想主义的特德呢?我觉得原因应该不在他能从他身上攫取的东西。他会说:"哥们儿,你瞧,你还挺走运的,你的脑子比我们大部分人都好使。你逮住了你的机会,没游手好闲。工人们除了自己,谁都不在乎。现实就是这样,你知我知。""但斯坦,"特德眨着眼,一头的黑发都在躁动不安地起伏着,他驳斥道,"斯坦,如果我们中间有足够多的人都能做到体恤他人,我们就可以彻头彻尾地改变这一切——你能明白吗?"斯坦利甚至看了特德给他的书,归还时他说:"我没觉得这些书里说的有什么不对的。祝你好运，我能跟你说的就这些了。"

这天早上斯坦利在钢琴顶上码了好几排啤酒杯，一个装满了瓶子的包装箱则摆在墙角。钢琴周围缭绕着浓重的烟雾，被阳光点亮，零星地闪着光。反射着阳光的烟雾将三个男人笼罩其中，将他们从整个房间里隔离了出来。约翰尼弹奏着，弹奏着，弹奏着，浑然忘我。斯坦利喝着酒抽着烟，留意着走进门的姑娘里有哪些对他或约翰尼的胃口。特德则在仰慕着斯坦利的政治之魂及约翰尼的音乐之魂。我之前提过，特德自学过音乐，但他不会演奏任何乐器。他会先哼上一段普罗科菲耶夫、莫扎特或巴赫，脸上露出心有余而力不足的痛苦神情，催约翰尼弹。约翰尼靠耳朵听上一遍就能弹出来，他随着特德的哼唱弹出曲调，与此同时他的左手不耐烦地悬停在键盘上方。一旦特德的关注有所松懈，那股让人昏昏欲睡的压力也就随之而去了，这时他的左手就会立刻插入切分音，双手暴怒着奏出爵士的狂潮。此刻特德会微笑、颔首并叹息，并尝试以苦兮兮的笑话来吸引斯坦利的注意，而斯坦利回馈给他的微笑只是单纯出于友善，根本就没听他说话。

这仨在钢琴边待了一整天。

大厅里这会儿大概有十几个人，但因为地方太大，所以看着还是很空。玛丽罗斯和吉米正在将纸花环挂上深色的屋椽，他们站在椅子上，周围有十二位飞行员的协助，他们听说斯坦利和约翰尼在这儿，所以特地从城里搭火车赶来。琼·布斯比正坐在窗台上，在她私密的梦境中望向窗外。有人请她来帮忙时，她缓缓地摇了摇头，又回头望向窗外的山峦。保罗开始还站在一群人的一侧，他后来征用了几杯斯坦利的啤酒，陪我一起坐在窗台上。

"眼前的景象难道不叫人感到悲哀吗，安娜？"保罗指的是玛丽罗斯周围的那群小伙子，"他们就在那里，每个人都显然因为两性关系的挫败而面露愧色。而她就在那里，美若白昼，心里除了她死去的兄弟再也装不下任何人。吉米就在那里，与她肩并着肩，可他心里除了我再也装不下这世上的任何人。我时不时地会告诉自己,我应该跟他上床的,这又有何不可呢?这能使他喜不自胜。但事实上我得出了一个无奈的结论,我非但现在不是同性恋,而且从来不是。其依据是,当我孤枕难眠时我渴求着谁呢?是特德吗?甚至是吉米吗?还是日常环绕着我的英勇而年轻的英雄们中的任何一位?完全不是。我渴求玛丽罗斯,我也渴求你。当然幸好没同时渴求你俩。"

乔治·霍恩斯洛走进了大厅,径直朝玛丽罗斯走去。玛丽罗斯站在椅子上,她的勇士们在边上扶着,当乔治走来时他们往各个方向给他让道。突然间发生了一件吓人的事情。乔治每次接近女性时都步履蹒跚,带着过度的自卑,甚至可能会结巴。(但他的结巴听起来总像是故意的。)与此同时他深陷的棕色眼睛会死盯着对方,带着种接近于霸凌的专注,然而他的举止却仍透着谦逊和歉意。女性往往会对此感到慌张或者愤怒,要不然就是紧张地笑出声。他是个好色之徒,我是指真正意义上的好色之徒,而非像很多人那样为了这样或那样的理由而佯装好色。他是个真正十分需要女人的男人,我之所以这么说是因为现在这样的男人已经所剩无几了,我是指文明人里头,我们文明中深情而非肉欲的男人里头。乔治需要一个臣服于他的女人,一个在生理上因他而不能自已的女人,而如今男人一旦以这种方式支配了一个女人,他们就没办法不为此而心怀愧疚,至少绝大部分人做不到。当乔治看向一个女人的时候他就会想象对方被他干到失去意识时的样子,而他又担心这一切会在他的眼神中暴露无遗。我当时并不明白这件事,我不明白为什么他看向我的时候我会感到困惑。不过我之后又遇上了几个像他一样的男人,他们都带着一样笨拙而急切的谦恭,以及一样秘而不宣的自负。

乔治就站在玛丽罗斯下方,玛丽罗斯正高举着手臂,她闪亮的头发顺着她的后肩流泻而下,身上穿着条黄色无袖连衣裙,手臂和双腿是光滑的金棕色。空军士兵们几乎被她迷得呆若木鸡,而乔治有那么一刻也是同样的目瞪口呆,动弹不得的样子。乔治说了些什么,她放下了胳膊,然后缓缓走下椅子,站在地面上仰视着他。他又说了些什么,我现在还能回想起他当时的表情——他的下巴侵略性地朝前伸着,眼睛直勾勾的,一副奴颜婢膝的蠢样。玛丽罗斯举起了她的拳头,冲着他的脸揍了过去,并且使出了她全身的力气——他的脸向后一仰,甚至还朝后打了个趔趄。她之后再没看他一眼,而是爬回到了椅子上,继续挂她的花环。吉米冲乔治笑着,笑容里带着主动担责的尴尬,就仿佛他才是那个需要为这一拳负责的人。乔治朝我们走来,他又变回了一个自轻自贱的小丑,而玛丽罗斯的求爱者们也回到了他们之前不可救药的爱慕的姿态。

"行吧,"保罗说,"我真的服了,玛丽罗斯要这么揍我,我就会知道自己一定是取得了某些进展。"

但乔治的眼里噙着泪。"我是个白痴,"他说,"一个傻子。玛丽罗斯这么漂亮的女孩凭什么要正眼瞧我呢?"

"对啊,凭什么呢?"保罗说。

"我的鼻子好像出血了。"乔治说,就仿佛想找个理由从鼻孔里呼气,然后微笑了一下。"我处处碰壁,"他说,"而威利这个杂种却忙着学他的狗屁俄语,根本没工夫管。"

"我们都有各自的麻烦。"保罗说,他正散发出一种镇定而健康的气息。而乔治说道:"我恨二十岁的小伙子,你又能遇上什么麻烦呢?"

"可棘手了,"保罗说,"其一,我才二十,这也就意味着我面对女人时会十分紧张和局促。其二,我才二十,眼前还有着一辈子的时间,坦白说未来的前景时常叫我惊惶不已。其三,我才二十,而我爱上了安娜,我的心都要碎了。"

乔治迅速瞥了我一眼,想看看到底是不是有这回事,而我耸了耸肩。乔治一口气将一大杯啤酒灌下了肚,然后说:"不管怎么说我无权过问谁究竟有没有爱上谁,我是个烦人精,我是个杂种。这些倒也还好,但我还是个实践中的社会主义者,却又是个猪头三,我倒是想知道,一个猪头三怎么可能会是个社会主义者呢?"他在开玩笑,但眼里再次噙满了泪水，全身的肌肉也因悲恸而紧绷着。

保罗带着他专属的那股慵懒的魅力转过了头，用又大又蓝的双眼注视着乔治。我几乎都能听见他内心的想法了：哦老天爷，这才是真正意义上的麻烦事儿，我甚至连听都不想听……他从窗台落到了地上，给了我一个最温暖最温柔的微笑，然后说道："安娜宝贝，我爱你胜过自己的生命，但我要去帮玛丽罗斯了。"他的眼神在说：等你解决完这个唉声叹气的傻子我再回来。乔治几乎都没注意到他已经走了。

"安娜，"乔治说，"安娜，我不知道该怎么办。"我有了跟保罗一样的感觉：我不想惹上真正的麻烦。我想和在挂花环的那群人在一起，现在保罗已经加入了他们的行列，气氛一下子就欢快了起来。他们开始跳起舞来，保罗和玛丽罗斯加入了舞蹈，而因为男人比姑娘要多，到后来甚至连琼·布斯比也加入其中，而舞曲也将旅店里的人吸引了过来。

"咱们还是出去吧，"乔治说，"所有这些青春与欢笑都只会让我郁闷得难以言表。此外，如果你能一起的话，你的男人就能张嘴说话了。我真正想找的人是他。"

"那我还真得感谢你。"我毫无风度地说道，但还是陪他去了游廊，游廊里的人正在急剧减少，他们都在往舞厅里赶。威利耐着性子放下了他的语法书，说："看来想安静地学习也是种奢望。"

我们三人坐了下来，将腿伸进阳光里，而身体其余部分仍留在阴影中。我们长杯里盛着的啤酒金灿灿的，泛着阳光。乔治开始说话了，他讲述的话题是严肃的，但他讲述的方式却是自嘲的，于是一切就丑陋且别扭了起来，而舞厅里传来的音乐节拍不绝于耳，我想要去那里。

事情是这样的，我说过乔治的家庭生活不易，但更确切地说是叫人不堪忍受。他家中有妻子、两个儿子和一个女儿，他还在赡养他妻子的父母以及自己的父母。我去过他的小房子，哪怕只是去做客那里都叫人不堪忍受。养家的这对年轻——其实是中年——夫妇因为四位老人和三个小孩而被从所有真正的生活里挤了出去。他妻子成天辛勤工作，他也一样。四位老人都有着不同状况的伤残,需要特殊的照料和饮食等等。晚上他们四位会在客厅里无止无休地打牌,激烈的争吵或置气也时有发生。他们一打牌就会打上好几个钟头,并占据着客厅的中央,孩子们则会找个地方写作业。而乔治和他妻子睡得很早,单纯是因为精疲力竭,而且他们的卧室也是唯一能有些隐私的地方。这就是他的家。每周乔治有一半的时间都在路上工作,有时他的工作地点更是远在数百英里以外、国家的另一边。他爱他的妻子,而她也爱他,但他总是处于愧疚之中,因为对于任何女人来说,照料那样的家庭这本身就已经足够艰难了,更不用提她同时还身兼秘书一职。他俩多年以来都没有过任何假期,赚的钱也总是捉襟见肘,为了几毛钱就能一直可悲地吵个不停。

与此同时,乔治还在出轨,而且他尤其中意非裔女人。五年前他在马肖比那一晚被布斯比家厨子的妻子深深吸引了,这个女人后来成了他的情人。"如果你真要用这个词的话。"威利说。但乔治坚持己见,并且毫无逗趣的意思:"为什么不行呢?如果你不喜欢种族隔离的话,就应该用这个合适的词来称呼她,这可以说就是种尊重。"

乔治经常路过马肖比。去年他瞧见了一群孩子,其中有一个男孩比其他人都要瘦,长得很像乔治。他于是找那个女人问起这件事,她说是的,她确信那是他的孩子。她并没有借题发挥。

"所以,"威利说,"问题在于?"

我还能回忆起乔治脸上痛苦而纯粹的难以置信的神情:"但威利——你这个蠢货,那是我的孩子,而他住在贫民区里,我对这件事情是有责任的。"

"所以?"威利又重复了一遍。

"我是个社会主义者,"乔治说,"只要在这个人间地狱里还存在一丝可能性,我就会作为一个社会主义者和种族隔离斗争下去。所以?我可以站在台上发表演讲——哦,我当然会注意方法,提出说种族主义并不符合各方的利益,而温柔善良的耶稣不可能认可这种事的存在,但另一方面如果要说种族隔离是非人道的，而且散发着不道德的恶臭，白人将为此永受地狱之苦这类话就超出职责范围了。我现在提议，我应该跟所有其他恶臭的白皮讨厌鬼保持一致，跟黑人女性上床，为殖民地的人口结构添个混血阶层。"

"她没要求你做任何事。"威利说。

"但这并不是重点。"乔治低下头，双手捂住了脸，我能看见他指间缓缓渗出了泪水。"这件事正在啃噬着我，"他说，"我是去年知道这事儿的，我快被逼疯了。"

"但问题是你这样也于事无补。"威利说。乔治的双手蓦地放下了，他涕泗横流的脸露了出来，双眼看着威利。

"安娜？"乔治看向我，向我求助，而我的内心正极度混乱。首先，我嫉妒那个女人。前一天晚上我的确希望自己才是那个女人，但那种心情无关乎具体的人。我现在知道了这个女人的真实身份，而我震惊地发现我开始对乔治心生忿恨与责难——正如同前一天晚上在他让我自觉愧疚的同时我也对他心生怨怼一样。而更糟糕的是，我惊讶地发现我的怨恨所针对的是她黑人的身份。我之前还以为自己不会这样，但此刻看来我也没能免俗，因此而觉得又羞又恼——对我自己，也对乔治。然而还不止此。我当时很年轻，二十三四岁的年纪，就像很多"被解放了的"女孩一样，害怕被家庭生活圈养并驯服，并饱受这种恐惧的折磨。乔治的家就困住了他和他的妻子，除非四位老人过世，不然他们永远都没有自由的希望，这在我看来就是最终极的恐怖。这种生活使我如此惧怕，以致我好几次都做了噩梦。然而——这个男人，乔治，在自己被囚禁的同时也将那个不幸的女人、他的妻子，关进了牢笼。我深知他对我来说也代表着一种强大的性吸引力，我在内心深处试图逃离它，但却总在其吸引下回头。我直觉上明白我要是和乔治上床，我将能得到一种我全然不曾有过的性体验。在所有的观点和情绪在我的心中彼此冲突的情况下，我仍旧喜欢着他，甚至爱着他，就像个普通的人类一样，简简单单。

我坐在游廊里，一度说不出话来，同时知道此刻我的脸颊泛红，双手不住地颤抖着。我听着山丘顶上的大厅里传来的音乐和歌声，我感觉乔治似乎在利用他的不快对我施压，要将我排除在那些甜蜜美好得不可思议的事物之外。那时候的我似乎在人生中有一半时间都对自己正被排除在美好事物之外这件事深信不疑，但理智上却知道这都是无稽之谈——例如玛丽罗斯，她就嫉妒我，因为她以为威利和我拥有一切她渴望的东西——她以为我俩是彼此相爱的。

威利刚才一直在看我，他此刻开口道："安娜被震惊到了，因为那个女的是黑人。"

"这只是其中的一个原因，"我说，"我惊讶的是我居然真的产生了这种心理。"

"我惊讶的是你居然承认了。"威利冷冷说道，他的镜片反着光。

"我惊讶的是你却没有承认，"乔治对威利说，"别装啦，你可真他娘的是个虚伪小人。"而威利拿起了他的语法书，将其摊开后搁在了膝盖上。

"那不然呢，你又有何高见？"威利问，"你先别说。你觉得你有责任把这个孩子带回家亲自抚养，这也就意味着家中四位老人会被惊得直接入土，更不用说之后都不会有人愿意再搭理他们了，而三个孩子在学校里会被孤立，你的妻子会丢掉工作，你会丢掉工作，九个人都会被搭进去。容我问一句，这一切对你的那个儿子又有什么好处呢，乔治？"

"所以这一切就这么算了？"我问。

"是的。"威利说。每当处于这样的时刻，他脸上都会是这一副典型的表情，顽固而毫不焦躁，嘴一动不动。

"我可以让这件事成为一个典型案例。"乔治说。

"什么典型案例？"

"揭露这一切吃人的虚伪的典型案例。"

"你为什么要这么针对我——你刚刚已经叫过我一次虚伪小人了。"

乔治于是又变得卑微起来,威利说,"谁又会来为你崇高的行为买单呢?你家里有八个人都需要依靠你呢。"

"我妻子不用依靠我,是我要依靠她,我是指情绪方面。你以为我不知道这点?"

"你需要我再次给你列举一遍事实吗?"威利一边浏览着他的课本,一边不急不躁地说。乔治和我都清楚,既然被说成虚伪小人,威利的态度就不可能再软下来了,但乔治还是锲而不舍:"威利,就没有任何能做的了吗?不会就这样毫无转圜的余地了吧?"

"所以你是指望我说这现状'不公平'或者'不道德'之类的能抚慰你心灵的话吗?"

"对,"乔治沉默了片刻后垂下了头,"这应该就是我想要的,因为更糟糕的是,如果你以为在那之后我就再没跟这个女人睡过,你就错了。可能某一天布斯比家的厨房里又会多一个小霍恩斯洛。当然了,我现在比以前更注意了。"

"这是你的私事。"威利说。

"你就是头没人性的猪。"乔治沉默了片刻后说道。

"谢谢,"威利说,"但你也无能为力,不是吗?你也清楚的,对吧?"

"这个孩子将在南瓜田和鸡舍里长大,长大后当个农场帮工,要不然就是个半吊子的文书,而只要我一直不要命地挣钱,我其余的三个孩子会去读大学,然后离开这个见鬼的国家。"

"你想说明什么?"威利说,"就因为他有你的血脉?你的精子很神圣吗,还是什么别的?"

乔治和我都震惊了。威利绷着脸看着我们,一脸怒容地听着乔治说:"不,我想说的是责任,我的理念和行为之间的差距。"

威利耸了耸肩,我们都不说话了。约翰尼舞动的手指奏出的声音穿过了这午间沉重的静默。

乔治再度看向我,我振作精神准备和威利辩上一辩。现在回想起来我就想笑——因为我不由自主地就会以文学为论据,正如他在回应时也会不由自主地以政治为论据。但在当时看来并没有什么不同寻常之处,对于乔治来说亦是如此,我说话时他坐着频频点头。

"是这样的,"我说,"19世纪的文学里写的都是这类事情,这是某种道德的试金石,比如说《复活》就是这样的。但你现在却只是耸耸肩,觉得这件事情无关紧要?"

"我没意识到自己耸肩了,"威利说,"但说不定一个私生子的存在早就不足以使一个社会的道德困境具象化了呢?"

"凭什么不行?"我问道。

"凭什么不行?"乔治语气很激动。

"你们真觉得光凭布斯比家厨子的白皮孩子就能概括这个国家所有的非裔问题?"

"话倒是说得好听。"乔治生气地说。(然而他以后仍会低三下四地来寻求威利的建议,仍会尊敬他,在他离开殖民地后仍会以自轻自贱的语气给他写好几年的信。)他望向外头的阳光,挤掉眼泪,然后说道:"我去续杯。"然后朝酒吧走去。

威利拿起他的教科书,说话时眼睛都没看我:"我懂的,但我没法对你责备的眼神表示赞赏。换作是你,你也会给出一样的建议,不是吗?你会长吁短叹一阵,但到头来能给出的建议还是一样的。"

"你的意思就是,现在周遭的一切都无比糟糕,因此我们就应该变得麻木,不需要真心去在意一些事情。"

"我能否建议你坚持某些基本准则——比如悬崖勒马,有错就改,而不是坐在这里哭哭啼啼的?"

"所以现在怎么办?"

"现在我要继续学习了,而你可以去找乔治,让他靠在你的肩膀上哭泣,然后为他感到难过,而此举并不会带来任何实质性的成果。"

我离开了他身边,慢慢朝大厅走去。半道上我看到乔治正靠在墙上,手里拿着杯子，眼睛闭着。我知道我应该去找他，但却并没有这么做，而是径直去了大厅。玛丽罗斯一个人坐在窗台上，我走到她身边。她刚才应该是哭过。

我说："看来今天是个让所有人都哭泣的日子。"

"你没哭。"玛丽罗斯说。这句话的意思是我和威利在一起很幸福，根本用不着哭。我在她身旁坐下，问："出什么事了？"

"我刚才一直坐在这儿看他们跳舞，然后开始想事情。几个月前我们还相信这个世界会发生改变，一切都将变得美好起来，但现在我们知道了，这样的未来并不会到来。"

"真的？"我有些害怕地说。

"这样的未来凭什么会到来？"她简简单单问了这么一句。我没有足够的气力去辩驳，过了一小会儿她又问："乔治找你说什么了？我猜他肯定因为我打了他所以说我是个婊子吧？"

"你觉得乔治会因为某人打了他而称其为婊子吗？那个，你为什么要打他？"

"我刚才哭就是为这事儿。当然是因为，我打他的真正原因是，我知道像乔治这样的人会让我忘记我的兄弟。"

"那么也许你应该给乔治这样的人个机会，试上一试？"

"也许吧。"她说。她给了我一个沧桑的微笑，分明是在说：你好天真啊！——我于是生气道："既然有些道理你心里明白，那为什么不付诸行动呢？"

她再次露出了微笑，然后说："没人像我兄弟那样爱我，他是真的爱我。乔治只是想和我做爱，那并不是一码事，不是吗？承认'我已经拥有过最美好的东西了，我已经不可能再度拥有它了，如今只剩做爱'又有什么不对呢？这又有什么不对的呢？"

"每当你这么说'这又有什么不对的呢'，我都不知道该怎么回答你，即便我知道哪里不大对劲。"

"所以是哪里不对劲?"她听上去真的很好奇,于是我更生气了:"你就是连试都不愿意试,你纯粹就是放弃了。"

"你过得就很顺意啊。"她说。她又在说威利了,我一下语塞了。这下轮到我哭了,她看在眼里,然后带着她在承受苦难方面无限的优越感说道:"别哭,安娜,这一切从来就没有过任何意义。好了,我要去洗漱一下,准备吃午饭了。"接着就走了。这时所有的小伙子都围在钢琴周围唱着歌,于是我也离开了大厅,朝刚才我瞧见乔治靠墙站着的地方走去。我侧身穿过荨麻丛和鬼针草丛,因为他这会儿移动到了建筑后方的更远处。他正透过几株番木瓜树看着厨子和他妻儿居住的小屋,屋外有两个混在鸡群中的棕色皮肤的孩子在尘土里蹲坐着。

我注意到乔治线条优美的手臂一直在抖,他想点烟,但是没点着,于是不耐烦地把烟甩到了地上,然后平静地说:"我的私生子不在这儿。"

旅店敲响了午餐开饭的锣。

"咱们进去吧。"我说。

"在这里陪我站会儿吧。"他把一只手搭在了我的肩上,他手掌的热气透过了我的衣服。锣传出的金属质感的音浪停歇了,屋内的钢琴声也停歇了,万籁俱静中一只鸽子在蓝花楹树上咕咕叫着。乔治的一只手按在了我的胸上,他说:"安娜,我可以现在先跟你上床——然后再去找玛丽,我那个黑人女孩,接着今晚回家找我的妻子,和她做,与你们三人都享受美好时光。你懂吗,安娜?"

"不懂。"我生气地说道,然而他按在我胸上的手让我懂了。

"真的?"他挖苦道,"真不懂?"

"不懂。"我重复道。我为了所有的女性而撒了谎,同时想到了他的妻子,那个让我感到自己被囚禁了的女人。

他闭上了眼睛。他乌黑的睫毛在棕色的脸上微微颤着,其上折射出了微小的彩虹。他闭着眼说道:"有时我会从外部视角观察我自己。乔治·霍恩斯洛,受人敬重的公民,当然他的社会主义立场有些古怪,但这可以被他对年迈的父母、迷人的妻子和三个孩子的无私付出抵消。在我身边,我能看见一头巨大的大猩猩正抡着手臂咧嘴笑,我看得一清二楚,但却没其他人能看见,这叫我很是惊讶。"他松开了按在我胸上的手,我终于得以再次平稳地呼吸,我说:"威利是对的,你在这件事情上无能为力,你就别再折磨自己了。"他仍然闭着眼。我当时并没有预感到自己接下来会说的话,但他的眼睛蓦地睁开了,然后后撤了一步,因此大概是某种心电感应吧。我说:"你不能自杀。"

"为什么?"他好奇地问道。

"和你不能把那个孩子带回家一个原因,因为有八个人需要你去考虑。"

"安娜,我在想——假如说我只有两个人需要去考虑,在这种情况下我能否把那个孩子带回家呢?"

我不知道该说什么好。片刻后他一只手臂搂着我,一边陪我穿过了鬼针草丛和荨麻丛,一边说道:"跟我回旅店吧,咱们把大猩猩甩掉。"此刻我当然悖于常理地感觉到了懊悔,因为我拒绝了大猩猩并再次扮演起了性冷淡妹妹的角色,于是午餐时我坐在了保罗而不是乔治的身边。午餐后我们所有人都睡了很久,起床后很早就开始喝酒。虽然当晚的舞会是私密性质的,仅限于"马肖比与本区的农场主",但等这些农场主和他们的妻子坐着车到达舞厅时,里面已经满是舞动着的人了,其中包括我们所有人,城里也来了更多的空军士官,约翰尼弹着钢琴,而水平还不到约翰尼十分之一的常驻钢琴师也乐得去酒吧里坐着。当天晚上活动的主办者形式主义地做了个仓促而不太真诚的欢迎空军小伙们的演讲,我们一直跳着舞,直到约翰尼弹累了为止,那时已经是凌晨五点了。然后我们在结着霜的清冷星空下闲站着,月亮在我们周身映照出轮廓分明的黑影,我们彼此都勾着肩搭着背,齐声唱着歌。花朵的气味在夜晚复苏的空气中再度清冽了起来,而花朵也再度充满生命力地挺立了起来。保罗和我在一起,我俩跳了一整晚的舞。威利和玛丽罗斯在一起——他之前一直在跟她跳舞。至于吉米，他又喝得酩酊大醉，自顾自地四处瞎晃悠，他不知怎的又伤到了自己，眼睛上方的伤口血流不止。我们第一个整天的休息日就是这么结束的，这一天也为接下来的日子奠定了基调，前来参加第二天晚上的大型"公共"舞会的还是前一天的那些人，布斯比的酒吧生意很好，布斯比的厨子焦头烂额，而他的妻子想必是在和乔治幽会，而后者一直对玛丽罗斯献着吃力而不讨好的殷勤。

第二天晚上斯坦利·勒特注意到了红发的拉蒂摩尔太太，其结果是——我想用的词是"一场灾难"。这个词很滑稽，因为那时最让人痛苦的就是没任何事真的是灾难性的，一切都是那么荒谬、丑陋、不幸、带着犬儒的色彩，但却没有任何事是悲剧性的，没有任何时刻可以给任何事或任何人带来改变。情绪上的闪电会时不时划过天际，短暂地照亮私密的悲戚的山川地貌，然后——我们继续舞蹈。斯坦利·勒特和拉蒂摩尔太太的风流韵事所导致的结果我猜已经在她的婚姻生活中出现过十几次了。

她约莫四十五岁，身材胖乎乎的，但有着最好看的双手和纤细的双腿。她的肌肤细腻而白皙，有双巨大又柔和的蔓长春花般蓝色的眼睛，而这双朦胧温柔、有些近视的、接近于蓝紫色的眸子看待生活时，又总是罩着一层雾蒙蒙的泪花。她看待酒精时也是如此。她的丈夫有些商人的气质，个头大、脾气臭，同时还是个坚定不移的粗暴酒鬼。他会从酒吧开门起喝上一整天，越喝越阴郁，而酗酒又使他变得脆弱，让他又是叹气又是流泪。我从没听他和气地跟她说过话，而她似乎并没有意识到，亦或是已经不想再去在意了。他们没孩子，她跟她的狗形影不离，那是条非常好看的赛特猎犬，毛色跟她的发色一样，眼睛也跟她一样可怜巴巴、泪眼汪汪。这个红发的女人和她毛蓬蓬的红毛狗一起坐在游廊里，接受着其他客人给予的尊敬和饮料。三人组以前每个周末都会来旅馆。现在好了，斯坦利·勒特迷上她了。她不站队，他如是说。她心眼真的很好，他如是说。第二天晚上的舞会上斯坦利一直陪伴着她，与此同时她的丈夫在酒吧里一直喝到打烊，他后来在钢琴边上踟蹰了好一阵，直到斯坦利给了他最后一杯，他才踉踉跄跄地去了床上，留下他老婆一人继续跳着舞。他似乎并不在意她到底在干什么，她不是跟我们在一起，就是跟斯坦利在一起，后者为约翰尼"筹备"了一个住在两英里开外的农场里的女人，她的丈夫到前线打仗去了。像他们后来重复说的那样，他们四人度过了一段愉快的时光。我们在大厅里跳舞，约翰尼弹着琴，身边坐着农场主的妻子，一个约翰内斯堡来的红皮肤金头发的大个子女人。特德暂时放弃了对斯坦利灵魂的争夺，正如他自己承认的那样，性对他的作用真的太大了。在整个长周末期间——接近于一周的时间里，我们都在约翰尼的钢琴伴奏下喝着酒跳着舞。

当我们回到城里，我们意识到就像保罗说的那样，假期并没有给我们带来太多的益处，如果说真的有人保持住了任何程度上的自律，那就只有威利了，他每天都在语法学习方面取得稳步的进展，不过即便是他也稍稍——对玛丽罗斯——放纵了一小下。我们一致同意之后还会全员回马肖比酒店。我记得我们过了两周才回去，那是一副全然不同于公共假日的光景——旅店空空如也，只有我们几个、拉蒂摩尔夫妇和他们的狗，以及布斯比一家。布斯比一家这回招呼我们的态度很是客气，很显然他们议论过我们，我们在旅店里毫不见外的态度并不招他们待见，但我们的消费额又是如此巨大，他们也不好就这么把我们给打发了。这个周末我记不得太多的细节了，之后的四五个周末也是如此——其间还隔了好几个礼拜。我们并没有每个周末都去那里。

距离我们初次造访马肖比旅店过了六个月还是八个月后，发生了一场危机——如果能称其为危机的话。那也是我们最后一次造访马肖比。我们还是过去的我们：乔治、威利、玛丽罗斯和我，特德、保罗和吉米。斯坦利·勒特和约翰尼现在跟拉蒂摩尔太太和她的狗以及农场主的妻子组成了另一个团体,特德有时候会去他们那边,一声不吭地跟他们坐在一起,基本上处于被排挤在外的状态,然后不消多久他就会回到我们身边,跟之前一样一声不吭地坐着,自顾自地笑着。这是新近出现的笑容,嘲讽、苦涩而带着自我批判的味道。我们坐在桉树下,能听见游廊里传出的拉蒂摩尔太太慵懒而悦耳的声音:"斯坦宝,给我来杯喝的呗?给我来根烟怎么样,斯坦宝?孩子,过来这里,跟我聊聊。"而他则称呼她为拉蒂摩尔太太,但有时一疏忽会直接叫她迈拉,而这时她就会对他垂下她乌黑的爱尔兰睫毛。他差不多二十二三岁的年纪,他俩的年龄相差了有二十岁之多,而他俩非常享受在公开场合扮演母子的角色,但他俩的互动中性的意味又是如此强烈,以至于每当拉蒂摩尔太太走近时我们都会心照不宣地移开视线。

现在回想起那些周末,它们就仿佛是项链上的珠子,最前面的两颗硕大且光彩夺目,之后是一连串不起眼的小珠子,最后又是颗好看的珠子。然而这应该是我的记忆在犯懒的缘故,因为当我开始回想起最后的那个周末,我意识到之前的周末里一定发生了什么,最后才导致了这样的结果,但我却想不起来了,都给忘了。我恼了,拼命想要记起来——这就像是在和另一个顽固的自己较劲,而后者紧咬着它的某种隐私权不放。而一切都存在我的脑子里,就看我能不能够得到。我震惊于我之前一直生活在主观的纷纷扰扰的迷雾中,对这类事到底有多不上心。我又怎么知道我"记得"的那些事情的确是重要的呢?我选择记得的事情都是由二十年前的安娜决定的,我不知道现在的安娜会做何选择。跟"糖妈"有关的经历以及笔记本的实验都磨练了我的客观性——但这类观察属于蓝色笔记的范畴,而非这本的范畴。不论如何,尽管最后的那个周末爆发出的各种戏剧性事件现在看来似乎毫无征兆,但这自然是不可能的。

举例来说,保罗和杰克逊的交情一定取得了相当的进展才挑衅到了布斯比太太。我还记得她勒令保罗离开厨房的场景——那一定是最后那个周末之前的那个周末的事情。当时我正和保罗一起跟杰克逊说着话，布斯比太太走进来说："你们知道旅店客人进厨房是违规的。"我非常清楚地记得当时那种震惊以及委屈，就像小孩在专横的大人面前的那种感觉。所以也就是说我们这段时间都在她的默许下一直在厨房进进出出。保罗对她的反抗就是字面上服从她的要求。他在厨房后门等杰克逊在午餐时间后下班，然后大摇大摆地跟他一起穿过杰克逊小屋周围的铁丝网，跟他勾肩搭背地说着话，而他的这种跨种族的肢体接触是故意的，就是为了挑衅任何可能看到他们的白人。我们之后就没有再接近过厨房，而出于一种极度幼稚的情绪，我们会像小孩谈论女校长一样讪笑着谈论布斯比太太。我们当时居然如此孩子气，全然不在乎我们正在对她造成的伤害，这在现在看来简直不可思议。她也沦为了"土人"，就因为她对保罗和杰克逊的友情的憎恶。不过我们也十分清楚，在殖民地不可能有任何一个白人会不对此感到憎恶，而处于我们这样的政治立场，我们有能力拿出无限的耐心以及宽容，来向一些白人解释为何他们的种族观是不人道的。

我又想起一件事——特德跟斯坦利·勒特理论过拉蒂摩尔太太的事情。特德说拉蒂摩尔先生开始吃醋了，而且他有正当的理由吃醋。斯坦利友好地付之一笑：拉蒂摩尔先生对他的妻子弃如敝屣。他认为他是罪有应得。但这种嘲笑的态度实际上针对的是特德，因为他才是那个真的在吃醋的人，而且他吃的是斯坦利的醋。斯坦利并不在意特德是否会觉得受伤，他凭什么要在意呢？当你以某种名目向一个人示好，但背后却另有所图时，对方只会对这种行为感到厌恶，无一例外。当然了，特德主要在追求"压在石头下面的蝴蝶"，而他的浪漫情愫一直都在很好的掌控之下。不过当时他们就在那个位置上，而那样的时刻也是特德应得的，这种事情也发生过不止一次了。斯坦利抿着嘴露出他知根知底的笑容，眯着冷冷的眼睛，说道："拉倒吧，哥们儿，你知道我不吃这套。"但特德依旧想借他书，或是邀请他晚上一起听音乐。斯坦利已经开始公然蔑视特德，但特德并没有让他见鬼去，而是就这么受着。特德是我认识的最守规矩的人之一，但他居然也会加入斯坦利的"货源探险"，一起偷酒或者食物。后来他告诉我们说，他去的唯一目的就是为了争取一个机会，好告诉斯坦利，"就像他过段时间会明白的一样"，这不是正确的活法。但接下来他会向我们投来短促而羞愧的一瞥，然后转过脸去，露出他新习得的苦涩而自我厌恶的微笑。

接下来是乔治的儿子的事。我们大家都知道了这件事。而乔治本质上是个谨小慎微的人，而在他一直折磨自己的过去一整年里，我很确定他没跟任何人提过这件事，而威利或者我也没跟任何人提过，但大家还是知道了。我猜一定是有天晚上我们都有点醉了，而乔治拿某件他以为外人不知道的事情开了玩笑，很快我们也开始用对待这个国家目前政局的方式拿这件事开玩笑。我还记得有一天晚上乔治说了个笑话，我们都笑得停不下来，他讲的那个笑话就是有一天他儿子来到他家，要求他雇他做仆人，而他，乔治，并不认得他，但他还是感觉到了跟这个可怜男孩之间某种神奇的连结感。乔治给了他厨房的工作，而他与生俱来的感知力和智慧——"当然都是从我这里遗传来的"——很快就让他受到了全家人的喜爱。没过多久他就开始在牌桌边上为四位老人捡起掉落在地面上的扑克牌，并与三个孩子——"他的半兄弟姐妹"——建立起了温柔而不求回报的友谊，比如说他会在他们打网球时当球童以证明自己极为宝贵的价值。后来他耐心的服务精神终究还是得到了回报，有一天当这个男孩将皮鞋递给他时，乔治身上突然出现了光芒。"擦得很亮，毫无疑问。""老爷，还有什么别的需要我去做的吗？""我的儿子！""父亲！终于！"于是故事继续。

那天晚上我们看见乔治独自坐在树下，头埋在双手里，一动不动，他在闪着光的矛状树叶晃动的阴影间投下了自己绝望而沉重的影子。我们走过去跟他坐在一起，但没有人知道该说些什么。

在那最后的周末还有一场大型舞会，我们各自搭乘着汽车和火车，在周五那天陆续抵达，最后在大厅碰头。威利和我到达时，约翰尼早就跟他那位红脸金发的女伴坐在钢琴前了，斯坦利正在和拉蒂摩尔太太跳舞，乔治正在和玛丽罗斯说话。威利直接上前替代了乔治，而保罗上前来陪我。我们的关系还是一如往常，既温柔，又带着些许戏谑，又满是希望。外人可能会觉得——也许已经这么认定了——威利和玛丽罗斯、保罗和我才是一对，尽管他们又常常会觉得乔治和我是一对，保罗和玛丽罗斯是一对。当然了，这些浪漫而青春的关系之所以能成立还是因为我和威利的关系就像我说的那样，几乎是无性的。如果处于整个团体中心位置的情侣是一种真正的充满情欲的两性关系，他们的关系就会演变为其他人关系的催化剂，因而确实常常会将整个团体毁于一旦。在那以后我见过很多类似的政治或非政治团体，而你总是能通过非中心位置的情侣之间的关系来判断那对中心位置的情侣（总会有那么一对中心位置的情侣）的关系。

那个周五我们抵达还不到一小时就惹了麻烦。琼·布斯比到大厅请保罗和我跟她一起去旅店厨房帮她准备那天的晚饭，因为那会儿杰克逊正忙着准备第二天派对的饭菜。那时的琼已经跟她的小伙子订了婚，因而从她之前的恍惚状态中解放出来了。保罗和我跟她去了厨房，杰克逊正在将水果和奶油拌在一起，准备做冰布丁，保罗立刻就跟他聊上了。他们在聊英国的事，对于杰克逊而言那是个遥远又神奇的国度，以至于光是最细枝末节的事情他都可以听上个把小时——比如说，地铁啦，或者大巴啦，国会大厦啦。琼和我站在一块，给旅店的晚餐准备沙拉，她有些不耐烦地等待着她的小伙子，他随时都可能会到。这时布斯比太太进来了，她瞧见了保罗和杰克逊，说："我好像跟你说过不允许你进厨房了吧？"

"哎呦，妈，"琼不耐烦地说道，"是我让他们来的，你为什么不再找个厨子，活太多了，杰克逊忙不过来。"

"杰克逊已经在这里干了十五年了，他以前从没遇到过任何困难，直到现在。"

"哎呦,妈,现在也没什么困难,但现在在打仗,这段时间一下子来了这么多空军小伙子,活也就比以前多了。我不介意搭把手,保罗和安娜也不介意。"

"琼,我要你干吗你就干吗。"她母亲说。

"哎呦,妈。"琼说。她有些烦躁,但仍在好声好气。她对我扮了个鬼脸:别往心里去。布斯比太太瞧见了,说道:"你尾巴翘到天上去了,我的闺女。从什么时候起厨房轮到你来发号施令了?"

琼一下子动了气,径直走出了厨房。

布斯比太太喘着粗气,她那张平日里就红彤彤的扁脸在此刻显得比以往还要红,她痛苦地看向保罗。要是保罗说几句温柔的话,或随便做些什么事来抚慰她的情绪,她就会立即再次坍缩成那个好脾气的她了。然而他的行为和以往并无二致:他点头示意我跟他走,然后一边平静地从后门离开,一边对杰克逊说:"咱们等你收工后见吧,如果你还收得了工的话。"我对布斯比太太说:"如果不是之前琼请我们进来,我们是不会进厨房的。"但她对我的话不感兴趣,并没有做出任何回应,于是我回到大厅里,和保罗跳起舞来。

在这个时期我们一直都开玩笑说布斯比太太爱上了保罗。她可能的确如此,有那么一点点,但她是个非常单纯而且工作努力的人,而且自打战争开始就一直在努力劳作着,使这个旅客通常只歇一晚的旅店成了一个周末度假的胜地,这一定是在她骨子里刻着的品质。然后几个星期前,琼从之前那个闷闷不乐的青春期女孩出落成了一个未来可期的年轻姑娘,现在看来琼的婚约成了她母亲不快的根源。琼一定是她一直以来唯一的情感寄托,布斯比先生总站在吧台后面,而且他又是那种最不好相处的酒徒。时不时酗酒的酒徒根本没法和那种"招呼别人喝好"的酒徒相比——后者每天、每周、年复一年都在搬大量的酒,而后者对他们的妻子通常很坏。布斯比太太已经失去了琼,她将会生活在三百英里开外的地方。这其实也没什么，对于殖民地这样的地方来说，三百英里算不上有多远，但她因为这不算有多远的距离而失去了她。她大概是受到了战时那股不安的氛围的影响。这个女人好多年前就该从这种不像女人的状态里退休了，她已经观察了好几个礼拜了，跟她差不多年纪的拉蒂摩尔太太也有斯坦利·勒特的追求。也许她私底下对保罗有过幻想，我不知道。在我现在看来，布斯比太太是个寂寞的可怜人，但当年的我并不这么看，那时的我只是觉得她是个愚笨的"土人"。噢，老天爷，追忆一个曾被你残酷对待过的人着实叫人痛苦。一件微不足道的事情——假使我们偶尔邀请她和我们一起喝上一杯，或是跟她聊聊天——都能让她高兴起来，但我们只跟自己人待在一起，还拿她开些愚蠢的玩笑，并且嘲笑她。我还能回忆起保罗和我离开厨房时她脸上的表情，她正注视着保罗的背影——一脸的受伤和困惑，眼神里写满了狂躁和不解。她朝杰克逊提高了声调："你的脸皮最近可是越来越厚了，杰克逊。为什么你的脸皮会这么厚？"

一般来说每天下午三点到五点是杰克逊的休息时间，可事情一旦多起来，他就会像个封建社会的仆从一样主动放弃自己的权利。那天下午我们直到下午五点才见他从厨房里出来，慢慢往家里走。保罗说："亲爱的安娜，我要不是更爱杰克逊的话，我会很爱你的。而现在这已经是个原则问题了……"然后他离开了我的身边，找杰克逊去了。他们在铁丝网边上站着聊天，布斯比太太透过厨房的窗户看着他们。保罗走了以后乔治来到了我的身边，他看着杰克逊说："我孩子的父亲。"

"噢，住口吧，"我说，"你这样对谁都没好处。"

"安娜，你不觉得这事很荒唐吗？我甚至没法送钱给我自己的孩子？你不觉得这件事贼他妈的**怪**吗——杰克逊一个月就挣五块钱。当然啦，像我这样要负担孩子和长辈的花费，一个月五块钱对我来说已经不少了——但如果我给玛丽五英镑，让她给那个可怜的孩子置办些像样的衣服，这对他们来说也是一大笔钱了……她之前跟我说，杰克逊家一周在食物上的花费是十先令，他们就靠吃南瓜、玉米粉和厨房的残羹剩饭度日。"

"杰克逊就从没怀疑过？"

"玛丽认为没有，我问过她了。你知道她是怎么说的吗？'他在我眼里是个好丈夫。'她说，'他对我还有所有的孩子都很好。'……你知道吗，安娜，当她这么说的时候，我人生中从没有任何一个时刻那么觉得自己是个烦人精。"

"你现在还跟她睡吗？"

"对。你知道吗，安娜，我爱那个女人，我深爱着那个女人，所以……"

片刻后我们看见布斯比太太从厨房里走了出来，朝保罗和杰克逊走去。杰克逊进了自己的小屋，而布斯比太太带着孤独的愤怒回了自己家。保罗进屋来找我们，告诉我们她刚才对杰克逊说："我给你时间休息可不是为了让你厚着脸皮跟白人聊天，他们应该更清楚这一点。"保罗气得连说俏皮话的心情都没有了。他说："我的天！安娜，我的天，我的天！"缓了一阵之后，他又拉着我去跳舞，一边说："我真正觉得有趣的是会有人——比如说你——真心相信这个世界是能被改变的。"

我们一晚上都在跳舞和喝酒，很晚才上床休息。威利和我睡觉时都在生对方的气，他生气是因为乔治又开始大倒苦水，而他已经对乔治感到厌烦了。他对我说："你和保罗看来相得不错啊。"他可以在之前的六个月里的任意时间点说这句话。我答道："你和玛丽罗斯也半斤八两啊。"我们这时已经各自躺在双床房的两张床上了。他手里拿着本讲德国早期社会主义发展的书，他就这么坐着，全部的智慧都聚集在他眼镜后的双眸里，他在想这时候吵架是不是值得。我觉得他明白现在吵架的话只会一如既往地变成关于乔治的争论……"庸俗的多愁善感"对阵"教条的官僚主义"。或者也许——因为他是这么个对自己的动机无知到了不可思议的程度的男人——他以为自己是在为我和保罗的关系而愤愤不平。没准他真是这么以为的。当年的我在面对这种质疑时尚且还会通过提及玛丽罗斯来回敬他,而要是换做现在的我,则会告诉他说,每个女人都从心底里相信,如果她的男人不能满足她,她有权另寻新欢,哪怕她的态度后来会出于怜悯或现实因素而软化下来,这就是她最初以及最强烈的想法。但威利和我在一起并不是因为性,所以呢?我写下这段的时候在想,我跟他关系里那股争强好胜、寸土不让的倾向一定十分强烈,以至于现在我依旧会出于本能以及习惯用对错来衡量这些往事。太蠢了。一向都是这么蠢。

我们那天晚上没有吵架。片刻后他开始了他孤独的哼唱:"哦鲨鱼有着,吓人的牙齿……"然后他拿起书看了起来,我直接睡了。

第二天糟糕的气氛笼罩了整个旅店。琼·布斯比和她的未婚夫昨晚去了一场舞会,直到早上才回来。她进门后布斯比先生冲着女儿大吼,布斯比太太一直在哭。关于杰克逊的纷争在旅店员工里传遍了,午饭时侍者对我们所有人都面有愠色。杰克逊根据法律规定,一到三点就下班了,留布斯比太太一个人为舞会准备吃食,而琼因为前一天她母亲跟她说话的方式也不愿意给她搭把手,我们也是。我们听到琼大喊:"你要是不那么吝啬的话,你现在就能有个副厨了,而不是为了每个月五英镑的花销把自己给搭进去了。"布斯比太太红了眼睛,脸上再次出现抓狂而一筹莫展的表情,她一直跟着琼,一边还抗议着。因为,当然了,她并不吝啬,五镑对于布斯比家来说不算什么,而我猜她之所以没有再雇一个厨子是因为她自己并不介意加倍努力地工作,并且觉得杰克逊也跟她一样。

她回家休息去了。斯坦利·勒特和拉蒂摩尔太太一起在游廊里,旅馆在四点会有一位侍者给客人上茶,但拉蒂摩尔太太有些头疼,她想喝黑咖啡。我猜她一定是跟丈夫有了些矛盾,我们那时把斯坦利表现出来的殷勤当了真,所以我们直到后来才把原因往他身上想。斯坦利·勒特去了趟厨房，让侍者做杯黑咖啡，但咖啡被锁起来了，而库房橱柜的钥匙在杰克逊这位备受信赖的家臣身上。斯坦利去了杰克逊的小屋，想问他借钥匙一用。我想他应该不会觉得这在当下的情境中有任何唐突之处，正如他天性里所镌刻的那样，他觉得自己只是在"筹备"供给。杰克逊觉得皇家空军把黑人当人看，因而也喜欢斯坦利，他专程从小屋走到厨房替他打开了橱柜，然后给拉蒂摩尔太太调了杯黑咖啡。布斯比太太一定是从自己卧室的窗户里目睹了整个过程，她马上跑到厨房告诉杰克逊说，如果他下次再做出这种事情，就等着被炒鱿鱼吧。斯坦利试图安抚她，但没有任何效果，她就像是着了魔，最后只能由她的丈夫来把她带回家休息。

乔治找到威利和我说："你们有没有意识到，如果杰克逊真的被炒了，这意味着什么？这意味着他们一家都得完蛋。"

"你的意思是你会完蛋。"威利说。

"才不是，你个蠢货。我考虑过他们的事情。他们的家就在这里，杰克逊不可能找到第二个能允许他把家人留在身边的地方了，他必须得另寻工作，而他的家人都得回尼亚萨兰[1]去。"

"很有可能，"威利说，"他们又会回到和其他非裔一样的境地中，而不再是那少数的百分之零点五——如果比例真有这么高的话。"

酒吧没过多久就开张了，于是乔治喝酒去了，吉米跟他一起。我好像忘了所有的事情里最重要的那件——吉米之前惹毛过布斯比太太。那是上个周末的事了，吉米在布斯比太太在场时双臂环抱着保罗，还亲吻了他一下。他那时已经醉了，而布斯比太太这个不谙世事的女人深感震惊。我跟她解释过殖民地的阳刚传统或许与英国并不相同，但在那之后她每每看到吉米都会觉得恶心。她之前不介意他经常喝高，也不介意他不刮胡子，或者黄色的胡茬间露出的那两道尚未愈合的疤，

---

[1] 即现在的马拉维共和国。

或者那一副实在没法让人觉得赏心悦目的尊容,或者老不系扣子,穿着一身无领的制服溜达来溜达去。这都不成问题,一个真男人爱喝酒也好,不爱刮胡子也好,不注重自己的外观也好,这都不成问题,她甚至愿意对这样的他展现出慈爱和温柔,然而"同性恋"这个词让她脸色煞白。"我猜他就是所谓的同性恋。"她将这个词说出口的方式,都仿佛它有毒似的。

吉米和乔治在酒吧里就喝高了,等舞会开始,他们已经陷入了酒后的伤感和柔情。他们进大厅时里面已经挤满了人,吉米和乔治一起跳起舞来。乔治跳得装模作样的,但吉米看起来高兴得就像个孩子。他俩在大厅里就绕了一圈——但这已经足够了。布斯比太太已经在那儿候着了,她身上的那条黑缎连衣裙让她像头海豹,而她的脸也因为极度的焦虑而涨得通红。她径直走到这对舞伴身边,让他们去别的地方进行这种恶心的行为。当时甚至都没有人注意到这个插曲,而乔治对她说别跟个傻兮兮的八婆似的,然后转而和琼·布斯比跳起舞来。吉米目瞪口呆地站在原地不知所措,像极了一个被扇了一耳光却不知自己哪里做错了的男孩。随后他独自一人溜达进了夜色里。

保罗和我一起跳舞。威利和玛丽罗斯一起跳舞。斯坦利和拉蒂摩尔太太一起跳舞。拉蒂摩尔先生在酒吧里,乔治没跟我们在一起,而是回了他的篷车里。

我们那天晚上的喧闹程度史无前例,对万事万物也比以往还要更为不屑一顾。我觉得我们所有人当时都知道这是我们在这里度过的最后一个周末了,然而我们当时并没有决议说以后就一定再也不回来了,就如同我们当初也没有决议说一定要来这里。当时有一种怅然若失的感觉弥漫在四周,其中一个原因就是保罗和吉米就快要上前线了。

保罗提起吉米已经消失了很久时,已经临近午夜。我们在大厅的人群中寻找他,但没人瞧见过他。找他的时候保罗和我一组,我们在门口撞见了乔治。屋外的夜晚很潮湿,而且起了雾。在这个地方,在我们司空见惯的大晴天之间，经常会有两到三天飘起柔和的细雨和雾，就和爱尔兰的细雨一样。现在就是这样的天气，人群和情侣们都在外面乘凉，但是光线太暗了，在远处看不清他们的脸，于是我们在他们中间逡巡，试图辨认出吉米的轮廓。那时候酒吧已经打烊了，他也不在游廊或者餐厅里。我们开始感到担心，我们去花圃里头或者桉树底下捞他已经不止一次了，这个无可救药的酒鬼。我们寻遍了客房，仔细找遍了花园，踏遍了灌木丛和树丛，但就是找不到他。我们站在旅店主楼的后面，思忖着接下来该上哪儿去找，结果眼前六步远的厨房灯突然亮了。杰克逊一个人慢慢地回到了厨房里，他并不知道还有别人在看着他。我从没见过他礼貌和警惕以外的状态，但此时他既生气又不安——我还记得他当时脸上的表情，那是我前所未见的一种表情。他的脸色变了——他看见地上有什么东西。我们凑上前去一探究竟，发现吉米正躺在厨房的地上，他睡着了，或是喝醉了，或是喝醉后睡着了。杰克逊弯下腰去扶吉米，这时布斯比太太从他身后走进厨房。吉米醒了，他瞧见了杰克逊，于是像个刚醒的孩子一样向前伸出双臂，然后搂住了杰克逊的脖子。那个黑人说："吉米老爷，吉米老爷，你得去睡觉了，你不能留在这儿。"吉米说："你是爱我的，杰克逊，对吧，你是爱我的，其他人都不爱我。"

　　布斯比太太惊得面如土色，她背靠着墙壁瘫坐在了地上。那时我们仨已经进了厨房，让吉米松开杰克逊的脖子，扶他站了起来。

　　布斯比太太说："杰克逊，你明天收拾收拾走人吧。"

　　杰克逊说："老板娘，我做错什么了？"

　　布斯比太太说："你给我滚。有多远给我滚多远。带上你肮脏不堪的家人还有你自己滚出去，明天就滚，不然我就让警察来抓你。"

　　杰克逊看着我们，他的眉头先蹙起又舒展开，脸上的皮肤也因他无从理解的痛苦而一会儿绷紧，一会儿松弛，因而整张脸也显得一紧一松。当然了，他根本不知道布斯比太太为什么会这么的心烦意乱。

他慢慢地说道:"老板娘,我在你这里干了十五年。"

乔治说:"杰克逊,我来跟她谈。"乔治因在杰克逊面前实在太过内疚的缘故,此前从未直接跟他讲过话。

此刻杰克逊的目光慢慢转向乔治,缓缓地眨着眼,像是个刚挨过揍的人。乔治一言不发地候着。杰克逊说道:"**你不希望我们走吗,老爷?**"

我不清楚这句话到底指的是什么,也许杰克逊自始至终都知道自己妻子的事,反正这句话当时听上去就有这个意思。但乔治闭了会儿眼睛,然后结结巴巴地说了些什么,听上去很傻,就像是个白痴的呓语,然后他跌跌撞撞地走出了厨房。

我们一边将吉米半是搀扶半是推搡地带出了厨房,一边说道:"晚安,杰克逊,谢谢你愿意向吉米老爷伸出援手。"但他并没有回我们的话。

我们把吉米放在床上,就保罗和我两个人,然后我俩离开了住宿区,穿过了潮湿的黑夜,然后听见十几步开外乔治正在和威利说着话。威利一直在说"的确如此",还有"很显然",以及"很有可能",而乔治也愈发地激动和语无伦次起来。

保罗压低声音说道:"噢,我的天,安娜,你还是跟我走吧。"

"不行。"我说。

"我现在随时都有可能离开这个国家,我可能再也见不到你了。"

"你知道我做不到。"

他一声不吭地步入黑夜,我刚打算追上去,威利走了过来。我们这时就在自己的客房附近,于是我们直接回了房。威利说:"这是最理想的情况了,杰克逊和他的家人会离开这里,而乔治也终于得以恢复他的理智。"

"这也意味着这一家人没办法再在一起了,这几乎是板上钉钉的事,杰克逊再也没办法和自己的家人生活在一起了。"

威利说:"你还是老样子。杰克逊能有自己的家人在身边本就是一种幸运,他们多数人是不可能有家人在身边的。而现在他跟其他人一样了,不过如此。你可曾为其他那些与自己家人天各一方的人号啕大哭过?"

"并不是这样的,我一直以来都支持通过政策来终止这些破事。"

"你这么做是正确的。"

"但我刚巧认识杰克逊和他的家人。有时我都不敢相信你说出口的那些话是认真的。"

"你当然不敢相信,多愁善感的人除了自己的情绪以外什么都不信。"

"但这对乔治来说并没有什么两样,因为乔治的悲剧并不在于玛丽,而在于他自己。就算她走了,也还是会出现其他人。"

"他或许能从中吸取教训。"威利说这话时一副让人作呕的嘴脸。

我把威利一个人留在房里,站在外头的游廊上。雾蒙蒙的天空在稍稍散去的雾气中漫射着冰冷的微光,突然间所有的醉酒的情绪以及愤怒、痛苦就像是个引爆了的炸弹,在我体内升腾而起,我什么都不想管了,我只想和保罗在一起。我一路跑着去找他,他握住我的手,我们二话没说就开始跑了起来,既没有问目的地,也没有问原因。我们沿着主路一路向东跑,在湿滑的柏油路面上踉踉跄跄,忽而折向草地上不知通往何方的小路。我们沿着小路奔跑,穿过了我们从未见过的沙地上的水洼,穿过了再次弥漫起的薄雾。黑黢黢、湿漉漉的树影隐隐出现在两侧,旋即又被甩在身后,我们继续奔跑。我们开始上气不接下气,跌跌撞撞地离开了小路,跑进了大草原。大草原上遍布着低矮的几不可见的多叶植物,我们又跑了几步,然后并排倒在彼此的怀抱里,倒在湿漉漉的草叶中,这时雨水缓缓地飘下,低矮的乌云在我们上方飞速掠过天幕,月亮透着微光,尔后又陷入了与黑暗的缠斗,于是我们又再次被黑暗所笼罩。我们都哆嗦了起来,哆嗦得那么厉害,以至于我们都笑出了声,与此同时上下两排牙齿也在互相打着架。我当时就穿了条绉绸的舞裙,除此以外什么都没穿。保罗脱下他的制服夹克披在了我的身上,接着我们又躺了下来。我们紧贴在一起的身体是滚烫的,除此以外一切都潮湿而冰冷。保罗即便在这样的时刻仍保持着自己的腔调,说道:"我从没做过这样的事情,安娜宝贝。我选择了你这么一位经验丰富的女人,这是不是说明我很聪明呢?"我被他逗得哈哈大笑。我们根本就不聪明,只是太过幸福。几个小时后我们上方的天光越来越亮,而从旅店传来的约翰尼那遥远的钢琴声也止住了,当我们望向天空时,发现云已经飘走了,留下了满天的繁星。我们站起身,找到了记忆中钢琴声飘来的方向,朝我们以为是旅店的方向走去。我们蹒跚着穿过灌木和草丛,滚烫的双手握在一起,泪水和草上的露珠顺着我们的面颊滚落。我们没能找到旅店:风一定把跳舞的音乐声给刮跑了。我们摸着黑往前爬,最终发现自己正站在一个小小的孤丘顶上,在闪烁着星光的灰色天幕下,方圆几英里的范围内唯有一片沉寂着的黑暗。我们双臂环抱着彼此,一起坐在花岗岩的岩架上,等待着天明。我们都湿透了,又冷又累的,因此不发一言。我们贴着对方冰冷的脸颊,等待着。

在我这一生中,我从未有这般绝望、这般狂野、这般痛苦地快乐过,这种情绪是如此炽烈,以至于我都不敢相信它的存在。我记得当时我告诉自己说,这就是了,这就是所谓的快乐,与此同时我又深感恐惧,因为它又是如此之多的丑恶和不幸的结果。在此期间,在我们的脸颊上,紧贴在一起的脸颊上,一直有滚烫的泪水在流淌。

很长一段时间后,我们前方的黑暗里出现了一个红色的光点,周围寂静、灰暗而美好的景致随之消逝了。旅店出现在半英里之外,而且并不在我们之前以为的那个位置,旅店的样子从这个高度看去显得有些陌生,里面一片漆黑,一盏灯都没亮。我们这时发现我们坐着的这块石头位于一个小型岩穴的洞口,岩穴尽头平整的石壁上布满了布须曼人[1]的岩画,这些都是新近画上去的,在最微弱的光线下仍反着光,但都遭到

---

1 非洲南部的土著。

过严重的破坏。这种岩画在这个地方到处都是，但大部分都被毁了，因为白皮蠢蛋会朝上头扔石块，他们不知道这些岩画的价值。那些小小的上了色的人和动物的图案都带着裂纹和划痕，保罗看着这些图案，说："这是对这儿的一切恰如其分的写照，亲爱的安娜，虽说以我目前的状态，我还无法找到合适的措辞来评论。"他吻了我，最后一次吻了我，然后我们穿过潮湿的草叶慢慢往低处爬。我的绉绸裙缩水缩到了膝盖以上的位置，这使我们捧腹大笑。因为穿着缩水的裙子，我走路时完全迈不开步。我们沿着一条小路慢吞吞地走回了旅店，回到了住宿区，拉蒂摩尔太太正坐在外面的游廊里哭泣着。她身后客房的门半开着，拉蒂摩尔先生在门边的地上坐着，他的酒还没醒，他在以一种有条不紊、一丝不乱的醉汉语调说着："你个婊子。你个丑婊子。你个不下蛋的鸡。"这种事很显然以前也发生过。她抬起崩溃的脸看向我们，双手拽着自己红色的秀发，泪水正沿着下巴滴落。她的狗低声呜咽着蹲在她身边，脑袋枕在她的膝上，蓬蓬的红尾巴满怀歉意地在地上前后扫动着。拉蒂摩尔先生完全没注意到我们，他那双难看的眼睛红通通的，死死地盯着自己的妻子："你个好吃懒做、生不出孩子的婊子。你个站街女。你个脏婊子。"

保罗离开了我身边，而我走进了客房，里头又黑又闷。

威利说："你刚才去哪里了？"

我说："你心里清楚。"

"来我这里。"

我走到了他的身边，他紧握住我的手腕，让我躺在了他的身边。我还记得自己当时一边躺在床上，一边恨着他，而我想知道的是，为什么我能记得的唯一一次他对我坚定的示爱偏偏是在他得知了我刚对其他人示过爱之后。

这次事件结束了我和威利的关系，我们也因此再未原谅彼此，之后也再未提起此事，但它并没有被遗忘。就这样，一段"无性"的关系终于结束了，恰恰是以性结束。

第二天是周日，在临近午餐时我们所有人在铁路边的树底下集合。乔治之前就已经在那儿坐着了，一副苍老、悲伤和完蛋了的模样。杰克逊早已带着他的妻儿消失在了夜色里，他们这会儿应该正在徒步向北，朝着尼亚萨兰行进。那个过去看起来生气勃勃的小屋或棚屋一夜间人去楼空，看起来就像是个小小的破败之所，空荡荡地伫立在番木瓜树的远处。然而杰克逊走得太急，没来得及带上他的鸡，屋子周围有几只珍珠鸡，几只大个的红色蛋鸡，少量叫作卡菲尔鸡的某种瘦小的禽类，还有只漂亮的小公鸡，它棕色和黑色的羽毛反着光，黑色的尾羽在阳光的照射下闪着彩虹色的光芒，它白色的幼爪刨着地，高声啼鸣着。"这就是我。"乔治一边看着那只小公鸡一边对我说。他想要通过开玩笑来让自己不至于难受得要死。

我们回旅店吃午饭的时候，布斯比太太来跟吉米道歉。她显得仓促而且紧张，眼睛红红的，尽管她看着他的时候依旧没办法掩饰住反感的神色，但她也足够真诚。吉米连忙千恩万谢地接受了道歉，他已经不记得前一天晚上到底发生了什么，而我们也一直没告诉他，他以为她是在为他和乔治在舞池里的那件事道歉。

保罗问："杰克逊怎么样了？"

她说："已经走了，谢天谢地。"她说这句话时的音调很重而且不大平稳，还带着种怀疑和不确定的感觉。她显然在犯嘀咕，究竟发生了什么，自己竟如此轻易就把一个忠心耿耿了十五载的家仆给打发了。"想接替他位置的人可不少呢。"她说。

那天下午我们决定离开旅店，之后再也没有回来。几天后保罗死于非命，而吉米开始驾着他的轰炸机在德国上空飞行。特德没过多久就在飞行员资质测试中落选了，斯坦利·勒特说他是白痴。钢琴手约翰尼仍旧在各个派对上演奏，仍旧是我们中间那个少言寡语、兴致勃勃而若即若离的朋友。

乔治通过本地的政府要员发现了杰克逊的下落。他和家人去了尼亚萨兰，然后把他们留在了那里，现在在城里的某个私宅里当厨子。有时乔治会寄钱给他的家人，希望对方能相信这笔钱来自于布斯比夫妇，他声称布斯比夫妇可能一直对此懊悔不已。但他们凭什么要懊悔呢？在他们看来这并没什么可羞愧的。

写完了。

这些就是《战争前沿》的素材来源。当然了，这是两个截然不同的"故事"。我还十分清晰地记得我意识到我将会把这些事写出来的那一刻，当时我站在马肖比旅店住宿区的台阶上，周围洒满了明亮而清冷的月光。在桉树丛那头的铁路上，一辆货运列车驶进了站台，停靠时机车运转着嘶嘶地向外喷着白色的蒸汽。列车的近旁是乔治的货车，货车后是一节篷车，那是个刷着棕漆的立方体，看着就像个经不起折腾的行李箱。乔治当时正在篷车里跟玛丽在一起——我之前已经看到她在篷车里上上下下的了。正在冷却的、湿漉漉的花圃闻起来有股浓烈的植物生长的味道，舞厅里传来约翰尼敲击钢琴键盘的声音，在我后方我能听见保罗和吉米正在跟威利说着话，保罗猝然迸发出青春洋溢的大笑。而我自己已经被这么一股危险又诱人的醉意所占据，以至于能跨下台阶径直在半空中行走，并借着酒劲攀爬至星辰之间。至于这股醉意，连当时的我都明白，这其实是一种无知无畏，这种无知无畏来自于无穷的可能性，来自于危险——战争隐秘丑陋而可怖的律动本身，来自于我们所渴求的死亡——为彼此以及自身渴求的死亡。

【几个月后的一个日期：】

我今天通读了一遍，这还是写完后的头一次。满满的怀旧充盈在字句之间，尽管写的时候我觉得自己还挺"客观"的。我缅怀的是什么呢？我不知道，如果这段人生有任何部分还要我再经历一遍，我宁可去死。而那个时期的那个"安娜"就像是一个敌人，或者你的某个因太过熟络而不想再见的老友。

【第二本笔记，红色笔记，没有任何拖泥带水就开始了。第一页上写着"英国共产党"几个字，底下划了两道线，下面写着日期，1950年1月3日：】

上个礼拜的某天，莫莉半夜找到我，说党员们都收到了一张表格，要求他们填写入党后的个人经历，还有一栏要求他们填写"疑虑和困惑"。莫莉说她刚开始填时就打算只写几句，后来却发现自己写了"一整篇论文——该死的几十页纸"。她好像在生自己的气。"我到底想写什么——一封自白书吗？算了，写都写了，我就拿它上交吧。"我说她一定是疯了，还说："假设英国共产党有一天真执政了，这张表一定会在档案里。哪天谁想找点证据吊死你，这就是现成的——而且能吊死你几千次都不止。"她对我露出她小幅度的、接近于尖酸的笑——每当我这么说话的时候她就会露出这种表情。莫莉并非一个天真无邪的共产党员，她说："你真的很犬儒。"我说："你知道我说的是事实，至少有这个可能。"她说："你如果这么想问题的话，为什么还把入党挂在嘴上呢？"我说："你明明也这么想问题，你为什么还不赶紧走人呢？"她又露出了苦笑——那股尖酸意外地不见了——然后点了点头。她又坐了会儿，一边抽烟一边想事情。"这一切都太古怪了，安娜，你不觉得吗？"第二天早上她说道，"我听了你的建议把表格给撕了。"

那天我接到了约翰同志的电话，他说他听闻我想要入党，"比尔同志"——他主管文化——想和我面谈一下。"如果你介意的话，当然也可以不见他，"约翰慌忙说道，"但他说他想见见冷战开始以来第一个准备入党的知识分子。"这件事情暗含的讽刺意味吸引了我，于是我说我愿意与比尔同志会面，尽管此时我其实还没下定决心要入党。之所以不愿意，首先是因为我讨厌加入任何组织，其次是因为我对于共产主义所秉持的态度导致我没法跟我认识的任何一位同志讲我的认知和观点。这第二条该是决定性的了吧？然而好像并非如此，尽管在过去的几个月里，我一直在跟自己说我不会加入一个看起来并不诚实的组织，但又总是一而再再而三地发现自己正处于决定加入的边缘，且总是在相同的时刻——这样的时刻一共可以分为两类。其一是出于某些原因我需要去见一些作家或出版商这类文学圈的人时。文学圈太过矫情，满是少女般的臆想，又与某些阶层太过绑定，而至于其商业的那一面又太过恬不知耻，以至于我一旦与其产生任何接触就会开始考虑入党的事。其二是每当我看到莫莉风风火火、生气蓬勃地筹备着什么的时候，或者爬楼梯的时候听见厨房里传出声音的时候——我就想入党——我向往一群人为了共同的目标而努力的友爱氛围。但这些理由还不够充分。我明天见他们的比尔同志时就说，我从本质上来说是他们的"同路人"，我会在组织之外与他们同行。

第二天到了。

会面地点在国王街上，装着铁栅栏的玻璃窗后的一排兔子窝似的逼仄办公室。虽说我时常经过这里，但以前从没真的留意过这个地方。装着铁栅栏的窗户给我两种感觉——其一是恐惧，这是个暴力的世界。其二是警戒性——一个会被人们丢石头砸的组织需要这种防护。我沿着狭窄的楼梯往上爬的时候在思考第一种感觉：有多少人加入英共是因为身处英国，一个人很难意识到强权和暴力无处不在的现实，而英共恰恰向他们揭示了那一直隐藏在英国的斗篷之下的、赤裸裸的强权的真容？比尔同志原来是位相当年轻的男士，犹太裔，戴眼镜，聪明，工人阶级。他对待我的态度略显唐突而又心存戒备，说话的声音沉静、冷淡、带着些微的轻蔑。我感到有趣的是，他并没有意识到自己暴露于外的那股子轻蔑的劲儿使我生出了需要跟他道歉之感，而且几乎得结巴着道歉才行。

面谈进展得非常高效，他听闻我已做好了入党的准备，虽说我本是前来告诉他我不会入党的，但我此时却未能把话说出口。我感觉（大概因为他轻蔑的态度），好吧，他是对的，他们在推进事业，而我则怀揣着良知，无所事事，踌躇不前。（当然啦，我并不真认为他对。）我走之前他突然说："再过五年，我估计你就会在资本主义的媒体上撰文揭发我们，说我们是禽兽，就跟其他人一样。"他所说的"其他人"指的当然是知识分子，因为党内有一种迷信，就是见异思迁的永远是知识分子；然而事实是在各个阶层和群体中，人的立场转变都是极正常的事。我生气了，然后又泄了气，感到受伤。我对他说："还好我已经是个'老兵'了，我要是个新人，你的态度早就让我幻灭了。"他向我投来冷静而敏锐的长长一瞥，潜台词是：你要不是个"老兵"我也不会这么说了。这从两个层面使我感到愉悦——可以说，我归巢了，并被授权享受那些精妙的暗讽和秘谋结社的喜悦了；但这又使我瞬间感到精疲力竭。我自然早已淡忘了圈内那紧张兮兮、互相提防、夹枪带棒的氛围，毕竟我已经与这种氛围阔别许久。但在我生出想要加入"英共"的念头的那一刻，我心里对组织内部的情形是了然的。所有我认识的党员——我指的是尚且保留着任何一点头脑的那种——对"中央"都持一致看法，即那些处于领导位置的官僚对组织而言不过是些累赘，所有实事都是下面的人在干。比如约翰同志，当我第一次跟他说我可能想入党的时候，他说："你疯了吧，入了党的作家都会遭到他们的厌弃，只有那些没入党的才能赢得他们的敬意。""他们"即"中央"。这当然是玩笑话，但又相当有代表性。我去乘地铁，在车上读晚报，上面是对苏联的抨击。在我看来报上说的也没错，只是那些人蛇口蜂针、幸灾乐祸、自鸣得意的笔调让我感到恶心，我很高兴自己已经入了党。我回去找莫莉，发现她不在。于是在接下来的几个小时中我又沮丧了起来，琢磨着我为什么要入党。她回来了，我跟她说了："有趣的是，我本打算说我不想入党的，但我却还是入了。"她又露出了她那小幅度的、有些尖酸的笑（这个笑容仅针对政治，从不针对别的事情,她本性并不尖酸)说:"尽管我也没这样的打算,最后也还是入党了。"她之前从没显露出一星半点这样的迹象,反倒总是一副忠诚派的姿态,因此我那一刻一定看上去很诧异。她说:"反正你也入伙了,我就告诉你好了。"意思是实情不便为外人道,"我在党内已经待了太长时间……"但即便在此刻她还是没办法说得很直接,"我知道的太多,以至于不可能主动要求入党,"她露出了笑容,或者说是做了个鬼脸,"我以前做和平相关的工作,因为我相信它的意义,当时所有伙伴都是党员。有一天埃伦那个贱人问我为什么不入党,我回了句俏皮话——错误地回了句俏皮话,把她气到了。几天后她告诉我说有传言说我是奸细,因为我没入党。我猜这个谣就是她造的。可笑的是,如果我是个奸细,我反倒应该早就入了党——但我那时候太心烦意乱了,于是就在入党申请书上签了名……"她坐着抽着烟,一脸的郁郁寡欢,片刻后又开口道:"这一切都挺奇怪的,不是吗?"然后就去睡觉了。

1950 年 2 月 5 日

我之前就预料到了,我果然只有在以前入过党但现在已经退出的人面前才能畅所欲言。他们显然对我是宽容的——入党不过是我人生路上的偶发意外。

1951 年 8 月 19 日

中午和约翰吃了饭,这还是入党以来头一次。我一开始跟他说话的态度就跟在已经退党的朋友面前没什么两样,直言我所知道的苏联局势,而约翰不假思索地开始义愤填膺地为苏联辩护起来。晚上和乔伊斯吃饭,她是《新政治家》[1]圈子里的人,她抨击了苏联,我立即注

---

1 英国政治文化杂志,1913 年创刊,创立者西德尼·韦伯、贝特丽丝·韦伯与萧伯纳都是社会主义立场的费边社的早期成员。

意到自己竟也开始不假思索地为苏联辩护起来,而当别人这么做时我却无法忍受。她继续着她的抨击,我也继续着我的辩护。对她来说,她正在面对一个共产党员,因此她开始讲些陈词滥调,我则予以回击。我两次试图打破这样的循环,想重新起个话头,但却失败了——空气中弥漫着砭人肌肤的敌意。今晚迈克尔来我这里坐了会儿,我跟他讲了跟乔伊斯聊天的事,说尽管她是我多年的朋友,但我俩大概再也不会相见了。尽管我既有的态度并没有任何改变,但就因为我成了党员,在她眼里我也就化身为了某种她抱有成见的事物,而我也以同样的方式回敬了她。迈克尔说:"唉,不然呢?"这句话他是站在一个经受过政治现实历练的东欧流亡者以及前革命家的立场上,对在他眼里与"政治新人"无异的我说的,而我回答他时也就扮演起了这么个角色,说着自由派的各种浅薄话语。太奇妙了——无论是我们各自扮演的角色,还是我们扮演的方式。

1951年9月15日

杰克·布里格斯的故事。他以前是《泰晤士报》的记者,战争爆发的时候辞的职。当时与政治无关。战争期间他一直为英国的情报机构工作,在此期间受了一些党员朋友的影响,政治立场开始稳步左倾。战争结束后他拒绝了好几家保守派报纸给出的高薪工作,去了家左派报纸,薪酬不高——那家报纸也算不上多左,因为当他想写一篇有关中国的文章,左派的台柱子雷克斯便逼他递交辞呈。这时他已经被媒体界视作共产党了,因此也找不到工作,他的名字还出现在匈牙利的庭审中,被指控为阴谋推翻该国共产党政权的英国间谍。[1] 我是偶然认识的他,他当时身处绝望和抑郁之中——党内以及与亲共的圈子里都有传言说他曾

---

1 或影射1949年9月对匈牙利共产党领导人拉伊克·拉斯洛(1909—1949)的审判,在那次庭审中拉斯洛被指控为"铁托分子""西方间谍",后被处死。

是"资本主义间谍",连他的朋友们都不信任他了。在一次作家小组会议上,我们谈到了这件事,决定去找比尔,让他止住这样的传言。约翰和我后来见了比尔,说传言显然是假的,杰克·布里格斯绝不可能是间谍,要求他对此采取行动。比尔和蔼可亲,说他会"过问一下",有结果了就通知我们。我们知道这意味着上报上级,就让他去"过问"了。结果一直没比尔的消息,好几周都过去了。党内司空见惯的套路——熬到风头过去。我们又去找了比尔。他极其和蔼,表示无能为力。为什么?"就这件事情而言,可能还是有些疑问……"我和约翰都生气了,质问比尔是不是也怀疑杰克是间谍。比尔犹豫了片刻,然后发表了一大段明显不诚恳的自我辩解,说"任何人,包括我自己,都有可能是间谍",脸上自始至终挂着明媚友好的微笑。我和约翰走的时候既郁闷又气愤——这些情绪针对的是我们自己。我们坚信杰克·布里格斯没问题,并且坚信其他人也和我们一样,但谣言和恶意的诋毁仍在继续。杰克·布里格斯陷入了严重的抑郁,感受到了彻底的孤立,不论右派还是左派。更讽刺的是,他和雷克斯因有关中国的文章产生分歧那次,对方说他的文章有种"共产主义色彩"。然而三个月后,几家重要的报纸却开始刊发类似风格的文章,这时大无畏的雷克斯反倒觉得是时候刊发写中国的文章了。他想邀杰克写,但杰克只是逆反和怨恨,没答应。

这个故事还有好几个多少有些夸张的版本,但这就是那个特定时期的、共产党员或亲共知识分子的故事。

1952年1月3日

在这本笔记里我写的内容很少。为什么呢?我明白我写什么都像是在批评组织。但我还身处其中。莫莉也是。

* * *

迈克尔有三个朋友昨天在布拉格被绞死了。他一整晚都在跟我说话——或者更确切地说是在对自己说话。他首先解释了为什么这几个人不可能背叛共产主义,然后又以高度的政治敏感解释为什么党组织不可能构陷并绞死无辜的人,所以这三个人只能是在没有意识到的情形下站到了"客观上"的反革命立场上。他一直不停地说啊说,直到最后我说我们该上床休息了。他整晚都在睡梦中哭泣,我不断被吵醒,发现他在呜咽着,眼泪浸湿了枕头。早上我告诉他他夜里一直在哭,他就生气了——生自己的气。他出门上班前看起来就像个老头子,脸上沟壑密布,没什么血色,冲我心不在焉地点了一下头——他此刻是如此的疏远,将自己封闭在痛苦与自诘中,而我在此期间帮罗森博格夫妇征集请愿[1]。现在除了党员和亲共的知识分子,根本没人愿意在上面签名。(这就跟法国不可同日而语了。英国的大环境在过去的两三年里发生了戏剧性的转变,变得紧绷、多疑而惶恐,只需要再施加极小的一股力,我们就会彻底失去平衡,跌入到英国版的麦卡锡主义之中。)别说那些"可敬"的知识分子了,就连党员都在问我为什么要为罗森博格夫妇而不是在布拉格遭到构陷的人请愿。我感到了恶心——这种恶心既针对我自己,也针对那些不愿意为罗森博格夫妇签名的人,我好像生活在一种可疑而恶心的氛围中。由于一种忧郁的情绪,莫莉今天晚上哭了——她当时正坐在我的床上说着她一天的经历,然后就开始落泪,安静而又无助。这一幕自然让我想到了玛丽罗斯,她坐在马肖比的大厅里时眼泪突然顺着脸颊滑落,她说:"我们以前还以为一切都将变得美好,但现在我们知道了,这样的未来不会来。"莫莉哭的时候就是那个样子。报纸铺满了我家的地面,上面报道着罗森博格夫妇,报道着东欧的消息。

---

[1] 指朱利叶斯·罗森博格和艾瑟尔·格林格拉斯·罗森堡,美国公民,美国青年共产主义联盟成员,1951年被指控为苏联窃取美国核武器情报,3月29日被宣布有罪,判处死刑,1953年行刑。在笔记的这个时间点,安娜应该是在为他们收集请愿签名,以争取免除死刑。

罗森博格夫妇被电刑处决了。我一夜身体都不太舒服。今天早上起床后我问自己：我为什么能为罗森博格夫妇难过成这样，对东欧国家那些遭到诬陷的人却只是觉得无助和沮丧？我的回答很讽刺，对于在西方发生的事情我自觉是有责任的，而对于在另一边发生的事情我就完全不这么认为，尽管我是个党员。我跟莫莉说了跟这差不多的话，她言简意赅地回复道（她当时正在为组织工作焦头烂额）："好的，我知道了，但我现在很忙。"

* * *

库斯勒[1]。他的话一直萦绕在我心头——他说在西方，任何一位过了某个特定时间点却还留在党内的共产主义人士一定是基于某种私人执念才这么做的，大致是这个意思。于是我质问我自己，我的私人执念到底是什么？当时针对苏联的大部分批判都是实话，因此一定有一群人正在苏联国内等待时机，打算将历史进程拨回真正的社会主义。这件事我以前从没有这么清楚过。这是我会和前党员讨论的事，但却无法跟任何一位现党员说。莫非所有我认识的党员都有着相似的不可说的私人执念，或各不相同的执念？我问了莫莉这个问题，她厉声道："库斯勒那个猪猡的书有什么好看的？"这样的发言相较于她平日里的水平——无论是否有关于政治——差得也太远了，我有些意外，本想跟她讨论一下，但她太忙了。每当她在负责某项组织工作时（她正在筹备一个大型东欧艺术主题展），她就会非常沉浸其中，以至于对其他事都没兴趣，完全进入了另一个角色。今天就是这样，当我找她聊政治的时候，我永远都不确定回答我问题的会是哪个她——是那个不露声色、脑袋灵光、满嘴俏皮话的政治女性，还是那个讲起话来无比狂热的党内极端分子。我自己也拥有这两个人格，比如

---

[1] 指阿瑟·库斯勒（1905—1983），英籍匈牙利作家，代表作《中午的黑暗》以1930年代苏联肃反运动为主题。

说上周,我在街上碰到雷克斯编辑的时候,我们互相打了个招呼,我瞅见他脸上浮现出了恶意而批判的神色,那时我就知道他准备抨击我党,而我同样也清楚,他要是真这么做,我会为党辩护的。我不愿听他恶语相向,也不愿自己犯傻,于是就找了个借口走开了。你入党时不会意识到,真正的麻烦在于唯有党员或前党员跟你说话时才不会带着这种源于无知的恶意,你会被孤立。当然,这也是我要退党的原因。

我读到昨天写的我要退党这件事。我在想要在什么时候,以什么原因退呢?

和约翰一起吃了晚饭。我俩很少见面——我俩总因政治分歧而剑拔弩张。末了他说:"我们之所以没退党是因为我们不愿和创造一个更美好世界的理想告别。"真是毫无新意,但也很有趣,因为这句话的潜台词是,他相信,以及我也一定相信,只有共产党才能创造一个更美好的世界,然而我俩都完全不信这个。但首先,他说的这句话之所以让我感到震惊是因为它与他之前所有说过的话完全背道而驰。(我此前的论点是布拉格的风波显然是一场构陷,而他的论点是共产党尽管犯了"错误",但他们绝不是有意要这么疑神疑鬼的。)我到家后想到,我之所以入党大概是因为自己的潜意识渴求着完整性、渴求着为我们所有人充满分裂、歧异与不如意的生活方式画上句点,然而入党反而激化了分裂,并非是因为我加入的这个组织的每一条信条——反正至少是台面上的那些——都悖离了我们身处的社会的观念,而是出于某些更深层次的原因,或者是某种更令人费解的原因。我想去思考这件事,大脑却不停地游入一片空白之中,我感到困惑而且疲倦。迈克尔来时已经很晚了,我跟他说了我的思索,毕竟他也算是个巫医、一个灵魂治疗者。他有些幸灾乐祸地看着我,说道:"我亲爱的安娜,当人类的灵魂坐在厨房里,或是躺在双人床上,就已经够复杂的了,我们对它一无所知。而你坐在那儿发愁,只因你无法理解那些处于世界革命中心的人类灵魂？"于是我搁置了这个问题，感到轻松愉快；但也内疚，因为自己居然如此乐于略过这个问题。

我和迈克尔一起去了趟柏林。他正在寻找因战争而失散的老友，他们现在可能在世界上的任何地方。"我估计已经死了。"那是种全新的语气，平静，带着决意保持麻木不仁的凛然，他从布拉格审判开始就这样了。东柏林是个恐怖的地方，荒凉、阴沉、残破，但首当其冲的还是这里的氛围，其自由之缺乏如隐形的毒雾，持续弥漫在每个角落。最具代表性的一桩事是这样的：迈克尔撞见了几个战前的老相识，他们对他却很是敌视——迈克尔跑上前去打招呼，却见到他们一脸的敌意，一下子就哑巴了。他们知道他之前和那些在布拉格被绞死的人——至少其中三个——关系很好，所以才是这样的态度，因为那意味着他也是个叛徒。迈克尔没有大喊大叫，他很礼貌地想要跟他们对话，而他们就像是一群狗或者野兽，头朝外挤作一团，互相抵着屁股以对抗恐惧。我从没见过这种场景，他们的脸上写满了恐惧和仇恨，他们中一个女的眼中燃着怒火，说道："同志，你怎么穿着这么一身昂贵的西装？"迈克尔向来只穿成衣，他不怎么在衣服上花钱。他说："可这已经是我在伦敦能买到的最便宜的西装了，艾琳。"她立刻露出了狐疑的表情，她注视着自己的同伴们，脸上又浮现出了心满意足的神色。她说："你上这儿干什么来了？来散播资本主义的毒草吗？我们知道你总穿那些垃圾，我们这儿可没有那种消费品。"迈克尔先是愣了一下，然后他仍以嘲讽的语气说："即便是列宁，也清楚一个刚刚建立的共产主义社会是有可能出现消费品短缺的情况的，而英国，我想你是知道的，艾琳，英国是个非常稳固的资本主义社会，因此消费品是很充足的。"她的脸因愤怒或憎恶而扭曲了，她转过身，与她的同伴们一道离去了。迈克尔对此只是说了句："她过去可是个聪明女人。"他之后拿这件事开过玩笑，语气里却满是疲惫与消沉，比如有一次他说："想想吧，安娜，我这身衣服不过比她丈夫那身略微贵了那么一点点，艾琳同志就要为此鄙视我，共产主义的先烈们全部的牺牲就换来了这么个社会。"

斯大林今天死了。莫莉和我难过地坐在厨房里，我一直在说："我们也摇摆不定了，我们应该为此高兴才对，我们念叨他怎么还不死都好几个月了。"她说："噢，我不确定，安娜，他对所有那些可怕的事情完全不知情也说不定。"然后她又笑道："咱们难过的真正原因在于我俩现在就是两只惊弓之鸟。总之还是要比咱们认识的那些恶人强。""反正情况已经不可能更糟了。""怎么就不可能更糟了呢？就因为我们所有人都似乎相信一切都会好起来吗？凭什么会好？有时候我觉得我们正在步入一个新的属于暴政和恐惧的冰川期，难道不是吗？谁能阻止这样的时代到来——就凭我们？"之后迈克尔来找我时，我跟他说了莫莉的那番话——斯大林不知情之类的，因为我觉得这还挺奇怪的，就因为我们都需要一个伟人，所以我们在所有证据面前一而再、再而三地反复塑造着他的形象。迈克尔的神情疲惫而阴郁，说出来的话也出乎我的意料："唔，她说的也可能是实情，不是吗？这就是重点——任何一件事在任何一种情况下都有可能是真的，这世上就从来没有任何办法可以弄清楚任何事情的真相。一切皆有可能——万事万物都如此疯狂，任何事情都有可能。"

他说这话的时候脸上带着崩溃的表情，涨得通红，声调的平淡也一如那段时期的常态。他后来又说："好吧，我们很高兴他死了，但我在青年时期，在政治上还很活跃的时候，他就是我心目中的伟人。他是我们所有人心中的伟人。"他想要笑出声，然后又说，"不管怎么说，希望世界上能有一个伟人的愿望本身并没有错。"然后他摆了一个新姿势，举起一只手架在眼睛正上方，就仿佛光线太过耀眼。他说："我的头有点痛，咱们要不现在上床吧？"在床上我俩并没有做爱，而只是并排躺着，也不言语。他在睡梦中哭泣，我不得不把他从噩梦中唤醒。

国会下院议员补缺选举，伦敦北部。参选者——保守党、工党、共产党。那原本是个工党的席位，但相较于前一次选举，工党虽仍占多数席位，但已有所下降。跟以往一样，英共集团内部对于该不该分流工党的选票这件事进行了数次长时间的讨论，我出席了好几次这样的讨论。这样的讨论都很雷同。不，我们不希望将选票分流掉，确保工党而不是托利党占住这个席位至关重要。但从另一个方面来说，如果我们对英共的精神存有信仰，我们就应该有个自己的议员。然而我们又很清楚，英共根本就不可能赢得这个席位。讨论就这么僵持着，直到中央派来的专员介入说，仅将英共视为某种社会小团体是完全错误的，这就是种失败主义，我们必须在选举上奋力一搏，仿佛我们坚信自己能够赢得胜利一般。（尽管我们清楚赢不了。）于是中央派来的人发表了一通战斗的演说，虽然鼓励了所有人努力拼搏，却还是无法解决最基本的困局。我有三次目睹了疑虑和困惑的消散，而打消这些疑虑和困惑的确是——一句玩笑话。哦是的，这句玩笑话在政治上很重要，而它恰恰出自这位中央专员之口："没关系的，同志们，我们会输掉我们全部的资源，我们能赢得的选票根本就不至于能对工党的选票造成分流效应。"大家爆发出如释重负的大笑，然后就散会了。这句玩笑话完全违背了官方精神的一切，但却是对所有人感受的一种总结。我去拉票了，花了整整三个下午。竞选总部设在住在这个区的同志家中，组织者是无所不在的比尔，他就住在这个选区。十几个家庭主妇利用空闲在下午拉选票——男性则是晚上来。大家都相互认识，这种氛围我感觉特别好——大家为一个共同的目标而携手并进。比尔是个出色的组织者，事情处理得巨细靡遗。在出门拉票前先喝上几杯茶，商量一下该做些什么。这是个工人阶级的区域，"我党在这里有着很好的基础。"其中的一个女人骄傲地说道。我拿到了二十四张卡片，上面写着已经被拉过票的人的名字，并标着"不确定"。我的任务是再找他们一次，说服他们投票给英国共产党。我离开竞选总部的时候，讨论进展到了拉选票的正确着装方式——这些女人中的大多数都穿得都比该片区的女人更精致。"我觉得有意穿得跟平时的着装不一样是不对的，"其中的一个女人说，"那是作弊。""话是这么说，但如果你敲别人家门的时候穿得太过体面，他们会对你心存戒备的。"比尔同志大笑道，一脸的和气——跟沉浸于具体的工作时的莫莉一样，充满活力且和气亲切，他说："结果很重要。"两个女人批评他不诚实："我们应该在所有事情上都保持诚实，不然他们就不会信任我们了。"他们给我的名单上的人分布在一片很广的工人聚居区里，这是个很不美观的区域，全部的房子都大同小异、又小又破，主交通站在半英里开外，朝四周喷吐着浓烟，天上是又低又厚的阴云，浓烟正冉冉升起加入其中。我去的第一间屋子有一扇破烂且掉了漆的门，C太太穿着一件松垮的羊毛连衣裙，围着条围裙，疲态尽显。她有两个小儿子，他俩都穿得很体面，被呵护得很好。我说我是英共的，她点了点头，我说："我了解到的情况是，你还没决定好要不要投我们的票？"她说："我对你们没什么意见。"她没什么敌意，还很礼貌。她说："上周来的那位女士留了本书给我。"（那是本宣传册。）最后她说道："但亲爱的，我们一直都是投票给工党的。"我在那张卡片上标注了工党，在"不确定"上打了个叉，接着去下一家。下一家住的是塞浦路斯人，房子甚至比前一家还要破，这家有一个一脸困倦的男青年、一个深色皮肤的漂亮姑娘、一个刚出生的宝宝，几乎没什么家具，刚搬来英国没多久。结果他们"不确定"的点在于他们是否有投票权，我跟他们解释说他们有投票权。他俩都是好脾气的人，但希望我走。宝宝一直在哭个不停，空气中弥漫着紧张而疲惫的氛围。男青年说他对共产党没意见，但他不喜欢俄国人。我的感觉是他们不会愿意费那个工夫去投票，但还是没动卡片上的"不确定"，接着去下一家。这家人的房子保养得很好，有一群小阿飞在屋外，我来时他们对我吹口哨，开不太恶劣的玩笑。我要叨扰的是一个主妇，她身怀六甲，当时正躺着休息。在让我进门前，她正在责备她儿子明明说了要去采购怎么还没去，而她模样端正、言行粗鲁、打扮体面，看上去十六岁左右的儿子说他待会儿去——这块区域的孩子穿得都很体面，即便他们的父母穿得并没那么好。"你有什么事?"她对我说。"我是英共的。"我解释道。她说:"哦,你们的人之前已经来过了。"语气很礼貌,只是有些漠然。在进行了一番全程难以使她赞同或不赞同任何议题的讨论后,她说她的丈夫向来只投票给工党,在这方面她丈夫怎么说她就怎么做。我离开时她大声呼喊着她儿子,但他抿嘴笑着跟一伙朋友溜掉了。她冲他大吼了一会儿,但这一幕却有种温存在里面:她并不真的指望他能帮忙采购,但朝他大吼大叫又是出于原则,与此同时他也盼着她会吼他,因此也不会真的往心里去。我接着去了下一家,那个女人亟不可待地要请我喝茶,并表示自己喜欢选举:"不断有人上门来说上几句话。"简而言之,她很寂寞。她拖着调子、无精打采、疲疲沓沓、无止无休地聊着自己的个人问题。(在我造访的所有人家里,这家在我看来才是唯一真正有困扰、有苦楚的。)她说她有三个小孩,百无聊赖,想回去上班,但她先生不乐意。她不管不顾地说啊说啊说,我在她家待了三个小时,不得脱身。当我终于开口问她是否打算投共产党的票,她说:"是的,如果你希望如此,亲爱的。"——这句话我敢肯定她对所有来拉票的人都说过。她又补充了一句,说她先生一直以来都投票给工党。我把"不确定"改成了工党,接着去下一家。大约晚上十点我回到了总部,带着所有的卡片,除了三张改成了工党的,我把它们交给了比尔同志,说:"我们有些拉票人倒是挺乐观的。"他快速翻看了一遍卡片,不发一语,将它们放回了原来的盒子里,考虑到其他拉票人的感受而大声道:"我们的政策确实得到了支持,我们会有属于自己的议员的。"我一共拉了三个下午的选票,另外两个下午并不是去确认"不确定"的选票,而是去开发一些新户。我们发现了两位要投票给共产党的人,两人都是党员,剩下的都打算投工党的票。有五个寂寞的女人自顾自地渐渐陷入疯狂,她们的丈夫和儿女对此没有任何帮助,要么他们干脆就是她疯狂的原因。她们共有的一个特点就是喜欢自我质疑,因自己不幸福而愧疚,她们都喜欢说的一句话是:"我身上肯定出了什么问题。"回到竞选总部后,我跟那天下午管事的女人提到了这些女的,她说:"是这样的,不管我去什么地方拉选票都会遇到这些神神叨叨的人,咱们国家有的是这种自己陷入疯狂的女人。"她停顿了片刻后又补了一句,带着些微与跟我交谈过的那些女性的自我质疑和愧疚截然相反的侵略性:"我以前也这样,直到入党我才找到了自己人生的意义。"我一度思考过这件事——事实是,相比于竞选,我反倒是对这些女人更感兴趣。竞选日的结果:工党胜出,获多数席位。共产党候选人竞选失利。**玩笑一则**(来自竞选总部笑话制造者:比尔同志):"如果我们能多拿下两千票,就能跟工党打个平手,看到一丝胜利的曙光了!"

琴·巴克是一位党内小领导的妻子,三十四岁的年纪,个头娇小,肤色暗沉,身材丰满,整个人相当平平无奇。她的丈夫对她总是一副屈尊纡贵的态度,而她的脸上无时不刻不挂着一种紧张、探询而温和的神色。她来收党费来了。她天性健谈,一旦开口就停不下来了,而她是所有爱说话的人里最有趣的一类。话从她嘴里说出来之前,她对自己到底会说出什么话来是完全没有数的,因此她经常会脸红,解释她刚才的话的意思,要不然就紧张地笑两声,再不然就说到一半困惑地蹙着眉停下话头,仿佛在说:"我应该不是**那个意思吧?**"因此她说话时脸上同时也带着听别人说话的神色。她在写小说,她说自己没时间完成这部小说。我还没见过哪个党员从没写过或没提笔,或不打算写长篇、短篇或剧本。我觉得这个情况非同寻常,尽管个中原因我不明白。鉴于她说话时的失控总是使人震惊或发笑,她正在培养自己丑角或专业幽默作家的一面,但是当她听到有些评价时,她有意让自己表现得诧异,她通过过往的经验能判断出对方会开心还是不高兴,因此她会困惑而紧张地嘲笑自己,然后赶紧推进到下一个话题。她有三个孩子,她和她丈夫对这几个孩子都寄予厚望,为了让他们拿到奖学金而不断地激励他们。他们悉心按照党的立场教育孩子,给他们讲解苏联的局势等。他们清楚自己属于少数派,面对陌生人时一副防备而封闭的神情,而和共产党员在一起时,他们则喜欢炫耀对党组织的了解,而他们的父母则会一脸骄傲地在一旁看着。

琴是一家餐厅的经理,每天需要工作很长时间,这使她乏味呆板,但却让她的孩子以及她自己过得很好。她同时也是本地党支部的文书。她对自己并不满意:"我做的还不够,我的意思是说为党组织做的还不够,只是些文书工作,就像个白领似的,没任何意义。"她紧张地笑了,"乔治(她的丈夫)说我这样的态度不对,但我不明白为什么总是要我低头认错,他们犯错也是三天两头的事啊,不是吗?"她笑了两声,"我决心做些有价值的事情来换换口味,"又是两声笑,"我的意思是我想干点不一样的事,毕竟连领导同志都在谈党派的问题,不是吗……当然了领导同志应该**带头**提这件事……"又是两声笑,"尽管看起来不会出现这样的事情……不管怎么说,我决心做些有用的事情来换换口味,"又是两声笑,"我的意思是,我想做些不一样的事。我现在每周六下午都要带一个班的后进的学生,我以前教过书,你也知道的,我现在负责培训他们。不,不是党员的小孩,就是些普通人家的小孩,"又是两声笑,"一共十五人,不轻松呢。乔治说我最好还是去发展党员,但我想做些确实有用的事情……"她源源不断地说下去。党内有相当多的人并不真的具备政治素养,但却有着强烈的服务意识。还有一些孤单的人,组织就是他们的家。保罗是个诗人,上个礼拜他喝醉的时候说自己对这一切感到恶心,但他自打1935年就入党了,他要是退党了,就相当于推翻了"他的整个人生"。

【黄色笔记看着像是小说的草稿,因为它的标题就叫作《第三人的阴影》。这本笔记的确有着小说一样的开头:】

茱莉亚的声音响亮地拾级而上:"艾拉,你不是要去派对吗?你准备泡个澡吗?你要是不泡澡的话我就泡了。"艾拉没答话,首先是因为她正坐在她儿子的床上等着他睡着,其次是因为她已经决定不去派对了,而且不想就这件事跟茱莉亚吵。片刻后她小心翼翼地下了床,但迈克尔立刻就睁开了眼睛,说:"什么派对?你要去派对?""没有,"她说,"快睡。"他的双眼再次闭上,睫毛颤动了会儿就归于平静了。哪怕在睡着的时候他都令人生畏,他身材粗壮,脾气粗暴,四岁。在阴暗的光线下,他沙色的头发、他的睫毛,甚至是他光着的前臂都闪着金光,他棕色的肌肤因夏季的日照而微微反着光。艾拉安静地关掉了灯——然后等了会儿;走到门边——又等了会儿;溜出门去——又等了会儿。屋内没反应。茱莉亚轻快地上了楼梯,以她乐呵又没心没肺的声音问道:"那个,你到底去不去?""嘘,迈克尔刚睡着。"茱莉亚压低声音说:"你先去洗澡吧,我打算等你出门以后再安安静静地泡会儿。""但我之前说过我不去了。"艾拉说,语气中带着些微的愠怒。

"为什么不去?"茱莉亚一边说着,一边走进了这一层的大房间。这层有两个房间和一个厨房,面积都很小,天花板也很低,上头就是屋顶了。这是茱莉亚的房子,艾拉和她儿子迈克尔住这一层。较大的那间房里摆着张嵌入式的床、书本和一些报纸,采光不错,色彩明快,中规中矩,平平无奇。艾拉无意将自己的品味施加其上,某种拘束感让她没办法这么做:这是茱莉亚的房子、茱莉亚的家具,未来的某时,这里会按照她的品味来布置。艾拉感觉到的就是类似的东西,但她喜欢住在这里,也没有搬出去的打算。艾拉跟在茱莉亚身后,说:"我不想去了。""你从来就没想去。"茱莉亚说。她蹲坐在一张尺寸对这个房间来说过大的扶手椅上,开始抽烟。茱莉亚胖嘟嘟的,身材敦实,热情洋溢,精力充沛,犹太裔。她是个演员。在当演员这件事上她从来没怎么上心,她出演配角,演得很不错,而这些角色如她抱怨的那样,分为两类:"老套的工人阶级喜剧人物,以及老套的工人阶级悲剧人物。"她刚开始在电视台上班,对自己很是不满。

她那句:"你从来就没想去。"半是针对艾拉,半是她自己。她总想要出门活动,永远无法拒绝别人的邀请。她会说即便她鄙夷某些她出演的角色,厌恶剧本身,宁可自己跟这部剧没有任何关联,但仍享受在其中"散发自己的魅力"。她喜欢排练、剧院商店、聊闲天和小仇小怨。

艾拉在一家女性杂志社上班,她写衣服和化妆品的文章写了三年,都是围绕"吸引并留住男人"的主题,她对此深恶痛绝。她并不擅长写这类东西,要不是她是那位女编辑的朋友,她早就被解雇了。她最近在做的事情她要喜欢得多:杂志新增了医学专栏,撰稿人是个医生。但编辑部每周收到的成百封来信中有一半都和医学沾不上边,而是些私人性质的问题,没办法公开作答,艾拉就负责处理这些信件。另外她还写了六个短篇小说,她自己给了差评"敏感阴柔"。无论她还是茱莉亚都表态说这类故事正是她们最讨厌的。另外她的长篇小说也写了一部分。简而言之,从表面上来看茱莉亚没什么理由嫉妒艾拉,但她偏偏就嫉妒。

今晚的派对在与艾拉合作专栏的那位医生家举办,在伦敦北部,距离很远。艾拉有些犯懒了,对她而言要让自己挪窝永远是件费力的事,茱莉亚如果没有上楼来找她,她早就上床看书去了。

"你自己说,"茱莉亚说,"你还想再婚,但如果你从不出门认识人,你又怎么再婚?"

"我就是受不了这个,"艾拉突然爆发了,"既然我又挂牌上市了,我就应该去派对。"

"用这种态度说话可不好——所有事情都是这个道理,不是吗?"

"可能吧。"

艾拉希望茱莉亚赶紧走,她坐在床沿上(此时厚床垫上铺着柔软的绿色针织床单),跟茱莉亚一块抽着烟。她以为自己掩藏住了自己的感受,但事实上她正烦躁不安地紧锁着眉头。"毕竟,"茱莉亚说,"除了你办公室里那些糟心的虚伪家伙,你也没真的认识过什么人,"她又补充了句,"另外,你上周还发誓说会去呢。"

艾拉瞬间笑出了声,片刻后茱莉亚也和她一起笑了起来,她俩立刻感觉到了彼此的友善。

茱莉亚最后那句话有种熟悉的味道。她俩都觉得自己是普通女人,尽管不属于传统女性。但既然是女性,也就是说,她俩都有寻常的情感。而至于为什么她们的人生轨迹实际上并不寻常,她们觉得,甚至敢断言说,那是因为她们从未遇到过能看见她们真实样貌的男人。就过去的情况来看,女人对她俩都混杂着羡慕和敌意,而男人对她俩的情感则老套得令人沮丧——她俩都如此抱怨过。朋友们觉得她俩是那种蔑视常规道德的女人,如果艾拉说,对于那些对她展现出兴趣的男性,她在等待离婚判决的整个过程中都审慎地克制着自己对他们的回应(或者说他们也在克制自己),茱莉亚是唯一相信她说法的人。艾拉现在自由了,她的丈夫在离婚的判决下来的第二天就结了婚,艾拉对此并不在意。这是段悲哀的婚姻,当然也不比这世间的很多婚姻差到哪里去,但艾拉当初要是继续留在这段妥协的婚姻中,她会觉得自己背叛了自己。外人听到的说法是,艾拉的丈夫乔治因为其他女人而离开了她,她厌恶随这个说法而来的怜悯,但出于各种复杂的骄傲,她没有去纠正它。再说,别人怎么想又有什么所谓呢?

她有孩子,有自尊,有未来,却无法想象未来里没有男人的存在,因此她当然是赞同茱莉亚的务实的,她应当出席派对并接受邀约,然而她却睡了太多觉,并且郁郁寡欢。

"此外,我如果去了,肯定会和韦斯特医生吵起来的,这可不是什么好事。"艾拉的意思是她看不惯韦斯特医生的敷衍塞责,他这样并非由于责任心匮乏,而是因为想象力贫瘠,凡是他没办法告知以正确的医院、药物和治疗方法的病患,他就会统统推给艾拉。

"我知道,这些人太糟糕了。"茱莉亚口中的**这些人**指的是这世上所有的公务员、官僚,所有在办公室里坐班的人。对茱莉亚来说,**这些人**

当然是中产阶级——尽管茱莉亚没有入过党,但她是个共产主义者,且她父母都是工人阶级。

"瞧这个。"艾拉兴奋地说。她从包里取出一张叠着的蓝色纸片。那是封信,信纸是廉价的书写纸,上面写着:"亲爱的奥尔索普医生:绝望之中,我觉得自己必须要写信给您。我的脖子和头部都得了风湿,您在您的专栏中亲切地答复过其他风湿患者,请您也给我一些建议。我的风湿是在我丈夫于1950年3月9日下午3点在医院过世后感染上的。我现在很害怕,因为我独自一人在我的公寓里,要是我的风湿扩散到了全身使得我动都动不了没办法求救该怎么办?期待您善意的回复。此致敬礼。多萝西·布朗(太太)。"

"他怎么回的?"

"他说自己的职责是写医学专栏,不是为门诊病人排查神经过敏症。"

"我似乎都听到他是怎么说这句话的了。"茱莉亚说。她就见过韦斯特医生一次,第一眼就将他视作敌人了。

"全国上下有成百上千的人内心郁结着痛苦,但没人在乎他们。"

"没人他妈的在乎。"茱莉亚一边说一边猛地掐灭了烟头,显然放弃了劝艾拉去派对的努力,"我要去泡澡了。"她唱着歌走下楼,楼道里传来了轻快的脚步声。

艾拉并没有立刻起身。她在想:出门的话,我得熨件衣服才行。她甚至打算起身挑衣服了,但是眉头一皱,想:我都开始考虑该穿什么了,是不是意味着我真打算去派对了呢?好奇怪啊,也许我其实想去?不论如何,我总是这样,说着我不会如何如何,结果又改了主意。重点在于,我可能早已拿定了主意,但我拿定的又是哪个主意呢?我是不会变卦的。我突然发现自己在做之前说不会做的事。没错。现在我已经完全不知道我到底做了怎样的决定。

几分钟过后她开始集中注意力在她写到一半的小说上。这部小说的主题是自杀,一个小伙子一直都不知道自己想自杀,直到他临死前的那一刻，他才恍然大悟，自己一直以来都在为此而准备，巨细靡遗，都已经铺垫了好几个月了。这部小说的重点在于一种矛盾，表面上来看他的生活井然有序、按部就班，然而却缺乏任何长期规划，而隐藏着一个只关乎自杀的主题，而最终也引出了自杀。他对未来的规划都很含糊且不可行，与之相对的是他对于当下的生活却极度务实。绝望或疯狂或非理性的暗流就会流往——或者说是流回——对于遥远的未来不可行的幻想。因此真正具有延续性的是没怎么被人注意到的绝望底色、不为人知的自杀意愿的增长，而死亡的那一刻同时也是他真正理解自己生命延续性的时刻——这种延续性并非基于秩序、原则、实用与常识，而是基于非现实性。在死亡的那一刻，他将会理解对死亡黑暗的渴求与死亡本身，这两者正是被对美好生命的狂野幻想连结在了一起，而所谓常识和秩序（并非像之前的故事里展现的那样）一度是理智的表征，但实则为疯狂的前兆。

艾拉对这部小说的灵感产生于她发觉自己正在换衣服，准备出门和人吃晚饭的那一刻，此前她分明还告诉自己说她不愿意出门。她诧异于脑子里自行涌出的念头：这恰恰就是我会选择的自杀方式，我会发觉自己正准备跳出一扇打开着的窗户，或是在一间狭小的密闭房间里拧开燃气开关，我会不带任何情绪，而是抱着一种对于我许久以前就该理解的道理的顿悟对自己说：老天爷！原来我一直以来计划的就是这件事，一直以来就只是为了这件事！我很好奇到底有多少人就是这么自杀的。大家总是以为人之所以自杀是因为某种绝望的情绪或是某场危机的到来，但对于很多人来说事情反倒是这样：他们发现自己把纸码得齐齐整整，开始动笔写诀别信，甚至以一种欢快而友善，近乎于一种好奇的感觉给他们的友人打电话……他们定时发现自己正把报纸往门缝以及窗户缝里塞，全程冷静而高效，然后不带感情地自言自语道："瞧瞧，瞧瞧！多有意思啊，我居然之前一直都不理解这一切究竟是为了什么！"

艾拉意识到整部小说很难写。不是因为技巧上的原因，恰恰相反，在她的想象里这个小伙子的形象非常清晰,她知道他是如何生活的,也知道他全部的习惯,就好像这个故事已经在她脑内的某处写好了,而她只是将其誊写出来而已。问题在于,她为这部小说而感到羞耻。她从未和茱莉亚提及过它的存在,她知道她的朋友会说些类似于"这个主题很消极,不是吗?"或者"这些东西不会为我们指明前进的道路……"之类的话,要不然就是从当下的政治语汇军火库里搬出来的其他评判的话语。艾拉过去会笑话茱莉亚的这类措辞,然而似乎她在内心最深处是赞同她的,因为她自己也不清楚这类小说能给任何读者带来什么益处。然而她还是在接着写。她对小说的主题除了感到诧异和羞耻之外,有时还会感到畏惧。她以前甚至想过:也许我已经偷偷做了自杀的决定,只是当下还没有意识到?(但是她并不相信这是事实。)这篇小说她一边继续写着,一边找了些借口,例如:"也没必要出版,我就是写给自己看。"当她和友人提及这篇小说,她则会开玩笑说:"我认识的所有人都在写小说。"这或多或少也是实情。事实上她对于这部作品的态度类似有些人对甜食的热情,对独处或别的某类私人消遣的沉湎,就如在一个隐形的**第二自我**面前进行表演,或是与镜中的影像对话一般。

艾拉已经从橱柜里取出了一条连衣裙,摊平了准备熨一下,她说:"所以我最终还是打算去派对了,不是吗?我想知道自己具体是在哪一刻下的这个决定?"熨连衣裙时,她还在继续构思她的小说,或者说将已经存在但隐藏在黑暗中的故事的一小部分揭示于光亮之下。她穿上连衣裙,然后在全身镜中查看了一下自己,然后才让小伙子自己待着,而开始专注于手头的事情。她对自己的外形并不满意,也不曾特别喜欢过这条连衣裙。她衣橱里有不少衣服,然而她对其中任何一件都谈不上特别喜欢。对于自己的脸和头发,她也是一样的态度。她的头发不太对劲,从来就没对劲过。然而她还是拥有魅力女人的一切特质。她身材娇小,她的骨架本身就很小。她的五官也好看,分布在一张小巧的瓜子脸上。茱莉亚总说:"你要是好好捯饬一下自己,你就会跟那些法国辣妹一样,永远都那么性感，你就是那一型的。"然而艾拉总是功败垂成。她今晚穿的是一条纯黑的羊毛连衣裙，看起来应该"永远都那么性感"，但是并非如此，至少穿在艾拉身上的时候并非如此。她将头发挽到脑后。她看起来很是苍白，甚至接近于素净寡淡。

但我不在乎那些我要去见的人，她这么想着，从镜子前转过身。所以无所谓，下次等到有我确实想去的派对时我再较真好了。

她的儿子已经睡着了。她在浴室外面对茱莉亚喊道："我还是决定去一趟。"茱莉亚回以一阵冷静而带着胜利意味的笑："我早就料到了。"笑声中那股子扬扬自得的劲儿让艾拉有些恼，但她只是说："我会早些回来的。"茱莉亚并没有直接对这句话做出回应，而是说："我的卧房会替迈克尔留个门的，晚安。"

前往韦斯特医生家意味着坐半个小时的地铁，换乘一次，然后再坐一小段公交。艾拉之所以一直不大情愿逼自己离开茱莉亚的屋子，其中的一个原因就在于城市让她感到恐惧。要一英里又一英里地穿过伦敦周边面目难辨、奇丑无比的荒地总会让她火大，而怒火退去后唯余恐惧。她在公交站等车时又改了主意，决定徒步前往目的地，来惩罚自己的懦弱。她将步行走完剩下的一英里地，直面她所痛恨的东西。她前方的街道两侧，破败的灰色小屋绵延不绝，夏末深夜灰色的天光从潮湿的天幕中降下。四面八方数英里的范围内满是这样的丑陋与破败，这就是伦敦——由这样的屋子构成的无穷的街道，而这种洞察所带来的纯粹意义上的物理重量之所以教人不堪忍受是因为——哪里才能找到将这种丑陋托起的力呢？她心想，在每条这样的街道上都住着像她手袋里装着的那封信的女主人那样的人，这些街道都被恐惧与无知所统治，而本身又由无知与破败所建立。这就是她生活的城市，她是其中的一部分，并对其负有责任……艾拉独自在街上快速行进着，鞋跟的声音在她身后回响。她看着窗户后的窗帘，从窗帘上的蕾丝和绣花看出，在城区的这头，这是条属于无产阶级的街道，里面住着的是写那些糟糕得无从回复，但艾拉又不得不去回复的信的那批人。但是现在事情陡然出现了转机，因为窗帘突然不一样了——成了纯粹的孔雀蓝。这是一位画家的家，他搬进了这栋便宜的屋子里，并将其美化了一番，然后其他的专业人士也紧随其后搬了过来。这里住着一小撮不同于这个区域其余住户的人，他们无法与更远些的街坊交流，后者连半只脚都不可能，大概也不愿意踏进这些屋子里。韦斯特医生家到了——他和第一个搬来这儿的那位画家是相识的，他买下了街对面差不多正对着画家家的房子。他之前说过："时机刚好，房价已经开始涨了。"这间房子的花园很是凌乱，他平时看诊很忙，家里有三个娃，妻子则要协助他的工作，根本没时间打理花园。（这条街上的花园多数都维护得很好。）艾拉心想，这个世界就不会有人给女性杂志写信以求神谕。门打开了，门后是韦斯特太太干练而亲切的面庞。她一边说着"所以你最后还是来了"，一边拿过了艾拉的大衣。门廊美观、洁净而实用，这是韦斯特太太的世界。她说："我先生和我说了你因为他的奇葩患者又跟他吵了一架。你为了这些人不辞辛苦，你人真是太好了。""这是我的工作，"艾拉说，"他们可是付了我工钱的。"韦斯特太太和善而克制地微笑了一下。她是怨恨艾拉的，不过并非因为艾拉与她丈夫共事的缘故——这种情绪放在韦斯特太太身上未免太俗。艾拉一度无法理解韦斯特太太对她的怨恨，直到有一天对方用了如下字句："你们这些职业女性"。这几个字是如此的刺耳，与"奇葩患者"和"这些人"别无二致，以至于艾拉当时根本没办法做出任何回应。此刻韦斯特太太将丈夫与她谈论工作的事告知艾拉，据此来确立自己作为妻子的权利。放在以前，艾拉会对自己说：但不管怎么说她人都不坏。此刻她动了气，心说：她不是个善茬，这种人都应该带上他们消毒液似的字句去死，**奇葩患者也好，职业女性也罢**，我不喜欢她，也不打算假装喜欢她……她跟着韦斯特太太来到客厅，里面都是熟面孔，比如说她杂志社的女上司。她也是中年人，不过看着精干且衣着考究，一头光洁而卷曲的白发。她是个职业女性，外观是她职业的一部分，不像韦斯特太太,乍一看赏心悦目,然而却毫无灵气。她叫帕特丽夏·布兰特,而她的名字同样是她职业的一部分——女编辑帕特丽夏·布兰特太太。艾拉走上前坐到了她的身边。她说:"韦斯特医生刚才告诉我们说,你因为他的信件跟他吵了一架。"艾拉的视线飞速扫视了周围一圈,见所有人都充满期待地微笑着。这起风波已经成了这场派对的谈资,大家都期待她能稍作回应,然后一笑泯恩仇,而不要有任何真正意义上的讨论或冲突。艾拉微笑道:"吵架可谈不上。"接着小心翼翼地用一种哀怨而自嘲的语气补充道(这些人等着的就是这个):"但还挺不好受的,毕竟你也没办法真给这些人帮上什么忙。"她发现自己刚才也用了那几个字,"这些人",她为此又是气愤又是气馁。我就不该来,她心想,除非你和他们一个样,不然这些人(这里是指韦斯特夫妇以及他俩所代表的阶层)不可能容得下你。

"啊,但是这恰恰就是问题所在。"韦斯特医生说,语气很是干脆。他整体而言就是个利索而干练的男人。他又补了句调笑艾拉的话:"当然了,除非你能改变整个体制。我们的艾拉是个革命者,但她却不自知。""我还以为,"艾拉说,"我们所有人都希望改变体制。"但这句话的语气有些不对头。韦斯特医生不禁皱了一下眉,又露出微笑,说:"我们的确是这么希望的,"又说,"而且越早越好。"韦斯特夫妇的票都投给了工党,而韦斯特医生的工党"身份"对于帕特丽夏·布兰特来说又是件可以引以为豪的事——她自己是个托利党,这恰恰证明了她的包容。艾拉没有任何政治立场,但她对于帕特丽夏而言却一样重要,其原因很讽刺,恰恰是因为艾拉毫不掩饰对杂志的鄙夷。她俩共用一间办公室。杂志社以及相关机构都有着相似的氛围——扭怩作态,女里女气,自命不凡,而女编辑们在工作中好像全都被这样的气氛感染了,尽管她们——包括帕特丽夏自己——本身并不是这样的人。帕特丽夏本人善良、乐天、坦率,自尊自爱里充斥着抗争精神,但在办公室里她却会说出与她天性完全不符的话来。艾拉担心自己被同化,因而会批评帕特丽夏。然后艾拉会接着说，既然她俩都一样得通过挣钱来养活自己，就不应该在哪些事情是该干的问题上自欺欺人。她一度认为，甚至还有些期待帕特丽夏会让她卷铺盖走人，然而帕特丽夏却只是带她去吃了顿昂贵的午餐，并在此过程中自我辩解。原来，对帕特丽夏而言，现在这个职位是她失败的标志。她以前是某个大型精英女性杂志的时尚编辑，但很显然别人觉得她无法胜任那份工作。那份杂志包着一层时尚与文化的外衣，需要对于艺术中的时尚元素具备敏锐嗅觉的女编辑，而帕特丽夏对于时尚潮流全然没有概念。这在艾拉看来是优点，但是这个女性杂志集团的老总把帕特丽夏调去了《家庭女性》。这本杂志面向的是工人阶级妇女，甚至一点文艺的调调都不需要装。这下帕特丽夏总算与自己的工作性质匹配了，但这又使她暗自懊恼。她曾经神往并享受着之前那家杂志社的氛围，那本杂志与时尚的作者、艺术家是有合作关系的。她出身于一个乡绅家庭，富足，但没什么文化。她童年时代有仆从悉心照料，而正是这早年间与"下层阶级"——她就是这么称呼他们的，在杂志社还会有所收敛，不在杂志社时则会脱口而出——的相处经历，使她敏锐地认识到该如何服务读者。

她非但没想炒掉艾拉，相反还慢慢对艾拉产生了跟对之前被迫离开的那家时装杂志一样的神往与尊重之情。她会不经意地说自己有了个"高端"的下属——此人在"高端报纸"上发表过短篇小说。

相较于韦斯特医生，她对寄来编辑部的信件有着更为温暖及人情味的理解。

她开始维护艾拉："我赞同艾拉。每次我看到她每周都要消化的负面情绪，我真不知道她是如何做到的，那些事让我都难受得吃不下饭。相信我，要是我连胃口都没了，事情一定已经很严重了。"

这下所有人都笑出了声，而艾拉感激地冲帕特丽夏莞尔，而后者点了一下头，仿佛在说："没关系的，我们没有想要批判你。"

对话再度继续了下去，艾拉总算可以抽空看看周围的环境了。客厅很大，之前的隔墙都被打掉了。这条街上其他同样式的小宅子的一楼都是两间逼仄的小房间，一间是厨房——挤满了人，用于生活起居；另一间是会客室——用于社交。而韦斯特家的客厅占据了整个一层，除此之外就只有一个通往楼上卧室的楼梯间，整个一层都很是明亮，且色彩纷繁——暗绿、亮粉、黄色这类对比色的色块，交错对撞。韦斯特医生没什么品位，这个客厅也一如他的审美。艾拉心想，五年后，这条街上的房子里的墙面都会被刷成亮色，帘子和垫子也会配成一个颜色，我们正在——通过比如说《家庭女性》这类刊物——将这类审美强塞给住在这里的人，这样一来他们的客厅会变成什么样子呢？不管接下来会流行怎样的装修风格，我猜他们的客厅大概都会变成那种风格吧⋯⋯但我应该更积极社交，毕竟这是场派对啊⋯⋯

她又环视一周才明白过来，这并不是一场派对，而是一小撮人的联谊。这些人之所以会出现在这里，就因为韦斯特夫妇提了一嘴"我想是时候该请些人来家里做客了"，而他们说着"我觉得咱们应该去登门拜访韦斯特夫妇"，然后就来了。

我真不该来，艾拉心想，回去又是路途漫漫。这时有位男士离开了座位，穿过整个房间坐到了她身边。她首先注意到的就是这年轻男士瘦削的脸，自我介绍时（他叫保罗·坦纳，是个医生）带着的热切、紧张又有些挑剔的笑容，以及时隐时现的亲昵，仿佛那违背了他的初衷，或是他本人对此毫不知情似的。她意识到自己正因这片刻的暖意而回之以微笑，于是更密切地观察起他来。当然了，她还是犯了些错误，他并非她之前以为的那般年轻，他粗糙的黑发在头顶处略显稀薄，而他带着些雀斑的白皙肌肤一到眼周就刀刻斧凿般地冒出了皱纹。他的眼珠是蓝色的，眼窝很深，还挺好看的，眼神既好胜又认真，同时还闪烁着不确定的光芒。她发现这是张神经质的面孔，因为她注意到他在说话时会绷紧身体。他表现得还不错，只是有种自我警醒的感觉。他的这种自察使她疏远了他，尽管片刻前她还在回应他笑容中不经意间透出的暖意。

这就是她对于日后将无比深爱的那个男人的第一印象。之后他会半是苦涩半是打趣地发牢骚说："你一开始根本就不爱我，你本该对我一见钟情的。我这一生中至少应该有那么一次让女人一见钟情的经历，然而事与愿违。"他会继续拓展这个话题，但那时他是在故意搞笑，从语气能听得出来。他说："脸就是人的灵魂。一个男人怎么能信任一个在做爱后才爱上自己的女人。你根本就不爱**我**。"当艾拉回道："你怎么可以把做爱从其他所有事情中单独划出来？没这样的道理。"他便报以苦涩而自嘲的大笑。

眼下，艾拉的注意力正从他身上溜走。她意识到自己开始不耐烦了，对方也意识到了这一点，对此耿耿于怀，因为他已经喜欢上她了。他脸上想留住她的意图太过明显了，而她感觉到他内心某处带着一种骄傲，她若是不予以回应的话就会冒犯到这种源自性魅力的骄傲，而这使她感到一种逃离的冲动。这一系列复杂的情绪发生得太过突然和猛烈，这让艾拉想到了她的丈夫乔治。对方激烈地追求了一年，她几乎是由于心力交瘁才和他结的婚。她那时候就清楚自己不应该跟他结婚，但是还是结了，因为她没有和他断绝关系的意志力。婚后不久她就开始抗拒与他亲热，她没办法掩藏对他的厌恶，这使他对她更为渴求，而这又导致她对他更为厌恶——他好像甚至还因她的嫌恶而更觉刺激或满足。他俩显然陷入了某种心理上的死循环。之后为了激她，他去找其他女人上床，还把这件事告诉了她。她到很久后才找到了之前一直缺少的勇气。他摧毁了她对他的信任——这是她在绝望中违心地坚持的论点。其实她并不介意他的背叛，她一直揪住这俗套的出轨桥段争论不休，只是因为她懦弱，这使她鄙视自己。与乔治在一起的最后几个星期就是场自我鄙夷与歇斯底里的噩梦，直至最后她离开他的居所，跟这个禁锢了她，束缚了她，并显然扼杀了她意志力的男人保持距离后，一切都画上了休止符。然后他就娶了那个之前被他用于挽回艾拉心意的女人，这让艾拉大大地松了一口气。

她有个习惯，每当她感到沮丧时，她就会开始不停地反刍自己在这段婚姻中的表现。她对此发表了不少精妙的心理学评述，她会同时诋毁自己和对方，她会为整段经历而疲惫不堪，且感觉自己沾上了污点，而更糟糕的是，她私底下害怕自己将来会因为自身的某种缺陷而不可避免地与其他男人陷入同样的模式，从而招致自我的毁灭。

然而当她与保罗·坦纳在一起没多久之后，她会极其简单明了地说："我当然从来就没有爱过乔治。"仿佛在这个话题上没什么别的可说的了，从她的视角看，确实没什么可说的了。而当她说"我当然从来就没有爱过他"的时候，她心情的复杂程度与接下来一定会附上的那句"我爱保罗"相比，根本不在一个层次上，但这全然不会引发她半点担忧。

此时，她满心焦躁地想要摆脱保罗，感觉自己被困住了——困住她的并非他，而是她自己的过往可能在他身上复苏的可能性。

他说："引发你和韦斯特争论的是怎样的案例呢？"他说这句话是想留住她。她说："噢，你也是个医生，这些人对你们来说当然就是些案例而已。"她这句话有些刺耳了，于是她微笑着补充道："抱歉，我是觉得我的工作对我造成的困扰超过了应有的程度。""我懂。"他说。要换作是韦斯特医生，他绝不会说出"我懂"这样的话来。艾拉顷刻间温和了起来。她对自己举止间的冰冷一直都缺乏觉察，除非在熟识的人面前，她从不卸下这种态度，但是此时这种冰冷却瞬时消融了。她在手提袋中翻找着那封信，抬头时瞧见他因她的忙乱而一脸纳闷地微笑着。他笑着接过了那封信，然后让信在他手中停留了一会儿，并没有打开它，而是用欣赏的目光注视着她，就仿佛正在欢迎她，欢迎她向他展露真实的自我。然后他读完了全信，再次将处于展开状态的信握在手中。"可怜的韦斯特还能怎么做呢？你指望他给来信者开个止痛膏药的处方单吗？""不，不是的，当然不是。""她可能每周都要骚扰她自己的医生三回，自打——"他确认了一眼信件，"自打——1950年3月9日以后，而那个可怜的家伙已经开过所有他能想到的膏药了。""我当然明白，"她说，"我明早还要回信，除此以外还有差不多一百来封。"她伸出手要信。"你打算怎么回她？""我能怎么回？问题在于，还有数以千计，甚至以百万计的这样的人。""百万计"这个词听起来有点幼稚，她死死地瞪着他，想将她眼中沉甸甸、黑漆漆的无知与痛苦传递给对方。他将信件递还给她，说道："但你打算怎么回呢？""我没办法在回信里给她任何她真正需要的东西，因为她想要的当然是阿尔索普医生能垂青她，拯救她，就像是个骑着白马的骑士。""那是当然。""这就是问题所在了。我不能回复说，亲爱的布朗太太，你并没有染上风湿，你只是感到寂寞并且被忽视了，你只是在炮制自己的病症，好对世界提出诉求，这样就会有人来关注你了。对吧，我能这么回吗？""这些你都可以说，只要注意方法，她大概自己心里也有数。你可以让她去跟别人交际，加入社团之类的。""要是由我来告诉她该做些什么就太傲慢了。""她都主动来信寻求帮助了，不提建议才是真的傲慢。""社团，你居然说！但那并不是她想要的，她不寻求非个人的事物，她结婚多年，她觉得仿佛有一半自我都被消磨掉了。"

对此，他严肃地注视了她一会儿，她不知道他在想些什么。末了他说："好吧，我觉得你是对的，但你可以建议她写信给婚介中心。"她脸上嫌弃的表情让他一通大笑，他继续说道："你没听错，你一定不敢相信我通过婚介中心撮合过多少段好姻缘。"

"你听上去就像是——某种提供心理咨询的社会工作者。"她说，话音刚落她就猜到对方会怎么回答了。韦斯特医生作为一个称职的全科医生，没耐心做那些"虚头八脑"的活儿。他戏称自己的某类同事为"巫医"，但凡有严重精神问题的病人都会被他推诿给这类同事。所以，眼前这位，便是"巫医"了。

保罗·坦纳带着一丝抵触说道："在某种意义上来说，我的确是那种人。"她知道他这种抵触是由于他不希望看到她的反应和别人一样。她也知道自己该怎样回应，因为她感觉到了陡然攀升的轻松感与好奇心，同时也有不安，因为他是个巫医，可以一手掌握她的一切心思。她飞速说道："哦，我不会向你倾诉烦恼的。"他语塞片刻。她知道他正在搜寻措辞来阻止她跟他倒苦水。他开口道："我也从不在派对上给人解心结。"

"除了寡居的布朗太太。"她说。

他笑了，说："你是中产阶级，对吧？"这一句评语，让艾拉感到受伤。"从出身来说是的。"她说。他说："我是工人阶级，也许我对布朗太太的了解远比你多。"

这时帕特丽夏·布兰特走了过来，将他带去和她的某个下属聊了起来。艾拉意识到他俩正形同一对忘我的情侣，在这一场并非为情侣而组织的派对上。帕特丽夏的举止说明他俩已经引起了周围人的注意，因此艾拉感到非常气恼。保罗并不想走，他向她投来的眼神急迫而恳求，但却也不乏强硬。是的，艾拉心想，这强硬的眼神就像是点一下头，示意她一直待在原地，等到他能脱身归来为止。于是她再次对他感到了疏远。

是时候该回家了。她才在韦斯特家待了一个钟头，就已经想离开了。保罗·坦纳现在正坐在帕特丽夏和一个少妇中间，艾拉听不见他们在说什么，但是两位女性脸上都半是兴奋半是暗自好奇的表情，这意味着他们正间接或直接地谈论着坦纳医生专业领域的事情，她们情绪热烈，而他保持着礼貌但僵硬的微笑。没几个钟头他是摆脱不了她们了，艾拉心想。她站起身，跟韦斯特太太编了个借口，后者因她这么快就要走而不太高兴。她冲第二天将会在堆积如山的信件旁碰面的韦斯特医生点了下头，冲保罗微笑了一下。保罗的蓝眼珠震颤，颜色加深，他惊讶于她就要离去。她走到门厅里披上了外套，这时他在她身后追了出来，提议要送她回家。他的言行显得有些随便，几近于无礼，因为他此前并不希望自己被迫进行这么一场公开追逐。艾拉说："咱们可能不顺路。"他问："你住哪儿？"当她告知了自己的住址后，他坚称没有不顺路。他有辆小型英国车，他开得又快又稳。伦敦在开车和打车的人眼中，与在地铁和公交乘客眼中是两个不同的城市。艾拉心想，她先前途经的数英里穷街陋巷现在却成了灯火璀璨、面目模糊的光明之城,失掉了让她害怕的力量。与此同时,保罗·坦纳一边对她投以关怀而探询的目光,一边问着关于她生活的简短而现实的问题。她想向他表明他对自己的预判是错误的,于是告诉他自己在二战期间在食堂为工厂女工服务,并和她们同住宿舍。战后她被确诊了肺结核,但症状不算严重,在疗养院里躺了六个月。这段住院经历改变了她的人生,其程度要远甚于她与女工们共处的那几年。她母亲在她很小的时候就死了,她是由父亲,一个寡言少语、久历沧桑的前驻印度军官一手抚养大的。"如果你能将其称之为抚养的话,我就是自己照顾自己,我对此心存感激。"她笑道。她也结过婚,这段婚姻短暂且不快。对于这些信息中的每一小段,保罗·坦纳都会点一下头,艾拉仿佛看到他坐在桌子后,听着病人对问题的陈述,一边点着头。"有人说你在写小说。"他在把车停在艾拉房子外的时候说。"我没有写小说。"她说道,心里对隐私遭到侵犯而感到气恼,于是很快下了车。他也快速从他那侧下了车,和她同时赶到了家门口。他们都犹豫了一阵,但是她想要进门躲避他的追逐。他唐突地说道:"你明天下午会来坐我的车一起兜兜风吗?"他又想到了什么,于是草草地瞥了一眼阴云密布的天空,说:"看起来会是个晴天。"她被这句话逗笑了,而出于随之而来的好心情,她答应了。他脸上的愁云被驱散了,现在一脸的如释重负——更贴切地说是得意洋洋。他赢得了某种胜利,她心想,也感到了轻松。随后在又一阵犹豫之后,他和她握了握手,点了一下头,接着一边走向他的车,一边说他会在两点来接她。她走进屋内,在黑暗中悄无声息地穿过门廊、爬上了楼梯。茱莉亚房间的门缝下透出了灯光,毕竟时候还早。她高声道:"我回来了,茱莉亚。"茱莉亚以高亢而清晰的声音应道:"进来聊聊吧。"茱莉亚的卧室又大又舒适,她正躺在一张大大的双人床成堆的枕头上看着书,穿着一袭睡衣,袖口挽到了手肘处。她看上去心情不错,一脸的机敏和探询。"那么,情况如何?""好无聊。"艾拉靠着她无形的意志力,在话语中表现出了对茱莉亚逼她出去社交的责怪。"我是被一个心理咨询师送回来的。"她补充了一句。她是故意的,就是为了看茱莉亚脸上会浮现出的表情,那种表情她自己有过,帕特丽夏和那少妇脸上也有过。但当她真的瞧见那表情时,她又因为方才的话而感到羞愧和抱歉,就仿佛她故意对茱莉亚实施了侵害一般。我确实这么做了,她心想。"但我觉得我不喜欢他。"她加了一句,躲回一团孩子气中,摆弄起了茱莉亚梳妆台上的香水瓶。她在自己手腕上弄了些香水揉了揉,同时通过梳妆镜观察着茱莉亚的表情,茱莉亚再次恢复了狐疑、耐心而且机敏的神色。她心想:好吧,茱莉亚当然有点像是个母亲,但我真的非得时刻配合这个设定吗?——再者说,多数时候我面对茱莉亚是有种母性的,我对她有种保护欲,尽管我也不知道是想保护她免受什么的伤害。"你为什么不喜欢他?"茱莉亚问询道。这是次认真的问询,而艾拉现在也必须认真地想想这件事。她开口却是:"谢谢你照看迈克尔。"她对茱莉亚轻轻一笑,表示歉意,然后上楼睡觉去了。

第二天阳光洒满了伦敦,街道上的树木看起来就仿佛与沉重的楼宇和人行道毫无关联,而是旷野、草原和乡村的延伸。当艾拉开始想象照射在草地上的阳光时,此前对于这个下午兜风的犹疑瞬间化作了喜悦,而她也从此刻自己情绪的骤然飞升意识到她最近一定比自己以为的更为抑郁。她发现自己在给儿子做午饭时唱起了歌,这是因为她记起了保罗的声音。此前她并没有留意保罗的声音,但此刻她却在耳边听见了——他的声线很温暖,带着一些沙哑,还略微有些不甚雅驯的口音的残留。(在她想他的时候,她会想起他的声音而非他的模样。)而她想起他的声音时,她留意的不是他的言辞,而是语气语调,她现在可以从中分辨得出温柔、嘲讽和同情。

这天下午茱莉亚会带着迈克尔去访友,她走得很早,吃完午饭就出发了,这样迈克尔就不会晓得妈妈兜风不带自己了。"不管怎么说,你看起来都挺怡然自得的。"茱莉亚说。艾拉说:"我已经有好几个月没出过伦敦了。再说了,身边连个男人都没有也不合我性子。""合谁的性子?"

茱莉亚回嘴道,"但我不认为任何男人都聊胜于无。"她撂下这一句,开心地带着孩子出门了。

保罗迟到了。看他那近乎敷衍的道歉,她明白了他是个经常迟到的人,这就是他的天性,而非他作为医生太过忙碌,承受了太多压力的缘故。其实他迟到她还挺高兴的。她朝他的脸瞥了一眼,又瞧见了上面布满了紧张和易怒的阴云,这也给她提了个醒,让她想起前一天晚上自己对他并不中意。而且,迟到也意味着他并不真的在意她,这也抚平了她心中源自乔治而非保罗的惊恐。(对此她是清楚的。)然而等他们上车朝伦敦城外行驶的时候,她注意到他又开始朝自己悄悄投来紧张的目光,她在他身上感知到了决心的存在。他说话时她会聆听他的声音,而他声音的每一部分都如同她记忆中一般悦耳。她一边听着,一边望向窗外,一边欢笑着。他正在解释自己是怎么迟到的,他和医院里共事的其他几位医生间产生了一些误解。"没人大声讲话,中上阶级的人交谈的音量几乎小到听不见,窸窸窣窣,跟蝙蝠似的。这使得我这样出身的人处于相当不利的位置。""你是你们医院唯一的工人阶级出身的医生?""不,不是全院唯一,但是我们部门唯一,而且他们永远都不会让你忘记这件事,他们这么做甚至是无意间的。"这句话里透着一种温和的自嘲,也有火药味,但这种火药味来自于往日的习惯,不会真的伤人。

这天下午他们聊得投机,就仿佛他们之间的隔阂一夜之间就悄然地瓦解了。他们将伦敦四处蔓生的丑陋郊区甩在了身后,阳光洒在他们的身上。艾拉的情绪上扬得如此之快,以至于她感到迷醉。此外,她知道这个男人将会成为她的爱人,她从他的声音给自己带来的愉悦中知晓了这点,她现在满心暗喜。他现在看着她的眼神带着笑意乃至宠溺,他像茱莉亚一样评论道:"你看上去还挺怡然自得的。""对,因为我们正在离开伦敦。""你这么讨厌伦敦?""噢,不是的,我喜欢伦敦,我的意思是,我喜欢自己在伦敦的生活,但这个——我就很讨厌。"她指着窗外。树篱与树木再次被一个小小的村落吞没,那个往昔的英格兰已经消失无踪，一切都崭新而且丑陋。他们的车驶过满是商铺的主干道，街道上的店名和他们驶离伦敦一路上反复见到的那些一模一样。

"为什么？"

"很明显，因为丑啊。"她说。他诧异地看着她的脸，过了会儿说："人们就住在这样的地方。"她耸了耸肩没说话。"你连他们也一起讨厌吗？"艾拉听了感到愤然：这么多年以来，任何她可能遇见的人都不需要她解释就能理解她为什么讨厌"这一切"，更不会问她是不是"连他们也一样讨厌"——"他们"指的是平民——这个问题根本就不得要领。不过她思考过后，叛逆地说："某种程度上，没错，我讨厌他们……这些就应该被扫进垃圾堆，一件都不留。"她手上做了个扫的动作，扫除了伦敦沉重的黑暗，以及上千座丑陋的村镇，以及无数英国人狭隘而渺小的生活。

"但这是不可能的，你也知道。"他带着一丝顽固的微笑说道，"时代还是会继续发展——以后连锁店、电视天线和场面人会越来越多。你讨厌的是这些，对吧？"

"当然了。而你只是接受一切。你为什么可以将这一切视为理所当然呢？"

"这就是我们所处的时代，而且比起以前已经有进步了。"

"这算进步！"她不禁叫了起来，不过最后还是控制住了情绪。她清楚自己之所以反感**进步**这个词是因为个人的想象，这可以上溯到她住院的时期，这种想象与某种黑暗冷酷的毁灭力量有关，这股力量来源于生命的最根基处，战争、残忍与暴力皆为其表征，但这些与他们正在争论的话题无关。"你说的进步是指，"她说，"不再有人失业，以及没人会饿肚子？"

"这么说还挺奇怪的，但没错，我就是这个意思。"他讲话的方式让他俩之间出现了一道隔阂——他出身于一个工人阶级家庭，但她不是，且他来自阶级底层。于是她一直缄默不语，直到他坚持己见说了句："这个时代比起以前真的已经好得多了,而且要好非常非常多,你怎么能视而不见呢?我还记得……"他的话头停在了这里——这次并不是因为他正在倚仗自己更为丰富的知识"欺负"她(艾拉如此定义),而是因为他的回忆带来了苦痛。

于是她又试着表达了一次:"我不理解怎么会有人眼见着国内发生的这些事,却并不对此心生痛恨的。从表面上来看一切都很好——岁月静好,波澜不惊,平淡如水,但是这样的表象下却充斥着仇恨、妒忌以及孤独。"

"放在任何地方都是一样的,只要是到达一定生活水平的地方就会存在这种情况。"

"这算不上什么进步。"

"只要能免于某种恐惧,就是进步。"

"你指的是绝对贫困。此外,当然了,你还觉得我天生就没法理解这些事。"

他很快地瞥了她一眼,有些惊讶于她的锲而不舍——并且,据艾拉的感觉,他对此抱着某种敬重。在他的眼神中并没男人评估女人的性潜力值时的那种意味,她因此备感轻松。

"所以你想开一台推土机来推平这一切,推平整个英国?"

"对。"

"只留几座教堂和老房子,一两个漂亮的村庄?""对。""然后你会将人民领进美丽的新城市,每座城市都是建筑设计师梦寐以求的设计,然后你会告诉所有人要么赞美,要么闭嘴。""对。""那也许你追求的是一个醺醺然的英国,啤酒、撞柱游戏[1]、女孩都穿着花格呢长裙?"

她生气地说道:"当然不是!我讨厌所有威廉·莫里斯风格的东西。不过你没有说真话。瞧瞧你——我敢肯定你把大部分精力都花在突破阶

---

1 在英国是一种经常在酒吧里玩的游戏,是现代保龄球运动的前身。

级壁垒上了。你现在的生活方式和你父母的生活方式之间根本截然不同，你对于他们来说肯定已经是个陌生人了，你一定分裂成了两半。这个国家就是这样，你心里清楚。我是恨它，我恨这里的一切，我恨这个国家如此分裂以至于——我在战前对此一无所知，直到我和那些女工生活在一起。"

"**好吧**，"他终于说出了口，"他们昨晚没说错——你果然是个革命者。"

"不，我不是，这个词对我来说毫无意义。我对政治根本就不感兴趣。"

他报之以大笑，但还是说："要是按你的想法来建立一座新的耶路撒冷，就类似于把一株植物突然移植到错误的土壤里，致其凋亡。世事是存在连续性的，里面有着某种看不见摸不着的逻辑。如果按你的想法来，你会杀死人民的精神生命的。"他话语中的亲近感触动了她。

"连续性不会单单因为它是连续的，所以就必然正确。"

"它是正确的，艾拉，它就是正确的。相信我，它就是正确的。"

这句话的语气非常个人化，这次换她，惊讶地注视着他，并决定不说话了。他之所以这么说，她想，是因为他内心的分裂如此痛苦，以至于他有时也怀疑是否值得……她转开视线，再次望向窗外。他们正穿过另一座村庄，比此前那座好些：它有个古色古香的中心，由一片古色古香的房子构成，在阳光下显得很是温暖。然而环绕着中心的却尽是些难看的新房子，甚至在主广场边还有一家与其他门店别无二致的沃尔沃思[1]，以及一家伪都铎时期风格的酒吧。大概还有一大串类似于这样的村庄，一座挨着一座。艾拉说："我们还是避开村庄吧，反正里头什么也没有。"

---

1 沃尔沃思（Woolworth's）是隶属于美国 F.W. 沃尔沃思公司旗下的著名连锁商店，一度在全英国拥有超过八百家门店，门店也主要位于各个市镇的主商业街上。

这次又轮到他看向她了,她注意到他脸上明显的震惊之色,但直到后来才理解为什么。他好一阵都一言不发,直至遇上了一条小道,它从阳光普照的树林中伸出来。他开了上去。他问道:"你父亲现在住在哪儿?"

"哦,"她说,"我明白你意思了。他不是你想的那样。"

"哪样?我什么都没说。"

"你是什么都没说,但一直在旁敲侧击。他是个前驻印军人,但他并不是那种漫画式的形象。他不太适应军旅生活,在行政岗位上待了一些时日,但他也不太像一个行政人员。"

"那他像什么?"

她笑出了声。笑声里有着自发而真诚的喜爱之情,还有着她当时并没有意识到的苦涩。"他刚离开印度那会儿买了栋老房子,在康沃尔,房子不大,与世隔绝,挺好看的。老房子嘛——你懂的。他是个离群索居的人,一直都那个样。他喜欢看书,懂很多哲学和宗教的东西——佛教之类的。"

"他喜欢你吗?"

"喜欢我?"这个问题颇让艾拉感到意外,她从未问过自己,父亲到底喜不喜欢自己。她因赞赏而倏地转向保罗,笑道:"好问题。但你懂的,我自己也不知道。"然后又低声说了句:"不,我从没仔细想过,但细想的话,我不相信他喜欢我,一点都不信。"

"怎么可能。"保罗急忙说道,显然后悔自己问了这个问题。

"没什么不可能的。"艾拉之后就坐着不说话了,开始想心事。她明白保罗望向她的眼神充满了内疚和深情,而她也因他对自己的关切而对他很是喜欢。

她试着解释了一下:"我回家过周末的时候,他是很高兴见到我的——这点我是能看得出来的。他也从不抱怨我回去的太少,然而我在家的时候似乎也未给他的生活带来任何改变。他有着一套例行的日程。有个大妈负责家务。一日三餐也就那样,有几道他常吃的菜,生牛肉、牛排、鸡蛋什么的。午餐前一杯琴酒，晚餐后两三杯威士忌，每天早餐前要散很长时间的步，下午打理花园，每晚看书到深夜。我在家的时候，他还是老样子，甚至都不跟我聊天，"她又笑出了声，"就是你先前说的——我跟他不在一个波段。他有一个很亲密的朋友，是个上校，他俩长得很像，都身材瘦削、气质粗犷、眉眼锐利，聊起天来都是飞快而轻不可闻的叽叽喳喳。他们有时面对面坐着，一坐就是几个钟头却一句话都不说，只是闷头喝威士忌，间或聊上一两句印度的事。而当他独自一人，我想他大概会找上帝，或者佛祖，或者其他人说话，但不会找我。在一般情况下，我要是说了什么，他要么会显得尴尬，要么会说些不相干的话。"艾拉沉默了，觉得那是她对他发表过的篇幅最长的演说，这还挺奇怪的，因为她很少谈起自己的父亲，甚至连想起他都很稀罕。保罗没有领会到这点，而是生硬地问："怎么会这样？"这条颠簸的小道在一小片篱笆环绕的空地前中断了。"哦，"艾拉说，"这就对了，我今天上午还希望你能带我去一小块像这样的空地呢。"她很快下了车，她留意到他投来了惊讶的目光，但直到她后来在记忆中找寻能说明那天他对自己的印象的种种细节时，才想起了自己当时留意到的他投来的目光。

她在草丛中漫步了好一会儿，抚弄着草叶，嗅着青草的气味，让阳光撒在自己的面庞上。当她溜达回他身边时，他已经在草地上铺了一小块毯子并坐在上面等着她了。他脸上等待的神色摧毁了她心中因这块带着小小自由感的阳光空地而生出的轻松感，制造出紧张，她心一沉，不禁想：他已经备好了什么，老天，他该不会这么快就想跟我做爱了吧？哦不，他应该不会，现在还不会。会也无所谓了。她躺在了他的身边，满心的喜悦和知足，让一切顺其自然。

之后——而且是不久之后，他就会取笑她，说她把自己带来这里，就是因为打算好了要让他在这里跟她做爱，她早有预谋。而她每次听了都会大发雷霆，假如之后他还接着说，她就会冷落他，然后把这一切都忘掉，但他每每旧事重提。她看出这对他来说很重要，因此这小小的、一再发生的争执，留下了一个会扩散的小毒斑。不过这当然不是实情。他声线的质感使她觉得踏实，在车里时，她就知道他终将成为自己的爱人。不过有时，什么时候做爱并不重要，他知道何时才是合适的时机，她觉得。如果他认为合适的时机唯有那个时候、第一天的下午，那肯定是没错的。"如果你当时没跟我做爱的话，你觉得接下来会发生什么呢？"她后来这么问，又是好奇，又怀着敌意。"你会心情不好。"他答道。他虽然在笑，但语气里却带着一丝好奇与后悔，这种后悔的调调发自真心，使得她对他更感亲近，仿佛他俩都是人生某种残酷部分的受害者，并且他们对此都无能为力。

"但你才是那个筹划了一切的人，"她会这么说，"你甚至为此还特地带了块毯子。我猜为了下午的短途旅行，你一直都在车里备着块毯子，以备不时之需。"

"当然了，没有什么可以和一块铺在草地上的好看又暖和的毯子相媲美。"

这把她逗乐了。之后她冷静下来仍会想："我猜他一定带其他女人来过那个地方，这不过是他一贯的流程罢了。"

但当时她却无比快乐。她心头卸下了城市的沉重，享受青草和太阳气味的芬芳。然后她注意到了他脸上半是嘲讽的笑容，于是戒备地坐起身来。他开始有意用嘲讽的语气问起了她丈夫的事，她跟他说了他想知道的，但很简短，因为她前一天晚上已经将事情和盘托出过了。她又跟他说了自己孩子的事，同样很简短，但这个话题她只是草草带过，因为她感到了内疚：她在这里晒着太阳，而迈克尔本可以一起享受这段兜风旅程以及温暖的旷野。

她听见，保罗说了自己妻子的一些事，她花了些时间才消化。他还提到了自己的两个孩子，她感到震惊，但并没有让这样的情绪打搅到她此刻的坚定。他提及自己妻子时潦草甚至烦躁的模样让艾拉明白了他并不爱她。她已经开始用"爱"这个字了，如此天真，跟她平日里分析感情时的状态截然不同。她甚至开始猜想,既然他能如此随意地谈起自己的妻子,那他俩肯定已经分居了。

他跟她做了爱。艾拉心想,好吧,他是对的,选择这个时机是对的,地点也是对的,这里的景色很美。她的身体保有了太多关于丈夫的记忆,因此很难不紧张,然而很快她就放开了自己,而且带着确信感,因为他俩的身体能理解彼此。(但是在之后她才开始用"我们的身体能理解彼此"这样的表述,当时她心里想的只是:我们能理解彼此。)但她一睁开眼就瞧见了他的脸,他的脸看上去有些生硬,甚至可以说难看。于是她闭上了眼睛不再去看,而是享受情爱的交缠。事后她瞧见他的脸转向了一边,又显出了生硬的模样。她本能地想要离开他的身边,但是他搭在她腹部的手留住了她。他半是逗趣地说:"你也太瘦了些。"她笑出了声,丝毫没有感觉到受伤,因为他的手触碰她身体的方式让她明白对方跟自己喜欢他一样喜欢自己。她也喜欢全裸着的自己,那是一副纤弱的躯体,肩膀和膝盖都有着尖锐的轮廓,但乳房和腹部却泛着白光,小巧的双脚娇柔而白皙。她时常希望自己不是这样,渴望自己的身形能更大、更饱满、更圆润、"更女人味"一些,但是他的手触碰她的方式打消了所有这样的想法,她很高兴。他把手继续在她脆弱的腹部温柔地按了会儿,然后蓦然就抽走了,开始穿衣服。她也开始穿衣服,同时感到了一种被抛弃的感觉。她突然莫名地有种想要哭的冲动,躯体再一次弱不禁风起来。他问道:"你多久没有和男的睡过了?"

她有些困惑,心想:他是在指乔治吗?但他不能算,我并不爱他,我讨厌他碰我。"我不知道。"她说,与此同时意识到他的意思是说她跟他睡是出于饥渴。她的脸开始发烧,很快站了起来离开了毯子,把脸转向一边,用一种连她自己都觉得难听的声音说道:"上周吧,我在派对上挑了个男的,然后带他回了家。"她在自己的记忆中寻觅着二战时在食堂认识的女孩们会用的词。她找到了,于是说道:"挺不错的肉体。"她上了车,狠狠地摔上了车门。他把毯子丢进后备厢,忙不迭地钻进车里,开始反复打方向，好让车头掉离空地的方向。

"那这是你常做的事咯？"他问道，声音严肃而漠然。她心想：尽管片刻以前他还站在私人立场上提问，还是一个男人，现在他却再次成了个"办公桌后的男人"。她只希望这趟回家的旅程能快点结束，好到家里哭一场。此刻这一次做爱在她心中已经和她关于丈夫的记忆联系在了一起，她的身体在面对乔治时会蜷缩作一团，而她的精神在面对这个新男人时也蜷缩作了一团。

"所以这是你常做的事吗？"他又问了一遍。

"哪种事？"她笑道，"噢，我知道了。"她难以置信地看着他，就仿佛他得了什么疯病。当时在她眼里他确实像是有点疯了，他的脸紧绷着，满是狐疑。这会儿他不再是那个"办公桌后的男人"，而成了个对她怀着敌意的男人。她已经站在了他的对立面，于是她愤然笑道："你果然是个愚人。"

他俩没再说话，直到车上了主路，加入到了返城的缓慢车流中。这时他开了口，语调与之前不大一样，友善地示好道："不管怎么说，我没有任何立场来批评你，我在感情生活中也谈不上多正派。"

"希望你会觉得我是段令你满意的插曲。"

他看起来有点懵。她觉得他愚蠢是因为他理解力差。她可以看出他在遣词造句然后又弃而不用，于是她不给他任何说话的机会。她的感觉就好似有人特意瞄准她的胃部，挥出了一拳又一拳。她的双唇颤抖着，但她宁愿去死也不愿在他面前落泪。她将脸转向一边，一边注视着沉入夜色与寒气的乡间，一边自顾自地说起来。当她下定决心，她可以不留情面，恶言恶语，没个正经。她跟他说着杂志社的种种流言、帕特丽夏的各类八卦，等等；一边因他信了她的这种伪装而鄙视着他。她说个不停，而他一言不发。当他们到了茱莉亚家门口，她很快下了车，在他跟上来之前三步并作两步到了门廊。她笨手笨脚地想把钥匙插进锁眼，这时他走到了她的身后说："你的那个朋友茱莉亚今晚会哄你的儿子睡觉吗？如果你愿意的话我们今晚可以去看剧。不对，应该是电影，今天是周日。"她惊讶地倒吸了一口气："但是我不会再见你第二面了，你肯定也是这么期望的吧？"

他从她身后握住了她的双肩，说："为什么不能再见呢？你是喜欢我的，心口不一可不好。"对此艾拉没法作答，这不在她的语言系统之内，她此刻已经记不得她此前在空地上和他在一起时是多么开心了。她说："我不会再见你了。"

"为什么？"

她愤怒地挣脱了他的手，将钥匙插进了锁眼，然后转动了钥匙，说道："我已经很长时间没和任何人睡过了，自从两年前的那一个礼拜的约会之后就再也没有了。那是段愉快的日子……"她瞧见他蹙起了眉头，心下暗喜，因为她让他感觉到了疼痛。但她没说实话，那并非一段愉快的经历。不过她接下来说的倒是实情，她发动全身的细胞一起控诉道："他是个美国人，他从来没有带给我任何糟糕的感觉。他虽然'床上功夫'一般，我敢肯定这是你的习惯用词吧，不是吗？但他却不会看不起我。"

"你为什么要跟我说这些？"

"你真的很蠢。"她用一种欢脱而轻蔑的语气说道。她感觉到心头升起一种坚硬而激烈的快感，这种快感对于他以及她自己而言都是毁灭性的。"你提到我的前夫，这事跟他又有什么相干？按照我的标准，我根本就没跟他睡过……"他难以置信地冷冷地笑了，但她继续说了下去："我讨厌跟他上床，因此根本就不能算。而你却问，你多久没和男的睡过了？当然了，这个问题要多简单有多简单，你说你是个心理咨询师，灵魂的医生，而你对人最简单的部分却都搞不懂。"

她说完之后就走进了茱莉亚的房子，重重关上了门，然后将脸贴在墙上开始哭泣。从屋内的气氛来看，她知道现在家里还没有人。门铃声几乎贴着她的耳朵响了起来，保罗希望她能把门打开。但她将门铃声抛在脑后，走进了漆黑一片的楼梯间，缓缓爬到了顶楼那间小小的房间，一边爬楼梯一边哭泣着。这时电话铃响了，她知道一定是保罗从街对面的公用电话亭里打来的。她没管电话，因为她还在哭。铃声停了，接着又响了起来。她一边看着这台机器小巧无情的黑色曲线轮廓，一边恨透了它。她强咽下泪水，稳住了自己的语调，然后提起了话筒。来电的是茱莉亚，茱莉亚说她想留在朋友那里吃晚饭，她之后会带孩子回来哄他睡觉，如果艾拉想出门的话尽管去。"你怎么啦？"听筒里传出两英里之外的茱莉亚的声音，其响亮与冷静一如往常。"我在哭。""这我能听得出来，为什么呀？""噢！这些该死的男人，我恨他们所有人。""哦，好吧，如果真是这样的话，你最好去看场电影，可以让你振作起来。"艾拉瞬时就感觉好多了，这场风波不再那么重要了，她笑了起来。

半小时后，电话响起时她接了，根本没往保罗那方面去想，然而电话那头却是保罗。他说他在车里等了一段时间，就为再打一次电话。他想和她谈谈。"我可不觉得我们能靠谈话达成任何结果。"艾拉说，语调听上去冷静且幽默。而他则用风趣而忍俊不禁的语调说："来看电影嘛，咱们可以不说话。"她答应了。她轻轻松松地去见他，这是因为她对自己说不会再跟他做爱了，一切都结束了。她之所以又跟他一起出门是因为如果不去就会显得太小题大作，以及他在电话里的声音听上去与在空地上时的那张俯在她上方的生硬面庞没有任何的关联，以及他们的关系现在将要回到他俩驱车离开伦敦时的状态，他在野外与她云雨过后的态度让一切都归零了。如果那就是他对她的真实看法，那么这次亲热就全当没发生过！

后来他说："你冲进家门以后，我给你打了电话——你就又出来了，你只是需要人哄。"然后他就笑了起来。她讨厌这阵笑声的调调。每到这种时刻他总是露出——而且是刻意地露出——一个懊悔的浪子似的微笑，他之所以要装作浪子就是为了自嘲。他是带有双重意味的，艾拉觉得，因为他所控诉的也算事实。所以每每到了这样的时刻。她会先因他对浪子的戏仿而冲他微笑,然后很快转移话题。仿佛他在这样的时刻就会冒出一个并不属于他的人格。她坚信那不是他,这种人格如此离谱,不仅与他们交往中的单纯与惬意毫无关系,而且是背道而驰,以至于她除了无视它之外别无选择,否则她早就跟他分了。

他们没有去看电影,而是去了一家咖啡馆。他再次谈起自己在医院上班的事。他在两个科室里坐诊,分别在两家不同的医院里。在一家医院里他是心理咨询师,在另一家则负责复健的工作。用他自己的话来说就是:"我正努力将蛇窟变成更文明一点的场所。为此我又得跟谁较劲呢?大众吗?完全不是,我需要去较劲的是那些古板的医生……"他讲的故事有两个主题。一个是医疗系统中层人士妄自尊大的作派,艾拉意识到他全部的批评都来自于最最单纯的阶级视角,尽管他并没明确这么说,但他的话里暗含的意思是中产阶级愚蠢且缺乏想象力,而他自己之所以拥有进步而解放的态度恰恰是因为他来自工人阶级。当然了,茱莉亚说起话来也是这个样子,艾拉自己批判韦斯特医生的时候亦是如此。然而她有那么好几次被气得浑身紧绷,就仿佛正在被批判的是她自己。在这样的时刻她的思绪就会回到她还在食堂里工作的那些岁月,思考着自己是不是真的不曾有过从底层工厂女孩的视角仰视英国上流阶层的经历,就如同在水族馆的玻璃底下仰视五花八门的鱼类一般,而现在的她已经不可能再有这样的体验了。保罗的第二个主题则是第一个主题的反转,当他触及这个主题时整个人会与先前截然不同。当他讲着批判性的故事时,他满嘴都是愉悦而恶毒的嘲讽,但一旦谈及他的病人,他就严肃起来,这和她对待"布朗太太"们的态度一模一样——这个词已经被用于指代她收到的所有信件的寄信者了。他谈及他们时带着一种尤为周到的善意,以及一种带着愤怒的同情,而他的愤怒针对的是这些人无助的状态。

她此刻是如此喜欢他,就仿佛郊外的那一幕插曲从未发生过一样。他把她送回了家,一边跟在她身后进了门廊,一边还在说着话。他们爬楼梯时艾拉心想:我觉得我们喝杯咖啡之后他就该回去了。她是真的这么想的,然而当他再一次与她做爱,她又再一次心想:嗯,这样也没错,毕竟我俩今天一整晚都这么亲密了。当他事后抱怨说:"你当时心里肯定认为我会再跟你上一次床。"她则回应说:"怎么可能,你当时就算没这么做也不会有什么大碍。"对此他要么会说:"噢,你也太虚伪了!"要么会说:"你不该对自己的动机这么稀里糊涂。"

与保罗·坦纳共度的那一晚是艾拉和男性有过的最为深刻的经历,这与她此前所有的经历都是如此的不同,以至于过往的一切都显得无关紧要了。这种感受是如此的一锤定音,以至于到了第二天大清早保罗问道:"茱莉亚怎么看这种事?"的时候,艾拉含混地说:"哪种事?"

"上个礼拜那件事,比如说。你说你从派对上带了个男的回家。"

"神经病。"她说,然后惬意地笑了起来。他们躺在黑暗之中。她将自己的脑袋转了过来,看着他的脸,他背后的窗子里射进的光线衬出了他脸颊的轮廓,透着一种疏离寂寞之感,她心想:他又进入了先前的那种情绪里了。但是这次她并没有为此而困扰,因为他的腿抵着她的腿传递来的温暖触感使得他脸上的疏远显得无关紧要了。

"茱莉亚是怎么说的?"

"关于什么怎么说?"

"她第二天早上会怎么说?"

"她为什么就一定会说些什么呢?"

"我懂了。"他简短地说了一句,然后爬了起来加了一句:"我得回趟家把胡子剃了,然后换件干净的衬衫。"

那个礼拜他每天晚上都会来找她,而且都是在深夜,迈克尔睡着了以后。他第二天早上也会走得很早,为了"换件干净的衬衫"。

艾拉感到了纯粹的喜悦。她在无暇思考的温柔潮水间随波逐流。当保罗用他"负面的人格"发言时,她对自己的情绪是如此确信,以至于会回应说:"噢,你真是太愚蠢了,我话就摆在这儿了,你什么都不懂。"(负面这个词出自茱莉亚之口,她从楼梯上瞧见保罗后说:"这是张带着苦痛和负面情绪的脸。"）她心里想的是他很快就会娶她，或者不会很快，而会在一个合适的时机，而临近那个时机时他会知道的。若是他每一个夜晚都陪伴在她身边，第二天清晨回自己家"换件干净的衬衫"，那他的婚姻一定早已名存实亡了。

他们头一次乡间远足后又过了一个礼拜，在那一周的周日，茱莉亚再度带迈克尔去找朋友玩，而这次保罗带艾拉去了邱园[1]。他们躺在杜鹃树篱后的草地上，头顶上遮盖着树木，阳光穿过枝叶的间隙洒了下来。他们牵着手。"看，"保罗脸上带着浪子邪魅的表情道，"咱俩就像是一对老夫老妻——我们知道今晚会一起滚床单，于是现在我们只是牵牵手。"

"老夫老妻有什么不好呢？"艾拉被他逗乐了，问道。

他的身子凑了过来，注视着她的脸。她对他莞尔。她知道他爱着她，她能感知到自己对他全然的信任。"有什么不好？"他的语气里带着某种幽默的绝望，"这太可怕了。瞧瞧咱们现在……"他们之间的**亲密**写在他脸上和眼睛里，这使她脸上暖暖的——"瞧瞧，如果咱们真的结了婚会成什么样子。"艾拉感觉到自己一下子变冷了。她心想：他这话应该不是那种男人对女伴的警告吧？他应该没那么浅薄吧？她瞧见了他一如往常苦着的脸，心想：不，他没有，谢天谢地，他这是在和自己对话。接着她心中的光焰又再度燃起了，她说："但是你根本就不在婚姻里。你不能算已婚。你心里没她。"

"我们结婚时都才二十岁。法律应该规定人不能二十岁就结婚。"他补充了一句，带着一如既往的绝望的幽默感，然后亲吻了她。他的嘴抵着她的喉头，又道："你没有进入婚姻真是太智慧了，艾拉。保持理智，继续不婚吧。"

艾拉笑了。她心里正在想的是：所以我终究还是搞错了，他刚才的

---

[1] 邱园（Kew Gardens），又名基尤植物园，坐落于伦敦西南郊，原本是英国王家园林，拥有约五万种植物，被收入联合国教科文组织世界文化遗产名录。

话就是这个意思：你别期待更多了。她感到自己被完全排斥了。他的双手仍然搭在她的臂膀上，她能感觉到他双手的温度正渗入自己的躯体，而他温暖的双目就在她眼睛上方几寸，饱含着对她的爱。他正在微笑。

那天晚上她在床上跟他做爱相当例行公事，她仅凭本能走完了流程。这一晚的体验与其他时候都不一样，而他似乎并没有察觉到。他们事后仍然紧紧抱着彼此，一如往常。但她却觉得兴味索然，满心失落。

第二天她和茱莉亚谈了谈，而茱莉亚这段时间对保罗留下来过夜的事情一直缄口不言。"他是已婚的状态，"她说，"已经十三年了，是那种回不回家过夜都无所谓的婚姻。有两个孩子。"茱莉亚做了个不予置评的鬼脸，等她接着说。"问题在于，我完全没有把握……另外还有迈克尔的事。"

"他对迈克尔什么态度？"

"他只见过他一次，而且没见多久，他那天来晚了——好吧，你也知道的。他走的时候迈克尔刚醒，他那时候要回家换件干净的衬衫。"这让茱莉亚笑出了声，艾拉也跟着她笑了起来。

"他太太一定是个不一般的女人，"茱莉亚说，"他提起过她吗？"

"他说他们结婚的时候太年轻了，之后他就去打仗了，等他回来的时候他就觉得跟对方生分了。我估计，他在那之后除了不停出轨应该就没干过别的。"

"听上去可不太妙，"茱莉亚说，"你对他什么感觉？"那一刻，艾拉感到一阵冷酷而心碎的绝望。在她的生命中，她无法让他俩的幸福快乐消解他身上被她称为愤世嫉俗的气质，她陷入了某种类似于恐慌的状态之中。茱莉亚开始目光如炬地打量着她，说："我第一次见到他的时候，我感觉他那张脸又紧绷又阴郁。"

"他根本就不阴郁。"艾拉很快地说了句。当她注意到了自己下意识地强行维护他后，她自嘲道："我的意思是，对，他的确有点那个，有点酸楚的样子，但他还有一份工作，而且他是喜欢这份工作的。他从一家医院赶往另一家医院,然后能讲出这些医院里精彩的故事,而他谈起自己病人的方式——他是真的在意他们的。他跟我过夜的时候,好像根本就不需要睡觉。"艾拉红了脸,因为她意识到自己正在炫耀。"好吧,这是真的,"她看着茱莉亚的微笑说道,"到了第二天早上,他在前一晚基本上没睡的情况下又会冲回家换件衬衫,而且应该还会和自己的妻子聊上几句有的没的。他充满活力,活力与阴郁并不兼容,更别说跟苦涩酸楚了,两边根本风马牛不相及。"

"哦,好吧,"茱莉亚说,"如果真是这样的话,你最好还是静观其变,对吧?"

那天晚上保罗很是幽默,也很是温柔。就仿佛在表示歉意,艾拉心想。她的伤痛消融了。第二天早上她发现幸福快乐又回来了。他一边穿衣服一边说道:"我今晚不能来见你了,艾拉。"她毫不担忧地说:"哦,没关系。"但他笑着继续说道:"不管怎么说,我有时还是得去看看我的孩子们。"这话听上去就仿佛他在指责她有意不让他见他们似的。"我可没拦过你。"艾拉说。"不,你就是拦着我。"他几乎是用唱歌的调调说的这句话。他笑着轻吻了一下她的额头。他亲吻他别的女人时也是这样,她心想,当他和她们告别的时候。没错,他根本就不在意她们,他只会笑着亲吻她们的额头。于是顷刻间她的脑海中浮现出了画面,她惊讶地盯着这幅画面。她瞧见他在壁炉台上留了点钱。但他不是——她清楚——他不是那种会花钱买春的男人。但是她却能真切地看见他在壁炉台上留了钱。没错,这是某种暗藏在他态度里东西,而且还是暗藏在对她、艾拉的态度里的东西。然而这又和他一举一动都在告诉我他爱我的、我们共处的时光,又有什么相干呢?(事实是,保罗此前对她说了一遍又一遍的他爱她其实没有任何意义,或者说如果没有保罗触碰她的方式、他温暖的嗓音的加持,那他此前的爱的表达就不会有任何意义。)此刻他行将离去,带着苦涩的神情说:"所以你今晚自由了,艾拉。""自由?你这话什么意思?""噢……你可以去找你别的男友了,你不是之前一直没顾得上他们吗?"

她把孩子安顿在托儿所以后去了办公室,路上感觉寒冷渗进了骨头,渗进了她的脊柱。她的身子轻微地发着抖,尽管今天很暖和。她好几天没联系帕特丽夏了,她太过投入自己的快乐了,现在她再次对这位年长些的女性感到了亲近。帕特丽夏结过婚,持续了十一年,她的丈夫因为一个年轻的女人离开了她。对男人她总带着某种勇敢、善意而逗趣的愤世嫉俗。这点让艾拉有种异样感,其中有些对她来说全然陌生的东西。帕特丽夏现在五十多岁,独居,有个已经成年的女儿。艾拉心里清楚,她是个勇敢的女人,但艾拉也不愿意在一个跟帕特丽夏太过亲近的立场上去思考她的事。代入她的处境,哪怕只是出于同情,都意味着艾拉需要切断自己的部分可能性,至少她是这么觉得的。今天帕特丽夏对一位准备与自己妻子分手的男同事说了些阴阳怪气的话,艾拉朝她大发雷霆。后来她回到办公室跟她道了歉,因为帕特丽夏感到了受伤。艾拉在比她年长的女人面前总感觉自己处于不利的境地。她对帕特丽夏的关心及不上她心知肚明的帕特丽夏对自己的关心,她也知道自己对于帕特丽夏是某种象征,也许是她自己青年时代的象征?(但艾拉不会往那个方向去想,这太危险了。)她尤其注意和帕特丽夏待在一起,聊聊天,讲讲笑话,然后不无惊讶地看见了她上司眼中的泪花。这位胖乎乎、好说话又聪明的中年女性穿着一身时尚杂志上刊载的像制服一样的衣服,一头个性而蓬乱的略显灰白的卷发,艾拉敏锐地注意到,她的目光——面对工作时尽管严厉,但对艾拉却是柔和的。当她和帕特丽夏待在一起时,一家刊载过她文章的杂志的编辑给她来了个电话。对方问她是否有可自由支配的时间一起吃个午饭,她说她有时间,心里却在思忖着**自由**这个词。在过去十天的时间里她从未感觉到自由,而她此刻感觉到的也并非自由,而是联结的切断,或者说她仿佛在别人的意志之上——保罗的意志之上随波逐流。这个编辑以前想跟她睡,而艾拉当时拒绝了他。她觉得自己现在会愿意跟他睡,为什么不呢?这也没什么后果吧?这位编辑是个聪明而且有魅力的人，可是一想到他的触碰她就心生厌恶。他无法让女人产生哪怕一丝想要亲近的欲望，而保罗就能让她有亲近感，这也是她愿意跟他睡的原因，她现在不可能让另一个对她而言有魅力的男性碰了。然而保罗好像并不很在意这件事，他还拿她"从派对上带回家的男人"开玩笑，简直就像他是因此才喜欢上她的。既然如此，好极了——如果这就是他想要的，她又何必在乎。于是她仔细化了个妆，带着一种病态的与全世界为敌的心情出门赴约。

午餐一如往常的——贵，而她喜欢美食。他人很有趣，而她喜欢他的言谈。她松弛了下来，又回到了平时与对方智识上的默契之中，与此同时一边观察着他，一边心想自己居然愿意和他做爱真是太匪夷所思了。但是又有什么不行的呢？她挺喜欢他的，难道不是吗？所以然后呢？她爱他吗？但是爱不过是海市蜃楼，以及女性杂志的财富密码罢了，女人当然不应该把"爱"这个字眼用在一个不在乎自己会不会跟别人上床的男人身上。"但如果我真打算睡这个男的，我还是采取些行动的好。"她不晓得该如何采取行动，她之前已经拒绝过他太多次了，以至于他觉得自己必定会遭到拒绝。午餐时间结束了，他们走到外头的人行步道上时艾拉蓦地释然了：这样太荒谬了，她当然是不会跟这个人上床的，她这会儿打算回办公室，就这么定了。接着她瞧见了站在门廊里的两个妓女，于是想起了那天早上她脑海里关于保罗的那个画面，而当编辑开口道："艾拉，我由衷地希望……"她当即用一个浅笑打断了他的话头，说："那就带我回家吧。我是指去你家，不是回我家。"因为她眼下无法容忍保罗以外的男人出现在她自己的床上。这男人已婚，他带她去了他的单身公寓。他的家在乡下，他小心翼翼地将妻儿安置在那里，这间公寓则用于像现在这样的冒险体验。一丝不挂地和这个男人在一起的全部时间里，艾拉都在想着保罗："他一定是疯了。我跟这个疯子在一起干吗呢？他真觉得我跟他在一起期间还能和其他男人上床？他做不到相信我。"与此同时，她一直在尽自己所能善待这位与她在充满智慧的午餐中缔结了同志情谊的男士。他显得有些力不从心，艾拉心里明白这是因为她并不真的渴求对方，这是她的问题，却让他为此而自责。她让自己放宽心，心想自己所犯的过错不过是和一个自己根本不在乎的男人睡了一下，没理由要为此感到对不起谁……完事以后，她只是将整件事抛诸脑后，这根本就无关紧要。然而，她此番却感觉到了自己的脆弱，颤抖着几欲哭泣，同时感到绝望失落。事实上她正在渴望着保罗。保罗第二天给她来了电话，说今天晚上他也来不了了。此时艾拉是如此需要保罗，以至于她劝自己说这一点儿都没关系，他当然得去工作，或者回家陪孩子。

又过了一天，晚上他俩见面时都带着对彼此最全面的戒备心理，而几分钟过后又完全冰释前嫌，再次好好地在一起了。那天晚上的某一刻他说："如果你爱上了一个女人，然后又睡了另一个女人，却并没有什么所谓，这难道不是很奇怪吗？"彼时她并没有听见这句话——她内心启动了某种机制，屏蔽了那些从他嘴里说出来的可能会让她不开心的话。但是第二天她还是听见了，那句话突然间在她的脑子里蹦了出来，而她都听了进去。所以说，之前的那两晚他和她一样，也和其他人试睡了一下。她告诉他她和一位刊发过自己小说的编辑共进了午餐。"我看了一篇你的小说，写得真的很好。"他说这句话的语气有些痛苦，就仿佛他宁愿那篇小说写砸了。"哦，为什么那篇小说就不可以写得好呢？"她问道。"我猜小说里写的就是你丈夫乔治？""一部分吧，不是全部。""那这位编辑呢？"有那么一刻她考虑过坦白："你前几天做的事我也做了。"然后她心想：他如果会因为从未发生过的事情而感到沮丧，那么要是我说我真的和别的男的睡了，他又会说些什么呢？虽说我并没有真的睡过，那不能算，根本就不是一码事。

很久以后艾拉判定他俩的"关系"（她从未用过婚外情这个词）始于那一刻——他俩当时都已经测试过各自对其他人的反应，并发现他俩对彼此的感觉使得其他人不再重要了。那是她唯一一次不忠于保罗，尽管她没觉得这有什么大不了的。但是她仍因自己当时的行为而痛苦，因为这成了他后来对她所有的指责的核心。从此往后,他几乎每天晚上都会来找她,而当他来不了的时候她心里也清楚并不是因为他不愿意来。他晚点还是会来的,而他之所以会来晚,有时是因为工作,有时是因为孩子。他帮她处理"布朗太太"的信件,这件事对于她来说无比愉悦,因为他们可以一起为那些她有可能帮上一些忙的人做点儿什么。

她完全没有想到过他的妻子,至少在刚开始的时候是这样的。

刚开始的时候她唯一担忧的就是迈克尔。这个小朋友爱着他现在已经再婚并居住在美国的亲生父亲。对孩子来说,将这种喜爱转移到这个新上门的男人身上是再自然不过的事,但是当迈克尔拿胳膊环抱着保罗,或是朝他冲过去欢迎他的到来时,保罗就会僵住。艾拉一边看着他本能地僵住,一边半笑着,然后他的思维(那是一个灵魂医生的思维,会考虑如何最好地应对这样的处境)就开始运转了。他会轻柔地放下迈克尔的胳膊,然后温柔地跟他说话,就仿佛对方是个成年人一样。迈克尔则会一一回应。每每艾拉看着这个小男孩一边克制住自己本能的举动,一边像个成年人一样,一本正经地回答一本正经的问题,她都会感到心疼。依恋的本能被从孩子心里斩断了。迈克尔只为妈妈保留了这个部分,面对艾拉的爱抚和话语,孩子表现得温柔且响应积极;但面对保罗、面对男性的世界时,迈克尔则会做出可靠、沉稳且深思熟虑的回应。有时艾拉会感到有些恐慌:我正在伤害迈克尔,他会受伤的,他会再也没办法对男性做出自然而温暖的回应了。然后她又会想:也不一定,如果我能开心,这对他一定是有好处的。至少,只要我是个真实做自己的女性,这对他就一定会有好处。于是艾拉不会担忧太久,她的本能让她不要去担忧。她让自己沉浸在保罗对她的爱意之中,同时不要去思考。每当她发现自己就像旁观者一样正从外部视角观察这段关系,她就会感到恐惧且多疑;所以她便不再这么做。她过一天是一天,不再去想未来。

五年了。

如果让我来写这篇小说，我会先把主旨或主题藏起来，然后等它慢慢显现。保罗的妻子就是那个第三人。最开始艾拉没有想到过她，到后来她必须有意地不去想她——当她意识到自己针对这个陌生女人的态度何其可鄙后，就不得不这么做了。她可鄙地感觉自己战胜了对方，并为自己从她身边抢走了保罗而喜悦。当艾拉第一次意识到自己的这种情绪时，她感到十分惊骇且羞愧，于是很快将它埋藏在了心底。然而第三人的阴影又开始增大了，艾拉已经不可能忽视其存在了。她时常会想到那个保罗（总是）会返回到她身旁的隐形女人，而这时她想到对方，心里不再有获胜的快感，而是嫉妒。她嫉妒她。她缓慢而不自觉地在脑海内构筑了一个娴静平和、不忮不求的女性的形象，这位女性自己体内就充满了快乐的能量，完全可以自给自足，面对索求时却总是愿意给予。艾拉后来（很久以后，差不多过了三年）才反应过来这个形象自行发展得光辉耀眼，因为这和保罗对自己妻子的描述完全对不上。那么这个形象又是打哪儿来的呢？艾拉渐渐明白，那恰恰是她自己理想的模样，这个被杜撰出来的女人是她自己的影子，她身上的一切都是她所不具备的。现在她蓦然意识到了自己对于保罗极度的依赖，并为此而感到害怕。她的每一寸每一缕都和他缝在了一起，她无法想象没有他存在的生活。光是想一下都会让她感觉到一股黑暗冰冷的恐惧的迫近，于是她便不再去想。当她紧抓着另外那个女人——第三人——的形象不放时，她慢慢明白自己其实是在寻求某种自我保护。

　　第二主题其实是第一主题的一部分，尽管它和第一主题的关系直到小说的末尾才会显现出来——那就是保罗的醋意。他的醋意与日俱增，并且与他缓慢的回撤步调一致。他总半开玩笑半严肃地指责她和其他男的上床。在一家咖啡馆里他指责她对一个男的抛媚眼，而她甚至都没注意到。一开始她会笑话他，后来她渐渐心生不忿，但也总是吞咽下去，这种情绪太危险了。再然后，当她理解了她建构出来的那个娴静而又怎样怎样的女性形象，她又开始琢磨保罗的醋意，开始思考——并非出于愤恨，而是出于理解的愿望——这到底意味着什么。她意识到保罗的阴影、他想象出来的第三人，是个自我厌弃的浪子，自由不羁，没心没肺。（他有时出于自嘲会在她面前戏仿这个角色。）这也就是说，鉴于他已经和艾拉走到了一起，身处一段认真的关系中，他心中的浪子也就遭到了放逐，被推挤到了一旁，现在位于他人格的边缘，暂时处于未激活的状态，并等待着回归的一天。而艾拉现在与那个聪明娴静、波澜不惊的女人，也就是她的影子肩并着肩，也瞧见了难以自控、自我厌恶的好色浪子。这两个并不协调的形象对艾拉和保罗亦步亦趋。然后在某个时刻（在小说结尾之前到达高潮的时刻），艾拉心想："保罗的那个阴影，对他来说无处不在，甚至在我没注意到的男人身上他都能发觉其存在的那个阴影，跟音乐喜剧里的浪子角色一模一样。这也就意味着保罗跟我在一起的时候，调用的其实是他'积极'（茱莉亚的原话）的一面。跟我在一块儿时他挺好的，只是我自己有个好女人的阴影，成熟、强大且无欲无求，这也就意味着我在他面前调用的是我'消极'的自己。所以说在我心中增长的对他的怨恨简直是对事实的嘲弄。事实上在这段关系中，相较于我，他是积极正面的，那时刻陪伴着我们的隐形人可以证明这点。"

附带的主题。她的小说。他问她在写什么，她跟他说了，有点不大情愿，因为每当他谈及她的写作时，声音里总是充斥着不信任。她说："是篇有关自杀的小说。"

"你对自杀了解多少？"

"一无所知，我只需要写就行。"（每当有人进房间的时候，简·奥斯汀就会把她的小说藏在吸墨纸底下。艾拉在茱莉亚面前还拿这件事开过玩笑，引用司汤达的格言说：任何从事写作的五十岁以下的女人，都应在写作时使用化名。）

在接下来的几天，他跟她讲了他有自杀倾向的病人的故事。她过了好长时间才反应过来，他之所以跟她说这些是因为他觉得她想要写自杀的话还是太过天真和无知了。(而她甚至同意他的看法。)他想教她些什么。她开始在他面前藏自己写的东西。她说她无所谓要不要"当一个作家",她只想写本书,看看能写得如何。而他似乎无法理解这件事,很快他就开始抱怨说她在利用他的专业知识来为自己的小说获取素材。

茱莉亚的主题。保罗不喜欢艾拉和茱莉亚之间的关系,他视其为针对自己的同盟,并用自己的专业背景拿这段关系开女同性恋的玩笑。艾拉则回应说,既然如此,他和其他男性的关系也就是同性恋咯?但他却说她没幽默感。艾拉原初的本能是为了保罗而牺牲茱莉亚,但是过了一段时间他们的关系变了,她本能上又开始针对保罗。这两位女性之间的对话不落俗套,充满着各种批判性的洞察,尤其暗含着对男性的批判。但艾拉并不觉得这是对保罗的背叛,因为这样的对话来自于一个不一样的世界,这个由精妙的洞见构成的世界与她对保罗的感情无关。

艾拉对迈克尔的母爱主题。她总在争取让保罗成为这孩子的父亲,但却总是失败。保罗说:"以后你会感恩的,你会发现我是对的。"这句话唯一的意思是:等到我离开你以后,你会庆幸我没跟你的儿子那么亲近。所以艾拉决定就当没听见。

保罗对待他职业的态度的主题。他在这方面很分裂。他对待他的病人都很认真,但却总拿自己挂在嘴上的行话开玩笑。他讲述他病人故事的时候可以既细腻又深刻,使用的是文学与情绪的语言;然后他会用精神分析的术语将同一件事再分析上一遍,赋予其另一个不同的维度。五分钟后,他又会揶揄他前一刻讲的那些文学标准及情感事实,极尽嘲讽之能事。在每一个时刻,他每一个人格——无论是在文学方面,还是在精神分析方面,抑或是作为一个对所有自封为终极答案的思想体系都保持怀疑的人——都无比严肃认真,并期望艾拉可以完完全全地接受他,而每当她试图与他的这些人格产生交互连接时,他都会对此心生怨怼。

他们在一起的生活开始被各种词汇和符号所充斥。"布朗太太"指的是前来寻求帮助的他的那些个病人,以及她的那些个女性来信者。

"你的文学午餐"是他用来形容她出轨行为的词,有时是开玩笑,有时则很严肃。

"你的有关自杀的论文"指的是她的小说,这个说法表明了他的态度。

还有一句话也开始变得越来越重要了,虽说一开始她并没能领会到这句话多么深刻地折射出了他内心的态度。"咱俩都是推石块的人。"他用这句话来描述他眼中的自我的失败。带着成为一名有建树的科学家的野心,他从贫寒家庭一路奋斗上来,赢得了奖学金,取得了最高的医学学位,但他现在才明白自己永远都成不了那种开创性的科学家,而某种程度上导致这一缺憾的,恰恰是他内心最美好的品质,即他对于缺衣少食、大字不识而且伤病缠身的阶层的宽容,以及十年如一日的同情心。每当他应该选择图书馆或实验室的工作时,他最终总是会选择服务弱势群体。他现在永远都不可能开辟或发现新知了,他反而在与某个想把病区门锁死,让病人一直穿着病号服的反动中产医疗主管进行抗争。"艾拉,咱们俩都是人生输家。我们投入了我们一生的时间,为的就是帮比咱们稍微笨一点的人接受大人物一直以来都心知肚明的那些现实,他们几千年来都知道把一个病人单独关起来就可以让他的病情更糟,他们几千年来都知道一个害怕地主和警察的穷人跟奴隶没什么两样。他们一直都知道,咱们也知道,但是被启蒙过的广大英国人民知道吗?不,他们不知道。必须让他们知道,艾拉,这是属于我们的,属于你也属于我的使命。大人物们有太多重要事务缠身了,他们已经开始研究该如何在金星上殖民、在月球上灌溉了,这才是对我们所处的这个时代真正重要的事。咱俩都是推石块的人。我们这一生,无论是你这一生还是我这一生,都用上了各自全部的力气和天赋,就为了把一块大石头给推上山,而大石头就是那些大人物天然就能领会的现实,而山就是人类的愚蠢。咱们推着石块。我有时宁愿自己在获得此前无比翘首期盼的工作前就已经死了——我还以为这是什么创造性的劳动。我是怎么消磨时间的呢?

沙克利医生是个畏畏缩缩的小个子伯明翰男人，他不知道该怎么去爱一个女人，因而总是霸凌自己的妻子。我的时间就用来告诉这个人，他必须得打开医院里的门，他不应该总是把这些可怜的病人黑灯瞎火地关在包着白色软皮防撞垫的单人牢房里，而且病号服太傻了。我的每一天就是这么度过的，然后还要处理由社会引发的病症，而引发这类病症的社会又是如此愚蠢，以至于……你也一样，艾拉，工人其实一个个的都不比他们的老板差，你却要让他们的妻子采用那些因商人的鼓吹才时兴的穿搭及家装风格，而那些生意人一个个都是拿自己的势利眼来换钱的主儿。你还要让那些被人类个体共有的愚蠢奴役的可怜女人走出家门加入某个社交俱乐部，培养个健康的爱好之类的，好让她们不再去想自己没有人爱这一事实，而如果健康的爱好不奏效的话——当然凭什么能奏效呢——她们最终又会来我这儿看诊……我宁可自己是个死人，艾拉，我宁愿自己已经死了。你当然不可能会理解，我光看你的表情就知道你不理解……"

又是死亡。死亡走出了她的小说，步入了她的生活，然而却化作了能量，这个男人工作起来就跟疯子似的，充满了暴怒的同情，这个说宁愿自己已经死了的男人在帮助无助者的过程中从来都不休息。

现在就仿佛这部小说已经写完，而我已经开始读它了。既然看到全本了，我也就发现了另一个主题，刚开始写的时候我还没有意识到，而这一主题就是天真。从艾拉遇见保罗并爱上他的那一刻，从她说出"爱"这个字的那一刻开始，天真便诞生于世了。

因此现在当我回望我和迈克尔的关系（我把我现实生活中爱人的名字给了小说里艾拉的儿子，与此同时脸上浮现出了有些过于热切的微笑，就仿佛是个向分析师提供了对方一直期待着的样本的病人，然而却被对方告知这个样本不能用），我在一切迹象之上发现了我自己的天真。任何一个脑子灵光的人从一开始都能预料到这段关系的结局，然而我、安娜，却如同和保罗在一起的艾拉一样,拒绝面对现实。保罗催生了艾拉,那个天真的艾拉,他毁灭了她心中那个明事理、多疑而世故的艾拉,而在她心甘情愿的纵容之下,他一次又一次地让她的智慧陷入沉睡,于是她在一片漆黑中漂浮在自己对他的爱情之上,漂浮在她的天真之上,而天真只是另一个用以形容自发的、充满创造力的信仰的词。而当他对自身的不信任摧毁了这个坠入爱河的女人时,她会再度开始思考,然后她又会努力想要回归到天真之中去。

现在每当我被男性所吸引,我便可以借助我内心涌出的天真程度来评估这段关系可能到达的深度了。

有时候当我——安娜,回顾往事时,我就会想要大笑,那是智者针对天真无邪者的、出于惊骇和妒忌的大笑。我现在已经没办法给予他人这种程度的信任了。我,安娜,永远都不会跟保罗涉入一段婚外情中,跟迈克尔也不会。或者说,我会涉入一段婚外情,只是必须在我对于即将发生的事情一清二楚的情况下,这样的话我就会开展一段慎重的、不求结果的、有限的亲密关系。

艾拉在那五年的时间里丢失的恰恰是从天真中生发出来的创造力。

"婚外情"结束了。虽说当时艾拉用的并不是这个词。她要到以后才会带着痛苦这么来形容。

艾拉头一回察觉保罗正准备退出跟她的关系,是在她注意到对方不再帮她处理信件时。他说:"这又有什么用呢?我在医院里就成天处理布朗家寡妇的事,我帮不上任何的忙,一点都帮不上。我可以偶尔帮到那么一两个人,但说到底推石块的人并不能真的给周围的人带来任何助益。我们只是想象自己帮到了别人,心理咨询和公益事业不过是往不必要的苦难上贴狗皮膏药罢了。"

"但是保罗,你也知道你确实帮了他们。"

"我一直在思考的是,我们都是淘汰品。到底是怎样一个医生才会把自己的病人看作是一个病态世界的表征呢?"

"如果你心里真的是这么想的,你工作起来就不会这么拼命了。"

他犹疑了片刻,然后挥出了致命的一击:"但是艾拉,你是我的情人,不是我的妻子。你为什么要指望我把生活中所有严肃的事情拿出来跟你分享呢?"

艾拉发怒了。"每天晚上你躺在我的床上跟我无话不谈。我就是你的妻子。"当她这么说的时候,她清楚自己正在那张结束一切的许可证上签了字。她早先没有把这句话说出口,现在看来几乎是一种懦弱了。他回以一声轻轻的被冒犯到的笑,那便是他要退出的标志了。

艾拉完成了她的小说,被出版社采纳并准备出版了。她清楚它还不错,但算不得什么惊世骇俗之作。如果要她自己来读一遍,她会说这是一本小小的、诚实的小说。但保罗读过以后则报以一段精妙的挖苦:

"行吧,我们男人可能也该从生活中离职了。"

她担心地问道:"你这是什么意思?"然而她还是因为他浮夸的语气和演技而笑出了声。

此刻他停下了自己的表演,十分严肃地说:"我亲爱的艾拉,你难道不知道什么才是我们这个时代的革命吗?俄国革命,中国革命——这些革命都算不上什么,真正的革命是女性革男性的命。"

"但是保罗,这对我没任何意义。"

"我上周看了场电影,我自个儿去的,没带上你,那是部为男性独自观赏而拍摄的电影。"

"哪一部?"

"你知不知道现在女人可以在没有男人的情况下自己生孩子了?"

"但这究竟又是图什么呢?"

"比如说,电影里在女性的卵巢里植入冰,她就会怀上孩子了。人类已经不再需要男性了。"

艾拉立刻自信地爆发出了大笑，说："但到底哪个有脑子的女人会想要在卵巢里植入冰却不想要个男人呢？"

保罗也笑了起来："这些事情吧，艾拉，玩笑归玩笑，就是时代的象征。"

艾拉喊出了声："我的天哪，保罗，如果在过去的五年里随便什么时候你告诉我你想要个孩子的话，我会无比开心的。"

他本能地吃了一惊，拉开了与她的距离，然后他一边笑着，谨慎地组织着语言："但是艾拉，我说的是万事万物的法则。男人已经是多余的了。"

"噢，法则，"艾拉笑道，"你真是疯了。我就说你是个疯子。"

他清醒地回应道："好吧，也许你是对的。你非常的清醒，艾拉，你一直以来都很清醒。你说我疯了，我自己也知道，而且我正变得越来越疯癫。有时我会想，为什么他们不把我给关起来，而去关病人。而你正变得越来越清醒，这是你的优势所在。你以后会在卵巢里植入冰的。"

她感到如此受伤，以至于她再也不在意自己的话会给对方带来怎样的感受，她大喊道："你**是**疯了。我告诉你吧，我与其用这种方式生孩子，我宁可去死。你难道不知道我自打认识你以来就一直想给你生个孩子吗？自从我认识你以来一切都是如此快乐，以至于……"她看到了他脸上因她的话而本能地浮现出了抗拒的神色。"行吧，那就算了吧。不过假如说你到头来总会变得多余的话——那也是因为你对自己到底是什么样的人毫无信仰的缘故……"此刻他脸上的神色又变得畏惧而悲伤，但是她的话头已经决了堤，已经顾不上那么多了，"你从来就没能理解一个最简单的道理——这个道理非常简单和普通，我都不知道你怎么会无法理解。和你在一起原本一切都是那么的轻松愉快，你却开始扯女人在卵巢里植入冰的事情。冰，卵巢，这到底是什么意思？如果你打算从地球表面消失，那就消失吧，我不在乎。"他张开了双臂，说："艾拉，艾拉！来这儿。"她走到了他身边，他抱住了她，但过了会儿他又开始逗她："但你看，我没说错吧——当时机成熟到你可以公开承认你所想的时候,你就会把我们这些男的从大地的边缘都推下去,然后放声大笑。"

性。对女性而言,描写性的难点在于,当你不去思考、不去分析性的时候,性才是最美好的。女人都有意识地避免在技术层面上思考性,而每当男人开始从技术层面谈性的时候,她们便会怒不可遏,这是出于某种自我保护:她们希望保护那种自然生发的情绪,它对她们的满足感至关重要。

性对于女人从本质上来说是种情绪上的体验。这个道理已经被人写过多少回了?但即便对于最有见识和智慧的男人来说都存在这种情况:当一个女人的视线穿过性别的鸿沟望向他的时候,他却无法理解。而她瞬时就感觉自己形单影只,然后急着忘掉这样的时刻,不然的话她就会不停地去想。茱莉亚、我还有鲍勃三个人正坐在厨房里扯着闲篇。鲍勃正在讲一个婚姻破裂的故事,他说:"问题在于性生活。可怜的混蛋,他那玩意儿的大小跟一根针似的。"茱莉亚:"我一直以为是她根本不爱他的缘故。"鲍勃想了想她的话:"不是的,他一直在烦恼的就是那玩意儿太小。"茱莉亚:"但她从来就没爱过他,任何见过他俩在一块的人都看得出来。"鲍勃现在有些不耐烦了:"这不是他俩的责任,这两个可怜的笨蛋,他们的关系打一开始就违背了自然规律。"茱莉亚:"这显然是她的责任,她要是不爱他,她就不该跟他结婚。"鲍勃因为她的不开窍而大为光火,于是开始了长篇累牍的技术分析。在此期间茱莉亚看向我,时而叹气,时而微笑,时而耸肩。几分钟后他还在喋喋不休,她没好气地用一句玩笑话打断了他的话头,没让他接着说下去。

而对于我、安娜来说,直到我坐下来写这个话题,我才意识到一个惊人的事实,那就是我从未分析过我和迈克尔之间的性生活,然而在这五年间我们在这方面有着显著的进步,在我的记忆中就有如图表中的曲线。

在起初的那几个月里,令艾拉确认她爱保罗这一事实,并让她愿意使用"爱"这个字眼的,是她第一次和保罗做爱就体验到的高潮,而且是阴道高潮。她要是不爱他的话是不可能有这样的体验的,那是种因男性对女性的需求,因他这种需求的坚定而产生的高潮。

随着时间的推移,他开始需要借助一些机械上的手段。(我看了一眼"机械"这个词——换作男的是不会用这个词的。)保罗开始依赖外力来给艾拉带来阴蒂高潮,很刺激,然而她总是有那么点讨厌这件事,因为她能体察到某个事实,即他的这个举动表达了他本能上不愿意将自己的忠诚许诺给她。她在没有得知或意识到这件事之前就感知到了(尽管他自己可能意识到了),他对这种情绪是有所畏惧的。阴道高潮是一种情绪,仅此而已,它以一种情绪的形式而被人所感知,以一种感官的形式而被传达,而这种感官与情绪之间的区隔暧昧不清。阴道高潮就是在一种暧昧、幽暗、笼统的感官中溶解的过程,犹如被温暖的漩涡所吞噬。而阴蒂高潮有好几种,每一种都要比阴道高潮更强有力(这是男性的字眼)。这世上可能有千种颤栗、感官之类的东西,但是只存在一种真正意义上的高潮,那就是当一个男人出于他全部的欲求而接纳一个女人,并要她所有的回应,其余的一切都不过是替代品或赝品,而即便是最欠缺经验的女人都能靠本能辨别出来。艾拉在保罗之前从未体验过阴蒂高潮,而当她告诉保罗的时候,他很高兴。"好吧,艾拉,你至少在某方面还是个处女。"但是当她告诉他,在他之前她从未有过她可以肯定地称之为"真正的高潮"的那般深刻的体验时,他不由自主地蹙起了眉头,然后说:"你知不知道生理学界有些权威专家认为女性的阴道高潮是没有生理依据的?""这样的话他们也算不上什么专家嘛,不是吗?"于是随着时间的推移,当他们做爱的重头戏从真正的高潮变成了阴蒂高潮,有一天艾拉意识到(并很快就开始拒绝去细想这件事)她再也没有真正的高潮了,而这个时间点刚好在保罗离开她前不久。简而言之,她在意识上还不愿承认的时候,情绪上却早就知道了真相。

在他们的关系行将结束前(即在床上他更愿意让她阴蒂高潮时),保罗还跟她讲了一件事,她权当这是他多重人格的另一个症状,完全没放在心上——因为那件事的意味,以及他讲那件事的调调,与她正在他这里体验到的相互矛盾。

"今天在医院发生了件你一定会觉得很好笑的事。"他说。车停在茱莉亚家门外,他俩坐在黑漆漆的车里。她把身子凑近,他双臂环抱住了她,她能感觉到他大笑时身体的震颤。"你也知道的,为了员工的利益,我们尊贵的医院每两个星期就会办一次讲座。昨天通知下来了,说下次讲座由布拉德洛特教授跟我们讲授雌天鹅的性高潮。"艾拉出于本能地想要离开他的身旁,但他把她拉了回来,说道:"我就知道你会这么反应。乖乖坐好,听我说。大厅坐满了人——我不说你也知道,教授站起身,六英尺三的个子[1],像根尺子似的,花白的小胡子一颤一颤的,说他已经取得了结论性的证明:雌天鹅没有性高潮,他将基于这一实用的科学发现来简短地从整体上讨论一下女性的性高潮。"艾拉笑了起来。"我就知道你会在这个点上笑,不过我还没说完。他说到这个点的时候大厅的人群里很明显地起了些骚动,人们纷纷起身准备离去,而这位可敬的教授看起来有些恼了,他说他坚信这个话题不会对任何人造成冒犯,毕竟对性的研究不同于关于性的种种迷信,全世界所有这类医院都有推行这类研究。但还是止不住人继续离场,离场的人又是谁呢?全体女性。底下坐着的拢共有五十个男的,十五个女的,而这些女医生就仿佛接到了统一的指令似的,齐刷刷地起身,离席而去。我们的教授这下彻底恼了,他扬起他下巴上的那一小撮胡须,说他没想到这些他素来尊重的女性同行们居然如此假正经。然而说什么都没用了,可见范围内已经一个女的都不剩了,对此我们的教授只好清了清嗓子,宣布尽管女医生们的态度如此无礼,他还是会将这个讲座继续下去。他说,基于他对于雌天鹅的研究,他认为女性的阴道高潮是不存在生理学根据的……不,别走,艾拉,女人的行为真的是太好预测了。我坐在潘沃西医生的边上,他家里

---

[1] 约合190厘米。

有五个孩子，他小声跟我说有件事还挺蹊跷的——这位教授的妻子是个很喜欢抛头露面的人，她丈夫一有这类小讲座的时候她都会到场，但是那天她却没来。就在此刻我做了件背叛我所属的性别群体的行为，我跟女性一样离了场，但她们都已经不见了踪影，很诡异，我目力之所及一个女的都看不到，但最后我还是找到了我的老友史蒂芬妮，她在餐厅里喝着咖啡。我说：'史蒂芬妮，你们怎么不听我们伟大的教授对于性的权威讲座呢？干吗要退场呢？'她既充满敌意又无比甜美地冲我微笑了一下，说：'我亲爱的保罗，这么多个世纪以来，全天下的女人都知道，每当男的开始跟她们讲述女性的性体验时，都不该打断他的话头。'最后我用半个小时艰苦卓绝的努力外加三杯咖啡才让我的朋友史蒂芬妮不再反感我。"他一边搂着她，一边再度笑出了声。他转头注视着她的脸，说道："事情就是这样。你可别因为我和那个教授同性别而冲我发火啊——我对史蒂芬妮也是这么说的。"艾拉的愤懑消失了，她同他一块笑了起来。她当时心想：今晚他会跟我一块上去的。直到最近，他几乎每天都是跟她一起过夜，这段时间他每个礼拜却有三四天晚上需要回家去。他说过："艾拉，你是我见过的最没有嫉妒心的女人。"这句话显然是不经意说出口的，艾拉却感到一阵突如其来的寒意，紧接着是一阵恐慌，然后保护机制很快就激活了：她没听见他刚才的话，而是问道："你待会儿跟我一块上去吗？"他说："我之前没打算上去，但要是真做了决定我也就不会坐在这儿了，对吧？"他们一块上了楼，手拉着手。他说："我在想你跟史蒂芬妮能不能合得来。"她觉得他看自己的眼神有些奇怪。"就好像他在探我的底细"。她又感到了一阵慌乱，同时心里思忖着，他这些日子经常提到史蒂芬妮。"莫非是……"她想。随后意识便模糊了，她说："我准备了晚饭，你想吃点吗？"

他们一起吃了晚饭，他注视着她说道："你做菜也那么好吃，我以后该拿你怎么办啊，艾拉。"

"你以前怎么办以后就怎么办。"她说。

他注视着她的时候带着绝望的神情,她这段时间时常在他脸上见到这种绝望与幽默并存的神情。"我没能给你带来一丝的改变,连你的着装风格或是发型都没能改变。"

这是一场在他俩之间反复不断的角力,他会想把她的头发朝这里或者那里梳,把她的连衣裙改成另一种形状,还说:"艾拉,你为什么要这么固执地把自己搞得跟个凶巴巴的女教师似的?天地良心,这根本就不符合你的形象。"他会给她带低胸的女式衬衫,或是给她看橱窗里的裙子,一边还说着:"你为什么就不能买条这样的裙子呢?"

但艾拉继续把自己的黑发挽在脑后,并拒绝穿他喜欢的那些艳丽的衣服。在潜意识里她在想:他现在老是抱怨我不满足于他,说我想另寻新欢,那我要是穿那些性感的衣服,他又会作何感想?我要是真把自己捯饬得光彩照人,他绝对会吃不消的,现状本来就已经足够糟糕了。

她以前嘲笑他的时候说过:"但是保罗,那件红衬衫是你给我买的,整件衣服的剪裁把我上半边胸部都暴露在外面了,我换上这件衣服以后,你却跑到房间里来把最顶上的扣子都扣上了——这是你的本能反应。"

今晚他来了她这里,解开了她的发辫,让头发披散了下来,然后近距离打量着她的脸,一边皱着眉,一边理了理她额前的几绺头发,将它们环绕到她的脖子后方。她让他爱怎样就怎样,在他双手的温暖之下一言不发地冲他微笑。突然间她心想:他正把我和某个人做比较,他压根就没看见我的存在。她很快就和他拉开了距离,他说:"艾拉,你要是想的话,你能成为一个非常漂亮的女人。"

她说:"所以你觉得我不漂亮咯?"

他半叹气半笑地拉着她躺到了床上。"显然不是啊。"他说。

"那就好。"她露出了自信的微笑。

也就是在那天晚上,他云淡风轻地提到他收到了一份尼日利亚的工作邀约,并且正在考虑要应下来。艾拉听见了他的话,但几乎处于走神的状态,并接受了他对于目前的情势漫不经心的语调。但之后她察觉到一道惊愕的深渊在她的肚子里张开了一道口子,某个终结的时刻就要到来了,然而她坚持去想:"一切都会没事的,我可以随他一起去,我在这里也没什么牵绊,到了那儿迈克尔可以上个什么学校。我在这里又有什么牵绊呢?"

这是真的。在一片漆黑之中,她躺在保罗的怀抱里,心想这么多年都过去了,这双手臂渐渐地把其他人都关在了外头。她已经不怎么出门社交了,一方面是因为她并不享受一个人出去,另一方面是因为她很早开始就接受了现实,即结伴出去所带来的麻烦要多于好处,保罗要么吃醋,要么说自己在她那些文化人朋友里头格格不入,而艾拉会说:"他们算不得朋友,他们只是熟人。"她跟儿子、保罗和茱莉亚以外的任何人之间都不存在必不可少的联结。于是此刻她问道:"我可以跟你一起去,对吧?"他犹疑了一下,笑道:"但你应该不愿意放弃你在伦敦的精彩文化生活吧?"她对他说他真是疯得可以,然后开始计划出国的事。

有一天她跟他去了他家,他的妻儿出门度假去了,他们刚一起看完一部电影,他说他想回去拿件干净的衬衫。他把车停在了一栋小屋的外头,这条位于牧者丛[1]北部郊区的街道上,一整排都是和这栋小屋一模一样的建筑,而整洁的花园里的一块小草坪上丢着小朋友的玩具。

"我都跟莫丽尔说过多少次了,"他生气地说道,"他们不应该把自己的东西就这样到处乱丢。"

这时她才恍然大悟这是他家。

"进来坐会儿吧。"他说。她不想进去,但还是跟着他进了屋。门廊的墙上贴着很常见的印花壁纸,一排暗色的橱柜,一条好看的地毯,出于某种原因这一切让艾拉感到宽慰。客厅则全然是来自另一个时代的审美:墙上贴着三种不同的壁纸,还有不协调的帘子和软垫,看来最近刚翻新过,看起来仍然有种半途而废的感觉,有种压抑感。艾拉跟着保罗

---

1 伦敦西城的一个区域,历史上属于富人区。

进了厨房，去找寻他"干净的衬衫"，这一回"干净的衬衫"指的是他需要的一本医学期刊。厨房是整栋房子里使用痕迹最重的地方，有些破败的样子，但是一面墙上贴了红色的壁纸，使得厨房看起来也一样有种正处于蜕变期的感觉。厨房的桌上摞着几十本《家庭女性》，艾拉受到了直接的打击，但却又告诉自己不管怎么说她自己也在给这家恶心而势利的杂志打工，她又有什么资格去鄙视这本杂志的读者呢？她告诉自己说，她就没见过哪个人对自己从事的工作是全身心投入的，所有人工作的时候看上去都不情不愿，要不然就愤世嫉俗，再不然就三心二意，因此她自己并不比其他人差。然而这样的自我安慰没什么用，厨房的角落里摆着台小电视，她能想见那位太太每天晚上坐在这里一边看着《家庭女性》或电视，一边听着孩子在楼上的动静。保罗见她站在那儿又是抚摸杂志，又是观察厨房，于是又带着他惯常的令人丧气的幽默感说道："这是她的房子，艾拉，她在这里做什么都随她喜欢，我当然至少得给她这个权利吧。"

"是，至少。"

"嗯。一定搁楼上了。"保罗离开了厨房，一边开始爬楼梯一边回头越过肩膀说道："那个，上来呗？"她想：他这是想要通过向我展示他的房子来表明什么吗？他是想告诉我什么信息吗？他不知道我恨这个地方吗？

但是她再一次顺从地跟着他上了楼进到了卧室里。这个房间的风格又变了，看起来已经维持现状了很长时间的样子。房内并排摆着两张床，两张床中间整洁的床头柜上摆着一个装着保罗照片的大相框。房间的主色调是绿色、橙色和黑色，以及数不胜数的躁动不安的斑马纹——现在是家装的"爵士"时代，已经过了二十五年的光阴。保罗在床头柜上找到了他的期刊，然后准备离开了。艾拉说："某天我会从韦斯特医生手里接过一封信：'亲爱的欧尔索普医生，请给我支支招，我最近夜里都睡不着觉。我试过在睡觉前喝热牛奶，并让自己处于放松状态，但是都没用。

请给我些建议吧。莫丽尔·坦纳。又及：我忘了说了，我先生每天大清早差不多六点从医院值完夜班回来的时候都会吵醒我，有时他会整个星期都不回来，我提不起劲，这种情况已经持续了有五年了。'"

保罗听着，一脸严肃而悲伤的表情。"你也知道，"他最后说道，"我全然不为自己作为丈夫的身份而自豪。"

"我的老天，那你为什么还要继续这样呢？"

"啊？"他半笑不笑地回归了他浪子的角色，"就这么抛下那个带着两个孩子的可怜女人？"

"她好去找个在乎自己的男人啊。你可别告诉我你会介意。你肯定不喜欢她目前这种生活状态吧？"

他严肃地答道："我跟你说过了，她就是个非常简单的女人。你总是假设其他人都和你似的，不是所有人都跟你一样的。她爱看电视，爱看《家庭女性》，爱往墙上贴各种壁纸。而且她是个好母亲。"

"她不介意没有男人的陪伴？"

"据我所知她有伴儿，我不过从没过问罢了。"他说着又笑了起来。

"噢，行吧，这件事我不知道啊！"艾拉完全陷入了沮丧，一边说着一边跟着他下了楼。她离开这栋不协调的小房子的时候心里头想着谢天谢地，仿佛从陷阱中脱身。而当她望向街道上一排房子时心想：也许里头的每一家人都这般破碎，没有一个人是完整的，没有一个人身上能体现完整的生命，没一个人是完整的人类，或者至少在这件事情上，没有一个家是完整的家庭。"你也许不爱听，"他们驶离的时候保罗说，"能拥有这样的生活，莫丽尔没准还觉得挺幸福的呢。"

"她怎么可能幸福？"

"我之前问过她想不想离开我，她如果愿意的话可以回娘家去，她说她不愿意。再者说，要是没了我，她会迷失自己的。"

"我的老天爷。"艾拉感到恶心而害怕。

"我说的是真话，我在扮演某种父亲的角色，她对我是完全的依赖。"

"但她都见不着你。"

"我除了做事高效以外也没什么别的本事,"他简短地说道,"我回家的时候会处理掉所有事情。取暖器,电费账单,哪里去买条便宜的地毯,怎么处理小孩学校的事情,所有的一切。"见她没回话,他重复己见道:"艾拉,我以前跟你说过的,你太自以为是了。你就是接受不了现实,她可能就是喜欢这么过。"

"我是接受不了,我也不相信这是事实,在这个世上不存在哪个女人想要过没有爱的生活。"

"你眼睛里容不得沙子,你太专横了,你就拿你脑子里的某种理想来评判一切,但凡与你美好的理念不符,你就一个劲地谴责,或者即便事实并非如此,你也会自欺欺人。"

艾拉心想:他说的不止是我,还有他自己。但保罗已经继续说下去了:"举例来说——莫丽尔也可以评价你:她怎么会愿意当我丈夫的情人?那怎么能有安全感啊?而且这事也不体面啊。"

"噢,安全感!"

"噢,可不是。你会轻蔑地说,噢,还安全感!噢,还体面!但莫丽尔就不会这样,这些事情对她非常重要,对大多数人都非常重要。"

艾拉意识到他的语气里带着愤怒甚至受伤的感觉,她也意识到他在和自己的妻子共情(而当他跟艾拉在一起的时候,他的行事风格并不是这样的),于是安全感和体面对他来说也很重要咯?

她默不作声地心想:如果他真的喜欢过这种生活,或者至少说他需要过这种生活,那他为什么总是无法对我满意也就说得通了。硬币的一面是清醒而体面的小太太,另一面是个聪明、快活、性感的情人。我要是背着他偷吃,再穿得放荡一点,也许他真的会喜欢。啊!我不会这样的,我就是这么一个人,他要不喜欢的话也就只能将就着了。

那天深夜,他虽然笑着但是带着攻击性地说道:"艾拉,你要是跟其他女人一样的话,这对你会很有好处的。"

"你想表达什么?"

"做一个妻子,在家里头等着,努力让你的男人不被其他女人勾走,而不是找个伏倒在你石榴裙下的爱人。"

"哦,所以这就是你现在的处境咯?"她嘲讽道,"但你为什么要把婚姻看成是一场战争呢?我就不会这么看待婚姻!"

"你不这么看?!"这回轮到他嘲讽了。沉默了片刻后,他又说:"你刚写了本讲自杀的小说。"

"这跟我们在聊的又有什么关系?"

"你所有的这些智慧的洞见……"他止住了话头,坐着向她投来的眼神中充满着懊悔、挑剔以及——谴责,艾拉是这么觉得的。他们在她处于屋顶之下的斗室之中,孩子在隔壁房间睡着觉,她做的饭剩下的残羹像之前上千次那样,留在他俩之间的矮桌上。他在指间转动着一杯红酒,痛苦地问道:"我不知道之前几个月要是没有你我会变成什么样。""之前的几个月到底发生了什么?""什么都没发生,这就是问题所在,日子就这样继续着。当然了,去了尼日利亚以后我也不至于再给得了疥癣的狮子包扎伤口清理旧疮,这就是我干的工作:在老兽身上不致命的伤口上涂膏药,好让它自行愈合。在非洲至少我会为一些新生的事物工作。"

他的尼日利亚之行突然得出人意料,至少出乎艾拉的意料。他俩当时还在说着未来会发生的事情,这时他突然插话说他明天就要走了。关于她未来该怎么去找他,计划还不确定,他得先搞清楚那边的条件如何。她去机场送他,就仿佛再过几个礼拜就会再次见到他一样,然而在他跟她吻别,转过头艰难地点了一下头,露出了一丝变了形的微笑,全身上下展现出某种痛苦的纠结之后,艾拉突然感觉到泪水顺着她的脸颊滚落,然后她的每条神经都涌上了一股寒意及怅然若失的感觉。在之后的几天里,她止不住地哭泣,也止不住那股让她打颤的寒意。她会写信,也会做规划,但却一直在一片阴影之中,而这片阴影正在她心中变得愈发浓重起来。他来过一次信，信里说他还很难确定她和迈克尔该怎么过来跟他团聚，此后便杳无音讯了。

有一天下午她正在和韦斯特医生处理一堆跟往常一样的信件，这时他说："我昨天收到了保罗·坦纳的来信。"

"是吗？"据她的了解，韦斯特医生还不知道她和保罗的关系。

"看上去他还挺喜欢那个地方的，所以我猜他大概会带他的家人一块儿过去。"他仔细地将几封会归到自己那堆的信钉在了一起，然后接着说："他走的时候，我才了解到一些事情。他临行前告诉我，说他被一只花蝴蝶给缠上了，缠得不轻。我听着那个女的可不咋样。"

艾拉努力让自己的呼吸保持平稳，看了一眼韦斯特医生的反应，然后告诉自己他们只是在聊一位共同朋友的八卦，他无意伤害她。她拿起了一封他递给她的信件，这封信是这么开的头："亲爱的欧尔索普医生，我来信是想问问你我家小子梦游的事⋯⋯"她拿着信说："韦斯特医生，这属于你的专业领域吗？"共事这么多年以来，他俩之间这场亲切友好的战争一直持续着。"不算。一个孩子如果梦游的话，我给他开什么药都没用，而且我要是真给他开了药，你肯定会头一个怪我。让那个女的去诊所，并委婉地告诉她，要怪就怪她自己，别怪孩子。哦，反正也轮不到我来告诉你该怎么写。"他拿起了另一封信，说："我跟坦纳说，让他别回英国，而且越久越好，这种关系真的要断也没那么容易。那位年轻女士缠着他要他娶她，事实上她也不年轻了，这就是事情麻烦的地方，我猜过家家的日子她应该已经腻味了，打算稳定下来了。"

直到和韦斯特医生一起完成了信件的分类，艾拉一直努力让自己不去想这场对话。好吧，我终究还是天真了——她最终下了这么个结论。我估计他在医院和史蒂芬妮有一腿，至少除了史蒂芬妮，别人他从没提起过，他总提她。但他谈起她的时候从没用过"花蝴蝶"这样的词。嗯，那是韦斯特家的人才会使用的语言，他们会采用"花蝴蝶"或"过家家的日子"这种愚蠢的表达,这些个体面中产还真是凡庸到了极点。

与此同时她深深地失落了,保罗离开后她一直在与之抗争的阴影现在将她完全吞没了。她想到了保罗的妻子:当保罗对她失去了兴趣以后,她一定同样是这种感觉,这种被完全排斥的感觉。唉,至少艾拉自己的优势是愚蠢到没能察觉到保罗出轨史蒂芬妮的事,但也许莫丽尔也主动选择了装傻——也就是说她主动选择相信保罗这么多天都是在医院过的夜?

艾拉做了个令人不悦且困扰的梦:她在那个难看的、每个房间风格都不一样的小屋里,她决定要把整间屋子重新装修一遍,采用一种风格,她自己的风格。但每当她挂上条新帘子或是粉刷完一个房间,莫丽尔的房间又会再次出现。艾拉就像是这间屋子里的一个幽魂,而她意识到出于某种原因,只要莫丽尔的灵魂还在里头,这间屋子就不会散架,而之所以会如此是因为每个房间都属于一个不同的时期、一个不同的灵魂。艾拉发现自己正站在厨房里,一只手搭在一摞《家庭女性》上,她是只"花蝴蝶"(她能听见这个词从韦斯特医生的嘴里说出来),穿着一条鲜艳紧身裙和一件特别修身的毛衣,顶着一头时尚的发型。艾拉意识到莫丽尔根本就不在这里,她早就去尼日利亚和保罗团聚了,而艾拉却在这间屋子里等着保罗回来。

艾拉从这场梦里醒来时她哭了。她头一回意识到,那个保罗不得不远离的女人,那个他为之远赴尼日利亚,不惜一切代价远离的女人,就是她自己。她就是那只花蝴蝶。

她也明白了韦斯特医生是有意说那些话的,可能是因为保罗给他的信里的一些字句吧,那是韦斯特医生所在的体面人的世界为了保护其成员而给艾拉的一个警告。

奇怪的是,现在这样的刺激足以将这几个月来一直紧攥着她的抑郁情绪一举击溃,至少能起效一些时日。她转而翻进了一种怨恨、愤怒而逆反的情绪之中,她跟茱莉亚说保罗把她给"甩了",她此前居然没预见

233

到这点，她真是太傻了（而茱莉亚用默不作声表示了完全赞同）。她说她不打算闲坐着对这件事哭哭啼啼。

她没意识到自己已经下意识地决定去置装，出门给自己买了新衣服，不是保罗强加给她的"性感"衣服，但也不同于她之前买过的任何一件衣服，这些新衣服符合她新生的人格，相当坚硬、随意而冷漠——或者至少她是这么觉得的。她还把头发给剪了，于是现在的头发围着她小巧的瓜子脸构成了蓬松而挑衅的形状。她还决定从茱莉亚的房子里搬出去，因为那也是她和保罗同居的地方，她受不了再在里头住下去了。

她冷静、清爽而高效地新找了间公寓，公寓的面积相当大，对于孩子和她两人来说绝对是过大了，直到安顿下来之后，她才意识到多出来的那些空间是留给一个男人的。是留给保罗的，这是事实，她仍然在过着他仿佛会回到她身边的生活。

后来她非常偶然地听说保罗回英国探亲了，而且已回来两星期了。在她听闻这件事的当晚，她发现自己梳妆打扮好，头发也仔细地打理过，站在窗边望着下面的街道，等待着他。午夜之后她还久久地守候着，一边还想：他医院里的活儿很容易就会把他拖到这个点，我可不能睡得太早，不然他见灯都灭了就会担心吵醒我，就不会上来了。

她就站在那里，一夜接着一夜。她见自己站在那儿，就对自己说：这太疯狂了，这就是在发疯，发疯的意思就是你没办法阻止自己做些你自己明知道不理智的事。因为你知道保罗是不会来的。然而她却继续梳妆打扮，继续在窗边站好几个小时地等待着，每晚都是如此。当她站在那里观察着她自己的时候，她也明白了现在的疯狂，与之前蒙蔽了她，让她看不见这段情事将会不可避免地走向灭亡的疯狂，也就是曾让她那么幸福的天真——之间存在着怎样的联系。是的，那愚蠢的信任、天真与仰赖非常合乎逻辑地导致了她站在窗边，等待着一个她十分了解，并不会再度回到她身边的男人。

几个星期后，她从韦斯特医生那里听说保罗又回尼日利亚去了，韦斯特医生说这话的时候显然是闲聊的状态,尽管也藏着一丝得意扬扬的恶意。"他的妻子不愿意随他同去,"韦斯特医生说,"她不想背井离乡。她显然对现状十分满意。"

这个故事的问题在于写作时以对保罗和艾拉关系破裂的分析为主要线索,我并不知道记述这故事的其他方式。对于一个经历过一些事情的人来说,很多事会显现出某种模式,而婚外情的模式便在于——即便这段婚外情持续了五年之久,并且已经尽可能地接近于婚姻的样貌——它会被导致其结束的因素定性,这也就是为什么这并不是件真事,因为一个亲历者根本不会这么去思考问题。

假如我这样写:只写完整的两天,无微不至地写,写这段婚外情开始那天,以及结束的那天,如何?不好,因为即便如此,我大概还是会发自本能地把毁灭这段关系的因素提取出来,并加以强调。唯有这些因素才能将整个事件定型,否则就只会有一片混沌。因为在这种前提下,中间隔着许多个月份的两天就会失掉笼罩其上的阴影,所有的文字会沦为对某种单纯而没心没肺的快乐的记录,可能再外加些许吵架的时刻——这些时刻其实反映了正在迫近的结局,但只是当事人当时并不觉得,而这些时刻也被当下的快乐吞噬了。

文学是事后的分析。

另一篇有关马肖比往事的文字则是种怀旧,但这篇有关保罗和艾拉的文字里却不存在怀旧,而是一种伤痛。

想要表现一个女人爱着某个男人,就要表现她在等门铃响起时为他下厨,或是开一瓶红酒来佐餐。要不然就是早晨在他之前醒来,看着他的脸由睡眠时的沉静转变为欢迎着自己的笑意。没错,而且如此往复一千次。但这就不是文学了,也许更适合电影。是的,生活的物理属性便是生活的进行时,并非事后的分析,也不是争执的时刻或是对未来的预感。电影中有这样的一个镜头:艾拉慢悠悠地剥着橘子,然后把黄澄澄的橘子瓣递给保罗。保罗满腹心事地一个个接过，眉头紧锁：他的心思已在别处。

【蓝色笔记开头是一句话：】

"汤米好像在控诉自己的母亲。"

【安娜接下来写道：】

我离开了汤米和莫莉争执的现场上了楼，立马就把刚才的事写成了一个短篇。我被自己的行为——把一切都写成小说——给震惊到了，这肯定是种逃避。为什么不只是单纯把今天莫莉跟她儿子的事一五一十写下来呢？我为什么从来都不直接记述发生的事情呢？我为什么不写日记呢？很显然，我把万事万物写成小说只是为了向自己隐瞒些什么。而今天情况则很明显：坐观莫莉和汤米吵架这件事本身就让人不安，所以我就索性直接上楼，连想都没想就开始动笔写小说了。我是该写写日记了。

1950 年 1 月 7 日

汤米这个星期就要满十七岁了。在决定自己的未来这件事上，莫莉从来没有给过他压力。事实上，她最近还让他别再思前想后，建议他直接去法国待几个礼拜来"拓宽一下思路"。（当她说出这几个字的时候他就被激怒了。）他今天来厨房就是冲着吵架来的——他踏进厨房的那一刻我和莫莉就猜到了。他对莫莉的敌意已经持续了好些日子了，事情的开端是他第一次去了他父亲家，（当时我们没有意识到这次经历对他的影响已经如此之深了。）之后他就开始批判自己母亲是个放浪艺术家，莫莉对此一笑置之，说这些乡间的别墅里满是地主土豪，只是去做客的话倒还算有趣，不必过这种生活反倒是他的幸运。几个星期后他又去了一趟他爸那儿，回来之后就开始对他母亲异常生分且极度敌对了。我在这个时间点上介入，告诉他有哪些事情是莫莉的自尊不允许她去做的，以及莫莉和他父亲的过往——他父亲为了让他母亲回到自己身边是如何在钱的问题上欺压她，并且又是如何威胁要告诉她的雇主她是共产党员，好让她丢掉工作等等——这一整段丑恶而又漫长的往事。汤米一开始并不相信我，毕竟没人能比和你共处了一整个周末的理查德更具魅力了，这我可以想见。后来汤米还是相信了我，但我的话却没起到什么预期的效果。莫莉建议他去他父亲那里过暑假，这样一来（按照她的说法）理查德身上的光环就会随着时间慢慢褪去。他去理查德的乡间别墅待了六个礼拜，里面有迷人而平凡的妻子，还有三个讨喜的男孩。理查德周末都会在家招待生意上的伙伴之类的，客人都是些本地的士绅。莫莉的解决方案像魔法一般奏效了，汤米宣称"周末实在太过漫长了"，所以她很高兴，不过还是高兴得太早了。今天的争吵就仿佛是一幕戏剧，他走进门来，表面上是来商量要不要服兵役的事，很显然他期望莫莉让他尽可能别去的，而莫莉心里当然也的确是这么希望的，嘴上却说这是他的自由。他于是开始执意说自己应该服兵役，接着就开始攻击她的生活方式、她的政治立场、她的朋友圈——她的一切。他们坐在厨房里餐桌的两头，汤米对她摆着张阴郁而执拗的臭脸，她则处于全然放松的状态，一边想着午饭要做哪些菜，一边接二连三地冲去接党务相关的电话——她每次去接电话的时候汤米都耐心而气恼地等着她回来。在这场漫长的争吵的末尾，他自己拿了主意，决定不去服兵役了，同时又基于自己目前的这个立场对她展开攻击，批判苏联穷兵黩武什么的。他爬楼梯的时候还一边大声宣告说（就仿佛这是从之前的争吵中自然而然衍生出的结论一样）他打算尽早结婚，生好多孩子。莫莉这时已经精疲力竭，哭了起来。我给詹妮特把午餐带上了楼，同时也感到心烦意乱，因为莫莉和理查德让我想起了詹妮特的爸爸。在我看来，他们这样折腾毫无意义，既神经质又愚蠢。

即使我反复申明"我孩子的爸爸不一样"也没用，终有一天詹妮特会说："我爸妈的婚姻维持了一年，然后就离了。"等她再长大一点，待我告诉了她事情真相，她又会说："我妈和我爸同居了三年，一天他们决定要个孩子，为了避免我成为私生女才决定结的婚，然后又离了婚。"但是这种表述与我体认到的事实之间并无任何关联。我每每想起麦克斯，就会被随之而来的无助感所压倒。我记得我以前之所以会写到他（黑色笔记里的威利）就是因为这种无助感，但宝宝降生的时刻似乎直接与那段愚蠢而空洞的婚姻相抵了。我还记得自己第一眼看到詹妮特的时候心想：亲爱的宝贝，爱情、婚姻、幸福之类的东西又有什么重要的呢，我现在有个最最美好的宝贝。但是詹妮特不会理解的，汤米也不会，他要是真能理解的话，他就不会再怨恨自己的母亲为什么要离开他的父亲了。我记得我好像在詹妮特出生以前写过日记，我找找看吧。对，我依稀记得我有写过下面这几篇日记。

1946年10月9日

我昨天晚上下班以后就回到了那个可怕的酒店房间，麦克斯一声不吭地躺在床上，我坐在了长沙发椅上。他走了过来，把头搁在了我的腿上，双臂搂住了我的腰，我能感受到他的绝望。他说："安娜，我们对彼此都无话可说，为什么会变成这样？""因为我们不是一路人。""是不是一路人真有那么重要吗？"他问这话时声音里带着一丝条件反射的嘲讽——那是种有意的、出于自我保护和讽刺的目的而采用的拖腔拖调的说话方式。我很放松，心想也许的确没那么重要，但我对未来又无比在意，于是说："志趣相投某种程度上肯定还是重要的吧？"然后他说："来床上吧。"在床上，他的一只手按住了我的胸，而我感到生理上的排斥，说："既然我们不论现在还是过去都没给对方带来过益处，所以要不还是算了吧？"于是我们就直接睡觉了。天快亮的时候，隔壁那对年轻的新婚夫妇开始做爱。这家酒店的墙薄得很，一切动静我们都尽收耳底，这让我相当不痛快，我从来就没有那么不痛快过。麦克斯醒了，说："怎么了？"我说："你瞧，要幸福还是可能的，只是咱俩都要有所坚持才行。"天很热，太阳正在升起，隔壁的夫妻笑得很欢，墙上沾着一小片温暖的粉色微光，那是太阳的光亮。麦克斯躺在我身旁，他的躯体滚烫且不快。鸟儿歌唱着，声音尤其大，后来日头越来越烈，它们又都安静了下来，而且就在一瞬间，一分钟前它们还在热热闹闹此起彼伏地聒噪着，突然就静默了。那对夫妻还在有说有笑，突然他们的孩子醒了，哭了起来。麦克斯说："也许咱们也该生个孩子？"我说："你的意思是孩子将会是我们的粘合剂？"我愤怒地说道，同时也因为自己的这个说法而自我厌恶，然而他这么突然动情还是让我心烦意乱。他看上去非常执拗，又重复了一遍："咱们该生个孩子。"然后我突然心想：这又有何不可呢？我们在未来的几个月里都不可能离开殖民地，现在还凑不出旅费，那索性生个孩子吧——一直以来我都在以一种仿佛在未来某一刻某件美好的事情即将发生的态度生活着，我们现在就让某些事情发生吧……我翻身面向他，两人做了爱。我怀上詹妮特就是在那天早上，一个星期后我们登记结婚了，一年后我们就分手了。但是那天以后这个男人就再也没有碰过我，也没有再和我亲近过。但詹妮特来了……我觉得我应该去找个精神分析师咨询一下。

1950年1月10日

今天见了马克斯夫人。在初步的交流之后，她说："你来这里的原因是什么呢？"我说："因为我有过一些本应对我造成触动的经历，然而这些经历却并没能对我造成触动。"她等我接着说下去，于是我说："比如说，我朋友莫莉她儿子——上周他决定了不去服兵役，但他也有选择去服兵役的可能。这是我自己留意到的。""什么？""我观察人——他们会做出决定要这样或者那样，但这个过程就像是某种舞蹈——他们也有可能抱着同等程度的决心做出完全相反的决定。"她犹疑了一下，然后问道:"你写过小说?""是的。""你现在在写另一本?""没有,我应该不会再写小说了。"她点了点头。我看懂了她点头的意思,于是说道:"我来这里并不是因为我遇到了写作的瓶颈期。"她又点了点头,我说:"你最好能相信我说的,否则……"这一阵语塞令人尴尬且充满了侵略性,而我接下来说话时也带着一丝自知有那么点强硬的微笑:"咱们怕是很难相处得好。"她冷冷地笑了一下,然后说:"你为什么不打算再写本小说?""因为我对艺术已经不再抱有信仰了。""所以你真的不再对艺术抱有信仰了吗?"——她提取出两个词让我来验看,是"不再"和"所以"。

1950年1月14日

我做了好多梦,梦是这样的:我在音乐厅里,有个穿着晚礼服的洋娃娃一般的观众,有台大钢琴,还有我自己,我穿着件可笑的爱德华时代[1]的缎子连衣裙,还跟玛丽王后[2]似的戴着珍珠项链,坐在钢琴前却一个音都弹不出来,而那位观众在旁等待着。这是个程式化的梦,就像是一幕戏剧或是一幅老画。我把这个梦告知了马克斯夫人,她问道:"这个梦象征着什么呢?"我答道:"感觉的缺失。"她露出了她智慧的浅笑,这种浅笑就如同乐团指挥手中的指挥棒一样,指挥着我们的整个流程。另一个梦发生在二战期间中非的某个廉价的舞厅里,所有人都喝高了,舞跳得已经跟性交差不太多了。我在舞池边等待着,一个皮肤光洁如玩偶的男子朝我走来,我发现他是麦克斯。(但是他有着我在笔记里创造的威利身上的某种文气。)我步入他的怀抱,然后就变得跟玩偶一般静止,而且动弹不得。又是个怪诞的梦,跟漫画一样夸张。马克斯夫人问道:

---

1 指英国国王爱德华七世在位的时期,即1901—1910年。
2 指英国国王乔治五世(1865—1936)的配偶,即特克家的玛丽(Mary of Teck,全名 Victoria Mary Augusta Louise Olga Pauline Claudine Agnes, 1867—1953),后来的爱德华八世以及乔治六世的母亲,英女王伊丽莎白二世的祖母。

"这个梦又象征着什么呢?""还是一样,感觉的缺失。我对麦克斯性冷淡。""所以你害怕性冷淡?""不,在所有人里头我就唯独对他性冷淡,所以我才害怕。"她点了点头。突然间我开始觉得忧心忡忡:我会不会再一次坠入冷淡的状态呢?

1950 年 1 月 19 日

今天上午我一直在我阁楼的房间里,隔壁有个婴儿在啼哭着。这让我想到了在非洲住过的酒店房间,一到早上婴儿的啼哭声就会将我们吵醒,然后就会有人喂他,然后他就会开始发出咯咯的笑声以及其他愉快的声响,与此同时他的爸妈在一旁做着爱。詹妮特一直在地板上玩她的积木,前一天晚上迈克尔请我跟他一起去开车兜风,我说我去不了,莫莉也要出门,我不能留詹妮特一个人在家。他哂笑道:"行吧,母职必定优先于爱人。"就因为他毫无温情的嘲讽,我对他很是不满。而今天上午我感到自己再一次被某种重现的氛围所笼罩——婴儿在隔壁啼哭着,我对迈克尔抱着敌意,(再次想起了我对麦克斯的敌意),接着就是一种不真实的感觉——我记不清我在哪儿了——我是在这里,伦敦,还是在那里,非洲的另一栋楼里,婴儿的啼哭声穿墙而来。詹妮特从地板上抬头看我,说:"来玩嘛,妈咪。"我一时间动弹不得。片刻后我迫使我自己从椅子上站起身来,然后坐在了女儿身边的地板上。我看着她,心想:这是我的孩子,我的亲生骨肉,但我却感觉不到我们之间的这种联结。她又说了遍:"来玩,妈咪。"我拿积木搭起了房子,但是动作却像台机器,我必须有意识让自己去执行每一个动作。我能看见自己坐在地板上,那是一幅年轻的母亲陪她的宝贝女儿玩耍的图景,就像个电影里的镜头或是张照片。我把这件事跟马克斯夫人说了,她说:"所以呢?"我说:"这跟那些梦是一回事,只是突然砸进了现实生活里。"她不作声,于是我说了下去:"因为我对迈克尔感到了敌意——这使得我整个人都动弹不得。""你现在还在跟他睡?""是的。"她又不作声,于是我微笑道:"我倒是不觉得自己有任何性冷淡的迹象。"她点了下头,那意味着她在等我继续往下说,可我不知道她还希望我说些什么。她引导道:"你女儿让你陪她玩?"我不懂她的意思。她说:"玩耍,让你过去陪她玩耍,但你没办法玩耍。"这回我理解了,当即怒火中烧。在过去的几天内,我一次又一次地被轻车熟路地引导到了这个点上,而每一次我都会感到愤怒,而我的愤怒又总显得像是种面对事实真相时的自我防御。我说:"不是的,那个梦与艺术无关,一点关系都没有。"然后我还试着开个玩笑:"到底是谁做了那个梦啊,你还是我?"但她没有笑:"亲爱的,那本书就是你写的,你是个艺术家。"她说"艺术家"这个词的时候脸上露出了温柔、体谅而尊重的微笑。"马克斯夫人,你必须得相信我,哪怕我余生真的再也写不出一个字,我也不会在乎。""你不会在乎。"她说,意思是让我听听"**不会在乎**"背后我的潜台词:感受的缺失。"没错,"我坚称,"我不会在乎。""亲爱的,我之所以会成为一名心理咨询师是因为我曾以为自己是个艺术家。我有非常多的来访者都是艺术家,有多少人之所以会坐在你现在的座位上,是因为他们遇到了瓶颈,深陷于自我之中,从此再也无法继续从事创作。""但我跟他们不一样。""描述一下你自己吧。""怎么描述?""就像你在描述别人一样描述一下你自己。""安娜·伍尔夫是个个子瘦小、肤色很深而且暴躁易怒的女人,讲起话来不饶人,时刻处于戒备状态。她跟一个自己并不在乎的男的维持了一年的婚姻,生了个女儿。她还是个共产党员。"她露出了微笑。我说:"怎么,不满意?""再来一次,有件事情要提:安娜·伍尔夫写了部饱受评论界赞誉的小说,而那部小说卖得如此之好,以至于她现在都还在依靠其带来的收入生活。"我心里已经满是敌意。"好极了。安娜·伍尔夫坐在一张正对着灵魂医者的椅子上,她之所以会坐在这里是因为她没办法产生任何深刻的感受了,她动弹不得。她有非常多的朋友熟人,大家见了她都会很高兴,但是全世界她只在意一人,那就是她的女儿詹妮特。""她为何会动弹不得?""她害怕了。""她在害怕什么?""死亡。"她点了点头。我跳脱这个游戏说道:"不,我害怕的不是我自己的死亡,好像自打我记事起,这世上发生的最真实的事情莫不是死亡或毁灭,在我眼里这些事物都要比生命更为强大。""你为什么会成为一个共产党员?""他们至少信仰着什么。""你既然是共产党员,你又为什么要用'**他们**'来称呼这些人?""如果我真能说得出口'我们',我就不会来这儿了,不是吗?""所以你是真的不在意你的同志们咯?""我跟所有人都合得来,你是这个意思?""不是,我的意思不是这个。""我跟你说过了,我唯一真正在乎的,真真正正在乎的,只有我的女儿,这还挺自我中心的。""你对你的朋友莫莉也不在乎吗?""我对她的感情是喜欢。""那你对你的男人迈克尔也不在乎?""假使他今天把我给甩了,那我还会把自己喜欢跟他上床这件事记多久呢?""你认识他才多久,满三个星期了吗? 他干吗要甩了你?"我不知道该如何作答,事实上我还惊讶于自己居然把这事给说出来了。我们的咨询时间结束了,我跟她道了别,离开时她说:"亲爱的,你可得记住,艺术家背负的信任是神圣的。"我情不自禁地笑出了声。"你为什么笑?""你不觉得很逗吗,艺术是 C 大调神圣而庄严的和弦?""咱们还是依照惯例后天见,亲爱的。"

1950 年 1 月 31 日

我今天给马克斯夫人带去了几十个梦——都是过去三年间做的梦,它们和伪艺术、漫画、插画、仿作之类的事物有着某种相同的质感。所有这些梦的色调都梦幻而明艳,使我十分心旷神怡。她说:"你梦做得可真不少。"我说:"我一闭眼就做梦。"她:"这些梦又代表着什么呢?"我抢在她之前露出了微笑,她对此的反应则是严厉地盯着我,严阵以待。但是我却说:"有件事我想问问你。这些梦里有一半都是噩梦,我被吓得不轻,醒过来全身是汗,但是我却仍然享受梦中的每一分每一秒。我喜欢做梦,我期待着睡觉,因为睡着了就会做梦。晚上我会一次又一次地自己醒过来，就为了享受梦中的新知，早上我高兴得就仿佛在睡着时建好了几座城市似的。然后呢？昨天我遇见了一个从事了十年精神分析的女人——美国人，当然了。"马克斯夫人在这里微笑了一下。"这个女的带着明媚而无害的笑告诉我说，对她来说她的梦境比生活要更为重要，也比任何她白天和她的孩子和丈夫在一起时发生的任何事情都更为真实。"马克斯夫人微笑了一下。"我知道你会说什么。这是真事——她告诉我她过去以为自己是个作家，然而我从没在任何地方遇见过任何一个人不觉得自己是作家、画家、舞蹈家之类的，不论其阶层、肤色或者信仰。比起咱们在这间屋子里谈论过的任何事情，这可能才是更为有趣的一个事实——毕竟放到一百年前，大部分人都根本不会产生自己是艺术家的念头，大家安于上帝指给他们的人生路。**但是**——要是我的梦比我醒着时发生的任何事都要更加令我满足、激动且享受，这是不是有什么不对劲？我可不想跟那个美国女人一样。"她静默着，露出了她指挥家的微笑。"我知道你希望我说我所有的创造力都跑到我的梦里去了。""噢，难道不是吗？""马克斯夫人，我想问的是咱们能不能暂时先搁置我做的梦一段时间。"她冷冷地说道："你跑来找我，一个心理咨询师，却问咱们能否先不管你做的梦？""有没有可能我这些梦之所以这么让人心情舒畅就是一种对感受的逃避？"她一声不响地坐着，一边思索着。哦，她是个顶顶聪慧的老妇人，她做了个小幅度的手势，示意我在她思考这个说法是否合理时保持安静。在此期间我看着我们所在的这个房间。这个房间天花板很高，纵深很深，隔绝了大部分光线与声响，花朵随处可见，墙上挂满了名画的复制品，还有雕像，跟美术馆也差不到哪儿去了。这里用心布置过，跟美术馆一样让我感到愉悦。重点是，我生活中没有一件事物能和这间房里的任意物件沾得上边——我的生活一直以来都是粗砺、未竟、原始而怯懦的，我熟识的人的生活亦是如此。我观察着这个房间的时候意识到，我生活里那种原始而未竟的质感在这里恰恰显得珍贵，我应该保持本色。她此时从她短暂的冥想状态中走了出来，说："很好，亲爱的，咱们就把你的梦搁置一段时间，不过你得跟我说一下你醒时的白日梦。"

就在那天，我前一篇日记的那天，我不再做梦，就仿佛有人挥舞了一下魔杖。"做梦了吗？"她随意地问道。她之所以用这种语气，为的就是验看一下我能否将我之前对她可笑的逃避抛诸脑后。我们谈论了我对迈克尔感觉中的幽微之处。我和迈克尔在一起时多数时候都是愉快的，但是我突然间对他产生了一种怨恨的情绪，而这种情绪的发生时点都是相似的：其一是他拿我写过书这件事开玩笑时——他讨厌我写过书这件事，于是就拿我"女作家"的身份开玩笑；其二是他在詹妮特的事上开玩笑时，说我优先履行母职而不爱他；其三是他告诫我说他并不打算娶我时。他总在说完他爱我，说我在他一生中最为重要之后这么告诫我。我感到受伤而愤怒，生气地对他说："这类告诫只需要说一次就足够了。"然后他就会笑话我脾气臭。但是那天晚上是我头一回对他感到漠然。当我跟马克斯夫人这么说的时候，她说："我以前有过三年时间在帮一个女性来访者处理她性冷淡的问题。她和一个她爱着的男人生活在一起，但她在这三年里一次都没有高潮过，而在他们的新婚之夜她头一次有了高潮。"她跟我说这件事情的时候强调似的点着头，仿佛在说：你现在就是这个处境，明白了吗！我大笑道："马克斯夫人，你意识到自己简直就是个木头人了吗？"她微笑道："这个词是什么意思呢，亲爱的？""对我来说这意味着很多。"我说。"然而那天晚上在你的男人说他不会娶你之后，你不是进入了性冷淡的状态了吗？""但他另外几次这么说或这么暗示的时候我可没有进入性冷淡的状态。"我意识到了其中不诚实的部分，于是我坦承道："我在床上的表现的确与他如何接纳我有关。""那是自然，你是个如假包换的女人。"她将女人形容为如假包换的女人和她将艺术家形容为货真价实的艺术家的方式如出一辙，一个绝对主义者。当她说"你是个如假包换的女人"时，我无法自控地大笑了起来，过了会儿她也大笑了起来，然后问我为什么要笑，我告诉了她原因，眼看着她就要借势将"艺术"这个词带入了讨论——自从我不再做梦以来我跟她谁都再没提过这个词，然而她却说："你为什么从没跟我聊过你的政治观点？"

我仔细考虑了一下，然后说道："关于我所属的党派——我曾对它感到恐惧与憎恨，现在对它却只剩绝望的依赖，因为我想要保护它，照料它——你能理解吗？"她点了点头，于是我继续说道："而詹妮特——我可以非常恨她，因为她让我做不了那么多我想做的事，但我同时也爱她。还有莫莉，我可以在整整一个小时内恨她的颐指气使和过强的保护欲，但过了这一个小时我又会继续爱她。而迈克尔——也是一样。所以显然我们可以将讨论范围限定于我诸多关系里的一个，这样也能窥见我的整个人格。"她听到这里冷冷地微笑了一下。"很好，"她说，"那我们就来谈谈迈克尔吧。"

1950 年 3 月 15 日

我去了马克斯夫人那里，跟她说我跟迈克尔在一起的时候比我以往人生中的任何一刻都要更为愉悦。发生了些我无法理解的事情，我可以忘我而快乐地在他的怀抱中入睡，然后早晨醒来时对他充满怨恨。她这时插话道："亲爱的，所以也许现在是时候重新做梦了？"我大笑了起来，她等着我笑完。我说：你总能押对，前一天晚上我又开始做梦了，就仿佛有人对我下了命令一样。

1950 年 3 月 27 日

我在睡觉时哭了，醒来后也只记得自己哭了。我跟马克斯夫人说了以后，她说："我们睡着时流下的眼泪是我们一生中唯一真诚的眼泪，醒时的眼泪不过是顾影自怜。"我说："这是个很诗意的说法，但是我不相信你真这么觉得。""为什么？""因为当我准备睡觉时知道自己会在睡着时哭泣，那时我觉得愉悦。"她露出了微笑，我就等着她微笑呢——但是目前为止她是不会对我伸出援手的。"你应该不是想说，"我揶揄道，"我是个受虐狂吧？"她点了点头：那是自然。"伤痛里是包含着愉悦的。"我为她吹响了号角，她点了点头。我说："马克斯夫人，那让我哭泣的悲伤的怀旧之痛和驱动我写那本该死的书的是同一种情绪。"她出于震惊笔直地坐起了身，因为我居然用"该死"来形容一本书，那可是艺术，一种崇高的活动。我说："你迄今为止所做的，就是一步步带着我抵达我此前就持有的主观的认知面前，即：那本书根上是有毒的。"她说："全部的自我认知不过是在越来越深的层面上认知到自己以前早就认知的事情。"我说："但这不够。"她点了一下头就坐在那儿开始思考，我知道她要说些什么了，但是不知道具体是什么。然后她开口道："你记日记吗？""时不时吧。""你会写咱们这里的事吗？""有时候会。"她点了点头，而我知道她脑袋里在想些什么了，写日记的过程便是她认为的解冻以及消除"阻塞"我写作的因素的开端。我的感觉就像是自己提到的写日记由此成了她治疗流程的一部分，也就是说，她剽窃了我的创意。

【日记作为个人档案，在这里就中断了，之后以剪报的形式继续着，这些剪报都仔细地粘贴过，并按照日期排布。】

1950年3月

造型师称其为"氢弹式"，并解释说，此处的"氢"指的是上色所使用的过氧化氢，头发从后颈往上梳起，形成仿佛遭受过氢弹轰击的大波浪。《每日电讯报》

1950年7月13日

民主党的劳埃德·本特森先生敦促杜鲁门总统知会朝鲜在一个月内

撤军，否则他们的城镇将遭到核武器的袭击，彼时国会中爆发出了欢呼声。《快报》

1950年7月29日
　　如雅特力先生说明的那样，英国在国防上投入超过一亿英镑的预算的决议也就意味着，人们所期望的社会民生改善必须延后了。《新政治家》

1950年8月3日
　　美国将继续推行氢弹项目，其预期威力可达原子弹的数百倍。《快报》

1950年8月5日
　　基于对广岛与长崎核爆的爆炸范围、光热、辐射等方面的总结，一枚原子弹若是在英国的城市建筑区引爆，可能会造成五万人的死亡。但即便不去考虑氢弹，也无法顺理成章地假设说……《新政治家》

1950年11月24日
　　麦克阿瑟投入十万大军发动进攻，准备结束在朝鲜的战事。《快报》

1950年12月9日
　　朝鲜提出和谈，但盟国不会妥协。《快报》

1950年12月16日
　　美国"面临重大危机"。今日急电。杜鲁门总统今晚告知美国国民，美国正在面临苏联的统治者所带来的"重大危机"。

1951年1月31日
　　昨日杜鲁门为美国国防定下宏大目标，涉及对全体美国公民利益的

牺牲。《快报》

1951年3月12日
　　埃森豪威尔关于原子弹的发言：如果我认为启用原子弹能高效地摧毁敌人，我就会立刻启用原子弹。《快报》

1951年4月6日
　　原子弹女间谍已被处决。其夫亦被送上电椅。法官：你们是朝鲜的罪魁祸首。

5月2日[1]
　　朝鲜：371人伤亡或失踪。

51年6月9日
　　美国最高法院维持对十一名美国共产党领导人阴谋教唆暴力推翻政府的原判，五年有期徒刑及每人罚款一万美元，立即执行。《政治家》

51年6月16日
　　先生，《洛杉矶时报》6月2日号声称："自从战争爆发以来，在朝鲜半岛大约有两百万左右的平民——多数为儿童——死于枪炮或严寒，超过一千万人流离失所、一贫如洗。"大韩民国特使金东圣于6月1日反映说："一夜间，156个村落都遭到了焚毁。这些村落都坐落于敌军行进的线路上，因此当然必须被联合国军的军机夷平，而全部的老幼因无法遵从疏散命令留了下来，全部遇难。"《新政治家》

1　以下条目日期格式不统一，均为与原著保持一致。——编注

51年7月13日

停战和谈已搁置——因为20名盟军成员国的记者及摄影师进入开城[1]遭拒。《快报》

7月16日

产油地爆发了万人暴乱,军队动用了催泪瓦斯。《快报》

7月28日

重整军备的计划迄今为止尚未给美国人民带来任何牺牲,相反,消费仍在上升。《新政治家》

1951年9月1日

快速冷冻及无限期保存生殖细胞的技术可能意味着时间及其意义的彻底改变。目前该技术应用于男性精子,但经过调整也可能应用于女性卵子。一位生活在1951年的男性与一位生活在2051年的女性可以在2251年"结合",经由一位代孕母亲生下孩子。《新政治家》

1951年10月17日

伊斯兰世界燃起战火。更多军队奔赴苏伊士运河。《快报》

10月20日

军队封锁埃及全境。《快报》

1951年11月16日

12 790名联合国军战俘及25万名韩国平民丧生。《快报》

---

[1] 朝鲜名城,曾是高丽古都。

1951年11月24日

我们子女辈的一些人可能还能活着见到世界的人口增长到40亿。我们该如何创造养活40亿人口的奇迹呢?《新政治家》

1951年11月24日

没人知道在苏联1937—1939年的大清洗中有多少人遭到了处决、监禁,或被送去了劳改营,抑或是死于长年累月的刑讯逼供,也没人知道时至今日在苏联是不是还有一百万或两百万的人正在被强制劳动。《政治家》

1951年12月13日

苏联制造了原子弹。其速度在世界范围内首屈一指。《快报》

1951年12月1日

美国正在经历史上最繁荣的时期,尽管现在其军备上的花销加上海外经济援助的费用已经超过了二战前的联邦预算的总额。《政治家》

1951年12月29日

有迹象表明麦卡锡和他的伙伴们在美国终究还是做得太过火了。《政治家》

1952年1月12日

当杜鲁门总统在1950年年初就已经向全世界宣告说美国将会加速研制氢弹——科学家表示,氢弹爆炸的威力要远超广岛核爆的一千倍,相当于两千万吨TNT的威力——阿尔伯特·爱因斯坦低调地指出"人类全体毁灭的迹象越来越明显了"。《政治家》

1952年3月1日

正如数以十万计的无辜者在中世纪被诬为女巫,大量的共产党以及苏联爱国者也因为莫须有的反革命罪而遭到清洗。确实,恰恰因为本来就不存在什么可供揭发的罪行,才致使逮捕率到达了这般荒谬的程度(魏斯博格先生通过精妙的算法得出了从1936到1939年间大约有八百万无辜者被捕入狱的结论)。《政治家》

1952年3月22日

针对联合国军在朝鲜实行了细菌战的指控不能单单因为该指控太过匪夷所思而不予理会。《政治家》

1952年4月15日

罗马尼亚政府已下令将"不事生产人士"大规模从布加勒斯特驱逐出境,人数达二十万人之多,约为该城市人口的五分之一。《快报》

1952年6月28日

已经不可能统计出到底有多少美国人的护照受限或其有效性遭到否认,但目前已知的例证显示各类有着不同背景、宗教信仰与政治立场的人都受到了波及。名单包括了……《政治家》

1952年7月5日

最重要的在于,美国的这场猎巫行动将会导致举国上下的盲从之风,但凡有人胆敢对新建立的正统抱有异议,他就将承受经济上的风险。《政治家》

1952年9月2日

内政大臣表示尽管一枚精准投放的原子弹必定会带来巨大的破坏,

但是其后果有时仍然被人过分夸大了。《快报》

我十分清楚你不能仅凭一瓶玫瑰水就发动一场革命，但我的疑问在于，是否有必要仅为了解除台湾的战争威胁就处决一百五十万人，或者说是否仅解除他们的武装并不足以达成这一目标。《政治家》

1952年12月13日
日本方面要求提供军备。《快报》

12月13日
《麦克卡伦法案》第二章专门为建立所谓的拘留中心铺平了道路。该法条并未直接**导向**这类设施的创建，而是**授权**美国司法部长，准许其逮捕与拘留"所有有足够理由认定其可能会实施或与他人合谋实施间谍与破坏活动，且根据部长的判断适于关押于此类设施的人员"。

1952年10月3日
我们投下了炸弹。第一枚英国制造的原子弹成功引爆。《快报》

1952年10月11日
茅茅党人挥刀朝上校砍去。《快报》

1952年10月23日
"抽他们。"首席法官戈达德大人说。《快报》

1952年10月25日
菲斯滕费尔德布鲁克美国空军基地最高指挥官罗伯特·斯科特上校："美国与德国的条约初稿已经签署，我诚挚地希望你们的祖国能尽快成为北约军队完全的成员……我和你们一道急切地等待着我们可以作为朋友和兄弟并肩抵抗共产主义威胁的那一天的到来。我祈盼着这座设施完善的空军基地能早日经由我或者其他美国指挥官之手移交给某位德国的空军中校，那一刻也将成为德国新空军[1]的开端。《政治家》

1952 年 11 月 17 日

美国试爆了氢弹。《快报》

1952 年 11 月 1 日

朝鲜：停战和谈开启以来的伤亡人数，包括平民在内，正在迅速逼近战俘数，而后者的情况已成为停战的主要障碍。《政治家》

1952 年 11 月 27 日

肯尼亚政府今晚宣布，作为针对上周六谋杀杰克·米克尔约翰指挥官的集体惩罚，七百五十名男性及两千两百多名妇女与儿童将会被驱赶出他们的家乡。《快报》

1952 年 11 月 8 日

近些年将批评麦卡锡主义的人谴责为丧心病狂的"反美分子"已蔚然成风。《政治家》

1952 年 11 月 22 日

自从杜鲁门总统一声令下，氢弹项目启动才两年，一座耗资十亿美

---

1 原文用的是德语"Luftwaffe"，字面意思是航空部队，但一般用来专指 1933—1945 年之间的纳粹德国空军。

元的生产氚（超重氢）的设施便在南卡罗莱纳州的萨凡纳河畔开始了修建，而在1951年底前氢弹相关产业的重要性只有美国钢铁公司以及通用汽车才能与之相提并论。《政治家》

1952年11月22日

然而本次竞选的第一枪已经打响，刚巧赶上共和党的竞选到达了混乱的顶峰，也透支了阿尔杰·希斯对美国国务院的"污染"。打响这第一枪的是威斯康星州的共和党参议员亚历山大·威利，他透露说他已经勒令相关部门就美国共产党对联合国秘书处的大规模渗透行动展开调查……此后参议院内部安全小组委员会开始针对其最初的12名受害者展开了新一轮的盘问，这12人皆是高级官员……尽管这12人都拒绝在自己是否为共产党员这件事上提供证词，但是这也并没能使他们免于……他们进行颠覆与间谍活动的可供援引的证据唯有他们的缄默，但是这些参与猎巫的参议员的胃口显然不会止步于这12人。《政治家》

1952年11月29日

尽管捷克破坏案的庭审遵照了政治正义的标准模式，但这种情况在人民民主政体的国家中却比较少见。首先，捷克斯洛伐克是东方阵营中唯一拥有着深厚民主传统的国家，民主传统包括了完整的公民自由权以及独立的司法系统。《政治家》

1952年12月3日

达特穆尔囚犯遭鞭刑。这个恶棍挨了12鞭。[1]《快报》

---

[1] 该囚犯名为威廉·爱德华·麦克圭尔（William Edward McGuire），他当年22岁，因枪击了一名警察以及入店偷盗而被起诉后入狱，在狱中又袭击了一名36岁的狱警帕迪·罗切（Paddy Roche）并致其重伤而被处以鞭刑。这是位于德文郡的达特穆尔监狱长期以来第一次执行鞭刑。

1952年12月17日

　　11名共产党领袖在布拉格被处以绞刑。资本家的间谍控制了捷克政府。

1952年12月19日

　　一家耗资上万英镑的原子能工厂已完成设计，可使英国核武器的产量翻番。

1953年1月13日

　　苏联谋杀阴谋引发轰动。莫斯科电台今日早先指控一伙犹太医生恐怖分子图谋刺杀部分苏联领袖——包括苏联军队领导层以及一位原子弹科学家。《快报》

1953年3月6日

　　斯大林逝世。《快报》

1953年3月23日

　　2 500名茅茅党人被捕。《快报》

1953年3月23日

　　苏联大赦囚犯。《快报》

1953年4月1日

　　朝鲜停战对你来说可能意味着什么？《快报》

1953年5月7日

　　朝鲜有望恢复和平。《快报》

1953 年 5 月 8 日

美国正在讨论联合国可能会为"制约共产主义在东南亚的扩张"而采取的行动,并准备向印度支那半岛输送大量军机、坦克与弹药。《快报》

5 月 13 日

埃及暴乱。《快报》

1953 年 7 月 18 日

柏林夜战。今天清晨在黑暗的街道中有一万五千余名东柏林人与苏联坦克与步兵师团展开了巷战。《快报》

7 月 6 日

罗马尼亚暴动。《快报》

1953 年 7 月 10 日

贝利亚[1]受审并被枪决。《快报》

1953 年 7 月 27 日

朝鲜停火。《快报》

1953 年 8 月 7 日

大量战俘暴动。一万两千余名朝鲜战俘发动大规模暴动,遭联合国

---

[1] 即拉夫连季·帕夫洛维奇·贝利亚(1899—1953),苏联内务人民委员部(即秘密警察)首脑,大清洗的主要执行者之一,在斯大林逝世后因在权力斗争中落败,遭到逮捕并被秘密处决。

军以催泪瓦斯及轻武器火力镇压。《快报》

1953年8月20日
波斯政变致三百余人死亡。《快报》

1954年2月19日
英国已经拥有原子弹储备。《快报》

1954年3月27日
第二枚氢弹试爆已延期——群岛地区目前天候仍然过热。《快报》

3月30日
第二枚氢弹已试爆。《快报》

【到这里之后个人日记又开始了】

1954年4月2日
我今天意识到自己正开始撤离马克斯夫人所谓的我在她这儿的"体验",是她说的某句话点醒了我,而她肯定已经发觉这一点有阵子了。她说:"你要记住,精神分析的结束并不意味着体验本身的终止。""你的意思是,'酵母'仍会继续工作?"她微笑着点了一下头。

1954年4月4日
我又一次做了噩梦——我遭到了混乱无秩序的威胁,这一次其形态是个非人类的矮人的形态。马克斯夫人也在梦里,梦里的她体型巨大且孔武有力,就像是某类亲切的女巫。她听完了我对梦境的描述,然后说道:"当你独自一人而且面对威胁的时候,你必须召唤善良的女巫来帮助你。""那就是你,"我说,"不,是你附身在了你塑造出来的我身上。"这个话题然后就结束了,就仿佛她真的说了:你现在就只能靠你自己了,因为她讲话的时候并不经意,甚至几近于冷漠,就仿佛是某个转身离去的人。我敬佩这样的技巧,仿佛是在离别时,她递给了我什么东西——也许是一截花枝吧,或是一枚辟邪的护符。

1954 年 4 月 7 日

她问我有没有把"体验"记下来过,而在过去的三年里,她从来就没提过日记的事,一次都没有,所以她肯定是凭借本能知道我并没有写过日记。我说:"没有。""你什么形式的记录都没写过吗?""没有,不过我的记性很好。"一阵沉默。"所以你翻开的日记本现在还是一片空白?""不是的,我往里头贴剪报。""哪一类剪报?""能打动我的那些——那些看似重要的事件。"她诧异地看了我一眼,眼神的潜台词是:行吧,我等着你给我个定义呢。我说:"我之前某天浏览了一遍,我剪下来的内容都是战乱、谋杀与惨剧。""所以在你看来那才是过去几年的现实?""难道这些在你看来就不是现实了吗?"她看着我,眼神里带着一丝讽刺。她尽管没开口,但却在说我们的"体验"既让人耳目一新又卓有成效,而我刚才的确没能说实话。我说:"很好。剪报是为了让一切保持一个合适的比例。我花费了三年乃至更长的时间与我珍贵的灵魂角力,而与此同时……""与此同时什么?""我之所以没有遭受折磨、谋杀、饥馑或死于狱中,仅仅是因为我运气好。"她看上去既耐心又刻薄,于是我说:"这间屋子里发生的一切你一定都瞧得一清二楚,你不会仅仅把人和被你称为创造力的东西联系在一起,人还和……但是我不知道该如何称呼这种事物。""你没打算用毁灭这个词,我很是欣慰。""行啦,万事万物都有两面性之类的,不过任何时刻但凡发生了任何可怕的事情,我就会梦见这些事,就仿佛我在现场一般。""你把报纸上所有的负面消息都剪了下来,然后贴到你的日记本里,你是打算将其作为你的梦的引子吗？""但是马克斯夫人，这又有什么错呢？"我们遇到这种僵局已经是家常便饭了，以至于我俩谁都没有打破僵局的打算。她坐在座位上冲我露出漠然而耐心的微笑，而我直直地面对着她，对她发起挑战。

1954年4月9日

今天我起身准备走的时候她对我说："亲爱的，你什么时候才会重新开始写作啊？"我固然可以告诉她这段时间以来我一直在笔记本上写写画画，但她指的不是这个。我说："很有可能永远都不会再写了。"她肢体动作上表现出了一种不耐烦甚至是被惹火的情绪，看着很是气恼，就像是个自己的计划出了岔子的家庭主妇——此刻她的肢体动作是真诚的，不同于之前她的微笑，或点头，或脑袋的摆动，或她用以指挥整个咨询的不耐烦的咂舌声。"你为什么就不能理解呢，"我真的很希望她能理解，"我拿起的报纸无不刊载着看上去糟糕得一塌糊涂的内容，相形之下我能写出的任何东西都不存在任何意义！""既然如此你就不该看报纸。"我大笑了起来，片刻后她冲我露出了微笑。

1954年4月15日

我做了几个梦，都和迈克尔离开我有关。我是从自己的梦中得知了他很快就会这么做的，他很快就会离开我。在我睡着的时候我观看着这些离别的场景，心如止水。在生活里我绝望而生动地不快乐着，而在睡着时我麻木不仁。马克斯夫人今天问我："如果我让你用几个词来形容从我这里学到的东西，你会怎么形容？""你教会了我如何哭泣。"要是说我的语气毫无感情也不为过。她露出了微笑，接受了我的毫无感情。"然后呢？""我比起以前脆弱了百倍。""然后呢？就这些？""你想说，我比起以前也强大了百倍？我不知道，我完全不知道，希望是如此。""但我知道，"她用强调的语气说，"你比以前强大了许多，而且你将会把这段体验写下来。"她飞快而坚定地点了一下头,然后说:"你会明白的,等再过几个月,也许再过几年。"我耸了耸肩。我们预约了下周的时间,这将是最后一次预约。

4月23日

我做了一个梦,最后一次咨询,我跟马克斯夫人描述了这个梦。我梦见我双手捧着一个小盒子,里面装着什么非常贵重的东西。我正沿着一间狭长的房间向前走,这个房间像是个美术馆或报告厅,里头满是死的画作与雕像。(当我说出"死"字的时候马克斯夫人露出了讽刺的微笑。)有一小群人等在大厅另一头的像是个舞台的结构上,他们正等着我把那个小盒子交给他们。我居然很开心,因为我总算可以把这个宝贝交给他们了,然而当我交出了盒子以后,我突然看清了他们全是商人、股票经纪人之类的,他们并未打开那个盒子,而是开始把大笔的钞票交到我手里。我开始哭泣,大喊道:"把盒子打开,把盒子打开。"但他们听不见,或是不愿听。突然间我发现他们都是某部电影或戏剧里的角色,而且剧本还是我写的,只是我以写出这样的东西为耻。梦里的一切开始变得滑稽、不定而诡异,我成了自己戏剧里的一个角色。我打开盒子,逼他们往里看,然而里面并不是我以为的什么美丽的东西,而是一大堆的残片,而且并非是由一个整体碎裂成的残片,而是全世界各个地方的只鳞片爪——我认出了一块我知道是来自非洲的红土,然后是一小块来自印度支那半岛的金属,然后就尽是些可怖的玩意儿,一小块朝鲜战争中被杀的人的皮肉,一个死在苏联监狱里的人的共产党党徽。眼前摆着这一大堆丑陋的碎片,我痛苦得不忍直视,于是把盒子给关上了。然而这群商人以及跟钱打交道的人并没有注意到,他们从我手里拿过盒子然后打开,我转过身去不愿再看一遍,但是他们却很高兴。我最终还是看了,我看见盒子里躺着什么。那是只眨着眼,长着讪笑似的吻部的绿色小鳄鱼,我以为那只是个鳄鱼状的工艺品,材质是玉或翡翠,然而却发现它是活物，因为大滴的结了冰的泪珠顺着它的脸颊滚下，最后化作了钻石。当我发现自己骗过了这些生意人之后笑得特别大声，然后就醒了。马克斯夫人一言不发地听我讲完，看上去兴致缺缺。我们互相道别时真情流露，然而她在我之前就朝屋内转身离去了。她说如果我需要她的帮助的话务必"顺道来拜访她"。我心想，你既然已经将自己的印记印在了我的脑内，我怎么可能还会需要你。我心里明镜似的知道，之后我每次陷入窘境就一定会梦见这个母亲般的女巫。（马克斯夫人是个身材格外娇小精瘦、精力充沛的女人，但在我的梦里她却常常是高大威武的形象。）我走出了那个幽暗而严肃，如艺术圣殿一般的房间，我半是投入，半是游离地在其中待了那么多个小时，谈论着白日的幻想与夜晚的梦境，现在我的脚踏上了外头冰冷而丑陋的人行步道。我在商店橱窗的倒影里瞧见了自己：一个身材矮小、皮肤惨白、喜怒不形于色、浑身都是刺的女人，脸上挂着一副扭曲的表情。我发现那正是梦里躺在我的水晶小盒子里那条恶毒的绿色小鳄鱼咧着嘴笑的样子。

Free Women

2

自 由 女 性　其 二

两次拜访，几通电话与一场悲剧。

正当安娜蹑手蹑脚地走出孩子的房间时，电话响了。詹妮特再次醒转，带着种心满意足而又抱怨的调调说道："我估计是莫莉，你们又要煲上好几个钟头的电话粥了。""嘘——"安娜说。她一边走向电话一边心想：对于像詹妮特这样的孩子来说，安全感并不来自于她的祖父母、堂表亲，或是一个安定的家庭，而是来自于每天打电话来的朋友以及特定的谈话。

"詹妮特要睡了，她让我向你转达她的爱。"安娜冲着话筒大声说道，而莫莉配合地答道："也向她转达我的爱，并告诉她必须立刻睡觉。"

"莫莉说你得去睡了，她还跟你说晚安。"安娜冲着熄了灯的房间大声喊道。詹妮特说："你俩几个小时地这么聊下去我还怎么睡啊。"然而安娜从詹妮特房间里的静默中明白，这个孩子就要心满意足地睡了；于是她压低音量说道："没事了，你还好吗？"

莫莉有些过于漫不经心地问道："安娜，汤米现在在你那里吗？"

"不在，他为什么会在这里？"

"我就是随口一问……当然了，他要是知道我在担心他，肯定会大发雷霆的。"

上个月，莫莉从半英里外的房子里做的每日电话简报里完全没有涉及汤米的信息，而后者只是一个小时接着一个小时地独自坐在他的房间里一动不动,脑子显然也一样纹丝不动。

莫莉放弃了她儿子的话题,而是花了好些时间又是逗趣又是抱怨地跟安娜描述了自己前一天晚上跟某个美国来的老情人共进晚餐的情形。安娜聆听着,听出了她朋友的声音中潜藏着的歇斯底里,于是等待着,直到对方总结说:"好吧,不管怎么说,我就看着那个自负的中年蠢货坐在那儿,心里想着他过去的模样——我估计他也在想,莫莉居然成了这样,真是可惜——但是为什么我对所有人都非得要这么批判呢?难道对我来说这世上就不存在好人?而这甚至不是因为我在拿现在的境况跟美好的过去做比较,因为我就不记得自己什么时候真的感到满足过,我从来就没说过:是的,就是这样。但我曾这般念旧情地惦念了山姆好几年,他已经是这拨人里最好的那一个了,我甚至想过我当初怎么会这么愚蠢,居然拒绝了他,但是现在我只记得即便在彼时他也多么地让我感到无趣——詹妮特现在睡着了,你有什么打算?出门不?"

"不,我就在家里。"

"我得赶去剧院了,我已经迟到了。安娜,差不多一个小时之后你能给汤米打个电话吗,就打这里的电话——随便编个理由。"

"你在担心什么?"

"汤米今天下午去了趟理查德的办公室。对,我知道,你拿片羽毛打我我都能被你揍趴下。理查德电话里对我说:我坚决要求汤米立刻来见我。于是我对汤米说:你父亲坚持要你立刻去找他。汤米说:好的,母亲。然后就起床出门去了。就是这么回事,他就是为了让我好受一点。估计要是我让他从窗户跳出去,他也会照做的。"

"理查德说什么了吗?"

"他大约三个小时前来了个电话,还是一如既往的阴阳怪气,高高在上,说我根本就不懂汤米。我说至少他懂汤米,我很欣慰。他说汤米刚走。但是他并没有回家。我上楼进到汤米的房间里,看见他在床上堆了六本从图书馆借来的关于心理学的书,从书的样子来看,他借来后就都翻开来看了……我得走了,安娜,为这个角色我得化半个小时的妆——要命的蠢剧,我当初怎么会答应出演的?好了,晚安。"

十分钟后安娜站在了她的桌前,准备写她的蓝色笔记,这时莫莉又来了个电话。"我刚跟玛丽昂通过话。你敢相信吗——汤米之前找她去了,他肯定从理查德的办公室出来以后就直接进了地铁。他在她那儿待了二十分钟,然后又走了。玛丽昂说他非常安静。他已经很久没去过那儿了,安娜,你不觉得这事有点蹊跷吗?"

"他非常安静?"

"玛丽昂又喝高了。当然理查德没有去她那儿,这段时间他就没在12点前回过家——他办公室里有个小姑娘,玛丽昂不停地唠唠叨叨,她对汤米大概也是这样唠叨个不停。她还提到了你——她跟你卯上了,所以我猜理查德肯定跟她说了他之前跟你也有过些往事。"

"但我跟他什么都没发生。"

"你后来跟他还见过面吗?"

"没有了,也没有再见过玛丽昂。"

两个女人站在各自的电话前陷入了沉默,要是她俩现在在同一间房里,她俩就会苦笑着交换一下眼神或冲对方笑一下。突然安娜听见对方说:"我很害怕,安娜。正在发生什么可怕的事,我敢肯定。天哪,我不知道该怎么办,我得赶紧走了——我现在得打车了。再见。"

每当楼下传来上楼的脚步声,安娜通常都会主动离开大房间,不然她就得被迫跟那个威尔士年轻人进行可有可无的寒暄。但是这一回她先迅速地扫视了一下四周,还好在采取任何行动前如释重负地发现来的是汤米。他的微笑则表明她本人、她的房间、她手中的铅笔、她摊开的笔记本完全是他意料之中的场景。然而当他露出微笑的时候,他深色眼睛的视线又开始转向他的内在,脸上的表情凝重了起来。安娜本能地想要去够电话,但是又制止住了自己,心想应该找个理由上楼后再打电话。但是汤米却说:"我猜你想给我妈打电话?""对,她刚给我打电话说过。""那如果你想打的话就上楼去吧,我不介意。"他的态度很和善,这使她放松了下来。"不必了,我在这里打。""我猜她之前已经在我房间翻过一遍了,然后因为那些疯言疯语的书而感到烦扰。"

当听到"疯言疯语"这个词时,安娜感觉到自己的脸上的肌肉因震惊而紧绷了,然后又发现汤米注意到了自己表情的变化,于是她大声说:"汤米,坐下,我得跟你谈谈,不过我要先给莫莉去个电话。"汤米并未对她倏忽间展现出的果决表现出丝毫的惊讶。

他坐了下来,端正了一下自己的坐姿,两腿并拢,双臂搭在椅子扶手上,在安娜打电话的期间一直看着她。但是莫莉已经走了。安娜坐在她的床上,恼火地皱起了眉头,因为她确信汤米是享受吓唬她俩的过程的。汤米说:"安娜,你的床就像口棺材。"安娜发现自己身材瘦小,皮肤苍白,全身上下一尘不染,穿着黑裤子和黑衬衫,盘腿坐在铺着黑床单的窄床上。"那就的确像是口棺材了。"她说是这么说,但还是下了床,在正对着他的一张椅子上坐了下来。他的眼珠终于动了,视线缓慢而谨慎地从屋内的一个物件转移到另一个物件上,让安娜也能跟上他聚焦于椅子、书本、壁炉、照片的视线。

"我听说你去见你父亲了?"

"对。"

"他找你干吗?"

"你本来在开头想说:'如果你不介意我问一句——'"他说,然后咯咯地笑了一阵。这种笑声前所未有——刺耳、不羁,且充满敌意,而这阵笑声也激起了安娜心中的恐慌,她甚至能感觉到自己也有跟他一起咯咯笑的冲动。她镇定下来,心想:他来了还不到五分钟,但他的癫狂却已经开始影响到我了。当心。

她微笑着说道:"我本来是打算这么说的,但是我控制住了自己。"

"这有什么意义呢?我知道你和我妈一天到晚都在谈论我,担心我。"他再次展现出了冷静而志得意满的敌意。以前安娜从未将敌意往汤米身上去联想，但她觉得此刻在自己房里的简直就是个陌生人。他甚至连看上去都显得陌生，他那直率、阴郁而执拗的面孔现在已经扭曲成了一副微笑着的恶毒的面具，正眯着眼睛微笑着尖刻地从下往上看着她。

"你父亲想干吗？"

"他说他自己控股的一家公司正在加纳修水坝，他表示希望我能出国履职照管那些非洲人——福利方面的工作。"

"你拒绝了？"

"我说我不理解这有什么意义——我的意思是，他们存在的意义就是充当他的廉价劳动力，所以即便我能稍稍促进他们的健康及营养状况什么的，甚至能让那里的孩子有学上，但这些都没有意义。于是他说他公司旗下的另一家公司在加拿大北部有个工程的项目，又给了我一个去那里的福利部门工作的机会。"

他一边等待着，一边注视着安娜。那个充满敌意的陌生人从这间屋子里消失了，汤米变回了他自己，眉头紧锁，心事重重，满心的困惑。他出人意料地说："你也知道，他一点都不蠢。"

"我记得我们谁都没这么说过他。"

汤米露出了耐心的微笑，意思是：你没有说实话。他高声说："当我表示我不想要这些职位后，他问我为什么，我就跟他说了原因，而他说我之所以会这么反应是因为受了共产党的影响。"

安娜笑出了声，意思是：我就说吧。接着她说道："他指的就是你母亲和我。"

汤米等她说完了他预期中她会说的话之后说道："你又来了，他才不是这个意思。也难怪你们都觉得对方愚蠢，你们都恨不得对方真的是白痴。我父母在一起时他们就会蠢到连我都认不出他们的地步，你和理查德在一起的时候也一个样。"

"行吧，那他又是什么意思呢？"

"他的意思是我对他提案的回应反映了共产党对西方造成的影响，他说任何加入过你们的党派或与之存在瓜葛的人,个个都是妄自尊大之辈。他说要换他来当警察局长,并要在某地铲除共党势力的话,他只需要问一个问题:'你会愿意去一个欠发达国家为五十个人开设一间乡下诊所吗?'所有赤色分子都会答:'不会,因为社会的基本组织形式如果没有改变,单单改善五十个人的健康水平就没有意义。'"他身子前倾,直面她并不依不饶道:"安娜,你怎么说?"她微笑着点了点头,意思是:好吧。但这还不够,她说:"这完全称不上愚蠢。"

"的确。"他如释重负地靠在了椅背上。然而他既然已经将自己的父亲从莫莉和安娜的鄙夷中拯救了出来,那现在也该给她们点面子了:"但我也跟他说了,他的测试不适用于你或者我妈,因为你俩都会选择去开那个诊所,不是吗?"她应该说"是",这对他而言很重要,另一方面安娜也是出于本心,如实说道:"我是会这么选择,但他没说错,我也有同感。"

"但你仍然会选择去?"

"对。"

"我还在想你会不会去,因为我觉得我不会去。我的意思是,我不打算接受他提出的职位,这已经证明了我的态度,尽管我自己根本就没加入过共产党——我只是见过你还有我妈以及你们的朋友,这影响了我,而我正在承受意志瘫痪之苦。"

"理查德用过这个词,意志瘫痪?"安娜不敢置信地说。

"他没有,不过他是这个意思,这个词我是从那些疯言疯语的书中的一本里看来的。我爸实际上说的是,欧洲的共产主义国度的人们都变得麻木了,大家都想当然认为自己的国家会在三年以内焕然一新,就像苏联和中国那样。所以当他们看不到变化,他们就会失望麻木……你觉得这是真的吗?"

"一部分吧。对于那些身处共产主义神话中的人来说的确如此。"

"你不久前还是个无神论者,现在你却在用共产主义神话这样的词。"

"有时我感觉你会因为我和你妈还有其他人退出了组织而埋怨我们。"

汤米低下了头,眉头蹙起。"我还记得你以前是那么的活跃,做事都冲在前面。你现在已经不这样了。"

"你想说:任何行动总好过一动不动?"

他抬起了头,敏锐地指责道:"你明白我是什么意思。"

"我当然明白。"

"你知道我是怎么跟我爸说的吗?我说如果要我去做他欺骗性质的福利工作,我就会组织工人发动革命。他一点也不生气,他说现如今革命是大型资本的主要威胁,对于我煽动起的革命他会谨慎采取安全措施来应对。"安娜不置一词,汤米说:"他在开玩笑,你应该听得出来吧?"

"听出来了。"

"不过我告诉他,不必过于担心我的话,因为我并不会真的发动革命。放在二十年前我会,但现在不会,因为我们已经知道了那些革命团体都发生了什么——要不了五年时间我们就会开始自相残杀。"

"也不一定。"

汤米注视着她的眼神在说:你没说实话。他说:"我记得差不多两年前你和我妈的对话,你对我妈说,要是咱俩不幸是在苏联或者匈牙利或者别的什么地方入党,那我们其中之一极有可能会以处决叛徒的名义打死另一个人。那也是句玩笑话。"

安娜说:"汤米,你母亲和我都经历过有些复杂的人生,我们也都做过特别多的事,你不能指望我们现在还跟年轻人一样踌躇满志、喊打喊杀,我们都已经接受了自己步入中年的现实。"安娜听自己这么说的时候,心中感到一阵讽刺,甚至厌恶。她在心里对自己说道:我听上去就像是个上了年纪的疲惫的自由派。但她决定接受这一切,而当她看向汤米时,她发现对方以一种高度批判的眼光看着自己。他说:"你的意思是,我处于现在的年纪就无权拥有中年人的态度?我就这么跟你说吧,安娜,我感觉自己已经中年了。你现在怎么说?"那个充满敌意的陌生人又回来了,他正坐在她对面,眼里满是怨气。

她语速飞快地问道:"汤米,跟我讲讲,你会怎么概括你跟你父亲之间的对话?"

汤米叹了口气,又变回了他自己。"我不管什么时候去他办公室都会感到惊讶。我还记得头一回——之前我见他基本上都是在家里,一两次是在玛丽昂那里。我以前一直感觉他非常的——普通,你懂吧?平平无奇,让人感到乏味,就跟你和我妈一样。我第一次在他办公室里见到他的时候我感到困惑——我知道你想说这就是钱赋予他的力量,但事实不止这样,他突然间看起来就不那么庸庸碌碌上不了台面了。"

安娜一言不发地坐着,心想:他想表达什么?有什么是我忽视了的吗?

他说:"哦,我知道你在想什么,你觉得汤米自己就庸庸碌碌上不了台面。"

安娜的脸唰的一下红了,她对汤米的确有过这种看法。他瞧见了她脸上的红晕,于是露出了恶意的微笑,说:"一个人普通不代表他就一定不聪明,安娜。我非常清楚自己到底是怎样的一个人,这也是当我身处我爸的办公室,眼见他化身商业巨头,感到困惑的原因。因为如果换作是我,我也能做得好,但是实际上我却永远都不可能做好,因为我在那个位置上只会思想分裂——由于你和我妈的影响。我和我爸的区别在于我自知是个普通人,他对此却浑然不觉。我非常清楚你和我妈这样的人要好过他百倍——即便你俩一事无成,生活一团糟;很抱歉我知道这些。你千万别告诉我妈,事实上我爸没能参与我的成长这点,我是有遗憾的——不然我会十分乐意继承他的衣钵的。"

安娜情不自禁地给了他严厉的一瞥——她怀疑他之所以这么说,为的就是让她跟莫莉复述他的话,以此来伤莫莉的心,但是此刻他的眼神却是自省时那种耐心、诚挚而内观的状态。然而安娜还是能感觉到一股歇斯底里的情绪在自己心中升起,且这股情绪也是他情绪的映照,她正在搜肠刮肚地找寻着可以将他一军的言语。她发现他正在以自己短粗的脖颈为轴心转过沉重的头颅，看着她摊在桌上的笔记。安娜心想：我的天，他该不是来跟我谈论这些笔记还有我这个人的吧？她立刻说道："我觉得你把你父亲想得太过单纯了。我也不觉得他就一点不会思想分裂，他以前说过现如今商业巨头就跟个高级职员似的，而且你不要忘了在1930年代，他也曾是共产党员，甚至还过过一段时间离经叛道的生活。"

"而他现在铭记那段日子的办法就是和他的秘书搞婚外情——用来向自己证明他并不是中产阶级中平平无奇、人模狗样的一员。"这段评述刺耳且带有复仇的感觉，安娜心想：这就是他目前的结论。她感到如释重负。

汤米说："我今天下午去过我爸的办公室之后我就去了玛丽昂那里，我单纯就是想去看看她。我见她通常都是在我们家里。她当时喝高了，而她的孩子们都假装没注意到。她说着我父亲和秘书的事情，而他们又都假装听不懂她在说什么。"他现在身体前倾，眯着双眼投射出控诉的眼神，等着安娜来接话。见她不言语，他说："你为什么不说说你的想法？我知道你瞧不起我爸，因为他就不是什么好人。"

听到"好人"这个词的时候，安娜情不自禁地笑出了声，然后见对方皱起了眉，她说："抱歉，我不会这么说。"

"为什么？你不就是这个意思吗？我爸已经祸害完了玛丽昂，他现在还在祸害那些孩子，难道不是吗？哦，你该不会想说这是玛丽昂的错吧？"

"汤米，我不知道该说什么——你来找我，我也知道你希望我能厘清什么，但我真的不知道……"

汤米苍白而汗津津的脸庞露出十分认真的神情，而他的眼睛迸发出诚挚的光芒，但除此以外还有些什么别的——某种恶毒的满足感，他认定她让自己失望了，并为此而感到愉悦。他再次看向笔记。安娜此时心想：我现在得说些他想听的话。但在她想到以前，他就已经站起身，朝笔记走去。安娜全身肌肉绷紧，一声不吭地继续坐着，她无法忍受那些笔记被任何人看到，但她却觉得汤米有权看，只是她说不上来为什么。他背对着她站着，俯身看了会儿笔记，然后转过头说："你为什么要写四本笔记？"

"我不知道。"

"你肯定知道。"

"我从没对自己说：我要写四本笔记。事情发生了就是发生了。"

"为什么不就写一本笔记呢？"

她思索了片刻后说："也许因为都写在一本笔记里头的话就太——杂七杂八了，简直一团乱麻。"

"为什么就不能是一团乱麻呢？"

安娜正在找寻合适的措辞来回应他，这时楼上传来了詹妮特的声音："妈咪？"

"怎么啦？我以为你已经睡着了。"

"我是睡着了，但我现在渴了。你在跟谁说话呢？"

"汤米。你想让他上楼来跟你说晚安吗？"

"行啊。我还想喝点水。"

汤米一言不发地转身走出了房间，安娜听见他在厨房接了点水，然后慢步上了楼。与此同时，她的感官正处于异常的混乱之中，就仿佛她浑身上下的每个细胞都被某种刺激物接触过了一遍似的。汤米的到来，以及对该如何应对他的思考，都让她多多少少保持了自我，保持了安娜的本色，但是现在她却几乎迷失了自己。她想大笑，又想恸哭甚至尖叫，她想要抓住些某物，通过不停的摇晃来造成伤害——而这个某物当然指的是汤米。她告诉自己说他的精神状态已经对她造成了影响，她正在遭受他情绪的入侵，而她同时也惊讶于他内在摧枯拉朽的风暴的外化——在他的脸上呈现为恶意与仇恨的神情，在他说话时则呈现为尖锐或刺耳的音色。突然之间她感到自己的掌心和腋下冰冷而潮湿。她感到害怕。她的各种相互冲突的感觉混合成了一种情绪：恐惧。她肯定不可能是在生理上对汤米感到害怕吧？而且还害怕到了要支他上楼去跟自己孩子说话的地步？但是她一丁点都不为詹妮特感到担心，她能听见楼上两人愉快的交谈声，接着又是一阵笑——那是詹妮特的笑声，然后又是缓慢而坚定的脚步声，汤米下楼来了。他一进房间便说道："你觉得詹妮特长大后会变成什么样？"他的脸色苍白而顽固，但除此以外便没有别的了，安娜稍稍感到轻松了些。他站在书桌边，一只手搭在桌子上，安娜说："我说不好，她才十一岁。"

"你不担心吗？"

"不担心。孩子一直都处于变化之中，我怎么知道她以后会想要什么呢？"

他噘起嘴，露出了批判的微笑。于是她说："怎么了，我又说了什么蠢话吗？"

"我笑的是你说话的方式，你的态度。"

"抱歉。"尽管并非安娜所愿，但她的语气听上去有些怨气，以及愤愤，而对此汤米短暂地露出了满足的微笑。"你有想过詹妮特的父亲吗？"

安娜感到自己的膈肌动了一下，旋即就紧绷了起来，但她嘴上却说："几乎完全没想过。"他注视着她，她继续说道："你想听我说真实的感受，对吧？你刚才的语气跟'糖妈'简直一模一样，她会对我说：他是你孩子的父亲，或者：他是你的丈夫。但这对我来说没有任何意义。你在为什么而烦扰呢——你母亲并不把理查德放在心上？她对理查德可比我跟麦克斯·伍尔夫在一起的任何时刻都要投入得多。"他站得笔直，脸色惨白，他的全部视线都是内向的，安娜怀疑他到底能不能看得见她，但至少他应该是在听她说话的，于是她接着说道："我现在明白跟一个你爱的男人生个孩子意味着什么，但这是我真的爱上一个男人之后才明白的事,我想要跟迈克尔生一个孩子,而事实却是,我跟一个我不爱的男人生了个孩子……"她的声音慢慢减弱了下来,一边在想他到底在不在听。他的眼睛原本盯在旁边墙壁的某个点上,这时他阴郁而心不在焉地瞥了她一眼,然后用她首次从他口中听到的一种有气无力的讥讽语调说:"继续啊,安娜,听长辈聊他们的情感真的让我醍醐灌顶。"可他的眼神又极其严肃,于是她压制住了他的讥讽语调在她心中激发的怒火,继续说道:"对我来说似乎就是这样的。这并非是什么多么可怕的事情——我的意思是一个人如果求而不得,这也许是可怕的,但却并非是破坏性的,也不会像毒药一样慢慢发作。如果一个人说'我从事的工作并非我所愿,以我的能力本可以胜任更重要的事业',或者说'我是个需要爱的人,但我现在的生活里没有爱',这并不是什么坏事。真正糟糕的是明明是二流的偏要打肿脸充一流,明明需要爱却假装不需要,或者明明知道自己值得更好的工作却要喜欢目前的工作;糟糕的是比如我昧着良心或什么玩意儿,非说'我爱詹妮特的父亲',睁着眼说瞎话;或者让你母亲说'我爱理查德',或'我正在从事我热爱的工作'……"安娜止住了话头。汤米刚才点了一下头,她说不清他这个动作到底是因为听见她刚才的话表示赞同,还是因为这种道理是如此浅显,他根本就不想听人跟他絮叨。他的注意力回到了笔记上,翻开了蓝色封皮的那本。安娜看到他的肩膀随着嘲讽的笑而上下起伏,他这是故意挑衅。

"怎么?"

他朗读道:"1956年3月12日,詹妮特突然变得具有侵略性且难以相处,总体来说进入了叛逆期。"

"所以呢?"

"我记得你以前问我妈:汤米怎么样了?我妈的声音一点都不自信,她强行地低声说:噢,他正处于叛逆期。"

"也许你当时确实如此。"

"叛逆期——那天晚上你和我妈在厨房里一起吃晚饭,我躺在床上听着你们的谈话,你边笑边说着话,我下楼来打杯水。我那个时候并不快乐,为万事万物而忧心,做不了功课,一到晚上就会感到害怕。当然了,打杯水只是个由头,我想要待在厨房里——因为你俩的欢笑声,我想待在欢笑声的近旁,但不想让你俩知道我很害怕。在门外我听见你说:汤米怎么样了?我妈说,他正处于叛逆期。"

"然后呢?"安娜的精力已处于谷底,她正在想着詹妮特。詹妮特刚才醒了,要了杯水。汤米是想告诉她詹妮特并不快乐吗?

"这句话打消了我的念头,"汤米阴郁地说,"在我整个幼年时期我一直试图迎合那些看似新颖且重要的事物,而我总能达到自己的目标,那天晚上也是——我成功地走下了漆黑的楼梯,假装一切都很正常。我死死抓着什么,抓着一种'我到底是谁'的感觉,然后我妈说:就是叛逆期。换句话说就是,我当时的感受并不重要,那只是内分泌之类的东西所导致的,会过去的。"

安娜不置一词,她还在担心着詹妮特。然而詹妮特看上去友好、快乐,在学校成绩也不错。她很少会在深夜醒来,也从没有说过自己怕黑之类的话。

汤米的潜台词是:"我想你和我妈一直在说我正处于叛逆期之类的话?"

"我不记得我们说过这样的话,但我估计我们有表达过这个意思。"安娜别扭地说。

"所以我现在的感受一点都不重要?那我要到什么时候才有资格告诉自己说,我此刻的感受是真实可靠的呢?安娜,毕竟——"这时汤米转过身面朝她说,"一个人并不是通过经历一个个什么期来度过他的一生的,肯定在哪里存在个目标什么的。"他的眼睛里闪着恨意,而面对此情此景安娜不无艰难地说:"如果你的意思是我已经达到了某个目标,而我正在从某个优越的视角来评判你,那你就错了。"

"时期,"他锲而不舍道,"阶段,成长的烦恼。"

"但我觉得女人就是这么看待——人的,当然也包括她们自己的孩子。首先总会有那么九个月的时间对肚子里的是女孩还是男孩全然不知,有时我会想,詹妮特如果当初生下来是个男孩,现在会是什么样。你不**明白**吗?然后这些新生儿会经历一个又一个阶段,最后进入童年期。当一个女人看着一个孩子的时候,她看见的是他此前所有的样貌。当我看着詹妮特的时候,有时我觉得她还是个小婴儿,我**感觉**到她还在我的肚子里,而同一时间在我眼里她是所有不同大小的小女孩。"汤米的眼神变得批判且讽刺,但安娜仍坚持己见:"这就是女人的视角,一切都处于依次涌现的序列之中——我们拥有这种视角难道不是再自然不过的事吗?"

"但是我们在你们眼里根本就不是人类个体,而只是某种临时的状态罢了。我们是**阶段**。"他愤怒地大笑起来。安娜感觉这是汤米第一次真正的笑了,她感到些许宽慰。好一会儿他俩都没再说话,在此期间他翻弄着笔记,转过身子半正对着她,而她则看着他,想要平复自己的心情,试着深呼吸并保持安静和镇定。但是她的手心仍是湿的,思绪也不断地涌入她的脑海:现在我仿佛在和一个看不见的敌人搏斗似的。她仿佛已经**看见**那个敌人了——那是个邪恶的存在,她对此是确信的;其恶毒而毁灭性的轮廓几乎清晰可见,就这么站在她和汤米之间,想要毁灭他俩。

最后还是她开了口:"我知道你为什么来这儿。你来让我告诉你,我们为了什么而活着,但鉴于你对我是如此的了解,你事先就已经知道我可能会说什么了,所以这也就意味着你在已经知道我会说什么的情况下来了这里——为的就是确认某件事。"她最后这句压低了音量,不经意间透露了潜台词:"所以我才会这么害怕。"她这是在求饶,汤米飞快地瞥了她一眼,这个动作的意思是她觉得害怕就对了。

他固执地说:"你想说再过一个月我就不会这么觉得了。那如果到时候我还这么觉得呢?好吧,告诉我,安娜——我们活着到底是为了什么？"他现在对着安娜的后背正随着他志得意满的笑声抖动着。

"我们是某种当今的斯多葛主义者，"安娜说，"我们这类人。"

"你把我也算进去了吗？谢谢你，安娜。"

"也许你的问题在于你的选择太多了。"他肩膀的状态表示他在听，于是她继续道："靠你的父亲，你可以去好几个不同的国家，从事几乎所有种类的工作，而你母亲和我可以在戏剧或出版业给你物色十几种不同类型的工作，你也可以高高兴兴地瞎混几年——哪怕你爸不出钱养你，你母亲和我也会。"

"有一百件事情可干，但只能成为一种样子，"他执拗地说，"但说不定我觉得自己不配拥有这些机会呢？又或者我也许并不是个斯多葛主义者，安娜——你接触过雷吉·盖茨没有？"

"那个送奶工的儿子？没有，但你母亲跟我讲过他的情况。"

"她肯定会讲，我几乎都能听到她是怎么说的了。重点在于，我敢肯定她也说了，这个人根本就没有任何选择。他拿到了奖学金，他要是考试没过，那他的余生就只能跟他爸一起送奶了，但他要是考试能过，而且他应该能过，他就能跟我们一样进入中产阶级。他并没有上百的选择，他只有一个选择，但他确实知道自己想要什么，所以他并不受意志瘫痪的折磨。"

"你在因为雷吉·盖茨的劣势而羡慕他？"

"没错。而且你知道吗，他还是个托利党，他觉得抱怨体制的人都脑子有病。我上个礼拜跟他踢了场球，我希望自己是他。"他现在又大笑了起来，但这一回安娜感到不寒而栗。他继续说道："你还记得托尼吗？"

"记得。"安娜说。她记得那是他学校里的一个朋友，他因为拒服兵役而震惊了所有人。他没有入伍，而是在一个煤矿里工作了两年，因此得罪了他体面的家族。

"托尼三年前成了一个社会主义者。"

安娜笑出了声，但汤米说："不，这就是问题所在了。你还记得他当初拒服兵役吗？他就是为了惹他爸妈生气才这么做的。你知道这才是实情，安娜。"

"是的，但是他也的确付诸行动了，不是吗？"

"我太了解托尼这个人了。我知道他的这个选择基本上就是——某种玩笑，他甚至还有次跟我说他也不确定自己这么做到底对不对。但是他不会让他父母找到机会笑话他的——这是他当时的原话。"

"不打紧啊，"安娜坚持己见道，"这不是件容易的事——从事那样的工作整整两年的时间，但他还是坚持到底了。"

"这可不够，安娜。他也是这么成为一个社会主义者的。你知道有个团体叫作新社会主义者吗——大多数都是牛津系的？他们打算办杂志，《左派评论》什么的。我见过他们，他们喊着口号，行为就像一群……"

"汤米，这太蠢了。"

"不，这一点都不蠢。他们这么做的唯一原因就在于当下没人加入他们了，这是种替代方案。他们说着那些糟糕的术语——我是听你跟我妈笑话过这些术语的，现在说这些术语的换成他们了，为什么反而没问题了呢？因为他们都还年轻——我猜你会这么说。但是这理由不够好。我告诉你吧，再过五年托尼将会在国家煤矿委员会之类的地方谋得一份好差事，他也许成为工党的国会议员，他的演讲里将会都是左派这样、社会主义者那样的措辞——"汤米的声音因为喘不上气而再次变得刺耳。

"他也有可能从事非常实际的工作。"安娜说。

"他对这件事根本就没有真正的信仰，他只是照单全收了某个立场。他还有个女朋友——他打算跟她结婚，对方是个社会学家，她也是那群人中的一员，他们东奔西跑，贴着海报，喊着口号。"

"你听上去在妒忌他。"

"别摆出一副高高在上的样子，安娜。你在看不起我。"

"我不是这个意思，我也不这么认为。"

"你就是这个意思,我很清楚你跟我妈谈论的如果换作是托尼,你们又会换一套说法。你们要是见了那个女孩——我都能听见你们会怎么说了:她身上有种慈母般的特质。你对我为什么就不能坦诚些呢,安娜?"他最后那句话在她耳中仿佛尖啸,他的脸已经扭曲了。他对她怒目而视了一阵,然后很快转开了视线,就仿佛他需要这一瞪来给自己勇气,然后就开始翻看她的笔记,而他的后背固执地摆出一副严阵以待的姿势,防备着她上前来阻止自己。

安娜处于可怖的暴露之中,她一声不吭地坐着,强迫自己保持一动不动的状态,一想到她文字的私密性就备感煎熬。而就在她静坐在原地的这段时间里,他就这么带着某种固执的狂热一路往后读着。然后她就感觉自己陷入了某种精疲力竭的恍惚之中,迷迷糊糊地心想:行吧,又能有什么大不了的呢?如果这就是他需要的,我自己的感受又有什么所谓呢?

过了一段时间,大约一个小时左右之后,他问:"你写东西为什么用的是不同的书体?而且还用括号?你为什么重视一种感受却忽视别的感受?你是如何判断哪些感受重要,哪些不重要呢?"

"我不知道。"

"这个回答可不够好,你自己心里也清楚。有一篇是你还住在我们家的时候写的:'我站在窗边俯视着窗外,底下的街道似乎有几里地那么远。突然之间我感觉自己好像被甩出了窗外,我能看见自己躺在人行步道上。然后我好像就站在了人行步道上自己身体的边上,我同时是两个人。血液和脑浆溅得到处都是,我跪坐下来,开始舔舐地上的血液和脑浆。'"

他的目光正控诉着她,而安娜则一言不发。"当你写这段的时候,你用括号重重地把这段文字框在了里头。你接下来又写道:'我去了趟商店,买了一磅半番茄、半磅奶酪、一罐樱桃酱、一夸脱茶叶,然后做了道番茄沙拉,带詹妮特去公园散了会儿步。'"

"所以呢?"

"这是同一天的事。你为什么要给第一段舔舐血液和脑浆的内容括上括号呢?"

"我们所有人都有想到自己死在人行步道上,或吃人,或自杀之类的疯狂瞬间。"

"这些瞬间不重要吗?"

"不重要。"

"番茄和一夸脱的茶叶就重要?"

"没错。"

"你凭什么能认定疯狂和残忍其重要程度就不及——日常生活呢?"

"不是这么说的,我打括号针对的并不是疯狂和残忍——而是别的什么。"

"是什么?"他坚持想要个答案,而安娜现在脱离了精疲力竭的深渊,开始搜索这个答案。

"这是另一种理智。你懂吗?在我采购然后料理食材、照料詹妮特并工作的一天里也会有疯狂的一瞬——我将其写下来之后,它就显得夸张而糟糕了,这不过是因为我把它写下来的缘故,那天真正发生的不过是寻常的事情罢了。"

"既然如此那为什么还要写下来呢?你有没有意识到这一整本笔记,蓝色这本,里面不是剪报就是血液和脑浆之类的内容,要么打着括号,要么被划掉,再不然就是采购番茄和茶叶之类的记录?"

"大概吧。因为我一直想要书写真实,但发现写下来的并不真实。"

"也许这就是真实,"他突然说道,"也许这就是,而你却无法承受,所以只好划掉。"

"也许吧。"

"为什么是四本?你要是取消这些细分、括号和特殊内容,都写在一本大部头里面又能怎样呢?"

"我已经跟你说过了，会只变成一片混沌。"

他转过身注视着她。他带着怨恨说道："你看上去是那么体面的小个子，看看你写的是什么。"

安娜说："你刚才的话就跟从你母亲嘴里说出来的一样，她就是这么批评我的——就是你那种语调。"

"别跟我打哈哈，安娜。你害怕混乱吗？"

安娜感到自己的胃因为某种恐惧而收缩了一下，沉默了一阵之后说："我觉得我肯定是害怕的。"

"那你就不诚实了。不管怎么说，你表达了你的某些观点，不是吗？没错——你看不起像我爸那样给自己设限的人，但你也给自己设了限，而且设限的理由也跟他一样：你害怕。你不负责任。"他下了终审判决，从容噘起的嘴露出了满足的微笑。安娜意识到这才是他来这里真正想说的话，这才是他们一整晚的对话想要得出的结论。他正打算继续说下去的时候她突然灵光一现，说："这个房间的门我从来都没关过——你以前进来看过这些笔记没有？"

"有啊，我昨天就在这里，但我见你从外面回来了，于是在你发现我之前就离开了。对你，我现在已有结论了，你不诚实，安娜。你是个快活的人，但是……"

"我？快活？"安娜讥讽道。

"那就用'满足'这个词好了。你的确是这样的，而且要远甚于我妈，或是我认识的任何人，但你一旦开始动笔，你笔下就只剩谎言了。你坐在这儿笔耕不辍，结果却没人能读到——这就是傲慢了，我以前就跟你说过了。而你甚至连坦诚面对真实的自我都做不到，你把自己的一切都分割成了一块块一段段，既然如此你还凭什么高高在上地说'你正处于一个糟糕的阶段'？如果你自己并不处于一个糟糕的阶段，那也是因为你无法处于任何一个阶段，你尽力把自己分隔成一个个的隔间。如果世事混乱，那是因为混乱就是它们的本质。我认为世间并没有什么规律可言——你出于怯懦而捏造了这样那样的规律。我觉得人类根本就不善良,他们只会同类相食,当你真的细究起来你就会发现没人在乎其他人,最多就善待一下自己的家人,但这不过是利己主义,根本就不是善良。比起野兽来我们并没有好到哪里去,我们只是假装自己更高尚而已。我们完全不在乎彼此的死活。"这时他又坐回了她正对面,显然又变回了他自己,那个她熟悉的执拗而慢条斯理的男孩。接着他猝不及防地爆发出了一阵欢脱而骇人的咯咯笑声,她再次看到了那恶意的闪光。

她说:"对此我还有什么可说的呢,你说是吧?"

他身子前倾,说:"我打算再给你一次机会,安娜。"

"什么?"她感到吃惊,而且几乎要笑出声了,然而他的表情却甚是可怕,于是她停顿了片刻后说:"你这是什么意思?"

"我没跟你开玩笑。现在回答我,你从前在生活中遵从着一种理念——我没说错吧?"

"大概吧。"

"而你现在却用'共产主义神话'这样的说法,所以现在你在生活中遵从的又是什么呢?不,别跟我提斯多葛主义这样的词,这些词没有任何意义。"

"对我来说,这就类似于某种经常发生——也许每个世纪都会有那么一次——的信仰运动。当信仰之井满溢,这个百年或下个百年就会在全世界掀起奔涌向前的狂潮,因为这是一种想象——想象整个世界可能的面貌。在我们所处的这个世纪,就表现在俄国的1917年,以及中国,然后那口井就见底了。因为,用你的话说就是,残忍与丑恶太过强势,再然后那口井又开始慢慢盈满,之后又会来一次痛苦的突进。"

"突进?"他说。

"对。"

"不管不顾,就一股脑地往前冲?"

"是的——因为每次梦想都会增强。如果人们还能想象什么,那么终有一日他们将会实现梦想。"

"想象什么呢?"

"你说的那些——善良,友爱,以及兽性的终结。"

"生活在今天的我们又该如何呢?"

"不要让梦想死去,因为终会有意志不瘫痪的新的一辈人。"她语气强烈地总结道,然后有力地点了一下头。她说话时发现自己的语气听起来就跟"糖妈"每次结束咨询时的语气一样:一个人必须要有信仰!锣鼓喧天,号角齐鸣。此刻她脸上定是挂着一抹自责的微笑——尽管她真心相信自己所说的话,但由于汤米点头时带着某种恶意的扬扬自得的感觉,她还是感觉到了这一抹微笑的存在。电话铃响了,他说:"应该是我妈,她来检查我的叛逆期有没有自行结束了。"

安娜接了电话,说了会儿"是的"和"不是",然后挂了电话转向汤米。

"不是你妈,不过我有个客人要来。"

"那我就失陪了。"他以他标志性的缓慢站起身来,脸上又再次浮现出了他刚来时的空洞而内向的神情。他说:"谢谢你陪我聊天。"他的潜台词是:谢谢你印证了我对你的推测。

他前脚刚走安娜立刻就打电话给了莫莉,莫莉这时刚从剧院回来。安娜说:"汤米来过了,他刚走。我被他吓到了,有什么地方特别不对劲,但具体的我也说不上来,而且我觉得我应该是说错话了。"

"他说什么了?"

"大概意思是一切都烂透了。"

"这么说也没错。"莫莉大声而好脾气地说道。她和自己儿子中断交流后的那几个小时里,她一直在演一个好脾气的房东太太——那是一部她唾弃的剧里的一个她唾弃的角色——只是她现在还陷在那个角色里没出来。另外,她还跟其他几个演员一起开开心心地在酒吧里泡了会儿,她现在的心境距离此前已经相当遥远了。

"还有就是玛丽昂刚才从楼下的电话亭里给我来了个电话,她搭了最后一班车过来,就为了和我见上一面。"

"她究竟在图什么?"莫莉心烦意乱地说。

"不知道。她喝高了。我明天早上再跟你说吧。莫莉……"安娜一想到汤米出门时的状态就心里发慌,"莫莉,咱们必须处理一下汤米的问题,要快,我很确定。"

"我会跟他谈谈的。"莫莉认真地说。

"玛丽昂按门铃了,我得去给她开门了。晚安。"

"晚安,明早我会跟你汇报汤米的状态的。我觉得咱俩就是在瞎操心,再怎么说咱俩在他那个年纪也不是什么省油的灯。"电话"咔哒"挂断之前,安娜听到听筒那头传出了她朋友洪亮而好脾气的笑声。

安娜按了下按钮,前门的锁打开了,然后她就听见了玛丽昂爬楼梯时沉闷的脚步声。她不能下楼去扶玛丽昂,这只会引起她的不快。

玛丽昂进门时的笑容和汤米如出一辙,这是种进门前就已经酝酿好,进门后朝着整个房间四散的笑容。她一把抓住了汤米之前坐的那张椅子,然后重重地瘫倒在了上面。她是个心宽体胖的女人——她的个头很大,全身上下长满了疲倦的赘肉。她的五官非常柔和,或者说,非常模糊难辨,而她棕色的眸子则显得浑浊而多疑。她年轻的时候也曾苗条过、活泼过、幽默过,"一个栗色的女仆",理查德这么形容她——这一形容在以前是出于爱意,现在是出于敌意。

玛丽昂盯着安娜看了会儿,然后用力交替挤着自己惺忪的左右眼,让它们能够睁开些,而她先前的笑容这时早已消失不见。很明显她已经烂醉如泥了,安娜应该劝她上床休息。而安娜此刻仍然坐在那张椅子上,这个座位现在正对着玛丽昂,而不久前正对着的则是汤米,这样客人的注意力很容易就能聚焦在安娜身上。

玛丽昂调整了一下她的脑袋和双眼,以便能看清安娜。她吃力地开口道:"安娜,你——真——幸运。我真——觉得——能有你这样的——

生活——是一种幸运。你这里真漂亮。而你——你——你是自由的,想干什么就能干什么。"

"玛丽昂,要不我还是送你去休息吧,咱们可以明早再聊。"

"你以为我醉了。"玛丽昂说,咬字清晰,口吻怨愤。

"醉得很明显好吗,这没什么,你应该睡一觉。"

安娜瞬时感到十分疲惫,就仿佛有双粗壮的手正将她的四肢往下拽。她瘫在椅子上,抵御着一波又一波的倦意。

"我要喝酒,"玛丽昂暴躁地说道,"我要喝酒!我要喝酒!"

安娜强打起精神去了趟隔壁的厨房,朝空杯里倒了些自己茶壶里剩下的淡茶,再往里加了一茶匙的威士忌,然后把杯子递给了玛丽昂。

玛丽昂说了句"谢什"[1],接着就是咕咚一大口,然后点了下头。她谨小慎微、爱惜地攥着杯子,每根手指都紧贴着杯壁。

"理查德最近怎么样?"她问道。那是种小心翼翼的试探的语气,而为了把这几个字挤出牙缝,她脸部的肌肉也因此绷得紧紧的。她在进门前就已经预备好要问这个问题了。安娜将这句话转译成了玛丽昂平时的言语,心想:我的天,玛丽昂在妒忌我,我以前就从没往这方面想。

她不动声色地说:"但是玛丽昂,这个问题的答案你理应比我清楚吧?"

她看见了自己的不动声色全都湮灭在了她与玛丽昂两人之间醉醺醺的空间之内,同时也看见了玛丽昂的思绪正充满狐疑地玩味着她刚才的话语。她语速缓慢地高声说道:"玛丽昂,你没必要妒忌我。不论理查德跟你说了什么,那都不是实情。"

"我没妒忌你。"玛丽昂嗫嚅着脱口而出。"妒忌"这个词唤醒了玛丽昂心中的妒忌,她一下就真的成了个妒忌的女人,她的面孔扭曲着,目

---

[1] 此处人物因醉酒而口齿不清,此处的"谢谢",包括下文同一人物对话中的别字,均为对应原文人物发错的音而故意设置。

光在房间里逡巡着,找寻着一切能印证她臆想的物件,她的目光一而再,再而三地朝床上瞥。

"你在说谎。"安娜说。

"没——也——也没什么烁谓了,"玛丽昂假装和气地笑道,"他都找了腊么多吕的了,干吗不找里呢?是里的话我至少不会觉得冒犯。"

"可我跟他没什么。"

玛丽昂扬起了下巴,三次才将嘴里茶与威士忌的混合液咽下。"这才是我需要的。"她一边煞有介事地说着,一边手握着杯子伸向安娜,示意对方帮自己再续上一杯。安娜没有理会。她说:"玛丽昂,你能来找我我很高兴,但说真的,你误会了。"

玛丽昂吓人地眨了眨眼睛,然后以酒鬼特有的无赖口吻说:"哦,但我以为我是出于羡慕你才来的。你才是我希望自己能够成为的样子——你很自由,你拥有爱情,你可以爱做什么就做什么。"

"我并不自由。"安娜说。她听出了自己语气中的漠然,随即意识到自己必须避免再次使用这样的语气。她说:"玛丽昂,我自己还是希望能结婚的。我并不喜欢我现在的生活。"

"口说无凭。你要想结婚的话随时都能结。今晚你只能留我在你这儿过夜了,末班车已经没了,要是叫出租车的话理查德又会心疼钱。理查德可抠门了,嗯,他特别抠。"(安娜留意到玛丽昂这么抱怨自己的丈夫时醉意已经减轻了许多。)"你敢信吗,这人居然能抠成这样?都他娘的这么有钱。你知不知道我们家可是最有钱的那百分之一——但他每个月还要查我的银行账单。他老把我们是最有钱的那百分之一挂在嘴上吹牛,但我买条时装裙他都要唠叨埋怨。当然了他只要查我的账就会发现我在酒精上花了多少钱,那也都是钱。"

"要不现在就上床休息吧?"

"什么床?还有什么人在楼上吗?"

"就詹妮特还有我的男租客。还有张床空着。"

玛丽昂的眼中闪着狐疑的光。她说:"你怎么还有个租客,这可真是奇了怪了,还是个男的,你真怪。"

安娜又开始在脑内转译,于是听到了玛丽昂在清醒时会怎么和理查德一道开自己的玩笑。他们开过有关男租客的玩笑。安娜突然对玛丽昂和理查德这类人感到一阵反胃,其实比起过去,她最近已经很少会产生这种感觉了。她心想:我现在这种生活方式也许伴随着压力,但我至少无需和玛丽昂和理查德这样的人生活在一起,也无需生活在女人会因为有个男租客而被耻笑的世界里。

"你这么跟一个男的同处一室,詹妮特怎么说?"

"玛丽昂,我并没有跟一个男的同处一室。我这是一套大公寓,只是里头的一个房间给租了出去。他是头一个上门来看房的,当即就决定要租这个房间。楼上还有个小房间,里面没住人,我带你去休息吧。"

"但我讨厌睡觉。我人生中有过最快乐的时候,但那还是刚结婚那会儿。所以我才羡慕你,不可能再有男的会想要我了,我已经完了。理查德有时会跟我上床,但他必须强迫自己才行。男人都是榆木脑袋,他们以为咱看不出来。安娜,我问你,你要是知道一个男的一跟你上床就心不甘情不愿的,你还会愿意跟他睡吗?"

"我当年结婚的时候就是你说的这种情况。"

"哦,不过你还是离开了他。好事。你知不知道以前有个男人爱上了我——他想娶我,还说想跟我生孩子。理查德这时候就假装他还爱着我,而他想要的不过是让我继续给孩子当保姆,这就是他全部的目的,我反应过来以后就后悔当初没离开他。理查德今年夏天带我去度了次假,你知道吗?什么都没变,我们上床之后他就开始演,我心里清楚得很,他脑子里一直都在惦记他办公室里的那个小婊子。"她将杯口冲着安娜,蛮横地说:"满上。"安娜又去隔壁调了杯茶与威士忌的混合液,玛丽昂喝着喝着,声音渐渐化作了自艾自怜的悲号:"你要是知道再也不可能会有男人爱你的话,安娜,你又会是什么感受?我们启程去度假的时候我还以为事情会有转机，我现在回想起来也不知道自己当初为什么会这么以为。第一天晚上我们去了酒店的餐厅，隔壁桌坐了个意大利姑娘，理查德的眼睛一直在朝她那边瞟，我猜他以为我没注意到。他接着就说我应该早点上床休息，其实心里想的是要去钓那个意大利姑娘，但我偏不。"她喉头又发出了心满意足的尖锐的嘶鸣。"休想，我说，你这回是来跟我度假的，不是来泡妞的。"现在她通红的双眼噙满了仇恨的泪水，脸颊上也浮现出了大块潮红。"他对我说，你不是有孩子吗？但如果你不在乎我，我凭什么要在乎孩子——这就是我跟他说的原话，但他无法理解。如果一个男的不爱你，你凭什么要在乎他的孩子？对不对，安娜？是不是这个理？你说话啊，对不对？他说过想娶我，他说过他爱我，但他从没说过我要让你生三个孩子，然后把孩子留给你，然后自己去找小姑娘。你倒是说句话啊，安娜。你多好啊，你就只有一个孩子，你可以做你愿意做的事，理查德偶尔来一趟，被你吸引简直轻而易举。"

电话突然响了一下之后就没声了。

"一定是你的哪个男人，我猜，"玛丽昂说，"也许是理查德。如果是他的话，就跟他说我在这儿，告诉他我已经看透他了。就这么跟他说。"

电话铃又响了，这次没停。

安娜走去接电话时心里思忖着：玛丽昂听起来酒已经差不多醒了。她说："喂。"她听到了莫莉在电话那头的尖叫："安娜，汤米自杀了，他朝自己开了一枪。"

"什么？"

"你没听错，你跟我打完电话之后他就到家了，什么话都没说就上楼去了。我听见砰的一声，还以为是他关门的声音，很久以后才听到了呻吟声！我大声喊他，他没答应，我还以为是自己听错了，后来不知为什么一阵心悸，就上楼查看，然后就发现血正顺着楼梯往下淌，我不知道他有把左轮！他还没死，不过看情况也差不多了，我听警察的口气就是这个意思！他快死了！"她尖叫道。

"我现在过来。哪家医院?"

背景音里传来一个男人的声音:"女士,让我跟她说。"他对着话筒道:"我们现在正带着你的朋友还有她儿子赶往圣玛丽医院,我觉得你的朋友希望你可以陪着她。"

"我这就来。"

安娜走到玛丽昂身边。玛丽昂的头已经垂下,下巴抵在了胸口上。安娜艰难地将她搬离座椅,带着她跌跌撞撞地上了楼梯,让她一个翻身滚到床上。玛丽昂松松垮垮地躺着,嘴巴大张,脸上沾满了唾液和眼泪,湿漉漉的,同时又因为酒精的作用红彤彤的。安娜给她盖了好几层毯子,熄掉了炉火和灯光后冲到了大街上。现在已是凌晨,街上空无一人,出租车也不见踪影。她沿街跑了起来,差不多快哭出来了。她看见了一个警察,于是朝他跑去。"我必须要去医院。"她抓紧对方的手臂说。这时另一个警察也出现在了街角,于是一个警察搀扶住了她,另一个警察帮她叫了辆车,陪她一起去了医院。汤米还有一口气,但预计撑不到天亮。

笔 记

【黑色笔记左侧的"素材"一栏空着,而右侧"钱"一栏却写得满满当当。】

统合影视公司雷吉纳尔德·塔布鲁克先生致安娜·伍尔夫小姐的信:上周敝人拜读了——出于偶然,我必须坦白!——你的大作《战争前沿》,阅读体验相当愉快,当即就被这本书带来的耳目一新的感受以及其中的诚挚深深震撼。我们团队一直都在为电视剧寻找合适的素材,我非常希望能和你聊上一聊。也许你能拨冗在下周五一点一起喝一杯——你知道大波特兰街的黑牛酒吧吗?请务必来电。

安娜·伍尔夫致雷吉纳尔德·塔布鲁克的信:非常感谢你的来信。我这么说好了,在电视上我几乎没看到过什么能让我萌生出创作念头的内容。真的很抱歉。

雷吉纳尔德·塔布鲁克致安娜·伍尔夫的信:非常感谢你能这么坦诚。我深有同感,所以我一放下你这本令人着迷的《战争前沿》,就立刻动笔给你写信了,我们亟需既能让人耳目一新又充满诚挚的剧作。下周五能否赏脸来红男爵共进午餐呢?那个馆子相当实在,牛排相当不错。

安娜·伍尔夫致雷吉纳尔德·塔布鲁克:非常感谢,但我说过的话都是认真的。我要是真相信《战争前沿》有可能以我能满意的方式改编成电视剧,我就不会是现在这样的态度了,但现实就是如此。此致敬礼。

雷吉纳尔德致伍尔夫小姐:这世上已经很少有作家能像你这般正直

了!我可以向你保证,要不是我们亟需真正有创造力的人才,我也就不会频频致函了。电视媒体需要真实的东西!下周一请务必与我在白塔共进午餐,我觉得我们真的需要促膝长谈一番。即颂著祺。

与统合影视公司雷吉纳尔德·塔布鲁克在白塔的午餐账单。

金额:陆英镑拾伍先令柒便士。

在为午餐穿衣打扮时,我想象了一下要换作是莫莉的话她会如何高高兴兴地——扮演某个角色。决定了,扮成"淑女作家"。我有条过长的裙子,还有件很不合身的衬衫。我就穿了这么一身,然后戴了一条惺惺作态的珍珠项链,一对珊瑚耳饰。似乎挺像那么回事,但感觉极端不适——就像是自己进错了皮囊。气死了,想象莫莉一点用都没有。最后还是换回了自己本来的样子,费了好些周章。塔布鲁克先生(他说:请叫我雷吉)很是惊讶:他期望着见到的是一个淑女作家,一个面部线条柔和而姣好的中年英国女人。噢,伍尔夫小姐——我能否叫你安娜——你现在在写什么?"我现在就靠《战争前沿》的版税过活。"他看起来略微有些震惊——我的口吻表明了自己只是对钱感兴趣。

"这本小说想必非常成功咯?""已经翻译成了二十五种语言。"我摊牌道。他调皮地扮了个鬼脸——艳羡。我切换至一个追求纯粹的艺术家的口吻道:"当然了,我不急着写第二本。第二本小说相当重要,你说对吧?"他很高兴,松了口气。"我们很多人连第一本都写不出来,"他叹息道,"那你现在肯定已经在创作中了吧?""你好聪明啊,居然这都能猜到!"他再次条件反射地扮了个调皮的鬼脸,眼睛散发出古灵精怪的光,"我有本小说已经写了一半了,现在就在抽屉里——但是写作的时间总是不够。"这个话题从大虾持续到主菜。我等着,他后来还是说出了口:"当然了,有些人会为了网罗一些高不成低不就的东西而不辞辛苦的;当然,他们也是瞎搞而已,那些站到顶端的小子。"(他自己距离顶端还差半级台阶。)"他们完全没谱,蠢到了骨头里。有时你会想,这么做到底图个什么?"从哈尔瓦酥糖糕到土耳其咖啡。他自己点因为门不当户不对什么的,反正你懂的,可叹啊,咱们国家时至今日这玩意儿依然存在。于是两个爱人无法在一起。在结尾处我们会安排火车站的经典场景——他即将离开这个地方,而我们也知道等待他的将会是死亡。你品品,感受片刻——如何?"

"你是希望我原创个剧本出来?"

"对,也不全对。你的小说基本上就是个单纯的爱情故事,这点毫无疑问。而种族问题实在是——是,我知道这个主题极其重要,我也完全赞同你,这种现象的确丑恶到了人神共愤的地步,但你的小说仍然是个单纯而又动人的爱情故事。全部的重点就是爱情故事,相信我,真的——就像是另一部《相见恨晚》[1],我真心希望你看这个问题能和我一样明白——请记住,电视取决于**看**。""我明白了。既然如此,那完全可以抛开《战争前沿》另起炉灶咯?""也不尽然,考虑到原书如此知名,如此优秀,我希望能保留标题,毕竟这个故事不受地点的限制?至少本质上来说?反正我是这么觉得的,所谓'前沿'是针对体验来说的。""呃,也许你还是最好能按原创电视剧本的框架把条件一项项开好,然后再写到纸上寄给我?""但并不完全是原创。"(俏皮地眨眼。)"如果读过小说的人看到原著变成了**空军版**的《相见恨晚》,你觉得他们会不会大感意外呢?(俏皮地眨眼。)但是我亲爱的安娜,答案是否定的,他们对任何事情都不会感到意外,他们面对的可是一个魔法盒子啊!""那个,这顿午餐我吃得很愉快。""哦,我亲爱的安娜,你说得可太对了,这点毫无疑问。另外显然聪慧如你,你肯定也看得出来我们不可能去中非取景,顶头上司不可能拨给我们那么多的预算。""当然——但我在信件里已经明确表过态了。""这本小说也**可以**改编成一部好电影。你是否需要我在我电影圈的朋友那边提一嘴?""呃,我

---

[1] 原名 *Brief Encounter*,1945 年的英国爱情电影,故事发生在二战前的英国,男女主人公最后分别的地点也是在一个火车站。该电影由大卫·里恩执导,即后来著名的《阿拉伯的劳伦斯》的导演。

了根雪茄,也给我叫了几支烟。我们现在还没提到我那本令人着迷的小说呢。"告诉我,雷吉,你会打算带剧组去中非拍《战争前沿》吗?"他的表情有短短的一瞬间凝固住了,之后又恢复如初。"我很高兴你这么问,因为这确实是个问题。""中非的风貌在小说中起着至关重要的作用,不是吗?""哦,当然,我同意,真是精彩。你对于环境的感知十分敏锐,我都能闻见那里的味道了,真是精彩。""你打算在摄影棚里完成摄制?""嗯,这是自然,所以我才想跟你谈谈。告诉我,安娜,如果有人问你,你那本可爱的作品的核心主题是什么,你会怎么回答?当然,要简明扼要一些,毕竟电视本质上来说是种简单的媒体形式。"**简明扼要**来说,当然是种族间的隔阂。""哦,我太同意了,这简直令人发指。我当然从来没有过什么亲身经历,但我看了你的书——这简直骇人听闻!但我在想你是否能明白我的意思——我真心希望你能明白。要把《战争前沿》搬到……"(鬼脸)"……电视这么个魔法盒子里,照搬原书是行不通的,要简化,但保留其精彩的核心。所以我在想,要是把故事地点改成英国,你会作何感想——不,等一下,如果能让你看到我看到的,我想你就不可能会反对——电视的关键在于**看**,对吧?你能**想见**吗?这从来都是关键所在,而我觉得我们有些作家特别容易忘记这件事。现在请让我告诉你我的设想。故事发生在二战时期的空军训练基地中,英国的基地,我以前参加过空军——不过不是蓝衣小伙子,就是个文职。但也许这就是为什么你的书能抓住我的心,你完美地捕捉到了那种氛围……""哪种氛围?""哦,亲爱的,你真的很厉害,真正的艺术家就是这么厉害,你们有一半时候都不知道自己在写什么……"我突然不经意地说了句:"但也许我们知道自己在写什么,只是并不喜欢罢了。"他皱了皱眉,最终决定无视这句话,接着说了下去:"那种氛围实在太准确了——尤其是绝望——以及激情——都给了我前所未有的活力……我的建议是这样的,原书的核心很重要,我同意,所以我们将保留核心设定,空军基地,年轻的飞行员,他爱上了本地的农家女,他的父母反对——

已经表过态了。""哦,亲爱的,我完全明白,真的,我想我们能做的不过是坚守埋头苦干罢了。我能想见,要是我晚上到家看一眼我的书桌——为了寻找故事灵感还有十几本书要看,上百份剧本要读,还有本写了一半的小说搁在我的抽屉里,而我已经好几个月都没顾得上它了——我会安慰自己说我有时还是能淘到某些新鲜而真实的东西的——请务必考虑一下我关于《战争前沿》的建议,我真心相信这事儿能成。"我们离开餐厅时有两名侍者对我们鞠躬,雷吉纳尔德取他的外套的时候把一枚硬币塞进了衣帽寄存处工作人员的手里,脸上露出了一丝近乎歉意的微笑。我俩走在人行步道上,我对自己非常失望:我这究竟是干什么来了?我从收到统合影视的第一封来信时就预料到了事情一定会变成这样,除了这些人怎样都会比你预期的还要再低一个档次。既然都已经预料到了,我为什么还要没事找事?就为了证明自己的猜测吗?我的自我嫌弃开始转变为另一种我无比熟悉的情绪———种稍稍没那么严重的歇斯底里。我非常清楚要不了多久那些或失态,或无礼,或指责,或自责的话,就要从我嘴里倾泻而出了。到了某一个时间点我就会知道自己有没有可能把这些话给憋回肚里去了,如果憋不回去,一场演讲也就在所难免了。我们走在人行道上,他在思考着该怎么摆脱我。我们朝托特纳姆宫路地铁[1]站行进时,我说:"雷吉,你知道关于《战争前沿》我现在作何打算吗?""亲爱的,请务必告诉我。"(然而他不自觉地皱了一下眉。)"我想要把它改编成喜剧。"他惊讶得一度停下了脚步,然后又迈步继续往前走了。"喜剧?"他短促地瞟了我一眼,而这个眼神暴露了他心底全部对我的厌恶。他接着说:"但亲爱的,这本书是如此宏大而又单纯的悲剧,我记得好像连个能算得上是喜剧的场景都没有吧?""你还记得你之前提到的激情吗?战争的脉搏?""当然,亲爱的。""我同意你的观点,那就是这本小说真正的主题。"一阵沉默,那张

---

[1] 托特纳姆宫路地铁站位于伦敦市中心,这也从侧面反映了他们此前用餐的餐厅白塔的档次。

俊俏、富有魅力的脸紧绷了起来,他看上去一脸的戒备,因为我刚才讲话的声音生硬、愤怒、满是厌恶。自我厌恶。"跟我说说你的想法。"我们站在地铁入口。人流熙熙攘攘。卖报纸的人没有面孔。没有鼻子,应该说是,他的嘴巴就是个长着兔牙的窟窿,双目也埋在疤痕之下。"嗯,咱们就说说你的故事好了,"我说,"年轻的飞行员勇敢、英俊又鲁莽,姑娘是本地牧师家的漂亮女儿。二战时期的英国,飞行员的训练基地。好了,回想一下咱们在电影里看过无数遍的镜头——飞机飞临德国上空。镜头里一群飞行员——海报上的姑娘端庄大方,与性感无涉,不会勾起我们小伙子那方面的本能。一个帅气的小伙子读着母亲的信。壁炉台上放着体育比赛的奖杯。"一阵沉默。"亲爱的,我也同意这类片子是有点泛滥。""飞机一架架地陆续降落,但少了两架。人群四下站着,等着,看着天空,一个人脖颈上有条肌肉紧绷了一下。飞行员寝室的镜头,有张床空着。一个小伙子步入了房间,他一言不发,只是坐在自己的床上盯着那张空床看,脖颈上有条肌肉紧绷了一下。他走到空床边,床上躺着一只泰迪熊,他拿起泰迪熊,脖颈上有条肌肉紧绷了一下。飞机熊熊燃烧的镜头,然后切到小伙子抱着泰迪熊看着照片,照片里是个漂亮的女孩——不,最好是只斗牛犬。再切回飞机熊熊燃烧的镜头,国歌响起。"一切都安静了下来。没鼻子的兔脸卖报人吆喝着:"金门开战咯!金门开战咯!"[1]雷吉觉得自己一定是听错了,于是他微笑了一下,说:"但我亲爱的安娜,你刚才说的可是**喜剧**。""你敏锐地注意到了这本书真正的主题——即对死亡的怀旧。"他皱起了眉,但这一次他的眉头却没有再次舒展开。"哦,实在不好意思,我换个说法吧——咱们一起拍个关于徒劳的英雄主义的喜剧吧。咱们可以照着那个见鬼的故事拍,25名正值花季的小伙子死在了前线,身后留下了泰迪熊,留下了足球奖杯,留下了站在大门口隐忍地望向天空的女人,而天空中另一波战斗机群正在朝德国飞去,她的脖颈上有条肌肉紧绷了一下。"卖

---

[1] 指1954年的9·3炮战。

报人喊着:"金门开战咯!"突然间我感觉自己此刻就置身于一出戏剧的某个场景中,而这出戏剧本来就是对某个作品的改编。我开始大笑,歇斯底里地大笑。雷吉蹙眉看着我,一脸的嫌恶。他刚才还巧舌如簧地想要讨人欢心,此刻却三缄其口,一脸戒备。我止住了笑,一瞬间狂笑和演讲统统湮灭不见,我又再度恢复了理智。他说:"那个,安娜,我同意你的看法,但是我得保住自己的饭碗。你的设想很有趣——但那属于电影,不属于电视,这我还是能判断得出的。"(鉴于我已经恢复了常态,他说着说着也恢复了自己的常态。)"要真拍出来的话大概还挺残酷的,就是不知道观众受不受得了?"(他的嘴唇又再次拧作了俏皮的曲线。他注视着我——他不敢相信我们之间居然会迸发出纯粹的恨意。我也不敢相信。)"那个,说不定也**还行**?毕竟战争结束了也有十年了——但简而言之这就**不是**电视的题材,电视是一种简单的媒体形式。至于电视的受众——也不需要我来告诉你,这些人绝不是世上最聪明的那拨人。我们不能忘记这点。"我买了份报纸,头条写着:金门开战。我以寻求对话的语气说道:"这又是个因为爆发了战事才被我们知晓的地方。""亲爱的,没错,大家的资讯居然都这么闭塞,的确可怕。""然而我却一直让你在这儿杵着,你一定着急想要回你的办公室了吧。""我确实快要迟到了——再会,安娜,能见到你很愉快。""再见,雷吉,谢谢你,午餐很愉快。"到家后我的情绪直接垮了,先是抑郁,再是愤怒以及自我嫌恶,然而我唯一没有感到羞耻的恰恰是我歇斯底里犯傻的时候。以后我再也不要搭理这类电视或者电影改编的邀约了,有什么意义呢?我能做的不过就是对自己说:你封笔的决定是对的,不要和所有这些侮辱人的、丑恶的东西再有什么瓜葛了。然而我对此本来就一清二楚,既然如此我为什么非要自找麻烦呢?

美国一小时电视剧场《蓝鸟》代理人埃德温娜·赖特夫人来信。亲爱的伍尔夫小姐:我们一直以猎鹰般的眼睛搜寻着能为我们的荧幕带来持久关注的剧作,我们无比激动地留意到了阁下的小说,《战争前沿》。此次来信我是希望能够一起在同时有利于我们双方的项目上多合作。我在去往罗马和巴黎的旅程中将在伦敦停留三天,请你务必致电,我将下榻在布莱克酒店,我们也许可以见面喝上一杯。由我们编写,供我们的作者参考的小册子已附在信中。即颂台安。

小册子是打印出来的,长九页半。开头是这么写的:"每年我们办公室都能收到数以百计的剧本,其中有很多都展现出了对于电视媒体的热情,但却因为忽视了我们最为基本和迫切的需求而未能达到要求。我们每周播放的时常为一小时……"条目(a)写着:"蓝鸟剧场的本质即**多样化**!题材上我们**百无禁忌**!冒险、爱情、游记、异域、乡土、家庭生活、亲子关系、幻想、喜剧、悲剧,我们统统欢迎。但凡是对真情实感的真挚表达,不论题材,我们来者不拒。"条目(y)写着:"每周有九百万各个年龄层的美国观众会打开电视收看蓝鸟剧场。蓝鸟剧场旨在将多姿多彩的生活呈现给普通观众,无论男女老少。蓝鸟剧场自知担负着信任与使命,蓝鸟剧场的作者也因此必须牢记自己与蓝鸟剧场共同肩负的责任:我们不会采纳任何涉及宗教、种族、政治、婚外情的作品。

"我们热切期待着您的剧本。"

安娜·伍尔夫小姐致埃德温娜·赖特夫人信。亲爱的赖特夫人:感谢你的来信,实在是过奖了。然而我从贵栏目组编撰的给作者的指导手册中发现,贵栏目并不欢迎涉及种族或婚外情的作品,《战争前沿》这两方面都有涉及,因此我认为讨论小说在贵栏目改编为电视剧的事宜实无意义。此致。

埃德温娜·赖特夫人致伍尔夫小姐的电报:感谢来函俱陈此事盼明晚八时于布莱克酒店共进晚餐盼复(费用已预付)

与赖特夫人在布莱克酒店的晚餐账单。金额:拾壹英镑肆先令陆便士。

埃德温娜·赖特,四十五或五十岁左右,体态丰腴,肤色粉白,头发花白带卷,油光锃亮,眼影是带着亮片的蓝灰色,口红是闪闪发光的粉色,指甲油则是淡粉色。喝马丁尼[1]时健谈又友好,她三杯,我两杯。

---

[1] 一种混合了苦艾酒和杜松子酒的调酒。

她那几杯都是一口闷,看来她是真的很想喝。她将话题引向了英语文学圈,想探明有哪些是我认识的,而我几乎谁都不认识。她想要给我找个定位,而她最终找到了——她微笑道:"我最要好的朋友之一(一个美国作家)……总对我说他讨厌——其他的作家。我认为他的未来将会非常有趣。"我们步入了餐厅,里头温暖、惬意、私密。入座后她也就放松了那么一秒钟的时间,然后环视四周,她画着眼影、布满褶皱的眼睑眯着,粉色的嘴微张着——她正在找寻着什么人或者什么东西,然后展现出了一副遗憾而悲伤的样子,这应该是她的真情流露,因为她很认真地说:"我喜欢英国,也喜欢来英国。我总是找借口来英国。"我在想她是否误将这家酒店当作了"英国",但她看起来太过精明,实在不像。她问我想不想再来杯马丁尼,我原本打算拒绝,但是瞧她一副想再来一杯的样子,于是也要了一杯。我的胃里一紧,然后发现这是她的紧张情绪向我发送的信号。我注视着她那张克制、戒备而精致的脸,不禁为她感到遗憾。她的人生我很能理解。晚餐的菜是她点的——她体贴、周到,我感觉就像是跟一个男的在一起,但她也并非全然那么男性化,只是她习惯了要去掌控现在这样的局势,我能感觉到这种角色并非她天性的一部分,以及扮演这种角色对她的消耗。我们等着上水果的时候她点了支烟。她低垂着眼睑,晃动着手里的烟,再次观察起了餐厅的四周。她的脸突然展现出了如释重负的神态,但瞬时又被她隐藏在了面具之后。一个美国人走进了餐厅,在角落里一个人落了座,然后开始点单,她对他点头致意,露出了微笑,他则对她摆了一下手,她又微笑了一下,香烟的雾气缭绕着飘过了她的眼前。她转向我,不无费力地将注意力集中在了我的身上。她一瞬间看上去老了好多。我还挺喜欢她的,我仿佛能清楚地看见她在夜深了以后在自己的房间里穿上过度女性化的衣服。没错,我能看见织花的雪纺绸之类的衣物……是的,考虑到她工作时的状态,一定是这样准没错。她甚至可能会一边看着雪纺的褶边,一边拿它开几句玩笑。但她仍然在等待,直到有人轻叩她的房门。她打开房门,然后开了个玩笑。两人都已经在酒精的作用下变得迷糊而愉悦。又喝了一杯，然后就是乏味而克制的缠绵。回到纽约他俩将会在一次聚会上相遇，然后再相互嘲弄几句。她现在正细细品味着她的水果，最后下结论说还是英国菜更好吃，然后说她想辞职，然后搬去新英格兰地区的乡下写本小说。（她从未在对话中提及自己的丈夫。）我意识到我俩对于谈《战争前沿》的事都兴致缺缺。她了解过我的概况，然后既没有展现出肯定，也没有展现出否定，她就是想碰碰运气，而这顿晚餐在商业上是一场失败，但要不然怎么能叫公款吃喝呢。没过多久她就开始和善但敷衍地聊起了我的书。我们开了瓶上好的口感浓郁的勃艮第葡萄酒，然后就是牛排、蘑菇、欧芹。她又说了遍英国菜更好吃，但这次加了句：我们应该学着做这些菜。这时我跟她一样在酒精的作用下感到很是愉悦，但我胃里的紧张感仍在稳步加重——这是来自于她的紧张感。她的视线止不住地往角落里的那个美国人那边瞥。我突然意识到我要是不端着点，我又会像几个星期前对雷吉纳尔德·塔布鲁克那样疯言疯语了。我决定要端着点儿，因为我实在太喜欢她了。但她同时也让我感到害怕。"安娜，我真的太喜欢你的书了。""那太好了，谢谢。""在我们美国，大家对非洲，对黑人问题是真的感兴趣的。"我咧嘴笑了一下，说："但是书里涉及了种族。"她也咧嘴笑了一下，那是对我相同表情感激的回报，然后说："但通常来说这就是个程度的问题。在你这本优秀的小说里，你让年轻的飞行员和那个尼格罗[1]女孩上了床。现在你会觉得这个设定重要吗？你会认为他们上床的情节对于整个故事来说关键吗？""确实不重要。"她犹豫了。她带着倦意但精明非常的双眼闪现出了一丝失望的神采。尽管她站在本职工作的立场确实是希望我能妥协，但看样子她本人其实是希望我能反驳。

---

[1] 在1960年代以前，"尼格罗（Negro）"在美国还是个较为常见的对非裔的称呼，甚至比"黑人（Black）"这一称呼的冒犯性更低，而马丁·路德·金在他1963年著名的演讲《我有一个梦想》中甚至以"尼格罗"自称便是一例。从60年代中后期，"尼格罗"开始被普遍认为是一个白人强加给非裔的称呼，而"黑人"反而成为了非裔美国人骄傲的自称。

我现在明白了，对她来说，性其实才是故事的关键。她对我的态度现在有了些不易察觉的变化，她现在在面对的已经是个为了能把自己的故事搬上荧幕而愿意牺牲故事完整性的作家了。我说："但毫无疑问的是，就算让他们以最最纯洁的方式相爱，也照样有违你们的原则吧？""这取决于具体怎么处理了。"我此刻能感知到这整件事即将无疾而终。这是由于我的态度吗？不是的，是由于角落里那个孤零零的美国人所引起了她的焦虑。我亲眼看到他朝她看了两次，所以我认为她感到焦虑是完全合理的。到底是直接过来，还是自己上别的地方溜达去，他一直在天人交战，但是看样子他对她是相当喜欢。侍者开始清理我们的餐碟。我要了杯咖啡，但不要甜品，她对此很是高兴，因为她这趟出差每天都要吃两顿商务餐，而我为她省了一个环节，她感到如释重负。她又瞥了一眼她那孤独的美国同胞，后者这时尚未展露出任何要走的迹象，于是她决定接着聊工作。"我之前考虑过该如何对你优秀的作品善加利用，然后闪过一个念头，这本书可以改编成一部精彩的音乐剧——相比于平铺直叙的故事，音乐剧反而方便你夹带一些严肃的讯息。""一部发生在中非的音乐剧？""首先，作为音乐剧，情感基调的问题就得到了很好的解决。你书的情感基调非常棒，但却并不适合电视。""你的意思是做成一个发生在非洲的正剧？""没错，我就是这个意思，然后故事非常简单。年轻的英国飞行员在中非训练，在一次聚会上遇到了美丽的尼格罗女孩。他很孤独，而她对他很好。他开始和她的同胞们接触。""但在中非他是不可能在聚会上遇到一个年轻的尼格罗女孩的，除非这场聚会有政治性的背景——一小部分人想要打破种族的藩篱。你构想的应该不是个政治主题的音乐剧吧？""哦，但我之前没意识到……那要是让他遭遇一场车祸，然后她救了他，把他带回了自己家呢？""她要是把他带回自己家就等于同时违反了十几条法律，但如果她是偷偷把他带回家的话，那这就会变成一件十分绝望、恐怖的事，这根本就不是音乐剧会有的氛围。""你对音乐剧还真是非常非常较真呢。"她假模假式地批评了我。"我们可以采用他们本地的歌舞。中非的音乐将会使我们的观众耳目一新。""在这个故事发生的年代,在本地的黑人还在听美国传过来的爵士乐,那个时候他们还没有发展出属于自己的音乐形式。"现在她看我的眼神在说:你就是想跟我抬杠。她放弃了音乐剧的构想,说:"我们要是以摄制一般的故事片的前提买你小说的版权的话,我认为故事发生的地点就必须要做出调整了,我的建议是换成一个位于英国的军事基地,美军基地,一个美国大兵爱上了一个英伦女孩。""一个尼格罗大兵吗?"她犹豫了一下。"呃,这可能有点难,因为不管怎么说,这就是个单纯的爱情故事。我个人特别爱看英国的战争片,你们英国人拍得可真好——又那么的克制。你们身上有一种——练达的感觉,我们美国人得向你们学习。战争的氛围——不列颠战役的氛围,然后是一个单纯的爱情故事,我们的小伙子和你们的小姑娘。""但是你们要是能把他设定成一个尼格罗大兵的话,你们不就可以用你们南方的各种歌谣了吗?""确实如此,但你看,对我们的观众来说这就一点都不新鲜了。""我懂了,"我说,"要不然让美国尼格罗大兵在二战时的英国乡村合唱,然后再配上英国女孩们的合唱以及英格兰乡土舞蹈?"我对她咧嘴笑了一下。她皱了皱眉,然后也咧嘴笑了,而当我们目光交汇时她噗嗤一声笑了出来,停了一会儿以后又笑了起来。然后她又重新恢复到了正襟危坐的状态,继续皱着眉。她深吸了一口气,仿佛刚才那阵失态的大笑根本没发生过一样:"当然了,你是位艺术家,非常出色的艺术家,能与你会面以及交谈是我的荣幸,而对于任何对你文字的改动,你都抱有一种强烈而天然的抵触。请允许我这么说:对电视媒体过于缺乏耐心是不可取的。这种艺术形式属于未来——我是这么看的,这也是我以从事这份职业为荣的原因。"她止住了话头,那个孤单的美国人正在四处张望寻找着侍者——哦不是,他只是续了杯咖啡。她的注意力转回到了我身上,继续说道:"一个非常非常伟大的人以前说过,艺术取决于耐心。如果你愿意好好想想咱们今天的讨论然后给我写——又或者你可以就别的主题给我们写个本子呢?当然了，我们无法直接委托没有过任何电视领域经验的艺术家给我们提供剧本，但我们很乐意尽可能地给你提供建议和协助。""谢谢。""你有没有考虑过来一趟美国？你届时要是能给我个电话，我会很高兴的，我们到时候可以讨论一下你任何的构思？"我犹豫了，甚至都已经控制住了自己。然后我意识到我控制不住自己。我说："要是能造访贵国，我当然乐意之至，但是很不幸，你们海关是不会放我进来的，我是个共产党。"她震惊地大睁着蓝色的眼睛，视线停滞在了我的脸上，与此同时她下意识地将椅子往后一抵，一副想要离席而去的样子，呼吸也随之急促了起来。我眼前这个人正在害怕，而我这时已经开始感到抱歉和羞愧了。我之所以这么跟她说有好几个理由，其一还挺幼稚的，就是我想要吓唬一下她；其二也差不多一样幼稚，就是感觉我应该实话实说——要是有人事后告诉她说这个女的很明显是个共产党，她只会觉得我是有意瞒着她的；其三就是我想看看她会是什么反应。她现在坐在我正对面，呼吸急促，眼神游移，而现在已经多少沾了些污渍的粉色的嘴唇也微张着。她一定在想：下次我问问题的时候最好还是留个心眼。另外她也一定觉得自己单纯是个受害者——上午我从一些美国报纸的剪报里读到，非美活动调查委员会[1]一通盘问过后，有几十个人丢了饭碗。她说话时气有些喘不上来："英国的国情果然很不一样，我才意识到……"她见多识广的面具直接碎裂了，而她几乎连想都没想就脱口而出道："但是亲爱的，你再给我一千年我也料想不到……"她的潜台词是：我这么喜欢你，你为什么会是个共产党？这句话里蕴含的狭隘让我怒火中烧，我在面对类似的情境时都会觉得，相比于做一个与现实完全断裂的，能随口说出这样的蠢话的人，我还是宁愿选择做一个面对现实的共产党，不论需要付出怎

---

[1] 全称为"美国众议院非美活动调查委员会"，1938年初创时主要目的是调查美国境内的纳粹主义活动，而在1945年后经美国众议院投票，将其性质变更为常设委员会，并负责调查共产主义相关的活动，因此也被认为是麦卡锡主义的深度参与主体，到1975年才废止。

样的代价。现在我俩突然都一肚子气。她从我身上移开了视线,开始平复自己的心情。我想到了两年前我和一位苏联作家的彻夜长谈。尽管我俩当时使用的是同一套语言体系,即共产主义的语言体系,然而由于我俩的经历截然不同,所以我俩对每一个字句也有着各自截然不同的理解。当时一种纯粹的脱离现实的感觉在我心中涌起,那天直到很晚——或者说次日凌晨——我才把之前自己说过的那些安全但脱离现实的术语转换为某件现实事件,我跟他讲了简的事,此人在莫斯科的监狱里遭到了虐待。而他当时也是这样,惊惧地注视着我的脸,同时下意识地朝远离我的方向挪动,就仿佛准备落荒而逃——如果换作是在苏联国内,我刚才的这番话属于绝对的大逆不道,足以让任何一个人锒铛入狱。事实上我们共享的这一套哲学理念中的术语不过是对事实的一种矫饰,事实则是我俩除了共产党人这个标签外,再无任何相同之处。而现在面对这个美国女人时——我们可以一整晚都使用民主的语言,但同样的语汇表达的是截然不同的经验。我和她坐在各自的座位上,虽然知道作为女人我们彼此欣赏,但却已经无话可说。就和那次与苏联作家的对话一样,一到这个阶段我们就已无话可说了。她最后还是开口了:"唉,亲爱的,我从没有如此惊诧过。我就是单纯无法理解。"这是句指责,而我也再一次感到了气愤。她随后居然又接了句:"当然了,我敬佩你的坦诚。"我心想:我如果现在在美国,成天被委员会搜捕的话,我怎么可能坐在酒店的餐桌上随口承认自己是共产党呢。所以我也气不起来了——不过照样,我撒气似的冷冷地来了句:"你以后最好在邀请我们这儿的作家共进晚餐前做一下相关背景调查,因为我们中不少人都有可能让你感到难堪。"她此刻的面部表情显示出了她对我的疏远,她现在满腹狐疑:既然她是共产党,那她很有可能一直都在扯谎。这让我想到了那时,那个苏联作家可以选择直面我说的话并展开讨论,也可以选择顾左右而言他,他选择了后者,脸上还一副冷嘲热讽,心知肚明的神情,说:"行吧,一个人从我们苏联的朋友摇身一变成为敌人也不是头一回了。"他的意思是:你已经屈服于资产阶级敌人的压力了。幸运的是，就在这个当口，那个美国男人出现了，他来到了我们的桌边。我很好奇，是不是因为她是真的，而非故意地停止了对他的关注，所以导致了他俩之间动态平衡的改变。我感到了悲哀，因为我认为事实就是如此。"哦，杰里，"她说，"我之前还很好奇会不会撞见你，我听说你也在伦敦。""嗨，"他说，"你最近还好吗，很高兴见到你。"着装体面，宠辱不惊，温润如玉。"这位是伍尔夫小姐。"她的语气中不无为难，因为她此刻的感受是：我正在将一个友人介绍给一个敌人，我应该想个法子来提醒他。"伍尔夫小姐是个非常非常知名的作家。"她说。而我注意到"知名的作家"这几个字多多少少纾解了她的紧张情绪。我说："如果你们不介意，我就先不打搅你们二位了吧？我该回家照看女儿了。"她很明显感到如释重负。我们仨离开了餐厅，而在我跟他们道别然后转身离去的一瞬间，我瞧见她一只手已经偷摸地溜进了他的臂弯。我听见她说："杰里，你能出现在这里可真叫我喜出望外，我还以为我要独自度过这漫漫长夜呢。"他说："我亲爱的艾蒂，除非是你自己乐意，你又几时真的独自度过漫漫长夜？"我看见她露出了微笑——克制，对他又充满了感激。至于我，我回家的路上心想：这一整晚唯有我主动打破两人初识时的舒适表象的那一刻，才是唯一真正坦诚的时刻。但是我仍然感觉羞耻、不满而抑郁，就跟那时和那个苏联人彻夜长谈过后一样。

【红色笔记继续：】

1954 年 8 月 28 日

昨天花了一整晚想尽可能了解金门。无论在我自己的书架上还是莫莉的书架上都几乎什么都没找到。我俩都很恐惧，这可能是一场新的大战的开端。这时莫莉说："咱们总是隔三岔五地在这儿干着急，结果到头来却并没有发生什么世界大战。"我能感觉到她之所以忧心忡忡是因为什么别的事情。她最后终于实话告诉了我:她跟福雷斯特兄弟的关系一直都很好,而他们——据说是——在捷克斯洛伐克"失踪"以后,她去了趟党总部打听了一下这件事,总部的人让她不必担心,说福雷斯特兄弟正在为党组织处理重要的工作,而昨天来了通告说,他们在监狱服刑三年后终于得到了释放。于是她昨天又去了趟总部,问他们是不是早就知道福雷斯特兄弟这段时间一直在监狱里关着。他们的确一直都知道。她对我说:"我现在考虑要退党了。"我说:"为什么不先等等,看事情会不会有所好转,毕竟斯大林时代才刚过去,他们还需要一点时间。"她说:"你上个礼拜还说你打算退党。反正我已经跟哈尔提过了——没错,我也和老大见了一面。我说:'现在坏人都死光了,不是吗?斯大林和贝利亚等。既然如此你们为什么还要继续这么执迷不悟呢?'他说问题在于要在苏联面临攻讦时与苏联站在一起,你懂的,还是那老一套。我说:'苏联境内的犹太人又怎么说?'他说那不过是资本主义的谣言。我说:'我的天,有完没完。'总之他对我进行了长时间友好而从容的说教,告诉我不要自乱阵脚,而我一瞬间觉得要不是我疯了,就是他们所有人都疯了。我对他说:'你们这些人最好能尽快醒悟,要不然党员就要退得一个不剩了——你们都要学学该怎么讲真话,别再在背地里干见不得人的勾当了,别再扯谎了。'他好声好气地说他很理解我的心情,毕竟我的朋友吃了那么长时间的牢饭。我突然间意识到,即便我心里很清楚自己是占理的一方,对方是理亏的一方,我却一直在用歉意和自我辩解的口吻说话。这难道不**奇怪**吗,安娜?要是我没意识到,再过一分钟我是不是就要跟**这种人**道歉了?我赶紧掐灭了这个苗头,很快就离开了现场。我回到家里,上楼躺倒,我太郁闷了。"迈克尔回来晚了,我跟他说了莫莉跟我说的话,他问我:"所以你打算退党?"他的语气就感觉在得知了这一切以后,他仍为我退党而感到遗憾似的。他接着又十分漠然地说:"安娜,你有没有意识到,你和莫莉商量要退党的时候,你俩就像是要做一件非常不道德的事，然而事实却是，上百万明智的人都退党了（如果他们还没遭到暗杀的话），而他们之所以退党是因为他们希望远离暗杀、犬儒、恐怖和背叛。"我说："也许这不是问题的关键。""那什么才是问题的关键？"我对他说："我刚才还以为我退党你会为此而遗憾呢。"他反应了过来，于是哈哈大笑了起来，然后静默了片刻，又再次笑出了声："安娜，也许我选择跟你在一起是因为，即便一个人自己并没有什么信仰，但能和一个充满信仰的人在一起，感觉还是挺不错的？""信仰？！"我惊叹。"就是你那股诚挚的热情啊。"我说："我自己不会用这些词来形容我对党的态度。""没差别，你入了党，行动胜于雄辩，对于——"他咧嘴笑了。我说："对于你来说吗？"他看上去非常不高兴，只是默不作声地思考着，末了他说："行了，咱们试也试了，没结果，不过……咱们睡吧，安娜。"

我做的梦精彩纷呈。我梦见了一张由某种美丽材质构成的巨大的网络向外延伸开去，这张大网绮丽异常，织成了各种图案，而这些图案描绘了各种人类的神话，但它又不仅是静态的画面，而是神话本身，也就是说这张柔软而闪亮的巨网是个活物。其色彩虽然微妙而梦幻，但这张往四周延伸的巨网整体上泛着红光，那是种斑驳的红色。在梦中我触摸到了这张网，感受到了其材质，然后欣喜地哭泣。我又看了一眼这张巨网，发现其形状像极了苏联的地图。网络开始伸展，有如轻柔、反着光的海水朝四周拍打，蔓延。现在它已经覆盖了波兰、匈牙利这些苏联的邻国，然而巨网的边缘却透明而纤薄，而我仍在欣喜地哭泣着，不过这次也多了些忧虑的味道。现在这轻柔的发着红光的雾霭覆在了中国的版图之上，颜色也加深凝结成了猩红。我现在静静地飘浮在地外空间的某处，双脚偶尔能感到地心引力的牵引。我站在宇宙的蓝色雾霭中，地球在我眼前转动，社会主义国家都染着红色，而世界其他地方就像是各种颜色的拼贴画。非洲是黑色的，但却是一种深色的、泛着光的、激动人心的黑色，就像是月亮刚沉入地平线，但马上又将升起时的夜空的颜色。

我现在感到十分害怕和恶心，就仿佛遭到了某种我不愿意承认的感官的入侵。我这时已经太过恶心及晕眩，以至于完全无法俯视转动着的世界。当我再次看向世界时，世界仿佛变成了一种幻象——时间已经消失，而人类的全部历史、人类漫长的故事，都化作了我眼前的此刻，就仿佛是一曲喜悦而胜利的宏大赞美诗在高高飘扬，而在这曲赞美诗面前，苦痛不过是一个微小但活跃的衬托。当我看向那红色的区域时，我发现世界其他地方各种明亮的色彩早已渗入其中，而这些色彩彼此交融成了一片，美丽得无以言说，而世界就这样融为了一体，全都覆盖着同一种绮丽明艳的色彩，而我这一生中却从未见过这种色彩。这一刻我感觉到了几乎无法承受的幸福，而这种幸福感仍在膨胀，于是万事万物突然间爆裂了开来——我一瞬间置身于平和与寂静之中。在我脚下也是寂静，那缓缓转动的世界正在慢慢解体，分裂成碎片朝宇宙四散飞去，于是我周身飘满了轻若鸿毛的碎片，它们彼此碰撞着，然后朝着反方向飘去。世界已经消失了，只剩一片混沌。我独自置身于混沌之中。我非常清晰地听见有人轻声对我说：有人拽了一下线头，一下子就都散了。我醒了，心中满是欢喜。我想叫醒迈克尔，告诉他我的梦，但我当然也知道，我没办法用语言来描述我梦中的那种情绪。这场梦的意义几乎在转瞬间就开始消逝，我对自己说，它就要飘走了，抓住它吧，快，然后我开始回想，但我已经不记得意义是什么了。然而随着意义的消逝，我却感到了无可描述的快乐。于是我在黑暗中从迈克尔身边坐起身，就一个人这么坐着，然后又躺下，手臂环抱住他，而他转过身，在睡梦中把脸埋进了我的胸口。我这时心想：事实上我根本他娘的不在乎政治或哲学或什么别的玩意儿，我唯一在乎的是迈克尔应该在黑暗中转过身来拿他的脸贴着我的胸。我就这么想着，沉沉睡去。今天早上我还能清晰地记得这场梦的内容和我在梦中的感受，特别还有那句话：有人拽了一下线头，一下子就都散了。一整天里这场梦都在坍缩，所以到现在它已经变得又小、又明亮、又没有意义了，但今天早晨迈克尔在我的怀里醒来，他睁开眼，朝我微笑，他微笑时眼中湛蓝的温柔朝我扑面而来。我心想：我现在的生活竟然已经如此扭曲和痛苦，以至于当现在幸福像温暖的蓝色水流，闪着光、决堤般地充盈于我体内，我却不敢相信。我对自己说：我是安娜·伍尔夫，这就是我，安娜，而且我很快活。

【此处贴了几张字迹潦草的纸片，上头标着的日期是1952年11月11日。】

作家小组昨晚开了个会，我们一共有五人到会，在会上探讨了斯大林和语言学。文学批评家雷克斯提议逐字逐句对这份传单进行分析，1930年代起就已经是"无产阶级作家"的乔治抽着烟斗假谦虚道："我的天，非要这么不可吗？我可不懂什么理论。"共产党员、传单写手兼记者克莱夫说道："没错，这个话题我们必须要认真严肃地进行讨论。"社会主义现实主义小说家迪克说道："我们至少要领会精神。"于是雷克斯开了个场，他提到斯大林时仍然一如既往地毕恭毕敬，我心想：然而要换作是我们这间屋子里的其他人，那么不论是在酒吧里还是在大街上，我们提到斯大林的语气都只会显得淡漠且痛苦，而不会有雷克斯表现出来的半分恭敬。于是在雷克斯进行简短的开场演说时，我们所有人都保持了沉默。然后刚从苏联回国的迪克（他三天两头就会往某个社会主义阵营的国家跑）提到了他在莫斯科和一位苏联作家的对话，主要内容是关于斯大林对一位哲学家粗暴的攻击。"别忘了，苏联人要动起真格来，讲出来的话可比咱们难听多了。"他的语调平淡而造作，透着股"我可是个好人"的味道。我自己有时也会这么说话："当然大家也别忘了，他们国家的法制传统和咱们并不相同"之类的。现在我一听到这种调调就已经会感到不舒服了，几天前当我意识到自己正这么说话时，我一下子就结巴了起来，但我平时讲话是从来都不结巴的。我们所有人手头都有一份传单，我感到心灰意冷，因为在我眼里这份传单通篇都在胡扯，但是我在学校里并没有修过哲学课（不像雷克斯），因此担心自己会做出愚蠢的发言。但这还不是我感到心灰意冷的全部原因。我正处于一种对我来说日益司空见惯的情绪之中：语言会在一瞬间失去全部的意义，我会发觉自己听到的任何字、词、句都仿佛来自一门外语——它们所表达的言外之意与字面意思之间出现了一道难以逾越的鸿沟。我构思过描写语言的崩溃的小说，就像《芬尼根守灵夜》那种，也着迷于语义学。斯大林居然不辞辛劳愿意就这个话题特地写一份这样的传单，这一事实其实只是语言所面临的整体困境的诸多表象之一罢了。然而现在就算是最最唯美的小说里的字句，一旦到了我的眼里也只会显得愚蠢，这样的我又有什么权利去批判任何事物呢？话虽如此，我还是觉得这份传单的文笔未免也太不雅驯，于是说："可能是翻译得不好。"我震惊于自己居然在用带着歉意的语气说话。（我清楚如果现场只有我和雷克斯两个人，我的语气就不可能会是这样。）也就在那一瞬间我发现我说出了在场所有人的心声，即这份传单写得是真差。这么多年以来，我们一谈到苏联的文章、小说和公告就会说："唉，估计是翻译的问题。"而现在我必须先天人交战一番，然后才会说："这份传单本来写得就不好。"这句话说出口之前有股阻力不允许我这么说，那股阻力之强大令我震惊。（我在想，我们之中到底有多少人原本是抱着想要表达我们的焦虑和厌恶的决心才来参加这样的聚会的，然而会议真开始了以后却又因为这不容小觑的禁忌而选择了缄默。）最后我带着一丝"小姑娘"撒娇的感觉说道："那个，我没办法在哲学的维度上做任何的批评，但是这里的这句话肯定是个关键句，这个短语，'既非上层建筑也非底层基础'——毋庸置疑的是，它要么彻底跟马克思主义经典无关，属于新的思想，要么就是顾左右而言他，抑或只是作者自负。"（我说着说着，语调就在不知不觉间褪去了原本为了解除他人的敌意而有意为之的"魅力"，尽管仍显得太过激动，但至少再次变得严肃了起来，我也因此而松了一口气。）雷克斯的脸涨得通红，他把传单来来回回翻了一遍又一遍，说道："是，我必须承认我也觉得这句话有点太过……"众人有好一阵都默不作声,乔治这时又假谦虚了一句:"这些理论我一个字都听不懂。"这下我们所有人都不自在了起来——除了乔治。现在不少同志都喜欢以一副大老粗的面貌示人,因为怕麻烦于是纷纷假装自己是下里巴人,而这现已融入了乔治的人格,成为他人格的一部分了,但他本人倒是还挺甘之如饴的。我心想:行吧,他也有权这样——他已经为组织贡献良多了,如果这是他为了能继续留在党内而采取的对策,那也行吧……我们虽然谁都没明说要终止讨论这份传单,但是所有人都心照不宣地将它搁置在了一旁,然后开始闲聊起了随便什么国家的共产党的情况,苏联啦,中国啦,法国啦,还有我国啦。我反复在想:有些事情出了根本性错误,尽管我们所有人的言外之意都指向了这个论断,但是却没一个人把这话端到台面上明说过哪怕一次。我一直在思考这一现象——当我们只有两个人在一起时,讨论的内容往往和有三个人在场时大相径庭,只要这两个人都出身于具备批判传统的文化,他们一谈论起政治来就会跟共产党员毫无相似之处。(这里所谓的"跟共产党员毫无相似之处"指的是除了偶尔会冒出来的那一两句行话,外人完全不可能听得出来他们是共产党员。)然而人数一旦超过了两个人,这些人之间的对话则会呈现出一副截然不同的面貌,尤其是话题涉及斯大林时。尽管我个人十分愿意相信他是个失心疯以及杀人犯(虽然我总能记起迈克尔说的话——这是个事实真相完全不可知的时代),可我仍然愿意听到别人以平常、友善而尊敬的口吻谈论他,因为如果有一天大家谈论起他的时候都已经不再使用这种语气的话,这也就意味着一件非常重要的事物——讽刺的是,那就是对于民主和正义的理想的信仰——也随之而逝了,一场美梦——至少是属于我们时代的一场美梦——也就破灭了。

谈话开始变得漫无目的起来,我提议沏壶茶,眼看着会议即将结束,大家都很高兴。我沏茶的时候想起了上个礼拜收到的一篇投稿,是某个生活在利兹周边的同志寄来的。我第一次读到时还以为是篇练习讽刺技法的习作，后来又觉得是篇作者为表达特定态度而戏仿他人的老练文章，再后来我才意识到作者是认真的——这时我搜寻了一遍自己的记忆，从中提取出了我的某些幻想并一一掐灭。但这件事对我来说重点在于，作者的本意是讽刺也好，严肃也罢，我们读者都可以把这则故事当笑话来读，在我看来这无非再一次地表明了一切正在分崩离析，那些与我对语言的真实感相关的东西正在解体，语言在我们生活经验的密度前正在稀释。但是在我沏完茶后，我却说我想给他们念个故事。

【此处粘着几页从某本蓝色便笺簿上撕下来的几页排着横线的稿纸，上头排布着的字迹工工整整。】

当特德同志得知他获选进入教师代表团将要出访苏联时，他感到非常自豪。起初他都不敢相信这是真的，他觉得自己配不上如此的殊荣，但是他怎么可能会错过造访世界上第一个工人阶级的国家的机会呢！终于，伟大的这一天来临了，他和其他同志齐聚机场，代表团里有三名非党员的教师，但他们仨也都是好小伙！特德觉得这趟穿越欧洲的航班很是惬意——他激动的心情也随之水涨船高，当他最终入住莫斯科那家奢华酒店时，他简直就已经在和激动的心情本身共枕而眠了！代表团抵达时已临近午夜，所以社会主义国家令人惊艳的第一瞥得等到早上了！特德同志在一张大桌边落座——这张桌子大到至少能同时坐下十几个人！——这张桌子是酒店房间为他配备的，他开始写下这一天的记录，因为他已经下定决心要记录下每一个珍贵的时刻——这时有人敲响了他房间的门。他说："请进。"他原本以为推门进来的会是代表团里的同志，结果却是戴布帽、穿工人靴的两个年轻人，其中一位说："同志，请随我们来。"他们一脸单纯，我没有询问他们打算带我去哪儿。（我必须要羞愧地承认，我有那么一时半刻想到了我们在资产阶级出版物里读到过的那些故事——尽管这并非我们所愿，但我们都被这样的大毒草毒害了！）

我跟着我这两位友善的向导坐电梯下了楼，酒店前台的女人先是朝我微笑，然后跟我的这两位新朋友打了个招呼。外面有辆黑色轿车已经在等着了，我们上车后就并排坐着，一直没说话。克林姆林宫的塔楼突然之间就出现在了我们的面前，开车过来并不远。我们穿过了一重又一重硕大的院门，车最后在一扇隐秘的边门处停了下来。我的两个朋友下了车并为我打开了车门，他们微笑道："同志，随我们来。"我们沿着壮观的大理石阶梯拾级而上，经过了挂满了墙的艺术品，最后步入了一条狭窄的没有任何装饰的侧廊，在一扇普通的门前停下了脚步。这扇门和其他的门都没什么区别，我的向导之一在上面敲了敲，一个粗哑的声音说："进来。"这两位小伙再次冲我微笑，然后点了点头，就并肩沿着走廊离开了。我鼓足勇气走进了房间，但出于某种原因，我知道出现在自己眼前的会是怎样一幅景象。斯大林同志穿着衬衫，坐在一张久经风霜的普通桌子后抽着烟斗。"请进，同志请坐。"他友善地说。我松了一口气，坐了下来看着那张真诚而友善的脸还有那双闪着光的眼睛。"谢谢，同志。"我说道，然后在他正对面的椅子上坐下。接下来我俩短暂地沉默了一阵，他微笑着打量着我一会儿，然后开口道："同志，这么晚了还打搅你，还请见谅……""噢，"我急忙打断了他的话头，"但是全世界人民都知道您时常操劳到深夜。"他举起一只粗糙的工人的手按了按自己的眉头，此刻我才看出了他的疲惫与压力——他是为了我们才日夜操劳！他为了世界才日夜操劳！我的心里又是自豪又是羞愧。"同志，我之所以这么晚了还打搅你是因为我需要你的建议，我听说从贵国来了一个教师代表团，我希望能好好利用这次机会。""愿竭诚为您效劳，斯大林同志……""关于我们在欧洲，尤其是在英国的政策，我都收到了一些反馈意见，我时常好奇这些反馈意见是否准确。"我一言不发，但同时也感到了莫大的荣耀——他确实是一位伟人！他就像一位真正意义上的共产主义领袖一样，连我这种级别的干部的意见也愿意去听取！"同志，如果你愿意为我概述一下我们应该在英国采取怎样的政策，我将会感激不尽。我注意到你们的传统跟我们很不一样，而我又发现我们的政策一直没能将这些不一样的传统纳入考量范围。"我现在已经踌躇满志地想要开始论述了，我告诉他，单就苏联共产党的政策在英国造成的影响而言，我觉得苏联共产党犯了不少错误，我认为资本主义势力憎恨新生社会主义国家，因而对苏联采取孤立策略，所以才导致了这样的错误。斯大林同志一直都聆听着，一边抽烟斗一边点头。我每每吞吞吐吐时他不止一次地说："请继续，同志，只要是你心中所想，就不要害怕说出来。"我的确也是这么做的。我说了大概三个小时，简短分析了一下英共的历史地位。他一按铃就会进来一位年轻的同志，带来的托盘里盛放着两杯俄国茶，他会将其中的一杯摆在我的面前。斯大林小口地啜饮着他杯子里的茶，边听边点着头。我论述了我所认为的正确的对英政策，说完后他说道："同志，谢谢你，我现在明白自己此前获得的反馈意见有多糟糕了。"然后他瞥了一眼他的表，说道："同志，还请见谅，趁着天还没亮，我手头还有很多工作要做。"我站起了身，他伸出了他的手，我跟他握了握手。"再会了，斯大林同志。""再会了，我亲爱的英国同志，再次向你致谢。"我们一言不发，相视而笑，我知道我的双眼已经噙满了——直到我生命最后一刻都会为之而自豪的泪水！我离开房间时斯大林正在重新往烟斗里填烟丝，而他的视线此刻已经锁定在那一大摞等待着他审阅的文书上了。在经历了我此生最为光辉的时刻之后，我走到了门外，那两位年轻的同志正等候着我，我们心照不宣地相视而笑，眼眶都湿润了。我们在沉默中驱车回到了宾馆，整个过程我就说了一句话："他可真是个伟人。"他俩点了点头。到了宾馆之后他俩送我到我房间的门外，无言地紧握住了我的手。然后我就继续开始写我的日记，现在我确实有了可以记录的内容了！我一直伏案到天明，在此过程中一直心想着：就在不到半英里开外，那位世界上最伟大的人也正在为了我们所有人的命运而熬夜操劳着！

【以下又是安娜写的了：】

待我将这篇文章通篇念完,好一阵子都没一个人吱声,直到乔治说了句:"挺好,既诚恳,又朴素。"有什么东西是不能用这几个词来形容的吗?我说:"我还记得自己也做过这种白日梦,内容几乎一模一样,除了在我的版本里纠正的是欧洲的错误。"大家突然爆发出了一阵不自在的笑,然后乔治说:"我之前还以为这是在戏仿谁的文章呢——还挺似曾相识的。"

克莱夫说:"我记得以前读过一篇从俄文译过来的东西——1930年代吧,应该是的。两个红场上的年轻人发现自己的拖拉机抛锚了,然后一直搞不明白问题到底出在哪儿。突然间他们发现有一个魁梧的身影正朝他们走来,那个人影正抽着烟斗。'出什么事了?'他问道。'这就是问题所在,同志,我们也不知道出什么事了。''原来如此,那是不妙!'那个大汉用烟斗的烟嘴指了指机器的某处:'你们试过**这儿**吗?'两个年轻人照做了——拖拉机又轰鸣了起来。他们转身朝这个陌生人道谢,而后者正站着看着他俩,眼中流露出慈父般的光芒。他俩意识到了眼前的这位便是斯大林,但他早已转身离去,手上还做了个敬礼的姿势。他踽踽独行穿过红场,朝克里姆林宫走去。"

我们所有人再次爆发出大笑,乔治说:"那个年代就是这样,想一出是一出。好了,我要回家去了。"

我们行将分别时,屋里充满了敌意:我们开始相互厌恶,并且对此心知肚明。

【黄色笔记继续:】

《第三人的阴影》

建议艾拉去巴黎待一个星期的正是帕特丽夏·布兰特,那个女编辑。而正是因为提这个建议的是帕特丽夏,艾拉的第一反应是直接拒绝。"我们可不能被那些人给打击到了。"她这么说过,这句话里的"他们"指的是男人。简而言之,帕特丽夏过于心切地想要将艾拉吸纳到"孤寂妇女俱乐部"里,部分是出于好意,不过也有些私心,而艾拉说她认为去巴黎不过是浪费时间。去巴黎名义上是为了跟一个法国的同类杂志的编辑面谈,以购得某个系列故事在英国的刊载权。这个系列故事,艾拉说,对于沃吉哈赫[1]的家庭主妇来说或许成立,但对于布里克斯顿[2]的家庭主妇却不成立。"这么个假期不要白不要嘛。"帕特丽夏的语气有些微妙,因为她心里也清楚艾拉并不只是在拒绝去巴黎旅行。几天后艾拉改变了主意,她意识到保罗离开她都一年了,但她的一切言行举止、所思所感却仍然与他有关。她一直以来都在围绕着一个再也不会回到她身边的男人生活着,她必须得寻求解脱。这是一个理智上的决定,背后并没有道德能量来作为后盾。她一直都提不起精神,整个人都蔫蔫的,就仿佛保罗不仅带走了她快乐起来的能力,还带走了她快乐起来的意愿。她说她愿意去巴黎就好比一个病入膏肓的人终于松口愿意用药了,却还要跟医生犟一句嘴:"这对我根本就没用。"

现在已经是四月份了,巴黎这座城市的魅力一如既往,艾拉在左岸的一家朴实的宾馆里订了间客房,她以前在这里住过,那还是两年前,跟保罗一起。她在房里只占据属于自己的那一方天地,给他留出了位置。当她意识到自己行为的那一刻,她才反应过来自己根本就不该来这里住,但要从这里搬出去再另寻住处似乎又太费事了。这会儿才刚到傍晚,在她房间的高窗之下,正在转绿的树冠与漫步着的人群让巴黎充满了活力。艾拉花了一个小时才动身离开宾馆找了家馆子吃饭。她狼吞虎咽,同时觉得自己暴露无遗、毫无遮蔽。在她步行回去的路上她有意让自己的视线被周围的景物所占据。路上她两次遇见有男士跟她打招呼,尽管他们

---

[1] 巴黎的一个区。
[2] 伦敦的一个区域。

很友善，但她每次都先是一愣，接着感觉到了紧张且气恼，然后匆忙快步离去。她一进房间就把门锁上了，就跟外头有什么危险似的。她坐到了窗边，心想要换作是五年前，就刚才那顿晚饭哪怕只有她一个人她也理应吃得很愉快才对，因为当年那还意味着与陌生人邂逅的可能性，而独自一人从餐厅步行回家的路途也理应是愉快的，她也肯定会和那两位男士中的一位喝上一杯咖啡或酒水。所以她到底是怎么了？还跟保罗在一起时，她的确让自己学会了不看其他的男人哪怕一眼，哪怕是无意识的都不行，不然他就会吃醋。她当年简直跟一个被关在家里的拉美妇女没什么两样，但那时她一厢情愿地以为这不过是为了避免伤害他而做的一种形式上的妥协。现在她察觉到自己整个人已经变了。

她没精打采地在窗边坐了片刻，一边看着天色渐暗但春意依旧盎然的城市，一边劝自己去街上走走，找人说说话。她应该稍稍允许别人与自己搭讪、调情，但她又很清楚自己根本不可能走下酒店台阶，将自己的房间钥匙留在前台，然后走上街头，她就好像一个已经被单独关押了四年的囚犯突然间被告知说可以重新过正常人的生活了。她爬上了床，却睡不着觉，而她让自己入睡的方式跟以前一样，就是想一想保罗。他不在了以后她就再也没有过阴道高潮，但她此刻还是靠自慰达到了剧烈的阴蒂高潮，她的手成了保罗的手，她在整个过程中一直呻吟着，直到失去了意识。她在高度兴奋后不安、疲惫、不满足地睡去了。这么利用完保罗后，她拉近了这个多疑的男人"消极"的那一面与自己的距离，而在现实中的那个男人离她却愈发的远了，她越来越难以记起他温柔的双眸和他俏皮的嗓音。她就仿佛正在与一个名为失败的幽灵同床共枕，而哪怕在她习惯性短暂醒来的间隙，这个脸上挂着一丝幽怨和自嘲的微笑的幽灵都会让她张开双臂，好把他的脑袋埋在她的胸口，或让她的脑袋依偎在他的肩头。然而当她睡梦里见到他时，他每次都是以自己的诸多面貌之一示人，其中透着温暖，透着一种冷峻的男子气概。在睡梦中，她拥有保罗，那个她爱过的男人；醒来时，她一无所有，除却伤痕。

她这一觉睡了很久，直到第二天上午才醒，只要不在儿子身边时她就总是会这样。醒来时她心想迈克尔肯定几个小时前就已经起了床，穿好了衣服，和茱莉亚吃过早饭了，这会儿快到学校午饭的时间了。她又告诫自己说这次来巴黎为的可不是在脑海中追踪自己儿子的日程，巴黎正在屋外灿烂的阳光下等待着她，而现在也是时候捯饬一下自己，去赴约见那位编辑了。

《女性与家庭》[1]的办公室位于河对岸一栋古旧建筑的核心位置，很久以前马车一定是一辆接着一辆停在这栋建筑华美的拱檐下，而在更早的年代则应该还有私人卫队的士兵在这里站着岗。这栋摇摇欲坠的石质建筑以今人的标准来看已经透着股教会与封建社会的味道，而《女性与家庭》在其中占据了十二间最为简约、现代且昂贵的房间。艾拉到的时候已经有人在候着了，她被领进了布伦先生的办公室，布伦先生对她的到来表示了欢迎。布伦先生是一位身材高大、打扮体面、壮硕如牛的年轻人，他迎接她时礼貌得过了头，这也暴露了他对艾拉本人以及她带来的提案缺乏兴趣这一事实。他们准备出去喝些开胃酒，罗伯特·布伦向他的六七位漂亮女秘书宣布说他要出去跟他的未婚妻共进午餐，三点钟才会回办公室，接着就收获了两倍数量的恭贺与理解的微笑。艾拉跟罗伯特·布伦穿过了古老的庭院，穿过了历史悠久的大门，朝某家咖啡厅前进，在此期间艾拉礼貌地询问了他婚约的事，对方用流利而地道的英语告知艾拉，自己的未婚妻无比的美丽与聪慧，他们下个月就会完婚，现在已经订过婚，正在装修今后的爱巢。伊丽丝（他说出这个名字的时候带着一种反复练习过的得体与庄重）此刻正在就某条他俩都梦寐以求的地毯跟商家谈价格。至于她，艾拉，将有幸能亲眼见到她。艾拉赶忙表示她的确受宠若惊，并再次向他表达了祝贺。聊着聊着他们已经到了目的地，在那里落了座并点了茴香酒。那是一片覆盖着遮阳伞，摆满了桌

---

[1] 原文为法语。

椅的人行步道，现在是时候开始谈正事了。艾拉处于不利地位，她清楚自己要是能为帕特丽夏·布兰特带回《我如何逃离伟大的爱情》[1]这一连载的转载权，这位没见过世面的女领导会十分欣慰。对她来说，法国出品就是品质保证，内敛、高雅、缠绵、有格调，而在她眼里，单是"与巴黎《女性与家庭》联袂推出"这行字就散发着昂贵的法国香水般独特的气味。但是艾拉知道帕特丽夏一旦真的读到了文章（的译文——她不懂法文），她便也会赞同——尽管不会很情愿——这篇文章的品质完全不行。不买这则故事的版权，艾拉可以认为这是在保护帕特丽夏免受自身弱点的伤害，不过事实上，艾拉不仅眼下毫无购买这则故事的打算，打一开始就没动过这样的念头，因此她现在不过是在浪费眼前这位衣食无忧、光鲜体面的年轻人的时间罢了。她理应感到歉疚，但她却没有。她要是喜欢这个人的话，此刻应该会感到自责，但事实却是，她将对方视为一只受过高等教育的中产阶级动物，并预备让对方发挥自己的功用：既然她作为一个独立的个体已羸弱至此，没有男人保护就连独自坐在公共场所都感受不到乐趣，那么眼前的这个男人也能充个数。她开始装模作样地向布伦先生解释这个故事可以如何改编成英国版。在这个故事的开头，一个潦倒的孤儿的美丽母亲因她冷漠的父亲而英年早逝，她为此痛不欲生。后来她被一个好心的修女收养，尽管努力保持着虔诚，但在十五岁那年还是被一个丧尽天良的园丁所勾引，继而无颜再去面对那些纯洁无瑕的修女，于是她跑去了巴黎。在那里她的行为虽然不端但内心又纯洁无比，她依附了一个又一个的男人，这些男人到头来都背叛了她。总算在她二十岁的时候，在她将一个私生子交给另一群好心的修女收养后，她邂逅了一个面包师傅的助手。对方对她的爱让她自惭形秽，于是她逃离了这段真爱，继续一次又一次地投入了绝非良配之人的怀抱，几乎是日日以泪洗面。但是最后面包师傅的助手还是找到了她（此处略去

---

[1] 原文为法语。

好多好多字）并原谅了她，并许诺将给她至死不渝的爱恋与守护，"吾爱[1]，"这段爱情史诗到此落下帷幕："吾爱，我逃离你的时候并不知道自己是在逃离真爱。"

"你也知道，"艾拉说，"这故事的风格太法国了，我们必须调整一下。"

"是吗？怎么调整？"那对滚圆而外突的深棕色眼睛里流露出了不悦。艾拉在准备出言不逊的前一秒把话又咽了回去——她本打算炮轰这个故事掺杂着色情与虔诚的风格——她想到要是某人，比如罗伯特·布伦，用和艾拉刚才一模一样的口吻对帕特丽夏·布兰特说："这个故事的风格太英国了。"帕特丽夏也一定会是一样的反应。

罗伯特·布伦说："我认为这个故事非常的感伤，从心理学的角度来说也站得住脚。"

艾拉说："所有女性杂志的投稿从心理学角度来说都是站得住脚的，但问题在于其准确到了何种程度。"

他显然感到了困惑与恼火，脸上的表情肌和双眼一时间都因此凝固，然后艾拉就发现他的视线开始在人行步道上逡巡：未婚妻迟到了。他说："我以为布兰特小姐来信的意思是她已经决定要买这个故事的版权了。"艾拉说："如果真要刊发这个故事，我们就得改，不能有修道院，不能有修女，不能有宗教。""但这个故事的主题——你一定也会承认吧？——恰恰在于这个可怜的姑娘善良的品格，她有颗善良的心灵。"他已经明白对方并不打算买这个故事了，不过他自己反正也无所谓。这时他视线又开始聚焦，因为人行步道的尽头出现了一个娇小而美丽的女孩的身影，她与艾拉长得颇为相似，也有着一张白皙小巧的瓜子脸和一头蓬松乌黑的头发。这个女孩款款而来，艾拉一边等着他起身迎接自己的未婚妻，一边心想：好吧，我也许是他喜欢的类型，但他肯定不是我喜欢的类型；但到了最后一刻他又移开了自己的视线，那个女孩也没停下自己的脚步，

---

[1] 原文为法语。

而他的视线再次回到了人行步道的尽头。好吧,艾拉心想。**好吧**——然后观察着他,他一再地对经过的女人进行细致的审视,并对对方的魅力流露出赞赏的神色,直到那个被审视的女人或不甚耐烦、或兴致盎然地也看向他为止,这时他就会看向别的方向。

后来终于出现了一个容貌丑陋却又风采卓然的女子,她脸色蜡黄,身形笨重,但妆容精致,衣着讲究,到头来这位才是他的未婚妻。他们跟对方打招呼时两人身上都散发着公开过关系的爱侣特有的那种标志性的愉悦感,周围人的目光就如同计划过的那样齐刷刷地转向这对爱人,脸上也都露出了微笑。布伦特介绍完艾拉之后他俩开始说法语,说的是地毯的事,价格比他俩预计得还要贵得多,但最后还是买了。罗伯特·布伦又是抱怨又是大呼小叫的,而未来的布伦太太叹了口气,睫毛在她深黑色的瞳仁之上微微颤动着,她低声说他值得拥有这世上最美好的东西,语气里满是深切的爱意。他俩微笑着,手触碰在了一起,他的那一只显得扬扬自得,而她的那一只显得很高兴,不过却带着一丝焦虑,而还没等他俩的手分开,他的视线就已经挪开了,习惯性投向了在步道尽头出现的一个漂亮女孩。等他回过神来的时候连他自己都蹙了一下眉,而当他未来的妻子察觉到时,脸上的笑容也凝固了一秒钟,但还是露出了充满魅力的微笑,坐回到了自己的座位上;一边楚楚动人地告诉艾拉在现在这样艰难的时局下装修房子可能会遇到的难题。她看向自己未婚夫的眼神让艾拉想起了一天深夜在伦敦地铁里遇见的一个妓女,她挑逗和招徕客人时的眼神跟她简直一模一样,都是那么的隐秘和动人。

艾拉一边分享在伦敦装修的见闻,一边心想:我这下成电灯泡了,孤立无援,格格不入,毫无遮挡,他俩马上就会起身把我一个人留在这儿,然后我只会感觉自己更加显眼。**我这到底是怎么了?** 不过我宁可去死也不愿意陷入这个女人的处境,这点千真万确。

三个人又在一起待了二十分钟,那位未婚妻对她的俘虏保持着此前一贯的活泼、俏皮、温柔与爱意,而未婚夫则保持着他一贯的体面与倨傲,但光是他的眼睛就已经把他彻底出卖了。至于她,他的战利品,心思却没有一刻不在他的身上——她的视线追随着他的视线而动,因而察觉到了他对于路过的女人隐秘但热切(尽管现在已经有所收敛)的目光。

艾拉眼里的真相让人心疼,很明显,任何人大概都只消观察个五分钟就能得出一样的结论:他们相爱相伴已经太久了,她有钱,而他需要她的钱。她义无反顾又忧心忡忡地爱着他,他也是喜欢她的,但已经对两人的关系感到厌倦。这头毛发铮亮的牛还没等脖子上的绳套收紧就已经开始躁动了。两三年后他们将会成为布伦先生和布伦太太,在一间精心装修过的公寓里(她付的钱)跟一个孩子也许还有一个保姆一起生活,她会依旧深情款款,依旧俏皮愉快,依旧焦虑不安,而他会依旧彬彬有礼。不过当这个家对他有所需求,因而打断了他和保姆的好事时,他有时也会暴跳如雷。

尽管艾拉对这段婚姻未来的各个阶段都已经了若指掌,就仿佛这些事情都已经发生过而且她也听说过了一般,尽管她对于眼前的情形既愤慨又反感,但是当这对爱侣起身准备与她告别时,她心中仍然生出了恐惧。他们告别时毫不吝惜他们的法式礼貌,他的礼貌圆滑而疏离,而她的礼貌则透着焦虑,连瞟向他的余光都在说:你看我在你的客户面前表现得多好。艾拉在适宜聚餐的时刻被独自落在了座位上,觉得自己就仿佛被人扒了一层皮。她立刻启动自我保护机制,想象保罗将前来坐在她身旁罗伯特·布伦之前的座位上。落单后,她注意到现在有两个男的正一边观察着她,一边估算着自己的赢面,过不了多久其中的一位就会走过来。她则会**像个文明人一样**,跟他喝上两杯,享受这次邂逅,然后振作精神回到酒店,不再受保罗亡灵的骚扰。她背靠着一盆低矮的绿植坐着,头顶的遮阳伞将她笼罩在一片暖黄色的光晕之中。她闭上双眼心想:我睁开眼睛后兴许就会看见保罗了。(保罗就在这附近,并准备来找她这件事一下子又显得虚无缥缈了起来。)她心想:保罗的离去把我变成了一只壳子被鸟儿啄走的蜗牛——所以我之前说我爱保罗,这到底意味着什么呢?应该这么说,我和保罗的亲密关系本质上意味着我可以保有自我、保持独立和自由,我对他无所求,当然更不会追求婚姻。然而我现在却已经支离破碎了,所以这些话不过是在自欺欺人,事实上我之前一直都在受他的庇护,比他那个担惊受怕的妻子好不到哪里去,比伊丽丝、罗伯特未来的妻子也好不到哪里去。莫丽尔·坦纳通过不闻不问把保罗留在了她身边,伊丽丝则拿钱包养了罗伯特,而我不过说了个"爱"字就以为自己是自由的了;然而事实上……这时一个离她很近的声音询问她座位是不是有人,艾拉睁开双眼瞧见了一个充满活力的小个子法国男人正准备落座。她告诉自己对方看上去挺讨喜的,应该按兵不动;然而她却紧张地笑了笑,说自己身体不适,有些头疼,说完起身就走,然后意识到自己表现得跟个惊慌失措的小女生似的。

这时她做了一个决定。她横穿过巴黎走回了酒店开始打包行李,在分别给茱莉亚和帕特丽夏去了个电话后坐上了一辆前往机场的大巴。有一班三个小时后,也就是九点的飞机上还剩个座位。她在机场的餐厅里轻松地用着餐,慢慢找回了自我——一个旅客有权不被打搅。她专业地翻阅了十几本法国的女性杂志,在那些可能符合帕特丽夏·布兰特要求的特稿和文章上做了标记,其间还开着小差思忖:我这种病原来要靠工作来治。我应该再写本小说,然而问题却在于,我在写上一本的时候就从来没有过"我应该写本小说"的念头,回过神的时候自己都已经开始动笔在写了。我应该找回那种状态——一种坦坦荡荡的消极等待——这样也许某一天我回过神的时候自己又已经动笔在写了。但我其实根本就无所谓——写或不写都无所谓。如果保罗真的跟我说过"你要是能保证从今往后一个字都不写我就立马娶你"这样的话,我的天,我可能早就写出来了!我可能都已经准备好包养保罗,就像伊丽丝包养罗伯特·布伦那样。然而这只是自欺欺人罢了,因为写作与此无关——那不是一种创造,而是一种记录,故事早就已经用隐形的墨水写就了……也许我心里还有个隐形的墨水写就的故事……但这又有什么意义呢?我失去了某种独立和自由,所以才会痛苦,然而我"自由"与否跟写不写小说没什么关系,但却事关我对一个男人的态度,然而事实证明我和保罗在一起的时候谈不上真的有多么独立和自由,不然他离开后我也不会像现在这样失魂落魄。事实上对我来说和保罗在一起的快乐比其他事情更为重要,而这又让我落了个怎样的下场?现在既形单影只,同时又害怕形单影只,举目无亲,还不好意思给那十几个乐意接到我电话——至少存在这样的可能——的人打电话,所以只能逃离这座多少人心驰神往的城市。

可怕的是每当我的人生进行完一个阶段后,在我的生活中剩下的不过是些大家耳熟能详的鸡零狗碎:上一回剩下的是一种女性特有的早已不合时宜的情绪,我深层的真实情绪全部是关于我跟一个男人——某个男人——的关系的。然而这并非我的生活方式,我也没听说过有哪个女人真的是这么生活的,这也就说明了我的感受无足轻重而且愚不可及……到头来我总会认为自己真实的感受是愚蠢的,我一直都这样,老喜欢否定自己。我应该学学男人,多关心工作,少去关心人,把工作放在第一位,对男人就顺其自然,要么挑一个普普通通不招人烦的男人过过日子——但我做不到,我没法那样……

广播开始播报艾拉的航班号,她和其他人一起穿过柏油停机坪上了飞机。落座后她留意到了临座是女性,并为此而松了口气,如果换作是五年前她反而会感到遗憾。飞机向前滑行了一会儿后转了个弯,接着就开始加速,准备起飞,机体随着速度的提升开始震动,仿佛正铆足了劲准备一飞冲天,结果却又开始减速了。飞机出问题了。这个金属罐头仍然抖个不停,乘客们在里头挤作一团,光线把他们的脸都照得亮堂堂的,而他们都在偷偷地观察着彼此的面孔,想要看看上面有没有泄露各自心中的恐惧。他们尽管私底下心惊肉跳,却知道自己脸上一定戴上了早就预备好的镇静面具,而当他们看向空乘时就发现,后者脸上表情平静归平静,只是看起来太过于刻意。之后飞机三度加速、冲刺、减速、停下、油门空转,如是重复三次后滑行回了机场的一栋建筑之中,乘客们被请下了飞机,好让机师们"对引擎的一点小故障稍作修理"。他们簇拥着走回餐厅,等在那里的航司官员表面上彬彬有礼,实则憋着一肚子火地宣布说将会为乘客们奉上免费的一餐。艾拉独自坐在角落里,百无聊赖,而且心烦意乱。这时大家嘴上都没说什么,心里都觉得能及时发现引擎的故障是自己的福报。众人一边吃吃喝喝,一边看着窗外在明亮的光照下凑在飞机周围的机师们,打发着各自的时间。

艾拉意识到自己的心仿佛被某种情绪给揪住了,她细细体味时觉察到那是种孤独感,就仿佛有一片冷空气、某种情绪的真空地带横亘在她与这群人之间。她又开始思念保罗,而这股思念又如此的势不可挡,就仿佛他真的会径直穿过这扇门朝她走来,她能明显感到自己周身的寒意正在保罗很快就会来到她身边的执念面前节节败退。但她还是挣扎着断了这个念想,惊惶失措地想:我要是再这样疯下去,就再也别指望能找回自我,恢复如初了。她在将保罗的幽魂驱逐殆尽后,感觉到那空落落的寒意再度包裹住了自己,而她就在这股寒意与孤寂中翻着一摞法国杂志,脑子里一片空白。她近旁坐着一个男人,对方也在看杂志,不过看得全神贯注,她看了一眼他在看的东西,发现是医学期刊。他一眼看上去像是个美国人,五短身材,膀大腰圆,一头板寸仿佛是棕色的动物皮毛。他一直在喝果汁,一杯接着一杯,心情看上去并未受到航班延误的影响。他俩都看向了窗外被机师围得里三层外三层的飞机,然后目光就交汇在了一起,他大声笑道:"咱们怕是一整晚都要被困在这儿了。"然后又接着看他的医学期刊去了。现在已经过了十一点,航站楼里就剩他们一行人了。楼下突然爆发出一阵法语的叫嚷声:机师们的意见不合,吵起来了,那个明显是头头的正在大幅度挥舞着手臂,耸着肩,可能是在力劝其他人,要不然就是在抱怨着什么，而其他人一开始还在跟他对吼，到后来就满脸阴郁地闭了嘴，再后来就鱼贯进了楼，把对方一个人留在了飞机底下。这个头头起先还破口大骂，后来以肩膀用力的一耸作结，也跟在其他人后头进了楼。美国人和艾拉再次对视了一眼，他显然觉得这幅场景很是可笑。他说："这种事我不是很有所谓。"这时广播通知所有人登机入座，艾拉跟他走在了一起。她说："也许咱们应该拒绝登机？"他说："我明早还有工作。"说话时露出了健康洁白的牙齿，大男孩一般的蓝色眼珠里闪烁着热情的光芒，而明早的工作显然很重要，就算冒着坠机的风险也在所不惜。这一行人中大多数人都瞧见了刚才的那一幕，但还是都乖乖地坐回到了飞机上的座位上，他们显然不想卷入任何冲突。在亮堂堂的机舱内，四十个人虽然全都胆战心惊，但相较之下他们还是更害怕自己脸上的表情会泄露自己内心的恐惧。这里所谓的"全都"，艾拉心想，并不包括那个美国人，他现在坐在她的邻座，早就开始继续钻研他的医学期刊了。而艾拉，她钻进飞机时的心情就有如进了一口棺材，心里又浮现出机师头头耸肩的场景，她此刻亦是那样的心情。当机身开始震动时，她心想：我大概率就要死了，真高兴。

　　她一点都不觉得震惊。一直以来她心里都跟明镜似的知道：我整个人都已经彻底被掏空了，身上的每个细胞也都已经疲惫不堪，一想到现在有可能不需要再继续这样浑浑噩噩地活着，我就感觉到了解脱。太棒了！大概除了这个年轻气盛的小伙子，所有人都害怕坠机，却还是乖乖地排好队登了机，所以这意味着我们所有人都抱着同样的心态咯？艾拉好奇地打量着走廊另一侧的三个人，他们都被吓得面无血色，前额汗津津地反着光。飞机再次振作精神准备一飞冲天，轰鸣着沿着跑道加速，然后跟个疲惫的人似的一边剧烈地抖动，一边勉强地腾空而起。飞机贴着屋顶飞掠而过，缓慢而痛苦地爬升着。那个美国人咧嘴笑道："我们做到了。"说罢就继续看他的书去了。此前还四肢僵硬的空姐现在又活了过来，一脸灿烂的笑容去机尾备餐去了。那个美国人说道："死囚们终于要吃顿好的了。"艾拉闭上了双眼。她心想：我还挺确信我们一定——至少有相当的概率——会坠机。那迈克尔该怎么办呢？我甚至都没想到他——行吧，茱莉亚会照看他的。当迈克尔在她的脑海中浮现时，一股求生欲油然而生，她心想：如果一个母亲死于一场空难——惨归惨，但终究不像自杀那样会造成毁灭性的后果。好怪啊！——人们常说，"给了孩子生命"，然而为人父母者单单只需想到自杀将会给孩子带来的伤害就会选择继续活下去，在这种情境下反倒是孩子给了父母生命。我很好奇，这世上到底有多少父母本来无所谓自己的这条命，却因为不想伤害自己的孩子，于是选择了继续活下去呢？（她开始犯困了。）好吧，反正这种死法能让我把责任推得一干二净。当然了，我本可以拒绝登机的——但迈克尔永远都不可能知晓有过机师们的那一幕，一切都会化为尘埃。我现在感觉自己降生到这个世界上的那一刻就已经顶着疲惫的重压了，而我这一辈子都在沿着山坡把这块巨石往上推，只有一段时期例外，那就是我和保罗在一起的时候。行了，不提保罗了，不提爱情了，不提自己了——这种会将我们卷入其中，让我们无法自拔的情绪是多么地让人厌倦啊……她感觉到了机体的颠簸。飞机将会在空中解体，她心想，而我将盘旋着下坠，就像一片落叶坠入黑暗，坠入大海，我将轻飘飘地盘旋着坠入黑暗、寒冷、吞噬一切的大海。艾拉睡着了，睁开眼发现飞机已经停稳，美国人在晃她。他们已经着陆了，时间已是凌晨一点，而等接驳车满载着乘客抵达航站楼时都快三点了。艾拉冷得没了知觉，累得快挪不动步了，美国人仍在她的邻座，仍是那么精力充沛，他粉色的宽脸洋溢着健康的神采。他邀请她与他乘坐一辆出租车，出租车已经没剩几辆了。

"我看也只能这样了。"艾拉说完意识到自己的语气已经跟他一样乐观向上，没心没肺。

"没错，确实如此，"他笑了起来，牙齿都露了出来，"我之前瞧见了那哥们儿那样耸肩——我当时心想，好家伙，爱咋咋地吧。你住哪儿？"

331

艾拉把住址报给了他,然后追问了句:"你有地方住吗?""我自己找酒店住。""这个点可不好找。我倒是想请你来我家过夜,但我只有两间卧室,我儿子已经占了一间了。""你太贴心了,没事,我不担心没地方住。"他确实没什么好担心的,天马上就要亮了,尽管还没有住处,但他仍旧精神抖擞得跟现在是前半夜似的。他把她送到家,告别时说她如果愿意与他共进晚餐的话他会很高兴,艾拉犹豫了一下,然后答应了,所以他们会在第二天晚上,或者说是这一天晚上见面。艾拉一边上楼,一边心想自己和美国人应该会找不到话讲,这时一想到晚上要见他,她就已经感到兴味索然了。她看见自己的儿子在房中就像山洞里的一头幼兽一般酣睡,散发着一股睡得很香的气息。她帮他掖了掖被子,坐在床边盯着那张粉红色的稚嫩小脸看了会儿,这张脸已经在窗外不知不觉间泛起的微光的映照下变得依稀可辨,他浓密的棕发也开始散发出柔和的色泽。她心想:他还挺像那美国人的同类——两人都体格健壮,长满了红扑扑的肌肉。但是那个美国人让我生理性不适,我并不是讨厌他,反正不是对那头年轻体面的阉牛罗伯特·布伦的那种讨厌。那我为什么不讨厌他呢?艾拉爬上床,这么多个晚上头一回没有唤起关于保罗的记忆,她想到那四十个已经准备好赴死的人此刻都散落在这座城市的各处,活着躺在自家的床上。

两个小时后儿子叫醒了她,他对她的归来一脸诧异。鉴于她目前仍在休假,她就没去办公室,但仍然在电话里告知帕特丽夏自己并未买下那个系列故事的版权,以及巴黎并没能给她带来救赎。茱莉亚有新剧要排练,艾拉独自度过了白天,她大扫除,做饭,重新布置公寓,儿子放学回家后还陪他玩了会儿。很晚了,那个美国人——现在此人的名字已经是西·梅特兰了——才打电话过来说听凭她的安排,问她想去哪儿。看话剧?歌剧?芭蕾?艾拉说看这些已经有点晚了,于是建议吃晚饭。他一下子如释重负:"实话跟你说吧,我不怎么看演出,那就不是我的菜。告诉我,你打算上哪儿吃晚饭?""你是想去比较有特色的馆子呢，还是想去个随便吃点牛排的地方？"他再度如释重负："随便吃点就好——我对吃没什么要求。"艾拉选了家不错的馆子，然后把她之前为今晚挑选的连衣裙抛到了一边，她以前和保罗在一起的时候因种种顾虑从没穿过这类裙子，而在他俩分手后她出于叛逆又总爱穿它们。她套了条裙子，然后穿了件衬衫，让自己看起来健康但无趣。这时迈克尔从铺满了漫画书的床上坐起身来："你不是才到家吗，怎么又要出去了？"他有意让自己的语气带着幽怨。"因为我乐意。"她咧嘴笑了一下，作为对他那语气的回应。他心领神会地微笑了一下，接着又蹙起了眉，用受伤的口吻说道："这不公平。""然而你再过一个钟头就会睡着——我希望是这样。""茱莉亚会来给我读睡前故事吗？""但我都已经给你读了好几个小时了。还有，明天还要上学呢，你必须要睡了。""你要真打算走，我就去找她，让她念故事给我听。""如果这样你最好别让我知道，否则我会生气。"他蛮横地盯着她看了一会儿，然后从床上坐起身来，肩膀宽阔，动作坚决，满脸绯红，对他自己以及这间屋子里这个属于他的世界充满了确信感。"你怎么没穿那条你之前打算穿的连衣裙？""我改主意了。""呵，女人，"这个九岁的孩子以一种高高在上的口吻说，"女人和她们的连衣裙。""好了，晚安吧。"她说，然后抿紧嘴唇在对方光洁温暖的脸颊上亲吻了几下，愉悦地嗅了嗅他发梢上新鲜的肥皂味。她走下楼，发现茱莉亚正在泡澡。她大喊道："我出去一趟！"茱莉亚也大喊道："你最好早点回来，你昨晚一宿没睡。"

西·梅特兰已经在餐厅里等着她了，他看上去容光焕发，清澈的蓝眼睛并没有因为缺眠少觉而黯淡半分。艾拉坐进他边上的座位里，瞬间突然感到精疲力竭，她说："你就不困吗？"他一下子就扬扬得意了起来，道："我每天晚上睡觉的时间不会超过三四个小时。""为什么？""我要是把时间都浪费在睡觉上了，又哪来的时间去我想去的地方呢？""你先跟我介绍一下你自己，"艾拉说，"然后我再跟你介绍我自己。""好说，"他说，"好说。实话跟你说吧，你对我来说就是个谜，所以待会儿可有你介绍的了。"但是这时服务生来帮他们点餐了。西·梅特兰点了"你们家最大块的牛排"和可口可乐,但是因为他有减掉一英石[1]体重的目标在身,所以没要土豆,不过要了番茄酱。"你从不喝酒的吗?""对,我只喝果汁。""哦,那恐怕你得替我点红酒了。""乐意效劳。"他说,然后让服务生来瓶"你这儿最好的酒"。等服务生都离开后,西·梅特兰饶有兴味地说:"在巴黎那些小哥总会努力让你感觉到自己是个土包子,而在这儿他们连暗示都不愿意暗示,就很直白。""那你是土包子吗?""当然,当然。"他露出了一排光洁锃亮的牙。"现在该讲讲你的故事了。"这个故事一直讲到了餐后——以西的标准来说也就是十分钟的工夫,但他一直友善地等着她用餐,并回答她的问题。他出身贫寒,但脑子好使,他也没有暴殄天物,奖学金和补助金让他去到了他想要去的地方——他成了脑外科医生,还缔结了一段幸福的婚姻,有了五个孩子。他有不错的职业和远大的未来,即便这话是他自己说的。"在美国家境贫寒意味着什么?""我爹一辈子都在卖女士的裤袜,现在也还在卖那玩意儿。我也不是说有谁真的吃不饱饭,但是我家就没出过脑外科大夫,这我可以拿命跟你赌。"他吹牛的方式对他来说是如此简单自然,就仿佛他根本就没在吹牛,艾拉也开始被他的活力所感染,一度把自己已经很累了这件事都给忘了。当他提议说现在轮到她讲自己的事情时,她意识到自己只是将一个难题给推迟了而已。其实一个问题在于,她意识到至少在她的理解范围内自己的人生是无法被一个接着一个的陈述句所概括的:我父母是这样这样的,我在这里然后那里生活过,我的工作先是这个然后是那个;另一个问题在于,她意识到自己被对方吸引了,这让她有些沮丧。当他将自己白皙的大手搭在她的臂膀上时,她能感觉到自己的乳房一下子挺起并感到刺痛了,大腿根也变得湿漉漉的。但她与对方并没有什么共同点,她记不得人生在世这么多

---

[1] 约合 6.35 千克。

年有哪次对一个跟自己毫无相似之处的男人有过什么生理反应，而以往能唤起她的往往都是对方的一瞥、咧嘴一笑、说话的语气，或是朗声的大笑。就她现在的感觉而言，这个男人就是个健康的野人，当她意识到自己想跟对方上床时她感到了分裂。她既气又恼，她还记得以前丈夫罔顾她的感受，试图通过物理手段唤起她的时候，当时的感觉就和现在如出一辙，这情绪只会让她性冷淡。她心想：我可能就是个很容易性冷淡的女人，然后她又意识到这件事的滑稽之处：她一方面因为对这个男人产生的欲望而感到轻松，另一方面却为性冷淡的可能性而忧心忡忡。她笑出了声，他问："你在笑什么？"她随口诌了句，他乐呵地说："好吧，你也觉得我是个土包子，不过我是无所谓啦。我有个提议，我还有二十来个电话要打，我打算回酒店去打，要不跟我回一趟酒店吧，我先给你找些喝的，等我把电话都打完了你就可以跟我聊聊你自己了。"艾拉答应了，然后心里开始思忖着对方是否会将自己的同意理解成自己愿意跟他上床。要是果真如此，他也没展现一丝这样的迹象。她突然意识到，任何她在自己的世界里遇到过的男性，她都能从他们的一个眼神、一个动作或是某一刻的氛围中解读出对方的感受或想法，因此从他们嘴里说出来的话语里往往不会有任何出乎她意料的信息，然而对于眼前这个男人她却一无所知。他已婚，但和她能一眼看穿的罗伯特·布伦之流完全不同，她无从得知对方对于出轨会是怎样的态度。既然她对对方一无所知，那么对方对她想必也一无所知，比如说他就不知道她的乳头此刻正在灼烧，她因此不假思索地答应了跟他回酒店。

他住的酒店价格不菲，客房是一个带卫生间的单间，位于建筑的正中，有空调，没窗户，封闭压抑，装修风格简约而没个性。艾拉感觉到了拘束，但对方看起来就跟在自己家似的。他给她倒了杯威士忌，然后把电话机拽到自己身边，如同他之前说的那样接连打了二十通左右的电话，总共耗时半个小时。艾拉全程听着，得知第二天他至少有十个约，其中有四个都和伦敦本地几家著名的医院有关。他打完电话后就开始兴冲冲地在狭小的酒店房间内大步来回踱着步。"天哪,"他大喊道,"天哪!我感觉好极了。""我要是没来你这儿的话,你现在会干吗?""工作。"他的床头柜上堆着一大摞的医学杂志,她说:"看书吗?""对,想要跟上时代的话就得看很多书。""除了你自己专业的书,你还看别的书吗?""不看,"他大笑道,"我老婆才是个文化人,我没那个时间。""跟我说说她吧。"他立马掏出了一张照片,那是个长了张漂亮的娃娃脸的金发女人,周围围绕着五个小朋友。"天哪!她好看吧?她是我们那儿最好看的姑娘!""所以你才娶的她?""'所以'?那当然……"他模仿了一下她的语气,接着就和她一起大笑了起来,然后开始摇头晃脑,仿佛对自己感到了惊奇,"那当然!我以前就跟自己说,我一定要娶城里最漂亮、最时尚的姑娘,这个愿望也的确成真了。""然后你过上了幸福的生活?""她是个好女孩,"他兴奋地脱口而出,"她很好,我也有了五个好儿子。我是希望能有个女儿的,但我的儿子们都很棒。我就是希望自己能有更多的时间跟他们在一起,我每次能陪在他们身边,我的感觉都会很好。"

艾拉心想:我要是现在起身说我必须得走了,那他一定不会介意,反而会温和地送我走。将来也许我会再次与他相见,也许不会,反正到时候我俩就谁都不会在意这件事了。但我现在必须主动,因为他并不知道该怎么跟我开口。我该走了——但是为什么呢?昨天我还觉得很荒唐,像我这样的女人居然心中还存有着与自己的生活并不兼容的情感。眼下这种处境,要换作是一个男人的话——**那种我要是生为男人便会成为的那种男人**——就会直接去睡大觉,什么也不去想。他这时说道:"好了,艾拉,我刚才一直在说我自己,你是个绝佳的听众,这我必须要承认,但你知道吗,我对你可完全不了解,一丁点都没有。"

就是现在,艾拉心想,立刻马上。

然而她却开始拖延:"你没发现已经过半夜十二点了吗?"

"没,已经过了吗?大事不好。我自己从来没在凌晨三四点之前睡过觉，但七点前我就能起床，每天都这样。"

就是现在，艾拉心想。这太可笑了，她心想，有这么难吗。尽管这有悖她内心最深处全部的本能，但她还是惊讶于自己居然就这么轻而易举，只是稍稍带一点喘就把这句话给说了出来："你想跟我上床吗？"

他一边注视着她，一边咧嘴笑着。他并不感到惊讶，反而——显露出了兴趣。没错，艾拉心想，他是有兴趣的。行吧，做得好，她喜欢对方这样的反应。他宽阔而健康的额头突然间向后一仰，他高呼道："天哪，天，我想吗？当然，艾拉，你要是不这么问的话我都不知道该说什么好了。"

"我知道。"她露出了淡定的微笑。（她自己都能感觉到脸上浮现出的这淡定的笑容，并为此而惊叹不已。）她淡定地说道："行吧，那么先生，我想你现在应该让我舒服一下了。"

他咧嘴笑了。他此刻正站在她正对面房间的另外一头，而在她眼中他就是一团肉，一团温暖、大块、充满活力的肉。很好，事情总算走上了正轨。（艾拉的灵魂在这一刻出了窍，在一旁一边观察一边赞叹。）

她微笑着站起身，小心翼翼地脱下了自己的连衣裙。他微笑着脱下了自己的外套，然后扯下了她的衬裙。

在床上，对方变成一团颤抖着的温暖而紧实的肉。（艾拉站在一旁嘲讽道：看看，看看！）他几乎一上来就进入了她，几秒钟后就射了。她正打算安抚对方或打个圆场，这时他却翻了个身，扬起双手大喊道："天哪，天哪！"

（这时艾拉的魂魄回到了自己的体内，她的灵与肉合而为一开始思考。）

她躺在他身边，克制着肉欲的失落，一边还微笑着。

"哦天哪！"他艰难地说道，"是我的问题，不是你的问题。"

她在他的怀抱中开始仔细思考这件事。他开始聊起他的妻子，显然是下意识的。"你知道吗？我俩一起去夜店跳舞，一个礼拜会去个两三次，那是我们那儿最好的夜店，所有的小伙子都看着我，心里都在想，这个混蛋真是走了狗屎运了。她从来都是我们那儿最漂亮的姑娘，生完了五个小孩之后也还是，那些人一定觉得我俩很幸福。哦老天爷，有时我想我应该告诉他们——我俩有五个孩子，我俩结婚以来也就来过五次。好吧，我有些夸张了，但实际情况差不太多，她对这方面没什么兴趣，尽管她总会装出一副感兴趣的样子。"

"问题出在什么地方呢？"艾拉淡定地问道。

"我怎么知道。我们结婚以前还在约会的时候，她那会儿可火辣了。哦老天爷！"

"多久啊——你们约会了？"

"三年，然后我俩就订婚了，加起来四年。"

"你们在此期间就没做过爱？"

"做爱——哦，我懂了。没有，她不让，我也不强求。但她那会儿可火辣了，天啊！但后来度蜜月的时候她就冷淡了起来，现在我连碰都不能碰她了，除非有时候我俩去派对时喝高了。"他充满朝气地大笑了起来，将自己那两条壮硕多毛的腿蹬到了半空中，然后任凭它们落下，"我们去跳舞的时候，她会穿得花枝招展，所有的小伙子都在看她，都嫉妒我，而我只是在想：你们要是知道事实真相的话就有意思了！"

"你不介意吗？"

"妈的，我当然介意，但我不喜欢强迫别人。我就喜欢你这点——咱们上床吧，你会直接这么说，这多省事啊。我挺喜欢你的。"

她躺在他身侧微笑着，他健硕的身体正随着脉搏健康地震动着。他说："稍等片刻，我再来一次。久疏战阵了，大概是。"

"你有过别的女人吗？"

"有时候吧，有机会的话。我不会去主动追求，没那个时间。"

"你要忙着追求自己的目标？"

"没错。"

他将双手放回原位,再次回到了正常的状态。

"那要是我来帮你呢?"

"什么?你不介意吗?"

"为什么要介意?"她一边微笑着,一边侧躺着面对着他。

"妈的,我老婆根本就不愿意碰我。应该没女人会喜欢那种事吧,"他又大笑了一阵,"你真不介意吗?"

片刻后,他脸上就浮现出了大受震撼而即将高潮的表情。"妈的,"他说,"妈的,我的天!"

她慢慢让他硬了起来,然后说道:"好了,这次可别来那么快了。"

他若有所思地皱起了眉,艾拉能看出他在寻思,好吧,他不笨——但她在想他的妻子,以及跟他有过关系的其他女人。他进来了,而艾拉这时在想:我以前从没做过这种事——我正在**给予别人快乐**,这真是太奇妙了,这句话我以前非但没说过,甚至都没想过。跟保罗在一起时,我步入了黑暗,停止了思考。我知道其中的诀窍,而且还完成得熟练且周到——我正在给予别人快乐,这和我之前跟保罗在一起时的情况截然不同。我此刻正和这个男人躺在一起亲热。他的肉在她体内动得太快,又太笨拙,这次她依旧没能高潮,而他却在发出愉悦的喘息,一边亲吻着她,一边大喊着:"哦天哪,哦天哪,哦天哪!"

艾拉心想:如果和保罗在一起,我应该早就高潮了——所以到底出了什么问题?——这难道还不足以说明我并不爱这个男人吗?她突然明白了,自己永远都不会因为这个男人而高潮。她心想:对于像我这样的女人而言,所谓完美的道德,指的并不是贞洁,也不是忠诚,不是任何那些老掉牙的词,而是性高潮,这是我无从掌控的东西。跟这个男人我永远都不会高潮,我可以给予对方快乐,这就已经是全部了。但这又有何不可呢?我难不成想说自己只能跟心爱的男人高潮?如果这是事实的话我到底要多久才能有性生活啊?

他因为她而极其愉悦和感恩，全身散发着健康的光芒，而艾拉也因为她能够使得对方如此愉悦而对自己很是满意。

当她开始穿衣服，并打算打电话叫辆出租车回家时，他说："我在想，要是能跟你这样的人结婚会怎样——**妈的！**"

"你也许就会享受婚姻？"艾拉淡定地问道。

"那将会——天哪！一个能和你对话的女人，而且滚床单时也很有趣——天哪，我根本都没法想象！"

"你平时不跟你妻子聊天的吗？"

"她是个好姑娘，"他严肃地说，"她和孩子们对我来说无比重要。"

"她幸福吗？"

这个问题大大出乎了他的意料，他挂着手肘坐起身开始思考这件事，严肃地皱起了眉头。艾拉意识到自己非常喜欢对方，她坐在床边穿衣服，感受着对他的喜欢。在思考过后，他说："她住着我们那儿最好的房子，要什么有什么，那间房子就是她要的。她有五个儿子——我知道她想要个女孩，也许下次可以试试……她跟我相处得也挺好——我们每个礼拜出去跳一两次舞，我们不管去哪儿她都一定是最聪明的那个女孩。而且她拥有我——我这么说可不是想往自己脸上贴金啊，艾拉，我知道你脸上的笑是什么意思——她拥有一个事业有成的男人。"

这时他拿起床边立着的他妻子的照片端详着："她看起来像是个不幸福的女人吗？"艾拉注视着那张美丽而小巧的脸庞说道："不像。"她又补充了一句："我不了解女人，就像我不了解该如何飞翔。"

"我也有同感。"

出租车到了，艾拉与他吻别，在此之前他说了句："我明天会给你电话的，天哪，我还想再见到你。"

第二天晚上艾拉一直跟他在一起，但并非出于任何对欢愉的渴求，而是出于喜欢。另外，她觉得自己要是拒绝见他，他会很受伤的。

他们又一起吃了顿晚饭，去的还是同一家餐厅。（"这是属于我们的餐厅，艾拉。"他动情地说道，就仿佛在说："这是属于我们的歌。"）

他谈起了自己的职业。

"等你通过了全部的考试，参加完了所有的会议，你接下来还会有什么打算？"

"我想尝试去竞选参议员。"

"为什么不竞选总统。"

他和她一起笑了起来，笑他自己，而且一如既往的温和。"不，总统可没戏，不过参议员可以。我这么跟你说吧，艾拉，留意我的名字，你会再次看见它的，十五年后，新的头衔。到现在为止我说过的所有的话都兑现了，难道不是吗？所以我知道我未来会干啥。怀俄明州参议员西·梅特兰。想打个赌吗？"

"我从不打必输的赌。"

第二天他要回美国了，他之前会见了十几个自己领域里顶尖的医生，参观了十几所医院，出席了四场会议。他已经和英国没什么瓜葛了。

"我想要去苏联，"他说，"但是没可能，反正现在这个局面是没戏了。"

"你是指麦卡锡？"

"你听说过这个人？"

"那个，是的，我们都听说过。"

"那些苏联人在我这个领域相当领先，我读过他们写的东西，所以不介意去一趟，但是现在这个局面是不可能的了。"

"你要是当上了参议员，你对麦卡锡会是什么态度呢？"

"我什么态度？你是不是又要取笑我了？"

"完全没这个意思。"

"我什么态度——唔，他是对的，我们不能让共产党掌权。"

艾拉犹豫了片刻，然后淡定地说道："和我同住的那位女士就是名共产党。"

她察觉到对方愣住了，之后就开始思考，后来又放松了下来。他说："我知道你们这儿的国情不同，我跟你直说吧，我对这种事情一窍不通。"

"嗯，没关系的。"

"嗯。你还打算跟我回酒店吗？"

"如果你希望的话。"

"我希望！"

她再一次给予了他人快乐。她喜欢他，这就是全部了。

他们谈论了一下他的工作。他精于脑白质切除术："天哪，现在为止我已经对半切开过上百个大脑了！"

"你不会对你的职业感到困扰吗？"

"为什么这么问？"

"但你要知道，在你完成手术后，一切就结束了，这个人就不再是以前的那个人了。"

"但这就是关键啊，他们中的大多数人也不希望自己跟以前一样啊。"然后他又以一贯的中肯补了一句："不过我也不得不承认，有时候我一想到自己已经做了超过一百台手术时就会觉得一切都结束了。"

"苏联人根本不可能会认可你。"艾拉说。

"的确，所以我才不会介意去一趟，去看看他们是怎么操作的。告诉我，你怎么会知道脑白质切除术的？"

"我曾和一个心理咨询师有过一段婚外情，他也是个神经科医生，但不是脑外科——他跟我说过他从不推荐人做脑白质切除术——极少数的情况例外。"

他突然说："自打我告诉你我擅长这类手术以后，你就没有以前那么喜欢我了。"

她沉默片刻后道："嗯，但情非得已。"

他大笑道："我也情非得已。"然后他说："你说'我有过一段婚外情'，你这么坦率直接啊？"

艾拉这么说的时候想到了保罗,"我有过一段婚外情"这种表达就相当于他口中的"一只花蝴蝶"——或者其他大同小异的表达。当时她意识到自己居然在情不自禁地想:好极了!他的意思是我是个浪荡的漂亮小姐!我的确是,而且对此还很是得意。

西·梅特兰说:"你爱他吗?"

他之前从没提到过"爱"这个字,他从没用这个字来形容过他和他妻子的感情。

她说:"深爱过。"

"你就不想结婚吗?"

她故作矜持道:"所有女的都想结婚。"

他扑哧笑出了声,然后转头机敏地注视着她。"我搞不懂你,艾拉,你知道吗?我完全无法理解你,但我知道你是那种相当独立的女性。"

"哦,是的,我应该算是。"

这时他用双臂环抱住她,说:"艾拉,你教会了我许多。"

"乐意之至,我希望你喜欢。"

"噢,是的。"

"很好。"

"你在开玩笑吗?"

"一点点。"

"没事,我不介意。你知道吗,艾拉,我今天跟人提起你,他们说你写过本书?"

"谁没写过本书啊。"

"我要是跟我的妻子说我遇到了一个如假包换的作家,她会疯掉的,她对文化什么的很狂热。"

"你还是别告诉她为好。"

"我要是看你的书会怎样?"

"但是你从不看书。"

"我可以看书,"他好脾气地说,"讲什么的?"

"那个……让我想想。是本睿智、真诚、这个、那个的书。"

"你不拿它当回事?"

"我当然拿它当回事。"

"那好吧。好吧。你不走了?"

"我必须得走——再过四个钟头我儿子就会醒,而且我跟你不一样,我得睡觉。"

"好吧。我不会忘记你,艾拉。我很好奇如果娶了你会怎样。"

"我预感你是不会喜欢那种日子的。"

她开始穿衣,他放松地躺在床上,以明察秋毫又若有所思的目光注视着她。

"那我应该是不会喜欢,"他大笑着开始伸展自己的双臂,"说不定会完全喜欢不起来那样的日子。"

"是啊。"

他俩你依我依地告了别。

她坐出租车到了家,蹑手蹑脚地上了楼,生怕吵醒茱莉亚,但是对方房门底下却漏出了光来,茱莉亚大喊道:"是艾拉吗?"

"是我。迈克尔还好吗?"

"他睡得正香呢。情况如何?"

"有点意思。"艾拉从容地说道。

"有点意思?"

艾拉步入了卧室,茱莉亚靠着枕头半躺着,正一边抽烟一边看着书。她若有所思地开始打量艾拉。

艾拉说:"他是个好男人。"

"不错。"

"到了早上我就会抑郁到不行了。事实上我能感觉到那种情绪已经要上来了。"

"因为他要回美国了吗?"

"不是。"

"你看上去状态很差。出什么事了?他在床上表现得不好吗?"

"是不太好。"

"哦,好吧。"茱莉亚体贴地说道,"来根烟?"

"算了,我得趁情绪上来前赶紧睡。"

"你情绪已经上来了。你为什么要跟一个不吸引你的男的上床呢?"

"我可没说他不吸引我。问题在于,我跟除保罗以外的人上床都不顶事。"

"会翻篇的。"

"那是自然,只是会旷日持久。"

"坚持就是胜利。"茱莉亚说。

"我是这么打算的。"艾拉说。她道了晚安后就上楼回了自己的房间。

【蓝色笔记继续:】

1954年9月15日

昨晚迈克尔说(我已经一个礼拜没见到他了):"我说那个,安娜,所以咱们伟大的婚外情就这么告一段落咯?"他就是这样,喜欢用问句:想要结束这段关系的分明是他自己,但他却说得跟是我要结束这段关系似的。我无法自已地露出了嘲讽的微笑:"但这段婚外情至少算是伟大的咯?"他说:"啊,安娜,你习惯于给人生编故事,自己讲给自己听,然后分不清哪些是真,哪些是假。""也就是说这段婚外情并不伟大咯?"这句话里带着种窒息和乞怜的感觉,尽管这也非我本意。而在他接下来的话里我则感觉到了令人害怕的错愕和冷酷,就仿佛他想要否认的是我的存在本身。他戏谑地说道:"你说是就是,你说不是就不是。""所以你的感受不作数?""我的感受?安娜,我为什么要作数?"(他的话里虽然藏着刺,不过倒也亲昵。)我但凡这么跟人拌了次嘴,之后就会完全落入一种不真实感的控制之中,就仿佛自己的本质就要弱化、消失,于是我总得跟这种不真实感做斗争。后来我才意识到其中的讽刺,因而不得不唤醒迈克尔最讨厌的那个安娜,借她的批判性思维来自我疗愈。那好啊,既然他说我喜欢拿自己还有他的人生编故事,那我就尽可能诚实地把一天之中的所有时刻都记录下来。明天吧,明天晚上我就动笔。

1954 年 9 月 17 日

昨天晚上我一个字都写不出来,因为我真的太不高兴了。当然了,现在我在想,是不是我之前决心要把昨天发生的一切都铭记于心这件事情本身也反过来塑造了昨天,是不是因为我的铭记才使得这一天变得特别呢?但我还是得先把昨天的事写下来,看看到底是怎么一回事。我昨天醒得很早,五点就醒了,因为透过墙壁听到了詹妮特在自己房里走动的声音,所以有些紧张,但她过了会儿应该又回床上接着睡了。灰色的水迹顺着窗玻璃向下流了一溜,朦胧的光线把家具衬得巨大。我和迈克尔两人都面向窗户的方向躺着,我的双臂隔着他的睡衣环抱着他,我的双膝也顺应着他膝盖的角度贴着他的膝盖窝,一股强烈而治愈的暖意从他身上骤然而至。我心想:他很快就不会再回到这里来了,等哪次是他最后一次来的话我兴许会有预感,但也可能会没有。搞不好今天就是那最后一次?但这两种感觉似乎风马牛并不相及:一边是迈克尔在我的怀里酣睡的暖意,一边是他很快就不会再在这里出现的预感。我把自己的手上移了些许,他的胸毛丝滑而又毛糙地摩挲着我的手掌,这样的触感带给我一种强烈的愉悦感。他应该是感觉到我已经醒了,所以也醒了,忽然开口道:"怎么了,安娜?"他说话的时候由于还没全醒,所以听起来有些害怕,有些愤怒,然后他很快就翻身仰卧,又睡了过去。我注视着他的脸,看到了他的梦在其上投下了的阴影,他脸上的肌肉一直紧绷着。他以前有一次从梦中吓醒后说:"我亲爱的安娜,如果你非得跟一个代表了欧洲过去二十年历史的男人同床共枕,那你就不要责怪他做噩梦。"他这话里是含着怨恨的,而他怨恨的是我本人与那段历史毫无瓜葛。但我还知道的是,他之所以会选择跟我在一起,恰恰是因为我与那段历史无关,而我的灵魂也因此得以保全的缘故。昨天早晨我注视着那张紧绷着的睡颜,再次试图设身处地地去想象他此前的经历,好让它也化作我的亲身经历,以及理解这到底意味着什么:"我家里有七口人——包括我的父母——都死在了毒气室里。我大部分好友都死了,死在自己人手里,活下来的大部分都在陌生的国度里当难民,而我自己的余生都将在一个永远都不会成为我真正的祖国的地方度过。"然而我一如既往地无从想象这样的人生。外头的雨水让周围的光线显得浓稠而沉重,他的脸也开始舒展、松弛,显得宽大、沉静而确信,他的双唇镇定地闭合着,再往上是疏淡而反着光的眉毛。我能看见他小时候的样子,他那时无谓、狂妄,脸上挂着澄澈、率真而警觉的微笑;我也能看到他老了以后的样子,他将成为一个易怒、睿智而精力充沛的老头,并囿于他怨天尤人但却睿智的孤独。我的内心一下子充斥着一个人、一个女人对孩子会拥有的某种情感:那是种剧烈的成就感,能够克服世间全部可能性,克服沉重的死亡的成就感,这个人类存在于此,这一坨肉正呼吸着,就是奇迹。我在这一感受内部支起支架,砌起城墙,来对抗另外的那个他即将离开我的感觉。他肯定在睡梦中也感受到了这一切,中间醒了一下,说了句:"睡吧,安娜。"然后双眼闭着露出了微笑。他的微笑温暖有力,来自另一个世界,而不是眼前这个他会说"但是安娜,我为什么要作数"的世界。我心想:别扯了,他绝不可能离开我,他是不可能一边还这么冲我微笑,一边却打算要离开我的。我在他身边仰面躺下,尽量避免睡着,因为詹妮特快要醒了。屋里的光线如一团稀薄的灰色水体,因窗户上淌下的雨水而上下起伏着,而窗户也在轻微地颤动着,若换作是大风天的夜晚,窗户就会晃得哐当作响，然而连这种程度的动静都吵不醒的我，反倒会被詹妮特在床上翻身的声音弄醒。

这会儿肯定快六点了。我的双膝正在发紧。我意识到，我以前有过一种症状，我对"糖妈"形容它是"家庭主妇的职业病"，而现在它又在我身上爆发了。我身体的紧张代表内心的平和已经离我远去，某个开关被打开了：我必须帮詹妮特穿好衣服——给她备好早饭——送她去学校——备好迈克尔的早饭——别忘了家里的茶叶喝完了等等。伴随着无用但显然避无可避的紧张感，我心里怨恨的开关也被打开了。我怨恨的是什么呢？不公，我怨恨自己不得不把那么多属于自己的时间浪费在操心各种鸡毛蒜皮的事情上，而这股情绪针对的是迈克尔。尽管凭我的聪明才智，我明白这其实没迈克尔什么事，但是我确实对他心存怨恨，因为他即将开始的这一天里将会有秘书、护士等等五花八门的女人来替他纾解种种负面情绪。我试着让自己放松下来，把那个开关关掉，但是我的四肢已经开始作痛，得翻个身才行。隔壁再次传来了响动——詹妮特醒了。迈克尔这时也醒了，我能感到他抵着我屁股的那地方胀大了。我怨恨的内容变了：我还在紧张兮兮地听着詹妮特的动静，他却偏偏爱挑这种时候。然而我的愤怒与他无关，很早以前我还在"糖妈"那儿做心理咨询的时候就知晓了这种怨恨或者愤怒无关具体的人，而是一种我们这个时代的女人都会得的病。我每天都能从女人的面孔上、声音里、或是寄来办公室的信件里辨识出这种病症，对于不公的怨恨是种与具体的人无关的毒素，其中不走运的那部分人并不知道这点，于是将其发泄到了自家的男人身上，而像我这样的比较走运的则会与之抗争，但这样的抗争却令人疲惫。迈克尔从后面来了一次，这是场半梦又半醒、猛烈又亲密的交媾，由于他此次做爱的方式与具体的人无关，我非但没有像他有意识地爱着安娜时那样做出回应，而且还在三心二意地想，门外要是传来了詹妮特轻柔的脚步声，我一定得下床穿过房间阻止她推门进来。她在七点以前从不进来，这是规矩，所以我觉得应该无须担心，但是还是得保持警惕。当迈克尔拽着我高潮时隔壁的响动还在继续,我知道他也能听见。对他来说使我深陷危机恰恰给他带来了快感,在他眼里,詹妮特这个八岁的小女孩一部分代表着女人——包括其他那些他因为睡了我而背叛了的女人们;一部分则代表着孩童,或者说孩童的抽象意义,他需要与之抗争,方能伸张自身的生存权。每每谈起他自己的孩子时,他总会爆发出半是出于喜爱,半是富有侵略性的笑声——他们既是他的子嗣,又是来杀他的刺客。我的孩子就在隔壁几尺开外,他是不会上她的当而放弃自己的自由的。当我们完事后,他说:"好了,安娜,我想你已经时刻准备着要抛下我去找詹妮特了吧?"他这话听上去活像个觉得自己因弟弟妹妹而失了宠的小孩子。我笑出了声,然后吻了他,尽管与此同时那股怨恨之情瞬间强烈到了无以复加的地步,我上下两排牙齿也紧紧地咬合在了一起。我控制自己情绪的方式跟以前一样,就是在心里告诉自己,我要是个男人我也一个样。然而由于此刻我体感到的身为人母的自制力是实在太过强大,以至于我根本没办法自欺欺人,真去相信那个男性版本的自己只要没有特殊情况就一定会跟迈克尔一样。在我胡乱披了点衣服准备去找詹妮特的过程中,这股子怨恨一直在心中咆哮。我先飞快地清洗了一下自己的两腿之间,以免性的气味惊扰到她,尽管她现在还不知道那是什么。这股味道我其实是喜欢的,所以并不很乐意这么快就冲洗掉,但是又别无选择,于是这又进一步加剧了我的愤怒。(我还记得当时发觉自己在有意识观察自己身上全部的情绪反应这事本身又进一步强化了这些情绪,一般情况下我是不会有这么大的情绪的。)但是当我进入詹妮特的房间并把门关上,看见她就坐在床上,一头黑发蓬乱地纠结在一起,小巧而苍白的脸蛋(我的天啊)上浮现出微笑后,先前的怨恨就条件反射般地消散于无形,几乎转瞬之间就化作了爱意。现在六点三十分,这间小小的房间里的气温很低,詹妮特的窗玻璃上灰色的水帘仍在流淌着。我打开了煤气取暖器,而她依旧坐在床上,坐在漫画书鲜艳的色块的包围之中,一边观察着我的行为是不是一如往常,一边看着漫画。我在爱意中变小了,身高缩得和詹妮特一样,我成了詹妮特。巨大的黄色火焰宛如一只硕大的眼睛;窗户也显得巨大,大得仿佛任何尺寸的东西都可以从中穿过;灰色而晦暗的光线正等待着太阳,而太阳或是恶魔,或是天使,它将会把雨水抖得干干净净。之后我又让自己变回了安娜:我看见了詹妮特,小小的她坐在大大的床上,一辆列车在附近驶过,墙面微微颤动了一阵。我走上前亲吻了她,嗅着她温暖的身体、她的头发,还有她的睡衣经体温烘烤过后散发出的芬芳。等她的房间暖和起来,我就去厨房准备她的早饭去了——麦片、煎蛋、茶,都在托盘里摆好。我把托盘端进了她的房间,她从床上坐起身开始吃早饭,我一边喝茶一边抽烟。整间屋子悄无声息——莫莉还要再睡上两三个钟头,汤米昨天夜里很晚的时候带了个女孩回来,他俩也都没醒。隔壁邻居家的小宝宝正在啼哭,这给了我一种昨日重现的感觉,这个小宝宝的啼哭声跟詹妮特以前的啼哭声很像,那是已经喝饱了且就要睡着了的小宝宝才会有的半梦半醒的满足的啼哭。詹妮特说:"为什么我们家不能再生个小宝宝?"她常这么问。我说:"因为我还没丈夫,必须要有个丈夫才能生小宝宝。"而她之所以常这么问,一部分是因为她想要我再生个孩子,一部分是因为她希望就迈克尔的身份能得到我的确认。她接着问道:"迈克尔还在吗?""在,他还在睡。"我毫不含糊地说道,而我毫不含糊的语气给了她确定感,于是她继续吃她的早餐去了。现在这个房间已经很暖和了,她穿着她白色的睡衣,显得脆弱,容易受伤。她下了床,环抱住了我的脖子,然后挂在上头开始来回荡秋千,嘴里一边还唱着《宝宝的摇篮》[1]。我也开始一边晃动她,一边唱着:我呵护着她,她已经成了隔壁人家的小宝宝,不再属于我。[2] 她突然间就撒了手,我感觉自己就像

---

[1] 这是一首18世纪英国的摇篮曲,可能起源于在啤酒花田里劳作的女性,她们会将自己还在襁褓中的孩子带到田边,把摇篮挂在树枝上,让摇篮随风摆动,好将她们的孩子哄入睡。
[2] 这段歌词应该是作者为人物杜撰的。

棵被重物压弯了腰的树，在重物突然消失时猛地弹起，恢复了挺直的状态。她开始一边穿衣服，一边哼唱着小调，仍旧那么半梦半醒，仍旧那么波澜不惊。我有预感在接下来好几年里她都将继续保持这样的波澜不惊，直至压力终于降临在她身上的那一天，到时候她肯定就得考虑了：我可千万别忘了，半个小时后得把土豆给煮了，还要给杂货店老板列张单子，之后还要把我的连衣裙的领子换了，然后……我真的很想要保护她，让她免于承受这样的压力，至少也得让这样的日子来得更晚些，随后我又告诫自己我不应该保护她，这种保护欲的本质不过是安娜想要保护她自己。詹妮特磨磨蹭蹭地穿着衣服，嘴里念叨了几句后又开始哼唱，举手投足就像是阳光下懒懒散散地飞舞着的蜜蜂。她挑了条红色的褶子短裙，一件深蓝色的毛衣，还有一双深蓝色的长袜。小姑娘真漂亮。詹妮特。安娜。隔壁的小宝宝睡着了，连静谧的空气中都飘着小宝宝的满足感。所有人都在熟睡，只有我和詹妮特例外，这催生出了种亲密无间的感觉——这种感觉从她出生那一刻，从她和我在整座城市以及四周的一切还在酣睡时一同醒来的那一刻就开始了，是种温暖、慵懒而亲密的欢欣。在我眼中她显得如此脆弱，而我想要伸出援手，不想让她莽莽撞撞地走上弯路，与此同时我又无比强烈地感受到她生命力的不朽。我再次感觉到了此前面对睡着了的迈克尔时的感觉：尽管需要面对沉重的死亡，人类依然如此神奇、骚动而不朽，我也因而想要发出胜利的大笑。

快八点了，另一波压力也就随之而来，迈克尔今天要去伦敦南区的医院出诊，所以他要是不想迟到的话就必须八点起床。他总是希望詹妮特能在他起床前出门去学校，我也这么希望，不然我会感到分裂，两个人格——詹妮特的母亲，迈克尔的情人，都希望能与彼此井水不犯河水，两者同时出现只会是种负担。雨已经停了，我抹去了因浓稠的二氧化碳以及夜间的体温而在窗玻璃上结出的一层水雾，知道了今天将会是阴冷潮湿但却晴朗的一天。詹妮特的学校离这儿不远，步行很快就能到。我说："你得带上你的雨衣。"她的调门一下子就升高了，抗议道：

"哦不，妈咪，我讨厌我的雨衣，我要穿我的呢子外套。"我冷峻而决绝地说："不行，穿你的雨衣去，雨都下了一整晚了。""你不一直在睡觉吗，你是怎么知道的？"见将了我一军，她立刻心情大好，二话不说就穿上了雨衣和橡胶鞋。"你下午会来学校接我吗？""应该吧，但万一我没来你就自己回来，莫莉在家。""让汤米来接我也行。""不行。""为什么？""汤米现在是大人了，而且他有女朋友了。"我是有意这么说的，因为她之前表现出过自己对汤米女友的嫉妒。她淡定地说："汤米永远都只会最喜欢我。"完了还补了句："你要是不来接我，我就上芭芭拉家去玩。""好吧，如果这样的话我就六点来接你。"她冲下了楼，制造出了巨大的响动，听着就像是这间屋子的正中爆发了一场雪崩。我担心莫莉会被吵醒，于是一直站在楼梯口聆听着，直到十秒钟后前门砰的关上为止，而我也在这一刻关闭了心中所有关于詹妮特的思绪，打算等到合适的时机再把这个开关打开。我回到了卧室，迈克尔就是座身披着睡衣的山峦。我拉开了窗帘，然后坐回床上将迈克尔吻醒。他拽住我说："回床上来。"我说："八点了。晚点吧。"他将双手扣在了我的双乳上，我的乳头顿时开始灼烧，但我还是按捺住了对他的反应，说："八点了。""哦安娜，怎么一到早上你就总这么追求效率和现实。""我就是这么个人。"我轻描淡写道，但仍然察觉到了自己声音里的气恼。"詹妮特呢？""上学去了。"他放开了我的胸部，我这时却出于任性而感到了失望，因为这意味着做爱已经没戏了；与此同时也感到了如释重负，因为如果我俩真的再来一次他铁定会迟到，然后就会生我的气；当然还感觉到了怨恨，恨我的痛苦，恨我的重担，恨我的磨难，这股怨恨起始于他的那句"你就总这么追求效率和现实"，然而多亏了我的效率和现实才让他在床上多睡了两个小时。

他起床洗漱刮胡子，我给他准备早餐。我俩一直以来都是在窗边的小矮桌上吃早餐的，上面的桌布每次都是着急忙慌地铺上去的。我们这会儿喝着咖啡，吃着水果和切片面包，他已经摇身一变成了个上班族，衣着光鲜，目光清亮，气质从容。他盯着我看，我知道这表示他有话要跟我说。今天他会打算摊牌吗？我记得这是一个星期以来我俩共度的第一个早晨，我不愿意去想这件事，因为迈克尔不可能一边在自己家中感到窒息和不快，一边还跟自己的妻子共处了足足六天之久。所以他去了哪里呢？我的感受不像是嫉妒，而是更接近于隐秘的剧痛，因失去而引发的痛。但我只是微笑，给他递面包，给他递报纸，他接过报纸扫了一眼，说道："我恐怕一连两晚都回不来了，今天晚上我就得留在医院里做讲座。"我微笑了一下，跟他交换了个讽刺的眼神——因为我俩一度经年累月地每天晚上都腻在一起——然后他就陷入了感伤，同时又忍不住逗趣道："啊，安娜，看看你把自己给折腾的，都瘦成什么样了。"我只是又微笑了一下，因为说什么都已经没了任何意义，而他继续戏仿着纨绔子弟的口吻道："每天早晨醒来，你都会变得比前一天更加现实，所有脑子灵光的男人都知道，要是一个女人都开始跟他讲效率了，他也就是时候该一走了之了。"顷刻间我心如刀绞，这游戏也没法继续陪他玩下去了，于是说："那个，怎么说，我希望你今天晚上能来。你想来吃个晚饭吗？"他说："你烹饪的技艺如此精湛，这叫我怎么拒绝呢？""那好。"我说。

他说："如果你衣服穿得快的话，我可以载你去办公室。"我有些犹豫，因为还在想：今晚要是下厨的话，我就得在上班前把菜都给买好。他察觉到了我的犹豫，于是爽快地说："如果你不需要的话那我现在就出发了。"他吻了我，而这个吻是我们此前拥有过的爱意延续的证明，但是他接下来的话却驱散了此刻的亲密，因为他续上了此前的另一个话题："如果咱俩什么共同点都没剩下的话，做爱就行了。"他近来才开始把这种话挂在嘴边，而他每次这么说的时候我都会感到胃里发寒，这意味着对我最为彻底的排斥，至少我是这么觉得的。我俩瞬间像是隔了很远的距离，而我穿过这段漫长的距离讥讽道："所以这就是咱们拥有的全部咯？"他说："全部？但是我亲爱的安娜，我亲爱的安娜——我得赶紧走了,我要迟到了。"

现在我也得抓紧了。我又洗了个澡,然后开始换衣服。我挑了条白色小领、黑白相间的羊毛连衣裙,因为迈克尔喜欢这条裙子,而今晚以前大概是没时间再换一次衣服了。然后我又跑去了杂货铺和肉铺,采购给迈克尔做饭用的食材这件事本身就是一种巨大的幸福,而且跟做菜一样都属于感官上的幸福。我想象着包裹着面包糠与蛋液的肉,浸泡在咕嘟冒泡的酸奶油和洋葱里的蘑菇,色泽清澈、味道浓郁的琥珀色的汤羹。我想象着我正在做菜,想象着我在确认配料、温度、口感时的动作。我把食材带上了楼摆在了桌面上,然后想起来需要锤一下小牛肉,而且得趁现在,拖到晚上的话会吵醒詹妮特的。于是我把小牛肉锤松,然后用纸包好放置着。现在已经九点了,我手头有些拮据,所以叫不起出租车,只能搭公交。现在只剩十五分钟的时间了。我胡乱地扫了一下房间铺了一下床,更换了一下昨晚弄脏了的床单,而在把脏床单丢进亚麻衣篮时,我注意到了上面的一丝血迹。但是我的生理期应该还没到啊?我慌乱地查了一下日期,发现生理期的确是今天。我顿时感到疲惫而暴躁,因为我一到生理期就这样。(我之前还在想,如果真要把自己全部的情绪都记下来,是不是就不该挑今天,但是最后还是决定今天动笔。这一切都在计划之外,我之前完全忘了生理期的事。我的最终结论是,这种本能性的羞耻感和束缚感都是不坦诚的,一个作家不该如此。)我拿了根卫生棉条塞进了自己的阴道,冲下楼梯时才反应过来自己忘带备用的棉条了。这下得迟到了。我卷起棉条塞进了我的手提包里,藏在了一块手帕底下,其间只是愈发地感到暴躁,但我又告诉自己,要不是意识到自己已经到了生理期的话,我根本就不会变得这般暴躁。但无所谓了,我必须在出门上班前控制住自己的情绪,否则我会在办公室里大发雷霆的。另外看来我是得打车了——这样我就能替自己省下十分钟的时间了。我挑了张较大的椅子坐了下来,试着放松心情,可还是太过紧张了。我得找个法子来纾解自己紧张的情绪。窗台上种着六盆蔓生植物,都是些我叫不上名字的灰绿色藤蔓。我把这六盆植物搬去了厨房,将它们一盆接着一盆地浸入水槽的水中,看着它们沉入水下时产生的向上逃逸的气泡。植物的叶片在水下泛着气泡,深色的土壤散发出一种潮湿且正在生长的气息。我感觉好多了。我把花盆搬回到了窗台上,好让它们在那儿晒晒太阳——如果今天有太阳的话。我抓起了外套跑下了楼梯,经过了莫莉的身边,她穿着居家服,还没全醒。"你这么着急忙慌的,是要干什么去啊?"她问道。我大声答道:"我要迟到了。"我留意到了她高亢、慵懒又不紧不慢的声线和我紧绷着的声线之间的反差。在我到达公交站之前路上连一辆出租车都没有出现过,而在我抵达公交站时一辆公交靠了站,于是我上了车,而这时雨又开始下了起来。我的丝袜上稍稍溅到了一些水,今天晚上我得记得换,迈克尔是会留意到这种细枝末节的。我现在坐在公交的座位上,感到小腹隐隐有些坠胀的感觉。不错,很好,如果一上来的痛经比较轻微的话,这也就意味着只需要几天的时间就会完全没事了。既然我所承受的已经比其他的女人少很多了,我为什么还非得这么不知好歹呢?——莫莉,比如说她吧,就会在这种令人愉悦的苦痛中哼哼唧唧、骂骂咧咧上五六天。我发现自己的心思再次上了实用主义的跑道,开始考虑今天要做的事情,也就是工作的事;我同时也在担心自己为了之后能把这些东西记录下来从而需要留意周遭的一切。对我来说,月经不过是某种情绪状态的序幕,更何况它定期到来,因此也算不得有多重要,然而我却很清楚,一旦我写下了"血"这个字,就会使得这篇文字的重点产生偏移,而且就算让我自己来当自己文章的读者,我也照样会产生相同的误解。于是我在还没开始记录这一天的时候就已经开始质疑此举的价值了。我意识到自己正在思考写作风格及手法的主要问题所在。举个例子来说,当詹姆斯·乔伊斯描写一个角色正在排便时,读者会感到震惊,尽管他的本意其实是想要将文学的这种能够使人震惊的能力尽数剥离。我最近在某篇评论里读到,一个男的表示自己会被女性排便的描写给恶心到。我很憎恶这种论调,因为他事实上想要表达的是，他不希望女性浪漫化的图景遭到破坏，但他在某些方面倒是没有说错，我意识到这根本就不是文学上的问题。比如说，当莫莉在嘹亮而乐呵的大笑后说"我来大姨妈了"，尽管我跟她都是女人，我仍旧需要在第一时间抑制住那种反胃的感觉，并且接下来还会格外留意空气中任何的异味。当意识到了我自己对莫莉的反应后，我一下子就把刚才还在思考的自己在文字中的坦诚（对我自身的坦诚）抛诸脑后，开始担心自己身上有没有异味，这是已知的唯一一种会让我嫌恶的气味。我并不讨厌自己刚上完厕所之后的气味，也喜欢交媾、汗水、皮肤和毛发的气味，但却讨厌而且厌恶这种隐约的、可疑的、专属于经血的腐臭。这是种连我自己闻着都会感到陌生的气味，就像是某种来源于外界、而非产生自我体内的外物，但是在接下来的两天里我必须要应对这么个外物——那实则是我自己散发出来的臭味。我意识到要不是我自己打开了觉察的开关，这些念头压根就不会出现在我的脑子里。生理期是我在现实层面上需要去应对的事情，不需要占用什么脑力，就算需要脑力，我也只需要调用一部分，将其当作某个日常的问题去考虑即可，其他日常的卫生问题也是一样的道理。但是"我得把这件事记录下来"的念头却打破了本来的动态平衡、摧毁了事实真相，于是我将有关经期的思考赶出了我的脑海，只是在心里贴了张便条，提醒自己到了办公室以后马上要去趟洗手间，以确保自己身上没味道，尤其得顾及遇上布特同志的可能性。我出于嘲讽才称呼此人为"同志"，因为他也出于嘲讽而称呼我为"安娜同志"。上星期我因为某事而对他大动肝火道："布特同志，你有没有意识到咱俩要真成了苏共的党员，大概好多年前你就已经把我送上刑场了吧？""是的，安娜同志，我认为这很有可能。"（这是这个时期党内很典型的笑话。）这时杰克只是作壁上观，透过他的圆框眼镜冲我俩微笑，他就爱看我跟布特同志吵架。约翰·布特离开后，杰克说："有件事你没考虑到，就是你也有可能成为那个下令枪决约翰·布特的人。"我很有可能会在噩梦里梦见这句话的内容，因此我选择用俏皮话来驱散它："我亲爱的杰克，我的立场本质上决定了我才会是那个遭到枪决的人——那是我的固定角色。""别把话说得那么绝对，要是早在1930年代你就已经认识约翰·布特的话，你就不一定会让他来扮演那个负责行刑的干部了。""你爱怎么说怎么说吧，这不是重点。""那什么才是重点？""斯大林都死了快一年了，但还是没什么改变。""发生了很多改变啊。""他们是把犯人从牢里都放出来了，但是之前把这些人关进去的那套逻辑还是没有任何变化。""他们已经开始考虑修改法律了。""司法系统这样或那样的修改对我说的那套逻辑不会产生任何的影响。"沉默了片刻后他点了点头。"很有可能，但是我们无从得知。"他温和地看着我。我时常会想，他身上的这种促成了我俩此类对话的温和与疏离的特质，其中折射出的是他人格在某种意义上的破碎，还是大部分人都需要偶尔为之的妥协，抑或只是种低调的力量。我不知道。我能确定的是，杰克是党内唯一能和我进行此类讨论的人。几个礼拜前我跟他说我考虑退党，他调侃道："我入党已经有三十个年头了，有时候会觉得，在我认识的上千个人里头，可能会一直保留党籍的就唯有我和约翰·布特二人。""你这算是在批评党组织呢，还是在批评那上千个退了党的人呢？""自然是在批评那上千个退了党的人咯。"他大笑道。昨天他还说："安娜，如果你打算退党的话，请按照惯例提早一个月通知我，你一直发挥着很大的作用，要找个人来接你的班可是要花上些时日的。"

我应约翰·布特的要求看了两本书，今天我要就这两本书做个汇报，一番唇枪舌剑肯定是免不了的了。杰克之所以录用我是希望我能作为他的武器，在他怀着共产主义精神的斗争中发光发热——而现在就连他都不得不大方承认，这种精神现如今已然冷了。按道理来说杰克本应是这家出版社的主管，而事实上他只能算是个行政，而"组织"还在他上头安插了约翰·布特，而至于一个东西发还是不发，最终决定权还是在中央。杰克是个"好党员"，也就是说他真心诚意地蔫除了自己心中的虚荣，虚荣只会使得他对自己遭人掣肘的事耿耿于怀。事实上，本该属于他的决定权现在把持在党中央的某个约翰·布特领导下的小组委员会手中，他在原则上对此倒是没什么怨言，甚至还举双手赞成这种集权，然而他同时也认为上头在政策方面犯了错误，而且他无法苟同的也不是某个个人或团体，他单纯就是认为"在这个时代"，组织在智识上已经走入了僵局，能做的唯有等待时局改变，为此他甚至不惜与自己素来鄙夷的唯智主义妥协。他和我的不同之处在于，他对党的前景展望是以十年甚至百年计的（我打岔说：跟天主教会似的），而我却认为这种智识上的僵局大概就是终幕了。这个话题我俩一讨论起来就没个完，午餐时也聊，工作的间隙也聊，约翰·布特在场时也会选择旁听，甚至会加入讨论。这既让我乐此不疲，又让我火大，因为在这类争论中我们使用的语汇偏离了官方"路线"十万八千里都不止，如果我们身处某些国度，这种说话方式本身就足以构成重罪了，然而当我后来真的退了党，这恰恰又是我怀念的东西——有这样的一群人，他们的人生都在某种氛围中度过，都有着一套核心的哲学理念，而我有过这群人的陪伴，而这同样也是为什么这么多人本打算退党或觉得自己应该退党，但最终却还是选择了留下的原因。与党内某些知识分子相比，我在党外遇到过的人或知识分子无不显得浅陋、轻浮与偏狭。但是不幸的是，英共在智识上极其严肃的责任感目前是无源之水、无根之木，既无关乎英国，也无关乎当下的社会主义国家，但却关乎于多年前尚且存在的国际主义。然而这种国际主义后来还是葬送在了某段时期挣扎求存所酝酿的绝望与癫狂中，今天我们称呼后者为斯大林主义。

我下公交时才意识到，刚才光是一直想即将到来的唇枪舌剑就已经让我激动到不行了：辩赢布特同志之关键在于心如止水，但我现在的心情可一点也不平静，此外我的小腹还在疼。另外我已经迟到了半个小时，而我一向都分外留意不迟到不早退，即便我在这里属于无偿劳动，我也不打算以此为由要求任何特权。（迈克尔揶揄道：你这是在践行英国上流阶层为社区服务的伟大传统，我亲爱的安娜，你就像你奶奶救济饥肠辘辘的穷人一样无偿为共产党工作。我也会这样开自己的玩笑,但倘若这种笑话出自的是迈克尔之口我就会觉得很受伤。)我马上去了趟洗手间,鉴于已经迟到,所以我走得飞快。我检查了一下,换了根棉条后开始把水一捧接一捧地往大腿内侧浇,想要冲掉那股气味,接下来又闻了闻大腿和小臂,提醒自己过一两个小时要再下来一趟,然后就上了楼。我经过自己的办公室到了杰克的办公室。杰克就在里头,约翰·布特也在。杰克说:"安娜,你今天好香。"我之前还紧绷着的神经一下子放松了下来,瞬间觉得一切尽在掌握。我看了一眼垂垂老矣的约翰·布特,他已然是个半截身子入土的老者了,我这才记起杰克跟我讲过在他年轻的时候,也就是1930年代初那会儿,当时的他无忧无虑,才华横溢,幽默风趣,还是个出色的演说家,跟当时党内的当权派对着干,而当时的他分明就是个犀利而不羁的人物。杰克在告诉我这一切之后并没有以看热闹的态度来回应我表现出来的难以置信,而是递给我了本约翰·布特二十年前写的书。那是本讲法国大革命的小说,字里行间才思卓绝,生动鲜活,勇敢无畏。我此刻看到他,不禁想:英国共产党真正的罪行在于,它毁掉了多少杰出的人物,要不然就是把他们改造成了无趣且吹毛求疵的白领。后者活在由党员构成的封闭圈层之中,与自己的土地上正在发生的一切完全隔绝开来了。我刚才调用的字眼让我又是惊讶又是不悦:"罪行"来自共产党的词库,而且毫无意义,社会在某些方面的进步已经使得"罪行"这样的词语显得愚蠢了。这时我感觉到某种新思想的萌动,我继续笨拙地思考着:共产党跟其他的机构一样,其存续有赖于吸纳批评它的人,吸纳不了的那就毁灭。我想到了很多情况与之类似的社会或组织,其管理层和其他人同样处于针锋相对、势不两立的状态,而在这些案例中,强势方要么被反对派彻底改变,要么被后者整个取而代之。然而共产党却不是这样的,我突然间有了不同以往的看法。党内有一批冥顽不灵的老顽固,而他们的对头是像以前的约翰·布特那样让人耳目一新而且年轻的革命者,双方构成了一个整体、形成了一种平衡,接下来又会出现一批像约翰·布特这样冥顽不灵的老顽固，他们的对头是另一批让人耳目一新、思维活跃且具备批判精神的人。若是没了这些虽然难逃迅速枯萎的命运、但一度鲜活无比的生命，死气沉沉、枯萎朽坏本身是难以为继的。换句话说，是我，"安娜同志"——现在我一想到布特同志冷嘲热讽的语气就不寒而栗——在喂养着布特同志，让他可以一直存在下去，而等到了时辰，我就会摇身一变成为他。当我想到这世界上不存在正确，也不存在错误，只存在其间的过程，有如轮子的转动时，我感到了恐惧，全身心都在尖叫反对这样的人生观。多年以来我一旦放松戒备就会陷入某种梦魇之中，而现在这个梦魇又回来了，它有着多种多样的形态，在我睡着时会降临，在我清醒时也会降临，而这个梦魇简单形容起来就是：想象有一个被蒙住了眼睛的人正紧靠着砖墙站着，他已经被折磨得就剩一口气了，而在他对面站着六个举着步枪准备射击的人，而这六个人正在等第七个人下令，后者业已举起了一只手，这只手一旦放下，枪声就会响起，囚犯就会倒地而亡。但是突然间却出了意外——此前为了以防万一，第七个人一直都竖着耳朵留意着四周的响动，因此也算不上是完全的意外——外面的街道上突然传来了喊叫声与打斗声。那六个人向第七人、也就是他们的长官投去了问询的眼神，而长官则按兵不动，坐视外面的战斗会如何收场。外面传来一声大喊："我们胜利了！"长官穿过空地走到墙边给那个被绑着的人松绑，然后站在了此人先前的位置上，而那个先前被绑的人现在反过来把他绑上了。有那么一刻——有如梦魇中的恐怖时刻——他俩相视而笑，笑容简短、苦涩、听天由命，此时他们情同兄弟。这样的笑容蕴含着一个我唯恐避之不及的可怕事实，足以抵消一切积极的情绪。那位长官，第七人，现在被蒙住了眼睛，背靠着墙壁等待着，此前的囚犯走向了行刑队，那六人仍然举着枪做预备射击状。他举起了一只手，然后放下，枪声响了，墙边的那具躯体抽搐着倒了地。那六名行刑的士兵感到了震惊和恶心，他们现在得去喝点酒，让酒精淹没他们杀了人的记忆。就如同他们原本也一样会咒骂并憎恨另外那个现在已经死了的人一样,他们跟跄着离去时也在咒骂并憎恨着那个之前被绑着、现在却已是自由身的人,而后者只是冲他们微笑。在这个人对那六个无辜的士兵露出的笑容之中有着一种可怕的充满理解的讽刺意味,所以这才叫梦魇。布特同志一直等着,脸上挂着的微妙、批判、提防、与鬼脸无异的微笑也一如往日。"安娜同志,您是否批准我们出版这两本杰作?"杰克脸上的表情肌不自觉地抽搐了一下,我意识到就在刚才他和我一样明白了一件事:这两本书已经板上钉钉要出版了,上头已经拍板了。这两本书杰克都看过,他以他标志性的温和口吻评价道:"都不怎么样,但也都不算太坏。"我说:"如果你真想知道我的意见,那我觉得你应该在两本里挑一本出版。声明:我觉得这两本都不怎么样。"

"我当然不指望这两本书能够企及你的那本杰作所取得的赞誉。"这不代表布特不曾喜欢过《战争前沿》,他以前跟杰克承认过,但从没跟我提过。他现在这句话的弦外之音是,我的书之所以能取得如此的成功,靠的是他所谓的"资本主义出版业的伎俩"。这我当然是同意的,只是这里的资本主义也可以替换成别的词,比如共产主义,或是女性杂志之类的。他的这种论调不过是我们共同参与的一个游戏的一部分,在这个游戏里我们都被分配了各自的角色,我是"成功的资产阶级作家",他是"工人阶级纯正价值观的捍卫者"(布特同志出身自英国上流中产阶级家庭,但这件事当然是无关紧要的)。我提议道:"也许我们可以将这两本书分开进行讨论?"我把两盒手稿摆在桌上,然后把其中一盒推给他,他点了点头。这盒手稿标题叫作《为了和平与幸福》,作者是个年轻的工人,至少布特同志是这么描述的。而事实上他已经年近四十,二十几年来一直是共产党的干部,以前当过砌砖工。这本书文笔很差,剧情呆板,但是其可怕之处在于它完全处于现今的神话体系之内。此处可以进行一个有用的思想实验:要是让一个想象中的火星人(或者针对这个议题也可以换成一个苏联人)来读这本书,他会以为(一)英国的城市都跟狄更斯笔下的贫民窟似的，深陷贫穷、失业和暴力的泥潭；（二）英国的工人全都是共产党员或者至少承认共产党理所应当是他们的引领者。这部小说完全没有触及到任何现实（杰克将其形容为"共产主义天方夜谭口水文"），然而却是对那个特定时期的自欺欺人的神话的精准复刻，而在过去的一年里我已经读到了五十多种不同形式的复刻品。我说："你心里清楚这本书写得很差。"布特同志瘦骨嶙峋的长脸上浮现出了冷淡而固执的神色。我记得他自己二十年前也写过一部小说，那部小说是如此鲜活、美好、令人惊叹，与现在的他简直判若两人。他说："这本书不是什么杰作，我也没说过它是，但我觉得这是本好书。"考虑到接下来可能的发展，这才刚开头，我还会对他提出质疑，他则会反驳，但结局仍是一样的，因为上面早就拍板了，这本书将会得到出版。党内但凡有任何鉴赏力的人，都只会因为党组织持续劣化的价值观而愈发感到羞惭。而《工人日报》[1]将会如此称赞："这本小说尽管存在瑕疵，但诚实反映了党员生活。"而任何会留意到这本书的"资产阶级"批评家只会嗤之以鼻，事实上一切只会一如既往地发展下去。然而我一下子就没了兴致，说："很好，你们出版呗，也没什么可说的了。"对面是一阵错愕的沉默，杰克同志和布特同志甚至还交换了一下眼神。布特同志垂下了视线，他不乐意了。我意识到我的角色或者说功能就是负责跟他吵，扮演好一个批评家，这样就能给布特同志一种错觉，即他是在跟一个有见地的对手交锋过后才赢得了胜利，事实上我就是那个跟他对坐着的、他必须要战胜的那个年轻版本的他。我此前居然从未注意到这一显而易见的事实，我对此甚是羞愧，这会儿甚至都开始思考——我要是从以前开始就拒绝扮演这么个任人鱼肉的批评家的角色，那些书是不是都有可能没法出版？过了会儿杰克和气地说："但是安娜，这样可不行，大家都希望你能帮布特同志提些批评和改进意见。"我说："你心里清楚这本书不行，布特同志心里

---

[1] 英国共产党中央机关报，成立于1930年，1966年后更名为《晨星报》。

清楚这本书不行……"这时布特同志抬起了他没了神采、褶皱密布的双眼看向了我,"……我心里清楚这本书不行,但是我们同样也知道这本书会出版面市。"约翰·布特说:"安娜同志,如果你能拨冗,能不能麻烦你用十几二十个字来解释一下这本书怎么就不行了?"

"就我所见,作者把他1930年代的记忆整个都原封不动地给搬到了1954年的英国,除此以外他好像还以为伟大的英国工人阶级理应忠于共产党。"他开始有怒火在目光中闪烁,然后蓦地举起拳头砸在了杰克的桌子上。"拿去出版,任人骂去吧!"他大叫道,"拿去出版,任人骂去吧!"眼下场景之荒谬直接把我给逗笑了,随后我又意识到这一切实则有多么地符合预期。约翰·布特面对着我的大笑和杰克的莞尔,整个人气得都发蔫了,他穿过了重重的防线,回撤进了最里面的堡垒之中,目光坚毅且愤怒地往墙外瞪。"我好像把你给逗笑了,安娜,你能不能好心解释下这好笑在哪里?"我一边笑个没停,一边看了一眼杰克,他对我点了一下头,潜台词是:给他解释一下吧。我再次将目光投向约翰·布特,思忖了一下说:"在你刚才的话里,我党犯下的所有错误都展露无疑,智识层面上的腐化堕落日渐清晰,19世纪那些人本主义的呼喊、不计得失的勇气、直面谎言的真诚,共产党自家的出版社现在居然连这些都打算尽数押上,就为了出版一本满纸荒唐言的蹩脚小说,脸面都不要了。"我早已怒火中烧。这时我想起来自己只是在这家出版社供职,没有批判的立场,而杰克是这里的负责人,事实上他必须得出版这本书。我担心自己之前的话伤了杰克的心,于是看了他一眼。他也回望了过来,不发一言,接着颔首,就一下,之后就露出了微笑。约翰·布特也瞧见了他的颔首与微笑。杰克转头去应对约翰的怒火,布特真的气到已经发蔫了,但人家这是正义的怒火,人家正在捍卫的可是真善美啊。之后这两人将会复盘之前发生的事,杰克会赞同我的看法,还会将这本书付印。"那另一本书怎么说?"布特问。但是我对这事早就没了兴致和耐心,只是在想,对组织的评判再怎么样也就只能到这个层次上了,党的决策和行动也只能到这个层次,连我和杰克对话的层次的边都摸不到,而我俩的对话对组织也产生不了任何影响。我立即下了退党的决心,我好奇为什么不是别的时候,而偏偏是现在。"这样吧,"我轻快地说道,"这两本书就都出版吧,本次讨论挺有意思的。"

"好的,谢谢你,安娜同志,确实有意思。"约翰·布特说。杰克注视着我,我感觉他猜到我已经下定决心了,但是这两位男士还有其他与我无关的话题需要讨论,所以我跟约翰·布特道完别就回了隔壁自己的办公室,这同时也是杰克的秘书萝丝的办公室,我俩彼此不大对付,只是冷冷地跟对方打了个招呼,然后我就开始处理自己办公桌上堆成了好几摞的期刊和报纸。

我负责阅读的英文版杂志和期刊都是社会主义国家出版的:苏联、中国、东德等等,如果其中有一则故事或文章或小说"适合英国国情",我都会提醒杰克留意,因此也就相当于提醒了约翰·布特留意。"适合英国国情"的内容很少,只是偶尔会有那么一两篇文章或短篇,然而我却和杰克一样,对阅读这些材料的差事仍旧充满热忱,而且还是出于一样的理由:我跟他都喜欢琢磨弦外之音,并从中解读出大势所趋。

但是——我最近意识到——事实并不止如此,我乐此不疲还存在别的原因,这里面多数的文字都平实、温驯、积极向上,哪怕在描写战争与苦痛时都透着股奇特的兴高采烈,所有的一一切都来源于那个神话。但是这般粗制滥造、死气沉沉又俗不可耐的文风也是属于我自己的另外一面,我现在还在为驱使我动笔写下《战争前沿》的那股子冲动而羞愧不已,而如果我必须要倚赖这种情绪才能进行写作的话,我就只好决定封笔不写。

去年一整年我都在阅读这些长长短短的文字,其中偶尔会有那么一段,或是一句,或是几个字道出了真相,我不得不承认,艺术的所有真正闪光都来自深层次、突如其来、毫无遮掩的个人情感,哪怕在翻译成外文后你也仍然能辨认出这种发自真实个人情感的闪光。当我读着这些毫无生命力的东西时,我会祈祷,来上一篇通篇都发自真实个人情感的短篇或是长篇,甚至是随便什么文章吧,一篇就好啊。

这就是悖论所在了:我,安娜,拒斥亲自创作"不健康"的艺术,但在亲眼看到"健康"的艺术时却也一样心生拒斥。

问题在于这样的东西本质上来说就是非个人化的,其庸常恰恰在于其非个人化,仿佛一位新的20世纪佚名大作家即将出道。

自打我入党以来,我的"党务工作"主要就是给一些小团体做关于艺术的讲座。我说一些诸如此类的话:"中世纪的艺术是集体性的,非个人化的,诞生自集体意识,并不具备资产阶级时代艺术强烈而痛苦的个体性。终有一日,我们将会摒弃个体性艺术强烈的自我中心倾向,回归到之前的那种艺术之中去,那种艺术表达的将不再是人类个体自绝于他的同胞的尝试,而是他对于同胞以及兄弟手足的责任。西方的艺术——"这里要用这个流行语,"——正在变得越来越像是表达苦痛与折磨的尖叫,而苦痛正在成为我们最深层的现实……"我一直以来说的都是类似的话。大约三个月前,我开始在讲座的中途舌头打结,无法继续讲下去,自此我就再没有做过任何讲座,我知道我的结巴到底意味着什么。

我意识到我之所以会莫名其妙地来为杰克工作,是因为我想要重拾我内心深处对于艺术、对于文学(因此亦是对于生活)、对于自己的封笔的那股执着,我必须正视这股执着,日复一日。

我跟杰克讨论过这件事,他听完后就理解了(他总能理解)。他说:"安娜,我党诞生至今还不够四十载,迄今也没创作出来过什么好的艺术作品,但你怎么能确定这就不是孩童学步的第一阶段呢?再过一个世纪……""再过五个世纪吧。"我抢白道。"——再过一个世纪说不定会有新的艺术形式产生呢,为什么不可能呢?"我说:"我不知道该怎么去想这件事,但我已经开始担心自己在胡说八道了。你有没有意识到我们以前的所有争论本质上都是一件事——都是个体意识,个体情感?"他也揶揄我了一句:"所以个体意识可以让你创作出你所谓的愉快的集体主义的不自私、不自利的艺术?""凭什么就不能呢?也许个体意识也属于孩童学步呢？"他点了点头，其潜台词是：这场对话很有趣，但我们还是继续工作吧。

阅读这一大堆毫无生命力的文字只是我工作的一小部分而已。由于没人对此抱有任何的期许，于是我的工作就变味了，成了"福利服务"——这是个杰克和我自己的一个戏称，迈克尔也会这么调侃我："你的福利服务进展得怎么样了，安娜？最近有没有让一些灵魂得到拯救？"

我在开始"福利服务"前去了趟洗手间，给脸补了个妆，清洗了一下大腿内侧，同时反思着我之所以能做出退党的决定，是不是因为我现在比以往想得更清楚了，而我之所以比以往想得更清楚了，是不是由于我决定把今天发生的一切都记录下来的缘故？如果真如此，那么那个会看我写的东西的安娜又是谁呢？那个会做出让我害怕的判断的另一个我又是谁呢？那个在我不在思考、记录或有意识的情况下，以不同于我的方式进行审视的人又是谁呢？也许到了明天，当另一个安娜将目光投向我的时候，我反而会收回退党的决定？其中的一个原因在于，退党之后我大概会怀念杰克吧——那个我可以与之展开讨论，不需要有任何保留，可与之讨论一切难题的人。跟迈克尔也能如此，当然了——他到头来还是会离开我的。除此以外，我跟他的关系总有种苦大仇深的感觉。然而有意思的点在于，迈克尔是个前共产党员，是个叛徒，是个迷失了的灵魂，而杰克则是党内干部。从某个层面上来说，杰克是那个谋害了迈克尔的同志的人（其实我也算，因为我也是党员）。同时杰克也是那个将迈克尔标记为了叛徒的人，而迈克尔则反之将杰克标记为了杀人凶手。这样的两个男人（他俩要是碰了头，对话里一定每一个字都充满不信任），却是唯二我能与之对话，并且对方也能理解我一切感受的男人，他们的经历中有一部分重合。我站在洗手间里往自己的胳膊上喷香水，借此来压住经血难闻的气味。这时我突然间意识到自己刚才对迈克尔和杰克两人的观察就如同我此前的那个梦魇里的两人——交换了身份的行刑者与死刑犯的。我感到晕眩而且困惑，上楼回到自己的办公室后把眼前几大摞杂志——《声音》《苏联文学》《自由的民族,觉醒!》《重生的中国》,等等(我把这些杂志当作镜子看了超过一年的时间)——都推到了一边,我觉得自己没法继续看这些东西了,单纯就是因为看不下去,我已经被它耗尽了,或者说它已经被我耗尽了。我得看看今天还有哪些"福利服务"可以做。而就在这时杰克来了,因为约翰·布特回本部去了。他说:"安娜,要不要来跟我喝点茶,吃点三明治?"杰克靠党组织给他发的工资过活,金额是每周八英镑,而他的妻子是教师,工资跟他一样。因此他必须节俭,而节俭的方法之一就是不吃午饭。我跟他道了谢,然后就去了他办公室聊了起来。我俩没聊那两部长篇,因为这事也没什么别的可聊的了:这两部小说都将得到出版,为此我俩都以各自的方式感到了羞耻。杰克有个朋友刚从苏联回国,带来了苏联排犹主义的秘密信息,还有有关暗杀、凌虐等种种迫害手段的传言。杰克和我一条一条地对:这则消息是真的吗?它听上去像是真的吗?这要是真事的话,这也就意味着……我第一百次心想,这个人居然能当上党的干部也太奇怪了,然而在应该相信什么这件事情上,他知道的却并不比我或者任何层级的党员多。我们最终的结论是——这也不是头一回了——从临床的角度来说,斯大林绝对是精神失常了。我们喝着茶,吃着三明治,推测着要是我俩在斯大林生命最后的日子里生活在苏联,会不会觉得刺杀他是义不容辞的责任?杰克表示了否定,斯大林占据了他的人生,而且是最深刻的经历中很大的一部分,所以就算他清楚地知道对方已经到了令人发指的程度,然而真到了要扣动扳机的那一刻他还是会下不去手,而只会将左轮的枪口对准自己。我说我也做不到,因为"政治暗杀有悖我的原则",对话就这样继续了下去。我心想,我俩身处安全、舒适而繁华的伦敦,身家性命与自由也并没有遭受威胁,在这种情况下进行这样的对话真的好差劲,也真的好不真诚。我越来越担心的某件事发生了:字词正在失去它们的意义。我能听见杰克和我自己的对话——那些字词仿佛来自我体内的某个未知的所在——然而这场对话却不具备任何的意义。我眼前一直**浮现**着我俩谈及的画面——那些死亡、凌虐、审讯之类的场景,而我俩使用的语言与浮现在我眼前的画面不存在任何的关系,听上去就像是白痴的喏喏、疯子的呓语。杰克突然说道:"安娜,你是打算要退党吗?"我说:"是的。"杰克点了点头,这个动作友善且不带任何评判的意味,还透着股孤独。一道鸿沟瞬间横亘于我俩之间——这无关乎信任,我们是信任彼此的,但关乎此后的人生。他会留在党内,因为他已经入党了太久,因为这已经是他的人生了,因为他所有的朋友还在党内并会继续如此。要不了多久,我俩见面时就会形同陌路。我心想,他是多好的一个人啊,所有像他的人该是多好的人啊,然而这样的人又会怎样被历史背叛呢——我这样说看似夸张,实则恰如其分。我要是现在把这话讲给他听,他一定会对我单纯而友善地点一下头,然后两人四目相视,目光里带着讽刺的心领神会——但是这又有什么用呢(就像是在行刑队前交换位置的那两个人)。

我打量着他——他坐在自己的办公桌后,一只手里还拿着那个吃了一半,水分与味道都所剩无几的三明治,看起来就像是个牛津或者剑桥的老师——他曾经确实有过走上那条道路的可能性,毕竟他单纯,戴着眼镜,皮肤白皙,脑子也灵光,还体面。是的,就是这个词,体面。然而在这样的表象之后,他有一部分跟我一样,属于那充斥着鲜血、杀戮、惨祸、背叛、谎言的可悲历史。他说:"安娜,你是哭了吗?"

"我还挺容易哭的。"我说。他点了点头,说:"你应当去做你认为该做的事。"我笑出了声,作为一个英国人,他的成长经历给他带来了体面而开明的良知,他是出于这种良知才这么说的。他也明白我为什么会笑,于是点了一下头说道:"我们都是自身的经历的产物,我作为一个有良知的人类却不幸长在1930年代初。"我瞬时觉得郁闷难忍,于是说:"杰克,我得回去干活了。"接着就回了自己办公室,把脑袋埋在了环抱的手臂之中。谢天谢地,那个蠢秘书这会儿吃午饭去了。我在想:迈克尔就要离开我了,一切都结束了,尽管他好多年前就退党了,他依然是全局的一部分。我现在要退党了,我人生的一个阶段行将落幕,那么然后呢?我要冲出囚笼,振作精神,投入新生活,我必须如此。我将会褪去一层皮,或者就是整个重生。那个秘书,萝丝,回来了,瞅见了我把头埋在双臂中的一幕,问我是不是病了。我说我缺觉,刚小睡了会儿,说罢就开始处理"福利服务"。我退党后会怀念这些的,我留意到自己在想"我会怀念这种自己正在从事一件有用的工作的幻觉",于是又开始思考,自己是否真的相信这一切只是幻觉。

大约十八个月以前,一本党刊刊载了一小段文字,提到鲍尔斯与哈特雷,也就是我们这家出版社,决定出版小说以及社会学、历史等相关书籍,现在这已成了我们的主要业务了。在这一小段文字见报后,投稿就像雪花般涌入了办公室。我们以前还开过玩笑说,每个共产党员肯定同时也是个兼职的小说家。但是这时这句话不再是个玩笑了,因为每一份投稿——其中有些很明显在抽屉里搁置了多年——都附着一封信件,而处理这些信件就成了我的工作。这些小说大部分质量很差,作者如果不是个平庸的佚名,就是个毫无天赋可言的一般人,然而这些信件总体上的基调就很不一样了。我曾经跟杰克说过,很遗憾我们并不能挑出五十几封这样的信件结集出版。对此他回应道:"但是我亲爱的安娜,真要这么做的话就属于反党行径了,你这算是哪门子的建议呀!"

一封典型的来信如下:"亲爱的普雷斯顿同志:我不知道你对于我寄去的稿子是什么看法,那是我四年前写的了。我把稿子寄给过主流的那些'有口皆碑'的出版商——就这么着吧!当我得知鲍尔斯和哈特雷出版社决定要像之前对待常规的哲学书刊一样开始激励文学创作时,我感觉自己一下子就有了勇气,于是决定再碰碰运气。也许这正是大家等待已久的组织即将转变对真正的创作的态度之征兆?不论这意味着什么,我期待着你的回信——这点毫无疑问!此致,同志般的敬礼。又及:对我来说,腾出时间来写作并不容易,我是我们本地党支部的秘书(支部在过去的十年里从五十六位党员缩减到了十五人——这十五人中的大多数就只会打瞌睡）。我在我们工会里是积极分子，同时也是本地音乐剧协会的秘书——抱歉，我担心要是不这么论证我们这里文化事业的存在就会遭人鄙夷，尽管我知道本部对此会如何评价！我有妻子和三个孩子，所以为了写这部小说（如果它能配得上这个名称的话），我每天早上四点就起床了，在孩子和我那更好的另一半起床前写上三个小时，然后就出门去办公室，然后又是被老板们压榨的一天——我指的是贝克利水泥有限公司。没听过？得嘞，听我一句，如果我能用一部小说来写写他们这些人和他们干过的勾当，他们就会以诽谤罪的名义把我推上被告席。就这么着吧！"

另一封是这样的："亲爱的同志：冒昧来稿，诚惶诚恐。我期望您能给出**公正**的评判——我的稿件已经被咱们所谓的文化杂志退回太多次了。组织总算决定激励党员中有才华的人，而不再像以前那样每次一开大会就举办文化讲座，实事却一件不干，对此我很是高兴。那些关于辩证唯物主义以及农民起义历史的大部头著作是挺好，但生动的文章不也很好吗？我有着丰富的写作经验，最早能追溯到战争时期（二战），那时我给我们营的小报写过东西，从此以后一有闲暇就会动笔写写东西。但是麻烦事来了，我有了个太太和两个孩子（那些国王街的专家认为对于一个党员同志来说，与其**浪费时间涂涂写写**，倒不如出去分发传单，而我太太对专家的看法则是举双手双脚赞成），这意味着我不仅要跟她打游击，还要和本地的干部打游击，我一说我想利用休息的时间写作，他们就摆出一副冥顽不灵的态度。此致，同志般的敬礼。"

"亲爱的同志：如何动笔写这封信是我最大的难题，但是我要是连做出尝试都这么迟疑和恐惧，我就永远都无从得知你们是会发自真心地帮助我，还是会把我的信丢进废纸篓里。我首先是以母亲的身份写这封信的。如同成千上万的其他女人一样，我的家也在战争的后期破碎了，我不得不独自抚养我的两个孩子，尽管那时我已经写完了一部关于我少女时代的编年史（而非小说），而且这部作品还得到了我们的某家最好的出版社内部人士的好评（恐怕也是个资产阶级，他当然可能会带有某些偏见——我从未隐藏过我的政治信仰！）然而因为身边还有两个孩子需要照顾，我只好完全放弃通过文字表达自我了。我还算走运，给一个膝下育有三子的鳏夫当了管家，于是五年的时间就这么愉快地过去了。他后来再婚了（不太明智的决定，但这就是另一个故事了），也就不再需要我来帮他操持家务了，我和我的孩子只好另寻住处。之后我在一个牙科诊所当前台接待，靠着十英镑的周薪养活孩子和自己，同时还要保持表面上的体面。现在我的两个儿子都已经开始上班了，我的时间突然重新属于我自己了。我四十五岁了，但是要说我的余生也就这样了，我是不甘心的。朋友或同志们告诉我，将闲暇都奉献给党是我的职责所在——尽管我没时间为组织做什么实事，但我仍然对其保持着思想层面上的信仰。但是——我怎么敢这么承认呢？——我对党的看法有些乱，而且时常是负面的。我从前对人类的远大前景怀抱着信仰，现在却通过阅读接触到了另外的资讯，我没办法让这两者和解（尽管的确我们读到的都是资产阶级出版的东西——但是似乎也可以说无风不起浪吧？），但我相信我能通过写作来更好地服务于那个真实的自我。然而我此前把时间都花在了家政服务和养家糊口之上了，很久都没接触到生活更美好的那一部分了。我该阅读哪些书目，我该如何自我提高，我该如何把失去的时光都弥补回来，还请你们给我提供一些建议。致以手足般的问候。又及，我的两个儿子都上了文法学校[1]，而他俩的学识恐怕也远在我之上，这都让我感到自卑，并难以释怀。对于你们善意的建议以及帮助，任何语言都不足以表达我全部的感激之情。"

在过往的一年里我一直都在回复这些信件，与这些作者会面，为他们提供切实的建议。比如那些需要跟他们党支部的干部争取时间写作的人，我会让他们来一趟伦敦，然后我和杰克会带他们去吃午饭或者喝

---

[1] 相当于中学。

茶，让他们（杰克的角色很关键，因为他在党内身居高位）去和那些干部斗争，让他们坚决捍卫自由支配自己时间的权利。上星期我协助一名妇女去了趟法律援助处，让她能在跟自己丈夫离婚这件事上得到些建议。

在我应对这些信件或来信者时，萝丝·拉蒂莫总是故意跟我唱反调。她是典型的属于这个年代的党员，拥有下层中产阶级的出身，仅凭"工人"二字就可以让她的双眼噙满泪水。她在演说中一说到"英国工人"或"工人阶级"这样的短语时，声音都会由于崇敬而一下子柔和起来，而她每每去地方上组织会议或进行讲演，回来的时候就没有哪次不是兴高采烈的。"了不起的人民，"她说，"伟大的人民。他们**真实**。"一周前我收到了一封来自一位工会干部的妻子的信，一年前她跟萝丝共度过周末，当时萝丝回伦敦之后也一如既往地赞颂着伟大而真实的人民。这位妻子抱怨说自己生活在牢笼中：她的丈夫不是跟他工会里的弟兄在一起，就是泡在酒吧里，她在照料四个孩子的过程中从没有得到过他一星半点的协助。而在信件中往往会一语道破天机的附笔部分，她还补充说他俩已经八年"没有爱"了。我不置一词地将这封信交到萝丝的手里，她读完后戒备而愠怒且语速飞快地说道："**我本人**当时在现场并没有看出任何这样的迹象。这个男的是大地上的盐[1]，这些民众都是大地上的盐。"然后她就把信件交还给我，脸上挂着灿烂的假笑："我猜你是打算鼓励她顾影自怜。"

我意识到要是哪天身边一下子就没了萝丝的纠缠，那该是多么如释重负。我很少会讨厌一个人（至少不至于讨厌太久），但我对她的讨厌是有意识且无时无刻的。她的外形我也讨厌，她长着一根颀长瘦削、恣意

---

[1] 典出《新约·马太福音》耶稣使用的一个比喻："你们是世上的盐。盐若失了味，怎能叫它再咸呢？以后无用，不过丢在外面，被人践踏了。"在现代英语里这个比喻常用以形容一个人缺少主见。

蔓生的脖颈,黑头和体垢遍布其上,而在这令人不快的脖颈之上还长着一颗近似于鸟类狭窄、光滑而小巧的头颅。她的丈夫也是党内的干部,性格很好,但不大聪明,老挨她的骂。她还有两个孩子,她以最典型的中产阶级的方式抚养他们长大,总在担心他们的谈吐和前途。她从前是个非常漂亮的姑娘——我听人说在1930年代她是党内"数一数二的美人"。当然,她让我胆寒的点跟约翰·布特一模一样——我该怎么做才能避免变成她那样呢?

当我的思绪弥散于对她脏兮兮的脖颈的注视之中时,我想起今天对个人卫生的忧虑另有其原因所在,于是我又去了一趟洗手间。我坐回自己的办公桌前时,下午的邮件也到了,又来了两份稿件及附着的两封信。其中一封来自一位需要领养老金的老者,他七十有五,独居,指望能通过这本书(看着写得很差)的付梓出版来"缓解我的老迈"。我本打算拜访一下他,然后才意识到自己即将辞职不干了。我要是不去的话,还有谁会去呢?大概就没人了吧。好吧,那我的干预能起到任何作用吗?在这一年的"福利服务"中,我不指望自己写过的信件、登门的造访、给过的建议,甚至是在现实层面上给过的帮助真的起到过什么作用,也许只是帮对方减少了些许的沮丧和不快——但这种思考方式很危险,对我来说太过于自然而然,我对此是害怕的。

我去找杰克,他一个人坐着,袖子卷起,双脚搭在桌上,正抽着烟斗。他苍白而睿智的脸庞此刻聚精会神,愁眉不展,这下他比以往任何一刻都更像是个休憩中的大学教师了。我知道他正在思考他的业余课题。他专攻苏联共产党史,好像已经写了五十来万的英文单词的相关专题文章了,但目前却不可能付印,因为他对像托洛茨基这样的人物都予以了忠实的记录。他为此收集了不少手稿、笔记和谈话记录。我调侃他道:"再过两个世纪你就能让这些事实真相重见天日了。"他淡然地一笑,说:"或者等个二十到五十年。"这般细节翔实的作品可能会很长时间,甚至到他离世的那天都不会被世人所知,这件事对他却完全不构成困扰。他曾说过："要是有个足够幸运的党外人士能率先发表关于这个选题的研究，我也完全不会感到意外。但是从另一方面来说，党外人士不可能像我一样能接触到特定的人员以及文件。所以这两条路就都被堵死了。"

我说："我退党后还会有人来帮助这些人解决麻烦吗？"他说："唔，我可雇不起专人来干这个，毕竟党内像你这样可以靠版税过活的同志也不多。"然后他的态度又软了下来，说："事态最严重的那些我会留意的，看看能做些什么。""有个需要领养老金的老人家。"我一边说，一边找了个座位坐下。我俩紧接着就开始讨论能做些什么，然后他说："所以你是不打算提早一个月知会我咯，我可以这么理解吗？我之前就一直觉得你有朝一日会这样——下了决心后就扬长而去。""唉，我要是不那样就永远都退不了党。"他点了点头。"你还打算另寻工作吗？""我不知道。我要好好想想。""所以相当于暂时撤离？""问题在于，我的脑子好像一团糨糊，对什么事情的态度都自相矛盾。""谁的脑子还不是团自相矛盾的糨糊了，这重要吗？""这对于我们理应是重要的，难道不是吗？"（这句话的意思是，对于共产党来说这应当是重要的。）"但是安娜，你有没有想过，纵观历史……""噢杰克，别再来'咱们来谈谈这五个世纪以来的历史'那套了，这分明就是避重就轻。""不，这可不是避重就轻。因为历史上可能就只出现过大概五个、十个或者五十个其认知与他们所在的时代真正匹配的人。要是我们对于现实的认知与我们所处的时代并不兼容，这又有什么呢？我们的下一代……""或者我们的曾曾曾曾孙辈。"我说道，语气听起来有些气恼。"好吧——我们的曾曾曾曾孙辈，等他们回望历史，他们会发现活在过去的我们看待世界的方式，我们此刻看待世界的方式的谬误所在，但是到他们自己的视野又会受限于他们所处的时代。这也没什么。"

"但是杰克，这太扯了……"我发现自己的嗓音开始变得刺耳，于是闭了嘴。我意识到我的经期综合征发作了，每个月都会在某个时刻暴发那么一次，由于它总会让我感到无助而且失控，我也因此总会被它所激怒。而我被激怒的另一个原因是这个人在大学里学了很多年的哲学，因此我没办法对他说：我之所以知道你错了是因为我感觉到你错了。（除此以外他的言语间还蕴含着一种危险的魅力，而我也知道自己一部分的愤怒是为了抵御这样的魅力。）杰克没把我刺耳的嗓音放在心上，他温和地说道："无所谓，安娜，我希望你能好好想想——黑白分明的是非观本身就很自负。"（自负这个词触动到了我，因为我总是批判自己太过自负。）我笨拙地说："但是我已经想了又想，想了又想。""不是的，我再梳理一遍吧：在过去的十几二十年里科学取得了革命性的成就，其下的各个学科领域都是如此，这世上恐怕没有一个科学家能够全部甚至是部分地理解科学。可能有个在马萨诸塞州的科学家理解一件事，另一个在剑桥的理解另一件事，再一个在苏联的理解第三件事——以此类推。但是我甚至连这个都感到怀疑，我怀疑是不是真的有哪个活生生的人能开创性地吃透比如核能的工业应用……"我感觉他已经离题万里了，而我执着地固守着自己的话题："你说了这么多，无非是想说我们必须向局部性举手投降。""局部性。"他说。"是的。""我其实要说的是，你并非科学家，你并不具备科学性的想象力。"我说："你自己是人文主义者，你在学校里受到的就是这方面的教育，然后你忽然就高举双手，说自己因为没有受过物理学和数学的专业训练，所以对任何事物都不具备判断能力？"他看上去有些不自在。他很少会如此，这也让我不自在了起来，但我依然继续陈述着我的观点："彼此分隔，整体分解为局部，这可有悖共产主义的道德使命。突然间你就那么耸耸肩，说因为我们生活的物理基础正越来越复杂化，所以我们就可以满足于现状，不用再去试图理解事物的全貌了吗？"这时我发现他脸上的表情已经变得固执而封闭，让我想到了约翰·布特的那张脸，而且这张脸看起来还动了怒。他说："不屈从于局部性并不意味着非要绞尽脑汁地去对一切正在发生的事物达成理解，或是试图去达成理解，而应尽可能地去做好自己的工作，并做一个好人。"我觉得他已然背弃了自己本应坚持的立场。我说："叛徒。""我背叛了什么？""人文主义。"他想了想，然后道："跟万事万物一样，人文主义的内涵也是会发生改变的。"我说："那它就成别的东西了，但人文主义主张每个人都要成为一个完整的人、一个完整的个体，并且力争对宇宙中的一切都尽可能地达成认知，负起责任。但你现在却在这儿气定神闲地一坐，分明是个人文主义者却在说鉴于目前科学的复杂性，人类就应当永远放弃自我完善，永远地不完整下去。"他开始思索。一瞬间我注意到他看起来有种不成熟不完整的感觉，而我在想这是不是因为我已经决定要退党，所以把自己的情绪投射到他身上的缘故，还是说这么久以来我都错看了，把他想成了另一种人。我很难不想起他的那张脸分明是一张老男孩的脸，而且我还记得他娶了一个年纪足够当他妈的女人，而且他俩很明显是因为爱情才结的婚。

我不依不饶道："你刚才说，不屈从于局部性只关乎做好自己的工作什么什么的，行吧，你可以把这句话拿去跟隔壁的萝丝说。""哦，是啊，我是可以这样。"我不敢相信他这句话是认真的，我甚至还试图找寻这句话里理应蕴含的一丝调侃的意味，之后才发现他的确是认真的，我再一次陷入思考，我跟他之间的不和谐音为什么偏偏等到现在，在我表明我准备退党之后才出现。

他蓦地把烟斗嘴从嘴里拔出，说："安娜，我觉得你的灵魂现在很危险。"

"非常有可能啊。这又有什么可怕的呢？"

"你现在的处境相当危险。你靠我们出版业太过随意的酬劳标准挣了足够多的钱，于是你就没了工作的必要……"

"我从没说过这些钱是靠我的天赋异禀得来的。"（我发现自己的嗓音再度变得刺耳起来，于是挤出了个微笑。）"你的确没有，你的这本书仍可能在今后的一段时间里给你带来足以不事劳作的收入，你的女儿也还在上学，目前也不会给你带来太多的麻烦，所以没什么能阻止你坐在某个房间里无所事事地胡思乱想。"我大笑了起来（笑声听起来像是被激怒了)。"你笑什么?""我上学的时候有过一个老师,当时正值我脾气火爆的青春期,她说:'别胡思乱想了,安娜,走出门去干些什么吧。'""也许她是对的。""但问题是,我不认为她是对的。我同样也不认为你是对的。""行吧,安娜,那也没什么可说的了。""而且我也不认为你有过任何相信自己是对的时刻。"他脸上微微泛起了红晕,然后很快就充满敌意地瞥了我一眼,我的脸都能感受到他敌视的眼神的停留。我震惊了,我没想到我跟他之间会突如其来地生出敌意,特别还是在这样即将分别的时刻,但也正是由于这一刻的敌意,分别并没有像我之前预期的那般痛苦。我俩湿着双眼亲吻了彼此的脸颊,然后紧紧相拥,但是最后一刻的争执还是毫无疑问地改变了我们对彼此的观感。我很快就回了自己的办公室,抓起外套和包就下了楼。谢天谢地,萝丝并不在,所以也无须再对任何人解释什么。

天又下雨了,还是恼人的小雨,四周的建筑巨大而暗沉,湿漉漉的,在反射的光影中被罩上了一层雨雾,大巴在雨水中显出了充满活力的猩红。我就算现在打车赶去学校接詹妮特也已经晚了,于是我爬上了一辆大巴,坐在浑身湿透、散发着潮味的乘客中间。此刻我最希望做的事就是泡个热水澡,越快越好。我的大腿相互摩擦时已经开始黏嗒嗒的了,腋下也湿了,在大巴上我瘫软地陷入了虚空,但我决心不再多想,为了詹妮特我必须振作起来,唯有这样我才能将那个需要去办公室坐班,跟杰克吵个没完,读着抑郁的来信并讨厌萝丝的安娜抛于脑后。我到家后发现家里没人,于是打电话给了詹妮特朋友的母亲。詹妮特会七点到家,她还在玩游戏,游戏还没结束。我打开了浴缸的龙头,浴室里很快充满了蒸汽,我开始泡澡,不紧不慢地享受着过程。洗完澡后我看了一眼那条黑白两色的连衣裙,发现领子略微有些脏,也就是说穿不了了。一想到自己居然把这条连衣裙浪费在了办公室里,我就一肚子的火。我重新挑选了着装,这次穿了一条活泼的条纹长裤和一件黑色丝绒夹克,但是我仿佛能听见迈克尔在耳边说:"你今天晚上怎么这么男人婆啊，安娜？"——于是细细地梳理了一下自己的头发，完全消除了身上男人婆的气息。我现在充满了干劲，开始做两餐饭，一餐给詹妮特，另一餐给迈克尔和我自己。詹妮特这段时间喜欢上了奶油菠菜烘蛋，我还打算烤个苹果，但是却忘了买红糖，于是心急火燎地下了楼去往杂货铺，正好赶上他们准备打烊，但他们还是好说话地招呼我进去了，而我发现自己成了他们喜闻乐见的游戏中的一员：那三个穿着白褂子的男售货员拿我逗趣，管我叫甜心和丫丫，我成了宝贝小安娜，宝贝小姑娘。我再一次心急火燎往楼上走，这时莫莉也到家了，汤米也跟着她回来了，他们正大声地争吵着什么，我假装没听见，上了楼。詹妮特已经在楼上了，她活蹦乱跳的，但是与我之间却有了隔阂，她在学校时就一直在孩子的世界里，去她朋友家玩的时候也还是在孩子的世界里，而她现在也不打算从那个世界里出来。她说："我能在床上吃晚饭吗？"我摆摆样子道："噢，你可真懒！"她说："对啊，但我不在乎。"然后就自说自话地去浴室往浴缸里放水了，然后我就听见她和莫莉在几级楼梯下欢声笑语。对于莫莉来说，她跟孩子在一起的时候不费吹灰之力就能变成一个孩子，她现在正在讲动物们接手了一家剧院的经营，但是没人注意到它们是动物的荒诞故事。我也被这个故事吸引住了，于是走到了楼梯转角平台也听了起来，而汤米则在下一层的转角平台上，他也在听，只是脸上挂着不悦而挑剔的神色——他的母亲与詹妮特或别的孩子在一起最是让他恼火。詹妮特大笑着把浴缸里的水泼得到处都是，我能听见水洒在地上的声音，这回轮到我恼火了，因为这下我就得负责把地上的水给清理干净了。之后詹妮特睡眼惺忪地穿着她白色的睡衣上楼来了，我则下了楼擦干了浴室地板上的汪洋大海。等我回楼上时詹妮特已经钻到床上了，漫画书摊了一床。我把一盘菠菜烘蛋和一盘粘着一小坨松软奶油的烤苹果装在托盘里，给她端进了房间。詹妮特说："给我讲个故事吧。""很久很久以前有个小姑娘，她叫詹妮特。"我开始讲故事，她的脸上露出了愉悦的微笑。我讲述说这个小姑娘在雨天去了学校，她上课听讲,和其他小朋友玩耍,和她的小伙伴争吵……"不是的,妈咪,我今天才没有吵架,那是昨天的事。我永远都**爱**玛丽。"于是我把故事改成了:"詹妮特永远都爱玛丽……"詹妮特半梦半醒地吃着晚饭,把餐勺一下下地往嘴里送,听我编着她这一天的故事。我注视着她,也看见了正注视着她的我自己。隔壁的婴儿正在啼哭,之前那种愉悦的亲密感再度续上了,我也给故事收了尾:"然后詹妮特吃了一顿美好的晚餐,晚餐有菠菜,有鸡蛋,有苹果蘸奶油,隔壁的小宝宝小哭了会儿,然后就不哭了,进入了梦乡,而詹妮特刷完牙就睡觉去了。"我拿过了托盘,詹妮特说:"我必须得刷牙吗?""当然啦,故事都这么说了。"她的双腿横着挪动到床铺的边缘,然后伸进了拖鞋里,梦游似的走去了水槽边,刷完牙就回来了。我帮她熄了灯,拉好了窗帘。詹妮特入睡前躺在床上的姿势颇像个大人:她仰面朝天,双手垫在脖子底下,眼睛注视着微微晃动的窗帘。天又开始下雨了,这次是大雨。我听到了底层的房门关上的声音:莫莉出门上剧院去了。詹妮特也听见了,说:"我长大以后要当演员。"昨天她还说要当老师呢。她迷迷糊糊道:"唱首歌吧。"然后闭上了双眼,喃喃道:"今晚我是个小宝宝。我是个小宝宝。"于是我一遍又一遍地唱着歌,而詹妮特等着听我会给歌词做出怎样的改动,因为我会替换各种各样的词:"宝宝摇啊摇,躺进暖暖的床,会有可爱的梦儿来到你身旁,你会梦啊,梦啊,穿过黑暗的夜晚,平平安安暖洋洋,迎接早晨的阳光。"要是詹妮特发现我挑的词不合她的意,她会让我停下再换个词,但是今晚我都猜对了,于是我就这么唱了一遍又一遍,直到她睡着。她入睡时看起来是那么毫无防备、那么娇小,以至于我必须得抑制住想要保护她,想要把所有可能的伤害关在她的门外的强烈冲动,而今晚这股冲动比以往还要强烈。不过我知道这是因为我正好处于生理期,是我自己想要倚靠其他人。我走出了她的房间,轻轻地关上了门。

  现在该给迈克尔做饭了。我解开那捆早上特地锤松了的嫩牛肉,然后将肉片裹上了蛋黄和面包糠。这些面包糠是我昨天烤的，因此尽管空气中飘着股潮味，面包糠闻起来却依旧新鲜干爽。我把蘑菇剁成了泥，接着从冷藏室里取出了骨汤冻放了满满一平底锅，然后再进行解冻和调味。做詹妮特的晚餐时还剩了几颗苹果，我用勺子挖出了苹果仍然温热的果肉，将它打碎并过滤后与香草风味的淡奶油混合，然后反复搅拌直至浓稠，再把混合液倒回到苹果皮外壳中，最后把所有的食材都塞进烤箱，烤至焦黄。厨房里现在满是食物的香气，突然之间我又快乐了起来，我能感到暖意流遍了全身，只是胃里仍留有一股寒意。我心想：快乐是假的，这种心情只不过是过去的四年里所有这样的时刻所培养出来的一种习惯罢了。于是，快乐就这么消散无踪了，绝望和疲惫接踵而至，其后还伴随着内疚。我对这种内疚感及其五花八门的变体甚至熟悉到了对其感到无聊的地步，但我还是得跟它们死磕。也许我陪伴詹妮特的时间还不够——噢，扯淡，要是我的教育方式有问题，她也不可能这么愉快而松弛。我太自我为中心了，杰克是对的，我就应该简简单单地做一份工，而不是这样专注于自己的思想——扯淡，我不信。我不该这么讨厌萝丝的——只有圣人才会不讨厌她吧，她就是个糟糕的女人。我现在靠着不劳而获的钱过日子，而其他更有天分的人却在流血流汗——扯淡，这又不是我的错。我心中有各式各样的自我嫌恶，与之搏斗使我疲惫不堪，但我知道在这世上并非只有我一人需要进行这样的搏斗。当我和其他女人谈及这件事的时候，她们也会告诉我说自己明知道各种自责是不理智的，但也还是得与之搏斗。而自责通常都与工作，或者想要拥有属于自己的时间这样的愿望有关；自责是神经系统在过去养成的习惯，正如同片刻前我的快乐也是神经系统从某个已经落幕的场景中养成的习惯一样。我热了瓶红酒，然后回到自己的房间，开始享受低矮的白色天花板、阴影中惨白的墙面和壁炉中红色的火光。我坐进了一张大椅子里，而此刻我的心情无比低落，必须强忍着才能勉强不落泪。我为迈克尔做饭，然后等着他，我感觉自己这分明就是在强打精神——这有什么意义呢？他已经有别的女人了，他关心她胜于他关心我。我就是知道。他今晚之所以愿意来乃是出于习惯或是善意。为了抵御这股抑郁，我再次将自己推进自信与信任的情绪中去（就仿佛走进我心里的另一个房间一样），说：他很快就会到，我们会共进晚餐，一起喝点红酒，接着他会跟我讲今天工作时遇到的事，我俩抽完烟后他将拥我入怀。他会说："我亲爱的安娜，别把你的自责强加给我。"在我来月经的时候，我在夜晚需要知道迈克尔还爱我才会安心，我心里有道我从未选择拥有的伤疤，而这将会驱除这道伤疤之上的怨恨，然后我俩会一整晚都睡在一起。

　　我发现时间已经不早了，莫莉都已经从剧院回来了。她问："迈克尔还来吗？"我说："来的。"但我能从她的表情里看出她真实的想法，她觉得他不会来了。她问我白天过得如何，我说我决定要退党了。她点了点头，说她一度同时隶属于六七个不同的委员会，当时她总有一堆的党务工作要忙，而她现在只隶属于一个委员会，却再也干不动任何党务工作了。"所以到头来都是一样的结局，我感觉。"她说。不过今晚令她忧心的是汤米，她不喜欢他的新女友。（我也不喜欢。）她说："我刚意识到，他的女朋友全是一个类型——她们的共同点就是跟我**毫无相似**之处。她们只要一在这儿出现，身上就时刻散发着对我的否认，而汤米非但没发现我们的不和，他反而还拉着我们一块处。换句话说，他的女友们在他眼中有点像是他的**第二自我**，他以此来表达他没挑明过的对我的看法。你觉得这种解释牵强吗？"并不牵强，我心里觉得她说得没错，嘴上却说这有点牵强。我在汤米的议题上比较小心翼翼，就像她在迈克尔的离去这件事情上也比较小心翼翼——我俩都在照应着对方。她又开始说她的遗憾之处在于汤米成了个苦心孤诣的异见人士，他因为在煤矿里待了两年，于是就成了某个小圈子里的英雄人物，而"我受不了他身上自鸣得意自视甚高的劲儿"。这也让我有些窝火，但我嘴上说的却是他还年轻，会成熟的。"我今天晚上还说了句狠话，我说成千上万的人都在煤矿里干过，而且一干就是一辈子，连他们都没把这当回事，天地良心你就别再捧个鸡毛当令箭了。这么说他当然不大公允,像他这样背景的男孩子能下到煤矿里去工作,而且他也确实坚持到底了,**这是件了不起的事……算了算了!**"她点了支烟,我看着她把双手搭在了双膝上,连她的手看起来都是蔫蔫的。她说:"让我害怕的是,我似乎从没有在任何人做的事情里看到过任何**纯粹**的东西——你知道这意味着什么吗?就算他们真的做了什么好事,我心里还是会特别的瞧不上他们——**这很不好,对吧?**"我可太清楚她想表达什么了,嘴上也这么跟她说了,然后我俩在压抑的静默中干坐着,直到她开口道:"我觉得汤米会娶现在这个。我就是有这样的预感。""嗨,他反正总得在这些人里头挑一个结婚吧。""我知道接下来的话听起来像是我在记恨自己儿子要结婚——唔,当然这个因素也是有的,但是我发誓我真觉得那姑娘不太行,她太他妈中产了,而且她居然还是个那样的社会主义者[1]。我第一次见到她的时候心里就在想:老天爷,汤米怎么给我带了这么个托利党回来?结果后来发现她是个社会主义者,就是那种牛津毕业的学术社会主义者,学的社会学,你也懂的,她就属于凯尔·哈第[2]会在她周围阴魂不散的那种人。这群人[3]要是能亲眼瞧见在后世接过自己衣钵的都是些什么样的人,只怕是会大吃一惊,汤米的新女友一定会叫他们大开眼界。反正你也知道,这群人只要动动嘴皮子,商量着让工党兑现承诺,保险政策和存款账户就会在他们四周凭空出现。昨天她甚至告诉汤米说他应该为自己的老年做规划,你敢信?"我俩齐声大笑了起来,但这并不厚道。她走下楼梯,道了晚安,语气很是温柔(就像我跟詹妮特道晚安时一样温柔),而我心里清楚她是因为迈克尔今晚不来而在为我难过。现在已经将近十一点了,我明白他是不会来的了。电话铃响了,是迈克

---

[1] 在西方语境下,社会主义者并不等同于共产主义者或共产党人,多数时候指的是社会民主主义者。
[2] 英国工党的创始人以及首位领导者,童年时代就已经开始在煤矿工作。
[3] 指凯尔·哈第这样的早期社会主义者。

尔打来的。"安娜,对不起,但是我今晚终究还是去不了你那儿了。"我说没有关系。他说:"我会给你电话的,明天——或者再过上几天。晚安,安娜。"他又结结巴巴地补了句:"如果你今天特地为我下了厨的话,我很抱歉。""**如果**"二字瞬时让我怒不可遏,而之后让我感到诧异的是我居然会因为这样的小事而发火,于是笑出了声。他听到了我的笑声,说:"哎呀,安娜,你啊你……"他的意思是我没良心,一点都不在乎他。而我突然间忍不了了,说道:"晚安,迈克尔。"接着就把电话给挂了。

我把所有的菜都从灶台上端了下来,挑出下顿还能吃的仔细储藏好,其余的就都倒掉了——也就是说几乎全都倒掉了。我坐下心想:行吧,他明天要是来电话……但我知道他是不会来电话的。终于,我明白了,这,便是终幕了。我去看了下詹妮特是不是已经睡着了——我知道她已经睡着了,但是我必须得看一眼,此刻我也知道了那团可怕的盘旋着的黑色混沌已经将我重重包围,等着侵入到我的体内。我必须在自己化作混沌之前赶紧睡觉。我因为痛苦和疲惫而浑身颤抖,于是倒了满满一杯葡萄酒,三两下就喝下了肚,然后就上了床,脑袋在酒精的作用下晕晕的。明天,我心想——明天——我会负起责任,直面我的未来,拒可悲的命运于门外。然后我就睡了,但在睡着前我能听见自己的呜咽,睡梦中的呜咽,此次在其中的只有苦痛,不剩任何的欢愉。

【以上的全部内容全被划上了删除线——底下还草草地写着:不行,还是不成,还是一如既往地失败了。上面长篇累牍的记录笔迹潦草杂乱,下文则是完全不同的笔迹,比上文更为工整:】

1954 年 9 月 15 日

平常的一天。在与约翰·布特及杰克讨论的过程之中我做出了退党的决定。我现在必要要留意,不要再像憎恨此前已经告一段落的人生一样对组织也心生憎恨。其实我已经注意到了这样的苗头了：我对杰克感到厌恶的时候就不理性。詹妮特跟以前一样没什么问题。莫莉还在担忧汤米的事，我认为她的担忧不无道理。她预感到他会和他的新女友结婚，呃，她的预感通常都不准。而我意识到迈克尔终究还是决定要一走了之，我必须要让自己振作起来。

Free Women

3

自由女性 其三

汤米让自己适应失明的状态。
与此同时，长辈们试图向他伸出援手。

  汤米在生死线上徘徊了一周的时间。在那一周的末尾，莫莉的声音变得与她平日里笃定的语调相距甚远，她说："还挺怪的，他之前明明在死亡的边缘徘徊了这么久，现在刚确定能活下来，我们一下子便觉得这理所当然；但他要是没能挺过去的话，我们那时候是不是又会觉得他的死在所难免？"在过去的一周里，这两个女人或是在医院里汤米的病床边上陪护，或是在医生们商议、看诊、手术的时候在隔壁等待区里等待，或是回安娜的寓所照顾詹妮特，或是收取慰问信，接待慰问者，再不然就是拿出她们剩余的精力来对付公然谴责她俩的理查德。在这一周，当时间停止，感官也停止的时候（虽然专家们肯定会说有这种反应很正常，但她俩还是会问自己，问对方，为何自己除了麻木和焦虑就再无其他感受），她俩就会聊上几句，她俩此前一定是在某件事上或是某个时刻辜负了汤米，而鉴于莫莉对汤米的关切，以及安娜和汤米的关系，她俩对所有可能的答案都已经了然于胸，她们之间对话也往往因此而显得言简意赅。是因为莫莉出去了一年吗？不对，她仍然认为自己当初的选择并没有错。是因为她俩过得太随性了吗？但是她们又怎么可能拥有另一种人生呢？是因为汤米最后一次来找安娜的时候安娜说了什么或是没说什么吗？有可能，但她们又都觉得不是。这种事谁又能说得准呢？她们并没有把这场变故归咎于理查德；而当他指责她们时，她们则会回应说："听着，理查德，咱们没有必要相互虐待，重点在于接下来该为他做些什么。"

汤米的视神经受了损伤，他再也看不见了。他的大脑大致无恙，或者说至少可以康复。

医生宣布汤米已经脱离了危险，时间的流动再次恢复了正常。莫莉时常陷入无助的啜泣，且经常长达数个小时之久。安娜一方面有自己的事要忙，一方面还需要应付詹妮特。大家都有意瞒着詹妮特汤米自杀未遂的事，安娜的表述是"——出了些事故"。但是这样的表述就很蠢，从詹妮特的眼神里能看出她是知道一场事故能有多可怕的，严重起来足以把一个人送进医院，让他卧病在床，永久失明，并潜移默化地影响他的生活。于是安娜纠正了措辞，说汤米在清理一把左轮手枪时意外伤到了自己。詹妮特说，但是他们屋里也没左轮手枪啊。安娜说，的确，本来不应该有那种东西，但是……然后这孩子就不再胡思乱想了。

汤米此前就像一尊摆放在阴暗的房间里的盖着布的雕像，靠着一群绝望的活人来照看、挪动，他现在又活过来了，开始说话了。这群或站着或坐着的活人，莫莉、安娜、理查德、玛丽昂，在之前无比漫长的一周里轮流值夜班，他们清楚地知道在内心深处自己已经任由汤米从身旁溜过，任由他率先步入死亡。他开口说话的时候所有人都被震住了，他们早已习惯将他看作是一个缠着绷带，盖着白被单的伤员，因而淡忘了他身上存在的某种特质——他那怨天尤人的顽固，正是这种特质使他将一粒子弹送入了自己的头部。他张口说的第一句话——他们都在场，也都听见了——是："你们都在，对吧？呃，我看不见你们。"他的话让所有人都陷入了沉默。他接着道："**我瞎了，对吧？**"他们此前预设的第一步是在这个小伙子苏醒后第一时间给予他安慰，然而他的话把这条路给堵死了。片刻后，莫莉将实情告知了他。四人围站在床边，俯视着那个白色绷带下失了明的脑袋。他们所有人都因惊惧和怜悯而感到反胃，也都在设身处地地想象着这个年轻人此刻正在进行着的孤独而勇敢的抗争。但是汤米什么都没说,只是一动不动地躺着,他的双手,那双遗传自他父亲的粗犷而厚重的手平放于身体两侧。他举起双手,笨拙地让它们搭在一起,然后坚忍地将它们交叠着放在自己的胸口。他的这个动作引得莫莉与安娜交换了个眼神——就仿佛相互确认的颔首——眼神中不只是怜悯,还有恐惧。理查德见这两个女人在相互使眼色,气得简直牙都快咬碎了,然而这并不是能让他抒发感受的场合,所以他等到所有人都一起出去了以后才一吐为快。他们一行人当时正一同步行离开医院,玛丽昂稍稍落后——汤米身上发生的事给她造成了极大的冲击,她因而还戒了一段时间的酒,但她不管做什么事都好像比其他人慢上半拍。理查德厉声斥责莫莉的时候还气鼓鼓地瞪了安娜一眼,仿佛这样就能把她也给纳入到斥责的对象之中,他说:"干得漂亮啊!""啊?"莫莉靠在安娜搀扶着她的臂膀上说。他们现在已经走出了医院,莫莉一边呜咽,一边瑟瑟发抖。"就这么告诉他,他要当一辈子的瞎子了,这是人干的事吗?""他自己早就知道了。"安娜见莫莉已经抖得说不出话了,同时也清楚对方真正想要指责她们的点并不在此,于是接茬道。"他自己早就知道了!他自己早就知道了!"理查德扯着嗓子对她们吼,"他刚从昏迷中醒来,你却告诉他,他要当一辈子的瞎子了?!"安娜不理会他的情绪,仅仅回应他字面的意思:"他必须得知道。"莫莉无视了理查德,反而重新开启了此前和安娜的对话,这场对话早在她俩在病床边无声地交换了惊骇的眼神的那一刻就开始了。她说:"安娜,我觉得他醒了已经有一段时间了,他就是在等我们全员到齐——就好像他在等着看好戏。是不是很**可怕**?"她陷入了歇斯底里的恸哭,安娜对理查德说:"现在先别对莫莉撒气。"理查德出于厌恶,口齿不清地吼了一嗓子,转身回到了正恍恍惚惚地跟在后头的玛丽昂身边,不耐烦地拽着她的臂膀,与她一道穿过了医院绿意盎然的草坪,鲜花盛开的花坛有序地点缀在其间。他驱车载着玛丽昂,头也不回地离开了,留她们自己去找出租车。

汤米从未陷入过崩溃，也从未展现过任何郁郁寡欢或顾影自怜的迹象，从苏醒的第一刻起，自他讲出第一句话，他都一直耐心而且平静，不仅愉快地配合着护士和医生们，还能跟安娜和莫莉，有时甚至跟理查德一起商量未来。护士们一再说他是"模范病人"——那种安娜与莫莉都感受到的极其强烈的不安，他本人并非真的完全没有感受到。护士们说——而且不止一次说——他们就没遇到过任何人在如此可怕的命运面前还能表现得如此勇敢，更不要说他还只是个二十刚出头的可怜小伙。

有人建议汤米去康复医院训练一段时间，以适应失明的状态，但他坚持要返家。他充分利用了留院观察的那几周，现在已经能独立进食、洗漱并照顾自己了，而且还能绕着病房慢走。安娜和莫莉会在病房里看着他，他又恢复正常了，除了在他失去了视觉的眼睛前遮着的黑幕，他显然又和以前一样了。他坚韧不拔地从床边走到椅子边，再从椅子边走到墙边，因全神贯注而抿紧了嘴唇，在每个细小的动作之后都是他的意志与努力。"不用了，谢谢你，护士，我自己行的。""不用了，妈，请别帮我。""不用了，安娜，我不需要帮忙。"事实证明他确实不需要。

大家商量后决定把莫莉二楼的起居室留给汤米，这样他可以少爬几级台阶。他愿意接受这一安排，但也坚持莫莉和他自己的生活必须各自一如往常。"没必要做任何的调整，妈，我希望一切照旧。"他的声音又有了他们所熟悉的质感，他来找安娜的那天晚上声音里的癫狂、刺耳，以及隐隐带着的咯咯声现在统统消失了，他的声音变得像他的动作一样缓慢、饱满而克制，嘴里说出来的每一个字也都经过了他有条不紊的大脑的核准。但是当他说"没必要做任何的调整"时，这两个女人相互使了个眼色——鉴于他已经看不见了，现在使眼色还挺安全的（尽管她们并不能确定他会对此毫无察觉）——她俩都隐隐地感到了惶恐。他这话说得就仿佛一切都没变，就仿佛他现在的失明并不那么重要，就仿佛他母亲感受到的痛苦是她自主的选择，要不然就是因为她跟那些被脏乱的环境或者坏习惯惹毛的女人一样大惊小怪,絮絮叨叨,而他调侃起她们来就像个在调侃难以被取悦的女人的男人。她俩看着他,然后又惶恐地看了一眼彼此,这时又觉得汤米好像感知到了她俩眼神之中的惶恐,于是赶忙移开了视线,最后只能眼巴巴地看着他。汤米此时正在针对这个现在已经属于他的漆黑世界进行着适应性训练,这样的训练虽然单调,但是看上去也并不痛苦。

莫莉和安娜以前经常坐在那个铺着垫子的白色窗台上头聊天,窗台后头摆着种在木箱里的鲜花,上头的窗玻璃常有雨滴和惨白的阳光投射其上,现在它这成了这个房间里唯一没变的东西。这个房间里现在摆着一张整洁的窄床,一张配着一把直背椅的桌子,在便利的位置上还摆了些架子。汤米在学布莱叶盲文,同时靠着一本练习册和一把小孩的尺子重新自学写字。他的字迹跟以前已经大不一样了,他现在的字又大又方又一笔一画的,就像小孩的字。莫莉敲门想进来时,他会从布莱叶盲文课本或他的练字本里抬起他被墨镜遮盖的脸,说"进来吧",语气就跟个坐在办公桌后的男人似的,带着那种尽管客气但稍纵即逝的关切。

莫莉之前为了有时间照料汤米,推掉了一部剧里的角色,现在她可以回归工作继续表演了。安娜也不会再在莫莉在剧院有演出的时候专程过来了。因为汤米说:"安娜,我知道你愿意专程过来是因为你好心,你心疼我,但是我一点都不会觉得无聊,我喜欢一个人待着。"这话说得就好像他是个偏好独处的健全人一样。安娜本来还希望能和汤米恢复到事故前的亲密,结果却失败了(她觉得对方仿佛是个她素昧平生的陌生人),她也就信了他的话。她确实找不出什么话来跟他讲。此外一旦与他共处一室,那种纯粹的恐慌就会一波又一波地袭来,让她难以招架,她无法理解为什么会这样。

这时莫莉给安娜来了个电话,电话并不是从她家里打来的——因为现在她家里的电话紧邻着汤米的房间——而是从剧院外的电话亭打来的。"汤米还好吗?"安娜问。莫莉的声音恢复了往日的洪亮和自信,只是语气里多了些永远无法消散的苛刻的质疑，以及克制着伤痛的感觉："安娜，还挺怪的，我都不知道该说些什么或做些什么了，他就待在屋子里，一直在用功，一声不响。我忍不下去的时候就会推门进去，他会抬起头说：'妈，我能为你做些什么？'""我知道你说的这个情况。""所以我自然而然就会说些蠢话，比如——我想问问你要不要来杯茶，而他通常会拒绝，当然语气会很客气，然后我就又出去了。现在他已经开始学着自己沏茶泡咖啡，甚至做饭了。""他居然敢碰烧水壶之类的东西？""对啊，我整个人都傻了。我只好不待在厨房里，因为他能感知到我的感受，他会说：妈，没必要害怕，我不会烫到自己的。""噢，莫莉，我不知道该说些什么好。"（她俩在这时沉默了片刻，因为她俩都害怕把接下来的话说出口。）莫莉继续说道："还不时有人来看我们，他们可真是太贴心太善良了呢，你知道吧？""我明白你的意思。""你可怜的儿子，你不幸的汤米……我从前就知道这个世界就是个丛林，但是从没有像现在这样看得那么透彻。"安娜对此心知肚明，因为她俩共同的朋友及相识会把莫莉当谈资，表面上是好话，言外之意却是诋毁。"莫莉她把孩子留国内，自己出国了一整年，真是天可怜见的。""我觉得不是她出国的问题，她一定是深思熟虑过了的。"要不然就是："这不是理所当然的嘛，毕竟他父母的婚姻都破裂了嘛，这对于汤米的影响肯定超出了所有人的预期。""哦，可不是嘛，"安娜会微笑着说道，"我的婚姻也破裂了呢，我就不觉得詹妮特会走上这条路。"安娜为莫莉辩护时总会有些什么别的没能表达出来，那是她俩恐慌的根源，也是她俩都害怕说出的话语。

有一件事足以说明问题了：不到六个月前，安娜还会打电话跟莫莉聊天，让莫莉代她向汤米问好；或是造访莫莉，可能还会去汤米的房间跟他聊上几句；或是参加莫莉举办的聚会，聚会上汤米也在；她参与了莫莉的人生，参与了她跟男人们的冒险，参与了她的所需所求，参与了她一次又一次的失败了的结婚尝试——而现在，所有这些年深日久，聚沙成塔的亲密却陷入了停滞甚至破裂。若非有什么现实的理由，现在安娜已经从不给莫莉去电话了,因为就算现在莫莉家的电话并没摆在汤米房门口,汤米显然还是有可能凭借他新生的第六感来感知到别人对话的内容。比如说,有一次当时仍在怨天尤人的理查德给莫莉去了个电话,说:"这个问题你只需回答是或否,没必要说别的。我想让汤米跟一个受过培训的盲人护士一起去度个假,他去还是不去?"莫莉还没来得及答复,汤米就已经从自己的房间里提高音量道:"跟我爸说我挺好的,替我谢谢他,跟他说我明天会给他去电话的。"

安娜也不再在放松的状态下找莫莉共度夜晚,或经过她家时顺道登门了。她会先去个电话确认一下,然后再去对方门口摁下门铃,接着就会听到楼上传来门铃的嗡嗡声,她确信在这一刻汤米已经知晓了来访者是谁,而门打开后就会出现莫莉那张机敏、痛苦、仍旧强颜欢笑的脸。她俩上楼去厨房聊些无关痛痒的事情,其间即便隔着墙她俩也能感觉到汤米的存在。她们会泡些茶或咖啡,然后端一杯给汤米,而汤米从没接受过。这两个女人上楼去了莫莉以前的卧室,现在这个房间成了卧室客厅综合体。她俩坐下后心想,尽管这并非她们所愿,但是她们楼下的这个残缺的年轻人已然成了这间屋子的中心,他主宰着这里,知晓着这里发生的一切,虽然目不能视,但无所不知。莫莉会习惯性地闲聊几句剧院里的八卦,然后就会陷入沉默,嘴巴因焦虑而拧成一团,眼睛因强忍着泪水而发红。她现在容易在毫无征兆的情况下泪如雨下——可能话刚说到一半,歇斯底里的泪水就已经夺眶而出,她又会马上把眼泪给生生憋回去。她的生活已经被彻底改变了,她现在每天去剧院上班,去商店采购必需品,到家后就独自坐在厨房或者她的卧室客厅综合体里。

"你都不跟其他人来往了吗?"安娜问道。

"汤米也这么问过。上个礼拜他说:妈,我不希望你因为我而中止你的社交生活,干吗不邀请你的朋友来家里玩呢?行吧,然后我就信了他的话,把那个制作人带回了家,你知道的,就是那个打算娶我的人,迪克,你应该还记得吧?他在汤米的事上非常贴心——我是说真的贴心,不是阴阳怪气的那种。我就跟他坐在这间房里,一起喝了点苏格兰威士忌,我头一回觉得自己不介意了——他人挺好,今晚我可以借一个雄性的肩膀靠一下。就在我准备亮绿灯的那一刻,我意识到——我现在哪怕只是像他姐妹似的吻他一下,汤米也一定能察觉到。不过话说回来,汤米肯定不会因此看低我……应该不会吧?第二天早上他很有可能会问上一句,妈,昨晚过得愉快吗?我真为你高兴。"

安娜本想说一句"你太夸张了",但是她把这话给憋了回去,因为莫莉一点都没有夸张,她不应该对莫莉不诚实,善意的谎言也不行。"安娜,你知道吗,当我看着汤米,看着他双眼笼罩着的恐怖阴翳——**你懂的**,我看着他把自己拾掇得体体面面的,但他的嘴——你也知道他那张嘴什么样,纹丝不动,不苟言笑……眼看着他这样,一股无名火飕的一下就从我心底蹿了起来……""明白。""我这样是不是不大好?他不紧不慢、小心翼翼的动作也让我在生理上感到愤怒。""嗯。""重点是,跟以前相比他没有任何改变,除了——那种笃定的感觉,你应该明白我说的是什么。""嗯。""像个丧尸。""嗯。""我气得都想要尖叫。而且我还不能继续留在他的房间里,因为我很清楚他知道我当时是什么感受,而且……"她止住了话头,缓了一会儿之后她又逼自己继续说了下去:"他还乐在其中。"她纵声大笑,然后说道:"他可开心了,安娜。""嗯。"现在总算是把这话给说出来了,她俩顿时都感到如释重负。"他这辈子头一回那么开心,所以这才可怕……你可以从他的举手投足看出他的快乐——他这辈子头一回完整了。"莫莉听到自己嘴里说出**"完整了"**后才意识到了这个词刚才在语义上发生了怎样的畸变,于是被吓得倒吸了一口凉气。她捂着脸哭了起来,全身的肌肉都在伴随着她的哭泣而抽搐。她哭完后抬起视线,强颜欢笑道:"我不该哭的。他会听见的。"即便是在这样绝望的时刻,她的微笑中仍有勇气的闪光。

安娜第一次留意到,她朋友一头质地粗糙、密密麻麻的金发间已冒出了几缕白发,她坦荡但却伤感的眼睛四周也出现了深色的凹陷,凸显出了她瘦削的颧骨。"我觉得啊你该去染个发了。"安娜说。"那有什么意义吗?"莫莉生气地说。她过了会儿又自顾自地笑了起来,说:"我都能听见他会怎么说了。我要是真的顶着一头染了色的秀发高高兴兴地上了楼,汤米就一定能闻见染发剂的味道,或是直观地感受到气场的变化什么的,然后他就会说:妈,你是去染发了吗?噢,你没有自暴自弃,我真为你高兴。""你要是真的不自暴自弃,那就算他并不见得会真的为此感到高兴,我也会的。""当我真的习惯了现在这一切之后,我估计就能恢复理智了……我昨天还在想呢——我说的是'习惯现在这一切'这样的表述——人生就是要去习惯那些难以忍受的……"她红了的双眼泛起了泪光,她又一次决绝地眨眨眼将泪水逼退。

几天后莫莉又从电话亭来了个电话,说:"安娜,我这儿出了件怪事,玛丽昂现在从早到晚有事没事就来找汤米。"

"她怎么样了?"

"自从汤米出事以后她基本上就滴酒不沾了。"

"这又是谁跟你说的?"

"她先跟汤米说了,汤米再告诉我的。"

"哦。那汤米又怎么说?"

莫莉开始模仿起她儿子慢条斯理又煞有介事的语调:"玛丽昂的状态从整体上来说还挺好的,恢复得也蛮不错的。"

"这不是他的原话吧?"

"是他的原话。"

"哦,那至少理查德应该会感到欣慰。"

"他都快气炸了。他给我写了好几封长信——我刚拆开其中的一封,即便邮递员同一批次送来的还有十封别人的来信,汤米还是脱口而出:我爸想说什么?——玛丽昂几乎每天都会来,跟他一待就是几个小时,而他就像个年长的教授在迎接自己最青睐的学生。"

"唉……"安娜无奈地说,"唉。"

"就是说啊。"

安娜几天后被理查德叫去了他的办公室。他在电话里唐突而不客气地说道:"我想见见你。如果你想让我去你那儿,我过来一趟也行。""但你明显不愿意过来。""我明天下午大概能空出一两个小时。""算了吧,我知道你肯定没那个时间,还是我来找你吧。咱预约个时间吧?""明天三点可以吗?""那就三点。"安娜说。她发觉自己正在因为理查德明天不会前来她的公寓而感到庆幸。汤米在他自寻短见的那天晚上就站在她的笔记本边,一页一页地往后翻,这段记忆在她的脑海中好几个月阴魂不散。她最近还算上进,又在笔记里写了些内容,在此期间汤米仿佛正眨着他那双热切而又责备的黑眼睛站在她的近旁,她觉得自己的房间已经不再只属于她自己了,要是理查德真的来了这里,这种感觉也只会变得愈发严重。

刚到三点她就踩着点出现在了理查德的秘书面前,她心想这人肯定会找理由让自己等上一会儿,她估摸着他的虚荣心大概会让她等上个十分钟什么的,结果十五分钟后她才得到了可以进去的许可。

就跟汤米以前说的一样,理查德一旦出现在办公桌后确实会更能使人印象深刻,此前的安娜完全无法想见他居然还有这样的一面。他的商业帝国总部在伦敦金融城的一栋古老而丑陋的建筑里占了四层楼,这里一间间的办公室当然不是真正经营业务的场所,而更像是理查德及其伙伴用以自我标榜的展柜。室内布置得考究而且国际化,这样的空间不管出现在世界上任何一个地方都不会显得突兀。在你步入那巨大的正门以后,你搭乘电梯,穿过长廊,进入等待室,这一整个流程都是为进入理查德的办公室的那一刻所做的漫长但却难以察觉的铺垫。这里地板上的深色地毯厚达六英寸,墙体上白色嵌板之间是深色玻璃,上面还一排一排地悬挂着各种各样照料得很好的绿植,照明都隐藏在绿植之后,因而丝毫不惹人注意。理查德身上那套西装的剪裁掩盖住了他那副阴郁而执拗的身躯,他就坐在看上去犹如一座绿色的大理石坟墓的办公桌后。

安娜刚才等待的时候就一直在观察那位秘书。对方跟玛丽昂属于一个类型，也是个一头栗色头发的女仆，也是一样的花枝招展，动若脱兔，不修边幅。安娜在进门的那几秒钟特地留意了一下理查德跟这个女孩的互动，并捕捉到了他俩之间的一个眼神，从中足以看出他俩有猫腻。见安娜一副笑而不语的神情，理查德说道："我可不想听你的说教，安娜。我有正经事要跟你谈。"

"我不就是为此而来的吗？"

他正在强压着自己的恼怒。安娜没理睬他为自己备好的正对着他办公桌的座位，而是挑了个跟他有些距离的窗沿坐了下来。他还没来得及发话，办公室电话机面板上的绿灯就亮了，他说了声"抱歉"，拿起听筒。"稍等片刻。"他又一次说道。门开了，一个年轻人带着一份文件走了进来，他尽可能地让自己的姿势低调自然，同时又显得风度翩翩。他将文件摆在了理查德面前大理石花纹的桌面上，这时的体态都已经和鞠躬相差无几了，最后他几乎是踮着脚尖退了出去。

理查德匆忙打开文件，用铅笔在上头写了几笔，刚准备摁下另一个按键时就瞧见了安娜脸上的神情。他问："什么事那么好笑啊？"

"没什么，我只是记起了某人曾经说过，一个大人物的重要程度取决于他手下有多少八面玲珑的男青年。"

"我猜这话是莫莉说的。"

"没错。所以你到底有几个？我就是这么一问。"

"大概几十个吧。"

"首相都未必能有这个数。"

"我猜也是。安娜，你就非得这么讲话吗？"

"我这不是在寒暄吗。"

"如果真如此，我还是替你省点力气吧。我想跟你谈玛丽昂的事。你知道她最近总跟汤米在一起吗？"

"莫莉跟我说过。她还告诉我玛丽昂已经把酒给戒了。"

"她每天早上都会来一趟市区,把各类报纸都买齐全了再带回去念给汤米听,晚上七八点才回家。她现在张口闭口都是汤米和政治。"

"但她把酒给戒了。"

"她的孩子又该怎么办?孩子们只有在吃早饭的时候才能碰到她,运气好的话晚上还能再见她一个钟头。我怀疑她有时甚至不记得自己还有孩子了。"

"我觉得你眼下应该再雇个人。"

"听着,安娜,我找你来是认真的。"

"我也没跟你开玩笑啊。我建议你先雇个好脾气的女人来照看你的孩子,直到——事情步入正轨。"

"我的天,这又得花多少……"理查德把话停在了这里没继续往下说,而是尴尬地皱起了眉头。

"你的意思是你不希望家里再多个陌生的女人,哪怕是暂时的也不行?这绝不可能是钱的问题,玛丽昂说除去各类分红和开支,你每年至少拿回家三万英镑。"

"玛丽昂根本不懂钱的事儿。好吧,我是不希望家里再多个陌生的女人。这整件事情就很离谱!玛丽昂从没思考过政治问题,但是一夜之间就开始裁剪起报章,高喊起《新政治家》里看来的句子来了。"

安娜大笑了起来。"理查德,说真的,这算什么了不得的事吗?来,说说看,到底怎么了?玛丽昂以前喝酒喝得昏天黑地的,她现在不喝了,这种程度的改观难道不值一提?我相信相比于过去,现在的她一定是个更加称职的母亲。"

"哼,可见她之前有多不称职了。"

理查德的嘴唇正在颤抖,整张脸涨得通红。安娜脸上明显写着对他的自怜的不屑,理查德见状又摁了一次铃,好让自己恢复常态。铃响后进来了个周到殷勤的年轻人——不是之前那个——理查德把文件递给了他,说:"给杰森爵士去个电话,邀请他周三或者周四来俱乐部跟我吃顿午饭。"

"杰森爵士又是谁?"

"你心里很清楚你根本不在乎这人是谁。"

"我挺感兴趣的。"

"他是位极具魅力的男士。"

"真好。"

"他还是个歌剧迷——他对音乐无所不知。"

"真棒。"

"我们打算买下他公司的控股权。"

"好的,瞧你这小日子过的,是吧?我衷心祝愿你心想事成,理查德。所以你到底在担心什么?"

"我要是真的花钱雇了个女人来替玛丽昂照顾孩子,那我的日常生活只怕会被搅得天翻地覆。而且这还没考虑钱的问题。"他不自觉地补了一句。

"我不知道是不是因为你在1930年代的浪荡岁月造就了你对钱如此反常的态度。之前我就从来没遇到过什么人明明是含着金汤勺出生,结果还跟你似的那么爱财。我猜当初你们家切断了你全部经济来源,确实对你造成了很大的刺激吧?你现在就像个业绩超过了预期的郊区工厂的主管。"

"你没说错,我当时确实大受刺激,那是我这辈子头一回认识到钱的重要性,这段经历我永生难忘。我也承认——我对钱的确是白手起家的人才会有的态度。玛丽昂从没能理解这一点——但你和莫莉却还总说她聪明!"

最后一句话愤愤不平的语气又一次把安娜给逗笑了。"理查德,你这人太逗了,真的。好吧,咱们也别争了。你对共产主义事业原本只是心血来潮,你家人反倒信以为真,结果给你造成了严重的精神创伤,此后你就再也没有办法对钱保持平常心了。你的情感经历也是一直遇人不淑,莫莉和玛丽昂脑子都不大聪明，性格也堪称灾难。"

理查德这时向安娜展现了他标志性的执拗："我确实是这么觉得的。"

"很好。所以呢？"

理查德这时不再与她对视，而是朝着深色玻璃中映着的那些美丽的绿叶皱起了眉头。安娜意识到他此次之所以要见她，为的并不是跟以前一样通过她来攻讦莫莉，而是想要宣布一个全新的计划。

"你在想什么，理查德？你是打算甩了玛丽昂，是吗？你是计划找个地方让玛丽昂和莫莉共度晚年，好让你……"安娜突然间意识到了事情的真相，跟这样的真相一比较，她说的这些个离谱的狂想一下子就站不住脚了。"噢，理查德，"她说，"你现在可没办法抛弃玛丽昂，尤其是在她刚开始戒酒的阶段。"

理查德情绪激动地说："她不在意我，也没时间陪我，我这个人就跟不存在似的。"他的声音里回荡着他那受了伤的自尊心。让安娜大感惊奇的是他还真觉得自己受了伤，玛丽昂像一个囚犯逃离了囚笼，或者说不再跟他是一根绳上的蚂蚱，这让他感到形单影只、伤心欲绝。

"行行好吧，理查德！这么多年以来你一直都在无视她的存在，你只是把她当……"

他的嘴唇又开始激动地直哆嗦，泪水也开始在眼眶里打转。

"我的天！"安娜只说了这几个字。她心想：我和莫莉真是太蠢了，这就是他爱一个人的方式，他没办法理解任何别的东西，玛丽昂估计也意识到了这一点。

她说："所以你是怎么打算的？我能感觉到你和外头的那个女孩有一腿，你的计划跟她有关吗？"

"没错。那个女孩至少是爱我的。"

"理查德。"安娜无奈地说。

"怎么，这就是事实。在玛丽昂眼里我大概都不存在吧。"

"但是你要是现在跟玛丽昂离婚，你会把她彻底毁掉的。"

"我觉得她都未必会把这件事放在心上。不过我并不打算火急火燎地推进这件事,所以我才想见你。我建议让玛丽昂和汤米一起出去度个假什么的,反正他们现在也成天待在一块,我可以让他们去任何他们想去的地方,想待多久就待多久,想怎样就怎样。等他们出发后我就会把琴带去跟孩子们熟悉一下——循序渐进地熟悉一下。孩子们认识她,也挺喜欢她,不过我会循序渐进地让他们接受我将和她结婚这件事。"

安娜一直一言不发。他追问道:"喂,你怎么看?"

"你想问的是,莫莉她会怎么看?"

"我在问你的看法,安娜。我很清楚莫莉要是知道了一定会很震惊。"

"她不会,凡是你干的事都不会让她震惊,你自己也知道。所以你到底想知道什么?"

安娜之所以不愿意出手帮理查德不光是出于对他的讨厌,也是出于对自己的讨厌——他现在看起来是那么难过,而她只是坐在一边事不关己地对他指指点点——安娜继续在窗台上坐着,驼着背抽着烟。

"喂,安娜?"

"你要是跟莫莉说的话,我估计她会因为玛丽昂和汤米即将出一段时间远门而松一口气。"

"当然了,这不就相当于甩掉了两个拖累吗?"

"听着,理查德,你可以轻慢莫莉或者其他人,但休想来轻慢我。"

"既然莫莉不会介意,那还能有什么问题?"

"汤米啊,这不明摆着的吗。"

"怎么会?玛丽昂跟我说他显然连让莫莉待在自己的房间里都不大乐意——他只喜欢跟她在一起,跟玛丽昂,我是说。"

安娜迟疑了下,说:"汤米所做的一切都是为了把他母亲囚禁在屋里,不用跟他形影不离,但也不能离太远,他不可能中途放弃这一计划。如果有可能把莫莉带在身边并严密控制的话,他也许会考虑跟玛丽昂出去度个假,并把这件事当作一个很大的人情。"

理查德暴跳如雷道："天哪，我就知道。你俩脑子里尽是些卑鄙下作、冷酷无情的……"他话说着说着就成了意义不明的嗫嚅，呼吸也变得沉重，但却仍然好奇地注视着安娜，他想听听她会怎么回应。

"问题你也问了，回答我也给你了，想骂我或者莫莉你也骂了。感谢你的评价，再见。"安娜从高高的窗台边沿滑了下来，站定后便要离去。她心中充满了对自己的嫌恶，心想：理查德这次果然还是跟以前一样，找我来就是为了让我骂他。我来之前心里已经有数，所以我来，就说明我是想要痛斥他以及他所代表的事物的。就这么个愚蠢的游戏，我居然在里头掺了一脚，我活该为自己感到羞耻。她尽管确实这么觉得，这些想法也都发自真心，然而当她面对着连站都站得像是在等别人拿鞭子抽他的理查德时，她还是选择继续把话往下说："这世上有些人就是需要别人来献祭的。亲爱的理查德，你不会不明白吧？毕竟那是你儿子啊。"她朝之前进来的那扇门走去，但那扇门表面却光秃秃的，没有把手。只有外面或者理查德办公桌上的按钮才能把它打开。

"我应该怎么做，安娜？"

"我认为你做不了任何事。"

"我是不会让玛丽昂为所欲为的！"安娜再次爆发出了惊异的大笑。"理查德，拉倒吧！事情很简单，玛丽昂已经受够了，哪怕是世上最最软弱的人也是会给自己找出路的。玛丽昂愿意接近汤米是因为汤米需要她，没别的理由，我敢肯定她都没有做过几件事是出于自己的意愿——要说玛丽昂为所欲为你也太……"

"反正，她心里清楚得很，她可扬扬自得了。你知道上个月她是怎么跟我说的吗？她说：你可以一个人睡，理查德，还有……"他在句尾住了嘴。

"但是理查德，你以前明明不乐意跟她同床共枕。"

"我现在就跟没了老婆似的，玛丽昂都跟我分房住了，还老不在家。我凭什么不能过正常的生活？"

"但是理查德……"她突然感觉到说什么都没意义，于是止住话头。但他还在等着，想听听她想说什么。于是她说："但你都有琴了，理查德。你肯定能看到这两件事之间的关联吧。你已经有你的秘书了。"

"现在这样不是长远之计。她想结婚。"

"但是理查德，这世上可不缺秘书。哦，别一脸受伤的样子嘛，跟你劈过腿的秘书少说也有十来个，不是吗？"

"我打算娶琴。"

"我觉着这可不容易。就算玛丽昂真跟你离了婚，汤米也不会坐视不理。"

"她说她不会跟我离婚。"

"那就给她点时间。"

"时间！我已经不年轻了，明年就五十了。我没时间可浪费了。琴二十三岁，她凭什么要浪费自己婚恋的机会来等玛丽昂……"

"你应该跟汤米谈。你肯定已经意识到了吧，他才是这一切的关键。"

"他只会对我表示同情。他从来都只站在玛丽昂那边。"

"你也许可以试着把他争取到你这边？"

"不可能的。"

"我也觉得。那你就只能看汤米的眼色了，莫莉就这样，玛丽昂也是。"

"我就知道你会说这种话——这孩子都已经残废了，你却还是要把他形容得跟个罪犯似的。"

"我知道你找我来就为了让我对你说这种话，我很后悔自己还是过来了。你行行好让我走吧，理查德。把门打开。"

"对着这一团乌七八糟的事你居然还笑得出来。"

"我为什么笑你心里清楚得很。在我们这个伟大的国度里可以呼风唤雨的金融巨头之一，现在跟个三岁小孩似的在他贵得要死的地毯上暴跳如雷。放我走吧，理查德。"

403

理查德踌躇地走到他的办公桌边摁下了按钮,门打开了。

"我要是你,就先等上个把月,然后给汤米在这儿安排个职位,而且得是那种体面而且重要的职位。"

"你的意思是他现在会大发慈悲一口答应下来?你脑子给门夹了吧,他现在可正在搞左翼运动的劲头上,此刻正和玛丽昂一起为那些可怜的黑人们遭遇的不公而热血上涌呢。"

"行吧,这又有何不可?时下就兴这个,你不知道吗?你脑子里就是缺根筋,不懂什么叫'时机'。你一直都这样,你也知道。那不是左翼,是**时尚**[1]。"

"算你说到点子上了。我同意你说的。"

"对吧?记住我说的话——你要能把握好时机,汤米是会乐于接受你这儿的职位的,甚至还可能会接你的班。"

"真要如此我开心还来不及。你在这方面一直对我都有所误解,安娜。对于现在的我而言,把这个行当继续做下去已经毫无乐趣可言。我想退休了,尽早退休,然后跟琴一起安安稳稳地过日子,也许再生几个孩子。这才是我想做的事,我不是干金融的那块料。"

"然而在你接手后,你商业帝国的资产和利润一下就翻了三番,玛丽昂是这么说的。再见,理查德。"

"安娜。"

"怎么?"

就刚才那一会儿工夫,他已经匆忙地赶到了她和那扇半开着的门之间,猛地把门关上,屁股也随之一抖。他的这一动作与这间奢华的办公室或者说展厅里隐藏着的精密机械结构形成了强烈的对比,这也让安娜感觉到了自己站在那儿等着离去的同时,心中涌起的矛盾。她能瞧见她自己:娇小的身形,苍白的肌肤,姣好的面容,脸上一直挂着智慧而批

---

[1] 原文为法语。

判的微笑。她能感受到自己，在井井有条的外表之下是不安与焦虑的旋涡。理查德高档衣料下的臀部那丑陋的抖动与她内心勉强控制住的骚乱是同频振动的。既然如此，她对他表现出反感便显得虚伪了。她这么想着，反而感到了精疲力竭。她说："理查德，我看不出来这样有什么意义。咱们一见面就这样。"

理查德能感觉到她一瞬间泄了气。他站在她面前粗重地呼吸着，一双黑色的眼睛眯了起来，脸上开始缓缓浮现出嘲讽的微笑。他到底想要提醒我些什么？安娜心想。该不会是——哦，就是那件事。他想要让她回忆起那晚她差点——仅仅是有这个可能而已——就跟他上床了。她并没有感到生气或是不屑，而且她知道自己现在满脸都写着尴尬。她说："理查德，请把门打开。"他站着没动，继续喜不自禁地对她保持着嘲讽的神情。她也只好绕过他走到门边，想要把门给硬推开。结果门还真开了——那是因为理查德回到了他的办公桌边摁下了正确的按钮。安娜径直朝外面走去，经过了那个朝气蓬勃，很有可能会取代玛丽昂的角色的秘书身边，下楼穿过了熠熠生辉，被地毯和植被覆盖着的建筑核心区域，最后站在了丑陋的街道上，这才总算长舒了一口气。

她走去了最近的地铁站，路上什么都没想，因为她心知肚明自己已经处于崩溃的边缘。现在已是晚高峰，她被人潮裹挟着前行。她突然间陷入了剧烈的慌乱，她赶忙从人潮中脱身出来，紧靠着售票间的墙面站着，手掌和腋下已是汗津津的一片。类似的情形最近已经出现过两次了，而且都是在这样的交通高峰时段。她心想：我一定是出了什么问题，有什么东西正试图取得主导权，我迄今为止不过触到了它的表面——但那是什么呢？她继续靠着墙壁站着，没有动力向前踏步再次汇入人潮。伦敦的早晚高峰一旦开始，哪怕她家离这里也就五六英里，但是除非乘地铁，否则在短时间之内赶回去就是奢求，换作是任何其他人也都一样。眼前的这些人，他们所有人，都被困在了这座城市的高压之下。不过理查德及他的同类是例外。她要是再次回到楼上让他派辆车送自己回家，他一定会答应。他会很乐意，但是她不会。除了逼自己向前迈步，她别无选择。安娜硬着头皮向前走去，侧身于拥挤的人群之中，排队买好了票，然后再次汇入浓稠的人潮，乘着自动扶梯下到了地铁站台层，在眼睁睁看着四个班次的地铁进站又离站之后，她终于挤进了一班地铁的车厢。最糟糕的部分现在告一段落了，她只需要在充斥着汗臭的拥挤人堆里，在灯火通明的地铁车厢内笔直地站上十多分钟就能到她家附近的地铁站了。她担心自己会晕厥过去。

她心想：崩溃对一个人来说到底意味着什么呢？一个精神行将破碎的人会在怎样的时间点说：我这大概是要崩溃了吧？我要崩解成碎片的话，那又会是怎样的一种形式呢？她闭上眼，看着透过眼睑的灯光，感受着四周躯干的簇拥，闻着汗水与体垢的气味，然后体认到了安娜的存在，这个安娜在她胃袋的某处浓缩成了一种毅然决然。安娜，安娜，我是安娜，她反复默念着。无论如何，我都不能病倒或者认输，这都是为了詹妮特，要是我明天就消失在这个世界上，没人会在意，除了詹妮特。那么我到底是什么呢，安娜？——詹妮特的某个必要之物。但这是个糟糕的答案，她心里这么想着，先前的恐惧进一步加剧了。这对于詹妮特并不是什么好事。所以再来一次吧：安娜，我是谁？现在她把詹妮特排除出了自己的思绪，没有再去想她，而是看见了自己那狭长、洁白、柔和的房间，五颜六色的笔记本摆在房间里的书桌上。她瞧见了自己，安娜，正坐在凳子上不停地书写着，先是在一本上写几笔，然后又把之前写的用分隔线另外分出去，或是直接划掉，她看见每一页都分布着风格各异的笔迹，分隔成了一块块，打着各种括号，支离破碎地排布着——她顿时感到晕乎乎的，有些反胃。然后她又看到了汤米——而非她自己——一边专注地噘着嘴，一边翻看着她码好的笔记本。

她睁开眼，一下子感到了晕眩和恐惧，然后就看到了车顶摇曳着的灯光，车厢里杂乱的广告，以及一张张除了在晃动的车厢内保持着平衡的专注神色外再无其他表情的面孔,她注意到了其中一张六英寸开外的脸,皮肤苍白而蜡黄,毛孔粗大,嘴唇皱褶而且潮湿,而那双眼睛则直视着她的眼睛。那张脸上浮现出了笑容,半是胆怯,半是想要引起她的注意。她心想:我刚才在这儿闭眼站着的时候这人就是这么盯着我的脸看,一边想象着我在他身下的表情。她感到一阵恶心,于是转头看向其他方向,而他长短不匀的呼吸还是熏蒸着她的脖颈。还剩两站。她开始一点一点地朝远离对方的方向挪动,其间感受到的除了车厢的颠簸和晃动外还有如影随形紧贴在自己身后的那个男人,而他的脸上一定是病态而兴奋的神情。真是丑陋。天哪,但是他们就是丑陋的,我们就是丑陋的,安娜心里这么想着。她的肉身在对方的近逼之下仍在唯恐避之不及地继续朝前挪动着。地铁到站后她在站台上的乘客朝里面挤的时候反方向地朝外挤。那个男人也跟着她下了车,在自动扶梯上继续紧贴在她身后,一直到验票处的时候仍然在她后面杵着。她交出了自己的票后赶忙出了站,结果这时听到对方紧贴着自己道:"一起散会儿步?一起散会儿步?"她转头对这个男的蹙起眉头,而对方则是一脸得意的笑。早在她在车厢里闭眼站着的时候,他就已经在他的臆想中凌辱了她,践踏了她的尊严。她回了句"走开",就转头离开了地铁站走到了街头,但对方依旧跟在她身后。安娜感到惊恐,但是紧接着又对自己感到了惊异——她为自己的害怕而恐惧。我这是怎么了?这种事情每天都在发生,这就是都市生活,对我没造成过什么影响——然而刚才的这一幕就跟半个小时前理查德在办公室里咄咄逼人地想要羞辱她的情景一样,**实实在在地**对她造成了影响。当她察觉到那个男人仍然跟在自己身后,令人不快地咧着嘴笑着时,她出于恐慌险些拔腿就跑。她心想:要是现在能见到或是触摸到没那么丑陋的事物就好了……前方正好有一个水果小摊,李子、桃子、杏子整整齐齐地在推车里码成了好几个色块。安娜买了些水果,闻着果肉散发出的酸涩香气,触摸着或光滑或略微有些毛毛的果皮。她感觉好多了,先前的恐慌褪去了,而那个之前一直尾随着她的男人仍然站在附近等待着，咧着嘴笑着，但是现在他已经无法再对她造成任何影响了。她走过了他面前，对方在她眼中形同空气。

她回来晚了，却并不担心——艾佛在家呢。在汤米住院期间，安娜需要频繁地和莫莉待在一起，艾佛也在这时进入了她们的生活。之前他还只是个住在楼上房间的陌生小伙，每天不过说句晚安和早安，进门出门都谨小慎微，他现在却已经成了詹妮特的伙伴，安娜在医院里的时候他会带詹妮特去看电影，辅导她写作业，还告诉安娜无需担心，他十分乐意照看詹妮特，事实也的确如此。然而这种前所未有的处境还是让安娜有些不安，倒不是出于对他或是詹妮特的顾虑，而是因为他在詹妮特眼中总会散发出那种最为单纯，最为迷人的魅力。

她一边攀爬着一级级丑陋的楼梯前往自己的公寓，心里一边想着：詹妮特的人生里需要一个男人，她缺了个父亲。艾佛对她很好，而他之所以会对詹妮特好，恰恰是因为他不是个男人——我这话到底是什么意思？理查德是男人，迈克尔是男人，艾佛怎么就不是了呢？就我所知，但凡有"真男人"存在的地方，针锋相对以及阴阳怪气的气场也必然随之而存在，她和这样的男人之间也会存在她和艾佛之间并不存在的微妙默契。要是艾佛也是这样的男人，那么他俩之间理应存在这一整个现在实际上并不存在的维度。但他在詹妮特眼里仍然是有魅力的，所以我所谓的"真男人"究竟意味着什么呢？詹妮特仰慕着艾佛，而她——至少以前承认过——也仰慕着他的友人罗尼。

差不多几周前艾佛问过安娜，他能否带一个朋友来同住一段时间，他的这个朋友目前手头比较紧，还处于失业的状态。安娜按照常规程序提出给他的房间添张床什么的，交涉双方也都各自做了该做的事。但是这位失了业的演员罗尼却不仅搬进了艾佛的房间，更是直接钻进了他的被窝。由于这对安娜并没有造成任何的影响，她也就没说什么，而同时很显然的是，只要她什么都不说，罗尼就不打算搬走。安娜心里清楚，罗尼就是她应当为艾佛与詹妮特新近缔结的友谊所付出的代价。

罗尼是个皮肤黝黑、形体优雅的年轻人，一头精心打理过的带着卷儿，发着亮的秀发，脸上时常会转瞬即逝地浮现出苍白而有些过分得体的微笑。安娜不怎么喜欢他，但同时却也明白她不喜欢的是他所属的那一类人而并非他本人，因此也就克制了这种感觉。他也很乐意和詹妮特相处，但是他的这种乐意却并不（像艾佛那样）发自真心，而只是权宜之计，说不定他跟艾佛的关系也只是权宜之计。所有这一切并没有让安娜担忧，也没有对詹妮特造成什么影响，因为她信任艾佛，相信只要有他在，詹妮特就不会有事。然而真要让她高枕无忧倒也不至于。假如我跟一个男人——"真男人"——同居，或是结了婚的话，詹妮特一定会产生对立的情绪，她一方面会对那个男人心生怨怼，另一方面却又不得不去接受对方，与对方和平共处。而她会心生怨怼，恰恰是因为对方的性别，因为对方是个男性。而就算我既没有和跟我生活在同一个屋檐下的那个男人上过床，未来也不打算跟他上床，但单凭他是个"真男人"这一事实，就足以碰擦出冲突的火花，打破既有的平衡。所以我的结论是什么呢？既然如此，我为什么还要保持着为了詹妮特——更不用说是为了我自己——而带个真男人回家的念头呢？现在家里有这么一位迷人、友好、敏锐的小伙子艾佛不就挺好的了吗？我想说的，或是假设的（所有人都会有我这样的假设吗？）难道是：只有在存在一定的张力的环境中，孩子才能长大成人？但这又是为什么呢？我显然有着这样的直觉，不然的话当我看到艾佛和詹妮特在一起时表现得像只友好的大狗，或是个无害的哥哥时——我居然用了"无害"这个词——就不至于感到心神不宁。是鄙夷，我感到了鄙夷，我对自己的想法感到了鄙夷。一个真男人——指的是理查德、迈克尔这样的人？他俩跟自家的孩子在一起时都蠢得很，但毫无疑问的是我依旧能感觉到他们的本质——他们喜欢女人而非男人这一本质——比起艾佛会更有益于詹妮特。

安娜终于爬完了幽暗且积着尘土的楼道，抵达了自己干净的公寓，然后听到了从头顶上方传来的艾佛的声音，他正在给詹妮特念故事。

她穿过了自己大房间的门,爬上了白色的楼梯,然后发现詹妮特正盘腿坐在自己的床上,活脱脱就是个深色头发的调皮孩子。而肤色黝黑、头发凌乱、态度和善的艾佛则坐在地板上,一只手举着,用夸张的语气念着一个女生的校园故事。詹妮特对她母亲摇了摇头,示意她别吱声。艾佛就像挥舞指挥棒那样挥着自己举起的那只手,他挤了个眼之后提高了自己的调门:"于是贝蒂提交了加入曲棍球队的申请。她会被录取吗?她会是那个幸运儿吗?"他恢复了自己平日里的声音对安娜说道:"故事讲完了以后我们会跟你说的。"然后又继续念那个故事:"这一切全都取决于杰克逊小姐。贝蒂琢磨着,自己上周三在比赛后祝对方好运是诚心的吗?这真的是自己真实的想法吗?"安娜在门口稍稍停留了片刻,接着往下听了会儿,发现艾佛此刻的语调里多了之前没有的意味——那是种嘲讽,针对那个女子学校的世界、女性化的世界,而非故事本身的荒诞的嘲讽,而这是在艾佛感知到安娜来了以后才出现的。没错,但这算不上什么新鲜事了,她对此并没有感到丝毫的陌生。这种嘲讽,是同性恋的一种防御手段。他们还会有意无意(通常是无意地)和女性建立体贴但若即若离的关系,以假装自己是"真男人""正常男人"。两种表现皆源自某种冰冷与回避,后者还要更进一步,区别在于程度而非本质。安娜透过门缝朝詹妮特看去,发现孩子的脸上浮现出一种愉悦但不安的笑容。詹妮特也察觉到了语气中的嘲讽是冲着身为女性的她来的。对女儿沉默的同情在安娜心中涌起:唉,我可怜的女儿,你最好早些习惯,因为你未来就将生活在充斥着这类东西的世界里。现在她,安娜,已经离开了那个房间,艾佛语气里的嘲讽也随之消失,恢复了常态。

艾佛和罗尼同住的房间门开着,罗尼正在唱歌,不过歌声里同样暗含着嘲讽。那是首到处都在传唱的表达着饥渴和欲望的曲子。"今夜给我我想要的,宝贝,我不想要你和我争执,宝贝,爱我,拥紧我……"罗尼接地气地嘲讽着"正常"的爱。安娜心想:我凭什么假设这一切一定对詹妮特秋毫无犯？我凭什么理所当然地觉得孩子就不会受到污染？因为我确信我本人的影响力，一个健康的女性的影响力，足够压倒他们的影响力，但我凭什么这么觉得呢？她下了楼，罗尼停下了歌唱，脑袋从门缝里探了出来。那是颗颇具魅力、头发也精心打理过的脑袋，像一个男孩子气的小女孩似的。他露出了不怀好意的微笑，他在通过这个微笑尽可能明显地指控安娜对自己的监视：罗尼身上令人不安的一个点就是不管别人说什么或做什么，他总觉得那全是在针对自己，也就是说他喜欢假设其他人的注意力总在他身上。安娜对他点了下头，心想：就因为这两位男士的存在，我在自己家里都没法自如地行动，随时都得处于戒备的状态。罗尼这时收起了恶意，走出房门，把重心都压在了屁股一侧，散漫地站着。"我不知道你也喜欢童真童趣。""我就是顺道去楼上看一眼。"安娜简短地说道。他一下子就显得趾高气昂了起来。"你家詹妮特还真是个讨人喜欢的孩子。"他总算想起来自己压根儿没有在这里居住的资格，这里之所以还容得下他，全仰赖安娜的宽容。这时他又化作了一个——嗯，没错，安娜是这么觉得的——乖巧的女孩，甚至连咬字都显得有些过分字正腔圆。你可真是个**淑女**[1]，安娜在心中这么评价他道，然后对他露出了笑容，潜台词是：我不吃你这套，你还是省点力气吧。她继续沿着楼梯往下走，然后往上瞥了一眼，发现他还留在原地，不过视线并没有在看她，而是盯着楼道的墙面，他那张俊美得不可方物的脸庞此时只显得憔悴和恐惧。哦，老天爷，安娜心想，我已经料到接下来会发生什么了——我想把他撵出去，但只怕会心有余而力不足，因为只要一个不小心我就会可怜他。

她走进自己的厨房，拿了个杯子在水龙头底下接水，水并没有开很大。她看着水花在杯中溅起、起泡，聆听着清冷的水声，此刻她利用水的方式与先前她利用水果的方式异曲同工——都是为了让自己冷静下来，

---

[1] 原文为法语。

给她恢复常态的可能性。然而她脑海中却一直在想：我失衡了，这间公寓里正弥漫着毒气，丑陋的恶意仿佛无处不在。但这都是扯淡，现实是我当下的想法就没哪个是靠谱的。我能**感觉**到……然而我止住了这样的念头。我止住的到底是什么呢？她再一次感觉到了不适，还有恐惧，就跟刚才在地铁上时一样。她心想：我不能再这样下去了，我必须——尽管她自己也说不上来"这样下去"里的"这样"是哪样。我得去一下隔壁，她心想，然后坐下来，然后——她刚这么想到一半，脑海中就浮现出了一口枯井的井水正慢慢重新填满的画面。对，我的问题恰恰就出在这里——我是口枯井、空井，我必须得重新找找水源，不然……她打开了自己大房间的门，窗外的光亮映衬出了一个魁梧的女性的身形，散发着凶险的气息。安娜喝道："谁？"紧接着就开了灯，那个黑影于是就在明亮的光线下现出了原形。"我的老天爷，玛丽昂，是你吗？"安娜的声音听上去带着些愠怒。她因自己的疏忽而感到困惑，与此同时仔细地打量了一番玛丽昂，因为在她认识对方的那么多年里，玛丽昂一直都在以一个可怜人的面目示人，其中并没有过什么凶险可言。而就在她打量对方的过程中，她甚至仿佛已经亲眼瞧见她自己挺直腰板、强打起精神、内心警铃大作的完整过程，在她的感知里这一过程她每天似乎都要重复个上百遍。但是由于她此刻实在太过疲惫，再加上她的"井已经干涸"，她这次只启动了自己大脑的警戒机制。她的大脑就是个小巧、关键而且不带感情的机器，她甚至能直观地感受到其中蕴藏着的智能正在警惕且高效地运转着——确实就像一台机器。她心想：我脑子里的智能是唯一能避免让我——这一次她在脑内完整形成了这句话——避免让我陷入精神崩溃的东西。没错。

玛丽昂说："可能吓到你了，真是抱歉。我上楼的时候听见你的那个小伙子在给詹妮特念故事，我不想打扰他们。然后我又觉得，坐在黑暗里的感觉还挺不错的。"安娜留意到她在说"你的小伙子"这几个字的时候发音有些刻意，就好似一个已婚妇女拍一个小姑娘的马屁时的咬字?——每次只要和玛丽昂在一起待满五分钟就会出现这样闹心的时刻,然后安娜又迫使自己想了一想玛丽昂的生存环境。她说:"抱歉,我刚才听上去有些没好气,我今天太累了,刚才又赶上晚高峰。"她一边说着一边拉上了窗帘,现在房间又恢复了她想要的状态。"但是安娜,你这未免也太矫情了吧,这就是我们这些可怜的普通人的日常啊。"安娜错愕地看着玛丽昂,玛丽昂这辈子压根就没有真的面对过任何像早晚高峰这样的日常。她看向玛丽昂,发现她一脸的无辜和热忱,眼睛里还闪着光。她说:"我得小酌一杯,你来点吗?"——话音刚落她就意识到了些什么,紧接着又为自己先前的疏忽而感到庆幸,因为这就意味着她询问玛丽昂时的淡定是发自真心的,而对方说道:"好呀,我可以喝一小杯。汤米说过,比起滴酒不沾,以正常的量饮酒其实才更需要勇气。你觉得呢?我反正是赞同的。我觉得他真的又聪明又坚强。""我同意啊,这是条难走得多得多的路。"安娜往杯子里倒威士忌的时候背对着玛丽昂,绞尽脑汁思索着:她来我这儿是因为她知道我先前找过理查德吗?如果不是这个原因,那又会是什么呢?她说:"我回家以前去找过理查德。"而玛丽昂拿过了她的那杯酒,然后大剌剌地、兴趣寥寥地把杯子摆在了一边,说:"是吗?你俩一直还挺要好的。"安娜勉强压抑住了自己在听到"要好"这个字眼后龇牙咧嘴的冲动,也警醒地感觉到了怒气正逐渐在自己心中越积越多,冷峻的理智也开始闪烁起耀眼的锋芒,她还听见楼上传来艾佛大声的诵读:"击球!另外五十个人和贝蒂紧张地喊道,而贝蒂这时拼了命地奔跑着穿过了球场,将球直直送进了球门的网窝。她做到了!青春的欢呼响彻全场,贝蒂则透过自己的眼泪注视着一个个同伴的面容。"

"我小时候特别爱听这种神奇的校园故事。"玛丽昂少女般地大着舌头说道。

"我就不喜欢。"

"你一向老成嘛。"

安娜这时已经拿着自己那杯威士忌坐下，开始打量起了玛丽昂。对方穿着一件昂贵的棕色西装，很显然才刚买没多久，那头微微花白的深色头发也刚烫没多久，栗色的眼珠闪闪发亮，面颊上也泛着红晕。她简直就是个典型的吃穿不愁、无忧无虑、活力四射的已婚妇女。

"这也是我这次来找你的原因，"玛丽昂说，"这还是汤米的主意。我们需要你的帮助，安娜。汤米想到了一个绝妙的主意，我就说他是个脑袋灵光的孩子，我俩都觉得应该来问一下你。"

玛丽昂说到这里时抿了一口威士忌，然后嘴巴一瘪，一副**难以下咽**的样子，然后继续说道："多亏了汤米我才意识到自己到底有多无知。自从我给他读报纸起，很多事情就变了，在此之前我就没读过什么书。当然他见多识广，会解释给我听，我觉得现在的我跟以前已经判若两人了，之前我只关心我自己，对其他的人或事一概漠不关心，现在的我会因此而感到羞愧。"

"理查德也跟我提到过，说你开始对政治感兴趣了。"

"对啊，他都快被气死了，当然了，我的母亲和姐妹也都被气得**够呛**。"此刻的她活像个喜欢捉弄人的小女孩，嘴巴淘气地微微抿着，眼角也流露出了些许自知理亏的神色。

"我猜也是。"玛丽昂的母亲是某位将军的遗孀，而她的姐妹们一个个的也都是些尊贵的名流，安娜都可以想见惹得这群人气急败坏是多么令人通体舒畅。

"当然了她们就是群睁眼瞎，就跟受到汤米启蒙前的我一样。在我的感觉里，我的人生仿佛是从那一刻才真正开始的，我觉得自己简直就跟变了个人似的。"

"你确实看上去脱胎换骨了。"

"嗯。所以你今天见到理查德了？"

"是的，我去了趟他的办公室。"

"他有提到过离婚的事吗？我之所以问是因为如果有什么事他跟你都

提了,那我就该严阵以待。他一直都很喜欢胁迫我、欺负我——他从头到脚就是个恶棍,所以他放的狠话我从不当真,但要是他正儿八经提到了什么,那汤米和我就都应该当心了。"

"我感觉他打算娶他的那个秘书,至少他本人是这么说的。"

"你见过那个秘书了?"玛丽昂"扑哧"笑了,一脸调皮的表情。

"是啊。"

"你注意到什么了没?"

"你是指她长得跟你年轻时一模一样?"

"是的,"玛丽昂噗嗤一下笑出了声,"逗不逗?"

"你还能笑得出来。"

"我确实觉得好笑。"玛丽昂冷不丁叹了口气,脸上的表情一下子变了,就这么在安娜眼前从一个小姑娘变成了怨妇。她严肃且讽刺地瞪大了眼睛。"你难道不明白吗?我**只**能把这件事当笑话看!""明白。""那是在某天吃早饭的时候。理查德总喜欢在吃早饭的时候发神经,冲我发脾气,但这件事的可笑之处就在于,我凭什么要容忍他这样?他一直都在为我老去找汤米这件事说个没完,而就在一瞬间,我突然就想通了,真的,安娜,他当时在饭厅**暴跳如雷**,脸涨得通红,气得不行,而我就这么听着。他的声音挺难听的,你觉不觉得?反派的声线就该是他这样的,对吧?"

"对。"

"然后我心想——安娜,我真心希望我能解释清楚这一切,我那时候真的就想通了。我心想:我都跟他结婚那么多年了,心思一直以来都在他这个人身上。唉,女人就总这样,对吧?我之前就没顾过别的事,每天晚上都是流着泪入睡的,一晃眼这么多年过去了。我闹也闹过,也犯过傻,也郁郁寡欢过,也……但问题是,我图什么呢?我没在开玩笑,安娜。"安娜微微笑了一下,玛丽昂接着说道:"问题是,他算个什么东西,你说对不对?他要长相没长相,要脑子没脑子——我才不在乎他在业内到底算不算大人物,是不是他这一行的领头羊,你能明白我的意思吗?""嗯,然后呢?""我心想,老天爷啊,就为了这么头牲畜我居然把自己这一生都给搭进去了。我还清晰地记得那个时刻,我坐在早餐桌边,穿着那件因为他喜欢看我穿所以才买的晨衣——你也知道的,他就喜欢荷叶边和绣花,哦,或者说他**以前**喜欢看我穿,而我**从来**就很讨厌这样的衣服。我心想,就为了讨这么头**牲畜**的欢心,我居然得穿自己讨厌的衣服,而且一穿就是这么多年。"

安娜纵声大笑了起来,玛丽昂也笑了,她的那张漂亮的脸蛋在自嘲过后也变得神采奕奕,眼里则是悲伤和坦诚。"这也太耻辱了,你说对不对?"

"是啊。"

"不过我敢打赌你就一定从没为了哪个蠢男人自欺欺人过,你多机灵啊。"

"也就你会这么认为。"安娜不动声色地说。但她也意识到了这样回复有些不妥,让玛丽昂将她——安娜——视作一个自强独立、毫无死角的女性是很有必要的。

玛丽昂并没有把安娜说的话听进去,而是固执己见道:"不,你就是很聪明,所以我才佩服你。"玛丽昂这时攥紧了自己的酒杯,咕嘟灌了一大口威士忌下去,紧接着又是一大口,然后又是一大口——安娜逼着自己将视线转向了别处。她听见玛丽昂说道:"然后又是因为那个叫琴的女孩,我见了她以后又想明白了一件事。他并不爱她,他本人也这么承认了,那么他爱的究竟是什么,这才是关键。他爱的是某个特定的类型,某个符合他审美的类型。""符合他审美"这几个字的残忍程度完全超出了安娜对玛丽昂的认知,她的目光因此不由自主地再次回到了对方的身上。玛丽昂正襟危坐,高大的身板在椅子上挺得笔直,双唇紧抿着,眼睛饥渴地盯着自己的五根手指紧紧攥着的空杯子。

"所以这又算是哪门子的爱呢?他反正没爱过我,他爱的是这世上所有身材高挑的大胸棕发女孩,我年轻时胸形还挺好看的。"

"栗发女仆。"安娜说这话的时候注视着对方因为饥渴而贴紧杯壁曲起的手指。

"没错,因此他的爱与我无关,这就是我的结论。他甚至对我到底是怎样的一个人都一无所知,所以更不用说什么爱情了。"

玛丽昂勉强地笑了起来。她脑袋后仰,双眼紧闭,褐色的睫毛则在她憔悴的面颊上方颤动着,片刻后她的双眼又睁开了,一边眨巴着一边找寻着,找寻着挨着墙壁摆在写字桌上的那瓶威士忌。"她要是现在问我讨酒喝,我也只能倒给她。"安娜心想,就仿佛她将自己也全身心地代入到了玛丽昂的天人交战之中。玛丽昂的眼睛再次闭上,接着像在一个人在喘粗气一样颤抖了一阵,接着又睁开,看向了酒瓶,手指再度攥紧了杯子,然后又闭上了眼。

无所谓了,安娜心想,如果玛丽昂戒酒的代价就是她无可避免地会变成一个轻佻扭捏的小女孩,那还不如让她当个人格完整的酒鬼,在满腹牢骚、承认现实的前提下喝得烂醉——安娜承受的压力让她忍无可忍,她忽然开口道:"汤米想要我怎么做?"玛丽昂坐直了身板,放下了杯子,瞬间从一个诚恳、落寞、悲伤的女人再次变成了个小女孩。

"哦,他这个人特别棒,各个方面都特别棒。我跟他说了理查德说要离婚的事,他给的回应也特别棒。"

"他说什么了?"

"他说我必须做正确的事,真心实意地认为是正确的事,让我不要单单为了我以为的崇高而一时昏了头去迁就对方。我之前的第一反应是,他既然要离婚,那就离好了,我有什么好担心的?我自己的钱就够我花的了,这不构成什么问题。但是汤米说这样不行,我必须想清楚怎样的结果最符合理查德的长远利益,而我应当让他负担起自己的责任来。""我懂了。""他是真的聪明,你想啊,他才二十出头。虽然我觉得他的遭遇也是他天赋的代价——我的意思是,那场事故确实可怕,但当你发现他居然能如此勇敢、坚强和优秀,你甚至会觉得他从没遭遇过什么变故。""大概吧。""汤米的意思是,我不必在意理查德,当他不存在就好。我刚才说我打算将自己的生命奉献给更重要的事业的时候也是发自真心的,汤米是我的榜样,我打算为他人而不是为自己而活。""很棒。""所以我才顺道来找你,你一定得帮我们。"

"那当然。我该做些什么?"

"你还记得那个黑人领袖吗,你之前认识的那个非裔男人?叫马修斯什么的?"

这完全超出了安娜的预料。"你该不会是在说汤姆·马特龙吧?"

玛丽昂还真掏出了笔记本和一支铅笔。"对,请告诉我他的地址。"

"可他现在还在监狱里服刑啊。"安娜说。她的语气听上去有些无助,而当她亲耳听出自己没什么底气又老大不情愿的时候,她又反应过来她此刻感受到的不只是无助,还有惶恐,那是她和汤米待在一起时才会感受到的那种惶恐。

"我知道啊,我的意思是那个监狱叫什么?"

"可是玛丽昂,你们打算做什么?"

"我不是说了吗,我不想再只为自己活了,我打算写信给那个可怜人,看看我能为他做些什么。"

"但是玛丽昂。"安娜看向玛丽昂,寄希望于能和这个几分钟之前还处于对话状态的女人再度建立联结,然而迎向她视线的,是一双虽然带着负罪感但却闪烁着歇斯底里的快乐神采的褐色眼睛。安娜坚定地说道:"那里可不是什么像布里克斯顿[1]之类的条件不错、秩序井然的监狱,搞不好就是个野地里的棚屋,四周鸟不拉屎,里头关着五十多个政治犯,很有可能从来都不接收信件。你以为——这些人还会有探访日和人权什么的?"

---

1 位于伦敦南郊的一座监狱。

玛丽昂嘟起了嘴:"我认为对于这么个可怜人来说,你这样的态度未免也太过消极了。"

安娜心想:汤米的态度才叫消极呢——那是共产党给他留下的烙印;但是"可怜人"就纯属玛丽昂的风格了——她的母亲和姊妹大概是会捐旧衣物给慈善组织的那类人。

"我的意思是,"玛丽昂雀跃地说道,"非洲整个就是个带着镣铐的大洲,对吧?"(语出《论坛报》,安娜心想,或者也有可能是《工人日报》。)"我们必须立即采取措施,重建非洲人民对于正义的信心,不然就为时已晚了。"(来自《新政治家》,安娜心想。)"至少要让眼下的局势完全切合所有人的利益才行。"(引自非常时期的《曼彻斯特卫报》。)"但是安娜,我真的不明白你为什么会是这样的态度。你至少得承认现在有足够的论据来证实某些事情肯定出了问题吧?"(出自白人政府未经过审判就枪决了二十名黑人并囚禁了五十名黑人一周后的《泰晤士报》社论。)

"玛丽昂,你这到底是怎么了?"

玛丽昂的身子焦虑地前倾,舌头舔了舔轻微上扬的嘴唇,眼睛热切地眨巴着。

"听着,你如果想要参与非洲的政治,你可以加入一些机构,汤米肯定是知道的。"

"但是那个人真的很可怜啊。"玛丽昂的语气里满是责备。

安娜心想:汤米在事故前的政治活动可要比眼下"可怜人"这一套要先锋多了,所以要么他的心智确实受到了这场事故很大的影响,要么……安娜一声不吭,头一回开始考虑汤米的心智是否真的受到了影响。

"汤米让你来问我要马特龙先生所在的监狱的地址,你们是打算给那里的犯人邮寄些吃的还有慰问信吗?且不论别的,他很清楚那些东西根本不可能顺利寄到监狱。"

玛丽昂明亮的棕色眼睛虽然看着安娜的方向,却没有真的在看她,她少女般的微笑朝向的是某个魅力四射但任性固执的友人。

"汤米说,你的建议会很有参考价值,而且我们三人可以为了共同的事业携手并进。"

安娜慢慢反应过来了,然后怒上心头。她冷冰冰地大声说:"这么多年以来汤米只会在反讽的时候才会说'事业'这个词,所以他如果现在又说了这么个词,这也就意味着……"

"但是安娜,你这么讲话也太愤世嫉俗了吧,听上去都不像是你会说的话。"

"但是你别忘了,我们所有人,包括汤米在内,多年来都沉浸于某种崇高的事业的氛围之中,我可以跟你保证,要是我们一直以来都对所谓的'事业'抱着像你这样敬畏的态度,我们肯定只会一事无成。"

玛丽昂站了起来。她看上去极其的内疚,但又带着几分窃喜。安娜现在看出来了,玛丽昂和汤米之前肯定议论过她,然后两人决定要拯救她的灵魂。为什么?她感到怒不可遏。相对于眼下的情况,她生气的程度是过了头的,对此她心知肚明,所以更觉害怕。

玛丽昂注意到了安娜的愤怒,对此她既有得逞的喜悦也有惶恐,她说:"抱歉打搅到你了,为一些无足轻重的事。"

"哦,也不是无足轻重。给马特龙先生写信吧,寄去北部省[1]监狱管理处,当然了,他肯定是收不到的,但是在这类事务里表明姿态是很重要的,不是吗?"

"哦,谢谢你,安娜,你真是帮了大忙了,我们之前就知道你会伸出援手的。我得回去了。"

玛丽昂悄无声息地下了楼,仿佛是在模仿一个心怀愧疚但却叛逆依

---

[1] 位于非洲的名为"北部省(Northern Province)"的行政区划可能位于喀麦隆(2012年后已更名为"北部区")或塞拉利昂。

旧的小女孩。安娜就这么看着她离去，发现自己在楼梯平台上冰冷、僵硬、批判地站立着。玛丽昂已经从她的视线范围内消失了。安娜走到电话机旁，给汤米去了个电话。

他的声音来自差不多半英里外的街区，显得缓慢而正经："这里是00567。"

"我是安娜。玛丽昂刚走。老实跟我说，找个非洲的政治犯当笔友真的是你的主意吗？如果真是如此，我只会觉得你是不是有些跟不上现在的形势了？"

短暂的沉默。"你能来电话我很高兴，安娜。我觉得这是件好事。"

"对监狱里的可怜人？"

"老实说，我觉得对玛丽昂是好事。你不这样认为吗？我认为她需要培养一些兴趣。"

安娜说："你的意思是，这是种心理疏导？"

"对啊，你同意吗？"

"但是汤米，问题是，**我**不需要什么心理疏导——至少不是以这种拐弯抹角的方式。"

在短暂的沉默后汤米谨慎地说："谢谢你打电话跟我分享你的观点，安娜，我对此非常感激。"

安娜被气笑了。她原以为对方会跟她一起笑，就她的了解，过去的那个汤米是一定会笑的，但是现在的这个汤米却并没有。她挂掉了电话，浑身战栗着——她必须得找个地方坐下。

她坐下后心想：这个小伙子，汤米——他还是个小朋友的时候我就认识他了，他经历了巨大的创伤——但是如今在我看来他就是个行尸走肉、危险分子、令人胆寒的对象，而且我们所有人都这么觉得。不，他没有发疯，这并非问题所在，但他成了某种别的东西，新的东西……但我现在想不出来——待会儿再说吧，我得去给詹妮特准备晚饭了。

现在时间都已经过晚上九点了，已经过了詹妮特晚饭的时间了。安娜把晚饭放在了托盘里,端着托盘上了楼,其间还做了点心理建设,把玛丽昂和汤米以及他们所代表的事物都抛在了脑后,至少目前还是做到了。

詹妮特把托盘放在了自己的膝盖上,说:"妈!"

"怎么了?"

"你喜欢艾佛吗?"

"喜欢啊。"

"我也很喜欢他。他人真好。"

"是呢。"

"你喜欢罗尼吗?"

"喜欢啊。"安娜稍作迟疑后说。

"但是你实际上并不怎么喜欢他。"

"你为什么会这么说呢?"安娜有些错愕地问。

"我也不知道,"詹妮特说,"我就是觉得你不喜欢他。因为他总能让艾佛做出些傻事来吧。"她然后就没再往下说了,而是让自己的思绪沉浸在抽象的思考之中,默默地吃着晚饭,其间机敏地瞄了自己的母亲好几眼,而后者只是坐着,一边接受着前者的视线,一边维持着表面上的波澜不惊。

詹妮特睡下后,安娜下楼去了厨房,在里面抽了几根烟,喝了几杯茶。她现在转而对詹妮特感到忧心忡忡:詹妮特为周围的一切感到沮丧,但是她本人并不清楚自己为什么会有这种感觉。但罪魁祸首并非艾佛——而是罗尼带来的某种氛围。我可以叫艾佛让罗尼搬走,而他一定会提议帮罗尼付他那部分的房租,然而这并非问题的重点。我此刻的感受和当时面对杰米时如出一辙。

杰米是个锡兰[1]来的留学生,他以前租了好几个月楼上的那间空房。

---

1 斯里兰卡的旧称。

你用下来效果怎么样？"

"没什么效果。"安娜说。她靠在门上，等待着他的反应。

他穿着一件昂贵的淡紫色丝质晨衣，脖颈上系着条淡红色的领巾，脚上则是一双昂贵的红色皮质摩尔式拖鞋，上头的绑带是金的。他这一身行头似乎更应该出现在大户人家的闺房中，而非伦敦学生聚居的郊外公寓里头。他歪着脑袋，用做过护理的手轻抚着自己微微泛灰的黑色鬈发。"我之前也试过染发，"他说，"但白头发还是会显出来。"

"已经挺不错的了，说真的。"安娜说。她现在理解了，对方这是在以一个女孩对另一个女孩的方式向自己求情，而她也为自己险些就把他给撵出去了而感到恐惧。她想自我暗示说那是因为对方讨了自己的欢心，但事实上她只觉得他面目可憎。

"但是我亲爱的安娜，"他柔声细语道，"'挺不错的了'只有在一种情况下才会是件好事——如果我能这么形容的话——那就是这个人本人就是老板。"

"但是罗尼，"安娜尽管满心厌恶，但仍然不情不愿地扮演起了对方期望自己扮演的角色，"就算你头发带些奇异的花白，看上去还是很有魅力啊，我敢肯定，为你倾倒的人一定多如过江之鲫。"

"早就今不如昔了，"他说，"哎呀，但这就是事实。当然了，我这保养得已经很好了，我的状态虽然起起落落，但是我一直把自己呵护得很好。"

"也许你很快就会找到一个实力雄厚的长期赞助人。"

"哦，亲爱的，"他不自觉地轻微扭了一下胯，大声道，"你以为我没试过吗？"

"我不知道这个市场居然已经这么饱和了。"安娜这么说的时候只感到了恶心，而在这话脱口而出前她就已然感觉到了羞耻。我的苍天！她心想，要是一个人生而为罗尼——我的确抱怨过生而为女的种种艰辛，但是苍天啊！——我也有可能生而为罗尼。

安娜不喜欢他这个人，而考虑到对方又是有色人种，因此她又不能让对方察觉到自己并不喜欢他，而这个问题最终得到了解决，因为杰米回锡兰去了。现在她也一样不能将这对年轻人赶出去，哪怕他俩真的打搅到了她内心的平和。他俩是同性恋，就跟有色人种的学生一样，他俩会很难找到愿意租房给他们的房东。

但是安娜凭什么要觉得自己需要为此负责呢？……就好像嫌"普通"人给我制造的麻烦还不够多似的，她在心里这么自言自语着，想要用幽默来驱散自己内心的忧虑，但是并未见效。她又试了一次：这是我的家，我的家，我的家——这次她想要唤醒自己强烈的主人翁意识，但又失败了。她心想：我到底是怎么拥有一个家的呢？我写了本自己引以为耻的书，通过这本书赚了很多钱。运气好，运气，仅此而已。而我讨厌这一切——**我的**家，**我的**资产，**我的**权利。尽管这一切都让我不适，我还是跟其他人一样依赖着它们，我的、资产、所有物。我想要保护詹妮特是因为她是**我的**资产。保护她又有什么用？她将在英国长大成人，这片土地上的男人要么是小屁孩，要么是同性恋，要么是双性恋……然而在一阵强烈又发自真心的情绪如潮水般袭来后，这些令人疲惫的思绪也就消散于无形了——天哪，真正意义上的男人已经不剩几个了，我要确保她能觉得一个，我要确保她长大后遇上一个真正意义上的男人后能成功地辨认出来。罗尼必须得走。

她带着这样的思绪去了卫生间，准备洗漱完就睡觉。卫生间的灯亮着，她在门边停下了脚步。她用来装化妆品的架子上方摆着一面镜子，罗尼焦虑地对着那面镜子检视着自己的仪容，用她的化妆棉蘸着护肤液往自己的脸上搽，想要抚平自己额上的抬头纹。

安娜说："所以比起自己的护肤液，你还是更喜欢我这款咯？"

他转过身来，没显示出一丝的意外。她反应过来他是有意让她在这里遇见他的。

"亲爱的，"他优雅端庄而又风情万种地说，"我正在试你的护肤液。

他飞快地瞥了她一眼,眼神里注满了毫不掩饰的憎恨。他迟疑了一阵,但最终还是屈从于内心强烈的冲动,说:"我最后想了想,你的润肤液果然还是比我的好用。"他的手搭在瓶子上表达着自己的欲求。他斜睨着她,微笑着、挑衅着,并公然憎恨着她。

她微笑着伸出了手,拿过了瓶子:"哦,那你就自己备几瓶咯?"

他的笑容顷刻间就显得摇摇欲坠且不再有任何体面可言,透着甘拜下风,对她耿耿于怀,并将很快卷土重来的意味,随后就在他脸上褪去了,取而代之的是她先前就见识过的冰冷、憔悴而恐惧的神色。他正在心里告诫自己他这种可恨的冲动风险太大,他应该跟对方示好,而不是再继续挑衅对方。

他很快就谄媚地跟她咕哝了句"晚安",然后就轻捷地爬上楼梯找艾佛去了。

安娜泡了个澡,然后上楼查看詹妮特是否已经睡安稳了。这两个小伙子的房门仍然洞开着,安娜有些始料未及,她清楚这两人知道她每天晚上这个点会上楼来看詹妮特,之后反应过来他们那扇门是有意开着的。她听到了房间里的声音:"肥臀大母牛……"那是艾佛的声音,他还在后头加了些下流的音效。罗尼的声音紧随其后:"湿漉漉的胸部晃悠悠……"然后发出了呕吐的声音。

安娜瞬时怒火中烧,眼看就要上去跟他俩大吵一架了,但是当她反应过来时却发现自己在原地瑟瑟发抖。她蹑手蹑脚地下了楼,满心希望他俩没发现自己上过楼,但这时房门"砰"的一声被他俩给关上了。她听到门背后传出了一阵大笑——那是艾佛的笑声,另一个刺耳而优雅的声音则来自罗尼。她爬上了床,只觉得后怕,为的是她自己,因为她心里清楚这段为她排演的淫秽小剧场对她来说不过是罗尼心底的小女孩、艾佛心底的大狗狗的恶作剧而已,她险些就不由分说地认定这一切针对的是自己,而她之所以会感到害怕是因为她的情绪确实受到了左右。她从床上坐起,在空旷漆黑的房间里抽起了烟,同时感觉到了自己的脆弱和无助。她又开始说：我要崩溃了的话……地铁上的那个男人让她惊惧，楼上的两个小伙子让她害怕；一个礼拜前她从剧院回家，时间比较晚了，一个男的突然从黑漆漆的街角蹿了出来，她非但没有无视对方，一颗心反而被吓得缩成了一团，就仿佛这个男的是专门冲着她来的似的——她茫然四顾，只觉得危机重重。但她要是稍微把时间再往前推一点，就发现那时候的安娜穿行于这座不乏危险与丑陋的大都会时是无畏无惧的；而现在她只觉得这些丑恶的事物近在咫尺，令她崩溃，想要尖叫。

这么个噤若寒蝉、弱柳扶风的安娜又是何时降生到这个世界上的呢？她心里是知道的：就是迈克尔抛弃她的那一刻。

安娜又是害怕又是虚弱，尽管如此她还是对自己苦笑了一下，因为她恍然大悟，自己这么个独立女性，之前之所以在面对恣意而粗野的性暴力时也能方寸不乱，这全都仰仗着有个男的还爱着自己。她坐在黑暗中苦笑着，或者毋宁说她强迫自己笑着，心想个中的幽默在这个世上也只有莫莉能领会了，也就莫莉有过相同的经历。然而又不能在这个时刻去找她聊天。好——她明天一定要给莫莉去个电话，跟她聊一下汤米的事。

这时汤米又再次在安娜的脑海中浮现，覆盖了她对于艾佛和罗尼的担忧。她钻进了被窝，把被子紧紧抱在怀里。

安娜想要稳住自己的心绪，她告诉自己：事实上我就是个连一丁点的压力都承受不了的人，我凌驾于所有的这些混沌之上——这全都要归功于我这颗冷酷、刻薄、宠辱不惊的脑仁。（安娜再次看到了自己的大脑在颅骨里咔嗒咔嗒地运转着，就像一台小巧的没有感情的机器。）

她战战兢兢地躺在床上，那句话再一次在她脑海中浮现：井水已经枯竭。她随之瞧见了一副画面：一口枯井有如大地上裂开的一道伤口，里头落满了尘土。

她慌乱中想要抓住任何可以抓住的东西，结果抓住了关于"糖妈"的回忆。没错，我必须得梦见水源，她心想。我要是干枯成这样都没办法伸手求援的话,那此前跟"糖妈"那么久以来积攒的"经验"还有什么用处呢?我必须得梦见水源,我必须得梦见返回泉眼的路。

安娜睡着了,进入了梦乡。她正站在一片广阔无垠的黄色沙漠的边缘,半空中的沙尘遮蔽了部分的阳光,太阳就像是悬挂在一片黄色荒漠上空的一抹不祥的橘色。安娜知道她必须穿越沙漠,在沙漠遥远的另一边矗立着群山——紫色的、橙色的、灰色的山峦。色彩在梦中显得尤为美丽和鲜活,但她却深陷其中,被这些鲜活然而干枯的色彩团团围住,瞧不见一丝水的踪迹。安娜开始徒步穿越沙漠,唯有这样她才有可能抵达群山。

她第二天早上就是从这个梦里醒来的,而她也清楚这个梦的具体意涵。它标志着安娜的改变,她自我认知的改变。在沙漠里只有她孤身一人,没有水源,泉眼远在天边。她醒来的那一刻心里顿时就明白了,要想穿越沙漠她必须得卸下重担。前一天晚上睡前她还不确定该如何应对罗尼和艾佛,但醒来后就想明白该做些什么了。她赶在艾佛准备出门上班前截住了对方(罗尼这时候还没起床,跟一个受宠的情妇似的酣睡着)说道:"艾佛,我要你搬出去。"于是他一下子面无血色、坐立难安地低声下气了起来,为了解释清楚情况他不可避免要明言:我很抱歉,我爱上他了,而且爱得不能自已。

安娜说:"艾佛,你必须明白,现状是不可能这么维持下去的。"

他说:"我很长时间以来一直想对你说——你为人特别特别好,我真的考虑过想把罗尼的那部分房租也都付给你。""没那个必要。"

"多少钱你随便开个价。"他说。此刻他必定在为自己昨晚的表现而感到羞愧,但主要还是对好日子即将土崩瓦解的恐惧,但即便到了这样的关头,他讲话时仍不自觉地透着一股讥讽的味道。

"罗尼已经在这儿住了好几个礼拜了,在此期间我就没提过租金的事,所以很显然不是钱的问题。"安娜说。她并不喜欢这么讲话的那个冷漠又挑剔的自己。

他再一次陷入了迟疑，脸上是一副混合了自责、冒犯和恐惧的神情。"是这样的安娜，我已经严重迟到了。今晚下班回来我再找你商量吧。"话音刚落，他就已经下了半层楼，有些连滚带爬地想要逃离她，以及他自己心中那股想要阴阳怪气的冲动。

安娜回到了自己的厨房。詹妮特正在里头吃早饭。

她问道："你刚才在跟艾佛讲什么啊？"

"我跟他提议让他搬走，或者至少让罗尼搬走，"见詹妮特马上就要开口反对，安娜赶忙又补充道，"那个房间是个单人间，不是双人间。他俩又是朋友，所以可能不打算分开住。"

出乎安娜意料的是，詹妮特想了想没再提反对意见，而是若有所思地继续闷头吃着早饭，跟昨天夜里吃晚饭时的状态一模一样，都快吃完了才开口道："我为什么就不能去学校呢？""但你这不是要去学校吗？""不，我是指真正的学校，寄宿学校。""不是所有的寄宿学校都跟艾佛昨晚念给你听的故事里似的。"詹妮特似乎还想要继续说些什么，但是最终还是把话咽回了肚子里，跟平日一样上学去了。

之后没过多久罗尼就下了楼，比以往都要早。他穿着精心挑选过的衣服，两颊些微上了点腮红，把整张脸衬得惨白。他破天荒头一遭问安娜是否需要他购物的时候给她带些什么。"我对于柴米油盐的事情可谓十分在行。"被安娜拒绝后，他就留在厨房里兴致勃勃地跟她闲聊了起来，双眼自始至终都在乞怜地看向她。

然而安娜已经下了决心，艾佛傍晚来找她的时候她的立场依然坚决。于是艾佛提议让罗尼搬走，他自己留下。

"不管怎么说我都在你这里住了好些日子了，此前咱们也一直相安无事。我同意，罗尼的确是有些不知好歹了，我会让他搬走的，我向你保证。"安娜迟疑了，他乘胜追击道："而且还有詹妮特呢，我要搬出去了肯定会想她的，你说是不是？而且要说她也会想念我，也不算言过其实吧。自从你朋友的儿子出事以后，每当你忙着安慰你朋友的时候，我跟詹妮特可是整天相互陪伴的。"

安娜妥协了,最后只有罗尼搬了出去。他离开前大闹了一番,破口大骂安娜是贱人(而她自己也有同感),然后对艾佛说自己再低贱也比他高贵,让艾佛以后也别指望能找着像他这样的情人了。艾佛也因此对安娜怀恨在心,而且毫不掩饰,开始跟她怄气。

但这也就意味着他们所有人的关系又回到了汤米出事前的状态。安娜和詹妮特又很难能碰见艾佛了,他又变回了之前那个在楼梯间跟她们偶遇时会打个招呼说声晚安或者早安的小伙子,多数时候夜不归宿。后来安娜听闻罗尼没能搞定新金主,在附近找了个小房间住下了,而艾佛还在继续供养他。

笔 记

【黑色笔记已经达成了自己的使命，每一页纸上都写着字。左侧那一页的标题"**素材**"下这么写着：】

1955 年 11 月 11 日

今天在人行步道上，一只伦敦的家鸽在赶公交的人类的鞋子之间蹒跚着。一个男人飞起一脚，那只鸽子被踢飞到了半空中，撞在了路灯柱上，然后伸着脖子，张着嘴躺在了地上。那男人愣住了，情况有些出乎他的意料：他原本以为那只鸽子会直接飞走。他贼眉鼠目地环顾了一下四周，准备逃离现场，但已经来不及了。一位看上去就不好惹的女士正涨红着脸朝他的方向走来。"你这个畜生！居然连鸽子都要欺负！"那男人的脸这时也涨得通红，出于尴尬，他咧嘴笑了一下，脸上浮现出夸张的难以置信的表情。"鸽子不都会直接飞走嘛。"他辩解道。那个妇女咆哮道："你这个凶手——你把这只可怜的鸽子给踢死了！"然而这时那只鸽子还没断气，它在路灯柱底下伸着脖子想要抬起头，翅膀挣扎着想要扑扇起来但又无力地垂了下来，如是重复了一次又一次。现在周围已经围了一小圈人，人群里有两个看上去十五岁左右的小男孩，他俩都长了张机敏而警觉的脸，也是典型的常年在街上顺手牵羊的小混混的脸，他们一边观望着，一边嚼着口香糖。有人说："打电话给防虐动协吧！"那个女人大喊道："要不是这恶棍死命地踹这个可怜的小家伙，就没这么多事了。"那个男人直发愣，显然有些心虚，他现在已然是个被群众唾弃的犯罪分子了。唯二没受群情激愤影响的就是那两个男孩了,其中一人朝天喊道:"监狱就是给这种家伙准备的。""就是。"那个女人高声道。她忙着义愤填膺,压根儿没时间看那只鸽子哪怕一眼。"送他去坐牢!"另一个男孩说,"拿鞭子抽他!"那个女人察觉到了什么,打量了一下那两个男孩,这才意识到对方这是在取笑她。"你俩也跑不了!"她怒不可遏地冲他俩扯着嗓子大喊道,"这只可怜的小鸟还在受罪,亏你们笑得出来!"那两个男孩并未像那个肇事的恶棍一样表现出丝毫的羞愧和震惊,反而是一副嬉皮笑脸的模样。"笑,"她说,"你们就笑吧。真**欠抽**的是你俩。没错,就是你俩。"这时一个以效率为导向的男人眉头紧锁着俯下身验看鸽子的情况,然后站起身宣布:"它没救了。"他没说错,一层薄翳开始渐渐笼罩在了那只鸽子的眼睛上,鲜血也开始从鸟喙汩汩往外涌。那女人这时已将那三个仇敌抛在了脑后,身体前倾观察着那只鸟。鸽子气若游丝,脑袋乱扭,然后渐渐没了动静。整个过程中,女人的嘴都微张着,脸上带着一副令人不适的好奇神色。

"已经没气了。"那个高效的男人说。

那个恶棍开始慢慢缓过劲来,以虽有歉意但明显想要为自己开脱的语气说:"我很抱歉,但这就是场意外,我以前从没见过哪只鸽子跟这只一样见人都不躲的。"

我们所有人都露出了难以认可的表情,齐刷刷地盯着这个本性难移的恶棍。

"意外!"那位妇女说,"你居然有脸说这是意外!"

此时围观的人群正慢慢散去。那个高效的男人拾起了鸽子的尸体,但这并不是明智的举措,因为连他自己也没想清楚该拿这具尸体怎么办。那个踢鸽子的人已经准备好要开溜了,但是那个女人跟了上去,说:"你的姓名、地址?我要起诉你。"那个男人有些恼了:"噢,别这么小题大做嘛。"她说:"也就你会觉得一条生命微不足道。""确实算不上是什么天塌了的大事,死的不过是只鸽子罢了。"十五岁少年其中的一位两手插在外衣口袋里，嬉皮笑脸地说。他的朋友接过了话茬，深沉地说道："没错，死只鸽子轻如鸿毛，天塌不了。""对，"之前那个少年说，"鸽子啥时候能让天塌了？这不就是件轻如鸿毛的事嘛。"那位妇女转过身面朝他俩，那个恶徒趁机感恩戴德地溜走了，不过他脸上还是不自觉地流露出了极为内疚的神色。那位妇女正搜肠刮肚地想找些词来辱骂这两个少年人，这时那个高效的男人仍旧手握着尸体，看上去有些茫然，于是其中的一个男孩揶揄道："你是打算回家做鸽肉馅饼吗，先生？""你再这么阴阳怪气的话我可要报警了。"高效的男人立刻回击道。那位妇女一下子心情舒畅，说："没错，说得可太对了，早该报警了。"其中的一个男孩吹了个嘲讽意味十足、长到让人又是讶异又是钦佩的口哨。"罚单收好，"他说，"你要报警就报咯，警察一定会以盗窃公家的鸽子的名义把你给摁在地上的，先生！"由于刚才提到了报警，他俩虽笑成一团，但还是忙不迭地溜走了。

现在还留在原地的就只剩下愤怒的女人、高效的男人、鸽子的尸体，以及几个围观者了。那男人环视四周，发现路灯柱上安着一个垃圾桶，于是走上前去打算把鸽子的尸体给丢在里头，然而那个女人却拦住了他，一把将鸽子的尸体给抓了过去。"交给我吧。"她说这句话的时候声音里满是温柔，"我要把这只可怜的小鸟葬在我窗口的花池里。"高效的男人心怀感激地快步离去了，现在就剩她独自一人了。她俯视着从鸟喙滴落在地上的浓稠血液，感到了反胃。

11月12日

昨晚我梦见了那只鸽子，这使我回想起了一件事，但具体是哪件却并不明晰。在梦里我铆足了劲地想要回忆起来，但未能如愿，然而一觉醒来，却一下子想起来了——那是某个周末在马肖比酒店里发生的一起事件。这件事在我的脑中已尘封多年，但是现在回想起来却依旧历历在目。我又感到有些窝火，因为我的大脑里明明有那么多封存完好而面目难辨的记忆,但却只能指望着哪天运气好才能跟发生在昨天似的清晰地记起。这起事件的发生时间绝不可能是最有戏剧性的最后那个周末,而只可能是之前的某次,因为那时我们这群人和布斯比夫妇之间的关系还算融洽。我还记得布斯比太太在早餐时段扛着一把点22口径的来复枪走进了餐厅,询问我们一行人:"你们有谁会打枪吗?"保罗接过了枪,说:"我不菲的学费可是包含了射杀松鸡野雉的课程的。""哦,需要猎杀的目标也没那么高级,"布斯比太太说,"这附近确实有些松鸡,但是不多。布斯比先生说他想吃鸽肉馅饼,他以前还偶尔会出去打个猎什么的,但他现在已经没那个身体条件了,所以我就想问你们能否帮忙……"

保罗不无惊讶地摆弄着手中的那杆枪,然后说:"好吧,我过去从没想过要用来复枪来打鸟,不过要是布斯比先生以前这么干过,那我也行。"

"不难,"布斯比太太一如往常那样任由自己被保罗表面上的客套所蒙蔽,"那个方向,在石丘[1]之间有片塘子[2],那里的鸽子到处都是。你可以等它们歇脚的时候解决它们。"

"这跟体育课可不是一回事。"吉米洞若观火地指出。

"我的天哪,居然不是一回事啊?"保罗大喊,随即就演了起来,他一只手触摸了一下额头,另一只手拎起来复枪往远离自己身体的方向送。

布斯比太太拿不准他是不是在开玩笑,但还是解释了一下:"没事,你不想杀生的话不去也没关系,不过是打几只鸽子的事,也没什么大不了的。"

---

1 原文为南非荷兰语。
2 原文为南非荷兰语,指的是一种非洲的季节性的较浅的池塘,在枯水期有时也可能完全成为旱地。

"她说得没错。"吉米对保罗说。

"你说得没错,"保罗对布斯比太太说,"非常有道理,我们去就是了。布斯比老板的鸽肉馅饼要用几只鸽子?"

"至少得要六只,要是你带回来的鸽子数量够多的话我可以给你们也烤一个,对你们大概也算是个激励吧。"

"千真万确,"保罗说,"对我们来说这**确实算是个激励**。"

她向他认真地道了谢,把来复枪留给了我们,然后就走了。

我们吃完早餐已经快上午十点了,我们很高兴找了件差事来打发午餐前的时光。主路在经过酒店一小段后往右岔出去了一段小路,之前非洲本地人的步道路线再经过汽车轮胎反复碾压,才形成了这么条小路,它横穿过稀树草原,通往差不多七英里开外的荒野中的罗马天主教传教团总部。传教团负责采购补给的车辆偶尔会沿着这条道行驶而来,有时一些农场帮工则会成群结队地步行前往传教团总部名下的一座大农场,或是从农场的方向步行返回,但在除此以外的大部分时间里这条路上都空无一人。乡间四处都绵延起伏着周围这种地势较高的沙质稀树草原,零散矗立着的石丘则构成了这些稀树草原之间清晰的分界线。下雨的时候这里的土壤似乎就变得异常排外起来,狂舞着的雨水拍打在上面以后能反弹起两三英尺高,但大雨过后刚一个小时,地面就又会完全干透,水沟和塘子的水位也喧哗着高涨了起来。那天的前一晚下了场暴雨,雨水把我们脑袋上方的铁皮屋顶砸得砰砰作响摇摇欲坠,但这时却已然艳阳高照万里无云。我们沿着柏油路走着,地表又薄又干的那层白沙在我们的脚下碎裂,露出了底下深色的湿土。

那天上午我们一共就五个人,我已经不记得当时其他几个人去哪儿了,也许那个周末去酒店的一共就我们五个。保罗扛着来复枪,全然是一副职业运动员的派头,他面露微笑,完全代入了这个角色。吉米面色苍白、体型硕大,他笨拙地和保罗并排走着,睿智的双眼总是看向保罗,他因自己的欲求而显得奴颜婢膝,一边痛苦着,一边感到讽刺。我、威利和玛丽罗斯走在他俩后面,威利带了本书,玛丽罗斯和我都穿了度假时才会穿的背带工装裤和衬衫,玛丽罗斯身上的是蓝色背带工装裤和玫瑰色上衣,而我身上的是玫瑰色背带工装裤和白色上衣。

当下了主路,踏上了沙土的小径后,我们就得把脚步放慢放缓,因为经过了今天早上大雨的洗礼后,各路昆虫开始集聚,我们周遭的一切似乎都陷入了骚动。成千上万的白蝴蝶扑扇着它们白中带绿的翅膀在低矮的灌木丛之上盘旋,它们的颜色皆为白色,只是体形大小各异。那天上午就只有这么一个种群在蛹中完成了羽化,它们或是蹁蹁或是翩翩地庆祝着自由的新生,而除了它们还有蚂蚱的某个颜色鲜亮的子类出双入对,密密麻麻地爬满了草茎和土路,数量同样成千上万。

"每只蚂蚱都跳到了另一只蚂蚱的背上[1]。"保罗在我们前方轻佻又不失严肃地品评道。他停下了脚步,跟他并排的吉米也顺从地停下了脚步,我们仨也在他俩身后站定了下来。"真是咄咄怪事,"保罗说,"我这么久以来居然从未领会到过这首歌的真意。"真够变态的,我们四人完全没感到难堪,只是觉得醍醐灌顶,随即大笑了起来,但笑得委实有些太大声了。我们周围的八方四面都爬满了一对对正交媾着的蚂蚱,有些其中一只的六足都紧扣在沙土之中一动不动地站着,而另一只外形上看不出任何的不同,则在上位紧紧夹着身下那只的后背,让对方动弹不得;有些其中的一只正奋力往另一只的后背上攀爬,底下的那只在此期间会保持静止,明显想要确保对方能爬得上去,而前者的动作实在太过激烈或者说癫狂,随时有可能带着后者一起侧翻在地;要是这一对着实不合拍的话它俩就会真的侧翻过去,然后之前处于下位的那只又会重新站好,另一只则会挣扎着爬回自己先前所在的位置,或者它也有可能会被另一只看上去跟它无甚分别的蚂蚱取而代之。总之我们四周净是这些或兴致勃勃或欲仙欲死的虫子,它们一只趴在另一只的背上,圆睁着的明亮的黑

---

[1] 这句话是著名童谣《蚂蚱》中的一句歌词。

眼睛一直盯着我们。吉米笑出了声，保罗重重拍了一下他的后背。"不值得为这些下流胚耗费精力。"保罗评价道。他说得没错，这些色彩鲜艳得都跟在调色盘里泡过似的蚂蚱要只是以一只、五六只，或一百只的规模若隐若现地出现在草丛的翠绿背景里时，它们或许称得上可爱；然而数量一旦上千，它们就立刻糊成了一片难看的绿色和红色，上千只空洞的黑眼睛一直盯着你看，一下子就显得荒淫了起来，而最要命的是它们在这种状态下已然沦为了愚蠢二字的化身。"还是看看蝴蝶比较好。"玛丽罗斯这么说的时候她也确实是这么做的。蝴蝶美得不可方物，它们白色的翅膀把蓝天也点缀得分外动人，从高处远远望去，塘子边上的蝴蝶简直就像是在青草之上凝结成的一团炫目的白色烟云。

"但是我亲爱的玛丽罗斯，"保罗说，"能肯定在你的美好愿景里，这些蝴蝶正在讴歌生命的美好，或只是在怡然自得地玩乐；但这只是假象，它们和这些淫荡的蚂蚱一样，不过是在追逐堕落的欢愉罢了。"

"你怎么知道？"玛丽罗斯较真地低声质问道。保罗以他自知迷人的方式大笑了起来，接着就放缓了脚步让吉米一个人走在前头，他自己则开始与玛丽罗斯肩并肩。之前还和玛丽罗斯并排走着的威利，这时已经把自己的位置让给了保罗，想和我并排，可我早就开始走向形单影只的吉米了。

"本来**就很**恶心啊。"保罗听上去真的被膈应到了。我们循着他的目光看去，就在乌泱泱的蚂蚱大军之中有两对比它们所有同类都要扎眼：其中一只孔武有力得简直跟长了六根弹簧大腿的活塞似的，趴在它背上的伴侣却娇小且窝囊，甚至都没办法爬到最顶上；而在它俩边上的那对情况却完全相反，一只小而可怜的亮色蚂蚱被它背上那只把它衬得更小的庞然大物骑着，几乎要被压扁了。"我想做个小实验。"保罗宣布道。他小心翼翼地穿过虫群，走到了路边的草丛边，把他的来复枪搁在了一边，然后拔了根草。他单膝跪在了沙地上，用草茎高效而无情地将附近的蚂蚱都扫到了一旁，接着干净利落地把那只庞然大物从那只小个子的后背上给挑了起来，但是庞然大物出人意料地凭着一腔执着一下子又蹦回到了原先的位置上。"这个实验得有两个人一起操作才行。"保罗喊道。吉米立马就拽了根草走到了保罗的身边，不过鉴于他不得不弯下腰凑得离虫群特别近，他脸上的表情肌因厌恶而扭作了一团。场面一下子就变成了两个小伙子跪在沙路上操作着手中的草茎，而我、威利和玛丽罗斯则站在原地观望着。威利皱起了眉头。"真是斯文扫地。"我如是挖苦道。尽管跟以往时有发生的那样，那天早上我和威利就处得并不算融洽，他却并没有压抑自己，而是对我莞尔，放松地说："无所谓，不挺好玩的嘛。"我俩相视而笑，其中既有爱意也有痛苦，因为像现在这样的时刻已变得十分稀少。玛丽罗斯在那两个跪着的大男孩的另一侧，半是羡慕半是伤悲地注视着我俩，她看到了一对甜蜜的情侣，因而觉得格格不入。我实在不忍心，于是抛下了威利走去了玛丽罗斯的身旁，然后我俩就一齐在保罗和吉米背后俯身观看着。

"开始。"保罗说。他再次把他那只庞然大物从小个子背上给挑了起来，然而笨手笨脚的吉米却并未能得手，他还没来得及再试一次的时候，保罗的那只庞然大物就又回到了先前的位置。"啊，你个白痴。"保罗恼羞成怒道。由于他知道吉米迷恋自己，因此他在多数情况下都会控制住这类情绪。吉米放开了手中的草茎，悲痛地笑出了声，想借此来掩盖住心伤——但这时保罗已经拽了两根草茎在手，左右开弓把那两只处于上位的虫子从它们各自身下那两只虫子背上给挑了下来，之后让它们四只又重组为了势均力敌的两对，两只大的一对，两只小的一对。

"好了，"保罗说，"这下就合理多了，多么般配，多么惬意，多么完美。"

我们五人就这么站着观摩着这场常识的胜利，然后又因为其中极致的荒谬而情不自禁地再次大笑了起来，就连威利都未能免俗。而这时我们四周还有成千上万仿佛浸泡过颜料的蚂蚱，在没有我们协助的情况下自主地进行着繁殖行为。后来甚至我们不值一提的胜利也没能持续多久，因为那只处于上位的大个子从底下那只大个子的背上跌落了下来,那只先前还处于下位的大个子立刻就反客为主爬到了它的背上。

"恶心。"保罗煞有介事地说道。

"你这话说得就没什么根据,"吉米试图让自己的声音听上去能与自己朋友煞有介事的腔调一较高下,但他的声线在平时不是连呼带喘,就是尖利刺耳,再不然就是毫无正经可言,此次也没能例外。"我们根本就没有证据可以证明我们所谓'自然'的事物就一定比人类社会里存在的一切都要合理。我们凭什么认为对这些——微型的穴居生物——来说,只有雄性趴在雌性背上才更合理呢?甚至从根儿上说,我们凭什么认为——"他又壮着胆子补了句,"雄性一定要和雌性配对才合理呢?我们都知道这世上存在某种声色犬马、离经叛道的生活方式,男的和男的在一起,女的和女的在一起……"他的声音越来越小,最后化作了一声浅笑低吟。看着他那张激动、尴尬而又不失睿智的面孔,我们都知道他一定在心里嘀咕,为何但凡是从他嘴里说出来的,甚至包括还没来得及说出来的那些话,就是没办法跟保罗一样举重若轻。要是换作保罗来发表这番观点——这是很有可能的——我们所有人一定都会被逗得前仰后合,但当时我们所有人只是觉得有些无所适从,并且再次意识到了我们被这些丑陋的虫子围得里三层外三层的处境。

保罗突然向前伸出了脚,有意先踩死了那对先前由他做媒的大个子,然后又踩死了那对小个子。

"保罗你……"玛丽罗斯看着那摊被压扁的彩虹色翅膀、眼睛和白色体液的混合物,声音发着颤说道。

"这就是专门针对多愁善感者的回应。"保罗故意模仿威利的口吻说道——威利则笑了一下,表明他知道对方这是在揶揄自己。保罗接着严肃地说:"亲爱的玛丽罗斯,这些玩意儿几乎没几只能活过今晚,或者明晚——就跟你的蝴蝶一样。"

"哦不,"玛丽罗斯痛苦地看向了蝴蝶组成的舞动的烟云,但却无视了这些蚂蚱,"为什么会这样?"

"因为它们的数目太过庞大了。它们要是都活下来的话又会发生什么呢?届时定会发生一场异种入侵,马肖比酒店会在肆虐的蚂蚱大军铁蹄下轰然倒塌,消失于地表之上,而蝴蝶将集结成令人胆寒的大群在布斯比夫妇以及他俩正值适婚年龄的千金的尸身上空,跳着凯旋的舞蹈。"

玛丽罗斯被说中了痛处,她面色发白,从保罗身上移开了视线。我们心里都清楚她正在思念自己死去的兄弟,因为每到这样的时刻她脸上就会浮现出一副遗世独立的表情,对此我们都有种想要环抱住她的冲动。

然而保罗继续自顾自地说了下去,他首先戏仿了斯大林的语气:"道理很明显,这本是不言自明的——事实上完全没有分析的必要,既然如此我为什么还要不厌其烦地说呢?——这种事是否有必要挑明显然并非问题的关键。众所周知的是,大自然本质上来说就是挥霍无度的。这些虫子要不了几个小时就会因彼此之间的争斗、撕咬、杀戮,或者自寻短见,或者生疏的交配而一命呜呼,再不然就是被鸟类吃掉。就在咱们说话的当下,不少鸟儿就已经在盼着在咱们走了以后好开饭呢。等我们下周周末回到这个怡人的度假胜地,要是事务繁忙那就是下下周末,当我们再次回到这里,到时候或许能看到一两只这样惹人怜爱的红绿色昆虫在草尖进行着运动,然后心想,它们多好看哪!而到时我们几乎就会完全淡忘此前还将我们团团围住的上百万已经化作尸体的它们的同类的存在。至于那些美得无与伦比,尽管没什么大用的蝴蝶,我们会主动甚至经常性地想起它们——不过得是在我们的注意力没被平日里颓废消遣所占据的时候。"

我们都不知道他为什么非得在玛丽罗斯兄弟故去的旧伤上扎一刀还搅两下,玛丽罗斯凄然一笑,而三天两头都因为对坠机的恐惧而备受煎熬的吉米也露出了和玛丽罗斯一样扭曲的浅笑。

"同志们,我想表达的是……"

"我们知道你想要表达什么。"威利粗暴而愤怒地打断了他,也许就只有在这样的时刻,他才会像保罗之前说的那样扮演起这个团体里父亲的角色来。"够了,"威利说,"走吧,打鸽子去。"

"这是不言自明的,道理很明显。"保罗又开始说斯大林最喜欢的开场白,以此来挑衅威利,"咱们要是再这么瞎折腾下去,布斯比老板的鸽子馅饼就没戏了。"

我们在蚂蚱之间沿着小径向前行进,走了差不多半英里地就遇到了一座石丘,或者说是花岗岩巨石垒起的石堆,而过了这个点之后,蚂蚱就不见了。就像有人在地上画了条分界线一样,从此往前它们就不见了,不存在了,灭绝了,然而蝴蝶依旧像飞舞着的白色花瓣随处可见。

我想当时应该是十月或者十一月,判断的依据并非这些昆虫——我在这方面的知识储备还不足以据此判断出那是一年中的哪个时节——而是那天热浪的质感:湿答答的,令人难忘的同时又令人生畏。在雨季的末尾,那里的空气中就会洋溢起一股浓稠的香槟的气味,警告着冬天的到来。但我还记得那天热浪直直地扑向我们的脸颊、臂膀和大腿,甚至直接穿透了我们的衣服。没错,那就肯定是在雨季刚开始的时候,草还没有长得很高,青翠欲滴地在白沙里一簇簇地长着,这也就意味着这个周末距离保罗意外身死前那个最后的周末还有四五个月时间,而那天上午我们走的这条道也就是几个月后我和保罗在夜间缓缓升腾而起的迷雾里手拉着手奔跑时所涉足的小径,后来我俩就一块摔倒在了潮湿的草丛里。我们摔倒的位置具体又是哪里呢?大概就在我们为馅饼射杀鸽子的位置附近吧。

我们一行人这时已经将那个小型的石丘甩在了身后,而一个更大的石丘又出现在了我们的前方,而这一大一小两个石丘之间的区域就是布斯比太太说的鸽子时有造访的地方。我们下了小径,径直走到了那个大石丘底下,全程没人说话。我还记得我们这么一声不吭地行走的时候,阳光啃咬着我们后背的感觉。我都能亲眼看见我们这一行人,五个衣着鲜亮的年轻人,穿过飞舞着的白蝴蝶群,在碧空之下,在青草密布的塘子之中行走着。

石丘脚下有一小片由高大的树木组成的林子，我们就在这片林子里进行了准备工作。二十码开外还有另一小片林子，先前还有一只鸽子在枝叶之间的某处咕咕叫着，但受到了我们一行人的惊扰后叫声就停了下来，然后在断定我们无害之后它又继续咕了起来。它的咕咕声轻柔、催眠且具备麻醉性，就像是蝉鸣，而至于蝉鸣——我们当时其实也能听得见——只是之前都未注意到蝉也在我们四周此起彼伏地叫唤着。蝉鸣给人的感觉就像是感染了疟疾后被注射了满剂量的奎宁[1]，它们发出的无休无止的噪声仿佛就直接来自鼓膜的内侧，而蝉鸣一旦停止，你先前感受到的血液里的奎宁造成的狂热躁动也就随即戛然而止了。

"才一只鸽子，"保罗说，"布斯比太太耍我们呢。"

他找了块石头把来复枪的枪管架在了上面，接着找到了鸽子所在的方位，然后又将枪管抬离了石块，就在我们以为他会扣下扳机的那一刻，他却把枪搁置到了一旁。

我们只是觉得慵懒，已经准备要中场休息了。树影浓重，青草柔软而富有弹性，太阳正向天幕正中爬升，我们身后的石丘探向天际，居高临下却也并不让人觉得压迫。这个区域的石丘总会给人一种它们很高的错觉，但靠近后它们也就缩了水，并且还会给人一种松松垮垮的感觉，因为它们本质上就是几堆圆形花岗岩罢了。一站到这样的石丘脚下你就会发现其表面分布着裂隙或是沟壑，通过其中的某条缝你的视线甚至能直接洞穿整座石丘，窥见另一侧的塘子，这一块块向天际堆叠的花岗岩巨石形同巨人堆着玩的鹅卵石。我们此前做过相关的调查，据我们所知，这些石丘其实都经过了马绍纳人[2]的夯土加固，而那已经是他们被迫拿起

---

[1] 又名金鸡纳霜，是一种用来预防和治疗疟疾的药物，可能会带来头痛、耳鸣、视觉障碍和盗汗等一系列副作用。
[2] 现称绍纳人，主要分布于津巴布韦、南非、莫桑比克等国的民族，也是津巴布韦现今的主体民族。

武器反抗马塔贝莱人[1]的劫掠七八十年前的事了，石丘上还绘满了布须曼人的壁画，十分宏伟壮观——至少在来自马肖比酒店的客人出于无聊朝上头扔石块之前是这样的。

"想象一下，"保罗说，"咱们是一伙陷入了包围的马绍纳人，马塔贝莱人身着他们华美的战袍正气势汹汹地步步紧逼。咱们在人数上不敌他们，而且就我所知，咱们也绝非什么尚武的部族，只是醉心于和平的艺术，而马塔贝莱人却战无不胜攻无不克。咱们心知肚明的是，我们这些男人很快就会惨死，而你们两位幸运的女士，安娜和玛丽罗斯，必会被那群更为强悍勇武且性子暴烈的马塔贝莱部族的新主子掳去。"

"她俩会先行自我了断的，"吉米说，"应该会吧，安娜？玛丽罗斯？"

"那当然。"玛丽罗斯温和地说。

"那当然。"我说。

那只鸽子又开始咕咕叫了。我们看得见它，它体形小巧，线条优美，在天空的映衬下通体呈暗色。保罗举枪瞄准，然后扣下了扳机。鸽子落在了地上，翅膀无力使其离开地表，只能让它来回翻身，而它撞击地面的闷响哪怕在我们坐着的地方都清晰可闻。"咱们需要一条狗。"保罗嘴上这么说着，其实是在指望吉米能一跃而起把鸽子给带回来。我们所有人都看得出来吉米陷入了天人交战，他最后还是站起了身，走到了对面那片林子里，拿回了那具此刻已经毫无美感可言的尸体，将其甩在了保罗的脚边，最后又坐了下来。在烈日下走了这一趟后，他已经被晒得满

---

[1] 现称恩德贝莱人，主要分布于南非共和国境内，大致可以分为南北两支，"马塔贝莱人"则是殖民时代的白人历史学者的错误发音和分类的结果，现在的使用仅限于历史的领域。文中所说的马塔贝莱人劫掠马绍纳人，指的应该是发生于1897年的第一次马塔贝莱战争的导火索，当时北恩德贝莱人的国王罗本古拉命令手下部族的军队北上，劫掠绍纳人的牛，而英国人负责对当地进行殖民统治的南非公司（性质上类似于东印度公司）借题发挥，以保护绍纳人为由，对北恩德贝莱人发动了战争。

脸通红，衬衫上也洇开了大片的汗迹。他把衬衫一把扯了下来，裸露出了他白皙、微胖、略显幼态的上半身。"这下感觉好多了。"他叛逆地说道。他知道我们都在看他，因此这句话也有可能是对我们一行人的谴责。

林间一下又安静了。"就一只鸽子，"保罗说，"也就够我们酒店老板吃一口。"

此时从更远处的树叶之间又传来了鸽子连绵又轻柔的咕咕声。"不急。"保罗说。他再次放下了来复枪，点了根烟。

这时威利正在看着书。玛丽罗斯仰面躺着，一头柔软的金发下垫着一簇青草，双眼一直闭着。吉米找着了新的乐子。可能是在昨晚的暴雨后，水流在草丛间的沙地上冲刷出了一道轨迹，构成了一道微型的河床，约两英寸宽，里头的水早已在上午的太阳的炙烤下蒸发殆尽。在这道白色的沙土之上不均匀地分布着十几个大小不一的圆形浅坑。吉米找了根粗壮的草茎，肚子贴地趴了下来，挑了个最大的坑洞拿草茎戳了进去，然后不停地搅动，坑洞四周细密的沙粒开始大片大片地崩解，没过多久那些精密又规则的坑洞就消失无踪了。

"你这个白痴。"保罗说。就跟他以往和吉米在一起的时候通常会表现出来的那样，他此刻的语气同样显得痛苦且恼怒，他内心深处真的没办法理解这世上怎么会有人能够令其他人如此尴尬。他将吉米手中的草茎一把夺过，将其精准地捅入另一个坑洞之中，一下子就把掘洞者给钓了出来——那是一只小个子的食蚁虫，虽说这类虫子理应很大才对，但这一只却只有火柴头那般大小。它从保罗的草茎上滚落到地，随即在白色的沙土上又砸出了一个坑洞，接着便疯狂地刨了起来，没过多久就消失在了沙土之下，而地表的沙土则开始起伏、下陷。

"瞧。"保罗漫不经心地对吉米说，然后将草茎递给了他。保罗看起来正因为自己此前所展露出来的暴躁而感到难堪，而吉米则脸色煞白，一言不发接过了草茎，然后注视着那一小堆沙土的起伏。

就在这段时间里，对面的林子里又来了两只鸽子，此刻开始咕咕叫了起来，但是它俩显然并没有任何想要进行合唱的意图，只是自顾自地轻声鸣叫着，有时声音能合上，有时则不能。

"鸽子真可爱。"玛丽罗斯眼睛闭着表达了她的异议。

"那又如何，它们也和你的蝴蝶一样，注定会遭到毁灭。"保罗举枪开了火。一只鸽子落下了枝杈，像颗石头一样坠落在地，另外那只鸽子被吓傻了，它环视四周，小小的脑袋一会儿转向这儿，一会儿转向那儿，先往天上瞟，想要找出那只也许在刚才俯冲下来带走了自己同伴的猎鹰，紧接着又往地上瞟，显然未能辨认出躺在草丛里的那个该死的东西到底是什么。经过了片刻紧张而无声的等待，而此前如雷霆乍惊的来复枪也没了动静之后，这只鸽子又开始咕咕叫了起来，保罗瞬时举起了枪口扣下了扳机，它也直直地栽到了地上。我们没有看向吉米，他在此期间一直都在全神贯注地观察着自己那边的虫子，地面上这时已经多出了一个形状规整美观的浅坑，而在我们看不见的浅坑的底部，那只小虫子仍在挖掘着，地表也伴随着它的动作而轻微起伏着。吉米显然并没有留意那两只鸽子，而保罗也没看向他，只是杵在原地，一边轻声地吹着口哨，一边蹙着眉。没过多久，吉米并没有看向我们或保罗，但一下子就涨红了脸，随即爬起身走到了对面的林子里，带回了那两具尸体。

"我们根本就不需要带狗。"保罗评价道。他这话是趁吉米返回才走了半程的时候说的，但还是被对方给听到了。我觉得当时保罗虽然并非有意想要让对方听到，但是即便真被对方听到他其实也不是特别有所谓。吉米又一次坐了下来，在烈日下青草间的两次往返后，我们发现他肩膀上原本白皙厚实的皮肤开始发红了。他又回去看他的虫子去了。

紧张的沉默再次笼罩一切，这下再也听不到鸽子咕咕的叫声了，三具血迹斑斑的尸体躺在树荫外的岩石边一小块直射的阳光下，而那块粗糙的灰色花岗岩表面上点缀着或呈锈色或呈绿色或呈紫色的地衣，沾在草叶上的浓稠血珠则反射着阳光。

血腥味扑面而来。

"再这么下去鸽子肉就要臭了。"威利说。他始终平稳地推进着自己的阅读进度。

"鸽子的肉质还是在树上的时候更好。"保罗说。

我注意到保罗的视线一直在吉米的近旁逡巡,而吉米又开始天人交战。于是我赶忙坐起身,把已然僵直的尸体丢进树荫里。

我们之间的气氛变得愈发剑拔弩张了起来。保罗说:"我想喝两杯。"

"距离酒吧营业还有一个小时呢。"玛丽罗斯说。

"我就指望着能尽快凑齐足够数目的受害者了,酒吧一开张我就会准点走,到时屠杀的任务就只能交给其他人了。"

"我们没人枪法能跟你一样准。"玛丽罗斯说。

"你心里不挺有数的嘛。"吉米一下子刻薄了起来。

他此前一直都在观察着干涸的沙质河床,哪个坑洞是刚挖出来的此刻已无从分辨。他盯着其中某个较大的坑洞,那坑洞的底部还有个小小的土墩——虫子就藏在里头以逸待劳;它还有一小截肢体露在外面——那是它的颌。"我们现在就缺蚂蚁了。"吉米说。"以及鸽子。"保罗说。为了回应吉米对他的忤逆,他又补了句:"我就是天赋异禀,这是我能控制得了的吗?赏赐的是上帝,收回的也是上帝。[1]是上帝偏要把天赋赐予我。"

"好不公平。"我说。保罗对我露出了他迷人、嘲讽而感激的笑容,我也冲他微笑,而威利视线并未离开书本,却清了清嗓子。他清嗓子的声音显得有些滑稽,活像个蹩脚的演员。我和保罗不约而同地爆发出失控的大笑,这种笑往往会在我们这个小团体里引得某个人,或是一对情侣,或干脆所有人一齐哄堂大笑。我俩这么一笑就再也停不下来了,而那天威利只是静坐着继续看他的书,时至今日我依然记得他当时一直耸起的双肩和痛苦地紧闭着的双唇,而当时的我主动选择了无视这一切。

---

[1] 典出《圣经·旧约·约伯记》:"我赤身出于母胎,也必赤身归回;赏赐的是耶和华,收取的也是耶和华。耶和华的名是应当称颂的。"

我们突然听见一阵丝绸摩擦似的振翅声，很快就有一只鸽子降落在了几乎位于我们头顶正上方的树枝上。它瞥见我们后立马准备张开翅膀飞走，但是却还是将翅膀收起，在那根树枝上来回蹦跶着，歪着脑袋俯视着我们。它乌黑透亮的眼眸像极了在小径上交媾的虫子的圆眼睛，只见它抓握着树枝的爪子呈现出一种清亮的粉色，阳光轻柔地笼罩在它翅膀上。保罗举起了枪——几乎垂直朝向正上方——然后扣动了扳机，鸽子摔在了我们的脚边，血溅到了吉米的前臂上。他脸一下子又白了，接着默不作声地拭去了手臂上的血迹。

"这份差事变得越来越恶心了。"威利说。

"这份差事打一开始就没有不恶心过。"保罗冷静地说道。

他弯下腰将鸽子从草丛里捡起。这只鸽子还没死，它的四肢尽管无力地耷拉着，但眼睛仍平静地看着我们，不过很快上头就罩上了一层薄翳，在紧接着的一阵轻微但毅然决然的挣扎后，它驱走了死亡，开始在保罗的手中扑腾。"我该怎么办？"保罗突然间慌了神，但是随即又通过调侃恢复了自己的常态，"你们难不成指望我面不改色地弄死它吗？"

"动手嘛。"吉米向保罗挑衅道，笨拙的红晕又一次涌上他的双颊，将他的脸染得通红，但在跟对方的对视中他还是笑到了最后，迫使对方先移开了视线。

"好极了。"保罗从紧闭的双唇间不屑地挤出了这几个字。他温柔地握着那只鸽子，全然不清楚该如何下手杀死它。吉米在一旁冷眼旁观，等他证明自己。在保罗犹疑的时候，那只鸽子陷在保罗双掌之中自己光洁而杂乱的羽毛里，它的脑袋先是向下埋进了自己的脖颈里，接着又猛地一抬，歪向一侧。薄翳在它美丽的眼眸上渐渐蔓延，它反复挣扎着，对抗着死亡。

但就仿佛是上天想要救保罗于水火，这只鸽子突然间一命呜呼了。保罗将它丢进了尸堆。

"不管遇上什么样的状况，你他奶奶的总是能走狗屎运。"吉米气得连声音都发抖了,而他那充满立体感的、被他骄傲地形容为"引人堕落"的嘴唇现在也很明显地在颤抖着。

"是啊,我明白,"保罗说,"我知道众神是眷顾我的,我可以坦白地告诉你,亲爱的吉米,发生这一切不过是因为我实在不忍心直接拧断那只鸽子的脖颈。"

吉米煎熬地转过了身,继续观察那只食蚁虫。在他的注意力被保罗占据的这段时间里,有一小只轻如毛絮的蚂蚁掉进了那个坑洞,此刻已经被那只怪物的两片颌切成了两段。这场死亡的戏码尺寸着实太过渺小,对于这两只小虫而言,哪怕是一小片指甲盖——例如玛丽罗斯小巧的粉色指甲盖——都足够它俩舒舒服服地在上面安家落户了。

那只小蚂蚁消失在了薄薄的一层白色流沙之下,片刻后那对颌再次冒了出来,上头早已干干净净,准备随时进下一餐。

保罗将空弹壳从来复枪的枪膛中退出,接着又塞了颗子弹进去,然后就是一声拉枪栓的脆响。"咱们还得再猎杀两只才能达到布斯比太太的要求。"他说。然而这时林间空空荡荡,树木在艳阳下繁茂而宁静地矗立着,轻微地晃动着的青绿色的枝叶无不显得轻盈且秀美。这时蝴蝶的数量明显比之前少了很多,在滚烫的热浪之中只剩下几十只仍在翩翩起舞。热浪从草丛及沙地中涌上来,就像一层油脂,浓稠地包裹在一块块从草丛中隆起的石块之上。

"空空如也,"保罗说,"空无一物。真是无趣。"

时间一分一秒地过去。我们抽着烟。我们等待着。玛丽罗斯平躺着,紧闭着双眼,诱人如蜜糖。威利看着书,孜孜不倦地提高着自我。他在看《斯大林论殖民问题》[1]。

"又来了只蚂蚁。"吉米兴奋地说。这次来的是个大块头,体形几乎

---

[1] 很有可能是出版于1935年的斯大林的《马克思主义和民族殖民地问题》,或是他人有关于这本书的著述。

与食蚁虫不相上下,正在青草间迤逦而行,它行进的路线极不规则,像是在嗅猎物气味的猎犬。它径直从坑洞的边缘掉了进去。这回我们可算是撞见了,我们目睹那对棕色的反着光的颌从沙中探出,拦腰咬住了蚂蚁,几乎将其剪成两段。接下来是一场混战,白色的流沙从坑洞的边缘坍塌,它们在沙层之下搏斗着,然后就没了动静。

"这个国度的某些东西,"保罗说,"将在我的人生中留下烙印。想想看,像吉米和我这样在成长过程中被保护得很好的小伙子们的人生经历——从我们条件优渥的家一路进入公学[1]和牛津——而我们现在却能这样深入现实,去直面弱肉强食和茹毛饮血的大自然,对此我们除了心存感激,还能作何感想呢?"

"我可一点都不觉得感激,"吉米说,"我恨这个地方。"

"我爱这片土地,我欠它太多了。我以前的教育教会了我一套或曰自由或曰高尚的陈词滥调,而我现在已经不可能去机械地重复这些套话了,我现在的眼界已经更加开阔了。"

吉米说:"我的眼界也许也更加开阔了,但等我回到英国,我还是会接着重复那些高尚的套话,尽管现在距离回国还要些时日。我们接受教育的首要目的就是为了准备好面对漫长而渺小的人生,就个人而言,我已经迫不及待地想要开始漫长而渺小的人生了。等我回国后——要是真能回去的话,我就……"

"喂,"保罗呼喊道,"又来了只鸽子。哦,又飞走了。"一只鸽子朝我们直直地飞来,瞧见我们后又在半空中骤然转向,它本来打算在对面的林子里歇脚,但突然间改主意飞远了。几百码开外一群农场帮工正沿着小径行进着,我们默不作声地看着他们。他们一路上有说有笑的,但

---

[1] 英国除苏格兰以外的地区,"公学(public school)"指的并非是字面意义的"公立学校",反而是私立性质的寄宿制小学或中学,又因其昂贵的学费以及很高的牛津、剑桥录取率而几乎是"贵族学校"的代名词,著名的伊顿公学就是其代表。

看见了我们以后一下子就不言语了，经过我们附近时脸也都扭向了别处，就好像这样一来他们就能避开我们这伙白人散发的邪祟。

保罗轻声道："天哪，天哪，天哪。"然后他以截然不同的扬扬自得的语调说："如果想要客观中立地去看待这件事，咱们就得尽量避免威利同志和他的同类对我们的思维造成的影响。威利同志，我想请你客观中立地思考某件事。"威利放下了手中的书本，准备给对方点颜色。"这个国家的面积比一个西班牙还要大，如果有人觉得以下的信息值得一提的话我就提一嘴：这个国家人口中有一百五十万是黑人，还有十万是白人，这个数字本身就值得大家沉默两分钟。我们又该看见什么呢？威利同志，不管你嘴上怎么说，你都有充足的理由在心里想象这么一幅画面：这里的白人不过是一大片沙滩上的一小捧沙粒而已——这个图景很美妙吧，是不是？老套归老套，但总显得贴切——这一百五十万出头的族群如今存在于上帝所创造的大地一隅，唯一的意义是为彼此带来痛苦……"这时威利又捧起了书本接着看了起来。"威利同志，你的眼睛尽管盯着纸上的油墨好了，但请让你的灵魂竖起耳朵。**事实**真相是——**事实**上——这里生产的粮食足够每个人都吃饱饭！——这里的土木足够每个人都盖房子！——这里的人才，尽管其中有太多人被埋没得太深，但是只要有一双慧眼，你就能发现他们——这里的人才，我认为，也足够给现今被黑暗笼罩之处带来光明。"

"所以你想说明什么？"威利说。

"我没有想说明什么。我就是感到了震惊，被某种新的……某种令人目眩的启迪之光……"

"你的话放之四海皆准，并不仅仅局限于这里。"玛丽罗斯说。

"智慧的玛丽罗斯！是的。我悟到了——威利同志，你是否认为你的哲学理念中还缺少某些尚未成形的原理？某些有关毁灭的原理？"

威利回答这个问题的语气不出我们其他人所料："阶级斗争以外的讨论都没有必要。"他话音刚落，吉米、保罗和我都仿佛被按下了某个开关，大笑了起来，而威利就从未在这样的时刻跟我们一起笑过。

"各位优秀的社会主义者——至少你们中间有两位是这么自称的，"威利严肃地说，"我的话要是让你们觉得好笑，我也只能说很荣幸了。"

"我就不觉得这话有什么好笑的。"玛丽罗斯说。

"在你眼里就没什么话是好笑的，"保罗说，"你知道自己从来都不笑吗，玛丽罗斯？从来都不笑啊！而尽管我的人生观只能用病态来形容，并且每分每秒都在变得愈加病态，但我却笑口常开，对吧？对此你又该作何解释呢？"

"我没什么人生观。"玛丽罗斯平躺着说道，看着就像个身着亮色背带裤和衬衫的又干净又绵软的小人偶。"话说回来，"她补了句，"你那也不算是在笑。我经常注意到，"——她说这话的时候就仿佛她并非我们之中的一员，而是个外人——"你要么就不笑，大多数情况下也只会在自己说了些可怕的话以后才笑，反正以我的标准那算不上是真的笑。"

"你以前跟你兄弟在一块的时候会笑吗，玛丽罗斯？你和你男友在开普敦的时候会笑吗？"

"会。"

"为什么？"

"因为我们在一起很幸福。"玛丽罗斯平淡地答道。

"我的老天爷，"保罗服气地说，"我可不觉得。吉米，你幸福的时候笑过吗？"

"我就没幸福过。"吉米说。

"安娜，你呢？"

"我也没有。"

"威利？"

"当然笑过了。"威利固执地捍卫着社会主义旨在创造幸福的信仰。

"玛丽罗斯，"保罗说，"你没说谎。威利的话我是不信的，但你的话我是相信的。不管怎么说,你都太让人羡慕了,这点你知道吗?"

"嗯,"玛丽罗斯说,"我知道,我觉得我的运气比你们任何人都要好。我认为幸福没什么不好的。幸福能有什么错呢?"

空气突然安静了,我们所有人面面相觑。保罗庄重地向玛丽罗斯鞠了一躬。"我们无言以对,"他卑微地说,"一如既往。"

玛丽罗斯又闭上了眼。有只鸽子利索地落在了对面林子里的一棵树上,保罗开了枪但却打偏了。"失败。"他模仿悲剧里的角色大声道。那只鸽子还愣在原地环视四周,看着那片被保罗的子弹击中的树叶飘落在了地上。保罗退出了空弹壳,不紧不慢地重新填了发子弹,瞄准,射击,鸽子坠地。吉米硬着头皮就是不去捡鸽子,这场意志力的比拼眼看着就要以保罗的落败而收场,然而他最终却还是反败为胜了——他主动站起身说道:"我来当我自己的寻回犬。"说完就施施然去捡鸽子去了,而我们也注意到吉米又开始拼命压抑想要跳将起来穿过草丛追上保罗的冲动。过了一会儿保罗已经拎着鸽子打着哈欠回来了,他把这只鸽子也丢进了尸堆里。

"血腥味太重了,我都要吐了。"玛丽罗斯说。

"少安毋躁,"保罗说,"咱们的指标就快完成了。"

"六只就够了,"吉米说,"我们应该已经没人想吃鸽肉馅饼了。让布斯比先生吃个够吧。"

"我是肯定要吃的,"保罗说,"你们也会吃的。当鲜美多汁的馅饼摆在你们面前的时候,又有谁还会记得这些鸟儿婉转的歌声被枪膛里的毁灭轰鸣打断的场景?"

"我会记得。"玛丽罗斯说。

"我也会。"我说。

"威利,你呢?"保罗不服气地问道。

"大概不会吧。"威利一边看着书一边答道。

"女人就是太容易心软了,"保罗说,"她们会一边看着我们吃鸽肉馅饼,一边胡乱扒拉几小口布斯比太太烤的上好的牛肉,然后又会因为我们的残忍而多爱我们几分。"

"就像是马绍纳女人跟马塔贝莱人一样。"吉米说。

"我会想念那样的年代,"保罗上好了子弹,观察着林间的动静,"多么单纯啊。单纯的人们为了土地、女人、食物这些正当的理由兵戎相见,咱们跟他们一比简直天差地别。知道咱们将会面对的是怎样的未来吗?这么说吧,在像威利这样随时准备着为他人献身的优秀同志,或是像我这样只在乎自身利益的人的努力下,我能预见到只要再过五十年,这片向远方延伸的在我们看来只生活着蝴蝶和蚂蚱的美丽而空旷的国度就会遍布半独立式的宅子,而在宅子里头则会住满了吃穿不愁的黑人工人。"

"所以这又有什么问题吗?"威利问道。

"这就是进步。"保罗说。

"的确如此。"威利说。

"为什么非得是半独立式的住宅?"吉米极其较真地问道。谈社会主义的未来时他有时会较真起来,"在社会主义制度下他们应该住带花园的漂亮别墅或者大型公寓。"

"我亲爱的吉米!"保罗说,"遗憾的是你这个人就是对经济学提不起兴趣。社会主义也好,资本主义也罢,只要它面对的是这片适宜发展的热土,那就会采取对于极不发达国家来说尽可能高效的发展模式——你在听我说吗,威利同志?"

"我在听。"

"由于有太大规模的无住房人口需要安置,所以政府——社会主义也好,资本主义也罢——都会选择最为便宜的住房形式,而最好的选项必然要让位于次好的选项,于是一间间的大工厂将会拔地而起,高耸的烟囱将朝蔚蓝的天空喷吐着烟雾,而在工厂周围将遍布着廉价而外观相似的住宅。我说得对吗,威利同志?"

"没错。"

"你是还想补充些什么吗?"

"这不是重点。"

"这是我的重点。所以我才总会缅怀马塔贝莱人和马绍纳人那单纯而野蛮的生活方式,在此以外的世界之卑劣简直让人不敢细想。这就是我们所处的时代的现实,社会主义也好,资本主义也罢——你说呢,威利同志?"

威利稍稍迟疑了下,然后开口道:"表面上来看这两种制度确实存在些许的相似性,但是……"他的话头被保罗和我以及后来加入的吉米的大笑给打断了。

玛丽罗斯对威利说:"他们之所以笑并不是你的话本身有多好笑,而是因为你总会说出些完全符合他们预期的话。"

"我意识到了。"威利说。

"不,"保罗说,"你错了,玛丽罗斯,我刚才并不算是在笑,因为我特别害怕我说的并非实情。天哪,我本该对此深信不疑的,但是恐怕——我未来可能时不时都需要从英国坐飞机去海外视察我的投资项目,到时候我的飞机或许会飞过这里的上空,到那时当我俯瞰地面看到喷吐着浓烟的工厂以及住宅区的时候,我应该会回想起现在这段岁月静好的田园牧歌的日子,而……"一只鸽子落在了对面的林子里,接着又来了一只,然后又来了一只。保罗扣动扳机,一只鸽子坠地,他再次扣动扳机,又一只坠地,这时第三只鸽子如离弦之箭蹿出了树梢,垂直飞向了天际。吉米站起身走到了对面的林子里,带回了那两只鲜血淋漓的鸽子然后丢进了尸堆,说:"七只了。看在上帝的分上,还不够吗?"

"够了,"保罗把枪搁到了一旁,"咱们赶紧启程去酒吧吧,开门前咱们应该还有时间把这身血给洗掉。"

"瞧啊。"吉米说。一只足有这世上最大的食蚁虫两倍大的小甲壳虫正在沿着草茎向上攀爬。

"不可以,"保罗说,"它俩并非天然的对手。"

"也许吧。"吉米说。他把甲壳虫丢进了最大的坑洞里,随之而来的是一阵骚动,那两片闪着光的棕色颌对准甲壳虫猛地一闭合,甲壳虫则一跃而起,把食蚁虫的半截身躯拽出了地表。两只虫纠缠着扑倒在了小坑的一侧,小坑侧壁的白沙一下子就垮塌了,以这场令人喘不过气的无声搏斗为中心,方圆几英尺的沙土都开始一下下地震颤,并卷起了旋涡。

"如果我们的耳朵能听见的话,"保罗说,"此刻的空气中应该回荡着尖叫、呻吟、咕哝和喘息。然而现实则是,这片被阳光炙烤着的塘子此时被静谧笼罩着。"

翅膀的扑扇声。又有一只鸟儿落在了枝头。

"不要。"玛丽罗斯一边痛苦地说道,一边睁开了眼,手肘一撑坐起了身。但是已经来不及了,保罗扣下了扳机,鸟儿已经坠落。然而在它触及地面之前,又有一只鸟降落在了一根树枝的末端,正随着树枝一起轻微地晃动着。保罗再次扣下扳机,那只鸟也坠地了,但是这次却伴随着一声尖啸以及徒劳的振翅声。保罗站起身,三步并作两步穿过了林地间的草丛,拾起了一死一伤两只鸟。我们眼睁睁看着他抿着嘴唇坚决而短暂地看了那只负了伤仍在挣扎的鸟儿一眼,然后就扭断了它的脖子。

他又走了回来,丢下了两具尸体,说:"九只了。不打了。"他面色苍白,而且看上去要吐了,但即便如此,他还是愉快地向吉米投去了大获全胜的笑容。

"走吧。"威利合上了他的书。

"等一下。"吉米说。沙子这时已经静止不动了。他拿起一截草茎探了进去,先是牵出了小甲壳虫的尸体,食蚁虫的尸体紧随其后,我们发现食蚁虫的两片颌嵌入了甲壳虫的体内,而食蚁虫已经没了脑袋。

"道德教训就是,"保罗说,"如果不是天然的对手的话,就还是别聚头了吧。"

"但是谁又有权决定谁是谁的天然对手,谁又不是呢?"吉米说。

"反正轮不到你,"保罗说,"瞧见你刚才如何搅乱了自然界的平衡了吗？现在这世上少了一只食蚁虫，而多出了大约成百上千的本该落入它血盆大口的蚂蚁，除此之外还毫无意义地少了一只甲虫。"

沙土河床在阳光下闪着光，为了避免搅扰其余蛰伏在流沙陷阱底部的虫子，吉米闪转腾挪地穿过了遍布着众多坑洞的沙地，然后将上衣披在了身上，盖住了他汗津津的泛红的皮肤。玛丽罗斯起身的状态与以往别无二致——她的动作显得顺从、耐心而且逆来顺受，就仿佛她毫无主观能动性可言。我们一起站在树荫的边缘迟疑着，还没准备好一头扎进酷热的正午，被所剩无几的正如醉鬼蹒跚般在热浪之中飞舞的蝴蝶搅得晕头转向。就在我们迟疑的时候，我们头顶的林子突然又热闹了起来，居住在这里的蝉盼我们离开已经盼了两个小时，现在一只接着一只开始发出刺耳的鸣叫。在对面的那片林子里，在我们没注意的时候又来了两只鸽子，它们这时在枝头开始咕咕叫。保罗凝视着它们，他的来复枪在他手中摇摆着。"不要，"玛丽罗斯说，"请不要开枪。"

"为什么？"

"求你了，保罗。"

六只死鸽子的粉色脚爪被绑在了一起，保罗拿另一只手拎着，血滴滴嗒嗒地往下滴。

"这是多么重大的牺牲啊，"保罗煞有介事地说，"但是为了你，玛丽罗斯，我就收手吧。"

她对他莞尔一笑，然而其中却没有半分的感激，有的只是她对他惯常的冷淡与责备。而他也回了她一个笑，在对方批判的眼神前，他讨人喜欢的棕色面孔和蓝眼睛毫无防备。他们并排走在了前头，死鸽子的翅膀在碧绿的草丛间拖曳而过。

我们仨跟在后头。

"玛丽罗斯实在太不待见保罗了，"吉米说，"这真的太遗憾了。大家都觉得他俩是天造地设的一对。"他尝试用一种略带讽刺的语调，他差点做到了，但还是差了点，他的嫉妒在牙缝间嘎吱作响。

我们朝那俩人看去,确实是天造地设的一对璧人,两人的发丝在阳光的照耀下发着光,照亮了他们古铜色的肌肤。但玛丽罗斯只是自顾自行走着,始终没看保罗一眼,而保罗的蓝眼睛则徒劳地向她投去一厢情愿的热切的目光。

返程时天实在太热了,我们都没开口说话。在经过那座小石丘时,那一堆堆的花岗岩在阳光的炙烤下朝我们释放着一阵阵令人眩晕的热浪,我们只好三步并作两步地快速通过。天地间的一切都显得空旷而寂静,只剩蝉鸣和远处鸽子的啼叫。过了石丘以后我们又放慢了步伐,开始找寻蚂蚱的踪影,结果发现那片出双入对的翠绿已几近绝迹,剩下的那几只活像是上过漆,用黑色点了两个圆眼珠的晾衣夹,偶有一两只从烈日照耀下的草丛顶上精疲力竭地飞过。

我们的脑袋都热得发疼了,而血的腥味也让人很不好受。

到了酒店,我们分开时几乎什么话都没说。

【黑色笔记,右侧"钱"的标题下,内容如下:】

几个月前我收到了一封新西兰的《石榴评论》的来信,他们希望向我约新闻稿。我回信说我不写新闻稿。他们回信说"要是你还留着的话,日记的节选"也可以。我回信说我无法苟同将私人日记公开发表的行为。于是我自娱自乐地开始为殖民地或英联邦自治领的文学评论期刊量身捏造一部并不存在的日记:相较于伦敦或者巴黎这样的文化中心的编辑以及读者,那些孤悬海外的文化圈反而更能接受一本正经的文风(尽管我有时也并不确信)。这本日记的作者是个年轻的美国人,他经济上靠他从事保险业的父亲的接济。他迄今为止出版过三部短篇小说,还有一部长篇目前写了三分之一。他嗜酒,但却没有他希望别人以为的那么严重;他抽大麻,但只有在朋友从美国来看他的时候才抽。他对那个名为美利坚合众国的粗鄙存在嗤之以鼻。

4月16日。**在卢浮宫的阶梯上**。想起朵拉了。她遇上大麻烦了。不知道她的问题解决了没有。必须给我父亲修书一封。他上一封信的口气伤了我的心。我俩是不是要永世都不相见了？我是个艺术家——我的上帝[1]！

4月17日。**里昂火车站**[2]。想到了丽丝。我的天，那都是两年前的事了！我的人生到底是怎么了？被巴黎勾走了……必须重读一下普鲁斯特。

4月18日。**伦敦**。骑兵卫队的阅兵式。作家是这个世界的良心。想到了玛丽。为了艺术，一个艺术家有义务背叛他的妻子、祖国和友人，以及情妇。

4月18日。**白金汉宫外**。乔治·艾略特就是有钱人的吉辛[3]。必须给我父亲修书一封。就剩十九美元了。我俩不会又鸡同鸭讲吧？

5月9日。**罗马。梵蒂冈**。想到了芬妮。我的天，她的腿简直就像是天鹅的颈项。她这样的人就一定不会有烦忧！作家就是、也应当是人类灵魂的厨房里的马基雅维利。必须重读汤姆（伍尔夫）[4]。

5月11日。**坎帕尼亚**[5]。想起杰里了——他们弄死了他。混蛋[6]！好人都短命。我的时日也无多了。一到三十岁我就自杀。想到了贝蒂。青柠树在她脸上投下了阴影。她的脸仿佛骷髅。我亲吻她的眼窝，用我的嘴唇感受着森森白骨。要是下周我还没收到我父亲的信我就把这部日记拿去出版，到时候可怪不得我了。必须重读托尔斯泰。他写的东西都很浅显，但是眼下的现实正在将诗意从我的生活中一点点地抽走，所以我大概可以把他也摆上我的神坛。

---

1 原文为法语。
2 虽然名为"里昂火车站"，实际上位于巴黎十二区。
3 即乔治·吉辛（1857—1903），英国作家，维多利亚时代后期最杰出的现实主义作家之一，早期不少的作品都描绘了工人阶级的生活。
4 即托马斯·伍尔夫（1900—1938），美国作家，代表作《天使望故乡》、《时间与河流》等。
5 意大利南方萨莱诺省的一座小镇。
6 原文为法语。

6月21日。**巴黎大堂**[1]。跟玛丽聊了聊。她诸事缠身,但还是把晚上的时间免费留给了我。我的天[2],我记得当时泪水在我的眼眶里直打转!自尽前的那一刻我一定要记得一位站街的小姐与我共度了一晚,就为了爱。我从未得到过比这更高的赞美。记者并非智者的娼妓,批评家才是。重读了《芬妮·希尔》[3]。考虑写篇名为《性是人民的鸦片》的文章。

6月22日。**花神咖啡馆**[4]。时间是一道河流,我们的思想就是顺流而下的叶片,伴随着河水一齐流向湮灭。我父亲勒令我回国。他难道真的永远无法理解我吗?正在给朱尔斯写一篇题为《群狮》的色情读物。稿酬五百美元,我父亲可以去死了。艺术是一面镜子,照见了被我们背弃的理想。

7月30日。**伦敦。莱斯特广场**[5]**的公厕**。啊,这一间间的公厕简直就是这片都市化的梦魇中的一座座遗忘之城!想到了爱丽丝。我在巴黎的时候感受到的情欲和我在伦敦感受到的是两码事。在巴黎,性的本质难以名状[6],而在伦敦,性就是性。必须回巴黎去。我是不是该去看博须埃[7]的书?读我自己写的《群狮》,这已经是第三遍了。写得真好。尽管我并没有调用最好的自我,但这也已经算是第二好的了。情色文学才是1950

---

1 位于巴黎最中心的一区的食品市场,在1973年被拆除。
2 原文为法语。
3 正式标题为《一个愉悦女人的回忆录》,《芬妮·希尔》为知名度更高的别名,一部由英国作家约翰·克劳兰德(1709—1789)出版于十八世纪中叶的情色小说,被认为是第一部原创的英文情色小说,在历史上屡遭查禁。
4 位于巴黎六区的一座著名咖啡馆,也是巴黎最古老的咖啡馆之一,乔治·巴代伊、雷蒙·格诺、毕加索、波伏娃、萨特等等知识精英都是这里的常客。
5 位于伦敦西区的一座小广场,以密集分布的剧院著称。
6 原文为法语。
7 雅克-贝尼涅·博须埃(1627—1704),法国神学家,也被认为是法国最伟大的演说家,在路易十四的宫廷中担任布道师,鼓吹君权神授。

年代最真实的新闻写作。朱尔斯说他只能付给我三百美元。混蛋[1]！给我爸发了电报，跟他说我刚写了本书，稿子出版社已经收了。《群狮》就是我朝麦迪逊大道[2]吐的口水。雷奥陶德[3]就是穷人的司汤达。必须去读司汤达。

认识了一个年轻的美国作家，他叫詹姆斯·谢弗。把这本日记给他看了，他很喜欢。我们一起又补了几千来字，然后他就以"帮一个不好意思亲自投稿的朋友的忙"的名义把这本日记寄去了美国一家小型的文学评论期刊，后者也刊发了。他跟我一起出去吃了个午饭，权当庆功宴了。他告诉我有个自命不凡的评论家汉斯·P. 撰文评价了他的作品，认为他的作品堕落而世故，后来这个评论家计划要来伦敦。詹姆斯之前因为不喜欢汉斯·P. 这个人所以对他一直颇为怠慢，现在却往机场发了封电报拍了拍对方的马屁，又往对方下榻的酒店寄了一束花，之后还带了瓶苏格兰威士忌和另一束花在酒店门厅里等汉斯·P. 从机场过来，在见到对方后还提议带对方游览一下伦敦。汉斯·P. 对此很是受用，但同时又觉得不安。在汉斯·P. 到访的两个星期的时间里詹姆斯一直保持着这副姿态，对对方说的每句话都表现出了无比的重视。汉斯·P. 走之前站在道德制高点说道："我永远都不会让私人情感左右我写评论时所秉持的良知，我相信你一定能理解。"詹姆斯"带着别有用心的扭捏"——这是他自己的形容——说："明白，那个，这种事情**我懂**，但是那个……人总还是要**看交情**的嘛。"两周后汉斯·P. 又在文章里提到了詹姆斯的作品，说其中表现的堕落和世故，与其说是詹姆斯其人长久以来的人生观，倒不如说那只是一个年轻人对现今社会状态发自真心的嘲讽。说完这事以

---

1 原文为法语。
2 位于纽约曼哈顿的一条南北向的大道，是纽约乃至全美国时尚的中心之一。
3 保罗·雷奥陶德（1872—1956），法国作家及剧评家。

后詹姆斯一整个下午都笑得直不起腰来。

詹姆斯戴着的面具从逻辑上来说和其他年轻作家完全背道而驰。所有年轻作家,或者说他们几乎所有人一开始进入这个行业时都非常天真,他们在这个阶段总有意无意地用自己的天真当挡箭牌,而詹姆斯却有意表现得世故圆滑。举个例子来说,当他和一个导演会面时,假若对方司空见惯地谎称自己正准备将他的作品"原封不动——不过当然了我们肯定得做一些必要的调整"改编成电影,詹姆斯就会一整个下午都借着票房的名义不断地向对方提出一个比一个离谱的改编方案,把对方搞得越来越下不来台。据詹姆斯所说,由于没有哪个导演预期中的改编方案能比他自己的方案更加离谱,因此这些导演永远都没法确定詹姆斯是不是在寻他们的开心,而在此之后詹姆斯就会"支支吾吾、感激涕零地"与对方作别,而这些导演都隐隐地感觉到了冒犯,此后就跟他断了联系。要是在聚会上遇到哪个能让他嗅到任何程度的自命不凡的味道的评论家或者高官,他就会毕恭毕敬地表现得仿佛想要博取对方好感一样,不停地拍对方的马屁。说完这些后他大笑了起来。我告诉他这些行为都十分危险,他则回应说这世上最危险的莫过于当"一个正直而又真诚的青年艺术家"。"正直,"他一边挠着自己的裤裆一边露出了猫头鹰一般睿智的表情,"摆在势利眼面前就相当于在公牛面前挥舞红布,或者从另一个方面来说,正直不过是穷人的遮羞布。"我说这挺好的——他说:"那么安娜,你干吗还要调笑我呢?你和我的区别又在哪里呢?"

我赞同了他的观点。之后受那个年轻美国人的日记的启发,我俩又决定再如法炮制一部年龄刚过中年的女性作者的日记,她在非洲的某个殖民地待过几年,现在因为自己的清醒而备受折磨。这部日记将会寄给鲁伯特,《顶峰》的编辑,他之前向我约稿:"给我写点儿东西——我等你!"

詹姆斯之前见过鲁伯特,他非常不喜欢这个人。鲁伯特这个人就是窝窝囊囊的,还神经质,是个同性恋,但脑子挺聪明。

复活节那周。位于肯辛顿[1]的一家俄罗斯东正教堂完美地融入了这片20世纪中叶风格的街道,在摇曳的光影和焚香的气味中,面目难辨的虔信者们纷纷下跪叩拜。宽敞的地面上,一块块的地砖都光洁可鉴。几位神职人员沉浸在自己的工作之中。几位信徒跪在硬木上弯腰前屈,额头直抵地面,这样的人虽然数量不多,却**真实**。这就是现实。我对现实是有概念的。不管怎么说,这世上大部分人都是有宗教信仰的,只有少数人是异数。异数?啊哈,用这个词来形容那些灵魂干瘪的不信神的现代人还真是滑稽!其他人都俯首贴地,唯我岿然不动。我,这个固执而渺小的我,是唯一执拗地站着的那个,但我能感觉到我的膝盖一直在发软。这里的神职人员肃穆、和谐、**阳刚**,其中少数几个讨人喜欢的白净的小男孩身上也都透着一股虔敬的魅力及庄重。充满**雄性张力**的俄语圣歌如潮水,如风雷般贯耳而来,我的双膝已然发软……等我回过神来的时候我已经跪在地上了。我那总爱固执己见的自我意识跑哪儿去了?我不在乎了。我已经体悟到了更深层次的东西。神职人员肃穆的身形在我婆娑的泪眼中影影绰绰。**我受不住**了。我跌跌撞撞地站起身落荒而逃,这不是我,如此庄重的人不可能是我……我从今往后是不是就不该再自称无神论者,而得改称不可知论者了呢?每当我想起这些神职人员威严而虔诚的状态时(只是举个例子),我就感觉到了无神论者这几个字的某种贫瘠,而不可知论相对就更**健全**一些?我还有个鸡尾酒会要参加,已经迟到了。无所谓了,伯爵夫人不会注意到的。只要我一设身处地地想象皮雷利伯爵夫人的处境,我一如既往都会感到悲哀……接连沦为四位知名男性的情妇,这样的生活想必充满了种种失落吧?但我想我们所有人在面对这个残酷的世界时都需要戴上我们小小的面具。这里照常高朋满座,宾客盈门,到处都挤满了伦敦文化圈的名流。我一眼就找到了我亲爱的

---

[1] 伦敦西部的富人区。

哈里。我真的好喜欢这些身材高挑、双眉疏淡、容颜如骏马的英国男人啊——他们**高贵**非常。我们在鸡尾酒会空洞的喧嚣中聊着天。他提议我应当将《战争前沿》改编成一部话剧,这部话剧不需要那些旁枝末节的内容,只需要强调殖民地核心的悲剧,白人们的悲剧就够了。他说得自然是不错的……在现实面前,在白人进退两难这一攸关人性的现实面前,贫穷、饥馑、营养不良、无家可归、尊严扫地这些**沉闷乏味**(这是他的原话——像他这样的英国男人真的好敏感,而且充满了真正的智慧,没有任何女的能跟他一样敏锐!)的主题又有什么值得一提的呢?经他一番提点,我对我自己的小说有了更好的理解。我想起了一英里外俄罗斯教堂里的那些在冰冷的石板地面上对更深层次的真理五体投地的身影。我心中存在什么真理吗?呜呼哀哉,尽管我已经决定从今往后改称自己为不可知论者而非无神论者了,但是答案仍然是否定的!我打算明天跟我亲爱的哈里共进午餐,讨论一下我的话剧。我们分别时,他——无比优雅地——捏了捏我的手,我能感受到一阵清凉而诗意的挤压。我回到家,觉得自己比之前人生中的任何一刻都要更加贴近真实。我默不作声地躺在干净的单人床上。我觉得每天都能躺在洗净晾干的床单上是极其重要的,而且能在泡完澡以后钻进凉爽洁净的被单和床单之间,等着睡意的降临,这简直就是一种体感(而非感官)上的享受。啊,幸运而渺小的我啊……

复活节

我和哈里一起吃了个午饭。他家真漂亮!他已经描摹出了这出话剧基本的走向。弗雷德爵士是他的好友,他觉得应该让对方来担纲本剧的主演,而且当然了,找赞助对他来说也算不得什么难事。他提议对故事稍做调整:一个年轻的白人农场主留意到了一个拥有着罕见的美貌与智慧的非洲小姑娘,由于这个小姑娘的家人就是些麻木不仁的生番,他就想要对她施加一些影响,让她能自学成才、自强自立,但是对方却误解了他的意图，爱上了他。他后来跟对方解释了自己对她真正的意图（啊，真是太温柔了），结果对方一下子就发了疯，开始辱骂他、奚落他，而他却一再忍让，直到后来对方报了警，指控他想要强暴自己，但他却还是选择默默承受舆论的非议，入狱的时候也仅是用眼神表达了对她的控诉，而她羞愧地背过身去。这将会是一部真实而且动人的话剧！用哈里的话来说就是，这表现了白人崇高的精神追求陷入了历史的困境，被生生拽入了非洲这片土地兽性的泥淖之中。多么真实，多么一针见血，多么**不落俗套**啊，只有真的勇者才敢**逆流而上**。我和哈里告别后一个人走回了家，路上现实的女神用她纯白的羽翼触摸了我。我缓慢地踱着细碎的步伐，因为我不想挥霍这般**美妙的**体验。我泡了个澡，**干干净净**地上了床，开始看哈里借给我的《师主篇》[1]。

我觉得上面的内容有点傻，但是詹姆斯却表示对方一定会照单全收的。从结果来看詹姆斯是对的，可惜在最后一刻我还是被自己素来稀缺的理智占了上风，最终还是决定不发了。鲁伯特给我来了封短信，表示他对此十分理解，毕竟有些经验实在太过私密，不宜公开。

【黑色笔记在此处钉了一份用复写纸印下来的文稿，是詹姆斯·谢弗的一篇短篇小说，他在为某本文学期刊撰写了十几篇小说的书评后创作了这篇小说。他当时就把这复写的文稿给了编辑，暗示想在原本要刊登自己的书评的版面上改发这篇小说，编辑兴冲冲地回复希望能刊载这篇小说——"但是你的书评哪里去了，谢弗先生？我们这期还等着发呢。"就是从这个时间节点以后詹姆斯和安娜认了输，游戏的写作在当今世界已经没有容身之处了。之后詹姆斯在单篇书评一千字的篇幅里将自己之前评论过那十几篇长篇小说全都认真品评了一遍，而自此以后安娜和詹姆斯就再没写过这样的东西了。】

---

[1] 一本基督教的有关灵修的书籍。

《香蕉叶上的血迹》

沙沙沙,香蕉树丛在叶片间筛过了清风,鬼影般摇摆在苍老的非洲之月下。是鬼影,时间以及我伤痛的鬼影。夜莺的黑色羽翼,夜蛾的白色翅膀,剪切,过筛,月亮。沙沙沙,沙沙沙,香蕉树如是说道,在风中摇曳着的叶片的罅隙间,月亮强忍着伤痛,脸色煞白地溜过。约翰,约翰,我的女孩如是吟唱道,棕色皮肤的她盘腿坐在小屋屋檐的阴影下,双眼倒映着神秘的月亮。那是我在夜晚吻过的眼睛,一场当时还与我个人感受无关的悲剧的受害者的眼睛,后来这场悲剧却又变得私人了。哦,非洲!不需要太久,香蕉树叶就会变得老迈、深红、红色的尘土将会变得比此刻还要红,比我黑色的爱人刚涂上了口红的双唇还要红,她遭到了唯利是图的白人店主的侵害。

"乖乖睡吧,诺妮,险恶的月亮已经长了四个犄角,我正在书写你我的命运、我们的人民的命运。"

"约翰啊,约翰。"我的女孩说,她发出了不舍的哀叹,就像是燃烧着激情的树叶追求着月亮。

"睡吧,我的诺妮。"

"但是我的心就是一片乌木,它正因为我的命运而感到忧虑和自责。"

"睡吧,睡吧,我一点都不恨你,我的诺妮,我总能看见白人男性直勾勾地盯着你扭动的腰臀,我的诺妮。我也会看向那里,在我眼里你扭动着的腰臀宛如香蕉树叶在回应着月亮及白色长矛般的雨水,而雨水正在谋杀着我们遭到食人生番踩躏的土地。睡吧。"

"但是约翰啊,我的约翰,我背叛了你啊,我的男人,我的爱人,我太难过了,我被那个白人店主强暴的时候我并没有给出我的真心。"

沙沙沙,沙沙沙,香蕉树叶说道,夜莺啼叫,杀死脸色发白的月亮的黑色凶手。

"但是约翰啊,我的约翰,事情的起因不过是一支口红,我买的一小支口红,那都是为了你,我的爱人,我想要把我干裂的嘴唇变得更加美丽。就在我买那支口红的时候我看见他冷酷的蓝眼睛狂热地盯着我的大腿,于是我落荒而逃,我从商店跑来找你,来找我的爱人,我的嘴唇为你而染红,为了你,我的约翰,我的男人。"

"睡吧,诺妮,别再在狞笑着的月亮投下的阴影中盘腿坐着了,快别坐着了,你的哀号我感同身受,我们的人民也一样在伤痛中呼号着,乞求着我的悲悯,而不论是现在还是未来你永远都会有我的悲悯,我的诺妮,我的女孩。"

"但是你的爱又在哪里呢,我的约翰,你对我的爱呢?"

啊,仇恨的红蛇漆黑的身影爬过了香蕉树的根须,在我灵魂的格子窗上膨胀开了它的脖颈。

"诺妮,我的爱属于你,属于我们的人民,也属于仇恨的红色眼镜蛇。"

"呜呜呜。"我的爱人诺妮大哭着,她蕴藏着神秘的子宫被那个白人男性的饥渴刺伤,被他商人的欲念刺伤。

"呜呜呜。"老妪们在她们各自的小屋里也如是呼号着,她们在风中听见了我的决意,看见了香蕉树叶被强暴的征兆。**风的声音将我的悲痛召向自由的世界,蛇蜷伏在回响着的尘土中,为我咬向这个丧尽天良的世界的脚踵!**

"呜呜呜,我的约翰,我肚子里的孩子又怎么办?我心里无比沉重,我想怀上你的孩子,我的爱人,我的男人,而不是那个天杀的白人男人,我逃跑的时候他绊住了我的双脚,我重重地摔进了伸手不见五指的尘土之中,那是在日落时分,当时整个世界都即将被永恒的黑夜所背叛。"

"睡吧,睡吧,我的姑娘,我的诺妮,这个孩子属于这个世界,命运的重担落在他的肩头,不同的血脉神秘地交汇于他的体内,复仇的阴影笼罩在他的身上,他是我恨意的毒蛇的孩子。"

"呜呜呜。"我的诺妮大哭着,在小屋的屋檐投下的阴影中煎熬着。

"呜呜呜。"老妪们大哭着,她们听到了我的决意,她们是生命的溪流的旁听者,她们子宫中的生命早已干涸,她们在自己的小屋里听到了生者无声的恸哭。

"睡吧,我的诺妮。我好多好多年以后才会回去呢。现在我找寻到了身为一个男人的目标,不要阻拦我。"

月光下飘荡着深蓝和深绿的游魂,我的恨意将它们一分为二。暗红色的蛇盘踞在香蕉树脚下紫色的尘土里。答案藏在恒河沙数的答案之中。目标藏在不计其数的目标之中。沙沙沙,沙沙沙,香蕉树叶说道,而我的爱人唱道:约翰,离开我后你又要去何方,我的子宫填满了眷恋,我永远等待着你。

我去了城里,在白人聚居着的铅灰色的街道里找到了我的弟兄们,我将把我恨意的红蛇交到他们的掌中,我们将一起追猎并处决那个白人男人的性欲,自此以后香蕉树就不必再结出异种的果实,我们饱受践踏的土地悲号着,灵魂的尘土哭着乞求着雨滴。

"呜呜呜。"老妪们哭泣着。

恶毒的月亮高悬着的夜里传出了一声尖叫,那是一场匿名的谋杀传出的尖叫。

我的诺妮悄悄地猫腰钻进了小屋,月亮紫绿色的阴影无比空洞,我失去了蛇蝎的目标的心无比空洞。

乌木的闪电仇恨着树叶。蓝花楹的雷鸣杀死了树木。木瓜甘甜的圆壳遭遇了靛蓝色的复仇。沙沙沙,沙沙沙,香蕉树叶替苍老的月亮说道。我要走了,我对香蕉树叶说道。无数扭曲的震颤撕破了横亘着密林的交错着的梦境。

我迈着命定的步伐,被激起的沼泽般漆黑的尘土在时间的布匹上若隐若现,我经过香蕉树下,因爱生恨的一众红蛇在我身后歌唱:去吧,

469

去城里复仇。悬挂于香蕉树叶之上的血月沙沙沙地歌唱着、尖叫着、哭嚎着、低吟着，哦，我的伤痛是大红色的，我盘根错节的伤痛是猩红色的，啊，我仇恨的叶片倒映着月亮，大红与猩红从叶片上滴落。

【这里又钉了一页1952年8月的《苏联文学》上剪下来的《战争前沿》的书评：】

在这本充满勇气的处女作小说中切实地展现了英国殖民地严酷的剥削，就是这么一本在压迫者眼皮子底下创作并出版的作品向全世界揭露了英帝国主义的真实面貌！虽然这位年轻的作者的勇气以及良知值得赞许，但是我们同时也应当认识到她对非洲阶级斗争的描写的偏颇之处。这个故事的主人公是个年轻的飞行员，他是个真正的爱国者，随时准备着在伟大的反法西斯战争中为自己的祖国献身，但他却和一伙名义上搞社会主义，实则玩弄权术的堕落白人移民混到了一起。后来他受够了这群城里的纨绔子弟，转而靠近了人民群众，靠近了一个让他了解了何为真正的工人阶级生活的单纯黑人女孩。然而这正是这本用意虽好但有一定误导性的小说的短板所在。一个出身上层阶级的英国小伙子跟一个厨子的女儿能有什么共同语言呢？一个作家反反复复、寻寻觅觅的艺术上的真理应当是某种典型性，而小说的这部分剧情并没有，也不可能有什么典型性可言。要是这位年轻的作者能够尊重现实，将她的男主角设置为一个年轻的白人工人，将她的女主角设置为一个工会领导下的非裔工人，这本小说又会呈现出怎样的面貌呢？这样一来她也许就能在政治上、社会上以及精神上找到一条出路了，而且还能为了将来争取非洲的自由斗争照亮道路。这本书里广大的工人群众到哪里去了？具备阶级意识的斗士们到哪里去了？他们根本就没有出现。但是我们也不能让这位天赋异禀的年轻作者失去信心！她在艺术上企及的高度体现了她卓绝的精神！前进！为了全世界！

【1954年8月刊登于《苏联宪报》的《战争前沿》书评：】

伟大而不屈的非洲！这本来自英国的小说描绘了战争期间在非洲的旷野以及丛林间发生的故事，字里行间的气势着实惊人。

毫无疑问的是，艺术作品中具备典型性的角色与科学的分类方法无论其内容还是随之而来的形式都不可同日而语。因此，作者在她这本书的开头引用的那段话，听上去很像西方社会学里的那套故弄玄虚的话语，但其中还是蕴含了深刻的哲理："有人说是因为亚当偷食了禁果才最终导致了他的迷失，或者说堕落。要我说那是因为他主张了自己对某物的所有权，是因为他的'我''我的'之类的表述"——我们对她的作品抱着很高的期待，但最终呈现的结果却还是让人失望了。但还是让我们张开臂膀欢迎她已然呈现给我们的一切，期许她能最终理解真正的艺术作品应当拥有革命的生命力——让读者感觉到其内容的充实、意识形态的深刻、人道主义的精神，以及艺术层面上的质量，并期许到那时她必定会呈现给我们的一切。随着故事一页一页地发展下去，某种感觉也随之愈发地强烈了起来：这片仍然欠发达的大陆催生出的人性多么深邃啊，这种感受在你的心中徘徊不去，呼唤着你内心作出回应。得益于作者的笔力，无论是那位年轻的飞行员还是那位单纯无邪的黑人女孩都令人过目难忘，但他们相对于未来世界深层的道德潜力却依旧不够典型。亲爱的作者，我们这些读者想对你说："继续写下去！请牢记艺术永远都应该经受真理之光的洗礼！无论你创作的崭新而坚实的现实主义文学针对的是非洲，还是民族解放运动正在蓬勃发展的更广义上的欠发达国家，都请牢记这一过程一定会充满艰难和险阻！"

【1956年12月的《苏联殖民地解放文学杂志》对《战争前沿》的书评：】

非洲的反帝斗争有自己的荷马以及杰克·伦敦，除此以外也有微不足道但聊胜于无的心理分析者。现今广大黑人群众都走上了街头，民族主义运动之中每天都会涌现出新的英雄事迹，现在却来了这么一本描写一个牛津毕业的年轻英国佬和一个黑人女孩的恋爱的小说，对此我们还能说什么呢？那个黑人女孩是全书里唯一能代表人民群众的角色，但她在书中仍然面目难辨，并未得到充足的令人满意的刻画。这位作者必须得从我们的文学——健康和进步的文学——中学到的一课就是，绝望对于任何人都是没有好处的。这是本消极的小说，我们能察觉到弗洛伊德学派的痕迹，本质上是神秘主义的。至于书里描写的"社会主义者"的群体，作者想要表达自己的嘲讽但并没能做到。她的写作有着某种不健康的，甚至可以说是模棱两可的东西。她应该学学马克·吐温，后者健康的幽默感对于进步主义的读者而言是十分亲切的，她应该学学后者如何让人类对着那些已经入了土的、落后的、被历史淘汰的事物发出嘲弄的笑声。

【红色笔记继续：】

1955年11月13日

1953年斯大林死后，英共内部就出现了据老油条们说在此前绝无可能的情况，前党员和现党员开始成群结队地会面，讨论着苏联和英国党组织的现状。我首次受邀参加的会议（我退党已逾一年）来了九人，其中五人都是前党员，而我们这些个前党员也并未受到此前家常便饭的"你们这群叛徒"的待遇。我们以社会主义者的身份见面，并且对彼此抱有完全的信任。这些讨论缓慢地推进着，计划已经有了些大致的眉目——通过取缔党中央"毫无生命力的官僚体制"来让英共脱胎换骨，成为一个真正意义上的英国的政党，一个对莫斯科不再抱有僵化的忠诚，不再强制党员撒谎的真正意义上民主的政党。我感觉自己再一次加入了那些跃跃欲试，充满目标感的人的行列——这些人里头那些已经退党多年的人的行列。计划可以概括如下：一、党组织将剪除那些这么多年以来已经习惯于扯谎以及两面三刀，现在已经无法正直地进行思考的"老油条"，这些人都应该写保证书，保证与过去的行为一刀两断。二、切断所有与外国共产党的联系，并期望他国的共产党也能改头换面，与过去决裂。三、召集成千上万曾是党员但因厌恶而退党的人，邀请他们加入重获新生的党组织。四、……

【红色笔记到这里已经贴满了有关苏共二十大的剪报，以及各类人士有关时政、政治会议议程等内容的来信。这一大摞的纸张由橡皮筋扎在了一块，然后被订书机钉在了页面上，然后安娜手写的字迹又继续了下去：】

1956 年 8 月 11 日

我意识到经过了十天半个月的日夜操劳的政治活动后，结果却什么目标都没能实现，而这种情况我也不是头一回碰到了，而且我之前多少预见到了这一切都将只会是徒劳。二十大使得党内以及党外呼吁建立一个"新的"共产党的人的数量又增长了一两倍。昨天晚上我参加的那个会一直开到了第二天接近天亮，会议接近末尾时一个此前完全没发过言的男士、某位来自奥地利的社会主义者作了一个简短而幽默的发言，内容大概是："我亲爱的同志们，我此前一直在聆听各位的发言，为人类信仰之绵延不绝而折服！你们说的总结下来不外乎是这样：你们都知道英共的领导层在经年累月的斯大林主义氛围下已经彻底腐化了，你们也知道这群人将不择手段地保住自己的地位，而鉴于你们今天晚上已经举了上百个他们是如何强压表决、操纵投票、在会议里安插自己人、扯谎，以及歪曲事实的例子，所以你们肯定知道单靠民主的方式是没办法把他们赶下台的，部分是因为他们毫无底线，部分是因为有一半的党员都太过单纯，无法相信上面的人会有如此的手腕。各位每次一讨论到这里就没了下文，你们不作任何总结，反而开始发起梦来，仿佛大家唯一需要做的就是恳求党内所有的干部在同一时间辞职，因为这才最符合组织的利益。这样的行为就好比你想劝一位专业的飞贼金盆洗手，而你能给出的理由就是他高效的偷窃行为坏了他这一行的名声。"

大家哄堂大笑，但是一切讨论却还是照旧。他话语里的俏皮消解了其他人予以严肃的回应的必要。

事后我思考过这件事。很久以前的我会认为在这样的政治会议上，真相往往都来自这类发言，它们要么俏皮，要么嘲讽，有时甚至显得愤懑——但那却是真相，而其余那些长篇累牍的发言都是些废话。而这类发言在当下往往会遭到忽视，因为其基调与会议并不相容。

我刚才回看了我在去年11月13日写的东西，我对当时我们所有人的天真都深感震惊，但彼时的我确实为即将缔造一个崭新而充满诚意的共产党而感到了鼓舞，我当时真心实意地相信这种可能性是存在的。

1956年9月20日

我最近就没有再去开会了。我听说大伙的意思是要组建一个新的"真正的英国共产党"，使其成为现在的这个英共的榜样以及替代选项。在所有人对于两个共产党并存的局面的畅想中显然并没有出现任何的担忧，然而届时具体会发生什么昭然若揭，两党的全部精力都将被相互泼脏水以及否认对方对共产主义的代表权所占据，最终沦为一出闹剧，但是要是拿来跟那套希冀通过民主的方式"驱逐"那些老油条，"由内而外"施行改革的方案一比的话，前者倒也未必见得比后者更愚蠢。太蠢了。话虽如此，可我还不一样被这样的事情裹挟了好几个月，跟另外几百位通常来说都是聪明人，但却经年累月蹚政治浑水的人士如出一辙。有时我会觉得，要是这世上有某些经验你永远不可能从中汲取到任何养分的话，政治经验一定是其中之一。

人们心灰意冷地以十几二十人的规模一批批地退党，而讽刺的是，此时的他们有多么的寒心和幻灭，过去的他们就有多么的忠诚与天真。像我这样几乎不抱任何幻想的人（人或多或少还是会心存一些幻想的——我的幻想就是这世上"不可能"再有排犹主义的存在了）则保持着淡定，准备好重新来过，接受英共在将来很有可能会慢慢萎缩成为一个小教派的现实。现在口耳相传的关键词句是"对社会主义立场的再思考"。

今天莫莉给我来电话了，汤米加入了一个新的年轻人的社会主义社团。莫莉说这群年轻人谈话时她一直坐在角落里听着，而她感觉"仿佛回到了一百年前自己的青年时代"，刚加入英共那会儿。"简直不可思议！这整件事都太怪诞了。这群人不愿意浪费时间给英共，这很正确，他们也不愿意浪费时间给工党，他们要是没看走眼我倒也不会觉得意外。这群人成百上千，遍布全英国，所有人说话的口气都仿佛英国最迟会在十年以内变成一个社会主义国家。当然啦，这一定是他们奋斗的结果。你应该知道，就好像他们将接手这个即将诞生于两周后的周二的崭新而美丽的社会主义英国。我觉着他们一定是疯了，要不然就是我疯了……但是问题在于，他们现在就跟我们当年一样，不是吗？他们嘴里甚至会蹦出那些我们已经嘲笑了好多年的行话，就仿佛那是他们自己创造的新词儿一样。"我说："但是莫莉，他成了一个社会主义者，而非什么上班族，对此你不应该感到欣慰吗？""那是自然，但问题是，难道他们不应该比当年的我们更聪明吗，安娜？"

【黄色笔记继续：】

《第三人的阴影》

从小说的角度来说，"第三人"之前指的是保罗的妻子，接下来又变成了从艾拉对保罗妻子的臆想中诞生出来的她的第二自我,再接下来又变成了她对保罗的追忆,最后又变成了她自己。随着艾拉的崩溃和分裂,她紧抱着统合、健康而幸福的艾拉这一概念。这里必须明确上述各个"第三人"之间共有的联系:其中当然包含了常态,但又不止于此——还有常规性,以及艾拉对自己事实上拒绝与之产生交集的"体面的"生活所应当秉持的态度或者说情绪。

艾拉搬去了一间新的公寓,茱莉亚对此很是不满。她俩关系中此前尚且不算明晰的部分现在在茱莉亚的态度中展露无疑。茱莉亚之前一直支配着艾拉,而艾拉之前时刻准备着被其他人支配,或者说至少她希望自己能表现出这样的状态。茱莉亚从本质上来说是慷慨的——她善良、温暖、愿意给予,但是现在她甚至会向她跟艾拉共同的好友喋喋不休地抱怨说艾拉占了她的便宜,利用了她。艾拉现在跟她的儿子一起住在一间又丑又脏的大公寓里头,需要她自己清扫和粉刷,她心想从这方面来说茱莉亚跟其他人抱怨得倒也没错。她此前很像是个自投罗网的俘虏,但藏匿着独立的核心。从茱莉亚的家里搬出去就像是女儿从母亲家里搬出去,或者说,她自嘲地想起了保罗之前那个并不友善的笑话,说她像是"嫁给了茱莉亚"——因此这也很像是离婚。

在很长一段时间里艾拉比她以往任何时候都感觉到了更为强烈的孤独。她非常多次地想起了她和茱莉亚之间破裂的友谊,如果"亲密"指的是对彼此的信任以及共同的经历的话,那茱莉亚就是她最亲密的人,但是现在这段友谊已完全被仇恨所掌控。除了孤独外她仍然会不由自主地想起数月前离开她的保罗,现在已经是一年前的事了。

艾拉心里清楚当她和茱莉亚住在一起的时候,她避免了某种审视。现在的她绝对属于"独居女性";尽管她此前从未意识到这件事,但是她当下的处境的确和"两个女人住在一起"时有着相当大的不同。

有个例子是这样的。她搬进新公寓两个星期后,韦斯特医生给她来了个电话。他告诉她自己的妻子出去度假了,然后邀她共进晚餐。尽管对方在电话里旁敲侧击地透露了妻子不在家的信息,但艾拉还是没有将对方找自己吃晚饭并不是为了工作上的事这一可能性纳入考量范围,于是她应约前往,而在席间她才逐渐意识到韦斯特医生这是在向她发出婚外情的邀约。她回想起了对方在保罗离开她的那段时间转告给她那些残忍的话语,觉得应该从那时起对方就已经在脑海中把她归为婚外情的潜在对象了。除此以外她还心知肚明的是,要是她,艾拉,今天晚上拒绝了他,那么他名单上还有三四个别的女人。他也的确不怀好意地说:"我并不只有你一个选择,你知道的。你没法把我打入冷宫。"

艾拉留意着办公室里的局势,然后在那一周的末尾发现帕特丽夏·布兰特对韦斯特医生的态度完全变了,此前那套强硬而且高效的职业女性的姿态一下子温柔了起来,甚至像是个少女。帕特丽夏肯定是韦斯特医生名单里的最后一位,因为他先前已经尝试勾搭了两个秘书但都以失败告终。艾拉将这一切看在眼里,首先在心底感到了恶意的愉悦,因为韦斯特医生最终只能接受那个对于他本人来说最坏的那个选项;其次她又愤愤不平,因为从她自己性别的视角来看,帕特丽夏·布兰特对此显然心存感激而且受宠若惊;再次她还觉得恐惧,害怕自己到头来也会接受韦斯特医生递来的橄榄枝;最后她觉得又可气又可笑,因为韦斯特医生在遭到她的拒绝后还跟她表明了"你不接受我的邀请,但你也发现了,我不在乎!"的态度。

而所有这些情绪都强烈到了让她感到不适的程度,它们根植于她内心深处某种与韦斯特医生毫无瓜葛的怨恨之中。艾拉并不喜欢这样的感觉,并且为此感到羞耻。韦斯特医生是个算不上有魅力的中年男人,娶了个上得厅堂下得厨房,但大概率生性无趣的妻子。艾拉扪心自问,为何对这个男人自己完全同情不起来?他为什么不能让自己显得有情调一些呢?不过,估计也没什么用。她就是讨厌他、唾弃他。

她在另一个朋友家里见到了茱莉亚,这时她俩之间的关系已经变得冷淡。艾拉"不经意"地开始跟对方讲韦斯特医生的事情,没过多久这两个女人重新热络了起来,就仿佛之前彼此从未生过任何嫌隙。然而她俩现在的友谊的基础,是她俩以前的关系中一直很次要的东西——对男人的批判。

茱莉亚跟艾拉讲了一个更精彩的故事:茱莉亚演出的那个剧院里有个男演员某天晚上送她回家,之后就上来喝了杯咖啡,接着就开始抱怨自己的婚姻。茱莉亚说:"我当时一如既往表现得相当友善,而且还对他好言相劝,但这种话题我已经听腻了,我真想尖叫。"到凌晨四点的时候茱莉亚暗示自己累了,对方应该回去了。"亲爱的,你可能会觉得我这样的行为一定对他构成了严重的冒犯。我能感觉到那天晚上他要是没能睡到我,他的自尊心一定会土崩瓦解,于是我就跟他睡了一觉。"那个男人是个阳痿,茱莉亚对此很是愉快。"到了第二天早上,他表示自己可以晚上再来。他说我至少应该给他一个自我救赎的机会。这人至少还算有些幽默感。"于是这个男人又和茱莉亚共度了第二个夜晚,但情况并没能得到丝毫的改善。"于是他自然而然在凌晨四点就走了,而就在离开之际他转头对我说道:'你就是个让男人硬不起来的女人,我自打看见你第一眼就知道了。'"

"我的天哪。"艾拉说。

"可不,"茱莉亚气鼓鼓地说,"而且可笑的是他为人还挺好的。我的意思是,在那以前我根本无法想象他这样的人居然能对我说出这样的话来。"

"你就不该跟他上床的。"

"男人总会在某些时刻展现一副自己的男性尊严受到了严重的打击的样子,你就会于心不忍,想帮他振作起来。你肯定知道我在说什么。"

"知道啊,但是事后他们就会把咱们踢得要多远有多远,所以咱们又何必呢?"

"是啊,但我这个人就容易好了伤疤忘了疼。"

几个礼拜后艾拉又见到了茱莉亚,跟她说:"之前那段时间里一共有四个男的给我来了电话,跟我说他们老婆不在家,声音都变了,语气里不约而同地带着一种愉悦的扭捏,而我以前甚至都没跟他们有过任何程度的暧昧。这事可太绝了——你认识了某个男的,然后跟他共事了好几年,这居然就给了他们足够的理由在老婆出门之后变个嗓音来找你,他们好像觉得你理所当然会在他面前沦陷,乖乖地钻进他们的被窝。所以你说说看他们的脑子到底是怎么运作的?"

"**这种事情**最好还是别去想的好。"

出于安抚以及讨好对方的目的,艾拉对茱莉亚说(她一开口就意识到自己此刻的语气跟自己需要安抚以及讨好男人时如出一辙):"唉,我还住你那里的时候至少不会出现这样的情况,你说这怪不怪?"

茱莉亚的脸上浮现出了一丝得意的神色,就仿佛说:哼,所以看来我对你还是有些价值的……

然后两人之间的氛围又变得有些让人不适:艾拉由于自身的怯懦而没能趁此机会跟茱莉亚明说她认为对方在自己搬走这件事上表现得欠妥,然后把自己的想法"一股脑抖搂出来"。就在这令人不适的沉默的间歇,一个新的想法顺着"你说这怪不怪"的思路在她心里冒了出来——有没有可能之前这些男的都以为她俩是同性恋呢?

艾拉以前也半开玩笑地考虑过这种可能性。她现在心想:不对,这些男的要是以前就以为我俩是同性恋的话,他们反而会来了兴致,当时就蜂拥而至了。我认识的所有男人无不在言语中——不管是公然还是无意识地——展现过他们对于女同性恋的兴趣。这源自他们让人咋舌的虚荣心:他们十分愿意将自己视作是这些误入歧途的女性的救世主。

艾拉留意到了自己在脑海中使用的语言中包含着的愤恨,并为此而感到震惊。到家以后她尝试去分析这股附着在自己身上的愤恨之情,她切实地觉得自己受了这种情绪的荼毒。

她认为自己目前的经历的无不是过往经历的重现。换作是十年前的她的话，妻子暂时不在身边的已婚的男人想跟她搞婚外情之类的事情她甚至不会多作留意或评价，在当时的她看来，这不过是作为一位"自由女性"就必然需要面临的风险的一部分而已。然而此刻她意识到十年前的自己其实一直隐隐有一种感觉，只是当年的她说不上来那种感觉到底是什么：那其实是一种满足感，一种把对方的妻子给比下去了的感觉，在那些男人眼里，她、艾拉，作为一个自由的女性，远要比那些被束缚住了的无聊妻子更让人心潮澎湃。回忆起这样的过往并察觉到上述情绪的存在让她羞愧难当。

她还在想，自己跟茱莉亚讲话时的语气像极了老处女，男人、敌人、他们。她决定以后再也不找茱莉亚说这些私房话了，或者至少应该摒弃这种苦大仇深的语气。

很快又发生了一件事。编辑部里有个编校跟艾拉一起负责某个为情绪问题——通常这些问题都来自读者来信——提供建议的系列文章，他和艾拉在办公室一起加过几次夜班。这个系列一共会有六篇文章，而每篇文章都有两个标题，一个是正式的标题，另一个是仅供艾拉和她的同事在内部使用的搞笑标题。举个例子来说，《你是否有时厌倦家庭？》在艾拉和杰克的嘴里就成了《救命！我要发疯了》，而《不重视家庭的丈夫》在他们那里就成了《我丈夫到处拈花惹草》，诸如此类。艾拉和杰克每次都捧腹大笑，嘲笑着这类文章过于单线条的文风，但即便如此他们依旧会一丝不苟、费心费力地去写。他俩都很清楚自己之所以会这么调侃这些文章是因为那些如雪片般涌入编辑部的信件里充斥着不快与沮丧，而他俩压根不觉得自己的文章真能减轻这些读者的痛苦。

在他俩为这个系列专栏加班的最后一晚，杰克在下班后开车送艾拉回家。他已经结婚了，有三个孩子，自己则在三十岁上下，艾拉非常喜欢他。她请他上楼小酌一杯，对方于是跟她一起上了楼，而她心里清楚他很快就会向自己发出上床的邀约。她心想：可我对他没有感觉，然而我要能摆脱保罗的阴影的话，也许对他就会有感觉了，但我又怎么知道自己会不会在上床以后立刻就对他有感觉了呢？不管怎么说，我当初对保罗也不算一见钟情啊。她最后的这个想法连她自己都觉得惊讶。她一边听着这个年轻的男子说着取悦她的话，一边心想：保罗以前总喜欢半开玩笑地说我对他并没有一见钟情，而我现在自己都在心里这么说了。但我并不认为这是事实，我之所以现在会这么说大概率是因为他之前这么说过……如果我就这么成天惦念着保罗，也难怪我对任何男的都提不起劲。

艾拉还是跟杰克上了床。她将对方归类为务实的爱人。"一个尽管并不性感，但从一本标题大概是《如何满足你的妻子》的书中习得了做爱技巧的男人。"他享受的是把一个女人弄上床的过程，而非性爱本身。

他俩在一起时快乐而且友善，在编辑部也继续着此前默契的合作，但艾拉却要拼命压抑住自己落泪的冲动。她对于这种突如其来的低落情绪并不陌生，她会用如下的念头来与之斗争：这根本就不是属于我的情绪；这是一种愧疚，但也非属于我的愧疚；这是来自过往的愧疚，关乎我一直抗拒着的双标的愧疚。

杰克说他必须得回去了，然后提及了自己的妻子。"她是个好女孩。"他说，语气中的优越感让艾拉一下就怔住了。"我敢保证她从未怀疑过我是不是出轨了。当然了，她也没精力管别的，孩子就够她忙活的了，他们可不是什么省油的灯，不过她能应付。"他坐在艾拉的床边打好了领带，穿上了鞋。他看上去日子过得很顺心，脸也显得光洁而坦诚，跟个大男孩似的。"在我家黄脸婆那边我是幸运的。"他接着说道，但是这句话里开始出现了对他妻子的怨恨，而艾拉知道其原因，他俩的情事将会微妙地成为他贬低自己妻子的助力。他因为满足而显得志得意满，而他的满足也非源于爱的欢愉——对此他知之甚少——而是源于他向自己证明了某件事。他和艾拉道了别，说："行了，休息时间结束了。我的妻子是这世上最好的妻子，但她绝非一个愉快的聊天对象。"艾拉控制住了自己，没有跟对方说，一个需要养育三个小孩、同时还被困在郊区的房子里终日与电视机为伴的女人，自然是拿不出什么能让你愉快的聊天话题的。她心中的愤恨之深让她自己也吃了一惊。她知道他那位妻子此刻正在几英里外伦敦某处等着他回家，而当他步入自家卧室的那一刻，她立即就能从他那股扬扬自得的劲头里看出他刚才已经跟其他女人睡过了。

艾拉决定：一、在自己真的恋爱前不再跟人发生关系；二、不和茱莉亚讲这件事。

第二天她给茱莉亚去了个电话，她俩一起吃了个午饭，席间她把这事跟对方说了。而就在她讲述的过程中，她也在反思这么一件事：她虽然自始至终都拒绝与帕特丽亚·布兰特透露自己的秘密，或者至少她一直拒绝加入对方对男性的挖苦和批判（艾拉觉得对方对男性的批判里带着的那点儿嘲讽甚至接近于善意，而虽然眼下她自己对男性抱着一种愤恨，但是时过境迁最终也会转化成对方那样温和的形态，而她又想坚决否认这种可能），但是她随时都愿意和茱莉亚分享这些秘密，而后者心中的愤恨正在迅速蜕变为一种腐蚀性的轻蔑。她再一次下定决心，让自己以后不要再沉迷于和茱莉亚进行这类型的对话，并且认为要是两个女人将彼此之间的关系建立在对男性的批判之上，那只能说明她俩是女同性恋，哪怕不是生理意义上的至少也是心理层面上的。

这一次她遵守了对自己的承诺。她感到自己遗世而独立。

这时又出现了新的情况，她开始因自己的性欲而备感煎熬。艾拉此前从未在不存在具体男性对象的情况下单纯感受到性欲本身，至少青春期过后就没有过这样经历了，她的性欲一直都和对某个具体的男人的幻想有关，因此她不免有些恐惧。现在她开始失眠，开始自慰，一边心中还翻涌着对男性群体的恨意。保罗已经完全消失了：她已经彻底忘却了过往经历中那个温存而强壮的男人，唯独还记得某个冷血的叛徒。让她饱尝煎熬的性欲有如无根之木，而她遭受到的折辱也触目惊心，她心想这意味着她仰赖于男人来"做爱"，来"被取悦"，来"被满足"。她使用这类粗野的语言来继续折辱自己。

她后来意识到自己落入了一个有关她自己、有关女性的误解之中,她必须得牢记:她以为跟保罗在一起的时候自己所有的性饥渴都是由对方激活的;如果他有那么几天不在她的身边,她的性欲就会进入休眠状态,直至他回到她身边;而她眼下的性饥渴事实上与性无关,而是由她人生中对于情绪价值的饥渴所引发的;当她再度爱上一个男人,她又会回到常态,再次成为一个性欲会随对方而潮起潮落的女人。这也就是说,如果对方是一个真正意义上的男人的话,他便会涵容一个女人的性欲;而对方如果选择让女人沉眠的话,女人就不可能自行想到性的存在。

艾拉将这一认知深深镌刻进了自己的脑海,心想:我人生中每每进入一个枯竭而寂灭的时期,我就总会抓取能够描述某类知识的语汇,哪怕它们本身并无生命力或者意义可言,我心里知道生命力最终还是会复苏,而到时它们也将会被一并唤醒。然而一想到一个人紧抱着一些个字句并对它们坚信不疑,这个场景还是挺奇怪的。

这个时期时不时地会有男人想要接近她,她知道自己不会爱上他们,因而都予以了回绝。而她给自己的解释是:在我确定我爱上某人前,我都不会跟他睡。

然而几个星期后,艾拉在一次聚会上遇到了一个男人——因为她着实痛恨自己"回到婚恋市场"的状态,所以又开始频繁地参加聚会。对方是个编剧,加拿大人,在外形上并没有什么特别能吸引到她的地方,但他脑子很聪明,而他那来自大西洋彼岸的冷幽默也让她很是受用。他的妻子也在聚会上,是个美丽的女孩,而且是那种职业女性的美丽。第二天上午,那个男的毫无征兆地带着杜松子酒、汤力水和鲜花径直来了艾拉的公寓,他自嘲说现在就好比"一个男的带着鲜花和杜松子酒,来勾引前一天晚上在聚会上邂逅的女孩"。艾拉被他逗乐了。他俩一边喝着酒,一边有说有笑。他们在欢笑声中上了床,艾拉一直在服务对方,她自己却没有任何感觉,她可以对天发誓。对方插入的时候她脑海中突然冒出了个念头：这不过是他在完成自定的目标罢了。她又想：我跟他上床的时候自己都没有任何感觉，干吗还要批判他呢？这未免也太不厚道了。之后她又叛逆地心想：但这才是问题的关键，男人有了欲望以后女人才会有欲望，至少理论上是这样，所以我有权批判他。

事后他俩继续一边喝酒，一边有说有笑，然后他随口说了句和此前发生的一切都毫无关系的话："我有个深爱着的美丽妻子，还有份喜欢的工作，而现在又有了个女孩。"艾拉知道自己就是对方口中的那个女孩，对这个男人来说，跟她滚床单这件事属于某个营建幸福生活的宏大工程。她意识到对方觉得他俩的关系可以这么持续下去，而且他对此没有过丝毫的怀疑。她暗示说从她个人的角度来说，他俩的关系已经翻篇了，而尽管她采用了温和、积极而且顺从的语调，就仿佛她的拒绝是超出了她主观意愿的客观因素所致。但她说话的时候，有那么一瞬间，丑恶的虚荣在对方的脸上一闪而过。

他神色冷峻地打量着她。"出什么问题了吗，宝贝？是我没能让你满足的缘故吗？"他倦怠而失落地说。尽管事实确实如此，但艾拉还是忙不迭地向对方保证说并非如此。从另一方面来说她也明白这不是对方的问题，自从保罗离开她以后她就再也没来过真正意义上的高潮。

她不由自主、不动声色地说道："我觉得咱俩对于此都没什么信心。"

对方再次投来了生硬、倦怠而冷峻的目光。"我是有个漂亮的妻子，"他声称，"但她没办法在性上满足我。我需要的更多。"

这句话让艾拉陷入了沉默。她感觉自己仿佛偶然地闯入了一片予取予求的无人区，而她本身与这片区域并没有任何的瓜葛。尽管如此，她还是发觉对方并不明白自己提供给她的到底有什么问题。他有根大鸡巴，他"床上功夫了得"，就这些了。艾拉一言不发，觉得对方在床上时表现出来的那种感官上的倦怠是他冷漠的厌世感的另一面。他正上下打量着艾拉。就是现在，艾拉心想，他要动手了，他要给我一点教训了。她准备好承受了。

"我的经验是，"他拖着调说道，声音因为受伤的虚荣心而显得尖利，"没必要非得跟一个美女滚床单，关注对方的某个方面——任何一个方面——其实就足够了。哪怕是个丑女，她身上也一定会有美丽之处，比如说一只耳朵，或者一只手。"

艾拉忽地笑出了声，同时试图和对方对上眼神，并且在心底理所当然地以为对方也会笑出声，因为在上床前的那几个小时里他俩一直有说有笑的，所以刚才那段话也一定是他在模仿一个油滑的情场浪子，他一定会付之一笑的吧？然而事实并非如此，他说这段话就是为了伤害她，他也完全没有收回的打算，甚至连挤出个笑都不愿意。

"至少我的手还是好看的。"艾拉最后以波澜不惊的语气憋出了这么句话。

他走到了她身边，捧起了她的双手，倦怠且油滑地亲吻着："好看，宝贝，好看的。"

他走了，而她第一百次觉得，所有这些聪明男人不论对待工作时展现多高的水平，一旦切换到情感生活，他们的水平就会直线下坠，因此他们大概是另一种生物吧。

那天晚上艾拉去了茱莉亚家，结果发现茱莉亚陷入了被她称为"帕特丽夏模式"的情绪——一种调侃大于愤恨的情绪。

茱莉亚用俏皮的语气告诉艾拉，那个之前说她是个"让男人硬不起来的女人"的男演员，几天前就跟什么事都没发生过一样带着鲜花来找她。"当他发现我并不买账的时候他发自真心地觉得诧异，毕竟他一直以来都表现得那么乐天而且友善。我当时看着他，心里就想起他那天走了以后我眼睛都哭肿了——你还记得吧，整整两个晚上我都一直在尽可能温柔地宽慰着他，结果他却说我是个……即便他说了这种话，我当时还是没办法反唇相讥去伤害他该死的感情。我心想：咱们是否可以认为他真的已经不记得自己当初说了什么，或是说这种话的理由了呢？还是说咱们是不是就不该把他们讲的话放在心上？咱们就应该心平气和地承受一切？有时我会觉得咱们都被困在了性意义上的精神病院里。"

艾拉淡然地说："我亲爱的茱莉亚，我们主动选择成为自由女性，这不过是我们理应付出的代价罢了。"

"自由，"茱莉亚说，"自由！可是只要还有一天他们男的还没能自由，光我们自由又有什么意义？我可以对天发誓，每个男的，哪怕是其中最优秀的那一部分，都还抱持着好女人坏女人的老观念。"

"我们这头呢？我们说自己是自由的，然而现实却是那些男的遇到哪怕是一个他们完全瞧不起的女的，都能立刻勃起，而咱们却只能在真心爱着对方的时候才能够高潮。基于这样的现实，又有何自由可言呢？"

茱莉亚说："那你的运气还是比我要好的。我昨天还在想：在过去五年我睡过的十个男人中间有八个不是阳痿就是早泄，而我当时还很自责——当然了，我们总是如此，总是迫不及待地准备为周围发生的一切感到自责，这么一想不是很离谱吗？而那个天杀的男演员，就是说我让人硬不起来的那位，还好心地——当然也是不经意地，说他这辈子也只遇到过一个能让他硬的女人。哦，你可别以为这话是他为了让我好受才说的，他绝无此意。"

"我亲爱的茱莉亚，你难道以前从来都没有仔细统计过这些数字吗？"

"没有，这还是头一回。"

艾拉意识到自己已经步入了一种新的情绪或者说阶段，性这件事已经彻底与她无关了。她将其归咎于那个加拿大编剧，但并不那么在意那件事本身。此刻的她已经变得淡定、抽离而且自给自足，她非但已经全然记不得被性欲折磨到底是怎样一种感觉，而且她还坚信自己从今往后再也无法感觉到性欲了。与此同时她心里也跟明镜似的知道，目前这种自给自足且无性的状态，不过是被性欲左右的另一种表现罢了。

她给茱莉亚去了个电话，宣布自己已经决定从此放弃性生活、放弃男人了，因为她"不乐意"。茱莉亚乐呵呵地对此表示了怀疑，艾拉说：

"可我是认真的。""这样挺好的呀。"茱莉亚说。

艾拉已经决定要继续写作了,她在内心搜寻着了那本早已完成,等着被誊写在纸上的书。她花了大把的时间独处,等着勾勒出她内心的那本书的轮廓。

我能看见艾拉在一间空空荡荡的大房间里缓慢踱着步,思考着,等待着。我,安娜,能看见艾拉,而当然了,艾拉其实就是安娜。但这就是问题所在,她俩其实又不是同一个人。当我安娜写下艾拉"给茱莉亚去了个电话,宣布"云云的那一刻,艾拉就从我身上飘走了,成了一个他者。我也不清楚艾拉从我身上分离出去成了艾拉的那一刻,到底发生了什么,这事也没人能解释得清,但称呼她为艾拉而非安娜就足够了。我当初为何将她命名为了艾拉呢?我以前在一次聚会上遇见了一个叫艾拉的姑娘,她为某些报纸撰写书评,也帮一些出版社阅览手稿。她有着瘦小的身形以及深色的头发——从外观上来说和我是同类——一个黑色蝴蝶结把她的长发扎在了脑后。真正打动我的是她那双显得尤为警觉和防备的眼睛,它们简直就像是在堡垒厚实的墙面上开着的两扇窗。聚会上觥筹交错,主人来帮我们满上,对方刚往她杯里斟了一英寸她就伸出了一只手——一只瘦削、白皙而精致的手——把杯口给盖住了,然后平静地颔首道:"这就够了。"对方还想接着往里倒,她又平静地摇了摇头,对方也只好走了。她发现我一直在观察她,于是端起那杯里头只有一英寸红酒的杯子说:"这刚好是麻醉我的神经所需要的量。"我笑了,但她并没有在开玩笑。她喝下了那一英寸的红酒,然后说:"啊,这就对了。"为了评估酒精对自己的影响,她又平静地微微点了一下头。"没错,到位了。"

行吧,我永远都不会这样。这完全就不是安娜的风格。

我看见了艾拉与世隔绝地在她宽敞的房间内踱着步,用黑色发带把自己又黑又直的长发绑在了脑后,或是一个小时接一个小时地坐在椅子上，白皙而精致的双手松松垮垮地搭在自己的腿上。她对着这双手皱起了眉头，陷入了沉思。

艾拉在心中搜寻到了如下的故事：一个女人被一个男人深爱着，而这个男人在他俩漫长的亲密关系中自始至终都在指责她对自己不忠，指责她留恋他因嫉妒而明令禁止她拥有的社交生活，指责她不愿放弃当"一个职业女性"。在他们长达五年的关系中，这个女人实际上从未偷瞄过其他男人一眼，也从未外出社交过，并且还一直都在怠慢自己的工作，但自打这个男人离她而去的那一刻开始，她就将那些对方此前一直指责她的生活方式一个不落地全都兑现了。她开始纵欲，开始频繁出没于各种聚会，开始为了自己的职业发展不择手段，时刻都准备着拿自己的男人和友人当冤大头。这个故事的重点在于她的这个全新的人格是那个男人一手缔造出来的，而她的一切行为——纵情声色也好，为了前途出卖他人也好，她诸如此类的行为全都带着复仇的目的：看，这就是你想要的，是你让我变成这样的。此去经年，她又遇到了那个男人，这时她新的人格在她身上早已根深蒂固，而对方又一次爱上了她。这确是他一直以来希望她成为的样子，而他当初之所以会离开她恰恰是因为当年的她沉默、顺从而忠贞。而此刻面对着那个再度迷恋上自己的男人，她却轻蔑地愤然拒绝了对方：此刻这并非她"真实的"样貌，他否认了她"真正的"自我，拒绝了真实，爱上了虚妄。她拒绝了他，保护了自己那遭到对方背叛和否认的真我。

艾拉并没有把这个故事写下来。她害怕将其写下会使其成真。

她再次搜寻内心，找到了如下的故事：

有个男人，有个女人。女人无拘无束地过了很多年后开始渴求一段认真的恋爱，而男人则出于某种对逃避或慰藉的需要扮演起了那个真心爱人的角色。（艾拉心目中的这个角色其灵感来源正是那个加拿大编剧——来自他作为一个爱人时冷峻而虚伪的态度：他一直都在扮演拥有情妇的已婚男人的角色。艾拉采用的就是这个加拿大人的这一面：他在扮演某个角色的同时也在观察着自己的表演。)正可谓过犹不及,那个女人的饥渴和紧绷把这个男人变得比之前还要冷漠,不过这个男人对此完全不自知就是了。这个此前毫无占有欲和嫉妒心、堪称无欲无求的女人仿佛被一个完全不属于自己的人格给附了身,就这样成了一个狱卒。她诧异地眼睁睁看着自己沦为了一个充满掌控欲的妒妇,在她的认知里这个人格跟她本人是不存在任何关联的,她对此深信不疑,一有男人说她善妒,她就会发自真心地回应说:"我没嫉妒啊,我这人从来就没嫉妒过谁。"这个故事让艾拉略感意外,因为她并没有任何类似的经历。那这个故事又是打哪里来的呢?艾拉想到了保罗的妻子——不对,保罗的妻子相对于这么个角色而言,委实太过卑躬屈膝、逆来顺受了。或者有没有可能是艾拉的丈夫呢?他就是那么个奴颜婢膝而且醋海翻波的人,这还不算,他还会因为自己的无能而总跟个女人似的一哭二闹三上吊。艾拉心想,这位与她的缘分十分短暂并且彼此之间毫无真情可言的丈夫,大概就是她故事里的这位悍妇的原型了,只不过是个男性的版本?然而这个故事她最终也还是决定不写了,尽管这故事早已在她心中瓜熟蒂落,但她并不觉得这是属于她的故事。搞不好是我从别的什么地方看来的?——她思索着——要不然就是别人跟我讲过,但我后来忘了出处?

在此期间艾拉前去探望了一下自己的父亲,父女俩已经有段时日没见了。父亲的生活状态没什么变化,人依旧沉默寡言,沉迷于料理自己的花园,阅读自己的藏书;虽然是军人出身,但现在已然是个修道者了,还是说他其实一直以来都是这样?艾拉破天荒地开始想象跟这样的男人结婚后将会拥有怎样的人生。她平时甚少念及自己过世多年的母亲,但现在却铆足劲想要唤醒有关母亲的记忆。她眼前出现了一个务实、乐观而劳碌的女人。某天晚上,在一个有着白色天花板、黑色横梁,书籍塞得满满当当的房间里,艾拉隔着壁炉坐在父亲的对过儿,注视着他边看书边啜饮威士忌,好一阵过后她才开口谈及母亲。

父亲的脸上瞬时浮现出了夸张的警觉神色，他显然也多年没想起过这个早已不在人世的女人了。见艾拉坚持想聊，他生硬地说了句："你母亲在各种意义上都很好，我配不上她。"他别扭地笑了几声，那对冷冽的蓝眼睛猛地往上一翻，有如一头受惊了的动物。他的笑声让艾拉感觉到了冒犯，而她一下子就想明白为什么了：她刚才代入了妻子、也就是她母亲的立场，因而觉得气恼。她心想：茱莉亚和我的困境说简单也确实简单：我俩作为情妇来说，年龄都太大了点。见自己的父亲将书捧起当挡箭牌，艾拉大声道："你所谓的'很好'又从何说起？"这个年事已高的古铜色皮肤的男人一下子变得跟三十岁似的，越过书本上方说道："你的母亲是个好女人，也是个好妻子，但她不通人情，一丁点常识也没有，对那方面的事一窍不通。""你是指性？"虽然在脑中将自己父母和性这样的概念联系在一起让她备感不适，但她还是硬着头皮这么问道。他恼怒地大笑了起来，接着又翻了个白眼："像你们这样的人自然是不会介意把这种事情摊到台面上来讲的，我就从来不会这样。对啊，性，如果你非要这么说的话。她脑子里完全就没有这根筋。"那本书——某位英国将军的回忆录——又缓缓升起，把艾拉挡在了另一边。艾拉追问道："那你又做了什么呢？"那本书的边沿似是颤了一下，紧随其后的是一阵沉默。她的意思是：你就没有教一下她吗？她父亲抑扬顿挫而犹豫不决的声音隔着书本飘来，抑扬顿挫是因为军中训练，犹豫不决是因为他的情感世界混沌一片："要真忍不了，就出去找别的女人。你以为呢？"他那句"**你以为呢**"针对的并非艾拉，而是她的母亲。"还喜欢吃醋。明明他妈的根本不在乎我，但还跟只吃错了药的猫一样喜欢吃醋。"

艾拉说："我想说的是，也许她就是生性害羞，你没准当初应该教教她？"她想起了保罗以前的话：这世上没有性冷淡的女人，只有不堪一用的男人。

书本缓缓地降落在了他父亲那两条瘦得与竹竿无异的腿上，他那张蜡黄干瘪、瘦骨嶙峋的脸上泛起了红晕，而那对蓝色的眼睛如昆虫般暴起:"你睁开眼看看。对我来说婚姻就是——哦!哦,你不好好在这儿坐着吗?我认为这就足够说明问题了。"

艾拉说:"我觉得我应该跟你道个歉——但我想要了解她,她毕竟是我母亲。"

"我不会去想她,而且都已经过了这么久了。有时你莅临寒舍的时候我会想起她。"

"我老感觉你不太愿意经常见到我,所以是这个原因咯?"艾拉微笑着逼迫对方直视自己。

"我跟你说过这样的话吗?没有吧?我对这类事情没什么感觉,一切家庭的纽带——家人啦,婚姻啦什么的我都觉得特别不真实。你是我的女儿,这我知道,也错不了,毕竟我认识你的母亲。但我却感受不到血脉亲情——你感觉得到吗?反正我不行。"

"我可以,"艾拉说,"我每次来这里跟你待在一起时都能感觉到某种联结,不过那具体是什么我也说不上来。"

"我也说不上来。"老爷子又恢复到了平时那个疏离的、不受个人情绪左右的状态。"我们是人类——天知道这个词到底是什么意思。我说不好。你愿意赏光过来时我确实会觉得高兴,不要以为我这儿不欢迎你。可我老了,你还无法理解这到底意味着什么,人年纪一大就会觉得家人、孩子之类的事情特别不真实,也不重要,至少对我来说是这样的。"

"那什么重要呢?"

"上帝吧,不管这个词到底代表什么。哦,当然了,我知道这个词对你来说毫无意义。在过去我有时能短暂地感觉到他的存在。在沙漠里——我还在军队的时候,你知道的,或者在危难关头。现在有时也会,夜里的时候。我觉得独处——还是重要的。人,或者说人类这种东西一旦扎堆简直就是一团乱麻,人就应该少管闲事。"他抿了一口威士忌,然后向她投来惊奇的目光,"你是我的女儿,我反正是这么认为的。我对你一无所知,当然了我会尽我所能地给你搭把手,我走了以后钱也都会留给你——这你当然是知道的,不过也没多少就是了。我并不想要了解你的生活——认可就更别指望了。"

"我也不指望你能认可。"

"你的那个丈夫,那个呆子,他就不明白这个道理。"

"那都是陈芝麻烂谷子的事了。我应该跟你说过我和一个已婚男人恋爱了五年,而且那是我人生中最重要的一段经历吧?"

"那是你的事,与我无关,你在那之后遇到的男人也同理。你不像你妈,这姑且算是件好事吧,你更像是我在她死后遇到过的一个女人。"

"你怎么就没娶她呢?"

"她是个有夫之妇,不愿意离开她的先生。唉,我觉得她的选择也没错。这是我人生中最美好的经历,但是——对我来说却也并非最重要的经历。"

"你就不会对我感到好奇,好奇我最近在干些什么吗?你不会想你的外孙吗?"

他此刻显然已经完全缩进了自己的壳子里,他非常不喜欢应对这样的步步紧逼。

"不会。哦,他是个快活的小家伙,能见到他总是开心的,但是到头来他还是会和其他人一样,变成一个吃人的人。"

"吃人的人?"

"没错,人类除非能做到彼此之间井水不犯河水,否则就一定会把同类给生吞活剥了。至于你——我对你又了解多少呢?你属于现代女性,而我对现代女性一无所知。"

"现代女性。"艾拉语气平缓地说,笑了一下。

"没错。可能因为你出书了吧。我觉得你跟我们所有人一样,在以你自己的方式追寻着什么。祝你好运,咱俩相互之间肯定是爱莫能助了,人类本来彼此之间就爱莫能助,大家最好就各过各的。"

说到这里他瞪了她一眼,潜台词是这场对话就到此为止吧,这是他给出的最后通牒。他又把手中的书举了起来。

艾拉独自待在自己的房间里,注视着自己的内心,等着暗影交织成形,等着故事破土而出。她看见了一位腼腆、骄傲、不善言辞的青年军官。她看见了一位腼腆而乐观的年轻妻子。这时浮现出的是一段回忆,而非想象中的画面:在某一天的深夜,她的卧室里,她在装睡。她的父母站在房间的正中,父亲环抱住了母亲,母亲羞赧扭捏得像个小女孩。父亲亲吻了母亲,而母亲哭着跑出了卧室。父亲独自站在原地扯着自己的八字胡生着闷气。

他一直都保持着独身,将注意力从自己的妻子身上转移到了书籍,以及男人无聊而简单的想要当一个诗人或者修道者的梦想之上。而事实上在他过世以后,人们在他上了锁的抽屉里发现了日记、诗歌和散文的片段。

艾拉对这个结尾很是诧异,在她的认知里自己的父亲就不是个会舞文弄墨的人。于是她马上又去找了她的父亲。

夜深了,在寂静无声的一个房间里,火焰在壁炉里缓缓燃烧着,她问道:"爸,你写过诗吗?"书啪的一声拍在了他瘦削的大腿上,他直直地瞪着她。"该死的,你是怎么知道的?"

"我不知道啊,我瞎猜的。"

"这事我谁都没告诉过。"

"能给我看看吗?"

他一边扯着自己杂乱、苍老、现在已然灰白的八字胡,一边静坐了良久,然后站起身打开了某个抽屉上的锁,递给她了一沓诗稿。所有这些诗歌的主题都是孤寂、困惑、坚忍,以及踽踽独行的征旅,而且描写的对象大多是军人。T.E. 劳伦斯[1]:"瘦削、平实,与最瘦削的人站在一起

---

[1] 托马斯·爱德华·劳伦斯(1888—1935),英国军官,以英国联络官的身份参与了一战期间的阿拉伯大起义,也是著名电影《阿拉伯的劳伦斯》的主角原型。

也仍显得如此。"隆美尔[1]:"黑夜中爱人们在城镇外驻足/颓圮的十字架立满了漫天的黄沙。"克伦威尔[2]:"信仰,群山,纪念碑与岩砾……"又是T.E.劳伦斯:"……行至灵魂的悬崖边缘。"还是T.E.劳伦斯,他放弃了"公开、行动和问心无愧的酬报,和所有与文字打交道的人一样俯首称臣。"

艾拉递还了诗稿,这位不羁的老爷子将诗稿接过,然后锁回了抽屉里。

"你就从没想过要发表吗?"

"当然没有。图什么呢?"

"不理解所以才问你的嘛。"

"你跟我自然是不一样的,你写东西就是为了出版,哦,我想人类大概都这样吧。"

"你喜欢我的小说吗?你看过了没?没听你提到过。"

"你问我喜不喜欢?写得挺好的啊。但是那个可怜的呆子怎么就自寻短见了?"

"人就是这样的。"

"啊?这种念头每个人都会有,时不时的。但写这干吗?"

"你说得有道理。"

"我不是说我说的就一定对,我就是这么觉得而已。咱就不是一类人。"

"怎么就不是一类人了?我属于会想不开的那一类?"

"不是,咱们之间的区别就在于你老爱追问的东西,幸福,对,就是这个,幸福!我都不记得自己想过这档子事。你这种人吧——就总觉得

---

[1] 埃尔温·约翰尼斯·尤根·隆美尔(1891—1944),二战期间纳粹德国著名的陆军元帅,因为在北非战场成功卓著,得到了"沙漠之狐"的绰号。
[2] 奥利弗·克伦威尔(1599—1658),英国政治家、军事家,在两次英国内战中领导议会派击败了保王党,并在1649年处决了国王查理一世,短暂地建立了共和国。

这世界好像欠你们什么似的，全是共产党的影响。"

"啊？"艾拉觉得又诧异又好笑。

"你们这些个赤色分子啊。"

"但我也不是共产党啊，你把我跟我朋友茱莉亚搞混了，而且即便是她现在也已经退党了。"

"换汤不换药，他们把你们这群人都带坏了，你们所有人都以为自己能够有所作为。"

"这么说倒也没错——'我们这群人'在心底确实相信一切皆有可能。对你来说好像只需要很低的标准你就知足了。"

"知足？知足！这又是你哪里学来的词啊？"

"我想说的是不论结果好坏，我们都时刻准备着亲自去验证一些事，去尝试不同的人生，进入各种各样的状态。但你却低头认输了。"

老爷子暴跳如雷。"你书里的那个乳臭未干的傻小子成天什么都不想，就只知道寻死觅活。"

"说不定这个世界就是亏欠了他以及所有人一些东西，而他就是想不通。"

"说不定？连你也说不定吗？这可是你自己写的东西，你说了算。"

"也许下次我会写写看——写那些有意尝试改变自我，打破自己的既定形态的人。"

"听你这口气，你是想说——但是一个人再怎么样也都只是一个人，该什么样就是什么样，成不了另一个人，这是不可能改变的。"

"唔，我想这就是我们真正不一样的地方了，我就相信这是可以改变的。"

"这方面我就理解不了你，而且也不打算理解。要接受自己的现状就已经很不容易了，更不用说把问题进一步复杂化了。"

这场和父亲的对话引发了艾拉一系列新的想法。

现在，她搭建故事的框架，却发觉翻来覆去都是挫败、死亡和反讽的桥段,而她对此是抗拒的。她试图强行构建出幸福简单的人生故事,但失败了。

之后,她发觉自己正作如是想:我必须接受自省带来的不快乐,或者至少是某种"枯竭感"。不过我能将其强扭成胜利。一个男人和一个女人——是的。他和她都被什么东西牵着鼻子走。他和她的精神世界都因为试图超越自身极限而崩溃瓦解。但在混沌之外,一种全新的力量正在诞生。

艾拉看向自己的内心,如同望向一泓池水,她想要望见一个故事成形,但脑海中仍然只有一系列干瘪的字句。她等待着,耐心地等待着形象变得具体,焕发生命力。

【在蓝色笔记接下来的十八个月左右的内容里都是些短篇幅的记事,这些记事从风格上来说不仅迥异于蓝色笔记此前的文字,也迥异于这几本笔记里所有其他的文字。这一部分如下:】

1954年10月17日:安娜·弗里曼,1922年11月10日生,弗兰克·弗里曼上校与梅·福特斯克之女,现居于贝克街23号,毕业于汉普斯特德女子高中,1939年至1945年在中非生活了六年,1945年与马克斯·伍尔夫成婚,1946年产下一女,1947年与马克斯·伍尔夫离婚,1950年加入共产党,1954年退出共产党。

【每一天都是这样的流水账:"早起,读了什么什么,见到了什么什么。詹妮特生病了。詹妮特很健康。莫莉接了个她喜欢/不喜欢的角色……"1956年3月某一天的记录底下被画了一道粗粗的黑线,这也标志着这些篇幅短小、字迹工整的记事的终点,而之前十八个月里的每一页纸、每一条记事都被打上了黑色的大叉。从这条黑线往下字迹就不再像之前那样小巧而清晰,而是高速运笔后留下的龙飞凤舞,一些字词几

近难以辨认：】

　　所以这一切还是以失败而告终了。我原本指望这本蓝色笔记能够成为这几本笔记里最真诚的一本，然而它事实上却沦为了最虚伪的那本。我原本还寄希望于日后能在这些对于事实的简短记录中看出一些草蛇灰线的端倪，然而要论其虚假程度比起之前1954年9月15日那天的日记，可谓有过之而无不及。究其原因的话，一方面是因为这种文体本就是我心血来潮的结果，另一方面是因为其中暗含了某种假设，即如果我记录的只是一些类似"九点三十分我去厕所大便，下午两点小便，四点出了一身汗"这样的事实，这些文字就必然会比那些记录我心理活动的文字要更加真实——然而当我现在再回头去读这些记事的时候我却只感觉到了尴尬。可我还是不明白为什么会这样。尽管在现实生活中像上厕所或者在月经期间换卫生棉条这样的行为都只会发生在无意识的层面上，但是我还能记得两年前的某一天之内发生的所有的这样的细节，那天莫莉的裙子上沾了血，我让她赶紧在她儿子进门前上楼把裙子给换了。

　　当然了这根本就不是文学层面上的问题，本质上却和我经历过的有关"糖妈"的"体验"属于同一个性质。我还记得以前跟"糖妈"说过，我们这些人之所以会记不得早年间的一些切身的经历，是因为我们后来为了能够存活下去而用上了整个童年学会了该如何遗忘这些经历，而我觉得在大部分的咨询时间里，她的使命就是要唤醒我们这部分的记忆，并让我们专注地去感受这部分的记忆。她果不其然回复我说，我童年的这种对忘却的"习得"本就是错误的，不然我也不必每周三次坐到她对面来向她求助了。尽管我心里清楚她会说我接下来的提问本质上是我对自己情绪问题的"理智化"，因而不会作出任何解答——至少不会以我期望的方式作出解答，但我还是开口了："在我看来精神分析从根本上来说就是要把一个人逼退到幼年的状态，然后再将对方的新知转化成一种智性上的蒙昧，从而将对方解救出来——这样一来这个人就被迫回归到了神话、传说以及一切属于洪荒时代的事物之中。我要是告诉你我在某个梦里辨认出了某个神话，或是在对我父亲的情绪里体察到了某个民间传说，或是在那段记忆里发现了和某部英格兰的民谣一模一样的底色——你就会露出心满意足的微笑，在你看来，这意味着我将自己的幼年时光融入了神话，并以这样的方式实现了对自己幼年的超越、转化与封存。但是事实上我所做的，或者说你所做的，不过是在一个人恒河沙数的个人记忆里挑几个捞上来，然后将其与一个民族的幼年时期的艺术或者概念进行融合罢了。"不出所料她对此露出了微笑。我接着道："我现在在以其人之道还治其人之身，我想探讨的不是你的语言，而是你的反应。只有当我跟你说我昨晚做的梦和汉斯·安徒生的那个小美人鱼童话异曲同工或类似的话的时候，你脸上才会因为由衷的喜悦与激动而焕发出光彩。然而我一旦在描述的过程中说了一些现代的术语，或者动用了一些或批判性或理智或复杂的论述方式，你就会瞬间表现出不耐烦的样子。基于以上的观察，我的推论是，只有原始的世界才能真正地取悦你、打动你。不知道你有没有意识到，一旦我在你面前就像我对自己的友人、或是你在咨询室外对你的友人那样来讲述一段经历或一场梦境，你就一定会皱起眉头，而我敢说你无论皱眉还是其他不耐烦的举止绝对是下意识的——除非你现在告诉我说这些全是你有意而为之，因为你觉得我还没做好离开神话世界，向前挺进到下个阶段的准备。"

"然后呢？"她微笑道。

我说："现在这样不就很好吗——你现在脸上的微笑就仿佛咱俩是在画室里聊天——好了好了，我知道你想说咱们这儿不是画室，我来这里是因为我有问题需要解决。"

"然后呢？"——依旧是微笑。

"我想提个浅显的观点：也许神经质这个词指代的是一种高度自知的复杂状态。神经质的本质即冲突，而活在当下、来者不拒的生活方式的本质亦是冲突。事实上我发现很多人——不论男女——都主动选择了去屏蔽这种状态,这也是他们人格之所以还没有崩溃瓦解的唯一原因,人们通过隔绝外界、制约自己来维持理智。"

"你觉得你的情况自从来我这里以后是好转了还是恶化了?"

"你又回到咨询室里去了。我当然是好转了,但这是临床的语汇。我担心状态好转是有代价的,我担心自己从此就只能活在神话和梦境里。精神分析的成败取决于它是否能催生出更好的人类——道德上更好的人类,而非临床上更健康的人类。你此刻真正想问的是:我现在是不是活得比以往更加轻松了?我内心的冲突、疑虑以及神经质是否有所缓解?这是肯定的,你心里清楚。"

我还记得这个机敏而硬朗的上了年纪的女人当时坐在我对面的样子,她身着整洁的衬衫和裙子,白发草草地扎在脑后,对我皱着眉头。我当年见到此情此景是高兴的,因为她皱起的眉头意味着我俩暂时跳脱出了咨询师和患者的关系。

"事情是这样的,"我说,"如果我坐在这儿跟你描述一个昨晚的梦是那种更高级的梦,比如我变成了一只狼之类的,你脸上就会浮现出特定的表情,而我也能够直观地感觉到这个表情的具体意味——认可。认可是会给人带来愉悦的,因为那是种救赎,能将无序化为有序,能解除一部分的混沌并将其'定性'。每当我对某物进行'定性'的时候,你知道自己脸上呈现出了怎样的一副笑容吗?你笑得就好像你刚救了个差点被淹死的人。我知道这种心情,愉悦的心情。但这也不全是好事——我是会有这种感觉,但没有任何一次是醒着的,每次都是在睡着的时候、在特定类型的梦里——狼群离开森林,城堡的大门洞开,我站在白色沙滩上面对一座白色庙宇的废墟,而废墟后面是碧海蓝天,我像伊卡洛斯[1]一般飞翔——只要是在这样的梦境里,无论它基于的是现实中哪一段可怕

---

[1] 古希腊神话中伊卡洛斯用他父亲制作的蜡质羽翼飞着逃出了克里特岛,但是心血来潮想要飞向太阳,但是太阳的高温融化了伊卡洛斯羽翼里的蜡,导致伊卡洛斯坠海而亡。

的经历，我都还是会流下快乐的泪水。我也知道为什么会这样——因为在这样的故事里，所有的伤痛、杀伐和暴力都将受到密切的看管，它们伤害不到我。"

她一言不发，专心地注视着我。

我说："你是不是觉得我应该还没有准备好步入到下个阶段？但是如果我急不可待的心情已快要写在脸上，难道还不足以说明我已经准备好了吗？"

"下个阶段是什么？"

"我离开神话的庇护，安娜·伍尔夫独自前行。"

"独自？"她说，然后又波澜不惊地补了一句，"你不是共产党吗，至少你是这么自称的，但你却想要独自前行，你不觉得这有点自相矛盾吗？"

我俩大笑了起来，这场对话进行到了这里其实可以打住了，但我接着说道："你说的是个体化的问题。目前为止在我的概念里这个词指的是，一个个体将他早年的每个人生阶段都看作是人类宏观经验的一部分。当他可以说'我当时的行为及感受不过是一个原型的梦境，或者一个史诗般的故事，或者历史的一个阶段在我身上投下的倒影而已'，这一刻他就获得了自由，因为他将自己的存在本身与经验分离了开来，或者说将后者像一片马赛克一样填入了一副古老的图案之中，而在这样的宏观之中找到了属于自己的位置的那一刻，他也就摆脱了个体的苦痛。"

"苦痛？"她轻声地询问道。

"亲爱的，大家来找你咨询绝对不会是因为他们承受了过多的快乐吧。"

"当然不是，来这里的人往往和你一样觉得自己失去了感受的能力。"

"但是现在我感受的能力又都回来了，我让自己向一切都敞开。但是你前一秒才成功地让我重拾了感受的能力，下一秒却马上又说——把苦痛放到一旁吧，把苦痛放到不会疼的地方吧，把苦痛转化为一个故事或是一段历史吧。但是我并不想把它放到一旁。我知道你想要我说什么："我不仅积攒了非常多的个人层面上的痛苦的原料"——我只能这么去称呼这些东西——"而且还消化、吸收并且泛化了这些痛苦,而我正是因此才变得自由和强大。"行吧,那我就如你所愿这么说吧。但是接下来呢?我已经厌倦了狼群、城堡、森林与祭司,不管这些意象选择怎样的形态我都能应付得了。但是我已经告诉过你了,我想要单靠我安娜·弗里曼一个人的力量离开这样的梦境。"

"就靠你一个人的力量?"她重复道。

"因为我人格中有相当大的一部分,是由女性前所未有过的经验构筑成的,我对此十分确信。"

她脸上冒出了一丝浅笑的苗头——那是在我咨询时才会在她脸上出现的一种一切尽在掌握的微笑,我们又回到咨患关系里了。

我说:"你先别笑。我确信我现在正在过一种没有任何女性曾拥有过的人生。"

"你真的确定?"她说。每到这样的时刻,我都能从她的嗓音里听见海浪冲刷着古老的海岸,故去了几个世纪的人还在呢喃。她总能通过一个微笑或是某种语调唤起一种在时间尺度上无比浩瀚的感官,而这种感官总能让我愉悦,让我平静,让我欢喜——但这却不是当时的我想要的。

"确定。"我说。

"不同的人在生活的细节方面肯定会存在差异,但本质上还是一样的。"她说。

"不是的。"我不依不饶道。

"那你和其他女人又不一样在哪里了呢?你是想说在你以前人类历史上没出现过任何的女艺术家?还是说以前从未存在过任何独立的、能捍卫自己性自由的女性?我这么跟你说吧,你现在站在了一代又一代绵延不绝、足以追溯至遥远过去的伟大女性的肩膀上,你应当去找寻她们,在你的内心发现并认可她们。"

"但是这些女性并不会以我的方式来看待她们自己,也不会以我的方式来感知这个世界,她们跟我怎么可能会一样呢?假使我哪天梦见氢弹爆炸并摧毁了一切,接着就被吓醒了,但却来了个人安慰我说古人也特别害怕十字弓[1],跟我这个梦本质上是一回事,我只会哑然失笑,因为这两者不存在任何的可比性,这个世界已经变了。假使我哪天认识了某个电影业大亨,而他玩弄人心的本事远超古往今来万千帝王,以至于我到家了以后才后知后觉地发现自己的尊严遭受了对方彻底的践踏,那时我也不会愿意听别人安慰我说莱斯比娅[2]当年遇到她的葡萄酒商时也是类似的感觉。假如哪天我发现生活不再满是仇恨、恐惧与嫉妒,不再争斗日日夜夜每分每秒永不停歇(这也不容易),那时我也不需要有人跟我说这便是黄金时代重临人间……"

"难道不是吗?"她问,微笑着。

"不是。对黄金时代的梦想可要强烈上一百万倍都不止,因为那是有可能实现的,正如人类也有可能会走向彻底毁灭,或许,两者都是可能的。"

"那你希望我说什么呢?"

"我的内心既包含古老或循环的事物以及反复上演的历史与神话,也包含崭新的我个人的所思所感,我想把这两部分给区分……"我注意到了她脸上的表情,于是问道:"你是想说我的所思所感其实也不新鲜?"

"我并没……"她刚起了个头就立刻回头把主语切换成了冠冕堂皇的我们,"我们并没有日光之下无新事的意思。你是不是想怪我老跟你抬杠?"

"你嘴上是这么说,但我就是怪你说一套做一套。举个例子好了,如

---

[1] 十字弓或是弩在欧洲中世纪因为其优越的破甲能力,以及较低的上手门槛而大大降低了战场上出身平民的普通士卒射杀社会地位更优越的骑士阶层的难度,最终导致了11世纪末罗马教廷颁布了在西欧对十字弓的禁令。
[2] 或是古罗马诗人盖乌斯·瓦雷利乌斯·卡图鲁斯(约公元前87—前54)诗作中的恋人的假名。

果我今天下午来找你的时候告诉你说,昨天我在聚会上遇到了一个男的,并且意识到这人就是我梦里的狼或者骑士或者僧侣,你就一定会点头微笑,而我俩都将因为你给出的认同而心情舒畅。可我要是告诉你说,昨天我在聚会上遇到一个男的,而他冷不丁说了句什么什么,我心想:**就是这个**,有种迹象表明——这个男的的人格上有一条缝隙,这就好比大坝上裂开了一块缺口,而未来的种种都可能会以各种各样的方式冲破这道裂隙——这样的场面虽然可怕,虽然壮观,但蕴含了新生——我要是这么跟你说的话,你就又会把眉头给皱起来。"

"所以你真的遇到这么个男的了吗?"她问了个现实的问题。

"**没有**,但我时不时还是会见一些人的,他们每个人的人格上都豁开了一道大口子,在我看来这就意味着有些东西可以长驱直入他们的内心。"

她沉吟良久后说道:"安娜,你根本就不该对我说这些。"

我有些意外。我说:"你莫非要我对你有所隐瞒?"

"不是,我的意思是你已经可以重新提笔写作了。"

我当时一下子火冒三丈自不必说,而她当然也料到了我会是这样的反应。

"那你觉得我应该写什么呢?我跟你的互动吗?怎么写?就算我真的把我们在一个小时内发生的全部对话一字不落地都写在纸上,其他人也只会看得一头雾水,除非我把我的人生故事也补充在边上,作为这些对话的注解。"

"然后呢?"

"然后这些文字就会记下我自我认知变化的轨迹,比如我头一次来见你的那一个小时和现在的这一个小时肯定是天差地别的……"

"然后呢?"

"除此以外对于读者来说还存在文学层面上的问题,或者说接受度的问题,你好像忽略了这一块。我们在咨询过程中实际上一直都在克服羞耻感。我绝不可能在刚认识你的头一个礼拜就跟你说'我还记得当初见到我父亲的裸体时那股强烈的掺杂了嫌恶、羞耻以及好奇的感觉',这种话还是得等我好几个月后克服完心里的障碍之后才能说得出口。现如今'我希望我爸去死'这种表达对我来说已经没什么稀奇的了,然而对于没有过这样的心路历程的读者来说,他们只会像见到了血迹或是脏字一样大惊失色,而这对他们内心造成的冲击势必将吞没其余的一切感受。"

她冷冷地说:"我亲爱的安娜,你现在不过是在用我们咨询的经历来进一步正当化自己放弃写作的决定而已。"

"哦,我的天,我说的根本就不是这个。"

"那你在说什么呢?有些书注定就只能为少数人服务?"

"我亲爱的马克斯夫人,你很清楚就算我内心真有这种想法,我也不可能背弃原则,在明面上承认这一点。"

"非常好,那我们就假设嘛,**假设**你内心真这么觉得,快跟我说说为什么有些书注定只能为少数人服务。"

我思忖了片刻,然后说:"这单纯就是形式的问题。"

"形式?那内容又怎么说呢?你们这种人好像一直都坚持将形式和内容一分为二看待?"

"我们这种人的确会区分形式和内容,但是我个人其实不会,至少到目前为止不会,但在现在这件事情上我又觉得只存在形式的问题。人们其实并不反感不道德的内容,就算你在作品中赞美谋杀、讴歌暴虐、颂扬纯肉欲的关系,读者也不会因此而排斥你的作品,而如果你在此基础上还能对这些内容略作修饰,他们甚至可能会喜欢上这样的作品,至于那些批判谋杀、斥责暴虐、歌颂真爱的作品他们自然也是喜欢的。他们真正无法忍受的是那些告诉他们这一切全都无足轻重的作品,他们不能接受这种无所定形的感觉。"

"所以说这种无所定形的艺术如果真的存在的话,它就只为少数人服务咯?"

"就理念层面上来说,我认为这世上没有任何一本书是只能为少数人服务的,这你是知道的。我没有这种贵族式的艺术观。"

"我亲爱的安娜,你可是个会动笔杆子的人,而且为的从来都只是你自己,这就已经贵族得不能再贵族了。"

"但是其他人也一样啊。"我听到了自己的嗫嚅。

"其他人又是哪些人?"

"我以外的人,全世界所有那些因为害怕自己脑子里的想法,所以只好在一个小本本里偷偷摸摸写作的人。"

"所以你也害怕自己脑子里的想法咯?"她伸手拿过了预约本,这也标志着我们咨询时间的结束。

【这里又画了一道横穿过页面的粗粗的黑线。】

我刚搬进这间公寓时最先给自己的大房间添置的就是这张写字台,紧接着我就迫不及待地把笔记本都摆在了上面,当初我还住在莫莉那里的时候,这几个本子还都躺在床底下的一个行李箱里头。我购入这几本笔记本那会儿还没什么计划,反倒是搬来这里之后我才对自己说:我一共记四本笔记,黑色笔记属于安娜·伍尔夫的作家身份,红色笔记关于政治,黄色笔记是基于亲身经历创作的故事,蓝色笔记就权当日记了。还住在莫莉那里时,我一直都不记得自己手头还有这么几个本子,将它们与创作或者说责任联想在一起就更加无从谈起了。

那些对于你人生真正重要的事情总喜欢扑你个措手不及,你作为当局者既无从预料到它的到来,也不可能凭空预知到它的样貌,然而当在它真出现在你眼前的那一刻,你却能一下子反应过来,别的什么都不需要。

我当初选择搬来这里为的是能多一些空间,而我之所以想要更多的空间也不光是因为男人(迈克尔或是他的后继者),同时也有对笔记的考量，而我现在更倾向于认为当初搬家就只是为了这几本笔记，因为我搬来这里还不到一周，就已经把这张写字台给买了回来，而且第一时间把笔记本摆在了上面。我之前翻看了一下这几年的记录，自打我动笔以来我还一次都没回头看过。当我真读到自己写的东西以后我感觉如芒在背，一是因为我之前从未意识到那段被迈克尔抛弃的经历对我到底造成了怎样的影响，它又是怎样从实质上或形式上整个地改变了我的人格；但最主要还是因为我完全认不出这些文字记录下的那个自己，这些文字和我的记忆完全对不上号，一经对比前者就会显得尤其虚假，而这种虚假追根溯源的话又是由某个我此前未曾想到到过的因素所导致的，那就是我的枯竭[1]，而这一因素同时还导致了批判性、防备心以及厌恶感在我的文字中有增无减。

我这才决定在蓝色笔记，也就是这一本里头只记录一些基本的事实。每天晚上我都会坐在高脚凳上记下刚度过的这一天，仿佛这样就可以把安娜给牢牢钉在纸上一样。每一天我都会通过写下"今天我七点起的床，接着给詹妮特做了早餐，然后再送她去上学"云云，来形塑安娜，仿佛这样就可以把这一天从混沌的酱缸里给捞出来。然而我现在回看这些记录时却没了当初那种感觉，只是越来越感到晕眩，而在这样的晕眩中，文字不再具备任何的意义，文字不再具备任何的意义。**在我思考的时候**，文字已经不再是所有现实经验最终将会转化成为的形态，而是一连串类似于婴儿咿咿呀呀的毫无意义的呢喃，或者也可以说类似于和电影本体脱离了关系的配乐，它们开始与现实经验脱钩，飘向了天边。**在我思考的时候**我只能写些类似于"我走在大街上"这样的字句，或是从报纸上摘些类似于"经济措施导致了全面的……"这样的片段，然后这些文字顷刻间就开始崩解，我的脑海中则开始浮现出与这些文字毫不相干的画面，于是在我眼前或耳畔的一

---

[1] 英文原文"streility"还有女性不孕的意思。

切字句就仿佛变成了由具体的画面所构成的汪洋大海上漂流着的小筏。从那时起我就什么也写不了了，至多只能胡乱记上几笔，而且还不能回看，否则那些字句又会四散漂游，失掉了所有的意义；在此期间我就像是伸手不见五指的黑暗中的脉搏一样，只能感知到自身的存在，而我写下的文字则毫无意义，或者说这些文字就像是毛毛虫吐出的分泌物在空气中凝结，化作了丝线。

正是靠着这些笔记我才意识到，我，安娜，正在崩溃瓦解。文字即形式，而我一旦进入了一个形式和表达毫无意义的场域，那我的存在本身也将毫无意义。看过这些笔记之后我才明白，我之所以一直以来都能以安娜的形式存在，依靠的其实是某种天分，而目前这种天分正在崩解，一想到这我就惶惶不可终日。

昨天晚上那个梦又回来了，正如我和"糖妈"所说，在我所有会反复浮现的梦境里，这绝对属于最吓人的那个。她让我"给它定个性"（赋予其形式），我说那就是毁灭。后来我第二次做了这个梦以后，她又让我给它定个性，而我这次给出了更为详尽的描述，告诉她我梦见了恶意本身——以及其中蕴藏着的喜悦。

我第一次做这个梦的时候，这个恶灵外形上还只是别人从苏联给我带的一个木质农家花瓶，这个花瓶圆咕隆咚，憨态可掬，表面刻着粗犷的红黑色花纹。在我的梦里这个花瓶孕育出了梦魇般的意识，它代表着无政府和不可控，以及毁灭。这个蹦跳着的恶灵，或者说东西——它并非人类，而更接近于精灵或是小妖精一类的存在——洋溢着一股得意的活力，它的恶意并非只针对我一个人，而是无缘无故、不偏不倚地指向了这世间一切的活物，就是这一次的梦被我后来"定性"为了毁灭。它下一次出现的时候已经过了好几个月了，但我还是一眼就认出了它，这次这个恶灵化作了一个矮人似的老头的形象，这可要比之前的那个花瓶的形态骇人太多了，因为他居然都开始具备一部分人类的特征了。这个咯咯狞笑着的老头丑陋且壮实，这次依旧是最纯粹的恶意的化身，同时也是潜藏在这样的恶意以及想要毁灭一切的冲动之中的喜悦的化身，而就是那一次我将这个梦"定性"为了恶意中的喜悦。在之后的日子里，每当我疲惫不堪，或是心理防线在外界的重压或冲突之下岌岌可危时，这个梦都会不约而至，而每一次它都会化作一个全新的形态，不过一般情况下不是老头就是老太太（但即便它的这些形态是有着确切的性别的，其中却仍带着一种双性甚至无性的感觉），而就算它装了条木头假腿或是拄着个拐或是身体有着某方面的残疾，它却依旧充满活力，而且永不衰朽。这需要一种内在的生命力，而我知道它的这种内在的生命力来源于一种毫无目的、毫无方向、毫无来由的恶念歹意，它嘲弄着他人，伤害着他人，并企盼着杀戮，企盼着死亡，即便如此它还总能活蹦乱跳，喜上眉梢。每次醒来后我都会跟"糖妈"描述这个梦，到第六次还是第七次的时候，她还是一如往常地问我："你会如何给它定性呢？"而我也一如往常地用到了恶意、歹毒、伤害中的愉悦这样的词，她又问道："只有消极的一面吗？就没有任何积极的因素吗？""没有。"我这么回答的时候连自己都暗自吃惊。"也没有任何创造性的部分？""对我来说没有。"

她再次露出了微笑，我知道她这个笑的意思是让我再多想想，而我问道："这东西要真有什么创造性的力量的话——是善是恶姑且不论——我也不至于会这么怕它吧？""也许你的这个梦要是还能继续再深入一点，你就会感知到这里面在恶以外还有善的存在了。"

"每次我连它的影子都还没见着的时候就已经能感知到它危险的气场了，然后我就知道这个梦已经开始了，然后我就会拼了命地想要尖叫，想要醒来。"

"你要还这么害怕下去，它就会继续这么危险下去。"她像母亲一般坚定地点了点头，而我哪怕深陷于痛苦或困境之中不可自拔，但每次只要见她这么点头就会忍不住想笑。她会继而微笑着用其他人谈论野兽或是蛇一类东西的论调来谈论这类抽象的事物，你只要不害怕就不会有事什么的,而好多次我也确实没忍住,在座位上笑得前仰后合。

我一如既往地觉得她的角度很讨巧:她要真那么熟悉自己病人梦境或幻想中的这个恶灵,并能依据我们的陈述一下子反应过来其本质为何的话,那她又怎么会把这个恶灵只存在邪恶的一面的责任全都算到我的头上呢?当然了,虽说这个恶灵已经取得了一部分类人的特征,但它本质上依旧不是人类,因此邪恶这样的形容词对于它这样的存在来说似乎并没有那么适用。

换句话说,所以现在逼这个恶灵从良反倒成了我的职责了?她想要跟我表达的难道是这个意思?

这个梦昨天晚上又来了,我在梦里感到了前所未有的恐惧。这次它并没有像之前几次那样化身成为花瓶或是矮人,它没了这些形态的制约后立即化作了洪水决堤般的毁灭之力,在这样的力量面前我只剩惊惧与无助的份。梦里除了我还有另一个人,但我并没能在第一时间反应过来对方是谁,后来我才发现这人是我的朋友,而这个可怕的怨毒之灵此刻就寄宿在此人的体内,这还是它头一次化作了人形。我尖叫着逼自己醒了过来,然后立刻就开始回想梦里的这个人到底是谁,而当我真的想到以后反而更害怕了。其实相较之下这个恶灵要还是什么神话或魔法生物的形态的话反倒是安全的,但它一旦挣脱了束缚溜进了一个人类的体内——而且还是一个能够影响到我的人——这才是最为凶险的。

我在睡意完全退去后再回看这场梦的时候仍然能感到背脊发凉,因为如果这东西已经逃离了神话的国度,进到了一个具体的人的体内,这也就意味着它也逃进了我的体内,或者至少可以说现在这股怨毒对我来说已经变得触手可及。

我现在得好好写写与这场梦相关的我在现实生活中的经历了。

【安娜又在这儿重重画了一道黑线,然后接着写道:】

我画了条线，因为我突然又不想写了，感觉上就好像把这段经历写在纸上只会让我在危险的泥淖里陷得更深。但是我要稳住，要相信这个善于思考的安娜能够直视自己一切的感受并且给这些感受"定性"。

我以前从来没有经历过这样的事。我觉得很多人都会觉得自己的人生一直都处于渐渐成形或逐步展开的状态，所以他们才会说："这个新认识的人对我来说确实重要，因为他/她标志着某段我必须要经历的故事已经开启。"或者："虽然我之前好像从没体验过这样的心情，但实际上它可能也未必像我以为的那般陌生。从今往后它就是我的一部分了，我不会逃避的。"

让现在的我来给此前的人生盖棺定论其实是容易的：当年的安娜是这样这样的，五年后她又变得如何如何。不管是一年、两年还是五年，只要是完整度过了某个阶段，你在此期间的人生也就能被整个打包，或者说被"定性"了——我那些年是个怎样怎样的人。而我现在还正处于某个这样的时期当中，要是这个阶段彻底落幕了，我当然可以云淡风轻地回望这一切，说上一句：我当时脆弱至极，刻薄至极，还总以自己的女性立场为准绳来评判并否定男性。没错，到时我一定会这么说。当年的安娜总是毫不自知地诱使男人来打击自己，（但我现在对此已经有所察觉了，这也就意味着我终于可以让人生的这一页彻底翻篇，成为一个——等一下，成为一个怎样的人呢？）当年的我一直深陷于某种情绪之中，而这种情绪对于那个时代的女性来说其实是很普遍的，在这样的情绪的影响下她们要么什么都看不惯，要么就成了同性恋，再不然就自我封闭。那个时期的安娜……

【这里又画了道黑线】

三个礼拜前我参加了一场政治会议，这是场在莫莉家举办的非正式会议，党内的顶级学者之一哈里同志前些日子去了趟苏联，作为犹太人的他想要去调查一下苏联的犹太人在斯大林过世前的"黑暗岁月"里的境遇。他和党内高层扯了好些有的没的才总算成行。上头本来是不允许他去的,但哈里威胁他们说,他们要是不让他去,不给他这个机会,他就把自己掌握的真相都抖搂出来。他到了苏联以后确实在当地了解到了一些令人震惊的情况,党内高层并不希望他对外披露这些信息。而他则秉持着这个时代的"知识分子"中间较为普遍的一种态度:很多事实大家其实早就心知肚明,对于这些事件党必须要予以承认,并且给出解释。而他得到的回应还是党内官僚主义老一套——大家必须不惜一切代价团结在苏联的周围,也就是说对于这些事件能不承认就不承认,非要承认那也要尽量少承认。上头同意公布一份不完全的报告,报告中对最骇人听闻的那部分事实只字不提。哈里则召集了一批现党员和前党员开了一系列的会议,并在会议上公开了他在苏联的发现。这下上头那些人可被气得够呛,他们开始威胁说要开除他的党籍,还威胁所有与会的党员说也要开除他们的党籍。哈里已经准备好要交退党申请书了。

当天莫莉的客厅里聚集了四十多号人,清一色都是"知识分子"。哈里带回来的消息虽然确实令人发指,但相比于我们先前从报章上读到的消息也没有糟糕太多。我留意到了坐在我隔壁的人,他全程都安静地听着,一句话也没讲。在这样一个群情激奋的场合,他的安静让我颇为在意。某一刻我和他相视而笑了一下,这样的苦笑时下已经成了我们这群人的标配。正事谈毕后还剩了大约十个人,我一下子就嗅到了一股似曾相识的"会后谈"的味道——有人还藏了些内容没讲,党员们还在等着所有在场的党外人士自行离开。哈里和其他党员踌躇了一段时间,接着又表示说我们可以留下,哈里随后就开始继续往下说。我们此前听到的内容已足够糟糕,但是现在听到的内容其恶劣程度甚至能甩这个世界上所有最最反动的报纸好几条街都不止,因为那些反动的报纸根本没什么渠道,而哈里最不缺的就是渠道。他讲到了酷刑,讲到了毒打,讲到了惨无人道的杀戮，讲到了犹太人被囚禁在中世纪式样的、用于凌虐犯人的笼子里，讲到了用在犹太人身上的刑讯器具都是从博物馆里头拿出来的，不一而足。

要论惨绝人寰的程度，此前四十人会议上的内容摆在会后这一段面前完全就是小巫见大巫。他讲完后我们争相提问，而他每一次的作答则又会带出另外一些此前只字未提的可怕事实来。考虑到我们在场所有人此前的经历，此刻正在我们眼前发生的这一幕对于我们这样的人而言只能说是似曾相识了：某位共产党员虽然此前已经下定决心要实话实说，但是一旦涉及苏联，他依旧三缄其口，讳莫如深。他回答完毕后，那个一直没说话的男人——后来我们才知道他叫纳尔逊（是个美国人）——站起身开始了他激情洋溢的演说。他对遣词造句极为熟稔，显然之前有过相当丰富的政治经验，嗓音也非常雄浑，应该也是练过的。他的演说慢慢变成了控诉，他说之所以西方各国的共产党已经垮台或即将垮台，就是因为党员们在任何话题上都说不了实话，就是因为这些人长期以来养成了说谎的习惯，以至于连他们自己都已经分辨不出到底什么才是事实什么才是真相了。他说，为了追寻真相，某位同志在党内身先士卒地与那些自私自利的人士进行着不懈的斗争，几十年如一日，他的立场与作风一直都有口皆碑，但是在二十大落下帷幕，而我们也对共产主义事业当前的处境有了更充分的认识的今晚，我们却亲眼见证了这位同志将真相一分为二，将那个更温和的版本分享给了四十人的大会，而将那个更残忍的版本留给了闭门的小会。哈里顿时又羞又恼，我们其他人当时还不知道那些党内高层的老油条已经威胁过他并给他下过封口令了。哈里说考虑到真相可怕至此，知道的人还是越少越好——简而言之，他这话听上去和他向来反对的那些官僚挂在嘴边的论调已经别无二致了。

纳尔逊这时突然又站起身来，展开了新一轮的言辞更为激烈的连他自己都不放过的批判，一时之间在场的所有人都和他一样陷入了一种癫狂的状态——就连我都能感觉到这股情绪在心中的萌发。我发现现场的氛围跟我的那个"那就是毁灭"的梦里毁灭本尊即将登场前的氛围一模一样。我站起身向哈里道了谢——我退党至今已有两年,按理说是没资格参加闭门会议的。我下了楼——莫莉正在厨房里哭。她说:"你当然跟没事人一样了,你又不是犹太人。"

我走到街上之后发现纳尔逊也跟着出来了,他表示要送我回家,接下来在路上又陷入了沉默,跟刚才进行那番自我厌弃的演讲时简直判若两人。他四十岁上下,犹太裔,美国人,长相讨喜,有点一家之主的派头。我自知已经看上这个人了,而且……

【又是一道黑线。然后:】

我现在连写点风月之事都要天人交战一番了,我对这方面的避讳还真不是一星半点。

前面的铺垫——开会那部分——实在有些太多了。但是话又说回来,我跟他尽管此前一直生活在两个不同的国家,但是都经历过不少这样的会议,所以才能一拍即合。第一天晚上他留在我这里过了夜。他向我诉说着爱意,和我谈论着我当下的生活,而当面对一个明白男女双方其实都在同一条船上的男人时,女人第一时间就会对对方作出回应,我认为也许可以说是这一类的男人给我们"定了性",我们和这种人在一起时就是会有安全感。他上楼看了一眼酣睡中的詹妮特。他对詹妮特的好奇发自真心,他自己就有三个孩子。西班牙内战造就了他现在的这段婚姻,至今已经十七年了。那一晚我们之间的气氛认真严肃且成熟,他走了以后我才想到这个词——成熟。我拿他和我最近遇上的那些堪称巨婴的男人进行了一番对比(我这是图什么呢?),然后一下子就充满期待,内心同时又敲响了警钟。我不禁感叹,要是一个人长期都过着一种乏善可陈的生活,那么爱、愉悦以及快乐将会多么容易被这个人淡忘啊。在过去接近两年的时间里，我在感情方面总是遇人不淑，而现在我才和纳尔逊共度了一个夜晚，过去的种种郁结居然就已经被一扫而空了。第二天他又来找我，当时詹妮特正打算出门去找她的朋友玩，他们俩一下子就熟络了起来。他感觉上并不只想跟我保持情人关系。他说他打算和妻子分手，因为他想和一个女人拥有一段真正意义上的亲密关系。他说他会"在詹妮特入睡后"再回来找我，正因为他有这种"在詹妮特入睡后"的意识，以及对我当下生活状态的体恤，我才会爱上他。那天他很晚才回来，状态也跟变了个人似的——变得絮絮叨叨，视线四散漂移，却没有一次和我的目光交汇。我的心开始下坠，而在我的理智反应过来以前，我就已经通过突如其来的紧张与焦虑明白：自己这一次大概又遇人不淑了。他说起了西班牙，说起了内战，并痛批自己参与了党的内乱[1]，还是和之前的那次会议上一样的捶胸顿足、歇斯底里，他说无辜之人因为他的行为而惨遭杀害，尽管当年他并不认为这些人无辜。（然而就在他这么陈述时，我内心却一直都隐隐觉得他表现出来的歉疚并非发自真心，只是这些事件的性质实在太过恶劣，他没办法不感到歉疚，但他内心深处对这样的愧疚又很抵触，所以他才表现得如此的歇斯底里，讲话时的嗓音才会如此的高亢。）他还是会不时地展示自己绝佳的幽默感，那是一种美国式的自打五十大板的幽默。午夜时分他就离开——其实更像是溜走——了，临走前都还是声嘶力竭、一脸心虚的状态，说他是一边自言自语一边离开的也毫不夸张。我想到了他的妻子，而我直觉上其实已经很清楚问题到底出在了哪里，只是我还不愿意承认罢了。第二天上午他连声招呼都没打就突然回来了，之前吵嚷而又偏执的状态消失得无影无踪——他又一次变得清醒并兼具责任感和优越感了。他跟我上了床，我这才意识到问题到底出在了哪里。我问他以前是不是也老这样，尽管他装作没听明白，但我的开门见山还是让他一下子乱了阵脚（他的这一反

---

[1] 大概是指西班牙内战中的巴塞罗那五月事件（1937年）。

应已经完全暴露了他在性生活方面的真相），后来他终于承认他对性有着很深的恐惧，这导致了他在女人体内连几秒钟都撑不过，而且没有一次能够例外。他着急忙慌地从我身边躲开，着急忙慌地穿好衣服，而从他此刻的局促不安以及本能的唯恐避之不及的态度中我能感受到他的这种恐惧到底有多深重。他说他已经开始接受精神分析，并希望能很快"痊愈"。（我每次听到有人在提及自己要去接受精神分析时说出"痊愈"这种临床医学的词汇时都会忍不住想笑，因为这种口气就好像这人决心孤注一掷、接受最后的手术的尝试，并期望从手术台上醒来后将会脱胎换骨、焕然一新一样。）我俩的关系这时充满了友善与信任。而正是出于这样的信任，我俩仍打算继续往来。

我们后来也的确保持了往来。那已经是好几个月前的事了，而现在让我感到恐惧的是——我为什么非要继续这段关系呢？这并不是因为我在自我感动，想要治愈这个男人，绝对不是，我不至于如此天真，性无能我真的已经遇到过太多次了；也不完全是出于同情，尽管这算是一部分的原因；而是因为我自己对于让男人重新振作起来这件事存在着需求，而无论是我还是其他女性，我们身上的这种需求都强烈到了我时常会感到诧异的程度。真是讽刺啊，我们明明就生活在这么一个男人们会用"让人硬不起来"这类语言对我们横加指责的时代啊。（纳尔逊就说过他的妻子"让人硬不起来"——我一想到他妻子很有可能经历过的痛苦，就对他这样的表达气不打一处来。）现实是，在女人的内心深处以及本能之中本就存在着这样的想要把男人塑造成为男人的需求，莫莉就是例证，至于为什么会这样，我的推测是因为真正的男人正在日渐稀少，于是我们慌了，就想着要生造一些出来。

但真正让我感到害怕的是我甘之如饴的态度，这就是"糖妈"所说的女人"消极的一面"，即讨好以及臣服的倾向。我现在已经不是安娜了，也不再具备任何自主意识，我一旦进入了某种处境后就再也无法从中脱身，只能适应。

距离我第一次和纳尔逊上床过了还不到一周，我就陷入了某种完全超出我掌控的处境——纳尔逊这位生性沉静且有担当的男人人间蒸发了。我都已经快记不清这人长什么样了，这还不算，甚至连他说过的那些感性而富有责任感的话语也都伴随着他的样貌一起消失在了我的记忆里。他之前一直都受到了某种阴魂不散、难以抑制的癫狂的驱使，而我也一直受其所累。我后来又跟他睡了一次，他此前忿然而幽默的自嘲转瞬间便化作了针对全体女性的歇斯底里的辱骂，然后他就在我的生命里失踪了近两周的时间，而我在此期间则经历了前所未有的紧张和抑郁，同时也没了任何的性生活——一次都没有。我能看到远方的安娜，她属于一个正常的、温暖的世界，而我尽管还能看到她，却已无法回忆起像她一样生活到底是怎样一种感觉。他来了两次电话，找了一些借口，却敷衍到了侮辱人的地步，当然他也确实不需要另编什么借口——这些都是他以前就为"某位女士""女人"以及"敌人"——唯独不是安娜——准备好的现成的借口，而他在正常情况下也不会像现在这样淡定。我在心底已经划掉了和他做情人的选项，但是仍打算和他保持朋友的关系，因为我们两个人之间存在某种"亲缘性"，并且都具备某种程度的自省，以及绝望。后来某天晚上他又什么招呼都没打就直接找上门来了，这次带着的是他那个"好人"人格，而当我听到这样的他说话的时候就又记不得他之前发癫时候的样貌了。我就静静坐着，就像我注视理智而幸福的安娜那样注视着他——他是遥不可及的存在，她也是遥不可及的存在，他们的一举一动仿佛都和我隔了一道玻璃的幕墙。哦，对了，我知道某些美国人就生活在这样的玻璃幕墙之后，这我可再熟悉不过了——别碰我，看在上帝的分上你可千万别碰到我，我害怕产生任何的感觉。

那天晚上他邀请我参加在他家举办的晚间聚会，我当场就答应了，但他一走我又惴惴不安了起来，我也因此预感到自己不该去。但是先抛开别的不谈，凭什么我就不能去呢？反正他已经不可能成为我的情人了，也就是说我跟他仅是朋友关系，既然如此，见见他的友人和妻子又有何不可呢？

当踏入他们公寓的大门后，我才意识到我之前预判局势时到底有多偷懒，而装傻充愣起来又那么努力。只要时机合适，幸福的未来摆在眼前，我们女人就会主动选择不去思考，这也是我有时会讨厌女人——包括我在内的所有女人——的原因。总之，我在踏入他们公寓那一刻才意识到自己之前也选择了不去思考，而在醒悟过来的那一刻，我感觉到了羞惭与屈辱。

这间宽敞的公寓是他们租的，屋内摆满了既无品位也无个性的家具，而我知道就算把屋内的陈设布置全部交由他们自己来决定，他们也一定还是会挑些平平无奇的家具——平平无奇也就意味着安全，而这就是他们的本性。没错，这我也非常熟悉。他们提到了这间公寓的租价，我对此满腹狐疑，一周三十英镑，这可不是什么小钱，真是疯了。当时在场的大约有十来人，都是影视及相关行业的美国人——"演艺圈人士"，当然他们自己也会这么拿自己开涮。"逢场作戏就是我们的天职，这又不**犯法**，你说是不是？"他们所有人都相互认识，而这里所谓的"相互认识"是建立在演艺事业的基础上的，他们彼此之间都有着工作上的往来。他们都很友善——那是种令人向往、来者不拒、不拘小节的友善，这点我还挺喜欢的，这让我想起了非洲白人身上那股子不拘小节的友善劲儿——"哈啰，哈啰！你好吗？虽然咱俩这还是头一回见面，但尽管把我家当自己家。"以英国的标准来看，在场的所有人都算是有钱人。跟他们一样有钱的英国人一般都不愿意谈钱，但这帮美国人从一开始周身就弥漫着一种钱钱钱的焦躁氛围。虽说这些人一个个的都这么腰缠万贯，周围的物件一个个的都这么价值连城（而这些物件在他们眼里显然并不值得一提），但是这个地方还是有种难以形容的中产阶级感。我绞尽脑汁，想要找到合适的语言来形容这种感觉——那种平平无奇应该是他们刻意为之的，他们每个人都在削足适履，就好像生来就需要把自己拗成他人期待的样子。虽然你绝对会非常喜欢他们,虽然他们每个人都非常好说话,但你却只能眼睁睁地看着他们因削足适履而鲜血淋漓,而他们削自己的足想要去适的那个履就是钱。(但这又是为什么呢?他们有一半人都是进了黑名单的左翼人士[1],在美国挣不了钱了以后才来的英国,但即便如此他们还是成天惦记着钱钱钱。)我能感受到他们对钱的焦虑,周围的空气中都满是这样的味道。然而纳尔逊这间又大又丑的公寓的租金都足够一个英国的中产家庭过上很体面的日子了。

我暗自对纳尔逊的妻子感到好奇——一半是一般意义上的好奇:新认识的这位太太到底是怎样的一个人呢?而另一半的缘由我却羞于启齿:我身上真的有哪些特质是她所不具备的吗?没有——我认为没有。

她风姿绰约,个头高挑,瘦到了几乎可以算是皮包骨的程度。她是犹太裔,五官分明,还长了一张活泼的大嘴、一个曲线曼妙的大鼻子,以及一双摄人心魄的黑色大眼睛。她的衣裙鲜艳而翩然,声音尖利,嗓门很大(这点我不喜欢,我挺讨厌大嗓门的),笑起来也一点都不含蓄。她身上有一种落落大方的风度及笃定的感觉,这自然让我很是羡慕,我从来都很向往这样的特质,但是当我观察久了以后就发现她身上的那种笃定的感觉只是表象,因为她的目光一刻都不曾离开过纳尔逊。(与此同时他却不敢回看她。)我渐渐从这些美国女人身上发现了一种特质——表面上游刃有余,实际上却如履薄冰。她们的肩膀会显露出一种噤若寒蝉的状态,她们事实上也确实在担惊受怕,就好似某个封闭的空间内明明就只有她一个人,但她却偏要装作还有其他人陪伴的样子来。她们身上都呈现出了一种形单影只的人才会有的状态,却偏要装作自己并非独自一人。她们让我心悸。

---

[1] 1950年代开始,在美国以共和党议员约瑟夫·麦卡锡为首的一众反共人士认为,共产党以及苏联人已经渗透进了美国从政府到民间的方方面面,因此开始调查以及迫害大量政治光谱偏左翼的知识分子、媒体人以及影视行业从业者,将后者加入了所谓的黑名单,不少人因此失去了工作,甚至入狱。

总之自打纳尔逊进来后,她的目光就一刻没有从他的身上离开过。他一进门就说了句俏皮话来自嘲:"某位男士迟到了两小时,但他究竟为什么会迟到呢?——那是因为他得先把自己给喝到位了,这样才好迎接即将到来的社交欢乐夜。"(他所有的朋友都大笑了起来——尽管那句社交欢乐夜分明是在损他们。)而她则以同样轻巧、紧张而又带着埋怨的口吻接过了话茬:"但是某位女士早就料到他会因为社交欢乐夜而迟到两个小时,她因此把晚餐时间推迟到了十点,所以您别担心会饿肚子!"所有人又都开怀大笑了起来,而她那浮于表面的笃定感已在她那双漆黑而硕大的眼睛里满得都快溢出来了,她正焦虑而恐惧地死盯着他。"来杯苏格兰威士忌吗,纳尔逊?"她招呼完其他人后询问道,语气突然变得刺耳和卑微。"要来就来杯烈一点的。"他话中带刺。两人就这么对视了片刻,将他们的一切矛盾暴露在了所有人眼前,其他人赶忙嬉皮笑脸地帮忙打起了圆场。这又是个新的发现——他们是群随时都会相互帮着打圆场的人。他们之间的友谊看上去没什么负担,但是我现在已经明白这些人随时随地都在警惕着像这样的危急时刻,它一旦出现,他们就会及时糊弄过去,这让作为旁观者的我感受到了巨大的压力。我是现场唯一的英国人,他们对我也很友好,因为他们天生就好说话,他们一直在自嘲,还老拿美国人对英国人过时的刻板印象开涮,把我逗得笑个不停,但在大笑之余我心里却一直在发虚,因为我并不知道该如何礼尚往来,也跟他们一样从容地揶揄一下我们英国人。我们喝了不少酒,这次聚会的初衷就是要让宾客在尽可能短的时间内往肚子里灌尽可能多的酒。我没怎么见过这样的场面,所以尽管在场的每一个人灌进去的酒都比我要多,但我却还是比其他人醉得更厉害。我留意到了一位小巧玲珑、身着绿色织锦旗袍的金发女子,她从长相到妆容都无比精致。她当时是——可能现在还是——某个块头又大,又丑陋又阴郁的电影业大亨的第四任妻子。她在一小时内连灌了自己四杯烈酒,却依旧神志清醒、容光焕发,但与此同时她却要如坐针毡地留意着她先生饮酒的量,哄对方不要喝得太上头。"我的宝贝,不要再接那个杯杯了哟。"她像哄小孩似的对他柔声道。他:"我就要,你的宝贝就要那杯,他既然想要,就会得到。"她轻拍着他:"我的小宝贝才不想要呢,他最听妈咪的话了。"啊简直难以置信,他还真就没接着往下喝了。她一直轻抚着他,哄着他,在我看来这场景显得尤为扎眼,后来我才反应过来这正是他们这段婚姻的基础所在——买一身漂亮的绿旗袍、一对美丽的长耳坠,打扮出一个对他百般宠溺的妈。在所有人里头只有我一个人脸上露出了尴尬的神色,其他所有人都没有表现出一丝一毫的尴尬。我不仅做不到像他们一样张口就是俏皮话,而且还这么容易就感到尴尬,这多少让我有些茫然。我光是在一旁看着就已经紧绷到不行了,我担心在他们百密一疏未能顾及的角落里接下来会不会有新的危机爆发。午夜前后我担心的事情虽然还是发生了,但我也反应过来自己根本没必要害怕,因为要论人情练达,我眼前的这些人要远胜于我生活圈子里的任何人,而他们的自察也好,自嘲也罢,都帮他们规避了真正意义上的伤害,并将持续为他们提供保护,直到下一次谁跟谁离婚了或是谁发酒疯了为止。

我一直在看着纳尔逊的妻子,她是如此的引人瞩目,如此的魅力四射,如此的生机勃勃,而她的目光无时无刻不在纳尔逊的身上,圆睁着的双目里也有种空洞和错乱的感觉。这种眼神我虽然感到似曾相识,但一时间却想不起来到底在哪里见过,最后总算恍然大悟:在我们那个非洲的故事临近结束时,布斯比太太彻底崩溃前眼里就出现过这样的神色,尽管当时她眼中的狂乱与无措早已一览无余,但她仍然双目圆睁,企图掩盖自己真实的心情;至于纳尔逊的妻子,我看得出她早就被囚禁在了某种永无止境、尚未失控的癫狂之中。这时我又如梦初醒,意识到眼前的这些人莫不是如此,每个人都处于崩溃的边缘,尽管仍在勉力维持着正常的表象,但你能在他们友善而带有锋芒的言辞,以及机警而充满戒备的眼神中觉察到若隐若现的癫狂。

然而他们对此早就习以为常,在场的只有我一个人是异数。由于我之前醉得实在有些太快，所以后来就没有继续喝下去了，而是找了个角落干坐着，带着极端敏锐的意识与感官眼巴巴地等待着醉意的退潮——正是在这样的状态下，我意识到了眼前的这一切之于我并没有我之前以为的那般前所未见，我过去在几十上百组的英国式婚姻或家庭中都窥见过一些大同小异的特征。我知道他们这群人最为重要的个人特质就是自我审视，他们没有一刻不在自我审视，而正是他们这种妄自菲薄的自我审视催生出了他们的那套幽默，后者并不是英国人的那种无害的抖机灵，而是更接近于一种灭菌消毒的手段，一种能让他们免遭创伤的"盖棺定论"，就好像农民会通过触碰护身符来避开恶魔之眼的窥视。

正如我前文所述，临近午夜的时候我听到了纳尔逊的妻子洪亮而尖利的嗓音："行了，行了，我都能猜到这件事之后的走向了，这个剧本啊你肯定横竖也憋不出来。所以比尔，你这又是何苦呢？干吗就非得在纳尔逊身上浪费这个时间呢？"（比尔就是那位小巧精明充满母性的金发女郎的那位心宽体胖、压迫感十足的丈夫。）她继而转向看上去已经打定了主意要维持和颜悦色到最后一秒的比尔："他会把这件事一直挂嘴上念叨上好几个月，但真要到临门一脚的时候他绝对什么都交不上来，接下来他又会继续重蹈覆辙，吃力不讨好地去构思下一部绝无可能登台亮相的杰作……"然后她就咯咯笑了起来，笑声中既充满了歉意，同时也不乏癫狂。虽然比尔早已准备好要帮纳尔逊打个圆场，但还没等他来得及发话，纳尔逊就已经抢先一步粉墨登场了："没错，这就是我的爱妻，而她的丈夫就只会吃力不讨好地想要硬憋出一部杰作来——但如果我没搞错的话我好像还真有部剧在百老汇演过，你说对吗？"他说到最后嗓音都已经尖得跟女人无异了，而他满脸的怒容中饱含着对他妻子的憎恶，以及他无处遁形的慌乱与恐惧。一阵哄堂大笑过后，满屋子的人都开始有说有笑地为此刻惊险万分的局势兜底，比尔说："你又怎么知道这次我不会主动让纳尔逊别写了，说不定呢，说不定这次轮到我亲自写部杰作出来了呢？啊！来了来了，灵感来了。"（这时他给了金发娇妻一个眼神，意思是：别担心，亲爱的，你肯定看得出来我只是在打圆场吧？）然而这次的圆场并没有打好，他们这群人的防御机制尚不足以调和如此暴烈的冲突，纳尔逊和他的妻子站在房间的一侧，旁若无人地深陷于对彼此的仇视及绝望的乞怜之中，在他们的感官里我们这群人早就不存在了，而即便在这样的时刻，他俩却依旧还能恶毒、疯癫、自轻自贱地相互拌嘴，内容如下：

纳尔逊：哈，听到了吗，宝贝？比尔将创作出我们这个时代的《推销员之死》，到时候就压我一头了，这该怪谁呢——这当然得怪我挚爱的发妻咯，你说是不是啊？

她（**尖声大笑，眼神癫狂而焦虑，面部肌肉如同黑色的小型软体动物一样不受控制地扭动着，笑里藏刀地说道**）：肯定得怪我，不然你还能怪谁去？我不就是用来干这个的吗？

纳尔逊：是啊，你不用来干这个还能干什么呢，你就是我的幌子，**我爱的就是你这一点**。但是我的剧百老汇到底演没演过呢？那些漂亮的海报大家到底见没见过呢？难不成这些都是我凭空想出来的？

她：那都已经是十二年前的事了。哦，你那会儿可还是个美国好公民呢。黑名单？没听说过！**从那时起到现在你又做了些什么呢？**

他：**行行行，他们确实把我给整惨了**。你以为我心里没数？你就非得往我伤口上撒盐？我这么跟你说吧，那些人就算没有行刑队或者监狱也一样可以整你……行了行了，反正**都怪我**，就都是**我的错**呗。

她：你进黑名单，你英雄好汉，你余生就继续拿这事当借口吧……

他：不，宝贝，你才是我余生的借口啊——到底是谁每天都会在凌晨四点准时用尖叫和哭泣将我唤醒，搞得好像我要是不给咱们的好朋友比尔写些垃圾玩意儿，你就会带着崽儿一块流落到包厘街[1]上去呢。

---

[1] 纽约曼哈顿南部的一片小型街区，很长一段时间里一直以醉鬼和流浪汉遍地闻名。

她（**一脸扭曲地大笑了起来**）：对啊，我是每天早上四点就会醒啊，我是害怕啊，你就是想让我搬去那间空房里自己住呗？

他：对，我就是想让你搬到那间空房里去，这样我就可以利用每天早上那三个小时来工作了，前提是我还记得该怎么工作。（**突然笑出了声。**）不过在剩余的时间里我会来那间空房里陪你，听你不停念叨着"我好怕怕哟，我不想流落到包厘街上去哟"。咱们根据这个制定一个人生项目怎么样？我们一起搬去包厘街，成天黏在一起，直至死亡将我们分开，我们要一直相爱到死。

她：你可以写部喜剧出来，我绝对会笑岔气的。

他：我要是都流落去包厘街了，我的结发妻子可不得笑岔气嘛。（**大笑。**）但搞笑的是，你哪怕醉倒在了门厅里，我也一样会来寻求你的抚慰，真的，就算你都趴那儿了我也还是会来找你，我需要你给我的安全感，反正我的咨询师是这么说的，专家都这么说了，我能不同意吗？

她：对对对，你需要我给你的安全感，你要啥就有啥呗。你要个妈，老天爷快救救我吧。

（**两人靠在一起，尖声笑个不停。**）

他：对呀，你就是我妈。他**就是**这么说的，他说的话就没出过错。书上都说了，人可以恨自己的妈，所以我并没有做错任何事，要让我**为此内疚**，门儿都没有。

她：那还用说，你凭什么要觉得内疚呢？你怎么可能会需要内疚呢？

他（**英俊而黝黑的脸庞因愤怒而扭曲，大喊道**）：因为你让我内疚，我在你面前永远都是过错的那一方，我别无选择，妈妈总是对的。

她（**笑戛然而止，表现出了焦虑与绝望**）：哦，纳尔逊，你为什么总要这样挖苦我，不要这样，我受不了你这样。

他（**柔和而恶毒**）：哦，你现在又受不了了？不行，你必须得受着。为什么呢？因为我需要啊。嘿，也许需要去看心理咨询的应该是你，凭什么脏活累活全都我一人干啊？这下就对了，你才是那个该去接受心理咨询的人,我没病,**是你病了。有病的人是你!**

(**她决定认输,于是无力而绝望地朝他背过了身去。他趾高气昂但又惊恐万状地跳到了她的面前**):你这是怎么回事?真受不了了啊?别啊!你凭什么认定病的人不是你?凭什么错的人就非得是我?你可别露出这种表情!你又想故技重施让我不好受了是吧?行吧,你赢了,我错了,好了吧。但不要担心——先别急着担心,错的人肯定是我,你看,我这不都承认了吗?我认了,好吧?你是女人,你永远都是对的。好了好了,我不是在阴阳怪气,就是在陈述一个事实而已——我是男的,我永远都是错的。行了吧?

这时那位娇小的金发女人(她刚才至少已经喝掉了四分之三瓶苏格兰威士忌,却仍清醒自持得如同一只刚睁开自己漂亮而迷离的蓝眼睛的小猫咪)冷不丁站起身道:"比尔,比尔,我想跳舞了,宝贝。"比尔一溜烟蹿到了唱机边,阿姆斯特朗[1]生涯后期那愤世嫉俗的小号以及老年那愤世嫉俗的嗓音开始在房间里飘荡,而比尔早已将他小鸟依人的妻子挽进了臂弯,两人舞蹈了起来。他们开始戏仿各种热辣的舞姿,然后其他人也跟着他俩一起跳了起来,将纳尔逊和他的妻子冷落在了一边。所有人都对他俩的争吵充耳不闻,大家都已经到了忍耐的极限。纳尔逊曲起手肘,大拇指向后朝我一指:"我要去跟安娜跳舞。是,我是不会跳舞,我是什么都不会,这不用你告诉我,但我就是要跟安娜跳舞。"我站起了身,因为这时所有人的目光都已经聚集在了我的身上。他们的目光在说:去啊,这舞你不想跳也得跳。

纳尔逊走到我跟前,嬉皮笑脸地说道:"我要跟安娜跳舞。和**我**——我跳舞!安娜,和我跳——跳舞。"

他的眼里闪烁着绝望、痛苦,以及对自我的厌恶。他继续油腔滑调

---

[1] 指美国爵士乐大师路易斯·阿姆斯特朗。

地说道:"来嘛,咱们开跳吧,宝贝,你是我的菜。"

我笑出了声。(我听出了自己笑声中的刺耳以及讨好。)大家也都如释重负地笑出了声,因为我接下了这个属于我的角色,最危急的关头已安然渡过。虽然在人群中纳尔逊的妻子笑得比谁都要响,但她仍然目光尖锐而忌惮地打量起了我,我意识到自己已然被卷入了这场夫妻大战。而我之所以会存在于此,安娜之所以会存在于此,为的就是要给这场大战添把柴火。他们夫妇俩搞不好此前已经连续多日在清晨四点到七点之间因为我的事情而掐架了,他们在焦虑中惊醒(但是他们在焦虑的到底是什么呢?),然后吵得昏天黑地。我和纳尔逊跳着舞,他的妻子则在一旁看着,一边还痛苦而忧虑地微笑着,而我仿佛能亲耳听见他俩的争吵:

她:你是不是以为我不知道你和安娜·伍尔夫有一腿。
他:是啊,你现在不知道,从今往后也永远都不会知道。
她:你以为我傻啊,跟你摊牌吧,我还真的知道,一看你那样儿我就全明白了!
他:那你就看啊,宝贝!心肝!亲爱的!你倒是看啊看啊看啊!你看见什么了?洛萨里奥[1]?唐璜[2]?没错,这就是我的本质,你没有看错。我就是在和安娜·伍尔夫乱搞,她就是我的菜,我的咨询师也说她是,专家都这么说了,我能不同意吗?

我们就这么狂乱而痛苦地一边大笑一边舞蹈着,所有人的舞姿都没

---

[1] 英国剧作家、诗人尼古拉斯·洛(1674—1718)于1703年创作的话剧《浪荡子》(*A Fair Penitent*)中的一个男性角色,后来成为了喜欢勾引妇女然后再将其残忍抛弃的男性的代名词。
[2] 原本是西班牙民间文学中的一个角色,后来因为莫里哀、拜伦以及莫扎特的提炼创作而广为人知,也是花花公子的代名词。

个正形,跳完一曲后又会相互**敦促**着继续这么跳下去,这都是为了维持住大家对生活的美好想象。在舞蹈环节结束后我们就相互道别,各回各家去了。

纳尔逊的妻子在和我告别的时候亲吻了一下我的脸颊。我们所有人都在告别时亲吻了彼此的面颊,从表面上来看我们俨然是个快乐的大家庭,但我以及其他人私底下都知道,但凡我们中的任何一个人倾家荡产,或者酒后失态,或者我行我素,那么第二天这个人就会被驱逐出去,从此与其他人再无交集。纳尔逊的妻子先亲吻了我的左脸,接着是右脸。这个举动有一半是温暖和真挚的,就仿佛在说:我很抱歉,是我们失态了,这不怪你;而另一半则在试探,就仿佛在说:我倒要看看纳尔逊看上了你的什么是我没有的。

我跟她甚至还交换了一个啼笑皆非又身不由己的眼神,潜台词是:在这件事情上咱俩任何一方都没有责任!

但她的亲吻依旧让我很不自在,我感受到自己不过就是个替代品,因为我到那一刻才意识到了我原本不必踏进这个公寓的大门就足以凭自己的理智想明白的事:纳尔逊和他妻子之间的联结虽然带着恨意却又无比紧密,这样的联结坚不可摧,并将持续到他们生命的尽头。这两个人都遏制不住想要伤害对方的冲动,都伤害过也被伤害过,而爱本就包含了伤害,伤害也与这个世界的本质、成长的本质息息相关,而上述这一切都是这世上最为牢固的联结,它们将这两个人紧紧绑定在了一起。

纳尔逊会随时都准备着要抛下他的妻子,但他又永远都不可能真的抛下对方。他妻子则会成天为自己即将遭到抛弃的命运以泪洗面,但她并不知道这样的命运永远都不会真的降临在她身上。

从聚会回到家后,我精疲力竭地瘫倒在了椅子里。我的脑海中开始反复出现一些画面,开始的时候还只是单个的镜头,到后面就出现了一组连续的镜头。一男一女在繁华的都市的某个房顶上,这座城市的噪声却在他们底下非常遥远的地方。他俩在房顶上漫无目的地游荡着，时不时地会拥抱一下，但他们的拥抱似乎只是为了浅尝拥抱的滋味。拥抱完以后他们又继续在房顶上漫无目的地游荡了起来。过了一会儿那个男的对那个女的说：我爱你。她害怕地说：你这是什么意思？他说：我爱你。她于是抱住了他，但他却惊慌失措地挣脱了她的怀抱。她说：既然如此你为什么还要说你爱我？他说：我就是想听听这话从我自己嘴里说出来会是怎样一种感觉。她说：但是我爱你，我爱你，我爱你——这时他走到了房顶的边缘站定，随时都可能会跳下去——只要她把这三个字再多说一遍。

我睡着后这组镜头也出现在了我的梦里——而且还被染上了颜色。在这个梦里，故事发生的地点不再是房顶，而是一片薄雾之中，这片雾气泛着美丽的色泽四处弥漫，一男一女漫步其间。她一直在找寻他，但当她真的撞见他以后，他却唯恐避她不及。他时不时地回头看她一眼，然后越走越远。

聚会过后的那天上午纳尔逊来了个电话，说是想要和我结婚。我想到了那个梦。我问他为什么，他大吼道："因为我就是想娶你啊。"我告诉他，他已经和他的妻子牢牢绑定在一起了，接着又跟他描述了一遍那个梦或者说电影画面，然后就陷入了沉默，而他调侃道："我的天，如果这是真的话，我可真就完蛋了。"他说这话时声音都变了。我们接下来又小聊了一会儿，然后他说他已经把跟我睡过的事和他妻子说了，我怒不可遏地说他这是为了对付自己的妻子而把我当枪使，而他就开始扯着嗓子像前一天晚上聚会上对待他妻子那样，对我也好一通谩骂。

我把听筒搁在了一旁。几分钟后他发泄完了，又针对自己的婚姻状况进行了一番辩解，然而他的此番辩解与其说是说给我听的，倒不如说是说给某个看不见的第三者听的，我感觉他都没怎么意识到我这个人的存在。他后来提到他的咨询师正在休假，一个月后才回来，我这才反应过来刚才的那番辩解在他潜意识里是对谁说的。

他又开始发作,对我——对所有的女人——又是咆哮又是尖叫。一个小时后他又给我来了个电话并跟我道歉说自己当时"不知道哪根筋搭错了",这就是他给出的全部解释了。他接着道:"安娜,你没事吧?我刚才没有伤害到你吧?"我愣住了——我再一次感觉到了那个噩梦里的氛围。但他还在接着往下说:"相信我,我就是希望能和你拥有真爱"——这时他的语气又变得痛苦和忿然:"前提是大家口中的真爱真的存在的话——但从目前的情形来看大概已经没戏了。"然后他又开始纠缠不清:"但我希望能亲耳听到你说我刚才没有伤害到你,你快说啊。"我当时的感觉就好像被朋友扇了一耳光或是啐了一口,或是就像对方脸上还挂着笑,底下却掏出了一把刀子直接扎在了我的身上。我并未遂了他的愿,而是告诉他他当然伤害了我,而尽管我陈述了这样一个事实,但却没有将自己真实的心情暴露分毫,还用了跟他刚才一模一样的语气,就仿佛我在才认识他三个月的时候就遭受到了这样的伤害不过是件鸡毛蒜皮的小事。

他说:"安娜,我意识到——我真的不是什么坏人——只要我还能对成为更好的自己这件事保持希望,只要我还能对全心全意去爱一个人,以及为对方赴汤蹈火的可能性保持希望……那么也许我们就还能找到未来的方向。"

他的这番话确实打动了我,因为我确实认为我们所有人的行动以及奋斗其实有一半都是在为自己憧憬的未来铺路。于是我俩好声好气地结束了这次通话。

但我这时却感觉自己好似堕入了冰冷的迷雾里。我心想:男人到底是怎么了?他们怎么可以这么跟女人说话?在接下来的好几个星期里纳尔逊一而再,再而三地把我牵扯进了他的私生活——他为此拿出了自己全部的魅力、温存以及应对女人的经验,尤其是趁我怒火攻心的时候或是他故意说了些狠话以后,完了他又会跟没事人似的来上一句:我伤害到你了吗?在我看来他这样的行为简直颠覆了男人所代表的一切,而我一想到他这样的行为所代表的深层含义时就会感到恶心和迷惘（好似堕入了冰冷的迷雾里），万事万物都丧失了意义，甚至连我的话语都变得稀薄而空洞，沦为了某种可笑的残次品。

就在他来电询问是否伤害到了我的那天晚上，我梦见了毁灭中的愉悦。我梦见自己和纳尔逊在打电话聊天，然而他却跟我在同一个房间里。他表面上表现得很有担当并让人感到温暖，但只要一说起话来他就又换上了另一副嘴脸，我一眼就认出了其中突如其来、无缘无故的恶意，我感觉到有柄刀直直地插入了我的肋骨之间，还在我的肉里搅动着，刀刃刮得骨头吱嘎作响。我一时间哑口无言，我完全没料到危机与毁灭竟会来自某个我亲近并喜欢着的人。后来我总算对听筒开了口，我都能感觉到自己脸上的肌肉慢慢构成了愉快而恶意的微笑，而在微笑之余我甚至还摇头晃脑地跳了几个舞步，舞姿和那个会动的花瓶跳的那种僵硬的人偶舞相差无几。我还记得自己当时在梦里的心理活动：我现在已经变成那个邪恶的花瓶了，也就是说下一步就会变成那个矮人老头，再变成驼背老妪，然后呢？这时电话听筒里传来了纳尔逊的声音：然后你会变成老巫婆，再然后是小巫女。我一下子醒了，但是那狞毒而欢快的可怕声音还在我耳边回荡："然后是老巫婆，再然后是小巫女！"

我郁郁寡欢了很久，在此期间我十分依赖作为詹妮特母亲的那个人格。我一再自言自语说：虽然我总在快快不乐、惴惴不安而且心如死灰，但是为了詹妮特我却能在面子上表现得冷静、可靠而充满活力，这到底是怎样的一副奇景啊？

之后我就再也没做过那个梦了。但是两天前我又在莫莉家邂逅了一位来自锡兰的男子。他对我释放了一些信号，我却没敢接茬。我害怕遭人嫌弃，也害怕再度遇人不淑。我现在脸皮太薄，胆子也越来越小，当一个男人向我释放出求欢的讯号时，我现在的第一反应是扭头就跑，有多远就跑多远，只要别被伤到就好。这样的转变让我心悸。

【又画了道粗粗的横线。】

德·席尔瓦来自锡兰,他是莫莉的朋友,几年前我就在莫莉家见过他。他搬来伦敦好些年了,干的是记者的营生,收入十分微薄,已和一个英国女人成家。一次聚会上他凭借自己含沙射影的本事给在场所有人都留下了深刻的印象,他毒舌归毒舌,但神奇的是他并不借此来表达他个人的好恶。在我的印象里,他总是站在远离人群的地方微笑地观望着别人。他和妻子住在一个单间公寓里,过着文化圈边缘人士的那种拮据的生活,膝下有一个孩子。由于在伦敦的生活实在难以为继,他决定回锡兰去,但他的妻子却不愿意,因为他是锡兰当地某个上流阶层家庭的小儿子,家里人一个比一个势利,他们对他娶了一个白人媳妇这件事颇有微词。他最终还是说服了妻子陪他一起回了国,但他家人却不允许他妻子踏进家门半步,他于是给她找了个住处,然后一半时间跟妻儿在一起,另一半时间跟家人在一起。她想要回英国,但他说一切都会好起来的,后来还说服她怀上了她原本并没打算要的第二个孩子,而当这第二个孩子呱呱坠地,他却一溜烟跑了。

我某天突然接到了他的电话,他找莫莉,但莫莉当时不在伦敦。他说他"在孟买赢下了一场赌局,免费拿到了一张来英国的机票",于是他现在又回英国来了。后来我才听说这并非实情,他当年原先是为了做一个采访才去的孟买,但到了孟买以后他却临时起意借了别人的钱买了张机票飞来了伦敦,然后寄希望于曾经借过钱给他的莫莉能接济自己,但是莫莉这条路暂时没能走通,于是他又来找我。我告诉他我现在手头也不宽裕,拿不出钱借给他——我说的是实情——但考虑到他也表达了自己跟这里的生活有些脱节的意思,我就邀请他来我家里吃顿晚饭,同时还找了其他几个朋友来跟他碰个面。结果那一整晚他都不知去向,一周后才给我来了个电话,低三下四但又有些孩子气地向我道歉,说他那天心情实在太过低落,不仅没法见人,"就连你的电话号码都一下子给忘了"。后来我又在莫莉家见到了他,莫莉这时候已经回来了,而他也恢复了淡定、抽离而风趣的常态。他找了一份记者的工作,而在提及他"马上就要前来和我团聚,大概下个星期吧"的妻子时也饱含着爱意,但也正是在那天晚上他屡次对我眉来眼去,而我则落荒而逃了。然而我的落跑也并非什么理性决策的结果,我只不过是在无差别地逃离所有男人而已,所以他第二天给我来电话时我都没细想就直接向他发出了晚餐的邀约。从他当时的吃相来看,他那段时间应该都没吃过几顿饱饭,而他已经把自己之前说的妻子"大概下个星期"就会过来的话给忘了,这次的说法已经换成了"她在那里过得很开心,根本就不想离开",而他说这话的时候有些心不在焉,就好像他并非说者,而是听众。其实直到这一刻为止,我跟他之间的互动都还挺愉快友好的,但聊完他妻子的话题以后现场的氛围就整个变了,他开始反复朝我投来冷峻、试探而充满敌意的目光——他这种敌意针对的其实并不是我。然后我们去了我的大房间,他如临深渊地一直在房里来回踱着步,脑袋侧向一边,就仿佛他无时无刻不在聆听周遭的响动,与此同时还不忘时不时地飞快瞥我几眼,目光中不夹杂任何私人情感但依然显得兴味盎然。他后来找了个座位坐下,说:"安娜,我想跟你聊聊在我身上发生的一些事。坐那儿听着就行,我想跟你好好讲讲,你只要留一对耳朵给我就行,什么都不必说。"

尽管我当时理应**直接回绝**,但我还真就乖乖地聆听了起来,而我现在想想都觉得后怕,他当时表现出的敌意与锋芒虽然并不针对任何人,但布满了周围的空气。他以抽离的语调微笑着跟我讲了如下的故事,其间还一直观察着我的表情。

前不久某天夜里他抽了叶子,之后去了梅费[1],在某条街道上溜达了起来——"你也知道,那个地方到处都弥漫着金钱以及腐败的气息,你一下子就能在空气里闻见,我就是被这样的气息给吸引过去的。我有时

---

[1] 伦敦西区的一片以高档住宅以及商圈著称的街区。

就喜欢上那儿溜达,闻一闻那里的腐臭,那味道还挺醉人的。"他在人行步道上遇到了一个姑娘,他径直走上前去说道:"我觉得你特别漂亮,你愿意跟我上床吗?"按照他自己的说法,他只有在酒精或者叶子的作用下才做得出这种事。"我当时其实并没有觉得她有多好看,但是她的穿搭确实还可以,而我话音刚落,她在我眼里一下子就变好看了。她就很简单地回了句:行啊。"我问他对方是不是妓女,他平静中又带着一丝急切地(就好像他一直在等着,甚至巴望着我这么问他)说道:"我不知道,这不重要。"我喜欢他说这句话时的那股子淡然与扼要,他真正想要表达的是:我在讲我自己,其他人都不是重点。那个姑娘对他说:"我觉得你挺帅的,我愿意跟你睡。"当然了,他也确实仪表堂堂,他身上的是一种活络、有力而光芒四射的俊美,但同时又冷若冰霜。他对她说:"我有个想法。我想要像我已经疯狂地爱上你了那样干你,但你不可以给出任何的反应,只要陪我做爱就行,不管我对你说什么你就当没听见。你能保证吗?"她大笑道:"好啊,我答应你。"于是他们就一起去了他的住处。"那绝对是我此生经历过的最有趣的夜晚,我可以对你发誓,你信不信?我真没夸张。我表现得就好像真的不顾一切地爱上了她,连我自己都差点信了。只爱一个人一晚绝对是你能想象到的最美妙的一件事,我告诉她我爱她的时候我真的就跟彻底坠入了爱河一样。但她却一直在犯规,我发现她每回都撑不过十分钟,她不仅脸上的表情会露馅,浑身上下也都开始跟个如沐爱河的女人似的对我作出回应。我这时就不得不中止游戏,跟她说:'错了,这和你之前答应我的不一样,我爱你,但你要明白我不过是说说而已。'但事实上我却并非只是说说而已,那天晚上我确实爱上了她,我从未这般深爱过一个人,而她却一次又一次入戏太深,糟践了这种感觉。既然她难免一再地爱上我,我就只好让她离开了。"

"她不生气吗?"我问道。(我作为这个故事的听众都觉得生气;与此同时我心里也明白,他跟我讲这个故事就是要激怒我。)

"她当然气,整个人都快炸了,什么难听的话都骂出来了,但我无所谓。她说我是施虐狂,说我铁石心肠——反正就是这类评价吧,我是没什么所谓的。我跟她有约在先,她当初也答应得好好的,后来却玩砸了。我就是希望此生能有那么一次机会,能在不需要给予对方任何承诺的前提下去纯粹地爱一个女人。你明白我的意思吗,安娜?"

"你俩后来还见过吗?"

"当然没有了。我之后也确实去过当初与她邂逅的那条街,尽管我知道已经不可能再在那里遇到她了。我倒希望她是个妓女,但我知道她不是,她说她平时在一家咖啡吧工作,她还说她想要恋爱。"

那天晚上晚些时候他又跟我讲了如下的故事:他有个好友叫B君,是个画家。B君虽然已婚,但是他的婚姻并不能满足他的性需求。(德·席尔瓦说:"婚姻当然是无法满足性需求的。"而"满足性需求"这几个字在他口中听上去就像是临床医学用语。)B君住在乡下,每天都会有个村妇来他家打扫卫生。而在接近一年的时间里,每天早上B君的妻子都会待在楼上,而B君则会跟这个村妇在楼下厨房的地上做爱。德·席尔瓦有一次去乡下探访B君,然而B君和他的妻子却都不在家,于是德·席尔瓦就暂住在B君家等他们回来。在此期间那个村妇每天还是照来不误,她告诉德·席尔瓦说,她和B君已经睡了一年了,而她对B君也动了感情:"不过我当然担他不起,我现在跟他这样还不是因为他老婆也担他不起。""她的这个说法是不是还怪有意思的——'他老婆也担他不起'——这不属于我们的语言体系,我们圈子里的人可说不出这样的话来。""这只能代表你个人的意见。"我说。他脑袋一歪,说道:"不,我其实是喜欢这个说法的——里面是透着温度的。所以我和B君一样,在他们厨房地面上的一条看着像是手工织造的地毯上跟她干了一炮。由于B君这么干过,所以我不知怎么的也想试试看。当然了,我对这种事本就是无所谓的。"后来B君的妻子先回来了,她想要在B君回来前帮他把家里收拾好,到家后却发现德·席尔瓦已经在了。她当然是高兴的，因为德·席尔瓦是她丈夫的朋友，而"她从没有把丈夫的性生活放心上，因此才会在床笫以外的各个方面都想要取悦她的丈夫。"德·席尔瓦一整晚都想要弄清楚对方知不知道自己的丈夫和那个村妇之间的苟且之事，"后来我发现她是真不知道，于是说：'当然了，虽然你丈夫背着你和那个村妇偷吃，但这也并不意味着什么，你也没必要太介意。'她一下子气得直跳脚，又是嫉妒又是愤恨，都快疯了。你明白我在说什么吗？她不停地念叨着：'我在楼上看书，他却在厨房的地上跟她做爱。'"德·席尔瓦使出了浑身解数来劝慰 B 君的妻子，至少他自己是这么声称的，后来 B 君回来了。"我跟 B 君说了我的所作所为，B 君也原谅了我。他的妻子说要跟他分手，我觉得她既然都这么说了就一定会这么做，谁叫他非要'在厨房地板上'搞那个村妇呢。"

我问道："你这么做又是图什么呢？"（我感受到了一股刺骨的寒意，以及一种我无力抵抗的恐惧，正是这样的恐惧让我束手就擒引颈就戮。）

"这有什么好问的？有什么大不了的？我就是想看看会发生些什么，仅此而已。"

他说话的时候脸上露出了微笑，那是种似曾相识的老奸巨猾、乐在其中且兴味盎然的微笑。我见过这样的笑——我梦里的那个恶灵脸上挂着的就是这样的笑。我一方面想要逃离这个房间，另一方面却意识到："我就想看看事态会如何发展下去"本就是种极其普遍的心态，不仅和我们直接有交集的人里头有相当多的人都会产生这样念头，这更是全体人类共性的一部分，而它的另一面则是"这不重要"，"我没什么所谓"——德·席尔瓦动不动就会来上这么一句。

德·席尔瓦还是留在我这里过了夜。怎么会这样呢？因为我没什么所谓。我对这种事的在意，以及我会对这种事在意的可能性，都已经被这时的我推到了海角天边，那属于正常状态下的安娜，然而那样的安娜对于这时的我来说早已是可望而不可即的存在，她此刻正在地平线上的白色沙滩之上渐行渐远。

在我的感官里，那个夜晚就像他饶有兴致但事不关己的微笑一样毫无生机。他多数时候是一副不露声色，事不关己，心不在焉的样子，这种事对他而言自然也是无所谓的，但他有时却会突然退行成一个哭哭啼啼的渴望母爱的小孩。虽说我也不喜欢他平日里不露声色、事不关己但饶有兴致的样子，但是相比之下我还是更加讨厌他这种一把鼻涕一把眼泪的状态，我执拗地反复对自己说：这当然不能怪我，只能怪他，因为男人才是这一切的发端，他们创造了我们。第二天早上当我回看前一天晚上以及长久以来都抱持着的这样的执念时，就觉得自己简直就是个傻子，这怎么可能是事实呢？

早上我给他备了早饭，心里只是感到冷淡和漠然。该死——我觉得自己内在的活力和温度已经一滴都不剩了，就像被他吃干抹净了一样。不过我俩依旧相敬如宾，我也能感受到对方的友善与疏离。他出门前说他会再给我来电话的，我表示说但我不会再跟他上床了，他一下子发指眦裂，我似乎能够据此想见那天当他从街上带回家那个女孩对他的示爱作出回应时他脸上的表情，那必定与现在这副尊容如出一辙。话虽这么说，当时的我还是多少有些始料未及。片刻后他重新戴上了那副笑盈盈的事不关己的面具，问道："为什么不行呢？"我说："因为你内心深处其实根本不在乎能不能跟我睡。"我以为他会说"但你不也无所谓吗"，这样的回复我还是能接得住的，然而没想到的是他却又崩溃成了前一天晚上那个哭哭啼啼的小孩，说："谁说我不在乎的，我在乎的呀。"眼看他就要通过捶胸顿足来证明自己所言非虚了——然而他紧握着的拳头却在捶往胸口的半道上生生地停了下来，而我则再一次感受到了梦里出现过的那种雾霭缭绕的氛围——意义的虚无，情绪的虚无。

我说："不，你不在乎。但是咱们还是可以继续做朋友。"他不置一词，扭头就往楼下走。那天下午他给我来了个电话，跟我讲了几个有关我们共同认识的人的冷酷恶毒又很滑稽的笑话。我能感觉出他还想说些什么别的，因为我有种不好的预感，但具体是什么我又说不上来。末了，他心不在焉，甚至可以说漠不关心地来了句："我要你今天晚上把你楼上那间房留给我一个朋友过夜，就是你卧室顶上那间。"

"但那是詹妮特的房间。"我说。我不明白他葫芦里到底卖的什么药。

"你可以让詹妮特搬出来啊——但无所谓了，楼上哪间房都行吧，我今晚十点会带她过来。"

"哈？你想带个异性来我这里过夜？"我刚才真是太愚钝了，居然没能听出他话里的意思。也不对，考虑到我此刻早已怒火中烧，我的潜意识想必早就反应过来了。

"是的。"他先是事不关己似的回了句，然后又心不在焉地补了句："行吧，反正也无所谓。"然后就把电话给挂了。

我呆立在原地陷入了沉思，之后还是循着心中的愤懑才想明白了整件事，于是我又给他打了过去。我说："你的意思是你想带个女的来我家，然后跟她滚床单是吗？"

"是的。那人也不是我朋友，我就是想去火车站边上带个妓女过来，我要你顶上的房间为的就是能让你听得一清二楚。"

我无言以对。他问道："安娜，你是生气了吗？"

我说："这不正是你想要的结果吗？"

结果他跟个小孩似的号道："安娜，安娜，对不起，你不要生我的气。"然后失声痛哭，我估计他此刻一定正在用没握听筒的那只手捶打着自己的胸口，要不然就是在用脑袋撞墙——反正我能听到电话那头传来的咚咚的声响。我非常清楚到此刻为止的全部流程都是他事先编排好的，从他打电话告诉我说想要带个女的来我这里过夜开始的一切，都是在为此刻捶胸顿足或是拿头撞墙的结局做铺垫，最后的这一幕才是压轴大戏。于是我挂断了电话。

后来我收到了两封信。第一封信漠然、恶毒、出言无状——但是最主要的特点还是不知所谓，这样的一封信适用于十几种截然不同的情形，不同的情形下其含义可能天差地别。这封信的重点就在于此——来信者就是想要不知所谓。两天后我又收到了第二封，信里都是孩子气的歇斯底里的哭闹。第二封信比第一封更让我膈应。

我两度梦见了德·席尔瓦，他成了将自己的快乐建立在别人的痛苦之上的精神的化身。在我的梦里他并没有什么别的伪装，就只是他在现实生活中的状态，含沙射影，事不关己，总是饶有兴味地微笑着。

昨天莫莉给我来了个电话，她听说德·席尔瓦已经彻底抛弃了自己的妻子和两个孩子，一个子都没给他们留，最后反倒是他上流社会的有钱家人收留了他的妻儿。莫莉说："他起初劝他的妻子怀上她本没打算要的第二个孩子，为的就是把她给牢牢拴住，让她没办法再纠缠自己，然后他就跑来了英国。他当时大概指望我能替他摆平一切，而可怕的是，要不是我当时人不在，我可能还真会给他搭把手。一个可怜的锡兰知识分子吃不饱穿不暖，万般无奈之下只好把妻子和两个孩子留在老家，只身前来薪酬更高的伦敦——我肯定会被这样的表象所迷惑。咱们可真傻，总栽在同一个坑里，还不长记性，而且我很清楚自己要是下回再遇到这样的坑还是照样会栽里头。"

我某天在街上偶遇了B君，从那时算起，我俩已经结识了有些时日了。那天我跟他喝了杯咖啡，他热络地提到了德·席尔瓦，说他以前劝过德·席尔瓦"对老婆好点"。他说德·席尔瓦要是能许诺每个月给自己的妻子出一半的生活费，他本人、B君，就愿意替德·席尔瓦出另外那一半。"所以他愿意出一半的钱吗？"我问道。"当然不愿意了。"B君说。他那张迷人而聪慧的脸上满是遗憾的神色，而让他遗憾的并不只是德·席尔瓦，还有整个宇宙。"所以德·席尔瓦现在人在哪里？"我问道，但是心里却早就有了答案。"他打算搬来我生活的村子，住我边上。他已经有心上人了，对方是每天上午都会来我家打扫卫生的家政妇。不过好在她以后还是会继续来我家打扫卫生，她人真的挺好的。"

"是个好消息。"我说。

"是的，我很欣赏他。"

Free Women 4

自由女性　其四

安娜和莫莉向汤米施加了积极的影响。
玛丽昂离开了理查德。安娜有些不适。

安娜在等理查德和莫莉。时候已经不早了，都快到十一点了。这间天花板高高的白色房间的窗帘已经拉上，笔记也已经被收到了视线不能及的角落，盛放着饮料和三明治的托盘正在恭候着客人的大驾光临。安娜没精打采地瘫坐在一张椅子上，她感觉到自己在道德的层面上已经精疲力竭。她发现自己的行为已经不受控制。而且，傍晚时她还从艾佛半开的房门里瞥见了穿着晨衣的罗尼，他好像就这么旁若无人地搬回来了。所以只要她愿意，她随时都可以将这个两个人一起撵出去。但是她发现自己竟然在想：算了。甚至觉得自己和詹妮特才应该收拾东西搬出去，把这间公寓留给艾佛和罗尼。只要能避免冲突，让她干什么都行。她并没有对这个疯癫的念头感到意外，因为她早就觉得自己差不多已经疯了，她脑海里的一切都只会让她感到不悦，这么多天以来她一直都在麻木地观望着各种似乎并不属于自己的想法和画面在脑海中涌现。

莫莉最近接到了一个寡妇的角色，这位诱人而轻浮的寡妇需要在四位男士中挑出一个未来的夫君，而这四位男士又是一个赛一个俊俏。理查德说他会在莫莉今天演完这个剧之后去剧院把她接来安娜这里，他们要一起开个会。三个礼拜前的某一天，玛丽昂陪汤米陪到了很晚，于是就在莫莉家楼上那间安娜和詹妮特以前住过的房间里睡了一晚。第二天汤米对莫莉说玛丽昂想租下那间房当作自己在伦敦的**备用落脚点**，虽然她未必会经常过来，但她还是打算支付全额的租金。然而那天以后玛丽昂就回去过自己家一趟，而且就是去取了些衣物，其余的时候都在莫莉家楼上住着。也就是说她在事实上抛弃了理查德和孩子，但是她自己对这件事好像并没有什么清晰的认知。每天上午她都会和莫莉在厨房里上演一出争吵的戏码，而每次玛丽昂都会声称自己前一天夜里熬太晚了，不过今天一定会回家把一切都安排妥当——"真的，莫莉，我向你保证"——说得就好像莫莉才是那个她对不住的人似的。莫莉打电话给理查德让他采取一些行动，但对方拒绝了，他为了保全自己形式上的体面连保姆都已经请好了，而他那个叫琴的秘书也早就接替了玛丽昂的位置，他巴不得玛丽昂永远都别回去。

但事情并没有到此结束。自从出院以后就一直待在家里的汤米有一天跟玛丽昂一起外出参加了一次非洲独立运动主题的政治会议，之后相关国家驻伦敦总部所在的街道上还有人自发组织了一场示威抗议，参加的人多数都是学生，玛丽昂和汤米也跟去了。结果示威的人群与警方爆发了肢体冲突。由于汤米既没有携带白手杖[1]，身上也没有其他能表明他盲人身份的标识，于是当他对警方发出的"不要在原地停留"的警告表现得无动于衷时，他马上就遭到了逮捕，而当时被人群冲散的玛丽昂则疯了似的尖叫着扑向了警察。他俩跟其他十几人一起被带回了警局，第二天上午被处以罚款，好几家报纸都大张旗鼓地报道了"某位知名金融家的妻子"的新闻。这下轮到理查德来电话向莫莉求助了，而莫莉也抓住这次机会拒绝了他。"你在乎的根本就不是玛丽昂的死活，也得亏媒体现在抓住了一个线头，随时都有可能把琴的事情给挖出来，你这才知道

---

[1] 世界上很多国家的盲人以及视觉障碍者都会借助外形明显区别于普通登山手杖或拐杖的白色手杖出行，因此白手杖往往会被视为盲人以及视觉障碍人士的标配。

着急了。"于是理查德又给安娜打了个电话。

在整个对话过程中,安娜也一直站在外部视角观察着自己,看着手持听筒站立着的自己一边和理查德恶语相向,一边在脸上维持着一触即溃的浅笑。她觉得眼前的这一切都仿佛是注定了的,她和理查德似乎只可能对彼此说出这样的话语,他俩似乎只可能跟两个疯子似的相互叫骂。

他的脑子已经被气糊涂了:"扯他娘的淡,这就是你们一手策划的,你们想要报复我。还非洲独立运动,扯淡!还自发示威游行,你们用共产主义那一套把玛丽昂给洗脑了,她就是太天真了,容易被人的表象蒙蔽。你和莫莉就是想玩我。"

"这还真被你给说中了,亲爱的理查德。"

"这就是你们想出来的恶作剧:公司总裁的太太赤化了。"

"那还用说。"

"你们等着,我会当众拆穿你们的真面目。"

安娜心想:我们要不是在英国的话,理查德的怒火确实可能会导致一些人饭碗不保,或锒铛入狱,或被就地正法,而在英国他至多只能发发脾气。但即便如此,他的这些想法本身是可怕的……而我,也就只能不痛不痒地调侃他几句。

她嘲讽道:"我亲爱的理查德,玛丽昂和汤米都没料到事情会变成这样,他们当时只是跟着人群行动而已。"

"跟着人群行动!你糊弄谁呢?"

"事发的时候我就在现场。你真不知在这个节骨眼上的示威游行只可能是自发的吗?英共早就失去了对年轻人的影响力,工党的脸皮又太薄,根本不可能组织这样的活动,所以事实上不过就是些年轻人想要上街表达自己对于非洲和战争之类问题的观点罢了。"

"我早该料到你在现场的。"

"不是你以为的那样,这纯属意外,我当时刚好从剧院回家,结果看到了一群学生正沿着大街奔跑,于是就下了巴士跟过去看了一眼。我也是后来读到相关报道以后才知道玛丽昂和汤米也在现场的。"

"所以你现在又在打什么算盘呢?"

"我并没有打任何算盘,你应该好好管管你自己的仇共情绪了。"

安娜挂断了电话,但心里清楚这件事还没完,而事实上她确实打算做些什么,某种逻辑正在驱使她采取行动。

没过多久莫莉就来电话了,她整个人都快不行了:"安娜,你快来帮我劝劝汤米。"

"你自己劝过他了没有?"

"这件事吊诡就吊诡在这里,一想到要去劝他,我的脚就一步都迈不出去了。我反复告诉自己,我不能继续像现在这样把自己家拱手让给玛丽昂和汤米,自己反而表现得跟个客人似的,我凭什么要这样忍气吞声?然而吊诡的事情发生了,我鼓足勇气去跟他们当面对质——但是没人可以跟玛丽昂对质,因为她的魂从来都不在她自己的身上。这时我发现自己的想法又变了:我凭什么就不能忍气吞声呢?这又能有什么大不了的呢?想那么多干吗?然后我注意到自己居然耸了耸肩。我每次从剧院回到家连爬楼梯都得偷摸着,因为我怕吵着玛丽昂和汤米,我甚至会觉得我就不该出现在自己的这个家里。你能理解这种感觉吗?"

"唉,巧了,我还真的能理解。"

"唉。但这还不是最可怕的。当下的情况如果用语言来概括的话就是:我丈夫的第二任妻子因为离了我儿子就不能活,于是搬来了我家——这句话听上去怎一个'怪'字了得?不过我这也就是顺口这么一提。你知道我昨天想到什么了吗?我当时独自待在楼上,由于担心打搅到玛丽昂和汤米,所以整个人比老鼠还鬼祟,寻思着我就该把自己的东西打包收拾好,然后出去流浪,这个房子就留给他俩。我还心想,我们下面的这一代人会把我们当作前车之鉴,他们从我们身上见识到了混沌的可怕以后,都会在十八岁成家,取消离婚制度,并且推行严苛的道德律令什么的……"说到这里莫莉的声音都开始发颤了,于是她用三两句话结束了自己的陈述,"请过来看看他们,安娜,只能靠你了,我现在已经什么事情都处理不了了。"

安娜披上了外套,拎起手提包,准备去"处理"一下问题。她不但不知道该去说些什么,她甚至都不知道此刻的自己究竟在想些什么。她脑袋空空地站在自己房间的正中,正准备出门去找玛丽昂和汤米聊——什么呢?她想到了理查德,想到了他总在强压着的怒气;她想到了莫莉,想到了她丧失殆尽的勇气以及无助的啜泣;她想到了玛丽昂,想到了她在突破了痛苦的临界值之后表现出的镇定的癫狂;她想到了汤米——她不仅看到了他那张失明而固执的面孔,她还感觉到他身上散发出的一股力量,但是她说不上来那股力量到底是什么。

她冷不丁地咯咯笑了起来。她听到自己这样的笑声后心里就嘀咕了起来:汤米那天晚上自杀前来找我的时候就是这么咯咯笑的,太奇怪了,我以前从没听自己这么笑过。

所以那个寄宿在汤米体内并爆发出这种笑声的那个人后来到底发生了什么?他已经彻底消失了——我估计汤米将那颗子弹送进自己脑袋的同时也把他给杀死了。我怎么会爆发出这种无意义的笑,太奇怪了!我去找汤米的时候到底该跟他说些什么呢?我已经搞不清楚现在的状况了。

我跑到玛丽昂和汤米的面前,然后呢?难不成要直接跟他们说"你俩就别装了,你们根本就不在乎非洲民族主义运动"吗?这么做又有什么意义呢?

安娜感觉到了其中的无谓,于是又咯咯笑了一阵。

汤姆·马特龙又会怎么说呢?她想象了一下自己和汤姆·马特龙面对面坐在咖啡厅里谈论玛丽昂和汤米的场景,对方听完之后一定会说:"你提到的这两个人既然都已经决定为非洲的解放而奋斗了,我又为什么要在乎他俩的动机呢?"但他这么说完后一定会捧腹大笑。没错,安娜仿佛都已经听见了他五脏六腑都在随之震颤的大笑,他一定会两只手撑在两侧的膝盖上笑得前仰后合,然后一边摇头一边说:"我亲爱的安娜,我倒希望我们有条件去在意你在意的那些问题。"

安娜在意念中听到这样的笑声后,心情一下子舒畅了许多。根据在意念中与马特龙展开的此番对话,她匆忙间找了一些纸往自己的手提包里一塞,一路小跑去了莫莉家,路上一直在心里玩味着那场致使玛丽昂和汤米遭到逮捕的示威游行。那场示威截然不同于共产党旧时发起的具有高度组织性的政治集会,或是工党的聚会,它是流动性的、实验性的——参与者都是在无意识的状态下加入进来的。年轻人就像水流一样沿着街道涌向了目的地,根本就没有人在引导或控制他们,而从汹涌的人潮里爆发出的口号也几乎都是临场想出来的,喊话的人似乎也只是想听听这话从自己嘴里喊出来是怎样一种感觉。然后警察就来了,这些警察也都有些懵,完全不知道接下来会发生些什么。作为旁观者的安娜在民众与警察狂躁而流动的表象下,捕捉到了更深层的规律或者说动机。在场的十几二十个面色凝重而无畏的年轻人有意挑衅警察,于是作势冲向警察侧后方或正前方,距离近的时候就碰到了对方头盔或是蹭到对方的手臂。这时他们就会向后闪躲,然后再来一次。于是警察把这群年轻人一个一个都逮了起来,毕竟是可忍孰不可忍。无论是逮捕方还是被逮捕方,每个人脸上都是一副得偿所愿的表情。在某一个时刻这已经不再是公战,而是私斗了——警察会尽可能地使出雷霆手段,暴戾的神色这时便会在他们脸上浮现。

更多学生并不想挑战完公权力就被抓进局子,他们只是继续高呼着口号,听着自己的政治发声。这些人和警察的关系就又不一样了,说他们之间全无瓜葛都不为过。

那么汤米遭到逮捕时脸上又是怎样一副神情呢?安娜即便没有亲眼见到,都能猜个七七八八。

她打开了汤米的房门,汤米独自一人在房里。他立刻问道:"是安娜吗?"

安娜差点就脱口而出:"你是怎么知道的?"开口后却变成了:"玛

丽昂人呢？"

他生硬而狐疑地说："楼上。"他原本大概是想厉声说："你不许去找她。"他阴郁而空洞眼睛定定地看向——甚至可以说是死死地盯着——安娜所在的方位，而她在如此阴郁的注目下感觉自己的一切已尽收对方眼底。然而他眼睛的朝向还是略有偏差，相对于安娜实际所在的方位，他发出警告的方向微微左偏了寸许，而安娜有些出格地感觉到有股力量正在强制她也朝左侧挪动寸许，站到他的视线或者说"盲线"对准的那个方位。安娜说："那我先去一趟楼上。不用，你还是坐着吧，不劳你大驾了。"汤米确实作势准备起身来拦她，却被她给制止了。她带上房门后直接开始爬楼梯，朝她和詹妮特住过的那个房间走去。她觉得自己之所以不想和汤米纠缠，一方面是因为他俩之间不存在任何意义上的情感联结，另一方面是因为她不知道跟对方有什么可谈的，但对于即将见到的玛丽昂，她同样也不知道跟对方有什么可谈的。

楼梯间里又狭窄又昏暗，安娜将自己的视线从楼梯间下方的漆黑一片转向了那一小块一尘不染、漆成了白色的楼梯顶部平台，透过打开的房门她看见玛丽昂正低着头看报纸。玛丽昂对安娜露出了属于社交场合的那种微笑。"快看哪！"她一边高声招呼着，一边把手里的报纸往安娜眼前递。报纸上有一张玛丽昂的照片，底下是她的"这些可怜的非洲人的遭遇简直令人发指"之类的言论。所配的文章字里行间没有给玛丽昂留半点情面，但是玛丽昂显然并没有领会到任何弦外之音，她站在安娜身后越过安娜的肩膀微笑地看着那篇文章，双肩还会偶尔调皮地耸两下，身体也半是愧疚半是愉悦地扭动着。"我妈还有我的几个姐妹现在已经气炸了。"

"我可以想见。"安娜平淡地说道。她听见了自己平淡而细弱如蚊蚋的声音，也看到了玛丽昂脸上浮现出的一丝不自在的神色。安娜坐在一张套着白色套子的椅子上，玛丽昂则坐在床上。这位不修边幅但风韵尤存的中年妇人现在看起来就像是个楚楚动人、风情万种的大女孩。

安娜心想：我来这里为的是让玛丽昂重新面对现实。她要表现出怎样的状态才算是面对了现实呢？大概得要喝酒喝到酩酊大醉，讲起话来口无遮拦才能算吧。所以她凭什么就不能继续这样下去呢？她凭什么就不能继续这样时不时就咯咯地笑一阵，有事没事就敲一下警察的头盔，跟汤米共谋这样或那样的事情来度过她的余生呢？

"能见到你真是太好了，安娜，"玛丽昂见安娜一直不说话，于是开口道，"你想来杯茶吗？"

"不必了。"安娜强打起精神说。但是这话还是说晚了，玛丽昂这时已经离开自己房间进了隔壁厨房。安娜跟了过去。

"这个小小的房间真是太好了，我真的很喜欢，你以前能住在这里还挺让人羡慕的，换作是我的话我根本都舍不得搬出去。"

安娜看了一眼那个房间，确实小巧精致惹人喜爱，天花板低低的，窗户一尘不染地反着光，里面的一切都显得洁白、光亮而清新，同时也让她心碎，因为这个小小的空间曾经承载着她和迈克尔的爱情、詹妮特长达四年的童年，以及她和莫莉长年累月的友情。安娜靠着墙看向了玛丽昂。玛丽昂正在扮演一个步态轻盈的女主人，眼中闪烁着歇斯底里的神采，她试图借助这样的神采来掩盖内心极端的恐惧——她害怕安娜会把自己从这个洁白得可以将责任抛诸脑后的避风港撵回家去。

安娜走神了，她的一部分心智已经死去，要不然就是在飘离眼下发生的一切。她已然沦为了一具空壳。她仿佛看到了像爱、友谊、责任这样的字眼，并心知这一切皆是谎言。她感觉到自己耸起了肩膀，玛丽昂瞧见后立刻一脸的惊恐万状："安娜！"她这是在恳求。

安娜对玛丽昂微笑了一下。她其实也知道自己脸上的笑容有多敷衍，但心里却在想，算了，这根本就不重要。她回到隔壁的小房间，心不在焉地坐了下来。

玛丽昂很快就端着个茶盘回来了，她在脑海中对自己接下来需要应付的那个安娜已经进行过了各种各样的预测与想象，因而整个人显得既心虚又叛逆。她矫揉造作地摆弄起了茶匙和茶杯,想要激一激那个现实里根本就不存在的安娜,过了会儿又叹了一口气,将茶盘推至一旁,面部表情一下子又柔和了起来。

她说:"我知道是理查德和莫莉要你来的。"

安娜没说话。她觉得自己可以继续这样一声不吭到地老天荒,但很快又反应过来,知道自己马上就会开口。她心想:所以我到底会说些什么呢?说这些话的人又到底是谁呢?准备听听自己究竟要说些什么,这种体验可真是诡异。恍惚间她说道:"玛丽昂,你还记得马特龙先生吗?"(她心想:所以我这是打算聊汤姆·马特龙了吗?太诡异了!)

"谁?"

"那个黑人领袖,你还为他的事情来找过我,想起来了吗?"

"哦想起来了,我有些日子没想到过这个名字了。"

"我今天上午想起他来了。"

"是吗?"

"是的。"(安娜的语气依旧镇定而抽离。她自己也在听。)

玛丽昂似乎意识到了什么,脸上开始显现出煎熬的表情。她拽起一缕头发,将其反复缠绕在自己的食指上。

"他两年前还在英国的时候过得并不愉快。他找殖民地大臣找了好几个星期,但每次都被拒之门外。他还很清醒地预见到自己要不了多久就会被捕入狱,他真的是个绝顶聪明的人。"

"嗯,这我相信。"玛丽昂对安娜牵强而短促地一笑,就仿佛在说:行了,你又开始卖弄了,我已经猜到你接下来想干吗了。

"某个周日我接到了他的电话,他说他身心俱疲,想要歇一歇,于是我带他搭轮渡去了趟格林尼治[1]。我们后来再搭轮渡返程的时候他异常安静,一直都微笑着看着沿岸的风光。你可以想象一下,你要是刚从

---

[1] 又译格林威治,位于伦敦东南郊、泰晤士河南岸,有着大片的绿地。

格林尼治这样的地方回来,高楼林立的伦敦,还有郡会堂大楼[1]在你的眼中将会显得何其壮观?一幢又一幢硕大无朋的商业建筑摩肩接踵,码头挨着码头,船只连着船只,港口接着港口,然后映入眼帘的是威斯特敏斯特[2]……"(安娜一边娓娓地说着,一边饶有兴味地期待着自己接下来还会说些什么别的。)"所有这一切都已经在那里屹立了好几个世纪。我问他在想些什么,他说:'白人殖民者从未挫败过我的决心,上次蹲监狱也没有让我灰心丧气——历史是站在我们人民这一边的,但是今天下午我却感受到了大英帝国如同千钧的墓碑重重地压在了我的身上。'他说:'你有没有想过我们究竟需要经过多少代人的努力才能建立起一个公交车能准点到站、商函能得到高效批复、人民相信官员不会收受贿赂的社会?'我还记得我跟他乘着轮渡经过威斯特敏斯特的时候心想,咱们这里的政客有几个人能有他一半的素质啊——他简直就是个圣人……"

安娜的嗓音沙哑了。她恍然大悟,心想:我总算知道接下来会发生什么了,我已经和玛丽昂以及汤米一样魔怔了,对自身的行为也完全地失去了控制。我居然连圣人这样的词都用上了,我以前脑子还正常的时候就没用过这个词,真不知道这究竟意味着什么。她的嘴还在接着往下说,音调比之前也高了几个八度,刺耳了许多。"是的,他就是个圣人。他是个苦行僧,但一点都不疯癫。我对他说,把非洲独立运动理解为准点到达的公交以及排版工整的商函这件事本身就挺悲哀的。他则表示说悲哀归悲哀,但这就是很多人评判他的祖国的角度。"

安娜哭了。她在一旁看着自己泪如雨下。玛丽昂前倾着身子注视着她,明亮的眼眸里满是好奇与难以置信的神色。安娜强忍住泪水,继续

---

[1] 位于伦敦兰贝斯、泰晤士河沿岸的一栋大型建筑物。
[2] 伦敦最为中心的区域之一,大本钟、白金汉宫、格林公园、自然历史博物馆等等重要地标、公共部门以及政府机构的所在地。

说道:"我们在威斯特敏斯特下了轮渡,然后经过了国会大厦。他说——我估计他想到了里头的那群宵小——'我当初就不该从政的,具体干什么其实无所谓,到头来民族解放运动一定会像旋风卷起树叶一样把各行各业的人都给随机地卷入其中。'他沉思了片刻,说道:'我有预感,在我们取得独立后我很快又会被捕入狱,革命在最初那几年不可能会容得下像我这样的人。相较于做那种一呼百应的演讲,我还是更愿意写些分析文章。'我们找了个地方喝了点茶,他说:'不管是哪种情况,未来的我恐怕都躲不过要长时间吃牢饭的命运了。'这是他的原话!"

安娜的嗓音又沙哑了。她心想:我的老天爷,如果要让我看着一个人在我眼前跟我刚才似的那么多愁善感,我这还不得恶心坏了。唉,我自己都嫌自己恶心。安娜提高了音量、声调发颤地说道:"我们不应该亵渎他所代表的理想。"她心想:我此刻说出口的话才是对他所代表的理想的真正意义上的亵渎。

玛丽昂说:"他听上去确实很优秀。但这些人应该不是所有人都能像他这样吧。"

"当然了。他就有那么个朋友,喜欢夸夸其谈、煽风点火,成天不是饮酒就是嫖娼,而他很有可能会成为他们国家未来的第一任总理——毕竟那些高官必备的品质他哪样没有呢,你说是不是?"

玛丽昂大笑了起来,安娜也大笑了起来。两人都快笑岔气了,笑声更是震耳欲聋。

"还有一个人,"安娜还没说完,(谁呢?她心想,我该不会是打算讲查理·特姆巴了吧?)"还有个叫查理·特姆巴的工会领导,他是个好勇斗狠又赤胆忠心的人物——但是他最近却分裂了。"

"分裂了?"玛丽昂忽然插话道,"什么意思?"

安娜心想:我果然早就计划好要讲查理的事了,刚才说了那么多其实都是在为他的故事做铺垫。

"就是精神崩溃了。但是玛丽昂,你知道这件事怪在哪儿吗?他开始崩溃的时候竟然没有一个人看出任何的端倪，所有人都和伊丽莎白时期的英格兰人[1]似的在忙着钩心斗角……"安娜发现玛丽昂恼怒地皱起了眉头，于是停顿了一会儿，"玛丽昂，你好像很生气的样子。"

"我？有吗？"

"有啊，你肯定在气两件事，其一是'这群**可怜**的人'，其二是他们学谁不好，非得学英国人，况且还是这么久以前的英国人。"

玛丽昂的脸上泛起了红晕，然后大笑了几声。"继续说他的事吧。"她说。

"查理先是跟他最好的朋友汤姆·马特龙吵，后来又开始跟其他的朋友吵。他指责他们在密谋对付他，再后来他又开始义愤填膺地给像我这样的英国人写信。我们本该察觉到他的不对劲的，结果自始至终都浑然不觉。后来某天我突然收到了一封信——那封信我带过来了，你想看一眼吗？"

玛丽昂伸出了手，安娜将那封信交到了她伸出的手里。安娜心想：我把这封信塞进自己包里的时候还一头雾水……这封信是一份经过复写的副本，这封信同时寄给了好几个人，而信件最顶上的**亲爱的安娜**是没怎么削过的铅笔头留下的字迹。

"亲爱的安娜，在上一封信里我已经跟你讲过了敌人正在密谋取我性命的事情。我昔日的友人如今都已与我反目，他们在我祖国的土地上对我的同胞宣称我是国会以及人民的公敌。我病了，此次来信是希望你能给我寄些安全的食物，我担心会有人在我的饭菜里下毒，而我这次得病也是因为我妻子已经被警察以及总督收买，这个女人心如蛇蝎，我必须跟她离婚。我已经被非法拘捕了两回，早就孤立无援，只能束手就擒了。我现在一个人在家，从墙壁到屋顶哪儿都有眼睛在盯着我，而他们喂我的东西一个比一个离谱，从人肉（死人的肉）到鳄鱼这样的爬行动物的

---

[1] 指女王伊丽莎白一世在位的1558—1603年，这一时期以宫廷阴谋盛行著称。

肉等等，不一而足。那条鳄鱼准备找我报仇，夜里我都能看见它两眼放光地盯着我看，它的吻部随时都会穿透墙壁朝我咬过来。快救救我。此致，兄弟般的问候，查理·特姆巴。"

玛丽昂拿着信的手从她身侧耷拉了下来，她陷入了沉默。过了一会儿她叹了口气，跟梦游似的站起身，将信件交还给安娜，接着披了披身下的裙子，然后又再次坐下，双手交握在一起。她半梦半醒地说："安娜，我昨天一整宿都醒着。我不能回理查德那里去，真的不行。"

"那孩子怎么办？"

"我知道，但可怕的是我真不在乎他们。我们女人都是因为爱某个男人所以才会选择生孩子的，反正我是这么觉得的，你可以说对你来说不是，但对我而言是成立的。我恨理查德，真的，我估计我这么多年以来都在不自知地恨着他。"玛丽昂再度像在梦游那样缓缓站起了身，她的目光开始到处搜索着烈酒的踪迹。一叠书的顶上摆着一小瓶威士忌，她倒了半杯，然后握着杯子边啜饮边落座。"我凭什么就不能留在这里跟汤米待在一起？凭什么？"

"但是玛丽昂，这是莫莉的房子……"

这时楼底传来了响动，汤米准备要上楼来了。只见玛丽昂打了个激灵，然后瞬间就镇定了下来。她放下了手中盛着威士忌的酒杯，然后掏出了一块手帕飞快地擦了一下自己的嘴。她出神地想道：楼梯很滑，但我千万不能去搀他。

那盲目而坚实的脚步声缓缓地拾级而上，然后在抵达楼梯尽头后又暂时消失了，那是汤米正在转身摸索着墙壁，然后他就在门后现身了。这是个他不太熟悉的房间，因此他一只手在房门的边沿上一动不动地抓了一小会儿，并将自己阴暗而不见天日的下半张脸转向了房间的正中，这才放开了房门向前方走去。

"再往左一些。"玛丽昂说。

他将自己行进的方向左调了些许，但是步子却迈大了，于是膝盖猛地撞到了床沿。他抢在失去平衡前匆忙转过身,但在此过程中又磕碰了一下,然后才总算坐了下来。他开始以探询的目光环顾整个房间。

"我在这里。"安娜说。

"我在这里。"玛丽昂说。

他朝向玛丽昂说:"你是不是该去做晚饭了,要不然待会儿就得饿着肚子开会了。"

"我们今天晚上要召开一个盛大的会议。"玛丽昂对安娜半是愉悦半是歉疚地说道。当她与安娜四目相对时她不自觉地扮了个鬼脸,然后立刻就看向了别处,而安娜也意识到——或者毋宁说是感觉到——那些她来之前准备对玛丽昂和汤米"讲"的话她早就已经讲完了。这时玛丽昂对汤米说:"安娜觉得咱们的方向出了些问题。"

汤米又将自己的脸朝向了安娜,他那两片固执的嘴唇开始协作着运动了起来,而这是个他前所未有的动作——他上下两片嘴唇先后反复地盖住彼此,就仿佛他以前不愿在当时尚未失明的眼中暴露的游移不定,现在都转移到了此处。事故前他那淡定的嘴唇一直都是他阴暗而坚定的意志的体现,但现在似乎却成了他全身上下唯一一处无法淡定的地方。在这间斗室微弱的光亮中,他如临大敌地坐在床边,显得尤为幼小,尤为苍白,就像是个长着张脆弱而可悯嘴巴的无助小男孩。

"怎么就有问题了?"他问道,"哪里有问题了?"

"问题就在于,"安娜发现自己的声音里现在已经没了半点癫狂的痕迹,又恢复了以往的诙谐与淡然,"问题就在于,伦敦有的是想要找警察干架的学生,但是你们俩却有条件能在相关领域多做功课,精通这方面的知识。"

"我还以为你今天过来这里是想要把玛丽昂从我身边抢走呢。"汤米飞快地接话道,语气带着些孩子气的抱怨,他失明后就再也没这么跟人说过话,"她凭什么要回我爸那里?你想要让她回去吗?"

安娜说:"你们俩一起出去旅个游怎么样?这样玛丽昂能有时间考虑

一下下一步该怎么应对,而汤米,你也能有机会以现在这样的状态出去历练一下。"

玛丽昂说:"我不需要时间考虑,我是不会回去的。回去能有什么意义呢?我虽然并不知道该要如何度过我的余生,但有一点我很明确,就是我如果再回到理查德的身边,我整个人就毁了。"她两眼噙满了泪水,然后站起身逃进了隔壁厨房。汤米将耳朵转向了她离开的方向,肉眼可见地绷紧了脖颈处的肌肉,聆听起了她在厨房里的动静。

"你对玛丽昂真好。"安娜低声道。

"有吗?"他说。他显然就想听安娜这么说,语气里透着股可悲的热切。

"听着——你必须跟她站在一边。一段长达二十年的婚姻的破裂可不是什么小事——这场婚姻的持续时长都快赶上你的年龄了。"她站起了身。"以及我认为你不应该对我们所有人都这么苛刻。"她又飞快地低声补了一句,语气听上去就像是在讨饶,这连她自己都暗自觉得吃惊。她心想:我心里并没要半点想要讨饶的意思啊,所以我说最后一句话干吗?他红着脸若有所思地露出了懊悔的微笑,这个微笑的朝向稍稍高出了安娜的左肩。安娜挪到了他朝向的方位上,心里虽然知道从此刻开始听自己说话的都将会是那个更成熟的汤米,但仍然一下子不知道该说些什么好。

汤米说:"我知道你现在心里在想些什么。"

"所以我在想什么?"

"在你内心的某个角落,你在想:我现在就是在他妈的做慈善,我就是吃饱了撑的!"

安娜如释重负地大笑了起来,因为她发现他开始调侃自己了。

"八九不离十吧。"她说。

"我不用看都知道,"他趾高气昂地说,"这么说吧安娜,再怎么样我也算是个自杀未遂的人,所以我经常琢磨这方面的问题,我得出的结论是：你的这种观点是错误的，人还是需要其他人的善待的。"

"你应该是对的。"

"反倒是那些宏大的命题不会有人真的在意。"

"是吗？"安娜嘴上淡然地说着，心里却想起了汤米参与的那场示威。

"玛丽昂现在还会给你念报纸吗？"她问道。

他露出了跟她刚才说话时的语调一样淡然的微笑，说："我明白你的意思，但这丝毫不影响我观点的真实性。你知道人们真正想要的是什么吗？我是说所有人——世界上所有人其实都在想：我多么希望世界上存在一个能够和我进行真正意义上的交流，能够理解我，能够善待我的人啊。这才是人们真的真的想要拥有的，这才是他们的真心话。"

"汤米……"

"我知道你心里在想，我的脑子肯定被那次事故给弄坏了，它搞不好还真的坏掉了，有时候连我自己都这么觉得，但反正我相信我说的就是事实。"

"我之所以会怀疑你——是不是真的跟以前不一样了，倒不是因为这个，而是因为你对你妈的态度。"

安娜发现他脸颊上泛起了红晕——然后他低下头一言不发，一只手做了个"好了，你让我一个人静静"的手势。安娜跟他道了别，接着经过了背对着她的玛丽昂身边，最后走出了这栋公寓的大门。

安娜慢悠悠地回了自己家。她并不知道莫莉、玛丽昂和汤米之间发生了怎样的事情，或者为什么会发生这样的事情，或者——这才是问题的关键——他们接下来又该怎么办。但是她至少知道有些障碍已经被扫除了，现在一切都将和过去截然不同。

她先一个人躺了会儿；詹妮特放学回来后她又稍微帮詹妮特料理了一些事情；她还瞥见了罗尼，知道了一场意志的较量已是箭在弦上；然后她就坐等莫莉和理查德的到来。

当她一听到这两位上楼的脚步声，她就强打起了精神，准备应对不可避免，但实属毫无意义的唇枪舌剑。他俩进门时却跟两个朋友似的。莫莉很显然在克制着怼人的冲动，此外她演出结束以后也确实没时间捯饬自己，于是现在并没能呈现出平日里理查德最看不惯的花枝招展的状态。

他俩坐了下来，安娜给他们倒了点喝的。"我见过他们了，"她通报道，"我认为一切都会好起来的。"

"那请问你是如何达成如此神奇的改变的呢？"理查德问道。虽然他的话在字面上确实极尽嘲讽之能事，但他讲出来的语气却很平常。

"我也不知道。"

接下来是一阵沉默，莫莉和理查德面面相觑。

"我真的说不上来，但是玛丽昂说她不打算回你身边，我觉得她是认真的。然后我就建议他们找个地方去度个假什么的。"

"但我这好几个月都一直在跟他们这么建议。"

"我觉得如果你能提议让他们去你名下的什么什么公司，让他们去调研一下那里各方面的条件的话，他们是会答应的。"

"你俩就老喜欢出些我早就想到过的主意，而且每次都说得天花乱坠，就好像这个思路只有你们才能想到似的，"理查德说，"你俩在这方面的造诣还真让我叹为观止。"

"此一时彼一时。"安娜说。

"然而你却给不出任何的解释。"理查德说。

安娜稍有踌躇，然后对莫莉而非理查德说道："这事还真挺怪的，我出发前脑子里还完全没想好到底要说些什么，我到了你家以后就跟他们一样疯言疯语了起来，甚至还哭了，然后问题就解决了。你明白我在说什么吗？"

莫莉思忖了一下，然后点了点头。

"呵，我还是不明白，"理查德说，"但这不重要。接下来该怎么办？"

"你应该去找玛丽昂，把事情谈清楚——但是你可千万别跟她纠缠不清,理查德。"

"我可没跟她纠缠不清过,是她一直跟我纠缠不清。"理查德愤愤不平道。

"而至于你,莫莉,我认为你今天晚上应该跟汤米聊聊,我能感觉到他目前已经准备好跟你展开对话了。"

"既然如此我现在就得回去了,趁他还没上床睡觉。"

莫莉站了起身,理查德也紧随其后站了起来。

"我应当向你道声谢,安娜。"理查德说。

莫莉笑了。"我敢肯定下次你俩就又会恢复到正常的针锋相对的状态了,但是像现在这么**客客气气**也挺好的,哪怕就这么一回。"

理查德也笑了——尽管有些牵强,但好歹还在笑的范畴内。他挽过了莫莉的手臂,这两人一起下了楼。

安娜上楼去了詹妮特的房间,在熟睡的孩子身旁的黑暗中小坐了片刻。她还是一如往常地感觉到了自己对詹妮特的保护欲,但是今晚除此以外她还能对这种保护欲进行批判性的审视:我认识的每一个人都避免不了残缺、痛苦和挣扎,但是当我看到詹妮特的时候我立刻又会觉得她或许就能免于这样的命运。但是凭什么呢?这根本就不可能。终有一日我会将她也送入这样的挣扎,但当我看着她睡着的时候却完全不会意识到这一点。

安娜在詹妮特的房间里得到了休整,也恢复了元气。她带上了詹妮特的房门,站了门外黑暗的楼道里。现在该去面对艾佛了。她敲了敲门,接着将门打开了一条缝。她向一片漆黑的门缝里说:"艾佛,你必须搬出去,明天之前。"一阵沉默后,一个慢条斯理,甚至可以说是和善的声音说道:"安娜,我尊重你的决定。"

"谢谢,那真是太好了。"

她关上了房门,然后走上了楼梯。简直轻而易举!她心想,我之前怎么会觉得这事会很不好办呢?接着她脑中又纤毫毕现地浮现出了艾佛捧着一束花上楼来找她的场景。她料定他明天一定会捧着花束上楼来找她斡旋，讨她的欢心。

她料定这一幕一定会发生。果然，午餐时分，他捧着一大束花来了，脸上挂着男人决心要取悦女人时都会有的不胜疲惫的微笑。

"这世上最好的房东。"他嗫嚅着。

安娜接过花束后迟疑了片刻，然后举起花束刷了他一耳光。她气得直哆嗦。

他站在原地微笑着，别向一旁的脸表现出了一副男人遭遇不公时的表情。

"哎呀，"他咕哝道，"哎呀哎呀哎呀。"

"给我出去。"安娜说。她从来没有这么生气过。

他上了楼，没过多久她就听到了他收拾东西的响动。没过多久他就两手各拎了一个行李箱下楼来了，这就是他的行头，也是他在这世上全部的家当了。天可怜见的，三两个箱子就能装下这个小伙子全部的家当了。

他把自己拖欠的房租——五个星期，他不善理财——留在了餐桌上。安娜惊奇地意识到自己正在努力克制想把这笔钱还给对方的冲动；而艾佛在此时则心生厌恶：她还真是个爱财如命的女人，唉，要不然呢？

但这笔钱他肯定是当天上午刚从银行里提出来或是找别人借的。这也就意味着他尽管送了一束花，但他也预料到她心意已决。他心里一定是这么想的：拿一束花搞定她的可能性还是有的，试试呗，五先令的成本而已。

笔 记

【黑色笔记到这里已经舍弃了原先的分成"素材"和"钱"两部分的构想，之后每页纸上都贴满了标注了日期的剪报，这些剪报来自1955年、1956年、1957年这三年，而每一份剪报的内容都关于在非洲某地发生的暴力、死亡、骚乱或仇恨事件，除此以外安娜亲笔撰写的内容仅有一处，上头标注的时间是1956年9月：】

昨天晚上我梦见有人打算把马肖比酒店一行人的故事影视化，剧本已经写好了，作者不是我本人。导演再三跟我保证："你一定会喜欢的，这个剧本简直就像是你本人写的一样。"但是出于种种原因我一直都没能亲眼见到这个剧本。我去过几次排演的现场，"布景"表现的是马肖比酒店外、铁路旁的桉树丛，让我感到欣慰的是导演确实捕捉到了那个地方的神韵，而后来我才发现所谓的"布景"其实就是实景，他真的把整个剧组都弄去了中非，而且拍摄的环境不仅仅是取了当地的桉树丛这么一个实景那么简单，更是还囊括了例如白色尘土间升腾而起的葡萄酒香味的氤氲、烈日炙烤下桉树散发出的独特气味等一系列细节。之后我又看见一台又一台的摄影机开始运转，这些摄影机在等待开机时的对焦及摆动的姿态都让我联想到了枪炮。开机后我愈发地感觉到不安，后来我才意识到导演对于镜头以及段落的择取无不在改变这个"故事"本身的样貌，而这部电影在制作完成后所能呈现出的故事，定会与我印象中的故事产生极大的偏差。我根本无从阻止导演和摄影师，因此只能旁观着这群角色的一举一动（我本人的角色安娜也在其中，但是她和我印象中的自己并不一样）。这群角色说着我完全没有印象的台词，他们之间的关系也和我印象里的大相径庭，而我也愈发焦虑起来。摄制完成后剧组人员随即解散，到马肖比酒店的酒吧里喝酒去了，而摄影师们（我这时才发现他们全部是黑人，剧组全部的技术人员都是黑人）开始拆卸摄像机（同时也是机枪），我对导演说："你怎么把我的故事给改了？"我发现他并不理解我在说什么，而在此以前我还以为是因为他觉得我的故事还不够好所以才有意作出了改动。他显得很是受伤，而且备感意外。他说："但是安娜，当年你目睹了那群人在现在这个位置，不是吗？当年你目睹了现在在我眼前上演的故事，不是吗？他们当年确实说了那些话，不是吗？我拍摄的不过是当年发生过的事情。"我不知该说什么，因为我意识到他说的都是真话，而很有可能我"印象中"的往事才是假的。他因我的苦恼而苦恼地说道："来喝上一杯吧，安娜。你还没发现吗，我们拍出了些什么根本就不重要，前提还是我们真的拍出了些什么。"

这本笔记我不能再往下写了。如果"糖妈"要我给这个梦"定性"的话，我会说它象征着艺术生命彻底的枯竭。除此以外，我在做过这个梦以后就再也记不起玛丽罗斯秋波流转，或是保罗抚掌大笑的样子了。这些记忆尽数消失了。

【两道黑线画过页面，黑色笔记至此完结。】

【红色笔记和黑色笔记一样已经被剪报占据，剪报在时间上覆盖了1956年和1957年两年，内容上则覆盖了欧洲、苏联、中国以及美国的新闻，这些新闻与同一时期非洲的剪报类似，大多都与暴力相关。"自由"这个词每在剪报出现一次，安娜都会拿红色铅笔在底下画一条线，而在所有这些剪报的底下，安娜又统计了一下"自由"这个词总共出现

的次数，一共是 679 次，她用红色铅笔写下了这个数字。而在这一时期她亲笔撰写的内容仅有如下这一条：】

昨天吉米来找我了，他之前刚跟随教师代表团访问了一趟苏联。他跟我讲了下面这个故事。一个名叫哈里·马修斯的人辞去了他教师的工作并前往西班牙参战，然后就负了伤——腿部骨折，在医院里躺了十个月，而在此期间他不断地反刍那些在西班牙发生的事情——那些个见不得人的勾当——还看了不少书，自此就对斯大林愈加不信任了起来，接着又卷入了老一套的内讧，被开除了党籍，加入了托洛茨基派，然后和托派也不和，于是又退出了托派。他从西班牙回来以后一条腿就瘸了，二战爆发后也就去不了前线了，所以只能去参加培训，然后去给成绩不好的小孩教课。"自不必说，在哈里的眼里这世上就没有头脑不聪明的孩子，那些被认为是不聪明的孩子其实只是命途坎坷而已。"整个二战期间哈里一直住在国王十字火车站附近一小间陋室之中，他不止一次地做出了英雄之举，在数次的轰炸以及火海中救下了好几条人命。"他在当地简直就是个传奇，不过当然了，事后当人们想要找出那个救下了这个小孩或是那个老太的瘸腿英雄时他却没了踪影，自不必说，他不齿以此来邀功。"二战结束后吉米从缅甸回英国探望自己的老友哈里，结果两人大吵了一架。"我是个地地道道的共产党员，而哈里却是个卑鄙龌龊的托派，我们于是对骂了起来，从此往后便分道扬镳。但我还是挺喜欢这个烦人精的，所以就想搞清楚这些年他都经历了些什么。"哈里同时过着两种截然不同的人生。他面子上的人生充满了自我牺牲与自我奉献的精神。他不单在学校里给后进生讲课且成效斐然，每天晚上还在自己家里给邻里街坊（一个破落的街区）的孩子上课，教他们文学、教他们读书认字、帮他们补习备考，也就是说他每天有十八个小时都在以各种形式教书。"自不必说，他肯定觉得睡觉纯属浪费时间，于是就养成了每天晚上只睡四个小时的习惯。"他在那间陋室里住了很久，后来一位空军飞行员的遗孀爱上了他，让他搬来了自己的公寓里，还给他腾出两个房间。她有三个孩子，他对她当然很好，但是正如同她将自己的生命奉献给了他，他则将自己的生命奉献给了他的那些学校里和街道上的孩子们。这就是他面子上的生活。与此同时他还在学习俄语，还收集了与苏联有关的书籍、传单和剪报，为自己构建起1900年以来苏联或者说苏共的真实历史图景。

大约在1950年前后，吉米的一个朋友拜访过哈里后跟吉米提起了哈里。"他过去总穿军用衬衣和凉拖，顶着板寸，不苟言笑。他在墙上挂一幅列宁像，以及——自不必说——一幅小一点的托洛茨基像。那个寡妇毕恭毕敬地充当他的背景板，街上的孩子们在他的住处跑进跑出，而哈里一直在说苏联的事。他当年俄语就已经说得相当流利了，而苏联的一些暗斗及密谋他也都如数家珍，更不用说那些大规模的流血事件了。你知道他做的这一切为的是什么吗？你绝对猜不到。""我怎么可能会猜不到，"我说，"他肯定一直都在为那一天的到来做准备。""没错，你一下就猜中了。这个可怜的神经病把一切都准备妥当了——当那天真的到来时，苏联的同志们会立刻看到一线希望，他们会说：'我们已经失去了正确的方向，我们的前路也不再明朗。然而在英国伦敦的圣潘克拉斯[1]，哈里同志已经预见到了这一切，我们要把他请来，寻求他的建言。'"时光荏苒，局势一日不如一日，但是在哈里眼里却是一日更胜一日，苏联一有什么新的丑闻，哈里的士气也就水涨船高。之前就已经在哈里的房间里堆到天花板的报纸这时都蔓延到那个寡妇的房间里了，而哈里的俄语已经说得和苏联人没什么分别了。斯大林死了——哈里点了点头，心想：应该快了。接下来又是二十大：很好，但还不够好。然后有一天他和吉米在大街上碰见了，仇家见面，分外眼红，但是两人又朝对方点了一下头，于是瞬间又冰释前嫌了。哈里带吉米回了寡妇的公寓喝了几杯茶。

---

[1] 地名，位于伦敦市中心偏北的国王十字街区，座落着大型铁路交通枢纽。

吉米说:"我正在组织一个访苏代表团,你有兴趣加入吗?"哈里的眼睛一下就亮了。"你就想象一下当时的那个场景吧,我就跟一傻子似的,心里还在想:看来这个托派对培养了我们的'母校'苏联还是有点感情的嘛,算他还有点良心。然而事实上他脑子里想的却是:我的机会总算是来了。他三番两次问我到底是谁举荐的他,这个问题对他来说显然非同小可,所以我也没好意思说我不过是临时起意,而当时的我更不可能意识到他会真以为'我党'——从莫斯科到伦敦——还在盼着他挺身而出,力挽狂澜。总之长话短说,我们三十位英国老师开开心心地去了趟莫斯科,而在我们当中最开心的还要数可怜的哈里了,他往自己军用衬衣的口袋里塞满了各种文件和报纸,抵达莫斯科以后他整个人就一下子就变得殷勤而且充满期待,对我们每个团员也都客客气气的。而我们则善意地以为他虽然在内心深处鄙夷我们浮夸的生活作风,却打定主意不将这种鄙夷之情表现出来,而且更不用说我们多数人之前都当过斯大林派,而当年斯派在托派面前多少还是会有些心虚的。我们代表团一路参观了工厂、学校、文化宫以及大学,花团锦簇,红旗招展,各种讲话和宴席更是没少去。而哈里穿着他的军用衬衫,拖着他的跛足,怀抱着革命者一本正经的态度,俨然是列宁再世。然而这些苏联人一个个都是有眼不识泰山,他们对他一本正经的态度自然钦佩万分,但还是不止一次问起哈里为何要身着如此的奇装异服,此外我记得他们甚至还问他是不是有什么难言之隐。在此期间我跟他恢复了旧日的情谊,晚上我俩会在我或者他的客房里聊各种各样的话题,而我注意到他看向我的眼神日益困惑,心情也日渐焦躁起来,但我当时还是猜不透他脑子里究竟在想些什么。总之到了我们访苏的最后一天晚上,我们本该出席某个教师协会组织的晚宴,但是哈里却不愿意去,他说自己身体不大舒服。晚宴结束后我去探望他,他坐在窗边的椅子上,那条瘸腿直直地向前伸展着。他起身迎接我,刚开始眼神里还闪着光,但后来发现只来了我一个人,我能看得出这对他是个沉重的打击。他开始盘问起我来,最后发现自己加入这个代表团不过是我在街上偶遇他以后临时起意的结果。我其实相当自责，我就不该让他知道这件事的。我可以跟你发誓，安娜，当我慢慢意识到他的心路历程时，我宁可自己之前随口编了个'赫鲁晓夫亲自点名'之类的故事。他当时一个劲地问我：'吉米，你必须跟我说实话，是不是当初根本就没人让你来邀请我，这纯粹就是你自己的主意？'那个场景真的是太可怕了。就在这时，翻译突然出现了，她想要确认一下我们一行人是否还有什么别的需要，没有的话就此道个别，因为第二天上午我们就见不到她了。翻译是个二十出头的小姑娘，很招人喜欢，一条金黄的麻花辫，一对灰黑色的眸子，我敢发誓代表团里的每个男的都对她动了心思。她来的时候其实差不多已经快累瘫了，在两个礼拜的时间里鞍前马后地带着三十个英国来的老师去文化宫和学校之类的地方可不是什么轻松的差事。哈里一下子就瞅见了自己的机会，他拉出了一张椅子，不容分辩地说道：'奥尔佳同志，快请坐。'我当时就已经料到会发生什么了，因为他已经开始从全身上下掏出各式各样的文件排布在桌面上了。我想劝他收手，但他却朝房门一努嘴——哈里朝门一努嘴，谁在房里都得走。于是我回了自己的房间边抽烟边等，当时都已经凌晨一点了，按照原计划我们得六点起床，七点车就会来把我们送去机场。六点时奥尔佳总算过来了，一张脸因疲惫至极而没有了一丝血色，整个人都是懵的。她对我说：'我就是想告诉你，你得留意一下你这位叫哈里的朋友，我觉得他状态不大对，有些过于亢奋了。'我跟奥尔佳讲了他在西班牙内战的经历，还有他此前的英雄事迹，在此基础上我甚至还替他添油加醋了一番。她说：'不难看出他是个非常好的人。'她打了个大大的哈欠，然后就睡觉去了，因为第二天她还要接待另一个热爱和平的苏格兰牧师组成的代表团。后来哈里也过来了，他形容枯槁，心如死灰，支撑他人生的信念已经全部垮塌了。他想跟我好好复盘一下之前的事，我催他长话短说，一来我们马上就得出发去机场了，二来从昨晚到现在我俩都还没来得及换衣服。"

把吉米支走以后，哈里把报纸和剪报都摊在了桌上，开始讲授苏联共产党的历史，而且还是从《火星报》的年代开始讲的。奥尔佳坐在他的对面，强忍着哈欠，笑盈盈地保持着对于海外进步阵营友人应有的基本礼仪。在哈里讲到中间的某一段时，她询问哈里是不是历史学家，哈里回答道："不是的，同志，我跟你一样，是个社会主义者。"他带着她回顾了充斥着阴谋诡计、英雄事迹和学术论战的年月，一点儿细节都没落下。大约到了凌晨三点前后，她说："同志，我能稍稍失陪一会儿吗？"然后就出门去了，而他还以为她是报警去了，而他即将遭到逮捕，之后就会"被丢去西伯利亚"。当吉米问哈里他要是真被流放去西伯利亚——没准是件好事——又会作何感想时，哈里当时是这么回答的："考虑到眼下的局势，任何代价都是值得的。"但是他一直都没有意识到自己这一通说教的对象是一个具体的人——她叫奥尔佳，是个翻译，二十来岁，金发，父亲在战时阵亡，沦为寡妇的母亲需要她来照看，而她本人明年春天就要和一个《真理报》[1]的记者成婚——而不是大写的历史本身。他既无精打采又欣喜若狂地等着警察找上门，然而出现在门口的却是奥尔佳，手里端着在酒店里点的两杯茶。"那个酒店的服务差得简直难以言喻，所以他估计没少等，还以为过会儿就会来几个警察来把自己给铐走。"奥尔佳坐下后把给他点的那杯茶推到了他面前，然后说道："请继续，抱歉刚才打断了你。"然后哈里才刚讲到斯大林准备派人去墨西哥刺杀托洛茨基的时候，她就睡着了。当时的场景不难想见，哈里把讲到一半的话给生生地咽回了肚子里，眼巴巴地注视着奥尔佳。奥尔佳两条油光锃亮的大辫子贴着她耷拉下来的双肩滑落，脑袋倒向了一侧。他将桌上的纸拢起后推到了一旁，然后轻声地叫醒了她，然后为自己让对方感到无聊而道歉。而她则为自己的失礼而感到羞愧难当，解释说虽然他讲的内容她其实都很爱听，但是作为一个职业的翻译她经常得接二连三地

---

[1] 1918年到1991年之间苏联共产党中央委员会的机关报。

接待各种访问团,工作并不轻松。"而且我妈身体还不大好,我晚上到家还得做家务。"她紧握住他的手,说:"我可以向你保证,假若哪天我们的党史专家对我党在斯大林同志领导时期遭到歪曲的历史进行必要的修正,并且在此基础上重编了党史,我到时候一定会好好学习一下的。"而哈里肯定也被她表现出的羞愧压垮了,他俩又相互保证了一通这个那个的,然后奥尔佳就来找吉米,说他的朋友有些过于亢奋了。

我问吉米接下来还发生了些什么。"我不知道。我们着急忙慌地穿好了衣服,收拾好行囊,然后我们就坐飞机回来了。哈里一路上都没怎么说话,脸色也不大好,但别的也没什么了。他感谢我邀请他进了代表团,并表示说这是一段非常宝贵的经历。我上个礼拜去找他,他到底还是娶了那个寡妇,而那个寡妇也已经怀孕了。我不知道这是不是代表了什么。"

【两道黑线画过页面,红色笔记至此完结。】

【黄色笔记:】

*1 小故事
一个渴求爱情的女人遇上了一个比自己小很多岁的男人,而对方跟她在情感成熟度或者深度上的差距甚至比他俩年龄上的差距还要大。她自欺欺人地说男人天性如此,而对于他来说,这却不过是另一场艳遇罢了。

*2 小故事
一个男人用成年人——感性维度上的成年人——的话语赢得了一个女人的芳心。这个女人慢慢意识到这套话语来自他的理性,和他的感性没有半点关系,他在感性的维度上只是个青春期的男孩。虽然她对此已

经心知肚明，但她还是无可救药地被他的这套话语所打动，所征服。

*3 小故事

近日读到了一篇书评："这世间有着诸多不幸之事，其中之一便是女人——哪怕其中是最优秀的那些人——总是会看上完全配不上自己的男人。"这篇书评一看就知道是个男人写的。事实上一个"好女人"之所以喜欢上一个"配不上自己的男人"，既有可能是因为这类男人总能"定性"这类女人，也有可能是因为这类男人具备某种"好"或"善良的"男人们永远无法拥有的未经雕琢而且模棱两可的特质。普通男人——或者说好男人——是完全态的人，因而也就再无可能性可言。我可以讲个我在中非的朋友安妮的故事，那就属于一个"好女人"嫁了个"好男人"的故事。她的丈夫是个公务员，为人可靠又有责任心，私底下还会偷偷写点打油诗，而她却爱上了一个嗜酒成性，还喜欢拈花惹草的矿工。这个人既没有加入工会组织，也不是矿业公司的经理、文书或者老板，而是不停地从一个小矿辗转到另一个小矿，看着又像会一夜暴富，又像会倾家荡产的样子，而他所在的矿一破产或被并购，他就会卷铺盖走人。有一天晚上我跟他俩待在一起，他当时在一个三百英里开外前不着村后不着店的矿里干活，而圆咕隆咚的她则满脸绯红，少妇的外表下藏着一颗少女的心。他瞥了她一眼，说道："安妮，你生来就是嫁给海盗当婆娘的命。"我还记得当时我们都被这话逗得前仰后合，哪会有海盗住在荒郊野外巴掌大的房子里呢；这是海盗、善良的丈夫，还有安妮三个人的故事。安妮作为好太太罪孽深重，因为她竟和一个居无定所的矿工——与其说是肉体，倒不如说是精神——出轨，但我还记得他说这话的时候她看向他的眼神里满溢的感激。几年后他因饮酒过量而死，我收到了已杳无音讯多年的她的来信："你还记得某某某吗？他死了。你一定能理解我——我的人生已经失去意义了。"这个故事的舞台要是搬来英国的话，那就是一个住在城郊的好太太爱上了一个生活没有着落，成天在咖啡吧[1]流连的混子，后者声称自己正在酝酿作品，也许哪天他脑子里的作品真能问世，但那并非重点，这个故事采用的是那个有担当的正派丈夫的视角，他无法理解这么个混子魅力何在。

*4　小故事

一个原本健康的女人爱上了一个男人，自此她就感觉自己病了，身上也开始出现一些她这辈子从未有过的症状。她渐渐才明白病的不是她自己，而是那个男的。她明白自己得病并非因为那个男的做了什么或是说了什么，而是他的病症在她身上投下了倒影。

*5　小故事

一个女人心不甘情不愿地坠入了爱河。她很幸福，但是一到半夜就会被吵醒，他会像遭遇了什么危险一样高喊着"不要不要不要"醒来，之后控制好情绪以后又会一个人默不作声地缓缓躺下。她实在太过害怕，因而忍不住想问他：你在对什么说**不要**呢？但她问不出口，每次都只能流着眼泪接着睡。她醒来后发现他一直没睡着。她焦虑地问，是你的心在跳吗？他阴郁地说：不，那是你的心。

*6　小故事

一个男人和一个女人搞外遇。她渴求爱情，而他想要的是一种自由。一天下午他斟字酌句道："我得去看看——"她心中惊愕，并明白了这不过是对方的托词，但仍旧完整听完了对方的借口。她说："没问题，这当然没问题。"他冷不防地像个少年人一样大笑了一声，接着说道："你真

---

[1] 不同于20世纪90年代后标准化的连锁型咖啡馆，50年代英国的所谓"咖啡吧"最先出现在伦敦以声色犬马著称的苏豪区，配备了当时很新潮的咖啡机，不仅提供咖啡，也提供可乐等软饮料，价格整体也较为亲民，一时间在青年群体间大为流行。

是太纵容我了。"她说:"纵容?你说什么呢?我又不是你妈,你休想把我变成一个美国女人。"那天他很晚才回到了她床上,她睡眼惺忪地翻过身朝向他。她能感觉到对方的臂膀环抱住自己时的如履薄冰,因而明白了对方并不想和自己做爱。他的下体虽然根本硬不起来,但是他却还是一个劲儿地磨蹭着她的大腿(这真的很幼稚,她有些恼了)。她断然道:"我困了。"他当即就停止了动作。她一想到这可能会伤及对方的自尊,心里立时就不好受了起来,然而这时她却感觉到了对方的勃起,她暗自惊讶于自己的拒绝竟然反而激发了对方的欲望。谁叫她坠入爱河了呢,于是她作出了回应。两人完事后,她知道对方一定很有成就感。她不经意间把自己第六感中的一件事给说了出来:"你刚才脑子里惦记的是别人。"他不假思索地说:"你怎么知道?"然后又打马虎眼道:"我才没有,你就喜欢瞎想。"面对她紧张而悲戚的沉默,他阴郁地说道:"这也没什么大不了的,你知道我跟别人只是玩玩而已。"最后那句话让她彻底幻灭了,她感到作为女性的自己已经完全不存在了。

*7 小故事

一个浪子碰巧住到了一个他既喜欢又需要的女人的屋檐下。他应付起缺爱的女人来可谓驾轻就熟,虽然他一般都很有分寸,但是这次他实在太渴求对方的温存,因而从使用的语言到释放出来的情绪都充满了暧昧的气息。他和她上了床,而这一次与他此前经历过的上百次相比并没有任何的区别。他发现正是自己此次对临时避难所的渴求让他陷入了自己一直以来都唯恐避之而不及的情况:那个女人对他说了"我爱你"。他快刀斩乱麻,就跟和朋友绝交一样与对方正式告了别,然后一走了之。他日记里对此事的记录如下:"不在伦敦待了。安娜表达了抗议,我把她给得罪了。哼,得罪就得罪吧。"几个月后还会出现另一条记录,可能是"安娜结婚了,不错不错",也可能是"安娜自杀了,可惜了,挺好一个女人"。

*8 小故事

一个女性艺术家——可以是画家，也可以是作家，哪样都行——过着独居的生活，但是她的人生一直都在围着一个尚未出现的男人转，她一直都在等待着他的到来，例证之一就是她住在一个对她一个人来说有些过大的公寓里。她满脑子都是这个有朝一日将进入自己生命的男人的身影，而在现实里她已经很久没有绘画或者写作了，尽管如此，在她的认知里自己却依然是个"艺术家"。后来终于有个男的进入了她的生活，对方距离艺术家的标准尚有一段距离，只勉强能算是半个艺术家，而她作为"艺术家"的那个人格附在了他的身上，他培养着这个人格，靠着这个人格创作着自己的作品，而她就像个发电机，源源不断地为他提供着电力。他后来终于成长为了一个真正的艺术家，而她内在的艺术家却死去了，他也在这一刻离她而去，他需要拥有这项特质的女人，不然他就什么都创作不出来了。

*9 微小说

一个美国的"前赤色分子"来了伦敦，他既没钱，也没朋友，进了影视行业的黑名单。他的名声早就在客居伦敦的美国殖民者的圈子——更确切地说应该是美国"前赤色分子"兼殖民者圈子——里传遍了，他是共产党内头一个敢和斯大林主义作风叫板的人，之后又过了三四年这群人才总算壮着胆子作出了跟他相似的表态。他觉得既然现实已经为自己正了名，这些人定会放下此前对自己的敌意，于是便去向这群人求助。而这群人尽管确实转变了自己的政治立场，现在也会因为自己没有早些退党而表现得悔不当初，却依旧视他为叛徒，就好像自己此刻依然是过去的那个尽忠尽职的党员或者党外同志。这个圈子里出现了一则传言，说这个新来的美国人虽然以前是个坚定的共产党员，现在却变成了个神经兮兮的爱国者，还当了美国联邦调查局的走狗。他们听信了这则传言，不愿与他往来，也拒绝向他伸出援手。他们一面排挤着这个人，一面却还道貌岸然地讨论着苏联的秘密警察、非美国活动委员会、告密者和前共产党员之类的话题。后来那个新来的美国人自尽了，他们又开始围坐一圈追忆起了往昔岁月，并搜肠刮肚地找了些不喜欢这个人的理由，好让自己能免于良心的谴责。

*10
　　想写个因为某种精神疾病而失去了时间感的男人或者女人。显然应该拍电影，这种媒介简直无所不能。唉，既然我已经永远都不可能有机会把这个故事给写出来了，我又何苦要去想它呢。话虽如此，我还是成天惦记着这事。有个男的失去了"现实感"，而也正是得益于此，他对于现实的感知反而比所谓的"正常人"要更加深刻。今天戴夫漫不经心地跟我说："你的那个男人迈克尔没事就喜欢否定你，你不该任由这种事影响到你自己。要是哪个男的接不住你，这就只能说明他不行，你是怎样的人物啊，怎么能让这样的男的把自己给整崩溃呢？"他这话说得就好像迈克尔否定我仍是现在进行时，而非什么陈芝麻烂谷子的往事。当然了，他说的其实是他自己，在他说话的那会儿，他自己就是迈克尔。我的现实感在震荡中开始崩溃，不过这还是清晰地揭示了某件事，虽然并说不上来具体是什么。（此类内容应该出现在蓝色笔记里，而不是这里。）

*11　微小说
　　有两个人生活在一起，这两个人随便什么关系都可以——母子、父女、恋人，都无所谓。其中的一人极其神经质，而神经质的症状时常在两人之间传递，发神经的那个人正常了以后，那个正常的就会开始发神经。我还记得"糖妈"跟我讲过她的一个患者的故事，有个小伙子来找她，言之凿凿地说自己出现了严重的心理问题，但她却在他身上诊断不出任何问题来，于是就嘱咐他回去以后让他爸过来一趟，后来他全家上下五

口人一个接一个的都来了，都很正常。最后来的是他母亲，这个女人虽然表面上很"正常"，但实际上却极其的神经质，而她维持自身心理平衡的方式就是把压力转嫁给自己的家人，尤其是小儿子。于是尽管颇费了番周折，"糖妈"最终还是对她展开了治疗，而那个最先来找她的小伙子发现自己身上的压力一下子就不见了。我还记得她当时是这么说的：事情就是这样，一家人里头实质上病得最重的往往是表面上最"正常"的那个，这类人性格强势，所以总能存活下来，而性格较为弱势的人总会替他们表现出本该属于他们的症状。（此类内容应当出现在蓝色笔记里，我必须一码归一码。）

*12 小故事

一个丈夫在外面偷情，这并非因为他真的爱上了其他女人，而是因为他想要借此表明自己可以不受婚姻的约束。某天他在外头睡完其他女人后回到了家中，虽然他早将应对妻子的说辞准备到了天衣无缝的地步，结果却还是"意外"露出了马脚。尽管他毫不自知，但是这样的"意外"——不管是香水味还是口红印，抑或是忘记洗去的交欢后的余味——实际上是他潜意识里有意而为之的，他想要对他妻子表态："我并不属于你。"

*13 微小说，标题就叫《一个不受女人束缚的男人》吧

有个五十岁上下的男人，一直单身，或者结婚没多久就死了老婆，要不然就是离了婚。他要是美国人的话那就设定为离了婚，但要是英国人的话那就设定为他妻子跟他分居了，而哪怕两人还生活在一起，他们之间真正意义上的情感纽带也早已荡然无存。到他五十岁的时候他已经经历过了几十段恋情，其中有三四次都属于正式的关系，对方也都抱着想要跟他结婚的目的，而每当双方虽有夫妻之实但无夫妻之名的关系进展到再不结婚就很难收场的地步时，他就会立即给这段关系画上句号。

但是五十岁的他有点不行了,他对自己的性能力充满了危机感。他同时和五到六位异性保持着伴侣关系,这几位都是他过去的相好,现在都已嫁作他人妇;而他对于这几个家庭而言既是种威胁,又是位朋友。他变得越来越像个总爱跟女人撒娇的小孩子,越来越优柔寡断,越来越想一出是一出,一天到晚不是打电话给这个女的就是那个女的,不是让她们帮自己做这个,就是让她们帮自己干那个;但从表面上看他依然是那个精干、毒舌而机敏的男人,在年轻女人面前他就可以将这副面貌维持一个礼拜左右。他会和小姑娘或者比他小很多的女人勾搭一段时间,接着又会回到年长女人的身边找奶喝。

*14 微小说

已婚或交往多年的一男一女在他们各自的日记里都记录了对另一方最真实的看法(他俩在这方面做得都无可指摘),同时也都在偷看对方的日记。他们虽然后来也都知道了另一方在偷看自己写的东西,但仍旧我行我素了一段时间。但是随着时间的推移,他们慢慢地就不在日记里说实话了,起先这还只是无意识的行为,但到了后来他们甚至会为了对另一方施加某些影响而有意杜撰一些内容。又过了一段时间后他们又开始同时记两本日记,一本留给自己所以上了锁,另一本则留给对方;然后其中一方又会挑个时间点一不小心说漏嘴,另一方则会谴责他或她竟然翻自己那本隐秘的日记,两人吵个不可开交后就永远地分手了,但早就不是因为最初的那本日记了——"我们都知道对方在读自己的日记,无所谓,但是你怎么敢偷看那本只能我自己看的日记呢!?"

*15 小故事

这是个美国男人和英国女人的故事。她在自己的举手投足、一颦一笑间摆明了想要受另一方的支配和主导,而他也在自己的举手投足、一颦一笑间摆明了想要受另一方的主导，认为自己理应充当对方获取快乐的工具，于是双方就这么陷入了死局。后来他们开诚布公地展开了讨论，话题一开始还是男女两性之间的心理，到后来却变成了对英美两国社会的比较。

*16　小故事

有这么一个男人和一个女人，他们两人在房事方面都自视甚高且身经百战，也鲜少遇上旗鼓相当的对手。他们有一天遇上了，然后瞬时就对对方心生厌恶，但他们经过自我审视（他俩都精于此道）后才发现他们真正厌恶的其实是他们自己。他俩面对面的时候就像是在照镜子，一定会被自己对面的那个镜像恶心得龇牙咧嘴，然后背过身去。他们初遇之时彼此之间存在一种微妙的认同感，而在此基础上两人先是成了朋友，又过了一段时间以后两人之间扭曲而微妙的友谊又日渐转变为了爱意；但是由于他们之前已经被互为镜像的彼此恶心过一回了，他俩相爱的可能也因而被彻底断绝了。

*17　微小说

同为情场老手的一男一女凑到了一起，他们的邂逅充满了微妙的节奏。他率先发起了进攻，而她因为先前的经验而充满警觉，但是渐渐地就有些招架不住了。就在她开城投降的那一刻，他却切断了自己投入的情感，也对她没了欲望。她对此黯然神伤，痛不欲生，一段时间过后又投向了另一个男人的怀抱，但这时第一个男人对她的欲火一下子又重燃了起来。而就在此人因为她正和另一个男人同床共枕而血脉偾张时，她却心如死灰，因为重新点燃对方激情的并非她本人，而是她和其他人在一起这件事。尽管如此，在一段时间过后她还是动摇了，而这时他又再一次地失去了兴趣，转而投向了另一个女人的怀抱，而她也投向了另一个男人的怀抱，从此如是循环往复。

*18　小故事

这个故事和契诃夫的《宝贝儿》异曲同工，只不过在这个故事里女人改变自己并不是为了应对不同的男人，而是为了应对同一个男人，这个男人的心思瞬息万变，因此在同一天内她也要相应地扮演十几种不同人格，要么与他针锋相对，要么与他一唱一和。

*19　浪漫艰苦写作学校

巴迪、戴夫和迈克是周六夜生活真性情俱乐部的铁哥们儿，他们周六晚上结群出动。天降大雪，冰天雪地，纽约这座城市是所有城市的爸爸，冷归冷，但真性情。巴迪像猿猴一样耸着双肩站在远处瞪大了眼睛，然后挠了挠自己的裆。巴迪老跟梦游似的，老圆睁着漆黑的眸子，老在我们面前自慰，自慰的时候又浑然不觉，无比纯粹。此刻他就这么站着，白色的雪花落在了他的肩头。戴夫抱住他的下盘将他扑倒在地，两人伸展四肢躺倒在了洁白的雪地里，巴迪险些一口气没喘上来。戴夫挥拳砸向了巴迪的肚皮，哦铁打的哥们儿，铁打的情谊，真性情的周六夜晚，真爷们儿在冰封的曼哈顿闹着玩。"我爱这个婊子养的。"戴夫说，而巴迪这时仍然躺在地上四肢大张着，浑然不觉我们的存在抑或是这座城市的悲伤。在下迈克，人称独行侠，年满十八，此刻正体味着孤独，掌握着一切的动向，承担着全部的重担，站在远处看着我的铁哥们戴夫和巴迪。巴迪可算是回过神来了，粘在他煞白的嘴唇上的几滴唾沫星子飞向了唾沫星子般洁白的雪堆里。他喘着气坐起身看见了戴夫，于是双臂环抱住自己的膝盖一直盯着他看，友爱盈满了他布朗克斯[1]的忧郁双眼。他左边那只长满毛发的手攥成拳头击中了戴夫的下巴，这下轮到戴夫躺倒在死一般冰冷的雪地里了。巴迪坐在地上哈哈大笑，现在又轮到对方来打自己了。干，他还真是个神经病。"巴迪，你还想咋地？"我说。迈克

---

[1] 美国纽约市东北部的一个贫穷的街区。

虽然是个独行侠,但他也是真关心他的铁哥们。"哈哈哈,你瞧见他那熊样了吗?"他笑得上气不接下气,捂着裆在雪地里来回打滚。"丫瞧见他干啥了吗?"戴夫醒转过来后翻了个身,接着一边呻吟一边站了起来,然后就和巴迪真刀真枪地扭打了起来,一边打还一边开怀大笑,直到两个人都大笑着跌倒在了雪地里。我,巧舌如簧的迈克,一边悲伤一边喜悦着。"嘿,我爱死这个混蛋了。"戴夫上气不接下气地说道,接着攥起拳头朝巴迪的腹部挥去。而巴迪则用小臂格挡下了这一击,说:"妈的,我真的爱死他了。"这时我听到了冰霜般寒冷的人行步道上传来了曼妙的音乐般的脚步声,我说:"嘿,伙计们。"我们静候着她的大驾。罗茜穿着她那双能敲击出悦耳的音符的高跟鞋从她暗无天日的公寓里款款而来。"嘿,伙计们。"罗茜甜美地微笑道。我们哀伤地看着罗茜洋溢着自信的神采,散发着她童叟无欺的性感,看着她在步道上打着旋,扭动着她圆润的翘臀,在我们的心间注入了希望。我们的好兄弟巴迪迟疑地跟了上去,他悲伤的目光对上了我们悲伤的目光:"伙计们,我爱她。"好哥们现在只剩俩——握紧双拳的戴夫和巧舌如簧的迈克。我们站在原地,看着我们的哥们巴迪点着头,像是在走向自己的命运一样跟在罗茜身后,他那颗无瑕的心也随着她高跟鞋美妙的节奏一齐跳动。时间它神秘而洁白的羽翼伴随着雪花拍打在了我们的身上,在它的裹挟下我们都将追随着我们各自的罗茜,直到我们步入棺椁,步入死亡。这幅场景是多么的悲伤,又多么的美丽啊,我们的巴迪行走在命运的雪花亘古不变的舞蹈之中,雾凇在他的领子上凝结、干燥、律动。当时我们对他的爱是如此的美好,真实而忧伤,而这份爱虽然对岁月的无情一无所知,但事实上却又无比诚挚。我们转身离去时心中仍然饱含着对他的情谊,青春期的上衣环绕并拍打着我们纯净的大腿。前进吧,戴夫和迈克,带来预兆的悲剧之鸟触达了我们珍珠般的灵魂,于是我们的心里写满了忧伤,戴夫是他,迈克是我,前进吧,在生活面前我们都是傻瓜。纯洁的戴夫像只猫头鹰一样挠着自己的裆。"妈的,迈克,"他说,"总有一天你会替我们所有人把这一切都写下来。"他开始结结巴巴、吞吞吐吐，一点都不巧舌如簧："嘿兄弟，你会写的吧？我们的灵魂凋亡在了这雪白的曼哈顿的人行步道上，资本家的金钱就像地狱犬一样紧跟在我们屁股后头不放？""天哪，戴夫，我爱死你了。"我的少年之心因为爱而拧成了麻绳，我的拳头一边朝他挥去，正中他的下巴，一边在口中带着对世界的大爱、对我哥们的大爱、对戴夫们迈克们巴迪们的大爱念念有词。他摔倒在地，我也紧随其后，将他拥入怀中，宝贝，我爱你，这就是我们在丛林般的都市里的情谊，这就是小伙子们的情谊，纯粹如斯。时间之风吹起，命运之雪落满我们友爱而纯洁的肩膀。

我好像又开始模仿别人的风格了，所以就在这里打住吧。

【两道黑线画过页面，黄色笔记至此完结。】

【蓝色笔记继续，不过往下都没标日期：】

有些人听说我楼上的房间空出来了以后就打电话来打听。我再三说明那间房我没有租出去的打算，但是我近来手头紧也确是事实。有两个女白领从艾佛那里听说我这里有间空房，于是找上门来想要看房，这时我才意识到我并不希望把这间房租给女性，詹妮特和我已经都是女的了，然后再来两个女的，这样一来岂不是整间公寓里全是女人了吗，这可不是我希望看到的局面。后来又来了几个男的想要看房，其中有两个人浑身都散发着一种"你我孤男寡女同处一个屋檐下"的感觉，所以我把这两个人也支走了；而其他三个人则是孤苦伶仃想找个妈的状态，他们要是搬进来，我估计不出一个礼拜就得要我帮他们端屎端尿了。后来我决定这间房就不对外出租了，我出去找份工作也行，搬去一个更小点的公寓也罢，怎样都好。

这段时间詹妮特也一直在表达她自己的意见：艾佛搬出去太可惜了，我希望我们还能找着跟他一样好的租客，等等。后来她又在毫无征兆的情况下表示说想要去上寄宿学校，她现在走读学校的一个朋友就打算去上寄宿学校，我问她为什么想去寄宿学校，她说她想和其他女孩子一起玩耍。我顿时就感觉到了被拒之门外的惆怅，然后又因为自己居然会产生这种感受而生自己的气。我跟她说我需要考虑一下——比较现实的原因当然是花销，但是我真正需要考虑的是怎样的人生道路才真正适合詹妮特的个性。我时常会想，她如果不是我闺女（我指的不是血缘，而是说如果抚养她长大的人不是我的话），她一定会成长为你能想象得到的最最普通的那类小孩，尽管她现在看上去好像喜欢标新立异，但平平无奇其实才是她的本质。尽管她在莫莉的房子里生活过，尽管她完整经历过我和迈克尔旷日持久的关系以及迈克尔最终的离去，尽管她是所谓的"破碎婚姻"的产物；但每当我注视着她的时候，我只看到了一个人见人爱、聪明但又平实、生来就注定将会过上无忧无虑生活的小女孩。我刚才差点就要补上一句"我反正是这么希望的"了，为什么会这样？有些人从不探索自己人生的各种可能，也不主动拓宽自己认知的边界，这种人我平日里连搭理都懒得搭理，但如果换作我自家的孩子是这样的话，我反倒狠不下心去这么评价她了。当她说"我想去寄宿学校"的时候她释放出了一种刁蛮的魅力，那是她正在尝试扑扇自己作为女人的羽翼，而她实际上想要对我表达的是"我只想当个普通人""我想要摆脱这一切的纷扰"。我觉得她一定能感觉到我的抑郁情绪正在与日俱增，虽然我在她面前从不显露出自己死气沉沉、担惊受怕的那一面，但她必定还是感知到了那一面的存在。我当然不希望她离家去上寄宿学校，她就是我的常态本身，有了她我就会继续这么单纯、可靠、感性下去；她就是我的锚，有了她我才能停泊在我正常的状态里。她要是离家去上学……

她今天又来问了："我什么时候才能去寄宿学校啊，我想跟玛丽一起去上学。"（玛丽是她的小伙伴。）

我告诉她要是真要去上寄宿学校的话我们以后就住不起这么大的公寓了，只能搬去一间小一点的，我还得去外面找个班上，虽然也不至于会那么快就是了。现在又有第三家电影公司购得了《战争前沿》的版权，但这次肯定也是什么都拍不出来，反正我自己是这么希望的，我要是觉得电影版真能拍得出来的话，一开始就不会把电影版权拿出去卖了。这笔钱足够让我们母女俩过得更宽裕一些，就算最后真要送詹妮特去上寄宿学校问题也不大。

我走访了几所进步主义学校[1]。

我跟詹妮特提了一下，她说："我就想去一所普通的寄宿学校。"我说："英国寄宿女校可一点都不普通，其他地方可没有这样的学校。"她说："你很清楚我是什么意思。而且玛丽很快就要入学了。"

离詹妮特开学只剩几天的时间了。今天莫莉来了个电话，说有个美国人想要租房，我说我不打算出租，她说："但是这么大的一间公寓现在不就你一个人住吗，他就算真的搬进来你每天都未必能碰得着他。"我仍然坚持己见，她说："唉，我就是觉得你在拒绝社交。你到底怎么了，安娜？"我被她这句"你到底怎么了"给戳中了，因为我确实是在拒绝社交，那又怎么了呢。她说："行行好吧，这人是个美国左翼，现在既没钱，还进了黑名单，而你的公寓里还有那么多间房空着没人住。"我说："他既然是个流亡欧洲的美国人，这也就意味着他一定正在以亲身经历谱写一段史诗般的美国故事，一定正在接受精神分析的治疗，一定拥有可怕的美国式的婚姻，而我一定会不得不聆听他倾诉的苦恼——我是说困境。"然而莫莉并没有笑，只是说："你还是小心点吧，否则要不了多久就会变成其他退了党的人的那副德行。昨天我见到汤姆了，他在匈牙利退了党。他一度是几十号人心中崇敬的父亲般的角色，现在却

---

[1] 有别于强调书本知识与考试技能的传统学校（例如詹妮特想要去的寄宿制学校），强调批判性思维、社会责任、实践、合作等，类似国内提倡素质教育的学校。

跟变了个人似的。我听闻他把自己家里租出去的那几个房间的房租翻了一番，还辞掉了老师的工作，现在已经在一家广告代理公司入职了。我给他去了个电话，问他他妈的知不知道自己在做些什么，他说：'被人当软柿子捏的日子我真的是过够了。'所以安娜，你最好小心点别变成他那个样子。"

我只好表态说那个美国人可以搬进来，前提是平日里我真的可以跟他不打照面。莫莉说："他也不是什么坏人，我跟他见过，特别聒噪的一个人，但哪个美国人不这样啊。"我说："我倒是觉得美国人未必有多聒噪，这种刻板印象现在已经过时了，这年头他们一个比一个自闭，跟外部世界都像是隔了层玻璃或者冰块似的。""你说是就是吧，"莫莉说，"我现在还有些别的事要忙。"

事后再回看我当时的这番话还是很有趣的，因为在我把这句话说出口以前连我自己都不知道原来自己心里是这么觉得的。而且这的确是事实啊，他们是喜欢大呼小叫，但多数情况下也好说话。没错，这才是他们的特质，好说话，而潜藏在他们大大咧咧的表象之下其实是他们对与人建立关系的恐惧。我开始在脑中历数我认识的所有美国人，时至今日这已经不是个小数目了。我回忆起了我和纳尔逊的朋友F君一起度过了一个周末。我一开始觉得如释重负，当时心想：谢天谢地，总算有个正常男人了。但是到后来我才意识到这一切都是他有意而为之的，不论是"出色的床上技术"还是他"男子汉大丈夫"的种种表现全是他有意识地出于责任感而装出来的，其中没有一丝的人情味，一切都是称斤论两的结果，一分不多，一分不少。而一提到"还在老家"的妻子他就会立马低声下气起来（但他确实是怕她的——他害怕的并非她这个人，而是她所代表的那些个社会责任），搞外遇的时候也谨小慎微地不作任何的许诺，表现出的温情也经过了计算，量刚刚好——这一切都经过了他的统筹，要维持什么程度的关系，要给出多少量的情绪。没错，斤斤计较、量入为出，这才是他们的特质。感性当然是会吃人的咯，它只会让你落入社会的魔爪，所以大家才都一个个的这么精明。

我现在已经进入了每次去见"糖妈"时的状态，不去感受，只去言说，这个世上除了詹妮特我谁都不在乎。上一次见"糖妈"都已经是七年前了吧？——大差不差吧。我跟她告别时对她说：你教会了我哭泣，让我找回了我的感受力，我现在都快疼死了，这都是你的功劳。

我还真是老派啊，还找了个巫医来教自己如何找回感受力。举目四望，现在遍地都是些弃自己的感受力如敝屣的人。酷，酷，酷，这才是关键词，这才是口号，最先是美国人在说，现在我们也说。我想到了伦敦周边地区年轻人组成的政治社团里的那些成员，汤米的那些朋友，新一代的社会主义者们——他们的共同点就是精打细算的情感表达，就是酷。

我们生活在一个情感存在"配给上限"的可怕的世界里。太奇怪了，我以前居然没想到这一层。

当年的我在痛楚面前并没有遵从自己想要撤回到麻木不仁的国度里的本能，而是对"糖妈"说——我还记得自己当时的语气里充满了恼怒："我如果告诉你有人丢了枚氢弹夷平了半个欧洲，你就会啧啧地咂两下舌头，接下来我要是还痛哭流涕的话，你就会严厉地皱起眉头或是用其他的肢体动作表达差不多的意思，并要求我回想一下那些被我有意忽略了的情绪。所以我忽略的到底是什么情绪呢？这还用问吗，当然是快乐啦。你会或直白或委婉地说，哦，孩子，想想毁灭内部蕴藏的创造之力！想想原子内部蕴藏着创造新天地的可能性！想想一百万年后从熔岩中破土而出、伸向光明的第一丛芳草的嫩芽，让你的意识在嫩芽上休憩吧！"她脸上果然浮现出了笑意，过了一会儿她的表情又重归了平淡，这时我俩也跳脱出了咨询师与患者的关系，我等待的就是这样的时刻。她说："我亲爱的安娜，所以只要我们能学会相信一百万年后破土而出的小草，我们就都能避免走向疯狂的命运咯？"

这个时代的人普遍都很麻木，但这并不仅仅是四处弥漫着的恐怖氛围,或是人们不敢正视这种氛围的存在所导致的。大家都知道这个社会就算还没彻底完蛋,离那一天也已经没多远了。现在任何一种情绪的最终归宿都是钱或权,于是大家选择拒斥一切的情绪。他们虽说每天还在工作,但却对自己的工作满是鄙夷,因此只好麻痹自己。他们虽说还在爱着某个人,但心里却很清楚自己心中的爱不是浅尝辄止就是扭曲病态,因此只好麻痹自己。

如果你还想要保留爱、感受以及温柔的能力,那么摆在你面前的情绪就算虚假,就算粗劣,就算它还只存在于形而上的层面,就算它还只在想象的国度里露出了一点苗头,你也最好别太较真……而如果我们感受到的是痛苦,那我们也决不能逃避这种感受,因为能逃避痛苦的唯有死亡一途。而不论选择怎样的生活方式,只要不是出于对结果的害怕而斤斤计较、步步为营、含糊其辞……我听到詹妮特上楼的脚步声了。

詹妮特要开学了。校服可穿可不穿,但她还是穿了。谁承想我家小孩居然会喜欢穿制式的衣服,而我却是那种只要一套上制服就一定会浑身难受的那种人。突然想到了一条悖论:我以前虽然是共产党,但当时却没有服务于穿制服的人,而光服务了不穿制服的人[1]。詹妮特的校服是一件丑陋的灰绿色外套和黄褐色的女式衬衫,其设计的初衷就是要让詹妮特这样十二岁左右的女孩显得尽可能的难看。这还没完,这身校服还包括了一顶丑陋的深绿色硬顶圆帽,帽子的深绿配上外套的灰绿丑得可谓是交相辉映、变本加厉,但她却喜欢得不行。这身校服是校长拍的板,我还跟这位校长面谈过——对方是位可敬、博学、淡定、聪慧的英国老太,我估计她的少女心在她还没满二十岁的时候就已经与世长辞了,而且大概率还是她亲手掐死的。我在想我之所以会把詹妮特送去她那里,

---

[1] 在英语中,"穿制服的"往往指的是受到规章制约的劳工阶层,而"不穿制服的"往往指的是不受规章制约的领导或官僚。

会不会是为了给詹妮特一个父亲一般的没有任何女人味的角色？但这件事的奇怪之处就在于，我当初胸有成竹地以为詹妮特一定会和这位校长对着干，就比如说她一定会拒绝穿上这身难看的校服，然而詹妮特却没有半点要跟任何人或事对着干的意思。

詹妮特在大约一年前就跟穿上了一条漂亮的连衣裙似的，突然有了些小姑娘家爱使小性子的可爱，但是当她穿上这身校服后，这种可爱就烟消云散了。她现在成了个穿着一身丑到惊世骇俗的校服的可爱又快活的小女孩，跟一帮与她别无二致的小女孩一起站在车站站台上，校服遮盖了她尚且年幼的胸脯，吞噬了她一切的可爱与活力。之前那个焕发着全新的性张力，并对此有着一种发自本能的了解与警觉的黑头发黑眼睛的活泼小姑娘已经逝去了。我的心里充满了悲伤，与此同时意识到自己心中冒出了一个十分残酷的想法：我可怜的孩子，我们的社会里的男人就算不是像艾佛和罗尼这样的，那也是那种会对自己付出的感情斤斤计较得就跟在市场里砍价似的窝囊废，你要是想在这样的社会里长大，那你最好把你们校长斯特利特小姐作为你的榜样。之前那个可爱的小女孩消失在了校服之下，这场景现在给了我莫大的宽慰，这就好像某件无比珍贵又无比脆弱的事物被藏到了不为人知的地方，因而不必再担心它会遭到坏人的觊觎与伤害。这种感受中暗含着某种针对男人的敌意：你们心里都瞧不上我们女人是吧？行啊，随你们的便吧，这种事我们以后也不会再有所谓了。这样的恶念虽然上不了台面，然而事实上我却非但没有一丝的羞愧，甚至还感觉到了快感。

来自美国的格林先生今天会搬过来，我已经帮他把房间给备好了。他来了个电话说有人邀他去乡间待上一天，问我说能不能明天再过来，然后还唯恐我介意于是连连道歉。我还是有些不爽，毕竟之前安排好的事情这下又得调整了。后来莫莉来了个电话，说她从她朋友简那里听说简今天一整天都在带着格林先生"游览苏豪区"。我肚子里的火噌一下子就上来了。莫莉又提到："汤米也见过格林先生，他不喜欢他,嫌他自由散漫。这件事难道不值得你为格林先生加上一分吗?汤米从来都看不上这种人。他和他的那些个朋友还真是社会主义者的典范,平日里一个个的都是些体面的小资产阶级,但是只要遇上一个心里还有些火焰在燃烧的人,他们就会立刻撕破脸开始揭对方道德上的短。挺奇怪的,不是吗?但是他们谁都比不上汤米那个令人发指的老婆,她可以因为格林先生没有每天朝九晚五地工作就管人家叫废物,你敢信吗?这个姑娘应该嫁给一个时不时就喜欢把自己轻微的自由派倾向拿出来吓唬吓唬自己托利党朋友的小地方生意人,这种人跟她才是天造地设的绝配,然而她到头来却嫁给了我的儿子。她现在在写一本有关宪章运动[1]的大部头,每周还要预留出两英镑来作为自己日后养老的储备金。言归正传,既然汤米和那个小贱人都不喜欢格林先生,那么你反而很有可能会喜欢这个人,也就是说你把房间租给他住并不单单只是在做慈善。"她说这番话的时候我全程都在大笑,然后心想,既然我还笑得出来,这就说明我的状态并没有我之前以为的那么糟。"糖妈"以前还有过一个她花了六个月才让对方重拾笑颜的病例。话虽如此,但是自打詹妮特开学,我一个人独自待在这么一间偌大的公寓里以后,我的状态也确实在每况愈下。刚开始的时候我成天没精打采无所事事地追忆着"糖妈",而我以前回忆她的时候从来都没有像现在这样,觉得光凭我脑海中对她这个人的概念就足够拯救我于⋯⋯于什么呢?我并不想要被拯救。詹妮特此次出门上学倒是让我想到了一件其他方面的事——当一个人无须再去背负任何重担时,他的时间观念相应地就会发生某些转变。自打詹妮特出生以来,我就一刻都没有松懈过,家里有个孩子就意味着你得随时留意时间,永远都不能做那些耗时过久的事情。现在詹妮特出生那天就已经

---

[1] 一场发生于19世纪中叶前后的英国的运动,该运动有大量工人参与,要求将选举权扩展到广大工人阶级,被列宁称为世界上第一场大规模的工人阶级运动。

死去的那个安娜又活过来了。我今天下午坐在地上看着屋外天色渐晚时脑中不再惦念着"一个小时后我必须把蔬菜丢进锅里",而是像个真正生活在这个世界里的人一样,觉得这渐晚的天色仅意味着现在是傍晚,我又回到了此前被我遗忘了多年的幼时的那种精神状态。那时的我会在晚上坐在床上玩一个所谓的"游戏"——我会首先在脑海中构筑我所在的房间,生成并"形容"里面从床到椅子和窗帘的一切,接下来离开这个房间,生成整个房子,再接下来离开房子,慢慢生成外面的那条街道,然后再飞升至半空,俯瞰伦敦这片向八方铺展的废土。但同时仍在脑海中留存着对房间、屋子和街道的想象。接下来再是不列颠岛上英格兰领土的轮廓,然后是紧挨着大陆的一小片岛屿,再然后我会一个大陆接着一个大陆,一片大洋接着一片大洋地构筑出整个世界(但是这个"游戏"的关键在于构筑宏大的事物的同时仍能在脑海中保留渺小的卧室、屋子与街道)。直至我升入宇宙,俯瞰着那颗被太阳照亮的星球在下方旋转。就在我被群星环绕、而小小的地球在我下方转动时,我还要去想象栖息着各类微生物的一滴水珠,或是一片绿叶,我想要的是一种对于宏大与渺小之物并行不悖的察觉。有时我也不会这么按部就班,比如我也可能会先集中注意力去生成单个的生物,比如池塘里的一条色泽艳丽的小鱼或是一朵花、一只蛾,接着再慢慢构筑出其周围的森林、水体,或充盈着夜风、拂动着我的羽翼的那片空旷的大气,然后在短短的一瞬从这些渺小的事物飞升至宇宙。

这对于小时候的我来说并非什么难事,当年的我总是活蹦乱跳,现在想来大概就是因为有这个"游戏"。然而此一时彼一时,今天下午我还没玩多久就已经累得半死,不过我还是做到了,虽然就短短几秒,可我还是看到了下方的地球,亚洲在日半球,美洲在夜半球。

索尔·格林带着自己的大包小包过来看了一下房间。我把他直接带去了他的房间,他才瞄了一眼就来了句:"挺好的。"这句话说得着实太过随意,于是我问他是不是不打算长住。他飞快地朝我投来一个警觉的眼神——我当即反应过来这是他标志性的神情——随后就进行了一番漫长而周到的说明,语气和他此前说要去一趟乡间时如出一辙。这提醒了我,我说:"你那天去苏豪区和简·邦德一块逛街了吧?"他先是吃了一惊,接下来又表现得像是受到了冒犯——而且还是很严重的冒犯,就仿佛他在犯罪过程中被逮了个现行——然后脸上再次换上了警觉的表情,开始一个劲地解释计划有变云云,而他的这番解释让他此前一切的解释都相形见绌,因为很显然他的每一句话都是扯淡,也让我一下子就没了兴致。我告诉他我就只关心租房的问题,我不准备继续在这里住了,所以如果他想在这里长住他就得去另寻愿意跟他合租的人。而他一个劲地说没问题没问题,但好像他什么都没听进去,那个房间也没看在眼里。他把自己的大包小包留在房间里后就跟着我一起出来了,我以房东的身份跟他说明了一下住这里的规矩,这里的规矩就是没有任何的规矩。这是句玩笑,但他没听明白我的意思,于是我只好单刀直入地告诉他,他要是打算带姑娘回来过夜我也不会介意。他出乎我意料地发出了洪亮、唐突而遭到冒犯的大笑,并表示说他很高兴我把他当作了一个正常的男青年看待。他的这个反应真的很美国,美国男人只要一听到别人聊到他的男子气概就一定会是这样下意识的反应。我原先还准备把这间房的上一任房客搬出来当笑话讲,但瞧见他如此反应后便打消了这个念头。我感到周遭的一切都又烦扰又膈应,于是径直去了楼下的厨房,不去管他愿不愿意跟来。我泡了杯咖啡,他也跟了进来,我问他要不要也来一杯,他迟疑了,接着就上下打量起了我。我一生中还从未遭遇过如此不加掩饰的性意味的审视,其中既无情趣,亦无温度可言,就仿佛饲养员在拣选牲口。于是我顺势说道:"我希望我入得了你的眼。"他又爆发出了唐突而遭到冒犯的大笑,说:"我错了,我错了。"——这说明他要么压根儿没意识到自己刚才像挑牲口似的在评估我的各项指标,要么就是羞耻心太重,于是揣着明白装糊涂。我没有计较,跟他坐在一起喝了点咖啡。这个人让我不大舒服,具体的原因我说不大上来,但好像与他待人接物的方式有关。这人的外貌也多少让人有些丧气,这种感觉就好像你此前本能地期望能从他身上发现一些什么,然而当你真看向他的时候却一无所获。他皮肤很白,一头齐整的板寸,看上去活像把白到反光的毛刷。他的个头也不高,尽管我不知哪来的印象觉得他就该是个大高个,但眼前的事实却并非如此,他身上的衣服相对于他的身板来说明显过大,就这么松松垮垮地罩在他的身上。你很难不去期待他会是个肌肤白皙、身材敦实、虎背熊腰、双目碧绿、面盘方正的美国佬,然而实际上在你眼前站着的却是一个在尺寸上与搭在他又宽又瘦的双肩上的衣服毫不相称的小个子男人。我就这么一直盯着他看的时候我的目光遇上他的目光,然后就被他的眼睛给吸住了,他那双冷峻的灰绿色眼睛没有一刻不在戒备,这也是他这个人最引人注意之处——他无时无刻不在戒备。我出于对"美国来的社会主义事业的同志"的情谊问了他一两个问题,但后来还是作罢了,因为他对我所有的问题都是回避的态度。我想找些话题,于是问他为什么要穿这么大号的衣服。他露出了吃惊的表情,似乎很意外我注意到了这点,然后闪烁其词地说自己之前掉了不少体重,他在正常情况下比现在还是要胖不少的。我问他是不是生过什么病,他再一次表现出了受到冒犯的样子,就好像有人在逼问或窥探他的秘密一样。我俩相对无言地静坐了片刻,既然我说什么都这么招他的恨,那他最好还是赶快走吧。就在这时我提到了他之前一直没提到过的莫莉,结果出人意料地他好像整个人都变了。我唯一能想到的形容就是好像他某个地方控制智力的开关被打开了一样,他此前涣散的注意力又集中了起来,并且还能对莫莉的个性以及处境作出一针见血的评价。这让我惊异不已,我意识到除迈克尔以外我此前从未遇到任何一个男的能像他一样能在这么短的时间内就对一个女人产生如此深刻的洞察,而除此以外还让我感到惊异的是他作出的是那种当事人听说了之后一定会心花怒放的"评定"……

【安娜从日记或者说编年史的这部分就开始标注星号，并给这些星号都编了号。】

……这让我又是新奇，又是羡慕，于是我就提了几句我自己的事（*1），他由此便展开了对我的评价——或者说更像是说教，他现在就像是那种话糙理不糙的长辈，指点着我独居女人的种种危险、隐患和好处。我不禁感到有些错乱以及难以置信，毕竟十分钟以前这个男人还在以一种冷血甚至敌视的性别化的目光打量着我，然而这种态度在他此刻的话语中却已荡然无存，而与之一起消失不见的还有此前那种半遮半掩的好奇，以及他习以为常的会在一瞬间对女人流露出来的那种舔着嘴唇的期待。此刻与彼时完全相反，我都不记得自己遇到过的哪个男人可以跟他一样，在面对拥有我这样的人生的女人的时候言辞间还能保持单纯、坦诚以及同志般的情谊。一方面他对我的"评定"颇高（*2），但另一方面他又在把我当一个小女孩而非一个比他还要年长几岁的女人说教，这使得我突然笑了起来。然而让我意外的是他仿佛没听到我笑了——他既没有因我的笑声感到冒犯，也没有停下话头等我笑完，更没有问我笑的缘由，而只是自顾自地一路往下说，就仿佛他完全忘了面前还有个大活人在场。这让我感到极其的不适，无论是出于主观意愿还是考虑到客观因素我都必须赶紧结束这场对话，因为待会儿还有某个公司的代表要过来买《战争前沿》的版权。然而那个人到了以后我突然又不打算把版权卖给他们了。这个公司倒是正经想把电影版给拍出来的，但是我心里却在想：虽说现在我的人生确实第一次出现了入不敷出的情况，但我要是此刻就选择妥协，那此前这么多年的死撑不就全没有意义了吗？于是我告诉他我不卖了，但是在他的认知体系里这世上就没有任何一个作家会不愿意出售自己作品的版权，所以我一定是把版权卖给了别家，于是他不断地提出更高的价码，而我则不断地予以回绝。我被这个场景的荒诞给逗笑了，而他的反应则让我联想到了此前索尔对我大笑的无视——这人闹不明白我为什么要笑,因此他的视线形式上虽然还在我身上,但那个此刻正在捧腹的真正的安娜在他眼里却是不存在的。待到他走的时候,我们对彼此都已经没什么好脸色了。这不是重点,说回到索尔。当我告诉他待会儿还有别的客人要来找我的时候,他表现出了出乎我意料的窘迫,就好像我并不只是说了句待会儿有人要来我这里谈事情,而是想要找个理由把他给打发走一样。后来他还是尽力在举手投足间掩饰住自己的窘迫和防备,冷酷而生分地点了一下头,接着就径直下了楼梯。他的离去让我糟心不已,这就是场从头别扭到尾的会面。我心底已经有了结论:我当初就不该松口同意让他搬过来。但是我后来还是找了个机会,跟索尔说了我不打算出售小说的电影改编权的事。此前我周围的人总喜欢说我傻,因此我跟他说这件事的时候心里充满了提防。但他却笃定地赞同了我的这个选择,他说当年好莱坞也没人相信会有作家因为不希望自己的作品被改编成为一部烂片,而拒绝送上门来的钞票,他也是因为这个才离开了好莱坞。此时他口吻之阴郁绝望和那些在好莱坞工作过的人如出一辙,他们都不敢相信现在的世道竟能堕落成这样。这时他又说了句触动我的话:"不管是什么时候,我们总还是要坚持一些立场的。是,咱们有时坚持的立场也不一定对,但是一个人总得有点立场才行。这方面你没法跟我比……"(他这句'这方面你没法跟我比'所隐含的阴暗也触动到了我,不过是负面意义上的触动,他这句话就好像我俩非要分出个高下才行)"……虽说你们这儿也存在压力,但远没有我之前遭遇过的那些逼我乖乖就范的压力那么直接赤裸。"我虽然知道他在指什么,但还是想听他亲口说,于是问道:"对什么乖乖就范?""你不会真不知道吧?""怎么可能。""我估计也是。"然后他又带着一丝阴郁说道:"说实话,我从那个人间炼狱里明白了一件事——有些人如果平日里就没什么立场,那么局势严峻起来的时候就更不能指望他们表态了,遇上这种局面他们就只有举白旗的份儿。你可千万别再问我对什么举白旗了,那玩意儿要真能三两句话说清楚,那这世上就不会发生那么多非得要我们坚持立场的事情了。我们不应该害怕保持天真，天真并不可怕……"他又开始对我说教了。我喜欢被人说教，也喜欢他讲的内容，但是他说着说着就再一次无视起了我的存在——我敢对天发誓他已经完全想不起我还在他跟前站着——而鉴于此，我有恃无恐地上下打量起了他。他背靠着窗户，吊儿郎当的站姿就像是从我们看过的电影里走出来的美国小伙——一个那话儿挺拔伟岸的性感纯爷们。他的拇指扣在皮带上，指头没有并拢，无意间都对着自己的那话儿——我每次在电影里看到这种站姿都会忍俊不禁，因为这么站着的人往往长着一张美国式的、与他成熟而孟浪的站姿完全不符的、不谙世事的脸蛋。索尔嘴上在教育我该如何应对社会的压力，站姿却又是如此的色情。虽然这个姿势属于他的无心之举，但却是冲着我来的，我慢慢就开始感觉到了恼怒，因为我需要一心二用地接收两种截然不同的语言。我又逐渐意识到他现在已经变了个人。先前我一边看着他，一边满心的不安，我希望能发现他的另外一面，却只看到一个骨感的男人罩着一身松松垮垮的衣服。但现在，他身上的衣服却是合身的，看上去还很新，我这才意识到他一定上街买了新衣服。他现在下身穿了条整洁的蓝色紧身牛仔裤，上身穿了件深蓝色的贴身毛衣。这一套合身的衣服让他整个人都小了一圈，但他的外形看上去依旧不对劲，他的肩膀着实太过宽大，两侧的髋骨也太过突出。我打断了他漫长的独白，问他是不是因为我那天早上说的那番话才去买的新衣服。他蹙起了眉头，沉默了一小会儿后表示他希望自己看起来"能尽量别太土"。我再一次感觉到了不适，说道："难道没人跟你说过你的衣服不合身吗？"他就跟没听到我的话一样什么都没说，眼神还飘忽了起来。我说："就算没人告诉过你，你自己总该照过镜子吧？"他哑然地笑了一声，说："小姐，我近来并不喜欢照镜子，但我以前还觉得自己挺中看的。"他说这句话的时候又把那风骚而散漫的站姿拗得比之前更厉害了。我能想见他肌肉量和骨架大小相称时的样子，那时的他一定体态壮硕，肌肤白皙，全身散发着健康的气息，冷感的灰绿色的眼睛精明地打量着一切。然而现在这一身整洁的衣服却更加彰显了他外形上的不协调感,看哪儿哪儿不对,我意识到他看起来像是个病人,脸上没有半点的血色。他仍然保持着散漫的站姿,仍然没有看向我这个人,但在性的层面上挑衅着我。我觉得这件事真的太怪了,他明明有能力对女性达成鞭辟入里的洞察,并且使用一套带着质朴的温度的语言,但此时却又是这么一副德行。我险些就步他的后尘说些类似于"你一边对我说些老于世故的话,一边却站得跟个腰间挂满了隐形左轮手枪的牛仔似的,你他娘的到底想干吗"这样的话来。现在我跟他之间距离又疏远了,他继续说话,哦不对,说教了起来。总之我跟他说我累了,然后就去睡觉了。

今天我从早到晚都在玩那个游戏,在接近午后的时候我总算可以轻松地达成游戏目标,这也算是了却了我的一桩心事。在我的感觉里好像我只要能进入某种自律的状态,而非漫无目的的阅读或思考,我就能战胜我的抑郁情绪。詹妮特不在家了以后我就没了外部的制约,于是就不必在上午起床了,这对我而言绝不是什么好事。所以我必须要建立一套内在的制约,现在可以依靠"游戏",要是哪天连"游戏"都失效了我就只好出去上班了,而鉴于我的财务状况,这本来也是早晚的事。(结果我发现自己开始茶饭不思,成天都惦记着钱的事。我对工作这个概念本身都充满了厌恶。)我准备找份社会福利相关的工作——那是我比较擅长的领域。今天家里一点动静都没有,索尔·格林也不见踪影。晚些时候莫莉来了个电话,说简·邦德"不可救药地爱上了格林先生",然后又补充评价说只有得了失心疯的女人才会跟格林先生这样的人纠缠不清。(她是想要告诫我吗?)(*3)"他这种男的吧,就算前一天晚上还跟你如胶似漆,第二天也照样人间蒸发。不过一夜情这种事情咱们年轻的时候也没少干就是了……啊,想当年啊……"

今天早上我醒来的时候有了一种前所未有的感觉。我脖颈上的肌肉又紧又僵,而且我能明显感觉到自己的呼吸——我正在主动进行深呼吸的动作。而在一切感觉中最明显的是我的肚子——更确切地说是我隔膜下方的区域——一直在发疼，这种感觉就像是那里的肌肉纤维都缠成了个结。我心中充满了不明所以的忧虑，而正是这种忧虑让我最终排除了消化不良，或是脖子着凉之类的可能性。我打了个电话给莫莉，问她书架上有没有那种介绍各类疑难杂症的书，要是有的话能否给我念一下焦虑症那个条目——我给她的说法是我想要明确一下我之前读到的某本小说里对于这种症状的描述对还是不对。打完这通电话后我开始反思自己为什么焦虑——我并不是在担心钱的问题，我这辈子就没有因为缺钱而郁闷或担心过，而且退一万步说一个人只要真的想，钱这种东西还是能够挣得到的。我也不是在担心詹妮特。所以我还是没想通自己到底焦虑什么。我将这种状态"评定"为焦虑后，我的这种状态反而暂时性地得到了缓解，但今天晚上（*4）却又急遽恶化了。真棒。

今天一大早电话就响了，来电的是简·邦德，她找索尔·格林。我敲了他的房门，发现没人应答。他搬进来以后已经好几次彻夜未归了。我本想回电话直接说他还没回来，但又突然意识到如果对方真的"不可救药地爱上了格林先生"，就这么跟她说也不大合适。于是我又敲了敲索尔·格林的房门，然后推开门往里看了一眼。他在床上，身躯以一种奇怪的姿势在干净的被单下紧紧蜷成了一团。我喊了他一声，他没反应。我又走到他近旁，伸出一只手搭在了他一侧的肩膀上，他依旧没有反应。我一下子就慌了——他一动不动地躺在那里，脸就像一张纹路细腻、微微起皱的纸一样苍白，我还以为他死了。我想帮他翻个身，然后就触摸到了他冰冷的皮肤——我感觉到了一股寒意顺着我的双手向上爬，这让当时的我惊惧不已，而甚至在我写下这行字的这一刻，我的手掌上似乎都还残存着当时穿透他的睡衣传来的躯体寒冷而沉重的触感。这时他突然就醒了。他在转瞬之间就坐起了身，双脚甩过了床的边沿垂到了地上，与此同时一脸惊惶地像个害怕的小孩子一样搂住了我的脖子。我说："你干什么呀。简·邦德来电话找你。"他双目圆睁，半分多钟后才缓过劲来,于是我又重复了一遍刚才的话,然后他就踉踉跄跄地接电话去了。在他对着话筒语气生硬地嗯嗯啊啊的时候,我从他身旁走过直接下了楼。这件事让我浑身难受,我的手掌还能感觉到那死人般的阴寒,而双臂搂住我脖子的那个他与清醒时的他简直判若两人。我喊他下楼来喝点咖啡,见楼上没动静我又喊了好几次,他这才一声不吭、脸色惨白、紧张兮兮地下来了。我递给他一杯咖啡,说:"你睡得还挺沉的。"他说:"啊?哦,是啊。"他对着咖啡品评了几句,但说着说着就没声了。我说话的时候他完全没在听,眼神既集中而警惕又显得涣散,并不像是看见了我的样子。他搅了会儿杯里的咖啡,然后又开始说话了,我敢打赌这个话题是他在诸多话题里随便挑出来的。他谈起了该如何把一个小女孩拉扯大,并在这个话题上表现出了相当的睿智与学识。他滔滔不绝地说着,我中间也说了两句,但他却仿佛什么都没听见。他还在继续往下说,而我发现自己开始走神,然后意识到自己就只留了一半的注意力在他说的话上,另一半的注意力则在等他说"我"这个字。我,我,我,我——我开始觉得这个字简直就像是一挺机关枪朝我射来的一梭梭子弹,而我开始迷上了他那张利索得跟机关枪似的嘴。我插了句话,他没听见,于是我又插了一句道:"你对孩子很了解啊,你是不是结过婚?"他吃了一惊,一时间嘴巴微张,双目圆睁,然后爆发出了一阵少年人一般的大笑:"结婚?你这是在取笑我吗?"我感受到了冒犯,他这句话显然是在针对我——他在以男人的身份警告作为女人的我当心婚姻的陷阱。这时的他和刚才那个喋喋不休、舌灿莲花(但无时无刻不被"我"这个字打断)的那个男人判若两人,跟第一天那个用眼神把我剥得一丝不挂的那个男人也没有任何相似之处。我感觉到自己的胃部在紧缩,这才恍然大悟我焦虑的来源是索尔·格林。我将空了的杯子推到一旁,跟他说我该去泡澡了。他是个一听说别人还有些别的事要办就会表现得像是被人揍了一拳或是踹了一脚的人,但是当时的我已经完全把这事给忘了,而他听到后果不其然又和接到命令似的慌忙从自己的座位上站了起来。我说:"索尔,我的天哪,你轻松点好吗?"他本能地想要逃离现场,但还是克制住了这股冲动,而他全身上下的肌肉也都肉眼可见地参与了进来。然后他充满魅力地、仿佛洞察一切似的对我微微一笑道:"你说得对,我这人确实容易紧张。"我当时还穿着晨衣,在我经过他身边去卫生间的时候,他又发自本能地摆出了大拇指勾着皮带,其余手指下垂的"男子汉站姿",还有意投来了浪子般讥诮的眼神。我说:"我很抱歉我没有穿得跟玛丽莲·迪特利希[1]一样再退场。"他又发出了少年人的大笑,我没理他,直接去卫生间泡澡了。尽管我躺在浴缸里的时候还因为种种担忧而全身紧绷着,但也能在抽离的状态下观察自己在"焦虑状态"里的种种表现,这种感觉就仿佛此刻住在我身体里的并不是我自己,而是一个身患我从未得过的病症的陌生人。泡完澡以后我整理了一下自己的房间,在地上清空出了一块区域然后坐了下来,又试着玩了一下那个"游戏",结果却失败了。我意识到自己就快要爱上索尔·格林了。我一开始只是觉得这个想法好笑,但后来琢磨了一会儿以后却又接受了——说"接受"也不贴切,我分明是在争取要爱上他,就仿佛这段爱恋是我注定的命运一样。索尔一整天都待在楼上,简·邦德来了两个电话,一次我人在厨房,所以就听见了他们电话里讲的内容。他以他惯常斟字酌句且事无巨细的方式跟对方说,自己因为怎样怎样的原因没办法过去与她共进晚餐,然后又详述了自己之前去里奇蒙的经历。之后我和莫莉一起吃了顿晚饭,席间我跟她谁都没有谈及我和索尔的关系,也就是说我与索尔之间的信任现在已经优先于我和莫莉之间朋友的那种信任了,我也因此反应过来自己已经爱上了索尔。莫莉以她惯常的口吻对我讲述着索尔如何在伦敦情场上所向披靡,她这一次毫无疑问是在对我发出警告,而其中也有她的占有欲在作祟。莫莉每提及一个被他吸引的女人,我内心深处一种隐秘而又欢欣的决心也会随之增长

---

[1] 原名玛丽·玛德琳娜·迪特利希(1901—1992),德裔美国演员。

一分。勾起我心思的是他浪子般大拇指勾着皮带的站姿以及冷峻而讥诮的眼神,而非那个"评定"了我的男人本身。我到家的时候他刚好出现在了楼道上,他有可能是有意等在那儿的。我请他喝了杯咖啡,他略显哀愁地长吁短叹了一番,羡慕我拥有朋友的陪伴以及稳定的生活,言外之意是我刚才和莫莉吃晚饭却没叫他。我说是因为知道他另有约会,所以才没叫上他。他不假思索道:"你怎么知道?""我听你跟简在电话上说了。"他投来了提防而惊异的眼神,意思很明显:你多管什么闲事?我恼了,说:"你要真的那么在意隐私,就该把电话机带回自己的房间然后把门给关上。""我以后会的。"他阴郁地说。我心里又别扭地咯噔了一下,一时间又不知该如何是好了。我问起了他之前在美国的生活,他一直闪烁其词,可我锲而不舍。后来我说:"你有没有意识到你从来都不直接回答别人的问题——为什么?"他思索片刻后说,他虽然现在人已经到了欧洲但脑子还没转过来,在美国是不会有人问你以前有没有加入过共产党的。

我对他大老远来了欧洲了却没办法甩掉往日的阴影表达了惋惜。他说他自己也感到惋惜,但他就是很难适应这里,然后我俩就聊起了政治。他跟我们所有的同类一样能够驾轻就熟地保持心中愤恨、悲伤与决心之间的平衡。我上床睡觉的时候有了定论:爱上这个男人绝非什么明智之举。我一边躺着,一边反复玩味着"爱上"这两个字,就仿佛这是种病的名称,而我可以自由选择要不要得这样的病。

他每次回来以后四肢僵硬地爬楼梯的时候总能碰上我泡咖啡或茶,然后他就会生硬地点一下头,并释放出孤独而寂寥的气息,而我则能感觉到他的孤独像一团冷雾一样萦绕在他的身旁。我会礼节性地邀请他一起喝一杯,他则会礼节性地接受我的邀请。今天傍晚他坐在我的对面说:"我在老家有个朋友,在我离开美国来欧洲前,他告诉我他已经对自己的种种艳遇感觉到厌倦了,在他的感官里这类事情已经变得无聊至极而且毫无意义。"我大笑道:"像你朋友这么博览群书的人肯定知道这种情况很常见。"他不假思索道:"你怎么知道他博览群书?"我心里又似曾相识地咯噔了一下,首先,他这位朋友就是他自己这件事实在太过于显而易见了,以至于一开始我还以为他是在有意自嘲;其次,他就像关于电话争论的那次一样表现出了狐疑与警觉;而最糟糕的是他故事的主人公明明是他自己,他张嘴就是"你怎么知道**他**博览群书"而不是"你怎么知道我博览群书"。这还不算,在他充满警告意味地瞪了我一眼之后,他的视线甚至还看向了别处,就仿佛这里还有另一个人,仿佛**他**现在就站在这里。迄今为止我识别这种氛围的依据并非他的语言乃至眼神,而是我胃部在焦虑情绪下骤然的紧缩。我会首先感受到生病似的焦虑和紧张,接下来我耳边很快会再次响起我们此前发生过的那些对话,脑海中也有可能会重演此前的场景,然后我就会意识到自己的心刚才就已经咯噔过一次,这种感觉就仿佛物品上出现了一道裂纹,而同时还有些什么别的东西正在通过这道裂纹倾泻而出,而这所谓的"别的东西"令人胆寒,而且还对我充满了敌意。

在结束了这场关于博览群书的朋友的争论后我就再也没吭声。我开始觉得他冷静而睿智的分析能力与他在那些难堪的时刻(我用"难堪"一词来将我自己与那令人胆寒之物分隔开)的表现之间的反差着实不可思议。这是真正意义上的不可思议,以至于我在喘息的间隙都完全说不出话来,而每当我经历完这样的时刻以后,我在感到害怕之余还会感到悲悯,我会想起那个他,睡意朦胧中,向我伸出双臂的孤独的孩童。

结果他又一次提到了自己的那位"朋友",却又表现得就跟他一次都没提到过这个人一样,我感觉他应该真不记得自己半小时前就已经提过这茬了。我说:"你的那位朋友"——(他的视线再一次离开了我和他的位置,看向了厨房正中的这位朋友)——"他是真打算从此洗心革面改掉到处**搞女人**的习惯呢,还是说他这一次也跟以前无数次一样纯属心血来潮?"

我意识到自己重读了"搞女人"这几个字后,反应过来自己的语气为什么听上去如此恼怒。我说:"你每次一说起男欢女爱就喜欢说'他搞了谁谁谁'、'我搞了谁谁谁',或者'他们搞了谁谁谁'。"他唐突地笑了起来,但他显然没听明白我的意思。我说:"从来都是主动语态。"他飞快地接话道:"什么意思?"

"你的这种说法让我尤其不舒服——换成是女人的话那自然就会变成**我**被谁谁谁搞,**她**被谁谁谁搞,她们被谁谁谁搞,而你作为一个男人肯定就不会被女人搞,都是你搞女人。"

他缓了一下才接话道:"小姐,你怎么老喜欢让我下不来台呢。"他在有意无意模仿一个美国大老粗讲话:你怎么老喜欢让我下不来台呢。

他的眼睛里闪现出了敌意,而我肚子里的敌意更是有过之而无不及,这么多天以来我一直憋着的某种情绪终于抵达了沸点。我说:"几天前你还在说你当年是怎么跟你美国的朋友们一起就语言对性的污名化进行抗争的——你将自己描述为了最为纯粹的清教徒索尔·加拉哈德[1],但你却动不动把'搞女人'挂在嘴边,你也从不直接说'女人',而是'娘们''骚货''宝贝''美人''妞',不是念叨屁股就是念叨胸,你一提到女人,我眼里就会出现商店橱窗里的人偶或者一堆被拆解出来的乳房、大腿或者臀部。"

我是很愤怒,但与此同时还觉得这件事很可笑,而这又进一步加剧了我的愤怒。我说:"我大概就是你所谓的老古董吧,不过要是我有朝一日能目睹哪个男人虽然成天只会把屁股或宝贝之类的话挂在嘴边,但对两性关系却能保持健康的态度,那上天就降下一道雷把我劈死算了。活该你们这些该死的美国人一个个地都栽在了他娘的性生活上。"

片刻后他不动声色地说:"我活了这么多年,这还是头一次有人指责

---

[1] 加拉哈德是亚瑟王传说中最为纯洁的一位圆桌骑士,在传说中他最终捧得了亚瑟王以及圆桌骑士一直在追寻着的圣杯,并在其后升入了天国。

我反女权。你也许不会相信,但我是我认识的美国人里头唯一一个不三天两头对美国女人进行道德审判的人。男人当然是因为自己配不上女人所以才喜欢指责女人啊,这么简单的道理你以为我会不知道?"

他的这番话理所当然地抚平了我的情绪。我们聊起了政治,因为在这个话题上我俩不存在什么分歧。那种感觉上就像是回到了党内,而且是那个共产党员的身份还意味着有坚持、有原则并且要为某些使命而奋斗的年代。他当初先是因为"草率的反斯大林主义立场"而被开除了党籍,后来又以赤色分子的罪名进了好莱坞的黑名单。这是个我们所处的时代的经典案例,甚至可以说是原型故事之一,但是他和其他拥有类似经历的人的不同之处在于,他对此并没有什么愤恨的情绪。

我头一回揶揄了他,而他也是头一回毫无戒备地笑出了声。他穿了一条崭新的蓝色牛仔裤、一件崭新的蓝色毛衣以及一双运动鞋。我告诉他,他理应为自己身着美国非主流人群的统一制服而感到羞耻,而他则表示自己还没有成熟到可以与少数完全不需要制服的人类为伍的地步。

我不可救药地爱上了这个男人。

上面这句话已经是我三天前写的了,而我到现在才刚回过神来。我坠入了爱河,于是时间开始加速流逝。前天晚上我俩一直聊到了深夜,而我俩之间的互动也在这时愈发地有了点针锋相对的意思。我一方面因为我俩在发生关系前还要暗戳戳地相互较劲而有些忍俊不禁,另一方面又因为坠入了爱河因而有所顾虑,我敢肯定当时我俩任何一方都有可能主动打断这样的势头并向另一方道晚安,但最后他还是走到我身边搂住了我,说:"我们都是寂寞的人,所以还是善待彼此吧。"我察觉到了这句话里带着的一丝阴郁,但还是选择了置若罔闻(*5)。我当时已经不记得和一个真实存在的男人做爱是怎样的一种感觉,也不记得依偎在一个自己深爱的男人怀里是怎样的一种感觉,更不记得像这样坠入爱河是怎样一种感觉了——我每踏上一级台阶心头就小鹿乱撞一次,而我手掌紧贴着的他肩头的温暖构成了我生命中全部的喜悦。

一个星期过去了，对此我找不到"我很幸福"以外的任何其他形容。（*6）我真的好幸福、好幸福。我发觉自己坐在自己的房间里注视着照射在地板上的阳光，处于一种平和而愉悦的狂喜之中，我与万物融为了一体，于是瓶中的花朵和我也成了一体，驱动某条肌肉完成缓慢舒展的那股确信无误的力量同时也能驱使整个宇宙的运转——要是在以前，我必须先专心致志地在那个"游戏"上花费好几个小时才能够进入这样的状态。（*7）索尔也松弛了下来，与刚搬来我这里时那个风声鹤唳，满腹狐疑的男人已判若两人，而我也不再忧心忡忡，那个在我体内寄宿了（*8）一段时间的病人也消失不见了。

我现在读到上面这一段的时候感觉写的是其他人。那天晚上索尔并没有下楼来我的房间过夜，对此他没有进行过任何解释，当时只是镇定而僵硬地对我点了一下头，然后就径直上了楼。我躺在床上心里想着，当一个女人和一个以前没有睡过的男人睡过以后，她就会想要在情绪以及肉体上回应对方，于是便会在体内孕育出一个全新的生物，而这个生物并不受她的控制，只会按照自己的法则与逻辑生长。现在我体内的这个生物正在因为索尔一声招呼没打就上楼睡觉而备感冷落，于是它在我眼前瑟瑟发抖了一阵以后就把自己给折叠了起来，然后越缩越小。第二天早上我和索尔一起喝了咖啡，我注视着桌子对面的他（他的脸色极其惨白，神色极其紧张），意识到我要是在这时开口问他"你为什么昨天晚上没来我的房间""你为什么连一句解释都没有"，他就一定会先皱起眉头，然后和我翻脸。

那天晚些时候他来了我的房间并和我做了爱。那并非真正意义上的做爱，而只是他自以为是逼自己这么做而已。我体内的那个生物——那个坠入爱河的女人——并不买账，她拒绝自欺欺人。

昨天晚上他说："我得出去一趟，我要去找……"然后是一大段复杂的故事。我说："去呗。"但他还在接着往下说，于是我就恼了。他心里那点小九九我怎么可能会猜不到，但我其实根本不想过问——尽管我之前就已经在黄色笔记里写到过这种事的本质了。他阴郁而尖刻地说:"你是不是太纵容我了?"这是他的原话,我把这句话写进了黄色笔记。我当时想都没想就大声回应道:"**没有**。"他脸上浮现出一种对他人的无视,这是我似曾相识但又尤其不愿看到的一幕。另外我这样的人和"纵容"这种形容词根本就不存在半毛钱的关系。那天他很晚才回到我的床上,我知道他刚跟别的女人睡过。我说:"你刚才是去睡其他女人了吧?"他先是愣了一下,然后阴郁地说:"没有。"他见我一言不发,于是又说道:"又不是什么大不了的事。"这个男人前一秒还在捍卫自己的自由说"没有",后一秒就低声下气地说"又不是什么大不了的事",完全就是两张面孔,我无法理解这两种截然不同的样态何以能出现在同一个人的身上。无言以对的我再次陷入了忧虑,这时他又换上了第三张面孔,友爱地说道:"快睡吧。"

我遵从了他的意思乖乖上床睡了觉,同时还意识到除了眼前这个听话的小姑娘并非这世上唯一的一个安娜,在她以外还存在着另外两个安娜——情场失意的那个安娜此刻正惨兮兮地打着哆嗦蜷缩在我心中的某个角落,而看热闹不嫌事大的那个安娜则在一旁看着好戏,嘴里啧啧个不停。

那一晚我睡得很浅,还做了噩梦,梦里我和那个阴魂不散又蛇蝎心肠的老矮人再次相会了。在梦里我甚至还带着一丝肯定地对他点了点头——果然是你,我就知道会遇上你!他那根勃起的大鸡巴从裤子里头直直地顶了出来,对我虎视眈眈。我知道这个老东西早就恨我入骨,他绝对不可能会放过我。我强迫自己醒来,然后想要自行平复心情。索尔紧贴着我仰面躺着,此刻的他就是一摊冰冷的肉,他哪怕在睡着的时候体态都带着一种枕戈待旦的感觉,借着昏暗的晨光我看见他脸上也一样是严阵以待的表情。这时我闻到了一股刺鼻的馊味。我心想:这绝不可能是索尔的味道,他这人这么爱干净。但后来我循着那股馊味,发现气味确实来自他脖颈,然后立刻反应过来那是恐惧的气味。他在害怕,他被困在了睡梦里的同时也被困在了恐惧里。他突然就跟个吓坏了的孩子似的呜咽了起来。我知道他病了（尽管在幸福的那一周的时间里我一直在假装自己对这件事一无所知），爱怜瞬时就盈满了我的内心，我开始反复摩挲着他的肩膀和脖颈，帮他取暖。天快亮的时候他的身体变得尤为冰冷，他体内源源不断地向外散发着寒意，随之而来的还有他恐惧的气味。他的身子转暖后我又接着睡了会儿，而我在进入梦乡的那一刻就立刻成了那个老头，那个老头也成了我，但我同时还是个老太——也就是说我并不存在任何的性别——以及恶意与毁灭的化身。我醒来后发现怀里的索尔又成了一摊冰冷而沉重的肉，这次在我给他取暖以前我必须得让我自己从梦魇的寒意中暖和起来。我告诉自己：我已经变成过蛇蝎心肠的老头，也化身过穷凶极恶的老太——或者也有可能两者皆是——那么接下来又会变成什么呢？浅灰色的天光在这时照进了房间，我终于看清了索尔的样子。健康状态下他的肌肉应该透出这类男人都会有的一种温暖的褐色，并且肩宽膀阔、肌肉发达、宽大脸盘上的皮肤毫不紧绷，带着淡淡的血色。他蓦地从梦中惊醒后就坐起了身，开始警觉地找寻着四周的敌人，后来发现是我以后便露出了微笑。我仿佛能看见这笑容出现在以前索尔·格林健康状态下的那张宽广的古铜色面孔上，然而他现在的笑容里却充满了胆怯与恐惧。他虽然立刻和我做了爱，但却是出于恐惧——对孤独的恐惧。这并非那头单凭自己本能行事的生物——坠入爱河的安娜——最见不得的那种装出来的爱，而是一种发自恐惧的爱。于是那个唯唯诺诺的安娜也就回应了他。我俩就像两只惊魂未定的小兽，借着恐惧来爱对方，我的大脑也因为害怕而筑起了高墙。

他已经有一个礼拜没亲近过我了，这一回也同样没有做出任何解释，他又成了一个推开家门点头致意完就走上楼的陌生人。在这一个礼拜的时间里我眼看着心中的那头雌兽先是越缩越小，然后开始日渐暴怒与嫉妒，我此前从未有过这样的情绪。我上了楼，对索尔说："有些男的吧，就是可以先跟一个女人快快活活地缠绵几天，然后直接翻脸不认人，而且连借口都懒得找。"他恶狠狠地大笑了起来，然后说："有些男的？你说会是谁呢？"我说："你正在以自身经历书写一部伟大的美国故事，年轻的主人公对自己的身份问题展开了不懈的探索。""没错，"他说，"而且这个故事里不会带有任何旧世界的那种腔调。我不能理解这里的人为何对自己的身份就没有过半点的质疑。"他冲我针锋相对地大笑了起来，我也跟着他一起大笑了起来。我一边享受着当下冰冷而纯粹的敌意，一边说道："那就祝你好运，但麻烦你高抬贵手别把我卷进你的创作里。"然后就下楼去了。几分钟后他也下来了，不过此前他身上的剑拔弩张已经不见踪影，他又进入了友善而且可靠的状态。他说："安娜，我知道你一直以来都在找寻一个能够伴随你终生的男人，你也确实值得拥有这样的一个人，但是……""但是？""你真正在找寻的其实是幸福。在我的认知里'幸福'这个词一直都特别虚，直到有一天我发现你居然能像从粗糖里提炼出糖浆一样，从你当前的生活状态中将幸福硬生生地给造出来。天知道一个人——更不用说女人——是怎么从这样的泥潭里生产出幸福的，但是……""但是？""我索尔·格林一直以来都是现在这副德行，我现在不幸福，以前也未曾幸福过。""你的意思是我在利用你。""没错。""这叫礼尚往来，你也不是没利用过我啊。"他露出了吃惊的表情。"请原谅我把话说得这么直白，"我说，"但你对此肯定也早就心里有数，对吧？"

他大笑了起来，这次是发自真心的笑，其中没有敌意。

然后我俩就一起喝了点咖啡，聊了会儿政治，或者更确切地说是聊了会儿美国。他认知里的那个美国是冰冷而残酷的。他讲到了好莱坞，讲到了那些比较"左"的作家，他们在麦卡锡的重压下被迫"赤化"，讲到了为自保而投靠反共阵营的作家，讲到了会向各类审查委员会举报自己朋友的人。（*9）他讲述这一切时都抱着一种置身事外，嬉笑怒骂的态度。他还讲了他老板的事。有一天他老板把他叫去了办公室，问他是不是共产党，索尔当时并不是党员，事实上他之前已经被开除党籍了，在这种情况下他依旧选择了拒绝回答这个问题。那位老板十分惋惜地告诉索尔他必须辞职，于是索尔就真的辞职了。几个星期后索尔在一次聚会上又遇到了这个人，对方对着他痛哭流涕了起来。"你是我的朋友，索尔，我是真心拿你当朋友的。"索尔的这个故事让我想起了从纳尔逊以及其他人那里听到的那些类似的故事。我听他讲述时心中油然生出一股对索尔的老板、对那些假意投靠共产主义以寻求相关庇护的所谓"左派"作家、对那些举报者的暴怒与鄙夷，而这种不请自来的暴怒和鄙夷又让我深感不安。我对索尔说："你说得很有道理，但我们的表达和态度其实全都建立在一种假设的基础上，那就是人们普遍有勇气来捍卫自己思想的独立。"他抬起了脑袋，整个人尖锐又挑衅。他虽然经常会在完全无视他人的状态下眼神空洞地自说自话，但在他镇静的灰绿色眼眸后方还是会偶尔惊现他完整的人格的踪影，而只有在这样的时刻，我才会意识到自己对于他无视我自言自语的状态已是多么习以为常。他问："你是指什么？"我意识到我终于有史以来第一次理顺了某个我此前没能想明白的问题，而在这件事上跟我个性迥异，但经历相仿的他肯定是要记头功的。我说："就拿我们这种人来举例吧。我们肯定都有过见人说人话、见鬼说鬼话的时候——对外人一套，私底下一套；对朋友一套，对敌人一套。即便是我们这样的人也不可能永远无愧于自己的内心，做不到哪怕被人指控为叛徒也毫不动摇。有些事情我就是因为害怕被安上叛党的罪名而不敢去说甚至不敢去想，这种情况在我身上都发生过不下十几次。"他注视着我的眼神坚硬如铁，其中还带着一丝的不屑。我见过这样的不屑，这就是所谓的"革命者的不屑"，我们这种人必定都面露过这样的神色，所以我也没有跟他计较，而是继续往下说道："我想说的是在我们的这个时代，你越是认为有些人应当无所畏惧无所讳言无所隐瞒，这些人就越会因为害怕严刑拷打或者牢狱之灾或者被人指控为叛徒而见风使舵言不由衷事不关己。"他不由自主地厉声道："你这不过就是些中产阶级的说辞罢了，你暴露了你的阶级本质。"我一时语塞，他以前在我面前以各种各样的调调说过各种各样的话，却没有一次像现在这样从革命语汇的军械库里直接搬出这样的冷嘲热讽，这让我措手不及。我说："这不是问题的关键。"他用跟刚才一模一样的语调说道："我已经很久都没有听到过这般高明的反动言论了。""那你之前对你党内的那些前同志的批评是不是也能算是反动言论？还是说只是你公允的意见？"他蹙起眉头，没有答话。我说："从美国的案例中我们不难看出，在恶劣的社会环境下，所有知识分子都有可能沦为日常反共活动的帮凶。"这时他突然插话道："所以我才喜欢你们英国，这儿就不会发生这样的破事。"之前的那种震颤再次涌上了我的心头——他这种一时意气的话就是他从自由派的碗橱里直接搬出来用的现成品，正如同他另外一些话语也不过是从赤色分子的碗橱里直接搬出来用的现成品罢了。我说："冷战开始以后当西方主流社会开始一拥而上对共产党人展开围追堵截的时候，英国的知识分子其实也一样跟着喊打喊杀，我知道现在都快没什么人记得这事了。即便现在所有人都已经觉得麦卡锡的言行离谱了，英国的知识分子却还在一个劲地避重就轻，成天把'情况并没有表面上看起来那么糟'这样的话挂嘴边。英国大部分的自由派都跟他们在美国的同温层一样，或直接或间接地跟'非美活动调查委员会'一个鼻孔出气。某家媒体的主编在寄给小报的信里神经错乱地表态说，自己要是早知道张三和李四这两位他的老友是匪谍，当初就会毫不犹豫地去军情五处[1]举报这两个人，而且就算之后所有人都知道他写了这样的信也不会有人因此而低看他一眼。文化圈的所有社团和机构都加入了最为粗陋的反共行动之中，他们说的话——至少其中相当的部分——当然也不能算是假话，但问题在于这些话跟你每天能从小报上读到的文章并不存在任何的区别，这些文化人根本就没有想要真的去理解一些事情，而只是满足于跟一群野狗似的狺狺狂吠。我可太了解他们这群人的本性

---

[1] 英国情报机关，主要负责应对英国国内的重大罪案、恐怖主义以及间谍活动等。

了,这股风气当初要是刮得哪怕稍微再狠那么一点点,英国的知识分子也会组建起'非英活动调查委员会',而我们这些赤色分子到时候也一样只能颠倒是非黑白。"

"所以呢?"

"所以从我们在过去的三十年里目睹到的情况来看,即便是在民主体制下——专制体制就更不用提了——能够时刻准备着冒天下之大不韪、不惜一切代价也要实事求是的人只可能是极少数……"

他突然来了句"失陪",然后就无视一切、步态僵硬地走出了厨房。

我坐在厨房里复盘自己刚才说过的话。不管是我自己还是所有那些我十分了解——而且不少都很善良——的人都难免会有些身为共产党人的言不由衷,自欺欺人对我们来说就是家常便饭;至于那些自由派的知识分子则很容易被其他人的意志所裹挟,因而加入到各式各样的猎巫活动之中。真正在意自由及真相的人非常非常之少,拥有胆气的人同样也非常非常之少,然而真正的民主却是需要建立于这种胆气之上的,自由社会根本不可能独立于这样的人而存在。

我感到心灰意冷。我们这些生长于西方民主体制中的人都内置了一套自由必将战胜一切艰难险阻并且日益茁壮的信仰,即便现实中存在种种的反例,我们的这种信仰却依旧不受动摇。而这一信仰的可怕之处恰恰就在于此。我眼前浮现出了一个世界的图景,在这个图景之中存在着不同国家、制度与经济集团,而它们彼此之间的界墙正在越筑越高、界河正在越挖越深,而在这样的一个世界里连自由或个体意识这样的话题也都在日益显得不合时宜。我知道一定有人记述过这样的图景,因为我感觉自己以前在什么地方看到过,不过我当初看到的并不是文字或概念,而是通过我的肉体以及神经真切地感知到了这一切。

索尔穿好衣服以后又下楼来了,我认为他只有这种状态才算是他真正的自我。他带着一丝搞怪的幽默感,言简意赅地解释了一下自己刚才的行为:"抱歉刚才我拍拍屁股就走了,你之前的那番话我是真的承受不住。"

"我最近的脑子里就只剩这种阴暗而压抑的想法了,搞不好连我自己都承受不住。"

他走到了我的身边搂住了我。他说:"我们正在抱团取暖。但是是什么导致了我们需要彼此的慰藉呢?"他继续搂了我好一会儿,然后说道:"有过我们这样经历的人注定是压抑而无望的。"

"但说不定只有有过我们这样经历的人才会明确知道自己的能力范围所及,因而离真相也就更近呢?"

我邀请他与我共进午餐,然后我们就聊到了他小时候的事——他有一个教科书般的悲惨童年,也经历了家庭破裂之类的经典情节。午餐后他说他得工作一会儿,然后就上楼去了,但才过没多久他就又下来了。他往门框上一靠,说:"我以前能一口气工作好几个小时,但我现在每工作一个小时就必须要歇一下。"

我心里又一次咯噔了一下。虽然写下这段文字的当下我已经明白了个中的缘由,但事发的那一刻我只觉得莫名其妙,他刚才这话说得就像自己已经工作了一个小时而非只有五分多钟而已。他虽然站姿散漫,但显出了焦躁。片刻后他说道:"我在老家有个朋友,他父母在他小时候就离异了。你觉得这件事对他会有影响吗?"

我哑然了好一阵,他口中的这个"朋友"实在过于明显就是他自己。明明十分钟以前他还在大大方方地讲自己父母的事。

我说:"当然,父母的离异一定是会对你有影响的。"

他脸上浮现出了若有所思的神色。他强打起精神说:"你是怎么猜到的?"

(*10)我说:"你还真是贵人多忘事,几分钟前你才提过你父母的事。"

他浑身紧绷着陷入了思考,内心的疑虑让他的目光显得无比的锐利。他胡诌道:"哦,我当时嘴上可能说了别的,但我脑子里想的其实是我朋友……"然后就转身回楼上去了。

我一头雾水，想要找出一个合理的解释。他刚才应该是真不记得自己之前跟我说过什么了，在我的记忆中这种情况在过去的那几天发生了不下六七次——先前明明已经跟我提过了某件事，但几分钟后却又再次提及，而且就仿佛这件事无比久远，而他之前也完全没跟我提到过这件事一样。譬如昨天他就说"你还记得我头一回来这里的时候"，说得就好像他已经搬来这里好几个月了。还有一次他说"我们那次去印度餐厅的时候"，但我们明明当天中午刚光顾过那里。

　　我回了我的大房间然后关上了房门。我俩之前有过约定，如果我的房门处于关闭的状态，那就意味着我不想被打扰，但有好几次我关了房门，却还能听到他在顶上的房间里来回踱步，或是走下楼梯但半道又停了下来，他的这种行为就好像是在对我施压，要我把房门打开，而我后来也确实又把门给打开了。但是我今天坚决地关上了房门，然后就坐在床上尝试进行一些思考。我微微冒汗，双手发冷，呼吸时有些喘不上气，全身上下的肌肉也都因为焦虑而绞作一团。我一遍又一遍地告诉自己"这不是我自己的焦虑，这与我无关"，但是一点用都没有。（*11）我又仰面躺倒在地板上——脑袋底下枕了个软垫——接着放松了一下四肢，然后就开始玩那个"游戏"，结果却以失败告终，因为我一直都能听到索尔在楼上来回踱步，他发出的每一声响动都能穿透我的躯体。我想要出门去找个人见面。找谁呢？莫莉吗？但我现在已经没法跟她聊索尔的事了。话虽如此，但我还是给她打了个电话。她随口问道："索尔怎么样了？"我说："挺好的。"她说她之前碰到简·邦德了，对方"已经完全对他不可自拔了"。我都已经好几天没想起过简·邦德这个人了。我又随便跟她聊了点别的有的没的，挂掉电话后又躺回到了地板上。昨天晚上索尔还说："我得出去稍微溜达会儿，要不然睡不着。"结果一去就是三个小时。从我这里去简·邦德那里步行大约半个小时，坐公交大约十分钟，而他出门前也确实给某人打了个电话，也就是说他还在我这里的时候就已经和简约好要一起滚床单。接下来就去了她那里，跟她滚完床单后又回我床上睡觉。我俩昨晚也确实没有做爱，我当时应该是下意识地想要保护自己，于是就假装了对此毫无察觉。（我理智的那部分其实是无所谓的，真正有所谓的是我内在的那头生物，它满心的嫉妒与愤恨，想着要还以颜色。）

这时他在我房门上敲了两下，然后隔着门说："无意打扰，我出去稍微溜达一下。"我的脑子还没反应过来，但我的身子已经走到门边把房门给打开了——他当时正准备迈步往楼下走——然后问道："你是不是打算去找简·邦德？"他先是一愣，接着缓缓转过身来面朝我说："不是，我就是出去散个步。"

然后我就没有再说什么了，我觉得既然我都已经把话给挑这么明白了，他也没理由要对我撒谎。我当时本该问他"你昨天晚上是不是去找简·邦德了"的，但我现在明白了，我当时其实很害怕他会矢口否认，所以才没敢这么问。

我随口敷衍了他几句后就转身把房门给关上了，然后大脑无法思考了，身体也动弹不得。我生病了。我先是反复告诉自己必须要让他搬走，但心里又知道不可能真的让他走，继而只好反复告诫自己不要对这个人投入任何感情。

天快黑的时候他终于回来了，而直到那一刻我才意识到自己盼他的脚步声已经盼了好几个钟头了。他高声跟我打招呼，态度友善得近乎谄媚，然后就径直进了卫生间。（*12）我心想：他知道不可能瞒得过我，所以他绝不可能是为了冲洗掉和简·邦德做完爱之后在身上留下的气味才进的卫生间，这绝不可能——然而实际上我心里却很清楚这很有可能。我不停地怂恿自己去质问他：索尔，你到底有没有跟简·邦德睡过？

他进房间后我真的开口问了这个问题，他则发出了他标志性的粗野大笑，然后说："没有的事。"他细细打量了我一阵，然后就走过来抱住了我，动作一点都不拖泥带水，怀抱也很温暖，我瞬时就放弃了抵抗。

他极其友善地说："安娜，你就是对什么事都太过敏感了。放宽心啦。"他轻抚了我一会儿，然后说："我觉得你得弄清楚一件事——咱俩是完全不同的两类人；以及，你在我到来以前的那种生活状态并没有给你带来过任何好处，不过没关系，你现在有我了。"他一边这么说着，一边把我抱到了床上，然后就像对待一个病人一样开始抚慰我。而事实上我确实病了，我的大脑以及胃里都在翻江倒海。我没法思考，因为这个此刻对我百般呵护的男人同时也是我的病根所在。他又说："现在快去给我做晚饭吧，这对你有好处。上帝保佑，你真的是个贤妻良母，你应该找个善良踏实的好男人嫁了。"然后又阴郁地说道，"上帝保佑，我怎么老是遇上这种女人。"我给他做了晚饭。

今天大清早电话铃就响了，我接了电话，是简·邦德打来的。我把索尔叫醒，告诉他有电话找，接着就去卫生间拧开了里面的水龙头，然后洗洗弄弄制造出了不少动静。等我回房间的时候，他已经回到了床上并半梦半醒地蜷成了一团。我跟他聊了几句，原先还指望他会告诉我简说了些什么，或者想要他干什么，结果他完全没提电话的内容，我于是又动了气。其实昨天晚上我俩一直都还挺温暖亲昵的，他睡觉时就像恋人一样面朝着我，亲吻着我，抚摸着我，甚至还呼唤我的名字，这让我很是受用。早餐过后他说他要出去一趟，然后极其详尽地解释说他必须要去见某位电影界人士云云，而无论是他脸上笨拙而执拗的表情还是他口中具体得毫无必要的说辞都摆明了他这是要去见简·邦德，刚才他俩就已经在电话上把这事给敲定了。于是他前脚刚出门，我后脚就进了他的房间。他房间里的一切全都摆放得井井有条，我在里面找到了他的书稿然后翻阅了起来。我还记得当时我对自己的行为并没有感到丝毫的意外，这种感觉就好像因为他对我撒了谎，于是我就有了这样的权利，而这还是我这辈子头一回看另一个人的信件或者私人笔记。当时的我气归气、病归病，但做起事来依旧有条不紊。我在某个角落里翻出了一沓皮筋扎着的信件，这些信件都来自一个美国女孩，他俩过去是恋人，她在信里责怪他杳无音信。另一沓信来自一个巴黎女孩——她也同样责怪他杳无音信。我随手将这些信件都放回了原处，然后就开始找寻别的线索。我找到了几沓日记。(*14)我发现他的日记并不像我的日记一样东一榔头西一棒子，而是完全按照时间先后顺序记的，我还记得这让当时的我颇为意外。他早期的日记我并没有细看，只是草草翻阅了一下，留了个大概的印象，里头列着一眼都望不到头的各种的地名、职位名，以及女孩的名字，而贯穿于所有这些五花八门的名词中的是一种琐碎的孤寂及漠然。我坐在他的床上，试图将两套迥异的面貌联系在一起，一个是我认识的那个男人，另一个是这些文字里呈现出的那个顾影自怜、铁石心肠、工于心计的男人。我又想起我读自己的笔记时也一样辨认不出里头的那个自己。人一旦开始记述自己就会发生一件奇怪的事，他笔下的那个自己一定会被摘掉一切的矫饰，因而就会显得冷血无情，而且遇到什么事都要居高临下地品评两句，毕竟什么都不愿意去评判的人是不鲜活的——没错，就是这个词，鲜活。写到这里的时候我意识到自己仿佛又回到了当初在黑色笔记里记述威利时的那种状态。如今的索尔面对着自己的日记，或是从过来人的角度面对着年轻的自己时也许会说"我当年怎么对女人这样啊，我简直就是个猪头"，或者"我这么对待女人一点问题也没有"，抑或是"我只是忠实地记录了既定的事实，我并不打算在道德层面上审判我自己"——不论他采用何种说法都无伤大雅，因为他的日记展露出了迷人而蓬勃的生命力。"威利僵硬地坐在桌子那头，圆框眼镜朝盯着他看的人反着光……""索尔稳稳地站在原地，微微扬起嘴角——他一边咧着嘴嘲笑着自己浪荡的体态，一边拖腔拖调道：来吧宝贝，我们来一炮，你是我喜欢的型。"我读着这些日记，虽然刚开始的时候被他在其中冷酷而无情的形象惊得背脊发凉，但是后来又通过那个我认识的索尔将这些描写转译成了一个活生生的人。如是这般，我发现自己连续在两种情绪之间切换，一种是身为女人的愤怒，另一种是人在面对充满生命力的事物时会产生的愉悦，那是种随着认可而来的愉悦。

然而这种愉悦却在我读到其中某天的日记后消失了，我瞬间就陷入了惶恐，因为这分明是我之前在自己的黄色笔记里写的东西，而我当时的灵感来源又是别的什么地方。我在写东西的时候似乎有种离谱的预见未来的能力或者第六感什么的，而我害怕自己的这种能力，在日常生活中这种能力只会带来痛苦，它非但没法支持你的生活，甚至还会让你丧失活下去的勇气。比如这么三篇日记，其中的第一篇："我必须离开底特律，我已经穷尽了这座城市能给我的一切。玛维斯可不是什么省油的灯，一个礼拜前我还为她如痴如狂，现在却一点感觉都没有了，奇怪。"第二篇："玛维斯昨天晚上来我的公寓找我了，但当时琼已经来了，我只好去门厅把玛维斯送走。"第三篇："刚收到杰克从底特律寄来的信，玛维斯用一把剃须刀割腕自杀了，他们及时把她送去了医院。挺好一姑娘，可惜了。"此后的日记里玛维斯就再也没出现过。我被气到了，感觉到了一种针对男性的冰冷的仇恨，以至于我刚才还活跃着的想象力直接下线了。我没再往下看。要完完整整通读完这一大摞日记怕是要花上好几个礼拜的工夫，我也无意于做这样的事情。但我还是有些好奇他是怎么写我的，于是找到了他搬来那天的日期。"我和安娜·伍尔夫碰了一面，我要真的会在伦敦长住的话她这里将会是个可行的选项。玛丽也给我预留了个房间，但是这个女人就是颗定时炸弹，骚归骚，但除此之外也没什么别的了，而安娜在我眼里就不存在任何的吸引力，这在当下其实算是件好事。玛丽得知后当场就发作了。今儿在一次派对上遇到了简，我跟她一块儿跳了舞，当时差点就直接在舞池里做爱了。她是个假小子，瘦瘦小小的，我带她回了家，然后干了一晚上——操他妈的！""今天和安娜聊了会儿，我都不记得自己说什么了，我估计她也什么都没有注意到。"隔了好几天后的下一篇："有件事儿特别逗，就是我虽然喜欢安娜这个人，然而却不喜欢跟她上床，所以也许该跟她翻篇了？然后简又来跟我一哭二闹三上吊。这些婆娘怎么都不去死，**我说真的！**""安娜因为简的事来跟我闹，还真是委屈你了。""跟简断了。可惜了,她是我在这个操蛋的地方搞过的最骚的娘们儿。今儿在咖啡吧认识了玛格丽特。""简来了个电话,跟我闹安娜的事,但安娜我可招惹不起。今儿还跟玛格丽特约会了。"

最后那篇是今天的日记,也就是说他此刻出去见的并不是简,而是玛格丽特。我震惊了,然而让我震惊的并不是我偷窥了别人的隐私,而是我在干完这种事以后居然没有感觉到半点的震惊,这还不算,我甚至还因为逮了他个正着而面目可憎地沾沾自喜起来。

(*15)他那篇"我不喜欢跟安娜上床"的日记深深刺痛了我,我有好一阵都没缓过劲来。但比这更糟的还在后面:一来我不能理解这件事本身,二来我对体内那只雌兽的判断力失去了信心——她是否会在床上对索尔作出回应完全取决于对方是否诚心,没有什么能够骗得过她的眼睛,我之前还对此深信不疑,但有那么一瞬间我却没那么笃定了,甚至开始怀疑她之前是不是在自我麻痹。我更在意的好像并不是他到底喜不喜欢我这个人,而是他愿不愿意跟我上床——这让我感觉到了羞耻,因为他就算真的很愿意跟我滚床单,我至多也只能算是"挺好一小骚货"而已。出于不屑,我就像之前料理那些信件一样把这些日记也不经心地大致放回了原处,然后就下楼来写下了这段文字,但由于我现在还没怎么搞明白到底是怎么一回事,所以写得也没什么条理。

我刚才又上楼看了一眼他的日记——他那篇"我不喜欢跟她上床"写于他一直没下楼的那个星期,但是在那以后他每次跟我做爱的时候就一直都是男人真正被女人吸引时的那种状态。我不理解,这一切都太莫名其妙了。

昨天我硬着头皮问了他:"你是不是病了?如果是的话又是什么病呢?"他的回答跟我预料得几乎一字不差:"你怎么知道?"我笑出了声。他掂字酌句道:"我觉得你现在的状态有点问题。你应该自己调整一下,不要给其他人造成困扰。"他的语气很严肃,俨然一副很靠谱的样子。我说:"但你这说的不就是你自己吗?你到底怎么了?"我感觉自己如堕五里雾中。他严肃地说:"那我希望我没有给你造成困扰。""我现在倒不是想对你抱怨什么,"我说,"但我觉得最好还是别什么事都往心里憋,你就应该把这些事都倾吐出来。"

他一下子又变得粗鲁而不友善了起来:"你听上去就跟个他妈的精神分析师似的。"

我不禁好奇他何以能在任何一场对话中都调用出五六种截然不同的人格。此刻我还在期盼着他的那个可靠的人格的回归,而那个人格也确实回来了。他说:"我的状况确实远远称不上完满,所以要是我之前露出过任何那样的端倪,我现在只能说我很抱歉。我争取以后改进。"我说:"这不是改不改进的事。"

他决然地转移开了话题。他脸上浮现出了疲惫而受伤的神色,他现在成了个被迫自卫的男人。

我给佩恩特医生打了个电话,说我的某个朋友一方面没有任何时间的概念,另一方面好像同时拥有着好几个不同的人格,我想知道这个人的问题到底出在了哪里。他说:"我从不在电话上诊疗。"我说:"你少跟我来这套。"他说:"我亲爱的安娜,我认为你还是预约一下比较好。""不是我要咨询,"我说,"是我朋友。"他在电话那头沉默了片刻后说:"别紧张,你肯定猜不到大街上来来往往的俊男美女里头有多少人不过是他们真实的自我投下的虚影。预约吧。""所以这一切又是什么所导致的呢?""这个嘛,我只能给出个大致的猜测,你就随便那么一听,别太当真——问题就出在我们生活着的这个时代。""谢了。"我说。"你不预约吗?""不了。""这可不好,安娜,你这就叫自负,你知道自己这么多不同的人格中间到底哪个靠得住哪个靠不住吗?""我反正会把你的消息传达给当事人的。"我说。

我去找索尔,对他说:"我刚才给我的医生打过电话了,他还以为病的人是我呢。我跟他说是我的一个**朋友**。"索尔虽然仍是一脸的机警与疲惫,但还是咧嘴笑了一下。"他说我应该预约一次咨询,但同时也让我不要对自己的多重人格以及时间概念缺失的问题太过担忧。"

"多重人格,时间概念缺失——这就是我给你留下的印象?"

"呃,是的。"

"让你费心了。我希望他的这个结论是正确的。"

他今天对我说:"我既然都能从你这里直接得到免费的治疗了,那为什么还要浪费钱去看心理医生呢?"他的语气不仅蛮不讲理而且还很自鸣得意。我说他不该利用我来替他做这种事。他继续以刚才那种得意而凶狠的口吻说道:"你说什么呢,英国娘们,这有什么该不该的!这世上所有人都在相互利用。你不都已经利用我给你自己造了一场好莱坞式的'从此幸福快乐地生活在一起'的美梦了吗,相应地我还不能把你当巫医利用一下了?"然后很快我俩又一起做了爱。我们一吵架就会相互仇恨,我们一相互仇恨就会做爱,而性爱在这种情况下就会变得暴烈非常,这不仅与我此前的任何体验都截然不同,跟我内在的那个如沐爱河的女人更是毫无关联(*16)——她一遇到这种事情就一定会把自己撇得一干二净。

今天他因为我的某个动作而批评了我,而我则意识到这是他拿我跟另外的某个人进行对比后得出的结论。我说做爱分很多不同的流派,而我跟他师承的一定是两个完全不同的流派。我们虽然对彼此都心怀怨怼,但其实也没有特别较真,他在脑子里过了一下我的这个说法后当即就捧腹大笑了起来。"爱,"他跟个小男生似的深情地说道,"是不分国界的。""做爱,"我说,"是分国界的。没有任何一个英国男人会像你这样做爱——当然了,我指的是那些真的还有性生活的英国男人。"他现编了一首流行歌出来:"你要爱我的美国风,我就爱你的英国风。"

这间公寓显得越来越逼仄了。日子一天天地过去,这间屋子里一直都只有我们两个人。我意识到我俩都已经疯了。他大笑着呼喊道:"太棒了,我疯了,人生苦短,我现在才明白。接下来该怎么办?我怎么感觉自己还挺喜欢当个疯子的。接下来该怎么办?"

也是在这段时间里我的焦虑情绪一直挥之不去,我都已经不记得正常醒来是怎样的一种体验了。我一边观察着自己的状态,一边在心里想着:看样子我这个人今后永远都不可能会焦虑自己的焦虑了,所以不妨去焦虑一下别人的焦虑好了。

有时我会试着玩一下那个"游戏"。有时我会在这本笔记或者黄色笔记里写上几笔。有时我会注视着地板上光影的变幻,看着尘埃或是树上的节子投下它们放大了的影子。索尔在楼上来来回回地踱着步,要不然就是很长时间没有半点的动静,而不论是哪种情况我的神经都会受到刺激,而当他出门"稍微遛个弯"的时候我的神经也仿佛伸向了室外紧跟在他身后,就好像绑在了他的身上一样。

今天他回来的时候我下意识地就知道他刚才跟其他人睡过了。我质问了他,但并不是因为我感觉到了受伤什么的,而是因为我俩就是一对会互相给对方找不痛快的冤家,而他则回应道:"没有的事,你哪儿来的这种猜测。"这时他的脸上又浮现出了一丝贪婪、狡黠而鬼祟的神色。他说:"你真想要的话我可以出具一份不在场证明。"我虽然气还没消,却还是笑出了声,而笑声又反过来平复了我的心情。我已经疯了,我以前从来都没有被这般冷酷的嫉妒心冲昏过头脑,现在却成了那种会翻看别人信件和日记的女人;然而当我笑出声来以后,我的疯病又痊愈了。"我既然都已经来你这儿吃牢饭来了,多学一些法律术语总不会错的。"从他这句话判断,我刚才的大笑应该让他不高兴了。我说:"我如果真的像你说的那样把你囚禁在了我这里,那也是因为你有这样的需求在先。"

他脸上的阴霾一扫而光。他在我的床上坐了下来,然后带着他时不时就会表现出的单纯说:"咱俩的问题在于,咱俩在一起了以后你就会认为双方忠于彼此是理所当然的,但我却不会。我从来就没有对谁保持过忠贞,一次都没有。"

"扯吧你就，"我说，"你真正想说的是，要是一个女人开始把你放在心上或是拆穿了你的把戏，你就会拍拍屁股另寻新欢。"

他纵声大笑，笑声一改此前的敌视与生猛，反倒显得坦荡而澄澈："你说的倒也有几分道理。"

我本想说些什么，但终究还是没能说出口。我不住地思考我为什么会说不出口，而我面对他的时候运用的到底是怎样的一套逻辑。当时"那你就去另寻新欢好了"这句话已经到了我的嘴边，然而电光火石间他朝我投来了胆怯的一瞥，并且说道："我一直都不知道你介意这件事。你当初应该告诉我的。"

我说："那我现在告诉你了。我介意。"

"知道了。"他稍作迟疑后谨慎地说道，但脸上却浮现出了一丝鬼祟而狡黠的神色。我可太知道他脑子里到底在想些什么了。

今天他接完一通电话后就出去了个把小时，我上楼看了一眼他最近一段时间的日记。"安娜老爱吃醋，我快被她逼疯了。今儿见了玛格丽特，然后跟她回了家。她是个好姑娘。""玛格丽特开始对我冷淡了。在她家认识了多萝西。安娜下个礼拜要去探望詹妮特，到时候我就可以偷摸出去了！"

我读到这段的时候，心中一股冷酷的成就感油然而生。

尽管如此，我跟他还是时常会充满爱意和友善地促膝长谈，并且也会做爱，每天晚上也都睡在一起，而且能奇迹般地睡很沉。但有时也不过是半句话的工夫，我俩前一刻还是相敬如宾的爱人，下一刻便已化为了不共戴天的仇敌，而这间公寓前一秒还是爱意的绿洲，下一秒就变成了硝烟弥漫的战场，就连墙壁都在伴随着我们之间的仇恨而震颤，我俩就像是其间的两头野兽，一面紧盯着对方一面兜着圈子，而嘴里朝对方倾泻的语言更是恶毒到了我事后都会感到后怕的程度，然而我俩非但善于说这样的话，我们听完各自的发挥以后甚至还能笑得在地上直打滚。

我在去学校探望詹妮特的路上备感煎熬，因为我知道索尔此刻正在和多萝西——天知道这人究竟是谁——做爱，而哪怕在我见到詹妮特以后也依旧没办法将这个念头赶出自己的脑海。詹妮特过得好像还挺开心的——这个小姑娘远离了我以后已经和她的小伙伴们打成了一片。返程的火车上我又开始玩味这整件事情的荒谬——十二年以来我的每分每秒、白昼黑夜全都在围着詹妮特打转，日程表也完全被她的种种需求所占据，但她离家住校了以后我瞬间就又变回了还没有生下詹妮特时的那个安娜。我记得莫莉也提到过类似的感觉：汤米在十六岁那年跟他的几个朋友外出度假了以后，莫莉在家里整个人感觉都不一样了。"我感觉就像从没生过小孩一样。"这句话她当时重复了一遍又一遍。

我离家越近，胃部发紧的感觉就越厉害，到家的时候我的恶心终于达到了顶点，我直接冲进了卫生间。这种情况还是我人生在世这么多年来头一遭。缓过来了以后我朝楼上喊了一声。索尔在屋里，他喜形于色地下了楼，寒暄了几句"嗨""情况怎样"之类的话，而当我看向他的时候，他的神色又一下子变得心怀鬼胎而且如临大敌，而在更深处还藏着一股子得意劲，而我意识到我自己的眼神也变得冷冽而恶毒。他说："你干吗这么看着我？"接着还来了句："你究竟想看出些什么来啊？"

我进了我的大房间。那句"你究竟想看出些什么来啊"倒是挺新鲜的，这标志着我俩的关系陷入了更深的恶意之中，而他在说这句话的同时身上也在一波又一波地对外散发着纯粹的仇恨。我坐在自己的床上想要集中精力去思考，而我意识到这股仇恨让我产生了生理意义上的恐惧。虽然我对这种心理机制一无所知，但我的直觉却在告诉我不必害怕。

他也跟着我进了房间，然后靠着床沿坐在了地上，一边哼着爵士的曲调一边注视着我。他说："我给你买了几张爵士唱片。爵士乐能放松你的心情。"

我说："真棒。"

他说："你还来劲了是吧？"他的口气阴郁而嫌恶。

我说:"你要不喜欢可以走。"

他吃惊而短促地看了我一眼,接着就走出了房间。我等着他回来,而且已经预料到了他到时候会呈现出来的状态。他回来的时候变得沉静而友爱,并把一张唱片搁在了我的唱机上。我看了一眼他的唱片,是阿姆斯特朗在生涯早期与贝西·史密斯[1]合作的作品。我俩一块安安静静地听了一会儿,他一直注视着我。

过了会儿他说:"怎么样?"

我说:"每首曲子都欢快温暖且宽慰人心。"

"然后呢?"

"跟咱俩的状态完全不搭界。"

"大小姐,你知不知道我的灵魂就是阿姆斯特朗、贝彻[2]还有贝西·史密斯塑造的。"

"那么你的灵魂在那之后一定又遭遇了些什么。"

"我灵魂的遭遇就是美国的遭遇。"过了会儿他又阴郁地说,"我估计你也许会慢慢发现自己对爵士乐也有着天然的理解力,而且还不比我低,这对我来说可真是个好消息呢。"

"你怎么什么事情都想要跟别人分出个高下?"

"因为我是美国人,美国就是个弱肉强食的地方。"

我注意到那个沉静而友善的人不见了,那个充满恨意的人又回来了。我说:"我觉得今天晚上咱们还是别一块睡了,有时候你会让我有点难以承受。"

他愣住了。他开始控制自己脸上的表情——每到这样的时刻,他那张戒备森严的病恹恹的脸就会呈现出一种勉力自持的状态。他一边露

---

[1] 美国蓝调及爵士女歌手,与包括路易·阿姆斯特朗在内的诸多爵士音乐名家录制过约一百六十张唱片。
[2] 美国爵士乐演奏家及作曲家。

出了友善的微笑，一边平静地说道："这不怪你，连我都不太受得了我自己。"

然后他就离开了我的房间。几分钟后我已经躺床上的时候他又下楼来了。他一边朝我走来，一边微笑道："让一让。"

我说："我不想吵架。"

他说："这可由不得咱们。"

"你难道不觉得咱们每次争吵的点都很奇怪吗？我根本不在乎你是不是跟谁上了床，而你也不是那种要通过睡别人来报复我的人，所以咱们争吵的点很显然并不在这里，所以咱们究竟在争吵些什么呢？"

"发神经还真是有意思。"

"确实有意思。"

"怎么叫有意思呢？"

"一年后要是再回首现在，到时候我们一定都会说：我们那时候原来是这样的，好有意思。"

"这又有什么问题呢？"

"我们这种人吧，没事就喜欢往自己脸上贴金。你会说，都是因为美国的政治如何如何，所以我才成了今天这副样子，我就是美利坚的写照；我会说，我就是女性在我们这个时代一切处境的缩影。"

"搞不好咱们的说法都没错。"

我们和睦地睡下了。但是睡醒后我俩又都变了个人。我醒来后发现他正侧躺着看看我，脸上挂着生硬的微笑。他说："你刚才都梦见了什么啦？"我说："我没做梦。"但话音刚落我就想起来自己又做了那个可怕的梦，但跟此前不同的是这次那个歹毒而恣意的恶灵附在了索尔的身上。在噩梦中它全程都在大笑着对我恶语相向。它死死攥着我的双臂，让我无法动弹，然后说道："我要好好疼爱你，我可太喜欢干这种事了。"

我对这场梦的记忆实在糟心，以至于我想要离他远一点，于是便下了床去厨房煮咖啡去了。差不多一个小时后他穿戴得整整齐齐并绷着个脸进了我的房间。"我要出去一趟。"他说。他期待着我能说些什么，于是在我房里晃悠了一小会儿，接下来又慢吞吞地走下楼梯，还不住地回头，希望我能拦住他。我仰面躺在地板上，唱片机里正在播放着阿姆斯特朗早期的作品，这些旋律来自一个轻松惬意，连嘲讽都充满善意的世界，我对这样的世界感到艳羡不已。四五个小时过后他再次步入了我的房间，脸上焕发着大仇得报的光彩。他说："你怎么什么都不说？"我说："还有什么可说的呢。""你就这么算了？"

"你注意到自己有多喜欢说这句话了吗？你如果想要找个人来惩罚你自己，那你还是另请高明吧。"

但是这时事情却发生了不同寻常的转折：他竟然真把我的这番话给听了进去，并且还琢磨了起来。他兴味盎然地说："我原来是要找人来惩罚我自己吗？唔，有趣。"他靠着我的床坐在地板上，然后眉头紧锁地捏着自己的下巴。他说："我觉得目前我并不很喜欢我自己。我也不喜欢你。"

"我也不喜欢你或者我自己。不过当前的我们都不大正常，所以你我又何必非要急着去讨厌这样的对方呢？"

他又换上了另一副面孔。他狡黠地说："我猜你一定以为自己掌握了我全部的动向。"

我没回话。他站起了身，接着大步在房间里打起了转，其间还反复朝我投来短促而锐利的目光。"你什么都不知道，你连门的边儿都摸不着。"我刚才之所以没回他的话既不是因为我下定了决心不跟他吵架，也不是因为有意要避免情绪失控，而是想要用同等无情的手段与他针锋相对。在沉默了足够长时间以后我说："我对你的动向可是了若指掌，你最近跟多萝西有一腿。"

他不假思索地说："你怎么知道的？"接下来他又像完全没说过之前那句话一样说道："你就什么都别问，我也什么都不说，咱们就当这事儿不存在。"

"我没问，我直接看了你的日记。"

他一下子站定，然后看向了我。在我冷血而好奇的注视下，他脸上的表情风云变幻，先是恐惧，再是激愤，最后是隐隐的得意。他说："我没有跟多萝西有一腿。"

"那也还有别人。"

他一边在半空中挥舞着手臂，一边恶狠狠地高喊："你居然监视我，你是我见过的最小心眼的女人。我自打搬来你这儿了以后就再没碰过别的女人，我可是个血气方刚的美国男儿，你还想怎样？"

我恶毒地说："原来如此，真替你高兴。"

他大吼道："我是个爷们儿，不是被女人锁在家里的宠物。"他接下来又继续吼了好一阵，而我发现自己又回到了前一天的那种状态，距离丧失理智又近了一步。我、我、我、我，他如是咆哮着，前言不搭后语，细节含糊不清，唾沫星子横飞的自吹自擂之辞不停地从他嘴里往外蹦，而我感觉自己仿佛遭到了机关枪的扫射。扫射还在持续，我、我、我、我、我，而我则不再聆听，然后我就发现他停下了话头，并且不安地看向了我。"你怎么了？"他说。他走到了我的身边，然后在我侧旁跪坐了下来，伸手让我的脸转向他，说道："我必须要让你知道，性爱对我并不重要，那根本就不是什么大不了的事儿。"

我说："你不是觉得性爱不重要，而是觉得跟谁做爱不重要。"

他温柔地将我抱到了床上，然后自我嫌恶地说："我的看家本领就是先让一个女人绝望，然后再把她给哄好。"

"你为什么就非得要让女人绝望呢？"

"我不知道。在你让我意识到这件事情之前，我都不知道自己有过这样的行为。"

"我希望你能自己找个巫医。我都跟你说了不知道多少遍了，你再这样下去咱俩都会精神崩溃的。"

我哭了起来，那种感觉就像是我掉进了前一天晚上那个他一边拽着我的双臂一边大笑着伤害我的梦里,然而现在的他却温柔而和善。我瞬间就明白了这整件事:他之所以要这么一会儿暴戾一会儿温柔地循环往复,为的就是要让我陷入现在的这种状态,而他也就能在第一时间给予我安慰了。我下了床,为自己遭到他人摆布却还默许了这一切的发生而怒不可遏。我点了支烟。

他阴郁地说:"我或许也能让你绝望,但是你并不会让自己在绝望里陷得太久。"

"这样一来,你不就可以一次又一次地享受到让我陷入绝望的乐趣了吗?"

他的视角离开了他的身体,开始在一段距离以外观察着他自己。他若有所思地说:"快告诉我为什么会这样?"

我对他大吼道:"因为你跟所有的美国人一样都有母亲困境。你把我当成了你妈,于是你必须随时随地都能糊弄得了我,我能听信你的谎言对你来说至关重要。一旦我受到了伤害,你又会回想起自己心里那股想要杀死我或者你母亲的冲动并感觉到惊恐万状,于是你又必须得来安抚我的情绪……"说到这里时我已经在歇斯底里地尖叫了,"我厌倦了这整个过程,我厌倦了要跟哄小孩一样哄你,这种现象难道还不够泛滥吗,我都要吐了……"我在这里停了下来,然后看向了他。从他的脸上我看到了一个刚被人抽了一耳光的小孩。"你现在心里其实是欢喜的,因为在你的挑衅之下我如你所愿真的冲你大呼小叫了。你为什么不生气呢?你理应生气——我不仅在对你评头论足,索尔·格林,而且我对你的评价还这么低,你应当感到生气,你应当感到羞耻,一个三十三岁的人居然坐在这里白挨我这么一顿简单粗暴的痛批。"这番话耗尽了我全部的力气。我钻进了壳子里,我能清楚地嗅到壳子上散发出来的那股焦虑的霉味。

"接着往下说。"他说。

"你刚才已经用完了在我这里的最后一点免费咨询的份额。"

"过来我这儿。"

我不情不愿地过去了。他大笑着拉我在他身旁坐下，然后和我做了爱，虽然整个过程中都有种凶暴而冰冷的感觉，但我却还是回应了他。对冰冷的感觉作出回应并不难，因为冰冷就跟温柔一样不会对我造成任何的伤害。我开始慢慢感觉到自己正在变得麻木。这种感觉让我不假思索就注意到了现在与过去的不同：他并不是在和我做爱。我难以置信地告诉自己：他此刻脑子里装着的是别人。他切出了另一副带着浓重的美国南方口音的声线，似笑非笑而挑衅地说道："噢，女士，你还真是淫荡，没错，你就是个骚货，我要让全世界都知道。"他触碰我的方式也不一样了，或者说那根本就算不上是触碰。他一只手在我的腰臀间游走了一下，然后说道："瞧瞧这身材，多么的丰满。"我说："你把我跟其他人给搞混了，我不丰满，瘦着呢。"

他一下子目瞪口呆。毫不夸张地说，我亲眼看着他从刚才的那个人格里脱身了出来。他仰面朝天，用一只手盖住了双眼，略微有些喘不上气，脸上也不剩一丝的血色。他再次开口时南方口音也消失不见了，取而代之的是他之前说"我可是个血气方刚的美国男儿"时的那副浪子的声线："宝贝儿，你别太猴急了，你要把我当作是一瓶上好的威士忌。"

"所以你又换了这副面孔是吗？"我说。

他又一次目瞪口呆。他又挣扎着摆脱了这个人格，接着上气不接下气地喘了好一会儿，然后才总算正常地说："我这到底是怎么了？"

"你真正想问的是我们到底怎么了。我们都被困在了疯癫的茧房里，已经彻底疯了。"

"可是！"他阴郁地说，"可是你是我认识的所有人里头神智最他妈健全的女人。"

"但现在已经疯了。"

我俩默然地躺了好一会儿，其间他一直都在轻柔地摩挲着我的臂膀，马路上东来西往的大货车发出的噪声不绝于耳。我一边感受着他轻柔的触摸，一边感觉到自己慢慢地松弛了下来，一切的疯癫与仇恨也都统统消弭于无形。我们又从这个世界上裁切下来了一个下午，而随着天光渐渐转暗，黑暗的长夜翩然而至。这间公寓就好似一艘漂浮于漆黑大海之上的航船，它与现实生活绝缘，遗世而独立。我们播放着新唱片，一起做着爱，而疯掉了的索尔和安娜早就已经去了别处，他们一定存在于这个世界其他的角落，存在于另外的某个房间里。

（*17）我们一起度过了幸福的一个星期，在此期间电话铃一直都没响，也没人上门造访，屋里一直都只有我们两个人。但是现在这种生活已经告一段落，他体内的某个开关又被打开了，所以我又坐回了案前开始记录。我发现我刚才已经写下了两个字——幸福。这就足够了，而且也不会再受到他那句"你就跟精炼糖浆一样炮制幸福"的动摇。在这一周的时间里我一次都没有过想要坐到这张桌子前记一点笔记的冲动，当时的我真没什么想说的。

今天我俩都起得很晚，起床后就放了唱片做了爱，然后他就回了楼上自己的房间。等他下楼来的时候他脸部的轮廓锐利得如同战斧一般，我一眼就反应过来他的那个开关又被打开了。他一边绕着房间大跨步地走着，一边念叨着"好烦躁啊"，语气里充满了敌意。我说："那就出去走走呗。""但你又会说我跟其他女人乱搞。""那也是因为你希望我这么说你。""那我真走啦。""走呗。"他停下了脚步注视着我，眼里充满了恨意，我感到胃里一紧，然后焦虑就像浓雾一样罩了下来，这一个礼拜的幸福时光就在我眼前这么随风而逝了。我心想：再过一个月后詹妮特就回来了，到时候这个安娜就将不复存在。如果我能够在一个月后为了詹妮特而让心中的这位无助的怨妇进入休眠，我现在肯定也一样能够做到。既然如此，那我为什么现在偏偏就没有这么去做呢？因为我不愿意，因为有些剧情就必须要搬上舞台，有些模式就必须要浮上水面……他感觉到了我开始对他有所回避，于是又不安了起来，说道："要是我自己也并不想要出去呢？""那就别出去。"我说。"我上楼工作去。"他骤然眉头紧锁地说道,然后就上去了。几分钟后他又下来了,然后对着我的门框就是一靠。我一动未动。我刚才就料到他一定会下来,所以一直坐在地板上等他,那时天色渐晚,暮色四合,这间偌大的房间里阴影横陈,街道也慢慢被黑暗所笼罩。我观赏着天幕被染上了各式各样的色彩,然后不费吹灰之力就进入了那个"游戏",进入了灵魂出窍的状态。我是这座可憎的城市的一部分,也是居住在其中的芸芸众生的一员,我既坐在房间的地板上,也悬浮在空中,我正在俯瞰着这座城市,然后索尔就下来靠在门框上了。他嗔怪道:"我一辈子都没有跟哪个女人绑定得这么死过,现在我就连出个门都会有负罪感了。"我感觉到了他这句话里疏离感,于是说:"你是大门不出二门不迈了一个礼拜,但这不是我的要求,而是你自己的意愿。你现在又改主意了,但那是你自己的事,我凭什么也要配合着你一起演这出戏呢?"他小心翼翼地说:"一个礼拜还不够久吗?"他对"礼拜"这两个字的吐字让我意识到,在我说出这个两个字以前他完全不知道之前到底已经过去了几天。我还挺好奇他之前以为过去了多久的,但又不敢去问他。他一边皱着眉头斜睨着我,一边跟演奏乐器似的拨弄着自己的嘴唇。他沉默了一阵后突然又狡黠地说:"可我明明前天还出门看了场电影啊。"我已经看穿了他为什么要像这样把一个礼拜的时间硬说成是两天:他一方面是想看看自己能不能糊弄得了我,另一方面则是因为他心里对自己竟然将宝贵的一个礼拜的时间都花费在了一个女人身上这一事实极其抵触。房间里的光线越来越暗,他费劲巴拉地观察着我脸上的表情。在天光的映照下他灰绿色的眼眸散发着精光,金色的头发和方正的面孔也都闪闪发亮,他整个人看上去就像一只炸了毛的动物。我说:"那已经是一个礼拜前的事了。"

他冷冷地说道:"你说是就是吧。"接着又猛地蹦到了我跟前,然后按住了我的双肩摇晃着:"我恨你,你居然是个正常人,你凭什么就可以当个正常人?我总算知道你怎么什么都能记住了。我说的任何一句话你大概都记在心里了,所有发生在你自己身上的事情你应该也都记得,我真受够了。"他的手指掐进了我的肩头，面部的肌肉也因为愤恨而颤抖。

我说："没错，我的确什么都能记住。"

但我的语气里并没有半分的得意。我能料想到他眼中的那个我是什么样的：那是一个能够回忆起所有人的一颦一笑一举一动，记得住每一次的对话每一次的辩解，因而出神入化地将一切事态的发展都攥在了手心的女人——一个处于时间之内的女人，一个生性严苛的小个子真相档案管理员，而我并不喜欢他眼中的这个形象所包含的那股子煞有介事的派头。他说："不论是我上周说的话还是三天前做的事，这世上都有个人能替我记得一清二楚，而我偏偏还跟这样的人生活在一起，这跟坐牢有什么区别？"我其实也有同感，因为我也希望能够摆脱自己那无时无刻不在发号施令、评头论足的记忆力。我感觉自己都快记不起自己是谁了。我的胃部开始抽搐，后背也开始疼痛。

他说了句"过来"，然后就开始朝床走去。我顺从地跟在了他的身后，心里无力去拒绝。他跟嘴里含了口水似的说："来嘛，来嘛。"听上去其实更像"挨么，挨么。"我意识到他退回到了多年前自己二十来岁时候的状态。我说不要，我不想面对一头年轻躁动的雄性动物。他残忍地狞笑道："不要？这就对了宝贝，你以后可以多拒绝一下我，我就喜欢你这样。"

他开始摩挲我的脖子，我不停地说着不要，差不多都快哭出来了。他看到了这一幕以后便像品酒师对待酒水那样亲吻着我的泪水，声音也在温柔中带着一股子得意："挨么，宝贝，挨么。"然后我们做了爱，整个过程冰冷且仇恨，短促而狼狈。那只刚刚茁壮生长并舒舒服服地呼噜了一个礼拜的雌兽突然就被锁进了角落并瑟瑟发抖了起来，而之前还对充斥着仇恨与对抗的性爱甘之如饴的那个安娜现在也陷入了麻木，失去了斗志。他说："操蛋的英国娘们儿，爱都做不好。"但他的这种言辞已经不会再对我构成伤害了，我说："是我的错，我早就料到了会是这样的结果。你有的时候就像现在这样特别没人性，我痛恨你这样。"

他突然翻过身仰面朝天，然后一动不动地躺着，陷入了思考。他嘟哝道："这话有人跟我说过，就在最近。是谁呢？都什么时候的事儿了？"

"你其他的相好说的吧。"

"谁？我怎么没人性了，我对谁没人性了？我难道真的是你说的那样吗？"

说这话的是那个善良的他。我不知道该说些什么，我害怕自己的下一句话会驱散这样的他并招来他别的人格。他问："我该怎么办？"

我说："找个巫医吧。"

这句话果然让他变了个人。他得意扬扬地大笑道："你想把我丢疯人院里头是吗？我都有你了，还要花什么冤枉钱请什么分析师啊？该付钱的应该是你这种健康的正常人。想让我去检查脑子的人多了去了，你不是头一个。哼，谁都别想摆布我。"他蹲下了床，接着咆哮道："我就是我自己，索尔·格林，我就是我就是我，我……"那无意识的我我我刚要开始，却突然戛然而止——或者说暂时中止了，只要他愿意随时都能重启——他嘴巴大张着，结果半晌都说不出话来，最后才总算憋出了几个字："我，我是说我……"机关枪喷射出了最后的几发子弹，然后他讲话又恢复了正常："我要出门，我不能再在这儿待下去了。"他走出房间后就疯了似的三步并作两步蹿上了楼梯，我听到头顶传来他一个接一个拉开抽屉接着又关上的声音。我心想：所以他是打算卷铺盖走人了吗？但没过多久他就又下来了，还在我的房门上敲了两下。在我的认知里这无疑是他充满幽默感的道歉方式，于是大笑了起来。我说："格林先生，快请进。"他进来后郑重其事又不失郁闷地说："我决定了，我要出去走走。我在这间公寓里关得都快发霉了。"

我意识到他刚才在楼上自己房间里的那几分钟改变了他的心意。我说："好呀，今天晚上非常适合散步。"

他带着小男孩的那种率真与热忱说道："可不是嘛。"然后像个越狱的逃犯一样下楼去了。然后我躺了很久,其间还一直聆听着自己心脏的跳动,感受着自己胃部的搅动,然后就写下了以上的这一大段,但是那些幸福、平常与欢笑的回忆我却连半个字都憋不出来,要是等到五年或者十年后再回头读这些文字,到时候可能只会看到两个疯癫而暴虐的人。

昨天晚上我写完笔记后就取出了一瓶威士忌并给自己倒了半杯。我小口小口地啜饮着——我有意要让酒精顺着我的消化道直达膈肌下方,想要让它砸晕住在那里的紧张与痛楚。我心想:要是再继续这样跟索尔相处下去,我有很大概率会变成一个酒鬼。我意识到了自己身上的保守性——我明明都已经意志消沉、嫉妒成性了,我明明都已经开始欺负一个心智不健全的男人,并在事后还会感觉到强烈的恶意和快感了,但以上这些现实都及不上"你可能会变成一个酒鬼"这个念头让我震惊;但真要细究起来的话,跟我近来的这些变化相比,变成一个酒鬼又能有什么大不了的呢。我一边喝着威士忌,一边在脑海中想象着索尔,想象着他出了这间公寓的大门后就打了个电话给那几个女人中的一个。嫉妒像毒素一样在我体内的每根血管里奔涌,改变了我呼吸的频率,也让我的两眼疼得厉害。我又开始想象他病恹恹地在城市里跌跌撞撞的画面,然后就不禁担心了起来,心想我当时就不该让他出去,虽说我那时也不见得能拦得了他。我就这么担心了很久,但后来又想到了其他女人的存在,于是妒意又开始在我的血液里奔涌。我恨他。我想起了他日记中冷血的笔触,我恨那样的他。我上了楼,想翻一下他这几天的日记。我心里一方面觉得自己不该这么做,另一方面又知道自己必定会这么做。那本日记大大咧咧地摊开着摆在外面,我不禁好奇他是不是有意要让我看到他写的这部分内容。上周他一篇都没写,但在今天的日期下他写道:我就是个囚犯,我正在慢慢被逼疯。

我旁观着恶意的怒火燃遍了我的全身。

我脑子里闪过一个理性的念头:在过去的一周他自始至终都十分地惬意而快乐,既然这是一个事实,那我为什么还要为这样一篇日记而伤心呢？但光这么想并没什么用，我该难过还是难过，该痛苦还是痛苦，这一篇日记的存在仿佛就足以抵消我跟他在那一个礼拜里的全部。我回到了楼下，接着开始一边想象着索尔和另一个女人在一起的画面，一边观察着那个正想象着索尔和另一个女人在一起的自己。我心想：他恨我是对的，他会更喜欢其他女人也是对的，我这种性格就是招人恨。我开始满心憧憬地想象着他的那个情人，她一定宽容而且强大，所以才能够满足他的需要并且还不要求任何回报。

我想起了糖妈"教"给我的一件事，她说过那种令人难以自拔的醋意其实有一部分来源于同性恋的倾向，只是在当时的我看来她的话太过理论化，和我这个名为安娜的个体没有任何关联。我不禁好奇我是否真会想要和现在他身边的那个女人做爱。

后来我又突然意识到自己已经被卷入了专属于他的疯狂（*18）：他一直都在找寻既可以扮演他聪慧而善良的母亲，同时还可以充当他的性伴侣以及姊妹的这么一个人。而鉴于我已然成了他的一部分，我也就开始跟着他一起对这个人心驰神往，这种情愫包含了两方面的要素——我既需要她，也想要变成她。我意识到我和索尔已经再也分割不开了，我对此感觉到了前所未有的恐惧。凭借着我的理智，我能很清晰地注意到他一直以来都在重蹈某种覆辙：先是靠自己出色的智商与情商对一个女人展开追求，通过触动她的情绪来赢取她的芳心，而当对方也开始对他有所索求时，他就会逃之夭夭，并且这个女人越是优秀，他就会越早开始逃跑。我虽然能在理智的维度上看穿这一切，却依然只能坐在我昏暗的房间里，一边注视着伦敦上方那弥漫着湿气，散发着紫色光芒的夜空，一边全身心地憧憬着那个神秘的女人，并憧憬着能够成为她，只是这一切都是因了索尔。

我发现自己躺在了地板上，胃部的紧缩已经让我无法呼吸。我去了趟厨房，又开始往自己肚子里灌威士忌，一直灌到焦虑有所缓解才停了下来。我接着又回到自己的房间，试图看到身处伦敦这片废土中的一栋丑陋而破败的房子中的一间丑陋而老旧的公寓里的那个瘦小而无足轻重的安娜,我希望可以借此来找回自我,但最终却还是以失败告终。我被困在自己心中那头无足轻重的小兽的恐惧里了,对此我既绝望又羞耻。我不停地告诉自己:"外面还有一个更大的世界呢。"但我对那个更大的世界太不上心,过去的那一个礼拜里我居然连一眼报纸都没看过。我把这个礼拜的报纸全都拿了过来,然后在我面前的地板上平铺了开来。在过去的这一周的时间里世界上发生了不少大事,这里爆发了战争,那里起了冲突。但总体看下来的感觉就像是看系列电影的时候虽然还有那么几部前传没来得及看,却还是通过当前故事的内在逻辑推断出了那几部前传到底讲了些什么。而凭借我此前的政治经验,就算这些报纸我一眼都不看,我也还是能把这段时间里发生的事件都猜出个七七八八。我一想到这种可能性就顿时感到这太阳底下怕是很难再有什么新鲜事了,这种预期以及我对这种预期的嫌恶也渗入到了我的恐惧之中。然而片刻后,我突然又通过心中那只瑟缩的小兽知觉到了一件即将发生的事。这种知觉虽然也是那个"游戏"体验的一部分,但实际上却来源于此刻直扑我面门而来的,与我此前在噩梦中感受到过的一模一样的恐惧,即对于战争将至的恐惧——这并非我基于理性计算了种种可能性以后得出的推论,而是基于直觉而产生的一种感知,而我在散布在我周围的报纸里获得了一种现实层面上的体验,而非抽象或概念层面上的恐惧。我的大脑正在发生转变,我的思考方式正在发生转变,这种转变就类似于几天前我切实地感觉到了这个世界正在逐步向黑暗而冷酷的强权屈膝,于是民主和自由这样的字眼在我心目中的光环也就日渐黯淡了下去。我洞悉了——当然了,这两个字本身根本无法承载我得知之事的重大意义——首先,万事万物之所以会是它们此刻的状态既有其缘由,亦有其力量;其次,这个世界从来不乏这样能在表象之下驱动它的伟力;最后,我这种来源于噩梦的直观恐惧正是这种伟力的一部分。我获得了一种全新的、类似于预见未来的认知形式,我不仅洞悉了索尔的"我、我、我、我",以及他和安娜两人所共有的种种残酷与恶意都从属于战争的那套逻辑，也洞悉了这些情绪已经浓烈到了从今往后势必将与我如影随形，并将左右我看待这个世界的方式的程度。

毁灭也是上述的这种伟力之一，我虽然对此早有洞悉并在纸上记述了下来，但当我现在回头再去看的时候，看到的却只有文字本身，也就是说连我自己都没办法通过这些文字来复现当初的感知。昨天晚上我没精打采地躺在地板上，就跟预见未来似的洞悉了毁灭之伟力的存在，而这一洞悉又是如此猛烈，都到了将会伴随我余生的地步——然而这一洞悉和我现在所记述的文字根本就不是一个东西。

我开始想象战争将如何一触即发，而全世界接下来又会陷入怎样的乱局，然后就被脑海中的场景吓得冷汗直流。我又想到了正在女子学校里的那个讨人喜欢的平平无奇的詹妮特，一想到她现在可能会受到他人的伤害就气不打一处来，以至于必须挺直身板来逼退接踵而至的恐惧。这一番折腾以后，我最后的一点力气也被消耗殆尽，已经再也提不起伤害索尔的兴趣，而恐惧也被攥出了我的身体，被封印在了报纸上整齐排布着的一行行的铅字里。我脱了衣服上了床，神志已经完全恢复了清醒。我能够想见要是哪天索尔真能逃脱疯病的魔爪，他会感到怎样的如释重负，到时候他一定会在心里默念：它可算是走了。

我躺在床上想着温暖、中肯而强大的他。

之后我就听到门外传来了他偷偷摸摸的脚步声，我的某个开关一下子就打开了，恐惧与焦虑瞬时就扩散到了全身。我不想让他进到房间里来，更确切地说我是不想让那个此刻正在外面隔着房门偷听里头动静的那个人进到房间里来。他站外面偷听了好久都没进来。我并不知道当时具体几点，但是从天空的亮度来看已经是清晨了。然后我就听见他蹑手蹑脚地爬上了楼梯。我恨他——我居然能在如此短的时间之内就对他酝酿出恨意，这简直太可怕了。我先是在床上躺了会儿，盼着他能下来，接着又偷摸着爬上楼梯，到了他房门外并打开了他的房门。在窗外昏暗光线的照射下，我看见了他干干净净地蜷缩在被子里。我的心被揪了一下。我钻上了他的床，躺在了他的身边，这时他转过身来紧紧地抱住了我。从他抱紧我的感觉来看，他之前一定又难受又孤独地在街上蹒跚了好久。

今天早上我没叫醒他，我先一个人起了床煮了咖啡打扫了公寓，然后逼自己读报。也不知道待会儿下来的会是**谁**。我看着报纸，但之前的洞悉已经不见踪影，现在脑子里只剩下理智了。我，安娜·伍尔夫，只能这么干等着楼上的那个人醒来，而至于待会儿从楼梯上下来的到底会是谁——是那个温柔而友爱的安娜的知己呢，还是那个鬼祟又狡黠的小孩，又或者是那个满肚子怨恨的疯子？——我根本无从知晓。

又过去了三天，在这三天里我一直都处于神经不正常的状态。那天他下楼的时候看上去已经病入膏肓，两只眼睛活像两头机敏的被黑眼圈围住的野兽，两片嘴唇则紧紧抿在一起，就像各个部件都严密地拼合在一起的武器。他虽然还在向外散发一种快活大兵的气场，但我知道他光是维持自我的完整性就已经使出了全部力气，而他所有的人格都因这个目标而融为一体。他在毫不自知的情况下一再对我投以恳求的目光，他体内的这头困兽已经到了自己的极限，而我的身体也开始急它所急，开始绷紧肌肉准备替它分担压力。那些报纸还在桌面上摊着，他进来的时候我把这些报纸都推到了一旁，虽然我自己此刻已经不再有前一天晚上那种恐惧的感觉了，但我还是担心这种恐惧仍然藏在报纸里，因而不希望报纸离他太近并给他带来危险。他喝了点咖啡后就聊起了政治，嘴上虽然说着话，眼睛还老往那叠报纸瞟。他喋喋不休归喋喋不休，但此时却无意要对这个世界作出自我感觉良好的"我、我、我"的控诉与反叛，而只是想要通过说话来维持自身的完整性。他叽叽叭叭地说着，眼神却一直对不上他嘴里的话。

我要是以录音带的形式记录下这个时代的话，录音里一定都是些陈词滥调以及颠三倒四、前言不搭后语的内容，而记录那天上午的那一盘录音带也不会例外，你只能在里头听到各种政治行话所构成的鬼扯。我一边听着一长串鹦鹉学舌的语句飘过我的耳边，一边拿出各种各样的标签往上头贴：这个是共产主义，那个是反共产主义，这个是自由主义，那个是社会主义。我还可以对这些内容作进一步的区分：共产主义，美国，1954年；共产主义，英国，1956年；托洛茨基主义，美国，1950年代早期；早产的反斯大林主义，1954年；自由主义，美国，1956年……诸如此类，不一而足。我心想，我要真是精神分析师，我就会从这一长串的神神叨叨的鬼扯里提取出一些关键信息并将他的注意力引导到上面去，他毕竟是个十分热衷于政治的生物，政治对于他人生的意义远超其余的一切。想到这里我就真的抛了个问题给他，而他体内有什么东西一下子就停止了运转。他先是愣了一下，接着就回过神来开始大口喘气，两眼也恢复了澄澈——他终于看见了我。我重复了一遍刚才问他的那个关于在美国没落了的社会主义政治传统的问题，但我其实并不确定就这么打断他是否明智，毕竟他一度靠着这样的滔滔不绝才维持住了自我的完整，遏制了精神的崩溃，而我发现他就像是一台承受了巨大应力的起重机一样瞬时绷紧了全身的肌肉，然后又开口讲起话来。我在上一句话里用了"他"这个字来指代眼前的这个人，这代表我确信自己能在对方身上精准地找出那个无愧为真正意义上的男人的人格。我凭什么就能认定他体内的某个人格就一定比他别的人格更接近于他真实的样貌呢？但我真就是这么觉得的。此刻正在说话的这个人就是那个会对我说的话作出思考、判断、回应与聆听，并且能够承担自己应负的责任的男人。

我俩开始探讨欧洲左翼阵营当前的处境，以及到处都在上演的社会主义运动内部的分裂。这些话题我俩以前不仅有过讨论，而且频度还不低，只不过没有一次能像现在这样态度淡定、思路清晰。我还记得自己当时心想我们两个人明明都已经焦虑成这样了，竟然还能表现出如此的理性与智识。我虽然仍在和他探讨着社会主义运动的成败问题，实际上前一天晚上我历经千难万险后早就已经洞悉了我们这个时代的真相，那就是战争，内在的战争。我俩的这番讨论得出的结论着实太过丧气，以至于我都有些后悔跟他开启了这个话题，毕竟他就是因为丧气才得的这病。不过现在说什么都太晚了，木已成舟，而此时在我对面的至少不再是一只学舌的鹦鹉，而又是个有血有肉的人了，我一想到这点就长舒了一口气。接下来我又说了几句什么，具体内容已经不记得了，而他全身又是一个激灵，整个人又像是切换了一个档位——不然我还能怎么形容呢——总之他体内有什么东西被触动了一下，接着他就切出了另一个人格。这回他成了一个单纯的社会主义工人阶级的男孩——是男孩，不是男人——然后嘴里又连珠炮似的开始喊口号，身体也抽搐着扭动着表达了对我的羞辱，因为此刻在他的眼里我就是个中产阶级的自由派。我作出的反应则连我自己都觉得奇怪：尽管我知道此刻正在讲话的并不是"他"，尽管我知道此刻他对我的羞辱是一种来自他早年人格的机械性的行为，但我却依旧会为此而感到难过与愤怒，我的后背随之而开始发痛，胃部也绞作了一团。我逃进了自己的房间，但他却跟在我身后吼着："你受不了了，你受不了了，操蛋的英国女人。"我反手抓住了他的双肩并一个劲地晃他，把他的自我又给晃了回来。他喘了会儿粗气，接着又把脑袋搁在了我的肩头深呼吸了一小会儿，然后就踉跄着扑倒在了我的床上。

我站到了窗边望向了外面，想要通过将自己的思绪转移到詹妮特身上来平复自己的心情，却只感觉到了詹妮特的遥远。窗外冬天面色苍白的太阳也让人感到遥远，街道上发生的一切也显得遥远，在街上行走的路人也不是活人，而是提线木偶。我感觉到自己的内在正在发生一些变化，它正在朝远离我的方向滑去，而我当时就已经知道这意味着我距离混沌的深渊又更近了一步。我摸了一下红色的窗帘，感觉就像是摸到了什么滑溜而黏稠的死物。在我的感官里，这个挂在窗边的经由纺织机加工制成的物体就像是一片死人的皮肤或是一具毫无生机的尸体。我又摸了一下摆在窗台上的花盆里的绿植。以往当我触摸植物叶片的时候，我时常能感觉到自己与生长着的根系、呼吸着的绿叶之间的亲密，但是现在这株植物却没有给我带来这样的愉悦，它仿佛变成了一头满怀敌意的野兽或一个矮人，因为我将它囚禁在了花盆里而对我咬牙切齿。于是我尝试唤醒那几个还在伦敦上学、还是我父亲的好女儿的更年轻更强大的安娜，但发现她们早已离我远去。我开始想象非洲大陆的某个角落，并让我自己站在闪着光的白色沙地上，让阳光照耀着我的面庞，但我却感受不到阳光的炽热。我开始想象我的朋友马特龙先生，但也只能感觉到他的遥远。我奋力地想要唤醒心中那金黄而炽热的太阳，想要唤醒心中的那个马特龙先生，然而转瞬之间我非但没有变成马特龙先生，反而还变成了那个疯疯癫癫的查理·特姆巴——这对我来说简直易如反掌，这位身材短小、性格易怒、皮肤黝黑的仁兄何止在我的近旁，他分明早就是我的一部分了，而他那张目露精光、火药味四溢的小脸也一直盯着我看，接着他就融入了我的体内。我发现自己身处于北部省的一间棚屋中，妻子已经变成了我的敌人，至于我在国会里的那些个同志们，他们往日里还是我的朋友，现在却琢磨着要怎么把我给毒死——现在在某片芦苇丛里躺着一条鳄鱼的尸体，它被淬了毒的长矛给扎死了，而我的妻子已经被我的敌人买通，她马上就会把那头鳄鱼的肉端来给我吃，我先祖的在天之灵早就对我怒目而视，只要我的嘴唇稍稍碰到鳄鱼肉我就会一命呜呼。我现在不仅能闻见鳄鱼尸体上散发出来的冰冷而腐败的气味，更是能穿过棚屋的门看见那鳄鱼的尸体在芦苇间那温热而腐臭的水面上轻微地浮动着。就在这时我又发现我棚屋的苇草墙壁被扒开了一道缝，这道缝后面是我妻子的眼睛，她正在拿捏着进来的时机。她弯腰进门的时候一只手把裙摆拢到了身体的一侧——我恨她这只两面三刀的手——另一只手端着锡制的餐盘，里头盛放着为我准备的臭肉丁。

这时我眼前又出现了一封这个男人之前写给我的一封信，看到这封信的一瞬间我就像从一张照片里走了出来一样从梦魇中惊醒了。前一秒我还是疯癫偏执、被白人记恨、与同志决裂的查理·特姆巴，下一秒就又站在了自己家的窗边并因为后怕而冷汗直流。我虽然感到了冰冷、疲惫与麻木，但还是想要唤醒马特龙先生，尽管我的确能纤毫毕现地看见他在一个遍布阳光与尘土的地方正猫着腰从一个锡皮屋顶的棚屋走向下一个，脸上还挂着礼貌而乐呵的微笑，微笑中还带着他永不消逝的温柔，但他和我之间却仍然好像隔了一些什么。我拽紧窗帘，生怕自己会摔倒在地，却感觉到指间交缠着的布料冰冷丝滑，有如死人的皮肤一般的质感，然后就闭上了双眼。在我双眼紧闭后，恶心感如潮水般接连不断地涌来，我借此搞明白了这一刻的现实：以前的安娜·弗里曼、现在的安娜·伍尔夫此刻正站在伦敦一间老旧而丑陋的公寓的窗户边，而在我身后趴在床上的人是美国来的流浪者索尔·格林。但在我记录下这段文字的当下我已经记不清自己总共在窗边站了多久，当我后来回过神来的时候状态简直就像是刚从睡梦中醒来，完全不知道自己此刻身在何处、今夕又是何年。我意识到自己也跟索尔一样失掉了对时间的感知力。我注视着冰冷而泛白的天空，凝视着冰冷而变了形的太阳，然后又转过身仔细打量起了自己的房间。此时房内的光线已经很暗了，煤气暖炉给地板镀上了一层暖色的光晕，索尔在床上一动不动地躺着。我蹑手蹑脚地穿过了房间，而地板似乎也在随着我的每一步而起伏。我弯下腰查看索尔的情况，他已经睡着了，身上好像又开始向外散发寒气。我在他身旁躺下，用自己的身体紧贴住了他后背的曲线，而他仍旧一动未动。我的神志忽然间又恢复了清醒，我也明白了先前自己所谓的"我是安娜·伍尔夫他是索尔·格林我有个孩子叫詹妮特"到底是什么意思。我紧抱住了他，他却陡然转过身来并举起了双手，就像是要格挡住劈面而来的一击，然后才看到了我。他面色惨白，颧骨顶着纤薄的肌肤高高地隆起，眼珠则呈现出了一种病态而黯淡的灰色。他猛地将自己的脑袋埋进了我的胸口，我也紧紧抱住了他，然后他就再度陷入了沉睡。我试图找回对时间的感知力，然而时间却早已弃我而去。我一边抵着这个冰块般阴寒而沉重的男人,一边试着先温暖自己的身体然后再焐热他的身体。然而他的寒气却在一个劲地往我身体里渗,于是我轻柔地将他推进了被褥,然后跟他一块在里头躺着,他身上的寒意这才渐渐消散,和我贴在一起的肌肤也慢慢恢复了温热。这时我开始细想自己此前化身成为查理·特姆巴的经历,而就如同我已经记不清自己之前是怎么洞察到战争对我们所有人都施加了影响从而让自己降临到了人间一样,我此刻也已经完全回忆不起来自己是怎么变成查理·特姆巴的了,换言之就是说我的神志又恢复了清醒。但是"清醒"这个词就像"疯癫"一样其实并不包含任何的意义。我因洞察并感知到了宏大而不堪重负,而这种感觉和我玩那个"游戏"时的体验又不尽相同,只保留了它无意义感的那个方面。我感到了畏缩,我不知道自己为何只能在疯狂与清醒这两种状态之间二选一。而当我的视线越过索尔的头顶,我只看到房间里的一切都显得诡诈、凶险、廉价且毫无意义,而直至现在写下这段文字时,我指端还残留着窗帘那如死物般滑溜的触感。

我睡着后又一次做了那个梦。这次梦里没有任何形式的矫饰,我直接成了那个心狠手辣、雌雄同体的矮人,毁灭之乐的化身;索尔则与我两相对应,同样雌雄同体,既是我的兄弟也是我的姐妹。我俩在一片空地上跳舞,位于我俩上方的是一栋巨大的白色建筑物,里面摆满了凶险的黑色机械,毁灭的恶灵就寄宿其间。在这次的梦里,我和他——也可以说是我和她——相亲相爱,无仇无怨,在恶意中永不分离。梦境中还弥漫着一种可怕的眷恋感,那就是对于死亡的向往。我俩亲吻着,相爱着,而即便我的头脑这时还在休眠,可我还是能够理解这一幕的可怕之处——在其他人形式上多少有些类似的梦里,亲吻与爱抚往往代表着爱意与柔情,但是在我现在的这场梦里正在亲昵着的却是两头似人又非人的东西,而他们正在为毁灭喝彩。

我在梦里感受到了某种可怕的快乐。我醒来时房间已经完全没入了黑暗,暖炉散发着红彤彤的火光,并在白色的天花板上投下了宁静的阴影,而我的内心也则充满了喜悦与平和。一个可怕如斯的梦居然能让我找到安宁,我不禁好奇这到底是怎样的原理。这让我想到了"糖妈",我想也许我总算以"积极"的方式做了一回这个梦——但我并不清楚这又到底意味着什么。

在我睡着的这段时间里索尔仍旧一动未动。我感到浑身僵硬,于是挪了一下自己的肩膀,结果却把他给一下子吵醒了。他害怕地喊出了声:"安娜!"这声呼喊就好像我在别的房间甚至是在海外。我说:"我在呢。"他的下体胀大了起来,我们做了爱,而这次的交欢就像梦中的那次一样温暖。结束后他坐起身说道:"天哪,现在几点了?"我说:"五六点吧,我估计。"他说:"我可不能把我的余生都这么睡过去了。"然后就冲出了房间。

我躺在床上,心中感觉到了无比的幸福,而这种幸福的喜悦要远胜这世上所有的苦难与疯狂,至少我是这么觉得的。但是没过多久喜悦就开始流逝了。我当时心想:我们梦寐以求的幸福到底是什么呢?(此处的"我们"指的是女性。)其价值又何在呢?我和迈克尔曾拥有过幸福,但他却对此不屑一顾,不然他当初也不会离我而去。现在我和索尔也拥有了幸福,这对我来说简直就是久旱逢甘霖,然而我这才刚想要细细玩味,幸福就立刻要溜走了。于是我只好置之不理,毕竟这种幸福感是挡在我和窗台上那盆矮人般的植物、窗边那张滑溜而恐怖的窗帘,以及潜伏在芦苇荡中的那条鳄鱼之间唯一的屏障。

我躺在黑暗中听到了索尔在楼上的乒乒乓乓。我遭到了背叛,因为索尔已然将"幸福"抛到了脑后,他在上楼的那一刻就已经把幸福拒在了自己的门外。

但是在我看来被他拒之门外还并不只是安娜,还有生命本身。我能隐隐感觉到这句话里隐含着某个为女性设下的可怕陷阱,而至于这个陷阱具体是什么我还说不大上来。女性毫无疑问已经意识到了自己遭遇到的背叛,并开始以文字或口述的形式诉说起了这样的背叛,这些诉说庄重而自怜，而且无时无刻无处不在。我也不能例外，我遭遇了背叛，我生命里缺爱，而我的幸福还被人给拒之门外，而且都这样了我却还是没底气质问"你为什么要拒绝我"，而只能迂回着说"你为什么要否定生命"。

索尔下来以后又变了个人。他的站姿咄咄逼人，眼睛也都眯成了一条缝。他说："我出去一趟。"我说："好啊。"话音刚落，他就像个越狱的犯人一样逃了出去。

我依然在床上躺着，铆足了劲不去在乎他为什么非要像越狱似的夺门而出。我的情绪已经全部关闭，但是理性思维仍维持着运转，并且在不停地生成电影般的画面。那些画面或者说场景就这么一幕幕地在我的眼前飘过，虽然按理来说它们都算是难得一见的奇景，但今时今日却早就成了数以百万计的人日常生活中司空见惯的现实。当我眼前浮现一个被绑在刑床上的阿尔及利亚士兵[1]的那一刻我就变成了他，我开始寻思自己还能撑多久。我看见了一个被关在某个监狱里的共产党人，这座监狱肯定位于莫斯科，而这位囚犯正在经受精神层面上的折磨，他需要与刑讯者在马克思主义辩证法体系内搏杀。最后的场景是，辩论在持续了数日后终于抵达了某个拐点，囚犯就像所有正常的人类一样终于拒绝了苟且，并明言要誓死捍卫个体意识的自由，而那个同为党员的监狱看守果不其然地微笑着说道：你可总算是认罪了。画面还在继续：士兵们正在古巴[2]、在阿尔及利亚持枪戒备；英国的一名征召兵毫无意义地死在了埃及战场上[3]；布达佩斯的一名学生朝一辆庞然驶来的苏联坦克投掷土制炸弹[4]；中国某地的一个农民正行进在上百万人组成的队伍里。[5]

---

1 结合故事发生的年代，这里的阿尔及利亚士兵指涉的极有可能是阿尔及利亚民族解放阵线武装反抗法国殖民者的阿尔及利亚战争（1954—1962）。
2 这里的古巴士兵指涉的应该是古巴革命（1953—1959）。
3 指第二次中东战争（1956年10月29日—11月7日）。
4 指匈牙利十月事件（1956年10月23日—11月4日）。
5 根据年代推测，这里或指1950年代后期的人民公社化运动。

我当时心想，五年前我眼前根本就不可能会出现这些个画面，而五年后我又一定会看到更新的画面，也就是说现在的这些画面并没有办法突破时间的局限，然而它们却又真真正正地将那些素未相识的同一类人紧紧地联结在了一起。

当这些画面不再自我增殖后，我又回头把它们都捋了一遍，并对它们都进行了命名。我意识到在刚才这段时间里马特龙一次都没有在这些画面里出现过，但几个小时前我却不费吹灰之力地变成了疯疯癫癫的特姆巴先生。我告诉自己说我想要变成的是马特龙先生，并且尽已所能地做足了一切准备工作。我试图设身处地地将自己想象成一个生活在被白人霸占的土地上，人格与尊严都受尽了屈辱的黑人。我试图将自己设身处地地想象成为那个先在当地的教会学校读书，然后来英国求学的他。我试图在脑海中构造出一个他，却以彻底失败而告终。我想要在我的房间里召唤出一个既彬彬有礼又擅长阴阳怪气的他，但也还是以失败而告终。我告诉自己这是因为他有个点跟其他所有人都不一样，那就是他的抉择与行为从来都不受他个人好恶的左右，但凡是他相信会对其他人有益的事，他都会毫不含糊地去做，至于这会带来怎样的结果，他全程都会保留怀疑的态度。在我看来这恰恰是我们这个时代迫切需要，却只有极少数人才真正具备的品质，于是他这样的人相对于现在的我来说，自然也就显得无比遥远了。

我想着想着就睡了过去。等我醒来时天已经快亮了，我看见自己房间的天花板原先静滞着的苍白遭到了窗外光线的扰动，而屋外的天际已经呈现出了饱和的紫色，在冬月的照耀下显得湿漉漉的。这时我发现索尔并不在我的身旁，于是我的身体自行喊出了声。后来我就没有再睡，而是作为一个遭到背叛的女人沉湎在了仇恨的情绪里。我躺在床上咬牙切齿，并且根本就不愿意去思考，因为我知道我此时不管想什么都不可能挣脱这种苦大仇深的情绪的摆布。过了一会儿我听到索尔回来了，然后他就蹑手蹑脚地直接上楼去了。这次我并没有上楼去找他，而我知道这也就意味着今天一整个上午他都会沉浸在对我的怨恨里，因为无论是他的愧疚感还是他背叛的冲动，本质上都是在呼唤我的抚慰，他需要我时不时就主动去找他。

我准备吃午饭的时候他才下楼来找我，而我知道这回从楼上下来的这个人对我怀恨在心。他冷冰冰地说："你为什么不叫醒我？"我说："你自己应该几点起床还得要我来告诉你吗？"他说："我要出去吃个午饭，我还有些工作上的事情要谈。"他摆明了是在扯谎，而且他故意没有对自己的意图进行任何的掩饰，他就是要让我能看穿他在扯谎。

我身体又开始不舒服了，于是就回自己的房间把所有的笔记本都摆在了桌上。他也跟了进来，然后站在门边注视着我。他说："这里头肯定记满了我的种种罪名。"他听上去还挺高兴。我将其中的三本又放回了原位。他说："你为什么要同时记四本笔记？"我说："答案不是明摆着吗，因为以前我不得不把自己给分成好几份。但是从现在起我只需要留一本就够了。"真有意思，居然是这个原因吗，连我自己也是头一次听说。他双手紧抓着门框站在门口，两只眼睛充满恨意地对我眯起。白色房门上华而不实的老派雕花清晰地映入了我的眼帘，这些雕花的样式让我联想到了希腊神庙里的立柱，而希腊神庙里的立柱又让我联想到了埃及的神庙，埃及神庙又让我进一步联想到了芦苇丛与鳄鱼。我眼前的这个美国人害怕自己会瘫倒在地，于是双手死死抓住了诉说着历史的门框，他恨我，因为我是囚禁了他的狱卒。我像以前说过的那样说道："你不觉得有件事特别奇妙吗，就是我俩的人格——不管这词是什么意思——明明能装得下从政治到文学到艺术等各个领域的杂七杂八的东西，但只要一发神经，我们就会立刻开始揪住一件微不足道的小事不放。比如我就会不希望你跟其他人上床，而你就会要对我扯谎。"这时他变回了他自己并思考起了我的这番话，但是没过多久这个人格就又再次沉眠或消散了，取而代之的是我的那位贼眉鼠目的死对头，这人说道："你以为这样就能限制住我的自由吗？"说完就上楼去了，但几分钟后他又下来了。他眉飞色舞道:"天哪,我再不出发的话就要迟到了。宝贝,咱们过会儿见。"

他离开了公寓,而我能感觉到自己的一部分也跟了出去,并将他的一举一动都看在了眼里。他跌跌撞撞地走下了楼道,在公寓门口站了好一会儿才推开门走到了街上,然后就开始像个典型的美国人一样走得步步为营如履薄冰,就像周围随时都会有人要攻击自己。他就这么走了好一会儿才总算找到了一条长椅或是一级台阶,然后就坐了上去。那些邪祟都被他留在了我的公寓里,他终于暂获了自由,然而我却已然能感觉到他身上向外散发出的那种孤独的寒意。我现在已经完全坠入了这片孤独的寒意里。

我看着这本笔记,心想只要在里头写上几笔,安娜就又会回来了,但我的手却完全不听使唤。我打了个电话给莫莉,而在对方提起话筒的那一刻我才反应过来,自己根本没办法跟她交流我的近况。她的声音还是一如既往的欢快和实在,听上去就像是某种奇怪的鸟类在鸣叫,而我此时的声音则显得如此的欢快而又空洞。

她说:"你家那个美国人最近怎么样?"我说:"挺好的。"我又道:"汤米最近怎么样?"她说:"他准备以'矿工的生活'为主题在全国范围内进行巡回讲座,你没听错,矿工的生活。"我说:"好事。"她说:"可不,他还说要去阿尔及利亚或者古巴与当地人民并肩作战呢。昨天晚上我这里聚了不少像他这样的人,他们无一例外地表示要去参加革命,去什么地方都可以,只要是革命就行。"我说:"他的妻子不会乐意的。""我当时就是这么跟他说的,他一下子就跟我急眼了,他还以为我是在打着他老婆的旗号不让他去。我说我完全没有要拦你的意思,但你那明事理识大体的夫人会愿意放你走吗?我说,不管你要去哪个国家参加哪场革命,我都一定会祝福你,现在的这种世道别说是你了,连我都受够了,然后他就开始说我消极。他后来又打电话跟我说他没办法去海外闹革命了,因为他还有这个'矿工的生活'的巡回讲座要做,而我当时就觉得自己的人生就是一通不可思议的狗屁,不知道你有没有我这种感觉。""有啊。""我就知道。但这样一来我就更加乐观不起来了。"

我挂掉了电话。我和床之间的地面起伏着鼓了起来,墙面也好像开始朝内凹陷,然后就飘向了太空。我也站立在了太空中,四周的墙壁都已不见,下方只剩下一片断壁残垣。我知道自己必须立刻躺下,于是小心翼翼地穿过了鼓起的地板,然后上了床,但我又不在床上。随着我意识的模糊,我预感到了自己正在进入绝非寻常的睡眠,但最终却还是沉沉睡去。我看见安娜躺在床上,然后就进来了一个又一个的熟面孔,他们聚集在安娜的床边,似乎都想要附在安娜的身上。我作壁上观,好奇下一个进房间的又会是谁。下一位来客是一头金发、美丽端庄的玛丽罗斯,然后依次是乔治·豪恩斯洛、布斯比太太和吉米,而这些人驻足看了一眼安娜后就又出去了。我开始好奇安娜最终会接受哪一位的附体。我感觉到了危险,因为保罗进来了。他早就死了,他脸上挂着肃穆而怪诞的微笑朝安娜俯身,然后就融入了她的躯体。我吓得惊叫了起来,然后就拼命挤开床边簇拥着的那些漠然的鬼影,冲向了安娜、冲向了我自己,想要重返这具身体。一股可怕的寒意阻挡在了我的面前,我的手和腿都被冻得发僵了,安娜被死去的保罗占据了的身体散发出彻骨的严寒,脸上也开始露出专属于保罗的冰冷笑容。经过了一番殊死搏斗后我又钻回了安娜的身体,然后通体冰冷地躺回到床上。在梦里我又一次回到了马肖比酒店,但是这一次那些鬼影井然有序地排布在我的周围,就像夜空中的星星,而保罗也赫然在列。我们坐在桉树下尘土飞扬的月光里,打翻了的葡萄酒的甜腻气味直钻我们的鼻孔,马路对面的酒店正亮着灯。这居然是个普通的梦,也就是说我终于摆脱了支离破碎的命运。怀旧之情给我带来了虚假的伤痛,而正是在这样的伤痛中这个梦眼看着就要离我而去了。我对自己说,挺住啊,只要把蓝色笔记拿出来继续往下写,这个梦就不会走。然而我冰冷的手却动弹不得,它握着的也不是笔,而是枪,我也不是安娜,而是一个士兵。我能感觉到自己身上套着军装，但是辨认不出是哪支部队的制服。我正站在凉飕飕的夜色里，身后有几队士兵正在安静地生火做饭。我听见了叮叮当当的金属撞击声，那是人们把步枪堆在一起发出的声音。敌人就在我的前方，但我既不知道敌人具体是谁，也不知道自己为何而战。我注意到了自己深色的皮肤，开始还以为自己是非洲黑人，但后来才看见自己握着步枪的前臂呈古铜色的肌肤，而手臂上的黑色汗毛正在月光下闪闪发亮，我这才反应过来自己此刻正站在阿尔及利亚的山坡上，而我是一名正在与法国人作战的阿尔及利亚士兵。这个男人的脑袋里装着的是安娜的脑子，她心想：我今天不仅要大开杀戒，我还要让他们知道什么叫作生不如死，因为我既没有选择，也没有底线，我不可能不知道自己所参与的一切最终都只会带来全新的暴政，但我却依旧只能去拼杀、去集结。接下来安娜的意识就像微弱的烛火般熄灭了，我完全变成了那个阿尔及利亚人，心中充满了勇气和信念。安娜现在又有了支离破碎的风险，于是恐惧再一次降临并将我带离了这个梦境，我不再是那个在月光下为炊火周围的同袍们站岗戒备的哨兵了。我离开了阿尔及利亚干燥且散发着日晒气息的土地，飞升到了半空。这是个我已经暌违太久的飞翔之梦，我高兴得险些哭了出来。飞翔之梦就等于轻快、自在与愉悦。我在地中海上方，我可以飞往任何的地方。我决定要往东飞，我想要去亚洲，去拜访那里的农民。我双脚轻快地踩踏着空气，飞升到了极高的高度上，高山和大海都被我甩在了下面。我穿越了大片山脉，中国出现在了我的下方。我在梦中说道：我想要成为这里的农民中的一员。我在一座村庄上空缓缓降下，看见了农民们正在田间劳作。他们身上散发着坚忍与果决的气息，这种气息深深地吸引了我，于是我就在这里轻盈地降落了。我在这场梦中体验到了前所未有的愉悦，那是种自由的愉悦。我站在中国古老的土地上，看见了一位农妇正站在她的茅草房门口。我朝她走去，然后就学着保罗刚才的样子冲着这位农妇俯下了身，我想要进到她的体内，我想要变成她。我很容易就做到了。她很年轻，而且有孕在身，却因为劳作而有些苍老。接下来安娜的意识出现了，我的脑子里开始冒出一些机械的我所谓的"进步且自由主义"的标准，而我也开始以一个外来人格的立场来把这些标准套用在了这位农妇的身上，对她进行了一番"评定"，认定她是如何如何受到了这样那样的运动或战争或经历的影响。过了一会儿就像此前在阿尔及利亚的山坡上发生过的那样，安娜的意识又要熄灭了。我说："恐惧分离很正常，没什么大不了的，不要逃。"但是这股恐惧还是太过强烈，它将我强行撑出了农妇的身体，我只好陪在她身旁，看着她穿过田野，加入到正在田间劳作着的男男女女中间，他们的身上都穿着制服。这时恐惧已经彻底摧毁了我此前的愉悦，我的双脚也跟灌了铅似的开始踩不动空气了。我疯了似的蹬着腿爬升到了横亘在我和欧洲之间的黑色山脉上空，而从我这里看过去，欧洲俨然就是一片无比广袤的陆地上微不足道的一小片边角，又像是我甩不掉的一场重病。我这时已经飞不起来了，我已然被困在了这片农民们正在耕种着的原野上，然后我一下子就惊醒了。我醒来时已是傍晚，房间里一片昏暗，街道上的车辆与行人喧闹不休。在睡梦中变成过各种不同的人以后我就再也变不回去了。安娜？谁爱当谁去当，我反正是受够了，我以前还有种我自己都有点受不了的使命感，所以才勉为其难地当了安娜，这就好比生理期裙子哪怕沾到了经血也只能硬着头皮穿在身上一样。

我起床把灯给打开了，接着就听到楼上传出了响动——索尔已经回来了。就在听到他动静的那一刻，我的胃部立刻就紧了一下，我一下子又回到了那个意志消沉病恹恹的安娜的体内。

我朝楼上喊了一嗓子，他也朝楼下喊了一嗓子，而正如同我所担心的一样，他的声音听上去兴高采烈。过了会儿他就下楼来了，他有意露出了夸张的微笑，我的身体因此而感觉到了不适，真不知道他这回葫芦里卖的又是什么药。他在我的床上坐下，然后将我的一只手捧到了自己眼前，一面端详一面还有意在脸上流露出了某种夸张的倾慕。我当时就反应了过来，他这是在拿我的手跟他刚才出去找的那个女人的手作对比，要不然就是他有意要让我相信他刚才确实在和某个女人鬼混。他说："我果然好像还是更喜欢你涂了指甲油的样子。"我说："可我并没有涂指甲油啊。"他说："哦哦，我的意思是你要是涂了的话我会比现在还要喜欢你。"他将我的手翻了过来又翻了过去，看着看着还露出了忍俊不禁并且始料未及的神色——他想要看看对此我会作何反应。我把手给收了回去。他说："我估计你打算问我刚才去了哪儿。"我没回话。他说："有些事儿吧，只要你别来问，它就不存在。"我还是没说话。我觉得自己仿佛陷入了流沙，或是被丢上了一条通往粉碎机的传送带。我没去管他，而是走到了窗前。窗外阴沉的天幕下雨帘偶尔反射着微光，鳞次栉比的屋顶也湿漉漉的，寒气击打着窗玻璃。

他走到了我身后，双臂紧紧抱住了我。他正在微笑——他清楚自己对于女人的吸引力在哪里。他穿着他那件蓝色的紧身毛衣，两边的袖子都已经卷起，我能看见他小臂上薄薄的一层反着光的汗毛。他从我脑袋的上方俯视着我的眼睛，说道："我没有碰过其他女人，我可以对天发誓。"他的声音里有一种戏剧性的用力感，他的眼神里也有着同样的用力感。

我不信，但在他怀里的安娜却信了，而且还配合着他演了起来，我只好在一旁干瞪眼，谁能想到我和他居然都身怀这般逢场作戏的本领。他亲吻了我，而我立刻就挣脱了他的怀抱，然后他一如既往地搬出了他那标志性的阴郁的语调说道："你怎么不跟我吵？你为什么不跟我闹？"我答道："我凭什么要吵？你又为什么非得要这么闹？"这句话我已经不是头一回说了，这种事也不是头一回发生了。接下来他又拉我上了床做了爱。我很好奇他这一回做爱的时候脑子里惦记的又会是谁，我心知肚明那人可以是任何人，但唯独不可能是我。这次他惦记着的这个女人似乎属于那种比较幼稚，并且在恋爱关系中极度渴求斥责与鼓励的类型，因为他分明正在对着一个长着一对平胸以及一双美丽的手的女人发情。

他冷不丁地说道:"好,就听你的,咱们一起生个宝宝。"完事以后他滚到一旁气喘吁吁道:"我的老天爷,你要是真怀上了的话我可就完犊子了。"我说:"要给你生孩子的人并不是我,你看清楚了,我是安娜。"他猛地支起脑袋看了我一眼,然后又躺下大笑了起来。他说:"行行行,你是安娜。"

我去了趟卫生间,感觉自己的身体难受到不行。我回房间后说道:"我要睡了。"然后就背朝向他睡下了,我想要通过入睡来躲着他。

然而在睡梦中我反而接近了他。那天我做了一晚上的梦,并在梦里一个角色接着一个角色地跟索尔演起了对手戏。我仿佛置身于一部台词总在变更的剧里,而这部剧的剧本被编剧重写了一遍又一遍,而他每写一版都会跟之前那版有些许的出入。我和索尔演遍了人类能想到的一切男女角色的组合,而每一轮演出临近谢幕的时候我都会说:"好了,这种人生我现在也已经经历过了。反正是福不是祸,是祸躲不过嘛。"在梦里我好像反复投胎了一百次,并经历了一百种不同的人生,而我真正感到惊讶的点在于,在现实生活中原来有如此多的女性的角色都是我不曾扮演,或不愿意扮演,或永远都不会有机会扮演的。我在睡着的时候心里也明镜似的知道,就是因为我没能在现实生活中扮演这些个角色,所以最终才会需要在做梦的时候把她们统统都扮演一遍。这是我应受的惩罚。

第二天早晨我在索尔身旁醒了过来。他浑身冰冷,我只好帮他取暖。此刻的我又变回了自己,身体也恢复了健康。我走到写字桌前摊开了这本笔记,然后一个劲地写了好久,直到注意到他醒了——当时他应该已经观察我了好一会儿了。他说:"你都有这个闲工夫在那儿罗列我的罪状了,你干吗不干脆再写一部小说出来啊?"

我说:"我可以给你列举出十几条不同的理由,也可以就这个话题跟你一口气说上好几个小时都不带喘的,但真正的原因其实很简单,就是我进入了作家的瓶颈期——这件事我以前从来都没有承认过。"

"有这个可能。"他歪着脑袋露出了饱含着爱意的微笑。他微笑中的爱意温暖了我,我于是也回了他一个微笑。然而他的笑容却在这时戛然而止,愁云又在他脸上聚起。他强打起精神说:"但话说回来,眼看着你还能像现在这样写个不停,我已经嫉妒得都快发疯了。"

"有些人会说,一个作家就不该跟另一个作家在一起,要不然就是一个争强好胜的美国人就不该跟一个出过书的女人在一起。"

"在理,"他说,"我在两性关系中的优越感受到了威胁呢,这可不是闹着玩儿的哟。"

"谁说不是呢,但是求求你千万别再自我感觉良好地对我发表你那套男女平等的社会主义说教了。"

"但我就是喜欢对你说教啊,尽管我说出来的那些话连我自己都不信。说实话,我确实嫉妒过你,因为你有过一部成功的作品,而我对自己也早就有了定论:我就是个虚伪的人,我就是喜欢现在这个女性只能当二等公民的社会,我就是喜欢当老大,我就是喜欢有人把我捧上天。"

"好事,"我说,"说到女性目前只是二等公民,在现在这个社会里一万个男人里头都未必找得出一个对这件事有所觉察的男性,而我们女性在这样的一个社会中需要你这样的至少态度还算坦诚的盟友。"

"既然我们在这件议题上达成了共识,你就可以给我煮咖啡去了,这是你的天职。"

"乐意之至。"我说。我俩愉快地用完了早餐,对对方也充满了爱意。

早餐后我拎着我的购物篮去了趟伯爵宫大街。我开开心心地采购了食材与杂货,一想到待会儿要为他做饭更是雀跃不已,但与此同时我又知道这样的现状不会持续太久,并因此而黯然神伤。我当时心想:他怕是待不长久了,这种照顾一个男人的喜悦到时候也就只能告一段落了。我其实已经可以回家了,但我却淋着灰色的细雨站在街角,在相互推搡着的雨伞人群中,思考着我为什么要在这里驻足。接下来我走到马路对面,进了一家那里的文具店并且走到了一个摆满了笔记本的货架前。货架上摆放着的笔记本跟我家里那四本款式都大差不差,但我都没怎么看入眼。我在其中发现了一本厚厚的大开本,价格并不便宜。我翻开这本,书页的纸质很好,纯白色,没打线,摸上去也很舒服,略微有一丝糙糙的触感,但整体仍旧丝滑,外头包着暗金色的厚封皮。我以前从未见过这种样式的笔记本,于是向店员询问起了它的来历,店员说这是某个美国来的客人专门订做的,但之后就一直没来店里取。由于这人已经付过订金了,所以现在的价格并没有我之前以为的那么贵,而且就算店里卖原价我也一样会买下来。我付了钱,把本子带回了家。光是能摸到它、能看到它我就已经十分欢喜了,但是我还没想清楚究竟要用它来干吗。

索尔进了我的房间以后就开始焦躁不安地在房内一圈又一圈地打转,然后就瞥见了这本新的笔记并一个箭步冲了过来。"哇,这也太好看了吧。"他说,"你打算在里头写些什么?""还不知道。""那就给我吧。"他说。我险些脱口而出:"行啊,你要就拿走吧。"我的这种慷慨的冲动简直就像是鲸鱼控制不住想要浮上海面喷水一样。我有些生自己的气,这本子我明明想要自己留着,却差点就拱手让给他了,而我心里还很清楚自己这种耳根子软的毛病其实是施虐受虐循环的一部分。我酝酿了好久才开口道:"不行,这不能给你。"我在讲这句话的时候甚至还带了点磕巴。他拿起本子,嬉皮笑脸道:"给偶,给偶,给偶嘛。"我说:"不行。"他起初还满心以为自己只要再这样多重复几遍"给偶"我就会松口答应,但发现并没有奏效后就不再这么嬉皮笑脸了,而是开始一边斜眼睨我一边用小孩的声音不停嘀咕着"给偶给偶给偶"。他现在已经变成了一个小孩了,而我也目睹了他的这个全新的人格——其实也不算新,此前其实是出现过的——像动物钻入灌木丛那样蹿进他身体的全过程。他隆起背俯下腰,身形就这么变成了一把弯刀,而他脸上也一改此前还是"他自己"时的那副好好先生的表情,变得精明而多疑——那俨然就是一张杀人犯的脸。他猛地转过身拿起了本子,眼看着就要往房门口走了;(*19)我在他身上一清二楚地看见了一个贫民窟里的孩子,贫民窟里一群跟他一样的小孩一起组建了一个匪帮,他是其中的一员,而他刚从一家商店的货柜上顺走了一些什么,要不然就是在逃避警察的追捕。我就像在和一个小孩子打交道一样说道:"这不是你的东西。"他整个人慢慢放松了下来并变回了他自己,接着就放下了本子,表情也柔和了下来,甚至还表现出了一丝的感激。生活的吊诡之处就在于,他需要有人能斩钉截铁对他说不,却偏偏摊上了不擅拒绝的我。我现在终于拒绝了他,而他虽然放下了本子,但举手投足间活脱脱就是个可怜兮兮的没能得到自己心心念念的东西的孩子。我看着他这副样子实在于心不忍,特别想说"拿走拿走,区区一个本子",但没能说出口。我开始担心这好看的"区区一个本子"很快就会变成我俩争吵的导火索。

他在门边孤苦伶仃地站了好一会儿,而我不仅看到现在的他昂首挺胸的样子,也看到了小时候的他有成百上千次也像现在这般昂首挺胸,然后就"默默承受了一切"——他以前跟我说过,他认为人生在世就算牙被碰碎了也应该一声不吭地往肚子里咽。

他说:"好了,我要上楼工作去了。"他磨磨蹭蹭地回了自己的房间,但并没有真的在工作,因为我能听见头顶他踱步的声音。尽管我之前已经足足乐呵了好几个小时,但此刻还是紧张了起来。疼痛就像一个人一样,用它的一只手攥住了我的胃,用另一只手的手指戳进了我后颈以及后腰的肌肉里,而我对此无能为力。病人安娜又回来了,她占据了我的躯体,而我知道她是被楼上的脚步声给招回来的。我在唱机上放了盘阿姆斯特朗,但是却觉得那单纯而欢快的旋律对于这时的我来说太过遥不可及。我换了盘穆里根[1],但他那种顾影自怜的风格与我身上的病痛又太过异曲同工,于是我只好关掉音乐,心里一边还在想:詹妮特马上就要回来了,我不能再这样下去了。

那天的天气十分阴冷,甚至连冬天那聊胜于无的阳光也不见踪影,

---

[1] 美国萨克斯演奏家、爵士乐作曲家。

这时外面更是下起了雨。我拉上了窗帘，并将两个煤油取暖炉全部打开。现在室内一片昏暗，暖炉在天花板上投下了两团微微发颤的橙红色的火光，而就连红炉的暖意也都只能止步于暖炉格栅外几英寸远的地方。

我反复翻看并欣赏着这本崭新而美丽的笔记本。索尔趁我不注意的时候用铅笔在第一页上胡乱写下了一个长不大的小学生的诅咒：

不管是谁翻看这本笔记，
都会遭到诅咒，
这就是我的愿望。
这是**索尔·格林**的本子。（！！！）

我被这几行字给逗笑了，并且差点就想上楼把本子送给他了，但我不给，不给，不给。我要把蓝色笔记和其他几本一起封存起来。我要另写一本笔记，把我所有的部分都记在一起。

【这里画了两道黑线，蓝色笔记至此完结。】

金色笔记

不管是谁翻看这本笔记，
都会遭到诅咒，
这就是我的愿望。
这是**索尔·格林**的本子（！！！）

  公寓里一片漆黑，这片黑暗伴随着刺骨的寒意，就仿佛是后者在视觉上的投影。我走遍了整间公寓，将每个房间里的灯都打开，将黑暗驱赶到了窗外，然而它还是想方设法地要钻进来。然而当我把自己大房间里的灯也打开后，我就感觉到了不对劲。因为光明并不属于这里，于是我又把黑暗给放了进来，只留了两个散发着火光的煤油暖炉来与之抗衡。我躺了下来，在脑海中构想着在宇宙无垠的黑暗中漂浮着的那颗一半都被黑暗与严寒所笼罩的小小地球。我才躺下没多久索尔就出现了，他躺在了我的身边。"你这个房间可真是不得了，"他说，"感觉都能装下一整个世界。"他搁在我脖子底下的臂膀温暖而强健，我们做了爱，然后他就沉沉睡去了。当他醒来时他身上散发着的并非之前令我胆战心惊的死人的冰冷，而是暖意。他说："我**这下**应该可以开工了。"他这股子以自我为中心的精气神和我想要一些东西时简直一模一样，我被逗得哈哈大笑，而他也跟着我大笑了起来。我俩笑得在床上直打滚，摔到了地上以后又在地上接着滚。过了会儿他从地面上跳了起来，用矫揉造作的英国口音说道："不像话，这也忒不像话了。"然后就大笑着扬长而去了。

邪祟已经离开了这间公寓。我裸着身子坐在床上，一边感受着从三个不同的方向传来的暖意一边这么想道。邪祟这个说法就好像在暗示说那些恐惧和焦虑并不是我或索尔内在的情绪，而是某种外在的不以我们的个人意志为转移的力量。这其实不过是自欺欺人，因为我——这个此刻坐在床上一丝不挂，双乳紧贴着赤裸的双臂，周身散发着性爱与汗液的气味的安娜——需要维持住这一刻毫无杂质的幸福的表象，而在我的认知里这种肉体的幸福感所带来的温暖与力量就足以驱散世间一切的恐惧了。然后我头顶上方再次传来了连绵不绝的脚步声，那声响简直就仿佛有一整支部队在行军。随着我胃壁的紧缩，之前的幸福感瞬时消逝得无影无踪，而我也在这一瞬间获得了一种对我来说全然陌生的全新样态。我发现自己居然开始对自己的身体感到反胃了，这还是我头一次产生这样的感觉。我甚至还宽慰自己说：这种情况虽然在现实中是头一回发生，但我以前在书里是读到过的，所以没必要显得太过大惊小怪。我想起纳尔逊跟我讲过的一件事，他说他有时会注意到他妻子的身体的女性特征，比如她腋窝里和两腿间的体毛，而这些特征则会导致他无比嫌恶对方的这副女性的躯体。他说他有时会把他的妻子看成是蜘蛛一类的臂膀和腿足都长在正中那遍布毛发的血盆大口上的生物。我坐在自己的床上，注视着我瘦削而白皙的四肢，注视着我的双乳。我汗津津的躯干看上去连自己都觉得恶心，而我的乳房也只会让我想到它们被乳汁胀大时的样子，在我的感官里这样的画面非但毫无美好可言，甚至说令人作呕都不为过。在我的这种对自己身体的疏离感的作用下，我的思绪开始随波逐流、四处漂荡，直到我碰上了一个念头——"我此刻的感觉并不属于**我自己**"——并在这个想法边上下了锚。此时的我终于在想象的国度里第一次体验到了同性恋者的情绪，并且也第一次理解了同性恋文学总是会描绘的那种反胃的感觉。我意识到了这种同性恋式的情绪是多么普遍而大量地在每个人的心中都存在着，哪怕是那些自认为与"同性恋"这三个字毫无关联的人也都不能例外。

楼上的脚步声停下了，而我则被反胃的感觉给牢牢攥住了，身体已经完全动不了了。当时我就预感到索尔过会儿就会下楼来跟我说些能够呼应我此刻心中所想的话了，而且这个预感还十分明确，于是我就一边继续沉浸于对自我的嫌恶，一边坐等着他的到来，我想要听听这样的一种嫌恶感从他或者我的嘴里铿锵有力地说出来会是怎样的一种感觉。他果然下来了，并且站在我的房门口说："天哪，安娜，你干吗不穿衣服？"我置身事外地说："你发现了吗，咱俩就连不在一个房间的时候都能影响对方的状态。"虽然我房间里光线昏暗，根本看不清他脸上的表情，但是却能看出他站在房门口那如临深渊的身形，他显然是被那个坐在床上全身赤裸的安娜给恶心到了，他迫不及待地想要逃跑，逃得离安娜越远越好。他以少年人的声线害臊地说道："快把衣服穿上。"我说："你听进去我刚才说的话了吗？"显然并没有。他说："你听到我跟你说的了吗？别再这么一丝不挂地坐着了。"我说："咱们这样的人吧，好像冥冥之中有什么东西驱使着，不管是什么样的人生都总想着要进去体验一把。你说那个东西到底是什么呢？"这句话他倒是听进去了，他说："我不知道。这不是我主动的选择，我生下来就这样。"我说："这也不是我主动的选择，我完全就是被动的。你觉得以前的人会因为自己错失了亲历一些事情的机会而感到煎熬吗？还是说只有咱们这样的人才会这样？"他阴郁地说："大小姐，我不知道，也不在乎。我倒是宁可自己不是现在的这副德行。"片刻后他友善的语气中已经没有了嫌恶："安娜，你感觉到你这屋里有多他娘的冷了吗？你要是再不披点衣服绝对会冻感冒的。我出去一趟。"他转身朝楼下走去。伴随着他下楼的脚步声，我的自我嫌恶也随之而去了。我坐在床上视若珍宝地爱抚并享受着自己的身体，而就连我大腿内侧皮肤上的一道标志着衰老的干瘪皱纹也照样会让我感到欢欣。我心想：这就是我本来的面貌，我现在非常幸福，衰老与否又有什么所谓呢？然而我还在这么想着的时候，安全感却再一次一溜烟全都漏没了，我再次跌回到了嫌恶的感觉里。我赤裸着身体站在房间的正中央感受着来自三个方向的暖流,然后顿悟了一件事——这件事我其实一直以来都知道,只是此前从来都没能理解其真意——只要地毯在你光滑的脚掌底下那粗糙的触感仍能让你感到愉悦,只要暖炉炙烤着你肌肤的感觉仍能让你感到愉悦,只要你站立时骨骼在肌肉组织下那活动自如的感觉仍能让你感到愉悦,你的神志就还是清醒着的;但要是上述的这些感觉都已经无法再让你感觉到愉悦,这就代表你已经失去了对人生的一切确信感。此刻我遇到的就是后面的这种情况——地毯的触感就像死物一样让我感到恶心,而我的身体就是小小一根带着刺的蔬菜,或是一株没照过太阳的绿植,我还摸了一下自己的脑袋,发现头顶那一根根的头发已经尽数枯死了。我感觉到脚下的地板正在向上隆起,四周墙壁的密度也正在下降。我知道自己正在进入一个全新的维度,而我的理智也从未离我像现在这样遥远过。我虽然心里知道应该赶紧回到床上,但双腿却已经不听使唤了,于是只好趴下身子手脚并用地爬回床上并且盖上了被子,但却还是觉得跟什么都没盖似的。我在床上回忆起了那个对梦境的王国了如指掌并在其中行动自如的安娜,然而现在的我却并不是那个安娜。暖炉在天花板上投下的光斑化作了一对巨大的注视着我的眼睛,那是属于野兽的双眸——有一只老虎匍匐在了天花板上。尽管我的理智告诉我这只老虎并不存在,但我却还是跟个小孩似的对房间里有只大老虎这件事深信不疑。外面刮起了一阵寒风,把墙上的三扇窗户刮得砰砰直响,冬日的天光透过窗帘射进了屋里,这时窗帘也不再是窗帘,而是几片被野兽吃剩下的腐肉。我发现自己被关在了一个笼子里,而那只野兽随时都有可能会纵身扑进来。我在腐肉的馊味、老虎的体臭以及心中恐惧的夹击下一病不起。尽管我的胃里一直在翻江倒海,但我还是睡了过去。

  我进入了一种只有生病时才会有的睡眠模式——我睡得很浅,这种感觉就像是整个身子才将将没入水面以下,而真正的睡眠其实在下方极深的地方,所以我自始至终都能意识到自己正躺在床上睡觉,思维也无比明晰。我在以往的梦里以第三人的视角观看过酣睡着的安娜身边站着的旁人想要占据她的身体，但这跟我在此刻的这个梦里的状态并不是一回事，我现在仍然是我自己，只是同时还能对自己想到了什么、梦到了什么有所察觉而已，而这也就表示有某个人从睡着的安娜身上分离了出来。我知道这个人想要阻止安娜的自我分裂，但并不知道对方具体是谁。

当我漂浮在梦境的水面上并慢慢被水吞没时，那人说："安娜，你现在正在背弃你所信仰的一切。你在你的主观世界以及各种需求里陷得太深了。"但是那个想要沉入漆黑的水底的安娜对这番劝诫置若罔闻。那个人中肯公允地说道："我知道你老觉得自己百折不挠，但倘若真要论勇敢，你还未必及得上那个男人的千分之一，你现在的这种困境他也不是没有，但是这么多年下来他还没有低头妥协，你呢？这才过了几个礼拜啊，你就已经打算要束手就擒了？"但是那个沉睡中的安娜已经晃晃悠悠地没入了水面以下，并还打算继续往下，潜入漆黑的水底。那个人在给她加油打气："别放弃，坚持住。"我晃晃悠悠地浮在水面之下，而那个人的声音突然间就消失了，我知道我下方的深水区现在已经变得凶险万分，鳄鱼以及我根本无从想象的古老而残暴的怪物就在那里游弋。然而这样的危险反倒吸引着我继续下潜，我要的就是这样的危险。后来那个声音又突破了水体的阻碍传到了我的耳朵里："别放弃，坚持住。"我这才发现周围的水一点也不深，这就是一个臭气熏天的牢笼底部，只有浅浅的一滩污水而已，而在我上方，也就是牢笼的顶上还有只老虎趴在那里。那个声音说："安娜，你是会飞的。快飞吧。"于是我跟喝醉了酒似的从那摊污水里跪着爬了起来，然后站直了身子想要踩着污浊的空气腾空而起。这一过程实在太过艰辛，我差点没累晕过去，周围的空气过于稀薄，根本承载不住我的重量。但我还记得以前腾空而起的感觉，于是我每一步都在拼死地往下蹬踏，然后终于悬浮到了半空中并抓握住了牢笼顶部的铁条，那只老虎就卧在上面。虽然空气中的恶臭让我感到窒息，但我还是从铁条之间的缝隙里钻了出去，并站在了老虎身边。老虎仍然一动不动地趴在原地,冲我眨着它淡绿色的眼睛。现在我的头顶上还有个屋顶,我还得接着往上,于是我又是一通乱蹬,这才终于缓缓上升到了屋顶的高度,而屋顶也就在这时消失了。那只老虎依旧悠然地趴在那个逼仄而又形同虚设的牢笼顶上,一边眨着眼,一边伸出一只脚掌触碰了一下我的脚。我知道了我无需惧怕这只老虎,它就是只皮毛锃亮、四肢舒展地趴在暖色月光下的美丽生物。我对老虎说:"这是你的牢笼,不是我的。"它没有动弹,只是打了个哈欠并露出了两排洁白的牙齿。这时不知从什么地方突然传来了人群的喧闹声,有人要来把这只老虎给抓进笼子里。我说:"快跑。"那只老虎站起身来,尾巴抽打了几下,脑袋往四周张望着,身上开始散发出恐惧的气息,它也听到了人群的喧哗以及纷乱的脚步声。情急之下它挥起一爪抓伤了我的小臂,我看着鲜血流下了我的臂膀。老虎从屋顶一跃而下,落在了人行步道上,然后就开始沿着屋子四周栏杆下的阴影奔跑。我失声痛哭,满心悲戚,因为我知道那群人肯定能把老虎抓进笼子里。然后我又发现自己手臂完好无损,伤口已经痊愈。我于心不忍地哭泣道:那只老虎就是索尔啊,我不希望他被人抓到,我希望他能自由自在地满世界奔跑。梦境或者说睡意这时开始变得稀薄,我也进入了似醒非醒的状态。我对自己说:我必须要写一个安娜、索尔和老虎的剧本。于是我一部分的意识开始接着往下构思这个剧本,打个比方来说的话就像是一个小朋友在地板上摆弄着积木——家长一直都不允许这个小朋友玩耍,而这个小朋友自己也知道玩耍的本质就是逃避,她不想思考,所以才用积木拼出安娜、索尔和老虎的图案;她拼出的又不仅是安娜和索尔的言语和行动,更是苦痛的形状,而这种苦痛反过来又塑造了这部戏剧的"故事",一个以逃避为主题的"故事"。就在我的这一部分意识构思这个剧本的同时,我的另一部分意识——我知道那就是将我从分裂的命运中拯救出来的那个中肯公允的人——开始接管我的睡眠。这个人坚持要我别去管那个老虎的剧本,也别再玩积木了,他说我不应该继续像以往那样通过在故事里虚构生活来逃避真实的生活,他说我应该回溯自己以往的记忆,直视在我生活中发生过的一幕幕场景。这种对于以往人生的回顾就类似于牧羊人清点羊群或是演职人员排戏,带着些查漏补缺的意味。我小时候就干过类似的事,那时候我每天晚上都会做噩梦,因为我会在睡前躺在床上回忆白天发生过的所有让我多少有些惧怕的事件,而这些事件有可能会成为噩梦的一部分,因此我不得不像念经一样一遍又一遍地去"评定"这些可怕的事件,这种感觉就像是我要趁自己还没睡着的时候运用我尚且清醒的意识给这些事件都消一遍毒。这个年纪的我仍然会在睡梦中评定这些过往的事件,但却并不是为了要给它们消毒,而是**为了要确认它们依然健在**。不过我也知道这一目标绝不可能通过老办法来实现,我必须以一种不同于以往的方式来给这些往事"评定"才行,所以那个目前正在帮我主持大局的人才会想要让我回到过去。于是我首先回到了马肖比酒店外桉树丛下的那群人中间,月光弥漫着葡萄酒的氤氲,桉树在白色的沙土地上投下了黑色的树影。可是这么一幅场景不仅缺失了此前一贯都洋溢着的失真的怀旧氛围,其他的情感也都一并欠奉,俨然沦为了一部倍速播放的电影。即便如此,我还是能看见乔治·霍恩斯洛弓着他宽阔的肩背下了那辆黑色的卡车并站在了星空下反着光的铁轨边,眼神中带着一种吓人的饥渴注视着玛丽罗斯还有我;也能听见威利不成调地哼着布莱希特歌剧里的旋律;还能看见保罗带着他惯常的阴阳怪气与彬彬有礼朝我们微微欠身,然后微笑着走向花岗岩巨砾附近的客房。后来我们一行人也跟了过去,在沙土路上行进着。他在前方停下了来,转过身面朝我们的方向一边等着我们赶上来,一边露出了内敛而得意的微笑。他的视线并没有看向烈日下闲庭信步朝他走来的我们,而是越过了我们看向了后方的马肖比酒店,而我们这一行人也相继停下脚步,转过身看向他视线的方向。酒店看上去像是发生了一场爆炸,其上空升起了一片似乎是由白色的花瓣或是翅膀构成的积云,那是上百万只白蝴蝶在酒店上空盘旋,远远地看上去就像是一朵在旷远而潮湿的蓝天下渐渐绽放的白色花朵。我们都感觉到了一种不祥的预感——我们都知道眼前的这一切不过是障眼法，我们所有人的眼睛都受到了诓骗，而我们实际上正在观看的是氢弹爆炸，这朵在蓝天下绽放的白色花朵其每一层花瓣、每一道褶皱、每一圈涡轮都是如此的美轮美奂，尽管我们知道自己的性命已经危在旦夕，但却还是被这幅画面的旖旎震慑得动弹不得。这就是死亡的样子，它美得如此不可思议，我们在一片死寂中见证着这一切，直到周围响起了刺耳的沙沙声。我们循着声响低下头，发现周围已经爬满了蚂蚱，它们正在下流地交媾着。那个并不在画面里的放映员这时掐断了放映，言外之意是"看到这里就够了吧，你已经知道这段记忆还在了"。影片进入了下个章节，但这一段就播放得有些磕磕绊绊了，因为技术上出了一些故障，他（那个画面外的放映员）有好几次都不得不把影片倒回去重放，而且画面也有点糊，大概在拍摄阶段摄制组就没有把画面给拍清楚。画面里出现了两个长得一模一样的男人，他们似乎是在进行电影里才会有的意念中的对决。其中一位是保罗·坦纳，他出身于工人阶级，但后来当了医生，他冷血刻薄又阴阳怪气的本事使他在打拼的过程中始终立于不败之地，同时也逐渐泯灭了他心中的理想主义；另一位则是欧洲流亡者迈克尔。这两个人最终融为了一体，一个崭新的人类个体应运而生。这一过程就像是一个雕塑家把迈克尔或保罗·坦纳的人格装进了一套模具里，而这套模具其实就是这个雕塑家自己，后者按压自己的双肩或是双腿时，这套模具及其内部的一度是保罗或迈克尔的内容物也会改变相应部位的形态。这个新诞生的人类个体身形伟岸，还带着一种雕像特有的英雄气概，但这些对我造成的冲击都不如他身上的力量感。这时他开口说话了，刚开始还是他原初的单薄的嗓音，但是后来他的这个声线却被新的雄浑的声音给吞没或者说吸收了："但是我亲爱的安娜，我们并没有你以为的那么一事无成。我们这一生都在致力于把民众变得比我们自己稍微再聪明一点点，这样他们才能够接受大人物们早就已经明白了的道理。那些大人物们早在一万年前就已经知道一个深陷于孤独的人迟早都会丧失自己的理智或人性。他们知道的还不止于此——会害怕警察和地主东家的人如同奴隶,越是被吓破了胆的人就越不会懂得心慈手软,就越会诉诸暴力,而暴力只会滋生出更多的暴力。这些道理我们也懂,但是广大的民众呢?他们不懂。让民众明白这些道理是我们的职责所在,大人物们没有那个时间和精力,他们还要为拓殖金星的事殚精竭虑。大人物们早就构想出了一个人人自由而高尚的理想社会,但绝大多数的人仍受困于自己的各种恐惧而不可自拔,境界比他们落后了一万年还不止。大人物并没有把这些事放在心上,这无可厚非,因为他们知道这世上还有我们这样的负责推石块的人,他们知道我们将会前仆后继地将石块沿着漫长的山坡推向高耸入云的山顶,而他们早就站在山巅实现了自由。他们需要我们的存在,所以我们并不是一无是处的。"这个声音渐渐就淡出了,影片的下一个章节又开始了。这个章节的质量可谓相当的敷衍,画面经常会掉帧,而我知道这其实是在提醒我还需要回头再处理一下这些记忆的片段。保罗·坦纳和艾拉、迈克尔和安娜、茱莉亚和艾拉、莫莉和安娜、糖妈、汤米、理查德、韦斯特医生——这些人物的画面在我眼前都短暂地晃了一下,电光火石间他们的样貌都有些失真,然后放映就在毫无征兆的情况下突然就中止了,或者更确切地说是一盘胶卷已经放到头了,这个世界安静了。这时放映员说(这还是我第一次听到这种脚踏实地又不失活泼与嘲讽的声线):"你凭什么就认定你所强调的那些部分就一定是正确的重点呢?"他说**正确**这两个字的时候用的是戏谑的口气,他这是在调侃没事就喜欢把**正确**二字挂在嘴边的马克思主义者,不过除此之外他的语气里也有着一丝学校老师的一本正经。我听到这个词后就立刻感觉到了反胃,我对这种感觉再熟悉不过了——每当我不信邪非要挑战自己的极限或是面对压力时都会像这样感觉到反胃。我强忍着恶心,而放映员一边念叨着"你凭什么认定你所强调的那些部分就一定是正确的重点呢",一边又开始从头放映那一部——其实并不止一部,所以应该说"那几部"才对——影片。我一边看着闪烁着的银幕,一边顺利地完成了分段以及"评定"的工作:马肖比往事、保罗与艾拉的故事、迈克尔与安娜的故事、艾拉与茱莉亚的故事、安娜与莫莉的故事。我发现这一回银幕上播放的是正常而完好的电影了,就像是那种专业制片厂出品的电影;后来我就看到了演职人员名单——虽然这些片子我一部都看不上,但是每一部片子的导演一栏都写了我的名字。放映员以快进的方式播放着每一部影片,然后每次都把画面给暂停在了出演职人员名单的时候,我都能听见他冲着银幕上的"导演:安娜·伍尔夫"那一行字发出的嗤笑。后来他又播放了其他几个场景,但是这几个场景无不显得浮夸、虚假而愚蠢。我冲着放映员大吼:"我从没拍过这种东西。"放映员不以为意地让那些场景在幕布上淡出,他这是在等着我来证明他放错了,而这也就意味着我必须把眼下已是一片狼藉的生活重新打理得井井有条。很多事情已经过去了太久,相关的记忆也早就隐入了尘烟,我更是无从分辨哪些是我捏造的不实记忆、哪些是我保留下来的真实回忆,这些记忆繁杂而交缠,有如在塘子四周潮湿的沙地上空蒸腾的热浪中纷乱飞舞着的白蝴蝶。放映员还在等着看我出丑,而他的心中所想也涌入了我的脑海——他在想这些素材都是我亲手塞进自己的记忆库里的,怎么可能全是假的呢?他冷不防地大声说道:"那你有本事就说说那时候琼·布斯比的事情呗?你肯定说不出来。"他的话音刚落,我的意识就进入了一种对我来说也全然陌生的状态,我立即奋笔疾书,写起了琼·布斯比的故事,字句如泉水般从我的笔尖不住地涌出,然而我写出来的这堆东西却是最无聊最矫情的妇女杂志的那类文风,这让我郁闷得眼泪直流;而这种风格可怕就可怕在它与我原本的风格相去并不远,只要在我自己风格的基础上稍微调整几个字词就能得出以下这种无聊的文字:"年方二八的琼倚靠在走廊上的**躺椅**上,她的视线穿过腊肠树浓密的叶片看向了公路。她预感到有事情要发生。她的母亲从她身后走进了房间说道:'琼,来帮妈妈准备一下酒店的晚餐。'但她一动未动,她母亲等了一会儿,见她没反应就又一言不发地离开了房间。琼十分确信她母亲也已经**预感到了**。她心想:亲爱的妈妈,你一定知道我内心的感受。然后她预感到的事情发生了。一辆卡车在酒店前的加油泵边上停了下来,车里下来了**那个他**。琼叹了一口气,接着就不紧不慢地站起了身。她像是着了魔一样离开了屋子,沿着不久前她母亲走过的道路朝酒店走去。那个站在加油泵旁边的小伙子好像感觉到了她的接近。他转过了身。两人四目相对……"我听见放映员大笑了起来,他这是在幸灾乐祸。"我说什么来着,"他这时已经抬起了一只手,准备继续播放影片了,"我就说你做不到吧。"我在空气浑浊、一片漆黑、只亮着三处火光的卧室中醒来,因为这个梦而精疲力尽。我一下子就反应了过来——我之所以会在这个时间点醒来一定是因为索尔已经回来了。我虽然还没听见任何的响动,但却能感受到他的存在,甚至还能察觉到他此刻所在的位置——他现在就站在我房门外的楼梯平台上,我看见了他紧张而迟疑地站着,他一边拽着自己的嘴唇,一边犹豫着要不要进来。我呼喊道:"索尔,我醒着呢。"他走了进来,强颜欢笑地说:"嘿,我以为你还在睡呢。"我这下知道我梦里的那个放映员究竟是谁了。我说:"我刚才梦到你了,我梦到你变成了我的良知。"他朝我投来了长长的一瞥,眼神戏谑而自负。他说:"我是你的良知?别逗了,你是我的良知还差不多。"我说:"咱们一直都在拖对方的后腿。"此刻他脸上又浮现出了戏谑而自负的表情,他每次戴上这样一副面具时肯定就会说出"我可能确实拖了你的后腿,但你一直都想把我这样的烂泥扶上墙"这样的话来。于是我抢在他开口前说:"你必须要打破这样的命运,连我的份一起。我以前一直自以为比你强,所以误以为这是我的使命,但我刚意识到自己并没有这样的能力,而你其实要比我强得多得多。"

我看着他脸上接连浮现出了气愤、厌恶和怀疑的神色,眼睛眯着斜睨我。这会儿附在他身上的是觉得我从他身上取走了什么,因而对我咬牙切齿的人格。我知道这个人格已经准备好要跟我闹上一闹了,而我同样也知道如果此刻的他还是"他自己"的话,他肯定会好好思考我跟他讲的这番话,并且会责无旁贷地照我说的去付诸行动。

他阴郁地说:"也就是说你要赶我走咯?"

我说:"我并没有说这样的话。"我的这句话是说给他那个有担当的人格听的。

他说:"就因为我没能完全合你的意,所以你要赶我走。"

我坐了起来冲他尖叫道:"我真是服了,你消停会儿是会死吗?!"我的这个反应连我自己都没料到。他本能地向后躲了一下,我一下子意识到在他的认知里,女人歇斯底里地尖叫完就一定会打他。我还挺意外的,就亲密程度而言,我俩理应对彼此知根知底才对,然而他表现得就像是完全不知道我这辈子从来没有动手打过任何人一样,他甚至都躲到了床尾,已经准备好了要逃离一个会一边尖叫一边打他的女人。我不再尖叫,反而带着哭腔说:"你没发现这就是个循环吗?你没发现我们在一遍遍地重复这个循环吗?"他充满了敌意地沉下了脸,我知道他这是在和想要逃跑的冲动较劲。我背对着他强压着胃里的难受说道:"无所谓了,你尽快搬出去吧,詹妮特就快放假回来了。"

我刚才并不知道自己会这么说,也不知道自己会动这样的念头。我陷入了思考。这确实是我的想法。

"为什么?"他问道。他现在充满了好奇,不带有任何的敌意。

"你可以毫无障碍地和另一个男性共情,但对于女性却只有仇恨,所以詹妮特要是个男孩的话你当然可以留下,然而她事实上是个女孩,我又是个女人,所以你还是搬走的好。"他缓缓地点了点头。我说:"想想真是奇怪啊,我这个人吧虽然老会被毁灭、命运和必然性之类的概念搅得心神不宁,但真正改写我人生的却是纯粹的偶然性——我完全是因为偶然性才生了个女孩而非男孩,而这样的偶然性又导致你必须得要离开。"这一感悟让我一下子就轻松自在了许多。我说:"女人极其看重生孩子这件事,她们一般都会觉得这件事将会把自己领上一条早就注定了的命途，殊不知我们最最看重的母亲与孩子之间的纽带本质上是建立在偶然性的前提之上的。"他侧眼看着我，视线中没有敌意，只有爱意。我说："能够决定我生下的是个女孩而非男孩就只有偶然性。你不妨想象一下，假如我当初生下的是男孩，咱俩应该早就进入到一段你们美国佬所谓的关系里了，而且还是长期的关系，而在以后的岁月里这种关系还可能会转变成为任何一种别的东西，谁知道呢？"

他轻声说道："我真的给你造成了那么大的困扰吗？"

我说："真正能影响到我的并不是其他人，而是我自己，这么简单的道理我会不知道？你以为我跟巫医看了那么多年的病是白看的吗？"我此刻的语气之阴郁跟他之前简直如出一辙——他现在正忙着温柔和幽默，根本就无暇使用这样的语气，于是我就从他那儿把现成的拿过来直接用了。

"咱们还是先别聊这个了吧。"他把一只手搭在了我的肩上，脸上微笑着流露出了关切的神色。那个善良的他又回来了，但我还是看出了他和善的面孔下潜藏着的、此刻正在向他的双眼蔓延的黑暗。他正在内心深处与自己搏斗着——我自己在梦里就和试图侵入我身体的那些陌生的人格进行过这样的搏斗。他闭紧了双眼，额头上也沁出了汗珠，这表示他内心的争斗已经进入到了白热化的阶段。我握住了他的手，而他也死死攥住我的手。他说："没事，安娜，没事，不要担心，相信我。"我俩一起坐在床上紧握住了彼此的双手。他拭去了自己额上的汗珠，然后亲吻了我。他说："放点爵士乐吧。"

我放了张阿姆斯特朗早期的唱片，然后就在地板上坐了下来。这个大房间自成一方天地，里头有着被囚禁在暖炉里的火光以及火光投下的暗影。索尔躺在床上听着爵士，脸上浮现出了一种纯粹的满足。

当时的我都快不记得自己内心深处还有个生着病的安娜这回事了——我当然知道她会在我下一次哪根筋又搭错了的时候粉墨登场，但除此以外我几乎已经完全感觉不到她的存在了。我和索尔很久都没有再说话，而我有些好奇我俩下一次开口说话时分别又会是怎样的人格。我心想，要是把我俩在这个房间里所有的对话、叫骂和呓语都用录音机给录下来的话，我们最后会在录音带里听到的一定不会只是我们两个人的声音，而是此刻世界各地的上百个不同的人聊天、哭号与质问。我打破了沉默：

"我一直在想一个问题。"这话现在从我俩任何一个人嘴里说出来都一定会显得像在搞笑。他大笑道："所以你一直在想一个问题。"

"我在想人——我指的是复数的人——有没有可能会被一个完全不属于自己的人格给附身。"

他在床上一边对着歌词的口型，一边用双手弹奏着想象中的吉他。他并没有说话，而是扮了个鬼脸，潜台词是要我接着往下说。

"听好了，同志……"我顿住了，因为我发现自己说这两个字的时候也开始跟时下流行的那样，带上了一种戏谑而怀旧的口吻。我感觉自己的语调简直就像是那个放映员尖刻的嗓音的翻版，两者都有着一种看破一切的虚无感。

索尔把他想象中的吉他放到了一边，然后说道："同志，如果你想要表达的是人民群众往往会被来自外界的情绪所感染，那我很欣慰，因为你仍然在坚守着你作为一个社会主义者的本分。"

"同志"以及"人民群众"这样的字眼到从他嘴里讲出来的时候跟反话几乎都已经没什么区别了。他的语调突然又变得愤然："所以同志，民众就是一个个的空罐头，而我们需要做的就是把那些善良而纯粹的情绪给灌到这些空罐头里，让他们变得和我们一样。"在他这句话的语调面前，"讽刺"这样的形容都还差点意思，而他的声音则听上去和那个放映员不大一样，但同时又没有特别的不一样。

我说："我刚才说的被不属于自己的人格附身说的就是你现在的这种语气，你以前可不是这样的。"

"我以前是百分之百的革命者,只是后来崩解了成了无数的碎片,而这些碎片又没有一块是我不讨厌的。我根本就没指望过自己能成长为一个成熟的人,我这一辈子——直到最近——都在时刻准备着接到'拿起武器'或'那个集体农场就交给你了'或'设置一下纠察线[1]'这一类的指令。我从来都没有觉得自己能活到三十岁。"

"会这么想的并不止你一个,年轻人不就是这样吗,他们都接受不了自己有一天会变老,我也没什么资格说他们这样的想法就不对。"

"不要把我跟**其他人**相提并论,我就是我自己,索尔·格林,我在美国混不下去不是没有道理的,我这样的人早就已经绝种了——以前这种人还真不少,而且每个人都还想着要去改变世界,但是当我现在再驾着车去全国各地探访这些我的昔日老友,我就会发现这些人要么已经成家立业,要么就是沦为了整天只能对自己说些醉话的酒鬼——美国人的**价值观**早就堕落了。"

"成家"这两个字在他嘴里显得尤为阴郁,都直接把我给逗笑了。他不解我为什么要笑,于是抬眼看了我一下。他说:"我没跟你开玩笑。我要是走进一位老友的新家,说:'你怎么就挑了这么一份屎一样的工作,你这不等于是在作践你自己吗?'这时候他一定会说:'不然呢?让我的老婆和小孩跟我一块儿喝西北风去?'我会说:'我听人说你举报了你的老朋友,真有这么回事儿吗?'他这时候又会咕咚一声灌下去一大口酒,然后说:'唉,老婆和小孩都还指着我呢,我还能怎么样呢?'妈的,所以我才讨厌老婆和小孩,这不是没有道理的。你就笑吧,还有什么能比我这种过时而天真的理想主义更有喜剧效果呢!以前我们还会对别人说:'不要再这么苟且下去了,这种事情都不需要我来跟你说,你自己心里比谁都清楚。'但是现如今你要是再说这话就只会招人烦,别人嫌你自我感

---

[1] 工人组织罢工时为防止有人继续工作破坏罢工就需要组织人封锁厂房的入口,这一类的封锁线就被称作纠察线。

觉良好，毕竟现在的人一个比一个没骨气。我今年年初就该去古巴加入卡斯特罗的革命，在战场上死了拉倒，一了百了。"

"得了吧，你这不是没去吗，这就说明你就没有那样的命。"

"你明明刚才还在偶然性这偶然性那的，现在却又开始宿命论那一套了。"

"你真要是活腻味了的话，现在这会儿还有十几场革命可供你选择呢。"

"我并不适合去过那种按部就班的生活。要是能再让我回到当初和一群信仰理想主义的小屁孩在街上瞎混，并且相信我们能改变一切的年代，要我付出怎样的代价我都愿意，那是我这一生中唯一觉得幸福的时光。行了，我已经知道你想要说什么了。"

于是我就什么都没说。他抬头向我说道："但是我显然希望你能说出来。"

于是我说道："美国男人只要在工作上或者家庭生活中一遇到了点什么压力，就会怀念起自己年轻的时候和一群半大小子混在一起的时光。我认识所有美国男人都一定会在我面前讲起他的那帮哥们弟兄，而且说得那叫一个眉飞色舞。"

"你可真是功德无量，"他阴郁地说，"这一句话就把我拥有过的最为炽烈的情感给送棺材里头了。"

"咱们的问题就出在了这里。咱们并非没有炽烈的情感，但这些情感却一个接着一个地被我们亲自锁进了档案柜里，莫名其妙就和我们当下的生活断了联系，而我现在脑子里最记挂的也就只剩下想要跟一个男人厮守终生这一类的愿望了。"我注意到自己的嗓音也变得跟他一样阴郁了。后来我站起身走到了电话边。

"你想干吗？"

我拨打了莫莉的电话号码。我说："我在给莫莉打电话。她一定会问我：你家那个美国人最近还好吗？我会说：我跟他有了点私情。私情——没错,这个词我还一直都挺喜欢的,听上去真的好优雅好含蓄哟!莫莉又会说:你要是脑子没出什么毛病应该是干不出这种事的吧?我会说:没错。这么一通对话以后咱俩的关系就能全部打包归档了。我想要让这样的对话变成现实。"我仿佛都能直接听见莫莉屋里电话铃响的声音了。"我只要说'我曾经爱一个当时也爱我的男人爱了五年,当然了,那时候的我还很天真了',句号,**这一段经历**就打包归档了。我只要说,'后来又有段时间我一直在找男人来伤害我,因为我当时就是皮痒',句号,**这一段经历**就也打包归档了。"莫莉家的电话铃还在响。"'我曾加入过共产党,虽然这并非正确选择,但我也有收获,而且这种经历还挺难得',句号,**这一段经历**也打包归档了。"莫莉那头一直没人接听,于是我挂掉了电话。"看来只能下次再说了。"我说。

"但我们之间的纠葛未必会像你希望的那样打包归档。"他说。

"也许吧,但就算这样我还是想要在现实中跟她展开这样的对话。"

一阵沉默。"那我又该怎么办呢,安娜?"

我也很好奇自己的脑子究竟在想些什么,于是便竖起耳朵想听听自己接下来会怎么说。我说:"你必须打破你现在的状态,然后你就能变成一个温柔、睿智而且善良的人,到时候你身旁就会聚集起好多的人,他们会想要你来安慰他们,告诉他们,他们虽然丧失了自己的理智,但却都是为了崇高的事业。"

"你饶了我吧,安娜!"

"你这么大反应干吗,被我戳到肺管子了吗?"

"又是'你快成熟起来吧',我耳朵都快起老茧了!你还是拉倒吧,我反正死都不会成熟的。"

"所有人都会有成熟的那一天。"

"你错了!"

"我可怜的索尔啊,不管你现在再怎么否认,最后也还是会迈向成熟的。想想我们认识的那些五六十岁依然出类拔萃的人吧,虽然这种人也**没有很多**就是了……他们优秀、成熟、睿智。他们**真实**——这两个字在他们身上散发出稳重从容的气息。这些人是如何变成这样的呢？**咱们心里比谁都清楚吧**？这帮狗娘养的有几个在谈恋爱的时候没当过人渣？他们留下了一路的尸山血海以后摇身一变，脱胎成了成熟、睿智而安详的五十多岁的老头老太！你要是都没个三十几年的吃人不吐骨头的经验，你就别指望睿智、成熟这一类的形容词能跟你产生半毛钱关系。"

"那我要继续像现在这样吃人不吐骨头下去，一直到死。"他大笑着，但是阴郁地说道。

"你不会的，我看得出来，你就跟那帮人一样，三十岁的时候还是个刺头，看什么都不顺眼，成天就知道沉湎于声色犬马，但不需要过太久就又会变成一个安详而成熟的中年人。我现在都能看见未来的你了——索尔·格林离群索居地在某间冷水公寓[1]里过着只能勉强吃饱饭的生活，偶尔还能嘬上两口上好的陈年苏格兰威士忌。我现在眼前真就出现了你恢复正常的样子，你变成了一个典型的古板而健壮中年汉，看上去就像一头毛质粗糙的棕熊，两鬓金色的板寸也日渐斑白，让你看上去更睿智了。你还很可能会习惯戴眼镜并学会沉默，这些变化甚至可能是在不知不觉间发生的。我还能看见你金黄的胡须也慢慢变成了白胡子，让你整个人都显得温和了。人们会说：听说过索尔·格林没？这位就是！看哪，多么的有力！多么的沉静！多么的安详！提醒你一句，在这个变化的过程中你会时不时听到死在你手里的尸体发出一声微弱而自怜的哀叹——**还记得我吗**？"

"我提醒你一句，这些尸体曾经都是我的支持者，你要是连这点都不

---

[1] 一种不提供热水和供暖，因此也较为廉价的公寓，1950年代这类公寓一度存在于芝加哥、底特律、纽约这样的大都市，但是由于事实上违反了很多国家的住宅建筑规范，因此被弃用。

知道就别在那儿对着我唠叨了。"

"我怎么不知道啊,但就算这些惨死的人是心甘情愿让你喝他们的血吃他们的肉的,这场景难道就不瘆人了吗?"

"听听你说的这是什么话呀!我这是都为了他们好,我费了老大劲才把他们叫出来的,而且还给了他们实现自我价值的机会。"

"你就扯吧。表面上看起来那些人的确是自愿跳进你肚子里的,但实际上他们只是不愿意去吃人罢了,这种人的心肠都太软,这也注定了他们不会踏上通往成熟的旅途,并在千帆过尽后云淡风轻地耸耸肩,这点他们自己心里也清楚。他们真正想要表达的是:**我已经**什么都不指望了,但我还是愿意把自己的血和肉都献给你。"

"嘎吱嘎吱嘎吱。"他说。他那两道金色的眉毛已经拧在了一起,嘴巴也愤怒地咧向一侧并且露出了里面的牙齿。

"嘎吱嘎吱嘎吱。"我说。

"你就没有吃过人吧?"

"是没有,但偶尔也会搭把手,帮人家把人肉装个盘什么的。我不是什么圣人,我就是个负责推石块的。"

"推石块儿?那是什么玩意儿?"

"人类这个物种的愚蠢就好比一座黑不溜秋的高山,而有一群人就专门负责把大石块往山上推。这群人每次才刚往上推了几尺,人类社会就会爆发一场战争或者光怪陆离的革命,于是石块就又滚下去了——不过倒也不至于会一口气滚到最底下就是了。大石块每次都会停在距离上次的起点稍微高几寸的地方,然后这群人就会再一次用肩膀抵住石块往山上推。伟人都站在山顶,他们有时会朝山下望去,然后点点头说道:很好,那些推石块的仍在履行他们的职责,这样我们就可以参悟宇宙的本质,或者设想一个人与人不再彼此仇恨、恐惧与杀戮的世界的图景了。"

"唔。行吧,我想要成为那些站在山顶的伟人中的一员。"

"可咱俩都是推石块的命。"

他就像什么开关突然被打开了一样，跟一截弹簧似的蹿下了床，眼里满是仇恨。他说："不可能，你扯淡，我才不会……我不可能……我，我，我。"我心想，完蛋，**他又**回到之前的状态了。我去厨房拿了瓶苏格兰威士忌回来，然后躺在地板上一边喝一边听他说。我望着天花板上金黄色的光芒，听着屋外大雨滂沱，感受着有一双手紧攥住我的胃——那个病恹恹的安娜又回来了。他的"我，我，我，我"就像机关枪突突个不停。我既在听又没在听，这种状态就有点像是在听别人在念我自己写的东西一样。这世上并不仅仅只有他会变成这样，我或者任何人都可能会这么魔怔：我，我，我，我是，我准备，我不会，我将会，我想要，我……他像一头野兽——而且还是头会说话的野兽——一样在房间里绕了一圈又一圈，暴烈而骚动，有股强硬的力量在他身体里向外倾吐着"我、索尔、索尔、我、我想要"这样的话语。他的那双绿眼睛虽然紧盯着某个方向但却又什么都没看进去，那张嘴巴就像一柄勺子或一把铲子或一挺机枪接连不断地对外倾泻着滚烫而凶残的子弹一般的字句："我不会栽在你的手里，我不会栽在任何人的手里。我会不乖乖听你的，我不会闭上我的嘴，我不会被囚禁被驯服，我偏不安静，我偏不本分，我偏不照你说的做……我想到什么就说什么，我就不吃你这套。"我都能感觉到他体内有股黑暗的力量正猛烈地侵袭着我的每一根神经，我的胃里也是翻江倒海，我后背上的肌肉纤维更是紧绷成了一根根的铁丝。我就这么抓着威士忌酒瓶在地上躺着，过一会儿就喝上一口酒。我一边感受着醉意的扩散，一边听啊听啊听……我后来才意识到自己已经在地上躺了好久了，搞不好已经有个把小时了，索尔在此期间也没消停，一直都在大吼大叫并在房里打着转。我插了一两次嘴，而我每一次插嘴他就像是一台预设好了程序的机器一样在接收到外界的声音以后就暂停了运转——这时尽管他的各个部件都停止了运作，但他的那张嘴或者说金属外壳上的那个孔洞却在待机，随时都会展开下一轮的"我我我我我我我"

的射击。而除了这一两次的插嘴,我还站起来过一次,但是他完全没有看见,而且就算他看见了又能怎样,映入他眼帘的也只是个他必须要用音量去压倒的敌人而已。我放了一张阿姆斯特朗的唱片——这并不仅仅是为了他,也是为了我自己,我想要把纯净而欢快的音符当作救命稻草一样紧紧抓在手上。我说:"听啊,索尔,你快听。"他眉头微蹙,睫毛震颤,嘴巴机械地说了句:"啊?什么?"然后就又开始"我我我我我我我""我要让你们所有人都见识一下你们的道德你们的爱情你们的律法到底是个什么玩意儿""我我我"。我只好取下了阿姆斯特朗的唱片,换了张他买回来的唱片,冷静而理智的旋律随之响起,这是为排拒疯狂与激情的人群量身定做的音乐。他听到以后一下就住了嘴,然后就跟断了腿似的一屁股坐了下来。他脑袋耷拉在了胸口并闭上双眼,汉密尔顿那音量不大但频率又如机枪般密集的鼓点占据了此前一度被他的喋喋不休所占据的空间。他的声音又恢复了原状:"我的天哪,我们失去了什么呀,我们又该如何回到从前。"然后他腿上的肌肉又一下子肉眼可见地绷紧了,他就跟刚才那一幕从来没有发生过似的一下子又站起了身。我关了唱机——他一旦开始"我我我"就会闭目塞听——并躺回了地面上,就这么听着他嘴里蹦出的"我我我"砸向墙面,然后反弹向了四面八方,这些都是他赤裸裸的自我。我已经难受到了极点,于是便顶着语言的扫射与全身的酸痛蜷成了一团,并且还一度晕厥了过去。在失去意识的期间,我又一次回到了之前做过的一个梦里,在那个梦里我洞悉了战争的迫近。我沿着空无一人的街道奔跑,街道两侧都是覆盖着白色尘土的建筑,这座城市虽然一片死寂,但其实每栋楼里都住满了人,所有人都在静静地等待着什么。就是在这样的寂静中有一小颗丑陋的装载着死神的容器在某个地方爆炸了,死亡开始蔓延,建筑化为齑粉,生命尽数凋亡,肉身全部解体。我尖声惊叫,但发不出声音,而且也无人倾听,那些待在静默无声的建筑里头的成千上万的人也都在跟我一样在无声地尖叫,他们的叫声也一样没人在听。当我从晕厥中苏醒后发现索尔正靠墙站着,他的双腿和后背的肌肉都紧贴住了墙面,双眼则凝视着我。这次他看见我了——历经数小时后,那个他终于归来了。他脸上没有一丝血色,眼睛里写满了焦虑和恐惧,而这一切都是躺倒在地上的我痛苦的模样。他用他本来的声线说道:"安娜,你别吓我啊。"但在一阵迟疑后,那个疯子又回来了,而且这次他不单纯只是"我我我我"了,更是开始表达他对于女人的憎恶。女人是狱卒,是良知,是社会的声音,而就因为我是她们的一份子,他就开始拿我来撒气。威士忌削弱并麻痹了我的意志,于是我就像一个遭人始乱终弃的女人一样也在内心中体认到了柔弱和麻木。呜呜呜,你不爱我了,你不要我了,男人不爱女人了。呜呜呜,我娇柔的食指那粉嫩的指尖指向了我被冷落的雪白乳房上那同样粉嫩的乳头,我代表全体女性流下了混进了威士忌成分散发着酒气的泪水。我哭着哭着就注意到他牛仔裤的裆部鼓了起来,而我的下面也湿了。我在心中忍不住讥诮道,这下他倒是知道要来爱我了,他想要来爱这个楚楚可怜被人冷落的安娜还有她黯然神伤的雪白乳房了。他用小男生那种既容易害臊但又自我感觉良好的声线说:"安娜,你醉了,快别在地上躺着了,起来。"我说:"我不。"然后一边哭泣,一边尽情地软弱着。他既害臊又饥渴地把我给拽了起来,然后就插入了我的身体,他的下体虽然胀得很大,但整个过程却像是个小男生的第一次那般短暂,还充满了羞耻与急躁。我未能尽兴,于是用他的讲话方式说道:"别给我装纯了。"他害臊地说:"安娜,你醉了,快休息吧。"他为我盖上了被子并亲吻了我,然后就像个因为终于有了性经验而扬扬自得的男生一样蹑手蹑脚地走出了房间。我仿佛看到了那个善良的美国男孩索尔·格林第一次和女人睡过以后那深情而娇羞的模样,这让我躺在床上笑了好久好久,笑着笑着就睡着了,然后醒来以后接着笑。尽管不记得自己梦见了什么,但是醒来以后却通体舒畅,而且我还发现他就躺在我的身边。

他浑身冰凉。我把他抱在了怀里,心中充满喜悦。根据此刻的幸福感推断,我前一天晚上一定做梦梦见了自己自由自在地在天空中飞翔,也就是说我并不会一直这么病下去。但索尔就又是另一回事了——他睡醒后还是因为之前"我我我我"了太长时间而精疲力竭，脸色也显得蜡黄而痛苦。我俩下床后都感觉到疲惫不堪，于是接下来去那个色彩明快的大厨房喝咖啡看报纸的时候就都没吭声。他后来说了句："我得去工作了。"但他心里很清楚就我俩现在这种状态哪还工作得动啊。我们都回到了床上，累得动弹不得，我甚至宁可索尔能回到前一天晚上那种杀气腾腾的状态，现在这种精疲力尽的状态真的是太令人绝望了。过了会儿他说："我不能再躺了。"我说："确实。"但我俩还是没动弹。又过了会儿他从床上爬起来了——或者说是爬了下去，为此他已经使出了自己全部的力气，而尽管我的胃还是紧缩的状态，我还是觉得他还能行动并不是什么坏事。他对我挑衅道："我出去散个步。"我说："好啊。"他贼眉鼠眼地看了我一眼，然后就上楼换了衣服然后又回到了我这里。他说："你怎么不拦我？"我说："我为什么要拦你？"他说："看来你还是没那个本事啊，你要能猜得到我接下来要去哪儿，你早就拦我了。"我说："我怎么猜不到，你要去一个女人那。"他说："不，你就是什么都猜不到。"

"好好好，反正我也无所谓。"

他之前还在门口杵着，听我说完这句话却反而迈步走了进来，并开始犹豫。我似乎激发了他的好奇心。

我想起了德·席尔瓦的那句"我就是想看看会发生些什么"。

索尔也想看看会发生些什么。我也一样。我能感觉到心中燃起一股既恶毒又快乐并且摧枯拉朽的好奇——这种感觉就好像我和他是不具备任何人格属性的两个未知数、两股未知力，或是两头共处一室的邪恶生物，而只要其中有一头猝死或是发出痛苦的尖啸，另一头就会说："原来如此。"

"哼，无所谓。"他说。他的语气固然阴郁，但却多少显得有些没底气，给人的感觉一点都不像是什么正经的演出，而是在重弹一些早就没了市场的老调。"你嘴上说你无所谓，但实际上还不是跟个间谍似的监视着我的一举一动？"

我说："难道不是你把我变成了一个间谍吗？"我把这句话说得得意而欢快，在笑起来的时候还加上了一丝微弱的气声（有些女人在承受了巨大压力的时候就是这么笑的，所以我也依葫芦画瓢了一下）。他沉默了一会儿，然后说道："我绝不会让自己沦为一头被娘们儿给圈养起来的牲畜，这种事儿以前没发生过，今后也绝不会发生。"他这么说着的时候自己也跟个听众似的竖着耳朵听着，嘴里说出的话仿佛是他一边听着某段录音回放一边跟着念出来的，而他说到"这种事儿以前没发生过，今后也绝不会发生"这一小段的时候语速骤然提高了，就像是加快了转速的唱片一样。

我还是以刚才那险恶而又欢快的语气说道："如果你所谓的被圈养指的是你的女人对你的一举一动都了若指掌，那你现在的确就是头被人圈养的牲畜。"

然后我就听到自己发出了带着微弱的气声但是酣畅淋漓的笑声。

"你知道什么呀。"他恶毒地说。

"我什么都知道。"

然后这场对话就这么自行结束了，我俩充满好奇地打量起了彼此。我说："咱们以后应该就不用再这么讲话了。"他意犹未尽道："我反倒希望以后还能有机会再像现在这样说话。"他一边这么说着，一边借着此番对话为他注入的能量急匆匆地朝公寓门口走去。

我站了起来，心里虽然明白自己只需上楼去看一眼他的日记就什么都明白了，但又知道我非但此刻不会这么做，从今往后也都不会这么做——事情已经翻篇了。然而我又病了，而且还很严重。我本来打算去厨房喝点咖啡，结果却给自己斟了一小杯苏格兰威士忌。我看了一眼明亮而洁净的厨房，然后就感觉到了一阵晕眩。厨房里的色彩亮得发烫，各种不协调的小细节也都纷纷映入了我的眼帘——光洁的瓷砖上的一道小裂缝啦，落在栏杆上的灰尘啦，有些褪色的漆面啦——我以前还觉得它们赏心悦目，但此刻在我眼里它们却无一例外地显得扎眼，而身处其中的我也不受控制地体察到了这个空间之鄙俗与恶心。这里就应该再重新粉刷一遍——但是话又说回来，这种表面功夫其实并不会改善这间公寓整体上的老旧及其墙体内部的朽坏。我关掉了厨房里的灯以后就回到了自己的房间，可是没过多久这个我自己的房间也开始变得和厨房一样不堪入目了——红色的窗帘散发着晦气与俗气兼备的光泽，而白色的墙面则没有任何的光泽可言。我发现自己正在房间里一边盯着墙面、窗帘和房门，一边到处乱转。房内一切物件的质感都在让我反胃，它们不真实的色彩更是把我烫得遍体鳞伤。这个房间在我眼里就像是某张我无比熟悉的人的脸，岁月与苦难在其上留下的每一道印记我全部了若指掌。举例来说好了，无论我看到的是自己这张清爽而镇定的小脸，还是索尔那张长满了金色毛发的阔脸，我都能一眼看出其后潜藏了些什么。尤其值得一提的是索尔的那张脸，虽然表面上看起来病恹恹的，但你要是不像我这样有过一点和他类似的经历，你都猜不到这人的脑子里头到处都是一些结果完全不可控的雷点。而要是我在火车上看到了一个女人紧皱着的眉头，我也一样能将其后隐藏着的一切都尽收眼底，其中包含着的不仅是她兵荒马乱的人生，还有人类在巨大的压力面前还能维持住自我完整性的毅力。我自己的大房间已经不再是我的避风港，而是沦为了第二个厨房，身处其中的我简直就是八方受敌，各个角落里仿佛都藏了想要趁我不备取我性命的敌人。门把手毛糙的表面、白色漆面上的尘土、红色窗帘上褪色而且泛黄了的条痕、藏着我另外几本笔记本的写字台——这些细节都在对我拳打脚踢并释放了一波又一波滚烫的热浪。我知道自己必须回床上去，于是就又一次手脚并用地爬上了床，而在我睡着前我就已经知道放映员就在前方等着我了。

  而且还不只这样，就连我会在接下来的梦里得知的消息我也一并提前知晓了。洞悉本身其实就是一种"放映"。之前有那么几个星期我一直都过得浑浑噩噩、昏天黑地，而在这段时间里我虽然接二连三地经历了某种"洞悉"的时刻,但却并没有办法将这样的时刻诉诸文字。但从另一个方面来说,这些时刻的后劲又大得惊人,我就连在醒着的时候都还能看到梦境的残影就像幻灯片一样在我眼前飞速地翻过,而只要我还没入土,我在这些时刻里所了解到的东西就会对我此后的人生体验造成持久性的影响。我一边摆弄着文字,一边寄希望于某些组合——哪怕是瞎猫碰上死耗子——能够传达我想要表达的意思。如果文字行不通的话,音乐会不会更好一点?然而音乐却不留情面地在我的耳朵深处横冲直撞,它毕竟不属于我的领域。事实上我们在现实层面上获取到的任何体验都是不可描述的。有些老派的小说会用一排星号来把故事分隔成不同的部分,我虽然很不愿意承认,但却真的认为就连这样的一排星号没准都能更好地承载我想要表达的意思,或者把星号换成其他的比如圆圈或者方块这样的符号也行,总之只要不是文字就行。只有那些跟我一样也经历过这种文字或其他的介质统统不管用的时刻的人,才会明白我的意思,其他的人只会觉得莫名其妙。然而你一旦有过了这种洞悉的体验之后你就一定会注意到其中隐含着的莫大的荒谬和无奈,对方根本就无所谓你是不是要去对抗它或否定它或是评判它,你只需要了解到它的真实性与永恒性就可以了。你也可以像对待一个老冤家一样给它礼貌地鞠上一躬:行吧,你存在,你厉害,但你是不是也得给我们留条文字或者音乐这样的可以用来表达的门路啊?而且搞不好就是因为我们发展出了各种各样的表达形式,所以你才得以存在于这个世界上呢——你想想是不是这个道理?

总而言之我在睡前就已经"洞悉"了我为什么必须得去睡觉,放映员又会跟我讲些什么,而我又将了解到些什么。而由于我已经提前知晓了这一切,所以这个梦的性质也就跟事后的总结没什么区别了。

这个梦刚一开始,放映员就拿出了索尔的嗓音。他开门见山地说道:"咱们现在再把片子给过一遍。"我有些为难,因为我担心这次又要把我上次看的那一系列浮夸而失真的影片再看上一遍。然而这次影片的内容并没有变，但质感上却大异其趣，我在梦里将其命名为了"写实"，而这种粗粝以及不连贯的感觉其实颇有苏联和德国老电影的风范。在我的观感中影片的每一个部分都被拉得奇长无比，我聚精会神地校验着一个个在现实生活中不曾有时间去顾及的细节。放映员在放映影片的过程中其实也一直都在留线索，而每一次我对此心领神会时他都会来上一句："没错，小姐，就是这个。"有了他的引导以后我看得也就更细致了。我发现那些对于我个人或是我的生活方式来说好像还挺有分量的回忆，实际上并不重要。这些片段很快就从我眼前溜了过去。比如我们一群人在桉树下，再比如艾拉和保罗躺在草地上，艾拉在写小说，艾拉在飞机上痛不欲生，保罗扣动扳机打鸽子——这些回忆全都消弥于无形，时间都留给了那些真正重要的内容。我觉得每部影片都好像被拉伸得近乎于无穷无尽，一切细节都收入了我眼底。我看见了布斯比太太站在马肖比酒店的厨房里，她的肥臀就跟个货架子似的在她那被紧身胸衣勒紧了的腰部下方异军突起，腋下的两块衣服都被浸出了深色的汗渍，她的脸也因为痛苦而涨得通红，她一边从飞禽走兽的尸体上剁下大块大块的冷肉，一边听着从薄薄的墙壁另一侧传来的年轻人残忍的对话以及更加残忍的大笑。我听见了威利在我的耳畔绝望而孤独地哼着的不成调的旋律。我看见了威利在我和保罗调情时看向我的悠长而痛苦的眼神——这个片段我用慢速回放了一遍又一遍，因为我想要将这一幕永远刻在心底。我看见了发福的布斯比先生在吧台后看着女儿和她的情郎在一起，我注意到他看向那个小伙子的眼神中有妒意却没有恨意；他之后又看向了别处，然后伸手拿过一只空杯子并将其满上。我看见了拉蒂摩尔先生在吧台上喝着酒，表面上虽然在看布斯比先生，实际上却在竖着耳朵听他那红发娇妻的大笑，而这次我还注意到他有好几次都在酒精的作用下颤颤巍巍地弯下了腰去抚摸那条毛蓬蓬的红毛狗。"看明白了吧？"放映员说完就开始播放下一部影片了。我看见了保罗·坦纳在大清早步履轻盈然而良心不安地回到家中，他的孩子们正吃着早饭准备去上学，而他与围着绣花围裙的妻子四目相交，身上立时就散发出的一丝尴尬而告饶的气息；然后他就皱着眉头转身上了楼，从架子上取了件干净的衬衫。"看明白了吧？"放映员说。后面这部影片的播放速度一下子就加快了，在我眼前飞速闪过的一幕幕都如梦又似幻，而无论是那些和我在大街上擦肩而过的路人们那早就被我淡忘了的面庞，还是镜头里手臂缓慢的摆动或双眼的游移，事实上全在传达着同一个信息——这一系列的影片从这里开始已经超出了我或艾拉在现实中的经验，也超出了那几本笔记所记载的内容，这就是一锅大杂烩。我看到的已经不再是一个个单独的场景、人物、面孔、动作或眼神，一切都糊在了一起。这时影片的播放速度又降得无比缓慢，无论是一个农民伸手将一粒种子撒入土中，还是一块石头被水流慢慢给磨去棱角，无论是一个男人肩上扛着步枪，沐浴着月光伫立在干旱的山坡上，还是一个女人在黑暗中双眼圆睁地躺在床上说着"不，我决不自杀"，这些片段全都无缝衔接在了一起。

  放映员已经很久都没说话了。我冲他大喊，告诉他我已经看够了，但他根本就不搭理我，于是我只好自己动手关掉了放映机。在睡梦里我又看到了之前在一页纸上写下的字句，这段文字讲的是勇气，但又迥异于我以往认知里的勇气。每个人的人性最深处都有着这样的勇气，但同时也有着残忍和不公，于是在后两者的作用下前者也就愈发的渺小而痛苦。我以前对一切的残忍与不公嗤之以鼻，因此就只愿意去关注那些或伟大或唯美或智性的事物，于是在很长一段时间里，渺小的坚持一次都没有进入过我的视线，以至于我现在才意识到渺小的坚持其实才是人身上最伟大的品质。

  我对自己这段文字总不大满意，于是就拿着这张纸去找了"糖妈"。我对她说："咱们还是再聊聊小草的话题吧。核武器爆炸了，连地壳都被核爆的高温给熔掉了，然后一千年过去了，这株小草突破了一层又一层生锈的钢铁并最终破土而出。这株小草所蕴含的意志力本质上就是一种渺小而痛苦的坚持，对吧？"（我一边在梦中露出了讥讽的微笑，一边担心着自己是不是落入了什么思维陷阱。)

"所以呢?"她说。

"但是问题是,我虽然现在已经了解了渺小而痛苦的坚持有多么难能可贵,但我还是不愿意对着一株该死的小草歌功颂德。"

她端坐在自己的座位上。她虽然在这时微笑了一下,但其实多少还是有些窝火的,这既是因为我的后知后觉,也是因为我一如既往没能抓住重点。她现在就像是个找不到自己上次把东西放哪儿了,或是被人擅自打乱了日程安排后气急败坏的家庭主妇。

我醒来时天色已晚,房内又冷又暗,我不禁难过了起来,觉得自己就是个被男性残暴的箭矢射成刺猬的白人女性的乳房。我需要索尔,因而备感煎熬,我想要抽打他辱骂他,而他肯定又会说"噢可怜的安娜,我很抱歉",然后我们就会开始做爱。

我想到了一则滑稽而且讽刺的小故事,内容如下:有个女人发现自己总忍不住要对男人俯首帖耳。她被自己这样的倾向给吓坏了,于是决心自救。她铁着心找了两个男人并轮流跟他们上床,她知道自己只要能够确保对这两个男人一视同仁,就能在那一刻重获自由。这两个男人凭借本能感觉到了另一方的存在,其中一位妒火中烧,然后就真的爱上了她,另外一位则显得淡定而谨慎。虽然她之前抱着极大的决心,但她还是不由自主地爱上了同样也爱上了自己的那个男人,而对另一个男人没了感觉。尽管平衡已经打破,尽管她开始担心这样的自己还是跟以前一样"不自由",但她却跟没事人一样向这两个男人宣称自己已经彻彻底底地获得了解放,她还捅破了那层窗户纸,宣称自己终于实现了在肉体以及精神上同时享有两个男人这一理想。那个淡定而谨慎的男人对此表现出了莫大的兴趣,他还对女性解放这一议题发表了一番超然而睿智的议论,而她事实上已经爱上了的另一个男人则悲痛而惧怕地离开了她。她从此就只能跟那个与她之间毫无爱意可言的男人厮守,并时不时地围绕人的心理进行一些睿智的对话。

我的创作欲被这个故事给勾了起来，于是便开始思考具体该怎么去写。比如我要是采取第三人称的艾拉，而非第一人称的"我"来进行叙述的话，会给这个故事带来怎样的改变。啊艾拉，我已经有段时日没有想到过她了，我发现她在我的脑海中跟过去又不一样了。比如她现在的戒心就比以前要重，发型也换回了更早以前那种一看就不好惹的风格，着装也不是以前那样了。我看着艾拉在我房间里到处走动，想象着她要是和索尔在一起会怎样——她至少会表现得比我机灵、比我淡定。然后我意识到自己又开始跟以前一样，想要炮制出一个各方面都比我优秀的女人了，即所谓的"第三人"。我能看出现在的这个艾拉在各个意义上都已脱离了现实，她的种种行为既不符合她的天性，她的人格丰富度也超出了常人的水平。但我并不讨厌这个我新炮制出来的人物，我们很多人都会对某些美好的品质朝思暮想，而我们的这种心向往之又将这些抽象的美好拉进了现实的维度，让它们拥有了一个像现在的艾拉这样的实体。想着想着，我不禁哑声失笑——艾拉姑且不论，我一个在现实里活成了这样的人，居然都敢对如此美好的品质痴心妄想，我是怎么想的啊。

我听见了索尔上楼的脚步声，顿时就好奇这次来的又会是他的哪个人格。尽管他进门后显得憔悴而疲惫，但我知道他是正常的，也知道了那些一直在他甚至我身上肆虐的邪祟从今往后都不会再光顾我这里了，否则我也不会一眼就看穿了他接下来要说的话。

他在我的床沿上坐了下来，说道："你可能觉得好笑，但我刚才在外头溜达的时候一直都在想你的事儿。"

我眼前当即就出现了一个场景：他的身体穿行于街道时，他的意识却穿行于混沌之中，并把一些概念和字词当作救命稻草紧紧地抓在手里。我说："所以你想了些什么呢？"然后等着他一本正经地来回答我这个问题。

"你笑什么呀？"

"因为我想你刚才肯定一边在一座神经不正常的城市里横冲直撞，一边挠破脑袋想把自己变成一串圣诞拉炮。你想像拉炮喷字条一样,'噗'一声炸出一些能把咱俩从水深火热中解救出来的道理。"

他冷着脸说道:"我还以为能让你对我的高度自觉和聪明才智佩服得五体投地呢,谁承想你对我都了如指掌成这样了,可怕可怕。你说得没错,我挠破了脑袋才想出来的道理跟圣诞拉炮里的笑话确实没什么区别。"

"那就说来听听呗。"

"第一,你的笑容还是太少了。有件事我一直挺在意的:小姑娘爱笑,老太太爱笑,但唯独你这个年纪的女人不爱笑,你们把日子过得也太他娘的正经了。"

"但我刚才险些把自己的肚皮笑破了,因为我想到了一个关于自由女性的故事。"我跟他讲了我的那个小故事,他一边听着,一边脸上露出了怪笑,然后说道:"我指的不是你这种笑,而是真正意义上的笑。"

"我会把这件事写进我的日程表的。"

"你先别这么说。听好了安娜,我们要是连那些自己写进日程表里的待办事项都没有信心实现的话,我们就真的没救了。日程表不能乱写,我们只有认真对待里面的每一个事项,才能最终找到出路。"

"你是说我们必须要对自己的规划保持信心咯?"

"对,哪怕这些规划看上去像是白日做梦。"

"明白了。这是第一点,第二点又是什么呢?"

"第二,你不能再这样无所事事下去了,你必须重新提笔写作。"

"这事要真那么简单我还用得着等你来提醒吗?"

"不,安娜,这种借口可糊弄不了我。你为什么不能把你刚才跟我说的那个故事写下来呢?别,别跟我扯没用的——一句话回答我,你为什么不能把那个故事写下来?你可以觉得我说的是圣诞拉炮里的笑话,但我刚才在外头瞎溜达的时候就在想,你要是能把你脑子里那些汤汤水水用大火收收汁,提炼出一些关键的信息,你就可以清晰地看到自己的问题到底出在了哪儿，然后就可以一劳永逸地把问题给一锅端了。"

我大笑了起来，但是他却严肃地说："不，安娜，我没跟你开玩笑，你必须得照我说的去做，不然你会真的崩溃的。"

"好吧，那我就告诉你我为什么没办法把这个小故事，或者别的什么东西写下来吧。每当我坐下打算写点什么的时候，我的房里就会进来一个人，这个人会站到我的身后越过我的肩头看我在写些什么，然后我就写不下去了。"

"这人是谁？是你认识的人吗？"

"那当然。这人有可能是中国的农民、卡斯特罗麾下的游击队员、阿尔及利亚民族解放阵线的战士，或者马特龙先生，他们中的任意一位。他们站在我的房间里说：你有时间写这些破玩意，却没时间为我们做点什么吗？"

"你很清楚他们不可能对你说这种话。"

"没错，但是你肯定懂我的意思，这是每个像我们这样的人都要承受的诅咒。"

"我当然懂。但是安娜，我现在要摁着你的头让你写了。拿张纸，再拿支笔。"

我拿了张白纸铺在了写字台上，然后又取了支铅笔。我等待着。

"就算写不出来也很正常，天塌不下来，是个人就会有不如意的时候。快开始写吧。"

情急之下，我的大脑一片空白，于是我放下了笔。我又看见他对我怒目圆睁、颐指气使的样子，于是就又乖乖把笔给拿了起来。

"我来帮你起个头吧。故事的开头就给你两个女性角色吧。写：'这两个女人正在伦敦的一间公寓里。'"

"你要我在小说一开始就没头没脑来上一句'这两个女人正在伦敦的一间公寓里'？"

"别管这么多，写下来。"

我写下了这句话。

"你必须把这本书给我写出来。既然有始就要有终。"

我说:"我写不写得出来对你有那么重要吗?"

"啊,"他自嘲而绝望地说道,"好问题。这么说好了,你要是能做到,我就能做到。"

"那要不要我也给你的小说起个头?"

"说说看。"

"在阿尔及利亚一片干旱的山坡上,一名士兵注视着他步枪上反射着的月光。"

他露出了微笑。"你这人啊,让我写的时候你就有灵感了,自己写的时候就又没主意了。"

"那你写啊。"

"把你的新笔记本给我,我就写。"

"凭什么?"

"因为我想要,就这么简单。"

"好啊。"

"我在你这儿待不了很久了,你知道的吧?"

"知道。"

"那就给我做些吃的吧。没想到有一天我会让一个女的给我做饭。我觉得这意味着我朝着大家口中的成熟迈进了一小步。"

我做了些吃的,然后我们就上床休息了。今天早上是我先醒的,而他的脸在酣睡中显得憔悴而瘦骨嶙峋。我觉得就他现在这种状态今天应该是走不成了,我也不该让他在这种状态下离开。

他醒了。我想对他说"你不能走"。我想对他说"你得先在我这里恢复好"。我想对他说"让我干什么都行,只要你说你想要和我在一起"。但我却在拼命克制着说这些话的冲动。

我知道他也在压抑着自己的脆弱。我不禁想要知道,要是好几个星期前他没有在睡梦中无意识地搂住我的脖子，现在又会怎样，而我现在又是多么希望他能够再一次地搂住我的脖子。我就这么在床上躺着，克制着想要触碰他的冲动，而他则在克制着想要向我求饶的冲动。我忍不住心想，我俩想要做的分明是充满善意与体恤的举动，但在当下却能构成莫大的背叛，人类的心理可真是奇妙。我的大脑已经无力运转，同情心乘虚而入控制住了我的身体，尽管我知道我这是在背叛我自己，但还是将他揽入了怀中，而他也紧紧地抱住了我。在那么短短的一瞬我们真正地靠近了彼此，但在电光火石间我的虚伪也催生出了他的虚伪，他用小孩的声音喂嚅道："我系好宝宝。"他肯定跟亲妈撒娇都没说过这样的话，这根本就不是他自己能想到的语言，只可能是从其他什么地方看来的，而他说这几个字时带着一种拙劣模仿的无病呻吟，但又不完全。当我低头看向他，他那张机警而憔悴的脸先是配合着他嘴里的话语展露出感伤而虚伪的表情，随后又因为痛苦而龇牙咧嘴。而当他发现我在看他时他脸上又浮现出了惊恐的神色，而他黯淡的眼睛也骤然眯成了一道缝，并流露出了纯粹的仇恨与挑衅。我俩就这样四目相对，同时又抑制不住自己内心的羞耻。过了一会儿他的表情放松了下来，然后几秒钟工夫他就像我之前那样昏睡了过去，我都还没来得及弯下身去搂住他。又过了一会儿他就又如临大敌地惊醒并从我怀里挣脱了出去，警惕而高速地环视四周找寻敌人，然后噌地站起，这一整套动作行云流水，一气呵成。

他说："咱俩现在的姿态都已经低到不能再低了。"

我说："是。"

"好吧，故事终于演到这一幕了。"

"打包归档吧。"我说。

他上楼把为数不多的东西都打包进了他的一只背包和几个行李箱里。

他很快就又下来了，然后就倚靠在了我的房门上。现在出现在我眼前的又是好几个礼拜前刚搬来我公寓时候的那个索尔·格林了。他穿了件修身款的新衣服，身板小小的但却长着一对宽得离谱的肩膀，瘦得过分的脸上每一寸骨骼都在向外凸起，以上的这些特征都在声称此人理应拥有一副壮实而有力的躯体，只要这个人能够战胜心魔，回归健康的状态，他就会变回以前的那个身形伟岸的壮汉。我仿佛能看见某个一身小麦色肌肤的壮汉就站在这个身材瘦小、皮肤白皙、头发金黄而柔软、面色憔悴而蜡黄的男人旁边，他就像是后者投下的影子，但却想要将本体吃干抹净。索尔看上去已经失去了行动力，可谓形销骨立，整个人都显得轻盈而警觉。他双手的大拇指勾在皮带上，其他手指都冲向下方（这个浪子的站姿使他看上去像个枪侠），显得讥讽而又挑衅，他冷峻的双眼虽然警觉，但也还算友善。我觉得他就像是我的亲兄弟，也就是说就算我们彼此失去了联系，就算我们相隔万里，我们也永远一体同心，想彼此所想，急彼此所急。

他说："在笔记本里帮我写下第一句话吧。"

"要我替你写？"

"对，写吧。"

"为什么？"

"因为你是我团队的一员。"

"我可不觉得，而且我讨厌团队。"

"你这么想好了，我们这个团队的成员都分散在世界各地，尽管我们并不知道其他人的名字，但是我们永远都在互相支持、互相依赖。我们就是一个团队，这里的'我们'指的是所有没有投降的人，所有还在战斗的人。有时我会拿起一本书说：哦，原来这个点子已经被你先写出来了呀，很好很好，这样我就不用费事费力亲自去写了。"

"好吧，那我就帮你写第一句话吧。"

"太好了，那就写吧，我过会儿再来拿，然后跟你道别，之后就走。"

"你打算去哪里？"

"你很清楚，我并不知道。"

"有些问题你不能不知道啊。"

"好啦好啦,但我还没有成熟啊,你不会把这事儿给忘了吧?"

"也许你还是回美国去比较好。"

"可以考虑,哪儿的爱情不是爱情啊。"

我大笑了起来。我走去取那本漂亮的新笔记本,而他正在朝楼下走去。我写道:"在阿尔及利亚一片干旱的山坡上,一名士兵注视着他步枪上反射着的月光。"

【安娜的字迹到这里就结束了,往下就是索尔·格林的字迹了,他写了个主角是阿尔及利亚士兵的短篇:】

这士兵是个农民,他很清楚他对生活的实际体验并不符合人家希望他应该有的体验,而这个'人家'是谁?**他们**没有形状,可能是上帝,或是国家,或是法律,或是秩序。他被法国人俘虏后受了虐待,不过他最后还是逃了出来并重新加入了民族解放阵线的队伍,结果又开始奉命虐待法国战俘。他尽管知道自己理应对此情此景有所触动,但事实上却无动于衷。有一天深夜他和一个被他拷打过的法国战俘谈心。那个法国战俘是个知识分子,是个哲学系的学生(两人在牢房里头偷偷地交谈),他抱怨说自己的思想其实一直被囚禁在一个牢笼里。他好多年前就意识到,就像某些弹珠会沿着预设好的轨道滚进某个洞里,他的一切思想乃至情绪也都一定会落入两个窠臼里,一个上头标着"马克思",另一个上头标着"弗洛伊德"。年轻的阿尔及利亚士兵觉得对方讲的很有趣,他表示,他的烦恼恰恰就在于——当然了,他并没有真的为此而烦恼,只是觉得自己应该为此而烦恼——自己的所思所感全都不合规。阿尔及利亚士兵说他羡慕这个法国人——或者更确切地说,是他觉得自己**理应**羡慕对方;而这个法国人则表示,他发自心底地羡慕这个阿尔及利亚人,他倒是希望自己这辈子哪怕能有那么一次能够自发地产生一些感受或是想法,不受弗洛伊德和马克思这两位老祖宗的左右。这两个小伙子聊着聊着就忘乎所以,嗓门儿大了起来。尤其是那个法国学生,他甚至还为自己的困境而放声痛哭。他俩的声音引来了指挥官，他发现士兵居然跟一个他负责看管的战俘聊天并且情同手足。阿尔及利亚士兵说："长官，我已经遵照指令拷打过这个人了，你们也没有嘱咐过我不能同他讲话啊。"指挥官认定他的这个手下是间谍，而且很有可能是在被俘期间被策反的，于是就下达了枪决指令。第二天早上阿尔及利亚士兵和法国学生就一起在山坡上被处决了，当时初升的太阳照亮了他们的面庞。

【这个短篇后来出版了，反响还相当不错。】

Free Women

5

自由女性 其五

莫莉结了婚，而安娜和某人有了私情。

詹妮特头一次问安娜自己能否去上寄宿学校的时候，安娜其实是犹豫的，因为她厌恶寄宿学校所代表的一切。她调研了几所不同的进步主义学校后，又找詹妮特谈了一次。但是那天这小丫头片子也带回来了一个已经在一所典型的寄宿学校上学的小伙伴，她希望对方能跟她一起说服自己的母亲。这两个眼睛亮晶晶的小朋友虽然心里很担心安娜会断然拒绝，嘴上却还是叽叽喳喳地聊着制服、宿舍、郊游之类的事情。安娜知道詹妮特不想去进步主义学校，她女儿实际上想说的是："我不想跟你一样，我只想当个普通人。"那个充满混乱与不确定性的世界詹妮特早已领教过了，每个身处其中的人就像在奔涌的浪花上弹跳着的皮球，他们一边过着朝不保夕的生活，一边随时准备着要张开臂膀迎接全新的体验与冒险。詹妮特已经拿定了主意，她认为自己并不属于这样的一个世界。安娜问："你知不知道寄宿学校和你这么久以来熟悉的一切根本就没有任何共同点？你要是真的去了寄宿学校，那你不管去什么地方就都要像个士兵一样排成两列纵队前进，而且还要穿得跟其他人一模一样，到了什么时候就要做什么事，长此以往你很容易就会被加工成一颗跟别人一模一样的螺丝钉。""这些我都知道。"这个十三岁的孩子微笑着说道。这个微笑的潜台词是：我知道你讨厌这些，但这跟我又有什么关系呢？"你到时候会很纠结的。""不会的。"詹妮特的语气突然生硬了起来。她不觉得自己对母亲的生活方式有那么认同，因此对寄宿学校的价值体系感到纠结也无从谈起。

詹妮特后来就离家去上学了，安娜也明白了自己有多么依赖于孩子带来的自律的生活方式——早上到点就要起床，晚上睡觉也不能太晚，因为第二天还要早起准备三餐，还得收拾好自己的情绪，不要对孩子造成负面影响。

这下偌大的公寓里就只剩她一个人了。她该搬去个小点的房子。因为她不打算把其他房间给租出去，她害怕会再遇上之前罗尼和艾佛那样的房客，而更让她心慌的是自己竟然会对这类事感到害怕——我到底是怎么了？她竟然畏惧复杂的人性，害怕与之斗争？这是她对理想中自己的背叛。她最终选择了妥协：她打算在这间公寓里再住上一年；把公寓里的一个房间租出去；找一份适合自己的工作。

现在好像一切都变了。詹妮特去住校了。理查德出钱让玛丽昂和汤米带着一大堆有关非洲的书去了西西里，他们想去拜访一下多尔奇，看看他们能否——用玛丽昂的原话说就是"帮帮那个可怜人。你知道吗，安娜，我桌上还一直都摆着他的照片呢。"

自从儿子和前夫的第二任妻子走了以后，莫莉也独守着一间空房，于是她便邀请理查德的儿子们来与她同住，这让理查德很是高兴，尽管他仍在为汤米失明的事而对莫莉心存怨怼。莫莉在自己家带那几个男孩，理查德则带着他的秘书前往加拿大准备为三家新的炼钢厂进行融资。玛丽昂已经同意了离婚，所以理查德和秘书此次去加拿大其实就相当于是度蜜月了。

安娜发现自己每天大部分时间都无所事事，于是她给自己开了张处方单——去找个男人。

她接到了莫莉一个朋友的电话。莫莉正忙着照看理查德的儿子们，因此根本就没顾得上搭理这个朋友。她这个朋友叫纳尔逊，是个美国来的编剧，安娜和他是在莫莉家认识的，他俩时不时就会一起吃个饭。

他在电话那头说道:"我求你千万别再和我见面了,我老婆每次都要因为这件事跟我一哭二闹三上吊,这种情况之前就已经发生过两回了。"

晚餐的时候我们主要是在聊政治。"欧洲的赤色分子和美国的赤色分子之间的区别就在于,欧洲的赤色分子和共产党员基本上是同一批人;而美国的赤色分子就算是党员也会出于谨慎或懦弱而对外避而不谈;在欧洲你就算不是共产党员也可以是革命的同路人,而在美国你如果不是共产党员你就只可能是背弃了革命事业的人。我就是一个典型的背弃了革命事业的人,我眼下的麻烦就已经够多了,所以多一事倒不如少一事。好了,我已经表明了我的立场了,你是否愿意带我回你家过夜呢?"

安娜心想:这世上只存在一种真正的罪孽,那就是因为嫌弃次优选项不是最优选项而对它爱答不理。我总不能一直这么对迈克尔念念不忘下去吧?

于是她和纳尔逊过了夜。她很快就发现对方存在着极其严重的性功能障碍,但她出于道义,陪他一起假装一切正常。第二天早上两人以朋友的身份作别,然后她才发现自己正无助而抑郁地泪如雨下。她告诉自己说,如果还想走出这股情绪她就不能再这么一个人待着了,她应该给自己的男性友人打电话。然而她并没有这么去做——她现在就连跟人正常打交道都做不到,发展一段"私情"就更别想了。

安娜发现自己打发时间的方式可谓相当的怪异。以前她总是需要阅读海量的报刊,这是她这类人的通病,世界的任何角落里发生的任何一件事他们都**必须**知道。但是今时不同往日。她现在每天都起很晚,起床后她会先喝点咖啡,然后就会坐在自己宽敞的房间里,慢慢吞吞地把那十几二十份在她周围垒了一圈的日报和周刊反复读上好几遍——她想要把所有事都统合在一起。以前她在阅读的过程中能在脑子里对各时各地各种各样的事件生成出具体的画面,然而不知何时起,她完全失掉了这样的能力,现在她的意识内部已经完全失去了平衡,她需要平衡好那些彼此之间相互冲突的事实或者事件，而至于它们的先后次序以及可能会导向的结果都已经不再重要了。安娜就仿佛置身于她一切意识的正中心，而成千上万的彼此之间有着龃龉的事实正在向着她这个中心点发动总攻，除非她能够在谁也不得罪的情况下协调好它们之间的平衡，否则她这个中心点就会彻底完蛋。她现在盯着下面的这段话——"1 000 万吨级的地面爆炸所产生的热辐射足以覆盖 25 英里的半径范围内 1 900 平方英里的土地[1]，而若是该当量核弹顺利投放至目标地点附近并成功引爆，核爆将会波及该地人口最为稠密的区域及建筑群，这也就意味着在大气状况良好的情况下，这一大片区域内的一切都将暴露在极高的温度下，伤亡数将不可估量"——她虽然感到不寒而栗，却并非是因为这段话的内容本身，而是因为她无法在脑海中把这段话跟她在另一处看到的"我是个会不停地摧毁未来的各种可能性的人，因为此刻已经有太多离经叛道的观点占据了我的思想"这句话相匹配。她只好死盯着这两段文字，直到这两段话里的每一个字都像断了线的风筝一样，脱离了它们的字义并从纸面上飘了出去为止，而字义则被留在了原地，它们在没了文字的约束以后似乎就成了更加可怕的存在（尽管她也说不上自己的这种感觉有什么依据）。她没有继续跟两段话死磕，注意力转向了其他段落："欧洲鲜有人会关注非洲目前动荡的局势。""我认为庄重的文风（而非史密斯先生认为的"新新浪漫主义"）可能会成为未来的新风尚。"她就这么坐在地上死磕着这一个个零碎的片段，一看就是好几个小时。很快她又

---

[1] 吨级是爆炸力（当量）的计量单位，1 吨级相当于 1 吨三硝基甲苯（TNT）爆炸时产生的威力，约为 4 183 兆焦。核武器的爆炸力往往会在万吨级以上，二战末期在日本广岛爆炸的原子弹大概相当于 1.3 万吨级，而氢弹研发完成后直接将核武器的威力提升到了百万吨级以上，人类有史以来引爆过的最大威力的核武器是 1961 年苏联在新地岛试爆的 5 800 万吨级的沙皇核弹（Царь-бомба）。文中的"地面爆炸"，指爆炸物击中地表或硬度与之相当的物体表面后被引爆，是两种引爆方式之一；另一种是空中爆炸，简称空爆。而 25 英里约合 40 公里，1 900 平方英里约合 4 921 平方公里，相当于莫斯科市区面积的两倍，纽约市区面积的六倍。

给自己找了件新的差事——她开始将报刊上的一些内容小心翼翼地剪裁下来，然后用图钉给钉在墙上，现在她自己大房间的白墙上已经钉满了大大小小的剪报。她小心翼翼地顺着墙面的方向行走着，一边走还一边阅览着上面的文字。当她把家里的图钉全都用完了以后她就告诫自己不要再继续这种无聊的行为了，但后来却还是披了件外套上街买了两盒图钉回来，然后接着将那些个不安分的铅字剪报有条不紊地往墙上钉。尽管她都已经在以如此惊人的速率消耗报刊了，每天早上却还是会有厚厚一摞印刷品出现在她门口的小地毯上，而她则会将这批新到的素材料理一番——然后再上街买更多的图钉回来。

她意识到自己就快疯了，而她之前就已经预见到了自己心智的崩溃。但是她主观上又认为自己十分正常，真正有问题的反倒是那些并没有像她这样沉湎于报纸所映照出来的混沌世界的人，这些人根本就不懂什么叫作两害相权取其轻。话虽如此，但她心里还是知道真正出问题的是自己。尽管她现在还在一遍又一遍重复着一系列严谨的工序——先阅读大量的报刊，再把一些片段剪裁下来，最后把这些剪报钉得满墙都是——并难以自拔，但她知道只要等詹妮特从学校里放假回来，她就又会变回那个靠谱的安娜，现在的这种状态也会随之烟消云散。她知道当肩负起詹妮特的母亲这样的一个身份的时候，理智与责任非但会在优先度上远远超过她想要理解这个世界的愿望，它们更是会化身成为后者的先决条件。换句话来说就是，除非这位詹妮特的母亲能够履行好自己的母职，否则她将永远无从理解、言说并"命名"这个世界。

而就在她意识到詹妮特会在一个月后放假归来以后，她体内的那个因整日沉迷于报刊而陷入沉睡的安娜就苏醒了。她再次想到了汤米出事以后就被她冷落至今的那四本笔记。她把这几本本子重新找了出来，并来回翻了好几遍，却没能与里头的文字产生任何的共鸣。她知道这一定是由自己心中的某种说不清道不明的愧疚导致的，而这种愧疚感肯定跟汤米脱不开干系。汤米是不是因为看了她的笔记所以才自杀的呢？要是果真如此的话，那么到底是笔记里的哪一部分导致了他的轻生，还是说她纯粹是太瞧得起自己了，才会有这样的怀疑呢？这些问题她过去一直没能搞明白，未来也永远不可能得到确切的答案了。"你太自以为是了，也太不负责任了。"是的，汤米曾这么说过她。她知道自己辜负了汤米，她也知道自己从来没有给过汤米任何他想要的，但这就已经是她知道的全部了，具体到底发生了什么她一无所知。

有一天下午她睡着后做了个梦。她心里清楚那是个她以前经常会做的梦，而且这个梦还有着各式各样的变体。在梦里她有两个孩子，一个是圆滚滚、胖嘟嘟、生龙活虎的詹妮特，另一个是被她饿到瘦骨嶙峋的汤米。她的奶水已经都喂给詹妮特了，一滴都没剩下，于是汤米被饿得跟一根小豆芽菜似的，并在她面前以肉眼可见的速度越缩越小，最后甚至化作了一团没有一丝血色而且还一直盯着她看的皮包骨，接着就彻底消失不见了，然后她就在焦虑、矛盾和愧疚中惊醒了。她不明白自己为什么会梦见汤米因她而饿肚子。会出现在她这一类的梦里"挨饿"的人其实非常随机，有时甚至可能会是在大街上和她擦肩而过以后长相就一直在她脑海中挥之不去的陌生人，她一定是觉得自己应当对这个仅有一面之缘的人负有某种责任，要不然她怎么会梦见自己辜负了他或她呢？

从这场梦里醒来以后，她就又开始跟打了鸡血似的把报刊上的内容剪裁下来往墙上钉。

傍晚，她坐在地上，唱片机里播放着的爵士乐，因无法从剪报中获取资讯而感到绝望。就在这个过程中她突然产生了一种全新的感知，她看到了一幅崭新的、她尚且未能理解的世界图景。这种感知极其可怕，这种感知是一种现实，但又和她迄今为止了解的各种意义上的现实截然不同，它来自一个她此前从未造访过的国度。这种感知与"抑郁""难过""沮丧"无关，在其本质面前这样的字眼没有任何意义。在这样的感知里并没有时间概念的存在，因此当安娜回过神来，浑然不觉刚才过去了多久，她只知道自己刚才的体验无法用语言形容——在那个国度里语言并不具备任何效用。

但她还是站到了那几本笔记跟前，让她握着钢笔的手（钢笔就像是她手的内脏，而她的手则像是海马之类的能从其体外看到内脏的海洋生物）悬停在其中一本的上方，然后又转移到下一本上方，让她的那种感知来自行决定接下来该写哪一本。然而什么都没有发生，那四本笔记并没有发生任何的变动。安娜把笔搁在了一旁。

她想到也许可以借音乐来表达语言表达不出来的东西，于是播放了各种不同风格的音乐，爵士乐、巴赫、斯特拉文斯基全都试了个遍，结果却出现了某种近来日趋频繁的情况：音乐不仅让她心烦意乱，还冲击着她的鼓膜，而她的鼓膜也像对待敌人一样，想要把音乐给挡在外头。

她对自己说：语言就是有局限性的，而且本质上就是不精确的，我怎么就这么不愿意承认这件事呢。我要是觉得语言能忠实地反映现实，那我何必瞒着所有人写笔记——当然，汤米是个例外。

那天晚上她几乎没睡着。她睁着眼躺在床上，又开始想在这个时代所能采取的一切政治行动都有着怎样的规律，然而这个问题她又实在是想过太多次了，所以刚一起头她就已经兴味索然了。她这一次也得出了跟以往一模一样的结论，即她现在对于善恶好坏已经失去了最起码的信念，而没了这样的信念，她的任何行动本质上都只是权宜之计，除了抱着"没准儿结果良好"的侥幸心理，她没别的法子。长此以往，她迟早会把自己的生命或自由给搭进去。

第二天她醒得很早，回过神来的时候她已经站在厨房正中，手中捧满了剪报和图钉，而她自己房间的墙面上凡是能够得着的地方都已经完全被剪报给盖满了。她大惊失色，慌乱中把新的剪报以及报刊都放到了一旁。她心想：我这是在慌什么呢？不就是准备把剪报钉到厨房里吗？我自己房间的墙上不都钉满了吗，我不也没慌吗——好吧就算真的慌了，但我不也没停手吗？

尽管如此，她还是感觉到了一点振奋，因为她知道自己已经不会再把那些她吸收不了的资讯继续往墙上钉了。她站在自己房间的正中想要将墙面清理干净，却功败垂成。她又开始从房间的这个点走到那个点，从这段话看到那段话。

就在这时电话铃响了，来电话的是莫莉的一个朋友，对方说有个美国来的左翼人士需要找个地方暂住几天。安娜打趣说除非这个人正在接受精神分析治疗并且在和他的第二任妻子闹离婚，而且还计划撰写一部史诗级的小说，要不然他可能都不好意思说自己是美国人；玩笑归玩笑，她最后还是答应了让他过来暂住。这个美国人后来也亲自来了个电话，说他会在当天下午五点过来。为了迎接他的到来，安娜捯饬了一下自己，而她这时才意识到这几周自己除了偶尔出门买些吃的还有图钉，其余时候就没怎么好好穿过衣服。快五点的时候对方又打电话来说暂时来不了了，因为他需要见一下自己的中介，而他对于见中介这一安排又解释得可谓面面俱到、巨细靡遗，安娜觉得这人很是有趣。几分钟后莫莉的那个朋友也来了个电话，说她家正在开聚会，而米尔特（那个美国人）准备过来，所以她就想问安娜要不要也一起来。安娜有点光火，但转念又决定不去细究。她谢绝了邀约，然后又换回了晨衣，躺回报纸堆中间的地面上。

那天深夜门铃突然响了。安娜打开了门，发现来者是那个美国人。他为自己没能提前来电话知会一声道了歉，而她则为自己衣衫不整道了歉。

他看上去很年轻，她估摸着在三十岁上下。他一头清爽的褐色板寸就像是动物锃亮的皮毛，瘦削而机灵的脸上架着一副眼镜，是个精明、能干而聪明的美国人。她已经把他的底细给摸得一清二楚了，根据她对他的"评定"，这是个比跟他背景相仿的英国人还要世故百倍的人——此人来自一个绝望肆虐的国家，而在欧洲还没有人亲身体会过这样的绝望。

他们一起上楼的时候他又开始为自己去见中介而道歉，但她没等他说完就直截了当地问他在聚会上玩得开不开心。他尴尬地笑了，说："哈，被你发现了。""你之前大可直接跟我说你有个聚会要去参加。"她说。

他俩在厨房里微笑着打量彼此。安娜心想：一个单身女人遇到任何一个男人——不管是怎样的年纪，不管是怎样的人——都会忍不住去想对方是不是自己的**真命天子**，哪怕这个念头只持续半秒钟。所以我才会对他为了去聚会而撒谎这件事这么气恼，我可真没劲。

她说："你想看一眼你的房间吗？"

他一只手扶着黄色厨房椅的椅背站了起来——他在聚会上喝得有点多，所以腿有点发软——然后说道："嗯，看看吧。"

但他接下来就没动作了。她说："你现在喝成了这样想怎样都行，但我没喝醉，所以就只能吃哑巴亏。但是有些话我不吐不快。首先，我知道美国人都没什么钱，所以房租不贵。"他莞尔。"其次，我知道你正在写一部史诗级别的小说，而且……""错了，我还没开始写呢。""你在生活里遇到了一些困难，所以正在接受精神分析的治疗。""又错了。我找医生看过一次精神病，之后的结论就是我最好还是靠自己。""很好，咱们至少还不至于完全聊不到一起。"

"你戒心怎么这么重？"

"我管这叫侵略性，而不是戒心。"安娜大笑道。她有些意外地意识到自己刚才差点就哭出来了。

他说："我想来你这儿过夜，所以才挑了这么个离谱的时间点过来。我之前住在基督教青年会[1]的青年旅店里，那可真是我有史以来住得最难受的"基青会"旅店了。我自作主张地把行李箱也带来了，并十分狡猾

---

[1] 一个服务于青年的非政府组织，机构及其下属的青年旅社目前遍及全世界一百二十多个国家。

地把它留在了门外，不过你应该已经看出来了。"

"那快去拿进来吧。"安娜说。

然后他就下楼去取他的行李箱去了。安娜去大房间给他拿床上用品，进房门的时候她并没怎么多想，但当身后传来他关门的声音，她一下子怔住了。这时她才反应过来这个房间在其他人眼里会呈现怎样的一副面貌：报刊盖住了房间的地面，剪报成了壁纸，床也乱糟糟的完全没铺。她抱着床单和枕套朝他转过身去，说："如果你能自己铺下床……"但他人已经站在了房间里，而他那双闪烁着精光的眼睛也已经开始透过眼镜片观察起了房间里的一切，看了一会儿以后他一屁股坐到了放着笔记本的写字台上，两腿前后晃荡着。他看了看她（她也看到了那个身着褪色的红色晨衣、一绺绺的黑发直直地垂下、脸上没有任何妆容的自己），又看了看墙面、地板和床铺，然后用假装震惊的口吻揶揄了声："嚯！"揶揄归揶揄，他脸上还是浮现出了关切的神情。

"我听说你是个左派。"安娜的语气里有些告饶的意味，而她也没想到自己情急之下对眼下状况作出的解释，竟是这么一句顾左右而言他的话。

"我这种人在二战后都算是老古董了。"

"我还以为你要说现在美国除你以外就剩下三个社会主义者了……"

"还剩**四个**。"他就像准备伏击猎物一样朝一面墙款款走去，然后在墙附近摘下了眼镜（露出了视力不佳的双眼）看了看上面钉满了的剪报，然后又说了句："嚯。"

他小心翼翼地将眼镜重新戴好，然后道："我以前认识一个男的，他是某家报社一等一的记者，你听到这里也许就要问了，他是我的什么人啊？我可以告诉你，他在我心目中就有点像是父亲，哦对，他还是个赤色分子。有天他像是被鬼上身了一样——没错，确实可以这么形容——然后最近这三年他一直在纽约的一间所有窗户都封死了的冷水公寓里看报纸,他那里的报纸堆到了天花板那么高,可以站人的地儿保守估计就剩下两码见方[1]了,那间公寓原本还挺宽敞的。"

"我这个疯病也就持续了个把礼拜而已。"

"我觉得我有义务提醒你,这种症状是会慢慢加重直到完全失控的——我那个可怜的朋友就是个明证。他叫汉克,顺便提一嘴。"

"嗯哼。"

"他人真的还挺好的。好好的一个人结果成了这副样子,可悲可叹。"

"我运气还算好的,我女儿下个月学校就放假了,她一回来我就正常了。"

"这病没准儿到时候就只是进入了潜伏期。"他一边说着,一边晃荡着他颀长的双腿。

安娜开始给床换被单。

"你这是在给我铺床吗?"

"不然呢?"

"铺床不是我的专长,我的专长是把床给搞乱。"他悄无声息地靠近了正在弯腰铺床的安娜。安娜说:"我反正是受够了那种没有一丝人情味儿,只管下半身的性爱。"

他又坐回了写字台上,说:"谁说不是呢?那些书里面描写的温存而忠贞的性爱都哪儿去了呢?"

"大概也都进入了潜伏期吧。"安娜说。

"另外我可不是那种只管下半身的人。"

"那你有过哪怕一次所谓的温存而忠贞的性爱吗?"安娜单刀直入地问道。

她转过身来,床已经铺好了。他们对彼此露出了意味深长的微笑。

"我爱我的**妻子**。"

---

[1] 约合 1.67 平方米。

安娜大笑了起来。

"所以我才想要跟她离婚,或者说她想要跟我离婚。"

"也曾有个男人爱过我——我指的是**真爱**。"

"然后呢?"

"然后他就抛弃了我。"

"可以理解。爱太难了。"

"而性又太冷了。"

"你的意思是从那天起你就再没有过任何的性生活?"

"怎么可能。"

"如我所料。"

"随你怎么说吧。"

"咱们既然都已经把话说这么开了,那咱们要不要一起滚个床单?我有点饥渴,还有点困。我没法一个人睡。"

他那句**我没法一个人睡**带着一种人在走投无路时才会表现出来的冷酷。安娜先是有些愕然,然后就灵魂出窍对他展开了真正意义上的审视。他微笑着坐在她的写字台上,这个绝望中的男人正在拼命让自己不要崩溃。

"我可以一个人睡。"安娜说。

"生而为人总该有点恻隐之心吧。"

"我不需要。"

"可我需要啊。你忍心看别人受苦吗?"

她沉默以对。

"行吧,我就什么问题都不该问,什么要求都不该提,别人要我走我就走,一句怨言都不能有。"

"你这可真说到点子上了。"安娜说。她一下子怒火中烧,气得浑身直哆嗦。"你们男的老喜欢说自己什么都不要,但这就是你们的漂亮话,你们实际上什么都想要。"

"咱们现在就是这么个世道。"他说。

安娜突然就如释重负地大笑了起来。她的气消了。

"昨天晚上你又是跟谁一起睡的呢?"

"你朋友贝蒂。"

"她不是我朋友。她是我朋友的朋友。"

"我跟她一共睡了三晚。第二晚过后她就跟我说她爱我,并说愿意为了我离开她的丈夫。"

"很合理。"

"你应该不至于会这样吧?"

"我也会这样。任何坠入爱河的女人都会像她一样的。"

"但是安娜,你必须得**想清楚**……"

"我想得很清楚。"

"所以我明天就用不着自己铺床咯?"

安娜哭了起来。他走了过来坐在她旁边,伸出一条臂膀搂住了她。"满世界乱窜真的很可怕,"他说,"你应该已经听别人说过我在世界的很多地方都漂泊过了吧?——你每打开一扇门,你都会发现门里头住着一个痛苦、破碎的人。"

"你也许是有意挑的这些门。"

"就算真是这样,这样的门也未免忒多了吧——好啦,别哭了。有些事你要是真不喜欢的话,就别死撑面子,没关系的。"

安娜一头倒在了枕头上,一声不吭。他蜷缩在她近旁拽着自己的嘴唇,显得懊恼、睿智而坚决。

"你怎么知道明天早上我就不会对你说我想要和你在一起。"

他小心翼翼地说:"因为你是个明白人。"

安娜讨厌他的小心翼翼。她说:"要不就拿你这句话当我的墓志铭好了:安娜·伍尔夫长眠于此,她生前一直都是个明白人,她放男人们自由。"

"你要真那么没出息的话不放男人走也可以,这样的女人我又不是没遇到过。"

"那还用说。"

"我去换一下睡衣,马上回来。"

安娜一个人脱下了晨衣后在该穿睡袍还是睡衣睡裤之间举棋不定了好久,但是直觉告诉她对方一定更希望她穿睡衣睡裤,于是她挑了睡袍——她想要借此展现自己对于主体性毫不妥协的态度。

他穿着睡袍戴着眼镜进来了。他先是向躺在床上的安娜挥了挥手,然后就走到墙边开始撕剪报。"不用谢,"他说,"但恐怕已经于事无补了。"安娜听到了剪报从墙面剥落的声音,还有图钉落在地上的声音。她把自己的两条手臂枕在后脑勺底下,安静地聆听着这些声响。她感受到了被人保护和照顾着的感觉。每隔几分钟她就会抬起头看一眼他的进度,白色的墙面越来越多地露在了外面,而这一工作持续了相当长的时间,一个多小时以后才总算宣告完成。

他说:"好了,问题解决了,又一个人的灵魂得到了拯救。"他张开双臂将脏兮兮皱巴巴的剪报聚拢到了一起,然后堆到了写字台下。

"这些本子又是什么?小说?"

"不是。不过我以前是写过一本小说。"

"我拜读过。"

"喜欢吗?"

"不喜欢。"

"不喜欢?"安娜一下子就来了兴致,"太好了,快说说。"

"金玉**其表**——你要问的话我会这么评价。"

"明天早上我肯定会要你留在我身边的,我现在已经有预感了。"

"你还没告诉我这几本引人垂涎的本子又是什么?"他翻开了这几本笔记的封皮。

"千万别看。"

"为什么?"他一边看一边说道。

"这些东西以前就只有一个人看过,这人后来就自杀了,虽然没死成但从此眼睛就瞎了,最后还变成了他想要通过自杀来避免自己变成的那副样子。"

"可悲可叹。"

安娜抬起头看向了他。他的脸上浮现出了猫头鹰般[1]悠然的微笑。

"你的意思是这一切都是你造成的?"

"我并不确定。"

"我对自杀没兴趣。我知道该怎么把女人生吞活剥,也知道该怎么把其他人吃干抹净,但唯独不知道该怎么自寻短见。"

"这种事你就别拿出来自夸了。"

我们双方都陷入了沉默。过了会儿他说道:"在经过了**全方位**的思考后,我认为我刚才的那番话是一种对于事实的陈述,而不是自夸。我至少知道自己存在这样的一面,人要知耻了才能后勇嘛。我认识的非常多的人都在毫不自知的情况下把自己或其他人往火坑里推,这个数字要告诉你都能把你给吓一大跳。"

"不管多大的数字我都不会感到意外。"

"好吧。总之我知道自己有哪些毛病,所以我一定能改过自新。"

安娜听到了"咚"的几声闷响,那是她的那几本笔记本合上的声音,一个年轻、欢快而精明的人声紧随其后:"所以你这是什么意思?你是打算把**事实真相**什么的关进这几个本子里头?"

"差不多吧。但我知道这不值得提倡。"

"然而任由自己被名为愧疚的秃鹫吃干抹净同样不值得提倡。"安娜笑出了声。他唱起了某支流行的小调:

---

[1] 猫头鹰的意象时常与智慧联系在一起,而在英语中"猫头鹰般的(owlish)"这个词也时常用来形容一个人睿智而内秀的感觉。

名为愧疚的秃鹫
噬咬你我的血肉,
不要让那只老秃鹫抓到,
不要啊不要……

他走到她的唱机边上检视了一下她有哪些唱片,然后放了张布鲁贝克[1]。他说:"我现在感觉自己仿佛还在故乡。我离开美国的时候还满心盼望着能够见识到一些新的东西,但之后不管到哪儿都会发现故乡的音乐如影随形。"他坐了下来,双肩跟随着节奏一摇一摆,嘴唇追随着歌声一开一合,而他的眼镜则让他看起来活像只严肃而又欢快的猫头鹰。"毫无疑问,"他说,"音乐给了我一种延续感,没错,就是这个词,一种明确的延续感,从一座城市到另一座城市,从一扇门到另一扇门,从这样的神经病到那样的神经病,但是音乐还是一样的音乐。"

"我只是个暂时的神经病。"安娜说。

"没错,但你在门的后面,这就足够了。"他爬上了床并脱掉了他的睡袍,然后友善而自在地钻进了被窝,就像个从小一起长大的亲兄弟。

"你就不好奇我是怎么变成现在这个德行的吗?"两人一阵沉默后他说道。

"不好奇。"

"你不好奇我也要说。那是因为我睡不到我喜欢的女人。"

"没劲。"安娜说。

"哦我同意,咱们这个时代是个人都这么说,确实没劲。"

"在我看来也很悲哀。"

"我也觉得悲哀。"

"你知道我脑子里现在在想什么吗?"

---

[1] 即戴夫·布鲁贝克(1920—2012),美国爵士乐钢琴演奏家及作曲家。

"知道，真的，我又不傻。"他在这里停顿了一下，然后说道，"你刚才在想：我这个人是不是也挺没劲的呢？"

"见鬼了，我还真的是这么想的。"

"想要我干你吗？这我还是能做得到的。"

"不想。"

"猜到了。正确的选择。"

"随你怎么说吧。"

"你来想象一下我的人生好了。这个世界上我最爱的女人是我老婆，而我上次干她还是我跟她度蜜月的时候，那成了绝响。结完婚三年以后她的脾气就越来越差了，动不动就说'够了'。你会忍心怪她吗？我会忍心怪她吗？我俩的关系都这样了，我却依然是她最爱的人。过去三天晚上我都一直和你朋友的朋友贝蒂在一起，我不喜欢她，但我喜欢她扭屁股的样子。"

"好了别说了。"

"这种话你是不是以前就已经听过不少了？"

"或多或少吧。"

"懂。想要听听社会学——没错，就是这个词——想要听听**社会**学方面的理由吗？"

"不必了，我知道是什么理由。"

"我就知道你会知道。那个，嗯，那个，反正我一定会改掉我的毛病的。我相信人能够凭借自己的意志改过自新——我这个说法你应该不反对吧？我相信一个人能够知道自己的问题，承认自己的问题，最后再改正自己的问题。"

"很好，"安娜说，"我也这么相信。"

"你真好。谢谢你收留我在这儿过夜。要是一个人睡的话我会疯掉的。"他顿了一下又说道，"能像你这样有个孩子还挺好的。"

"我知道。所以我才是个正常人，而你却成了个神经病。"

"是啊。我老婆不想要小孩。她也不是真的不想要，但她跟我说，米尔特你知道吗，我不想跟一个只有在喝醉酒了以后才对我硬得起来的男人生小孩。"

"这是她的原话？"安娜愤愤地说。

"不是，宝贝儿，原话好像是'我不想跟一个不爱我的男人生小孩'？"

"多么单纯的一个人。"安娜咬牙切齿道。

"你别这么说话，我受不了你这样。"

"如果我告诉你说有个男的跑到一个女人家里说：我一个人睡的话会感到空虚的，所以我想要你陪我一起睡，但我又不能跟你做爱，不然我一定会恨你的——你会不会也觉得这个男的有点不正常？"

"咱俩今儿聊了这么多的人和事，不正常的难道就只有这个男的吗？"

"也不是。"安娜实事求是地说。"你说得对，"她又补充道，"另外，感谢你把那些乱七八糟的东西从我的墙上弄下来了，要再这么闹下去，不出几天我就会彻底疯掉的。"

"不用谢。我就是个废物，你不说我也知道，但是我唯独擅长一件事，那就是在看到一个人遇到困难的时候知道该怎么拉对方一把。"

他们睡下了。

早上她发现他依偎在她的怀里，浑身冰凉，她感觉自己就像是搂着一团冰冷刺骨的死物。她反复摩挲着他的身体，他也就慢慢暖和了起来，然后就醒来了。他温暖而感激地进入了她，但是她却对他有了戒备，一点都放松不下来。

"你就是想要，"完事后他说道，"我早就猜到了。"

"你可真是料事如神，一个男的胯下都胀成那样了，这要我怎么抗拒。"

"你就嘴硬吧。就是因为你没有抗拒，现在我们只能将大把大把的精力浪费在相互讨厌上了。"

"但我并不讨厌你。"他们很是喜欢彼此。他们就像一对已经结婚了二十年的老夫老妻一样,忧伤、友爱而亲近。

他在她身边待了五天,每晚都在她的床上入眠。

第六天她说:"米尔特,我想要你和我永远在一起。"她这句话听着像是在开玩笑,而且还带着一些愤怒以及自虐的意味。他懊恼地微笑道:"我也确实该继续出发了,但是为什么我就非走不可呢?"

"因为我想要你留下。"

"你为什么就不能多担待一下呢?为什么?"他的镜片透着焦虑,嘴角轻微地上挑,脸上没有一丝血色,额头沁出了汗珠,"这不光是你一个人的事儿,你会把我也给搭进去的,你难道不知道吗?你要是光顾着自己好受,咱俩就会一块儿完蛋,你难道不知道吗?我知道你们女的都容易觉得委屈,这没问题,但是如果你不能连着我的份儿一起……"

"我也可以要求你多担待。"安娜说。

"我肯定没戏。你比我坚强,你比我善良,所以这样的使命只能托付给你。"

"你之后会找到一个乖巧懂事的女人的。"

"如果运气好的话。"

"祝福你。"

"你是真心诚意的,我知道,谢谢你……我会改过自新的,你完全有理由对此保持怀疑,但我会变成一个更好的人的,我知道我能做到。"

"那就祝你好运了。"安娜微笑道。

他要走了。他俩站在厨房里依依惜别,强忍着泪水。

"安娜,你不会真打算放手了吧?"

"为什么不能放手?"

"因为那会很遗憾的。"

"以及你还惦记着以后偶尔回来住上个一两晚。"

"你确实可以这么说。"

"但是到时候我就不会像现在这么闲了,比如我可能会需要去上班。"

"哦你先别说,让我猜猜看。你是打算去当社会工作者对不对?你准备——你先等会儿——你准备当个负责心理疏导的社工,或者在学校里教教课之类的?"

"之类的。"

"养家糊口嘛,不寒碜。"

"但你就不需要上班养家,因为你将会有一部史诗级的小说问世。"

"不厚道啊,安娜,你这么说就不厚道了。"

"我不想厚道,我想要大喊大叫,我想要把一切都砸个稀巴烂。"

"我刚才不是说了吗,这就是属于我们这个时代的见不得光的秘密,虽然没人明说,但是你只要打开任意一扇门,你都会听到屋里传出的刺耳而无声的绝望尖叫。"

"那还是得谢谢你把我从门背后——从麻烦事里——给拽了出来。"

"随时为您效劳。"

他们亲吻在了一起。他单手拎着行李箱步履轻盈地蹦下了台阶,到了楼梯间底部的时候又回头说道:"你想的话其实可以提——好啦你不提也可以,总之我会给你写信的。"

"然而现实却是咱俩谁都不会真的动笔给对方写信。"

"是不会,但是客套**两句**总还是可以的吧,至少……"他挥了挥手,然后就离开了。

詹妮特放假回家后,发现安娜正在找工作以及一间小一点的公寓。

莫莉给安娜来了个电话,说自己要结婚了。这两个女人在莫莉家的厨房里见了面,莫莉正在为她俩做沙拉和煎蛋卷。

"对方是谁?"

"你不认识的一个人。我们以前管他这种人叫作进步资本家——一个成长于伦敦东区的犹太穷小子,白手起家后靠捐钱给共产党来让自己良心好过一点,就是这种路数。不过现在这种人就算捐钱也只会把钱捐给其他方面的进步事业了。"

"所以他很有钱咯?"

"挺有钱的。在汉普斯特德[1]有房。"莫莉趁安娜消化这些信息的间隙背过了身去。

"那你这里怎么办?"

"你猜。"莫莉又转过了身来,她以前辛辣而冷峻的口吻又回来了。她露出了微妙而崇高的微笑。

"你该不会是打算交给玛丽昂和汤米吧?"

"那不然呢?你最近跟他们打过照面吗?"

"没有,连理查德我也没见。"

"汤米已经完全准备好继承理查德的事业了,他现在正在一步步地接手,理查德则在一步步地退出,他跟琴的关系也在慢慢稳定下来。"

"你的意思是他现在的婚姻生活幸福而且美满?"

"呵,我上个礼拜在街上碰到的他的时候,他边上有个漂亮的小三,所以咱们先别急着下结论。"

"好的。"

"汤米肯定不会像理查德这么保守这么反动,他说资本也一样可以是进步的,他认为大公司可以通过自身的努力以及对政府部门施压来改变这个世界。"

"好吧,他至少跟上了我们这个时代的大潮。"

"拉倒吧。"

"好吧。玛丽昂怎么样了?"

"她在骑士桥[2]收购了一家服装店,她打算专门卖漂亮衣服——你应

---

[1] 伦敦北区的一片知识分子、艺术家以及商人聚居的区域。
[2] 伦敦西区一处商业发达的区域,著名的哈罗德百货就位于该区。

该知道漂亮衣服和正经衣服是两码事吧？现在她周围有一群想要吸她的血的同性恋前呼后拥着，玛丽昂还特别吃他们这一套，现在成天就只会傻笑，饮酒也有一点点过量。"

莫莉双手搁在大腿上，十根手指的指尖两两相对，这是个刻薄的手势，意思是不予置评。

"好吧。"

"你家那个美国人最近怎么样？"

"我跟他有了点私情。"

"你要是脑子没出什么毛病，应该是干不出这种事的。我早该料到。"

安娜大笑了起来。

"哪句话这么好笑？"

"还是你这样好啊，都嫁了个在汉普斯特德有房的人了，还用得着去在意那些个你死我活的情场纠葛吗？"

"没错，感谢天感谢地。"

"我要出去找个班上。"

"你的意思是你要放弃写作了？"

"对。"

莫莉又背过身去把煎蛋卷倒进了餐盘里，接着把面包装进了篮子里。她故意一言不发。

"你还记得诺斯医生[1]吗？"

"当然记得。"

"他开了一个半公立半民营的婚姻医疗服务中心什么的。他说去他那里看这病那病的人中间有四分之三的人的婚姻都遇到了问题，要不然就是想结婚而不得。"

---

[1] 字面意思是"北（North）"，而黄色笔记中的"韦斯特医生（Dr. West）"字面意思是"西（West）"。

"所以你准备去他那里帮人排忧解难。"

"类似这种。另外我准备加入工党然后每星期给问题儿童上两次夜课。"

"所以咱们姐儿俩就要从根上融入英国式生活了。"

"我现在已经不这么讲话了。"

"明智的选择——我就是想到你居然要去从事婚姻方面的服务,所以没忍住。"

"我很擅长分析别人的婚姻。"

"那可不。没准你会在未来某一天发现坐在对面的人是我。"

"应该不至于。"

"我也这么觉得。那种能对你未来要睡的那张床的具体尺寸精确到小数点的感觉别提有多棒了。"莫莉显然是在生自己的气,她的两只手也摆出了生气的手势。她龇牙咧嘴了一通,然后说道:"你进门以前我都已经决定要心甘情愿地嫁给这个人了,但是你这个人吧就从来都没有给我带来过什么好的影响。但话又说回来,我还是觉得我跟他能合得来。"

"当然。"安娜说。

两人沉默了一小会儿。"挺奇怪的,不是吗?"

"对啊。"

片刻后,安娜说詹妮特刚才跟她的一个朋友看电影去了,这会儿应该已经到家了,所以她必须得回去了。

这两个女人互相亲吻了脸颊,然后就分别了。

译 后 记

感谢您一路阅读到这里。

关于这本书的创作背景、创作意图，作者多丽丝·莱辛女士已在作者序中做了比较详细的说明，我仅在这里稍稍补充一下作者的生平。

多丽丝·莱辛本姓泰勒，父亲是银行职员，在一战中入伍并失去了一条腿，母亲是父亲手术时的管床护士。战后，父亲被银行派遣到伊朗（当时还叫波斯）的克尔曼沙赫市的分支机构，1919年多丽丝就出生在那里。1924年，母亲带领全家穿越当时的苏联返回英格兰。漫长的旅途中，年幼的多丽丝第一次听到了十月革命、布尔什维克等词语。回国不久，他们又举家迁往了彼时英国在非洲南部的殖民地南罗得西亚（即今津巴布韦）开荒种地。此后，莱辛在非洲生活了二十四年之久，直到三十岁才返回英国。

莱辛年少时先后进入殖民地首府索尔兹伯里（今津巴布韦首都哈拉雷）的天主教女校与公立女校学习，但十四岁就退学了，此后就再未返回学校。十五岁那年她离开双亲，开始以居家女佣的身份打工过活，当时的雇主则提供给她一些政治学以及社会学的书籍，供她阅读自学。她在这一时期开始尝试写作，有两篇短篇小说习作发表在了南非的杂志上。十八岁那年，莱辛又找到了一份电话接线员的工作，并很快开始又结束了她第一段短暂且牵强的婚姻。1949年她三十岁时走出第二段婚姻，带着小儿子前往伦敦，谋求写作事业的进一步发展。就在返回伦敦的第二年，她出版了自己的第一部以非洲为背景的小说《野草在歌唱》，当时便引发了轰动。而这本让她蜚声国际的《金色笔记》则出版于1962年，莱辛彼时正值盛年，个人经历以及生活现状或多或少地投射在了书中的安娜·伍尔夫及艾拉这两个角色上。莱辛一生笔耕不辍，先后出版了逾五十部作品，题材多样，展现出极其旺盛的创作欲。

2007年，瑞典文学院决定授予莱辛诺贝尔文学奖，他们给出的评语是："她是女性经验史诗的抒写者，以怀疑、激情和远见审视了一个分裂的文明。"开奖时莱辛正好与儿子在外购买日用品，因此并未接到通知获奖的电话，两人返回时才发现寓所门口出现了不少记者和摄影师，最后她还是从这些久候多时的媒体人口中得知了自己获奖的消息。莱辛当时毫不扭捏地表达了自己的欣喜，表示自己这样一来就像在扑克牌中打出皇家同花顺一样赢得了欧洲全部的文学奖项。另外值得一提的是，莱辛不仅是第十一位荣膺诺贝尔文学奖的女性，也是有史以来最年长的诺贝尔文学奖得主，获奖时她已是八十八岁高龄。

获奖后的第二年，莱辛出版了她人生中的最后一部作品《阿尔弗雷德与艾米丽》——那是她父母的名字。在书的第一部分，莱辛虚构了第一次世界大战没有爆发的情况下她父母将会拥有的人生，而在书的第二部分，莱辛记述了她父母实际的人生。2013年11月17日，莱辛在伦敦的家中逝世，享年九十四岁。

就像莱辛在序言中点明的那样，她自己绝非学院派作家，作品甚至带有相当明显的"野生"色彩。而翻译莱辛的作品自然是极具难度的——这是因为她遣词造句的大巧不工，这一点我相信接触过莱辛的英文原著的读者应该多少有所体会。她擅长使用极为简单的语言来精准地指向人际关系的幽微之处——谁说只有汉语才是高语境语言呢？再三斟酌之下，我整体上采用了一种更贴近当下多数中国人口语表达习惯的文体，来呼应莱辛原文生动而日常化的语言风格。在这里我要尤其感谢我的英国友人 Nicolas Blundell，他不厌其烦地帮助我确定了一些疑难词句的意思，使得这个译本能更加接近作者想要表达的情境与语境。

另外，性别议题也是本书的一个极其重要的主题，而这也让我在翻译的过程中意识到，作为一个母语为汉语的男性译者，我正在做的其实是一种多重的翻译。英语并非我的母语，我迄今为止也还没有去过非洲，也未曾得见过上世纪五十年代的伦敦；这就如同女性并非我的生理性别，我也从没有以女性的身份经历过安娜、莫莉们经历过的快乐与苦痛——但是所谓翻译，就是在承认先天条件有所局限的前提下，去试图突破、超越自己很早以前就被赋予的语言、文化、性别等等的限制，去企图理解另一种人、另一群人、另一个人。而现在的这个译本，就是现在的我交出的不成熟的答卷。

莱辛在诺奖颁奖礼上的演讲里说："我们每个人内心深处都有个讲故事的人，这个人格一直以来都伴随着我们。我们可以想象我们的这个世界被我们很容易想象得到的战争与恐怖所蹂躏，我们可以假设洪水终将吞没我们的城市，海平面也会升起。但是讲故事的人仍将存在，因为不论好坏都是我们的想象力形塑了我们，照料了我们，创造了我们，而在我们被撕裂，被伤害，甚至被毁灭的时候，也是我们的故事让我们得以重生。这就是讲故事的人、造梦的人、编神话的人，那就是我们的凤凰，他们代表了我们最好的、也是最具创造力的一面。"

希望莱辛笔下的这个诞生于冷战初期、西方第二波女权主义运动前夜的故事，能让你有所触动，也希望它能让你找到你内心深处的那个讲故事的人。

王智涵

2024 年 6 月于上海